从前，一个风靡欧美的美丽传说，
源于中国西部的贺兰山脉。
黄河故道，响彻船工的冲天号子，
沙漠驼铃，飞越遥远的直布罗陀。

一个洋行蓝领千里长途跋涉，
因为他深深坠入爱河。
石嘴山古镇，他发现了一座软金矿，
青楼重逢，一面破镜终于圆合。

于是，鄂尔多斯的羊毛飞到了伦敦、纽约，
云板皮肩，烘托起贵妇脸上的笑容朵朵。
然而，拓荒者挡不住阴谋家的险恶，
他砰然倒下，殷红的血滴进不朽的史册。

王汉广文集（影视文本卷）

根据古越、唐羽萱小说《金羊毛》改编

西部风流

王汉广 著

长江文艺出版社

图书在版编目（CIP）数据

西部风流 / 王汉广著. -- 武汉 ：长江文艺出版社，2015.12
（王汉广文集. 影视文本卷）
ISBN 978-7-5354-8450-5

Ⅰ. ①西… Ⅱ. ①王… Ⅲ. ①电视文学剧本－中国－当代 Ⅳ. ①I235.1

中国版本图书馆 CIP 数据核字(2015)第 243730 号

责任编辑：王　剑　　　　责任校对：陈　琪
封面设计：马　佳　　　　责任印制：左　怡　包秀洋

出版：长江出版传媒　长江文艺出版社
地址：武汉市雄楚大街 268 号　　　邮编：430070
发行：长江文艺出版社
电话：027—87679360
http://www.cjlap.com
印刷：荆州市翔羚印刷有限公司

开本：710 毫米×1040 毫米　1/16　　印张：30.875　插页：2 页
版次：2015 年 12 月第 1 版　　2015 年 12 月第 1 次印刷
字数：591 千字

定价：50.00 元

目　　录

第一季:亡命天津卫

1

1868年秋,辽阔的淮北平原,战马奔腾,旌旗蔽日,烟尘四起。胜保所率清军铁骑高举如林般的战刀扑向捻军队伍。喊杀声中,一面面绣有“苗”字的军旗伴着捻军战士倒下,一杆杆绣有“胜”字的清军军旗迎风飘扬……

字幕(画外音):同治年间,外国人在上海、天津卫开起了商埠、洋行,淮北、山东闹起了捻军。俺爷爷的爷爷耐不住安徽乡下老家的寂寞,舍弃了仕途功名,趁着乱世,跟随一帮乡下的穷哥们去闯荡世界。先是跟着捻军头领苗沛霖当幕僚,后来,苗沛霖降清,又投靠清军大将胜保当书办师爷。谁知命运不济,不久,胜保恃功而骄被朝廷革职处死,俺爷爷的爷爷就成了丧家之犬流亡天津卫……

2

光绪三年——1877年寒冬,天津卫。沿海港口码头,停泊着一艘艘悬挂着米字旗、太阳旗的英国货轮和日舰。英国货轮上,一群群衣衫破烂的中国苦力正驮着沉重的洋油桶和洋布包步上跳板,攀登码头石级,人人汗流浃背,脸上滚落豆大的汗珠。忽然,一个老汉跌倒在石级上,肩上的洋布包滚落海中。一个二鬼子监工见状,提着皮鞭奔过来,对着老汉身上就是一顿猛抽,打得老者口鼻流血,围观的中国劳工愈来愈众,怒目相视,却又无可奈何。正在这时,一个身高一米八、戴着破毡帽的二十八岁的青年汉子拨开围着的人群,冲上去一把抓住监工的手腕,用力一扭,只听得那监工“哎哟”一声惨叫跌坐在地,皮鞭落在地上。

监工从地上爬起嚷道:“好大贼胆,蠢猪,竟敢在爷爷头上动土!呸!”说着从地上爬起拾起鞭子,朝那青年汉子奔来。

那青年汉子刚扶起跌倒在地的老汉,回头见状,大声喝道:“咋?二洋鬼子,你不服气?欺负咱中国穷百姓还他娘的称英雄,有种的朝俺这儿来!”说着,拍拍胸口。

监工扬起皮鞭道:“妈拉个巴子,狗日的欠揍!”

青年汉子挺胸道:“来呀,驴日的,你鞭打老汉逞啥子能?今儿个,你爷爷偏要教训你!”说着,戴毡帽的青年汉子没等监工皮鞭挥来,一个箭步冲上去挥拳猛击监工的头部,就在青年汉子毡帽被皮鞭削去的同时,监工被打得鼻青脸肿。围观的人们愣了:原来戴毡帽的青年是个秃子!

愣了一会儿,人们仿佛醒了神似的喝彩:“揍他,揍他!揍他个驴日的!”

正在这时，一队荷枪实弹的英国巡捕朝围观的人群奔来，一个巡捕头目朝天开了枪，巡捕们挥动木棒驱赶围观的人群。

监工爬起来指着捡起毡帽戴上头的青年汉子道："是这个臭小子肇事，快给俺抓起来！"

几个巡捕冲过来，用枪逼住青年汉子。

巡捕头目喝道："捆起来，带走！"瞬时，几个巡捕扑上去扭住青年汉子，用绳子将他五花大绑，押着他走上码头。围观的人群中，一个青年码头工人喊道："葛大哥！"

青年汉子回过头来，眼里露出无所畏惧的神情。

3

三个月后，天津英租界牢房。牢房门前，笔直挺立着两个持枪的英籍士兵。牢房门开了，戴毡帽的青年汉子葛秃子走出牢房大门，眯着眼望着雪花飘舞的天空和行人稀少的街道，他身着单衣，哆嗦着不敢举步。一个英籍士兵见状，走上前给了青年汉子屁股上一枪托，喝道："滚！"戴毡帽的青年汉子踉踉跄跄走上了满是积雪的街头。他衣裳单薄，腹中饥饿，沿街讨乞，他走到一家商店门前，哆嗦着望着橱窗内悬挂的豪华衣服发愣，一个贵夫人打扮的妇人周身珠光宝气朝他走来。

葛秃子作揖道："行行好，夫人，给点施舍吧！"

贵夫人道："哼，讨厌！"鼻子一哼，娉娉婷婷上了门口停靠的一辆人力车，车子扬长而去，街道上留下一串车辙印痕。

葛秃子无奈向前走到一个饮食店前，望着蒸笼里冒着热气的狗不理包子发愣，他不自觉地搜搜荷包，失望地吞下了一口涎水。这时，一位老汉牵着一个小男孩来到狗不理包子店前，掏出几个铜钱要了一笼狗不理包子，将包子递到小男孩手上，小男孩伸手接过正要吃，见到这个年轻的汉子可怜巴巴的样子，将几个狗不理包子递到青年汉子手上，说道："叔叔，这几个给你！"

葛秃子接过包子，向着老汉和小孩作揖道："谢谢，谢谢大爷！"说着，将包子丢进口里狼吞虎咽起来。雪花落在他脸上，他麻木般地搓着双手，身子发抖。

店主见状生出同情心，道："客官，外面嘛挺冷，进屋坐，喝杯嘛热茶。"

葛秃子道："多谢老板。"说着，与老汉、孩子进到店里，找个桌子坐了。少时，店主给他们每人面前倒了一碗热茶，葛秃子感谢地望了店主和老汉一眼，捧着茶碗道："请。"说罢，一骨碌将热茶喝下，脸上慢慢有了颜色和生气。

老汉将茶碗端起喝了一口，道："敢问嘛小兄弟，你是何方人氏，为啥流落嘛到此？"

葛秃子整一整毡帽道："俺是安徽颍州乡下人，兵荒马乱年月，出门讨口饭吃，找不到饭碗，所以嘛流落街头，说出来嘛，让您老见笑。"

老汉道："嗬，这样说起来俺与你还是老乡哩！俺老家也在安徽。老话说嘛，亲不亲，故乡人。来来来，小兄弟，你把这半笼包子吃了嘛再说话。"

这时,店主走过来说道:“哎,小兄弟,俺也是安徽人,家住六安,你老家在哪?”

葛秃子道:“俺家在颍州,离六安不远。”

老汉道:“请问尊姓大名?”

葛秃子道:“免贵,在下姓葛名行健。”

店主道:“葛老弟,为啥出来嘛讨营生?”

葛秃子道:“说起来嘛惭愧,俺本是乡下穷秀才,屡次乡试不第,只因嘛学政大人怪俺是个秃子,”说着,他取下毡帽,露出光秃秃的脑袋,“一次乡试不慎嘛帽子掉下来,被监考学政大人斥为大不敬,将俺逐出考场,从此断了嘛仕途前程。为此嘛,俺投了苗沛霖的捻军,当了几天嘛幕僚,后来苗沛霖降了胜保,俺又跟胜保将军当了几个月嘛师爷,不想胜保恃功自骄,被朝廷嘛撤职处死,俺就嘛如丧家之犬流亡天津。前些日子,俺在码头干活,因打抱不平被洋人嘛关了三个月监牢,故落败如此。”

店主叹道:“葛先生,原来你是个读书人,在下失敬。听你刚才嘛一番言语,俺也佩服你侠肝义胆。来,这天气嘛挺冷,俺给你拿件衣服换上。”说着,店老板走进里屋,拿出一套棉袄棉裤递给葛行健,“兄弟,你快嘛穿上别嘛冻坏了!”

葛秃子见状,纳头便拜:“俺的个好兄长,小弟不才,来日定报兄长滴水之恩!请受小弟一拜!”说着,对他磕了三个响头。

店主赶忙扶起葛行健,道:“快,快把衣服穿上,别嘛冻着了,同是老乡嘛,还讲嘛客气!”

葛秃子闻言,赶忙起身穿上棉袄棉裤,拱手道:“多谢恩兄!”

小孩道:“叔叔,包子都冷了,快趁热吃吧!”

葛秃子感谢地接过狗不理大包,又狼吞虎咽起来。

老汉道:“葛老弟,下一步嘛作何打算?”

葛行健道:“不瞒各位兄台说,俺自打了监工坐了洋人的监牢,啥事嘛也做不成了。俺在天津举目无亲,眼下正他娘犯难!”说着,低下了头。

老汉沉吟道:“唉,这世道也真愁煞人,急死嘛不管用。不过,俺倒听说有一个去处,不知老弟嘛愿不愿去?”

葛秃子道:“蒙兄台不弃,只管嘛讲明。”

老汉道:“俺听说英国人开的怡和洋行招人,老弟可愿去?”

葛秃子道:“去个屌!俺是大清人,咋能给洋人当奴仆?”

店主笑道:“不是俺说你老弟,你真像个婊子,贞操早没了,还守嘛节呀?再说了,你守节可得有个对象哪!人家洋人可不嫌你是个秃子!”

老汉在一旁劝道:“店老板说得对!大清国因为你是个秃子就他妈不准你考试,你老弟犯什么贱哪!”

葛秃子一听此话血往上涌,拍桌站起道:“两位哥哥说得对!俺记得楚汉相争时陈胜王说过一句话:王侯将相宁有种乎?!老子犯什么贱,这就去试试。”说罢,他吃完笼中最后一个狗不理大包,将剩下的茶水当酒喝了,拱手道:“感谢二位哥哥给俺指点迷津,俺走了,来日如能混出个模样,定当报答二位恩兄!"说罢,抬脚要走。

老汉扯住葛行健道:"且慢,老弟,你知怡和洋行咋走?"葛秃子闻言蒙了,两只手只搔头。

老汉拍了拍葛行健的肩膀,指点迷津道:"老弟,俺告诉你吧,那招工的怡和洋行在天津南路紫竹林,你出了这门往右拐,过两条街便是。记住了?"

葛秃子道:"记住了,多谢,在下告辞!"说罢,对着老汉和店主抱拳作揖,返身出了店门往右拐,踏着积雪扬长而去。

4

白昼,天津紫竹林。怡和洋行二楼办公室里,总经理亨利·费赖伊正伏案兴致勃勃地翻阅从英国寄来的《泰晤士报》,沉浸在对祖国的怀念中,一个洋行女职员推门进来。

女职员道:"报告,亨利先生,外面有位中国青年人求见。"

亨利道:"这人是干什么的?"

女职员回答道:"他说是来应聘的。"

亨利和气地道:"既是来应聘,那就让他进来见我吧。"

女职员弯腰施礼:"是,总经理。"说着转身走出门外。一会儿,洋行女职员领着头戴毡帽、身穿棉袄棉裤、拖着一条长辫的中国青年人来到亨利面前。

亨利从报纸上转移目光,对中国青年人道:"你叫什么名字?"

葛秃子道:"在下姓葛名行健。"

亨利道:"你叫葛行健?亲爱的密斯特葛,我问你,你是个中国人,为什么要投奔我们怡和洋行?"

葛秃子道:"亲爱的经理先生,俺投奔贵行,是想嘛找个工作,弄碗饭吃。"

亨利被眼前这个中国青年的直白感动了,接着问道:"亲爱的密斯特葛,你加入本行我们表示热烈的欢迎。你能干脏活、累活吗?比如说给客户送货?"

葛行健揭下头上的毡帽,露出个光秃顶,反问道:"亲爱的经理先生,俺是个秃子,你不嫌弃吗?"

亨利笑道:"NO,NO,NO,"见葛秃子不懂,愣在那里,接着又用中国话说道,"不,亲爱的密斯特葛,我不嫌弃你的光脑袋,倒讨嫌你拖着的那根长辫子,碍手碍脚的,我再问你一句,你愿意干杂役送货吗?"

葛秃子满意地笑道:"只要你不嫌俺嘛这秃脑袋,干杂役送货嘛,俺行!"亨利走下座椅,来到葛行健的身边,拍着这个高大的中国青年的肩道:"很好!我每月付你二两银子工钱,一言为定?"

葛秃子高兴地道:"行,俺与你嘛一言为定!"

亨利转身对站在一旁的女洋行职员道:"亲爱的小姐,你领他到销售部报到,从现在起,葛先生就是我们商行的正式职员,你到财务部给他预付二两银子的工资!”

女洋行职员弯腰回答道:“好的,亨利先生,我一定照办。”接着侧身对葛行健道,“亲爱的密斯特葛,请随我来。”

葛秃子躬身施礼道:“小姐先请。”说着,转身对亨利报以微笑,跟着洋行女职员走出门外。

字幕(画外音):从此,俺爷爷的爷爷当上了英国老板亨利在天津开设的怡和洋行的杂役,每天起早睡晚忙着给天津的客户送货,他身材高大,长得也挺英俊,不久就交上了桃花运,爱上了天津一位王爷的小老婆,两个人爱得死去活来……

5

翌年开春,天津北路,一户豪宅,门楣上悬着一块巨匾,上写着“端王府”三个大字。门口,蹲着两座石狮,男女佣人进进出出,买菜购物,打扫庭院。豪宅内一间卧室,端王爷的年轻美貌的小老婆谢兰正对镜梳妆,擦脂抹粉。

6

这天,葛行健身穿崭新的怡和洋行号衣,头戴一顶崭新的黑呢毡帽,手挽装着香水、香皂、香脂的竹篮进了天津北路,一路上遇着大爷、姑娘、小伙,逢人便打听端王府的地址。最后,他遇到一位胖大妈。

葛秃子道:“劳驾你,大妈,请问端王府在啥地方?”

胖大妈用手一指道:“往前走百来步,再往右一拐就到。”

葛行健提篮拱手道:“谢谢大妈!”说着,朝前走了一百多步远,向右拐进一条胡同,见一座豪宅耸立面前。他抬头看了看门楣上的匾额,高兴地叫道:“喂,端王爷在家吗?”

一个女管家迎出来道:“喂,俺说你这个笨蛋,你嚎丧呀! 这里没住端王爷,只住着端王爷夫人!”

葛秃子道:“那就找你们夫人!”

女管家道:“哎,你是干啥的?”

葛行健道:“对不起,俺忘了告诉你,俺是来送货的!”

女管家闻言,道:“既是送货的,那你等着,俺去叫夫人!”

少时,一身妖艳打扮的谢兰跟着女管家出来,对葛行健说道:“哎,这是咋搞的? 请问,你是哪家商号来送货的? 咋这么面生?”

葛行健指着身上的号衣道:“俺是新来的杂役,怡和洋行的。”

谢兰见眼前的年轻汉子高大威猛,听了此话,欢欣道:“既是怡和洋行送货的,俺是老客户,快请屋里坐!”

葛秃子道:“甭客气!”嘴里说着,脚已跨进了王府,随谢兰进了客厅。

谢兰道:“春香,给客人看座,看茶!”

春香道:“哎。”引着葛行健到客厅上首的一张方桌右侧坐下,又一阵风似的端来了热茶。

谢兰在方桌左侧座椅上坐下，道："春香，这客人嘛是稀客，把这茶换掉，沏上外国人的洋茶咖啡！"

春香答应一声，将杯中茶拿走，重新给葛行健和谢兰各沏上一杯咖啡，送到他们面前，悄然退下。

谢兰左手端杯，右手一伸道："请。"说着，便饮起咖啡来。

葛秃子端杯在手，由于一路走得口渴，猛地喝了一口咖啡，顿时呛得上气不接下气，站起身捧着肚子咳嗽不停，引得端王夫人咯咯咯大笑不止。

葛秃子怒道："咋啦？夫人，你笑俺……"

谢兰连忙摇手道："不不不，俺好久没有这样笑过了，只是觉得你挺英俊可爱，你以后可以常来。"

葛秃子从脚边拿起竹篮，从中取出两瓶香水、十包香皂、五盒香脂放到桌上，生气道："谢夫人的茶，俺忙，得走了。"

谢兰满面笑容，站起来对葛行健深深施了一礼，道："先生别忙走，请问先生尊性大名？"

葛秃子冷冷地道："在下葛行健。"

谢兰走到葛行健身后，两眼盯着他的长辫道："葛先生，你的辫子咋长得这么好看呢？乌黑，油亮，像上了蜡似的！"

葛秃子闻言，脸上顿时涨红起来。

谢兰逗他道："哟，还害羞哪！俺来看看，咋长的？"说着走过去摸他的辫子，葛行健慌了，急忙想捂住，谁知一拉一扯，把假发弄掉了，露出一个光秃秃的脑袋。

谢兰愣住了，继而哈哈大笑，笑得弯了腰，眼泪鼻涕都笑出来了，一个劲地嚷着"哎哟哟"，直叫肚子痛。葛秃子脸涨得血红，手在发抖，他一把抓过假发戴上头顶，提篮拉开门冲了出去。

7

字幕：一个月后。

三月初二，白昼，怡和洋行销售部办公室，葛行健来到经理面前。

葛行健对坐在办公桌前的销售部经理问道："经理，你找俺？"

销售部经理抬起头来，道："是啊！葛秃子，你一个月不到端王府送货，人家客户对派去送货的人不满意，点名要让你去送货！你若再不去，咱洋行的生意咋做？亨利老板怪罪下来，俺吃罪不起。所以，今儿个，俺叫人把你召来，求你帮俺个忙。"

葛秃子道："咋啦！求俺帮啥忙？"

销售部经理道："咋啦？到端王府送货！别他妈装蒜！"

葛秃子头一扬道："俺不去！"

销售部经理喝道："不去也得去！"

葛秃子犟道："去个屌，俺偏不去！！"

销售部经理闻言愣住片刻，忽然扑通一声跪倒在地，对葛行健哀求道："秃子兄弟，好歹你和俺都是中国人，看在咱们同是中国人的分上，好兄弟，你就去吧，就算俺求你了。若你再不去，端王府不收货，亨利总经理怪罪下来，你和俺的饭碗就全砸了！"说着，痛哭流涕起来。

葛秃子起初犟着性子，见经理如此求他，拗不过，只好说道："起来起来，跪着哭啥事呢？你站起来说话，俺们兄弟好商量。"

销售部经理抬眼望着葛行健，道："兄弟，你可说句话，你答应去，俺就起！"

葛秃子背过身去，道："俺答应你，去！还不成吗？"

听到此话，销售部经理转哭为笑，站起来一把抱住葛行健，道："哈哈哈哈，俺说秃子，你他妈真是俺的好兄弟！"

8

次日白昼，葛秃子照例提了货篮来到天津北路端王府，只见府门紧闭。他上前"咚咚"敲门，一会儿，府门"吱呀"一声开了，葛行健愣住了！他眼前站立着如花似玉，打扮得更加妩媚动人的端王爷小老婆谢兰。

谢兰满面笑容道："子谓子夏曰：女为君子儒，无为小人儒。葛先生，你自谓读书人，却因一个自然的笑声而心生怨恨，对孔夫子的话该作何理解呢？"

葛秃子愣了一会儿，道："此言差矣。小人见辱而怒，与君子见辱而怒是有差别的。且不闻古人云，君子之怒，流血千里，小人之怒，以头抢地耳？"

谢兰深情地道："好了好了，那俺就再给你赔罪就是。门口总不是说话的地方。"

葛秃子仍在犹豫，张望。

谢兰道："你还等谁？"

葛秃子冷冷地道："俺等王爷府上管家，把货交给她，俺就走！"

谢兰笑道："你不用等了，今儿早上，俺早已把管家、佣人都打发走了，连王爷都不在。今天叫你来，不为送货，单为赔罪耳。"

葛秃子见谢兰一腔真情，心上略活动一些，但仍在犹豫。谢兰见状，上前扯住葛行健的衣袖，道："葛先生，请进。"

葛秃子无奈，只好随她进府。谢兰返身关上府门，两人来到谢兰卧室，见卧室里已摆了一桌丰盛的酒席，两人落座。

谢兰起身，将卧室房门关紧，返身落座道："今天就咱们两人，小女子聊备薄酒，算是俺给你道歉。葛先生请！"说着，端起一瓶王府玉液酒给葛行健的杯中斟满，又给自己斟满一杯酒。

葛秃子举杯道："葛某不才，肚量狭窄，不及夫人胸襟宽广，这杯酒俺喝了，算是自罚一杯，夫人请自便。"说罢，仰脖一饮而尽。

谢兰道："葛先生太过谦逊。先生是舞文弄墨之人，方才听先生一番言语，小女子自知才疏学浅,几乎误会了先生。这杯酒俺喝了就是,聊表俺心中一番歉意,还望先生谅解。”说罢,一饮而尽,顿时面现红粉桃花,格外楚楚动人。

葛秃子站起,端过酒瓶,给谢兰的杯中斟满酒,也给自己斟了一杯,说道:“夫人,葛某冒昧问一句,夫人芳姓大名,何处人氏?”

谢兰婉言道:“唉,小女贱姓谢,单名一个兰字,天津人氏。”

葛秃子赞道:“好一个兰字,真如夫人沉鱼落雁花容!只不知端王爷年龄几许?”

谢兰落泪道:“妾本是天津一个贫民女子,只因为还父债,被迫以身相许端王爷。唉,那个糟老头子,现已六十有七,说甚荣华富贵,白白耽误了俺一生青春!”说着,竟呜咽起来。

葛秃子道:“这世道真不是人待的,平白地让一个年近古稀的老头占着你这个如花似玉的年轻女子!俺是个穷书生,也替你抱愤不平!”说罢,端起酒杯,一饮而尽。

谢兰用筷子夹了几片鱼肉到葛行健碟中,问道:“葛先生年庚几许,可有家眷么?”

葛秃子叹道:“唉,说起来让人伤心。俺家家贫,自小,俺父让俺读书识字,指望科举及第,挣个功名。谁知俺命运不济,小时害了一场大病,头发掉光,成了个秃子,几次到府城参加会试,均名落孙山。父亲见俺前程无望,索性在老家给俺娶了一房媳妇。如今,俺已二十有三,离乡背井,到何处去寻找功名前程?眼下在怡和洋行打工,混碗饭吃便了!”

谢兰举杯道:“葛兄,听你这样说起,俺俩可算同是天涯沦落人,将心比心,还管他什么前程。此时此刻,只有及时行乐便了!来,俺再敬你一杯!”说罢一饮而尽,脸上更加灿烂,光彩四射。

此时,葛秃子心旌动摇,将谢兰看得如神仙一般。他站起给自己和谢兰斟满酒,举杯叹道:“曹孟德有诗云:对酒当歌,人生几何,譬如朝露,去日苦多!这诗真说到咱心坎上了!而今,有美人在侧,俺葛某死而无憾,来,妹子,咱再来它一杯!”说毕,一饮而尽。

谢兰端杯站起道:“痛快,痛快,真他妈痛快!俺好久没有这般痛快感受了。葛大哥一表人才,满腹文章,比起俺那老头子强似百倍!若是小女子早认识葛兄就好了,若如此,小女愿给葛兄朝夕侍奉……”说罢,她一饮而尽,动情地羞怯一笑,把葛行健的魂都勾去了。谁知,谢兰第三杯酒下肚,身子便摇晃起来,踉踉跄跄地扑入葛行健怀中。葛行健此时已热血上涌,一把将谢兰抱起,步入床前,将她置于床上,疯狂地解她衣服上的纽扣,嘴却一个劲地亲着谢兰的脸颊、双唇直到脖颈。谢兰醒了,疯狂地替葛行健解开衣扣,两人卸去衣服,钻进被褥,紧紧拥抱一起接吻,谢兰幸福地躺着,任葛秃子扎在自己的身上行云播雨……

过了片刻,忽然房门被人重重地捶响。年近七旬的端王爷站在门外,高声道:“开门!开门!”葛秃子顿时吓软了,对谢兰轻声说道:“是谁?”

谢兰低声道:"是王爷回来了!"说着,一把将葛行健推下身体,把葛行健的衣服抓过来朝他怀中一塞,"你快从窗户跳出去!"

葛行健急忙穿上衣服,顾不上穿鞋,跳下床朝房间窗户奔过去,推开窗凌空跳下。谢兰拉被而卧,假装睡得正香,等着王爷上楼来。

一会儿,端王爷破门而入,只听到有人跳窗的声音。他端着洋油罩灯走到谢兰床前道:"啥子声音?"

谢兰不理。端王爷往床前一凑,欲要亲谢兰,脚被什么东西绊了一下。他低头下看,见床前摆着一双男人的鞋,劈手就把谢兰从被窝里揪了出来掼在地上。

谢兰忍痛道:"王爷,干嘛揪我嘛?"

端王爷指着床下男鞋道:"问我为嘛事?你这个小骚蹄子,守不住空闹,敢给老爷我戴绿帽子,你的胆子长鸡毛啦?"说着,揪着她的头发,给了她两耳光,见谢兰不吭声,又抡拳把她揍了个半死。谢兰晕过去了。端王爷仍不解恨,他扯过墙上悬挂的一柄宝剑,抽出宝剑,欲要杀了谢兰,但看着谢兰如花似玉的面孔,心中不忍,自言自语:"好你个小骚蹄子,看本王爷不把你卖到妓院去,叫你去当婊子,成天守着男人,让男人把你操个够!"说着,他恶狠狠地狞笑一声,扔下宝剑……

字幕(画外音):第二天,俺爷爷的爷爷害了一场大病,人瘦了一圈,但他谁也没让知道。过了几日,他假装送货到端王府打探消息,碰到管家,管家说,小楼里已换了新主人,端王爷把他的小老婆谢兰卖到千里之外大西北窑子里去了。具体是哪里,就不清楚了。俺爷爷的爷爷心一冷,心想,才与心爱的女子做了一夜露水夫妻,这让他上哪儿去找心上的人啊!正在他绝望之际,怡和洋行为了发展中国西部的商贸业务,要派人到西部去考察那里的资源分布情况。谁不知中国的西部是土匪出没的蛮荒不毛之地?洋行出了高价招募也没人敢去。俺爷爷的爷爷一咬牙,决定到中国西部去考察。他在天津卫的风流事儿,成了外国洋行开发中国西部的发端……

9

半月后,一天下午,葛秃子从洋行收工回家,见门口蹲着一个男子。葛秃子没在意,掏出钥匙开门时,那人怯生生地站起身来,身材与葛秃子比肩。

陌生人近前问道:"请问,您是葛先生吗?"

葛秃子一惊道:"在下就是。咦,你咋知道俺姓葛?"

陌生人抹了一把脸上的汗水,道:"说来实在惭愧,俺在这街乞讨,听说您府上是安徽,您又是个仗义君子,故此不揣冒昧,特来相求。"

葛秃子自嘲道:"俺只是一个为洋人打工的狗腿子而已,你求俺什么呢?俺又能帮你什么?"

陌生人谦卑地一笑:"其实,俺只是想求您认下俺这个老乡,并不敢有别的奢望。"

葛秃子松口气道:"原来如此,这有何难,俗话说,老乡见老乡,两眼泪汪汪嘛。

噢,俺忘了问你,你嘛贵姓,雅号咋称呼?”

陌生人道:“免贵,俺贱姓刘,名敬祥,颖州阜南小刘庄的。”

葛秃子喜道:“兄弟俺也是颖州人,揭阳龙山的。这样吧,你先进家洗把脸,随后咱们再去找个馆子撮一顿,俺请客。你一定饿坏了吧?”

刘敬祥道:“行,在下悉听老兄安排。”说着两人进了屋。这是一间阴暗矮小的房屋,屋里搁了一张床,除了几把椅子,没有别的家什。

葛秃子道:“刘老弟,俺这里房虽窄小,好歹嘛是个窝,只搁了一张床,床上只有一条被子,你若没有住处,咱们俩就滚在一起睡吧!”说着,他用木盆从水缸里打了一盆凉水,拿了条毛巾,“你先洗把脸吧!洗完脸,咱哥俩上街去找馆子。”

刘敬祥答应一声:“葛兄既如此说,老弟就不客气了。”说罢,他接过毛巾擦了一把脸,便随葛秃子出了门。

他俩上了街道,就近走进一个小饭馆,点了几样小菜,每人要了半斤烧酒,就在一张桌边坐了下来。一会儿,酒菜上齐了。葛秃子端起酒瓶把两人的杯子斟满。

葛秃子端杯道:“刘老弟,请!”

刘敬祥亦端杯道:“麻烦葛兄破费,请!”说罢,两人仰头一饮而尽。他们频频干杯,这天晚上,两人一直喝到夜半12时,才醉醺醺地回家睡觉,两人合盖一条被子,滚了一夜。

10

一月后的一天上午,怡和洋行总经理办公室。葛秃子带着刘敬祥推开门,蹑手蹑脚走了进去。

亨利正在审阅一份贸易文件,抬头见到葛秃子,笑道:“密斯特葛,你找我有事吗?”

葛秃子道:“是的,密斯亨利。”

亨利纠正道:“甭甭甭,不是密斯亨利,是密斯特亨利。”

葛秃子脸红了,接着道:“亲爱的密斯特亨利,俺想求你一件事。”

亨利满怀兴趣地道:“什么事?你说。”

葛秃子指着身边的刘敬祥道:“他是密斯特刘敬祥,是俺的朋友、老乡,来应聘,可否请你收下他?”

亨利扫了刘敬祥一眼,见此人一脸谄笑,过分圆滑,有点不高兴地回答道:“密斯特刘,既然是你的朋友密斯特葛向我推荐,我可以考虑。你可以回答我的几个问题吗?”

刘敬祥答道:“密斯特亨利,俺愿意。”

亨利道:“密斯特刘,我问你,在商战中,人格和智慧哪一个重要?”

刘敬祥沉吟一会儿答道:“密斯特亨利,俺以为在商战中智慧更重要,人格算个什么东西?俺说得对吗?”

亨利不高兴地道:“甭甭甭,你的回答是极其错误的。在商战中,贸易双方主要遵循一个原则:诚信。而诚信是需要用人格来保证的。如果没有诚信的人格,智慧就会失去根本,成为狡诈,而狡诈是大家都不欢迎的。"他说着,耸了耸肩,"你以为狡诈的人会受到别人欢迎吗?"

刘敬祥十分尴尬,缄口不言。

葛秃子见状,忙替刘敬祥打圆场道:"密斯特亨利,刘敬祥先生是俺的好朋友,他来前没有做好准备,你看在俺的面子上,能再给他一次回答考题的机会吗?"

亨利朝葛秃子笑了笑:"看在你的面子上?"

葛秃子微笑点头,道:"就算你给俺帮忙!"

亨利笑道:"密斯特葛,我很欣赏你帮助朋友的做法,好吧,我再给他出一道题,再回答不及格,我就无能为力了。"说着问道,"密斯特刘,我再问你一个问题,假如你的上司和你的妻子同时掉到河里,你先救谁?"

刘敬祥闻言,毫不思索,巴结地答道:"密斯特亨利,当然俺要先救俺的上司!这还用问?"

亨利板起脸道:"密斯特刘,这个简单的问题你怎么不好好想想,要知道,在人生的道路上,爱情是最重要的,如果你连自己的妻子都不救,这是难以理喻的,这说明,你是一个不道德的人!"说着,亨利转脸对葛秃子道,"亲爱的密斯特葛,我很欣赏你的业绩和你的为人,现在,我已经照你的话做了,很抱歉,实在无能为力。他这样的人,太可怕了,我们怡和公司不需要这种没有道德的人!你让他走吧,我还有事,再见!"说着,亨利夹着皮包走出办公室。

刘敬祥早已呆若木鸡,亨利走后,他蹲下身子痛哭起来,一个劲地打自己的嘴巴。葛秃子见状,心中不忍,上去扶起他,道:"你这是干吗?老弟,留得青山在,不怕没柴烧嘛,走,咱们回家去,俺再给你想想办法。"

刘敬祥哭声未止:"俺是个笨蛋,俺是个傻瓜,葛大哥,俺在天津身无分文,再找不到工作,俺无脸见人,只有饿死街头上!"说着,他弯腰跪在地上,一把抱住葛秃子的双腿,磕头道,"葛大哥,俺只有你这个老乡,你得救救俺呀!"

葛秃子一把将他扯起,道:"熊包蛋!磕个球头,早知你是这个熊样,俺就不帮你,走,上正大昌杂货铺去,那里有俺一个熟人!"说着,硬拉着刘敬祥走出亨利的办公室,下了楼,走出怡和洋行的门,朝街对面的正大昌杂货店走去。

11

正大昌杂货店隔壁的新兴酒楼二楼,客人们划拳行酒令,好不热闹。靠里面的一间雅座厅,葛秃子和刘敬祥正与正大昌杂货店王经理敬酒。

葛秃子道:"王经理,刘老弟进你杂货店的事就这样说定了。俺敢担保,刘老弟是好样的,会给贵店带来财运!"

王经理道:"葛先生放心,有你葛先生一句话就中,咱老兄弟谁跟谁呀!"

葛秃子道:"好!凭你王经理一句话,刘老弟,从明天起,你就到王经理的正大昌杂货店上工!来,为王经理新收了一名职员,为刘老弟找到一份工作,咱们兄弟仨干杯!”说着,三人举杯相撞,均一饮而尽。

12

翌日上午,刘敬祥早早地来到正大昌杂货店门前,见店门已开,一个长辫子姑娘正忙着收拾货架,上前问道:“王经理在家吗?”

姑娘大方地道:“俺爹昨天喝酒过量正睡着哩,俺是他的二闺女王月英,你是新来的刘先生吧?”

刘敬祥道:“失礼得很,不知是王小姐,在下便是新来的员工刘敬祥。”王月英道:“俺爹嘱咐了,刘先生第一天上班,先帮俺做做卫生,清点货架,熟悉店里的情况。”

刘敬祥躬身行礼道:“是,一切但凭二小姐吩咐。”

王月英道:“刘先生,这货架几个月未清理了,灰尘多,脏得很,你进屋里提一桶水来,再带两块抹布来,先帮俺擦洗这货架吧!”

刘敬祥答道:“好,俺就去!”说着,抬脚要进屋。

王月英道:“别忙,刘先生,俺叫姐姐给你送桶和抹布来!”说罢,她仰头向楼上喊道,“月萍,你下楼给刘先生带一只桶、两条抹布!”

王月萍在楼上应道:“哎,俺来啦!”少时,一个年轻美貌的姑娘蹦蹦跳跳地从楼上下来,走到货架前,大大方方地对刘敬祥说道:“俺是大小姐月萍,敢情你是新来的刘敬祥先生吧?”

刘敬祥双手一拱:“大小姐你好,在下正是新来打工的刘敬祥。”

王月萍稍稍弯腰还了一礼,不客气地道:“哟,看不出你这人还蛮知情达理的,好好干吧,咱店里可不养闲人!”说着,将桶和抹布丢在地上,腰肢一扭一扭地上楼去了。刘敬祥弯腰从地上拾起桶和抹布,将抹布搭在货架上,提着桶进屋去提水,一会儿提着一桶水出来。

王月英见状,嘱咐道:“来,你抹下半个货架,我抹上边的,注意,别打湿了衣袖!”说着,自己端来一条板凳,拿了块抹布在水里浸了浸,拧干,站到凳子上开始擦拭货架上的灰尘。刘敬祥学着王月英的样,拿块抹布在桶里浸了浸又拧干,蹲下身子抹起货架来。他抹了一会儿,只觉得身子发酸,刚要站起身,只听王月英喊了一声“哎哟”,身子便从半空倒下来,正巧倒在刘敬祥的怀里,刘敬祥紧紧将她抱住,久久不肯松手。

王月英在刘敬祥怀里挣扎,道:“还不放手,羞死人了!”正在这时,葛秃子刚好从洋行出来看老乡刘敬祥,瞧见了这一幕,嚷道:“敬祥,快放开二小姐,人家还是闺女呢!”

刘敬祥闻言,扭头一看见是葛秃子,才松开抱住王月英的手。王月英羞答答地站在一边,脸上羞得通红。

这时,王经理走下楼来,见到葛秃子,惊异道:“葛老弟,哪阵风把你吹来了?刚才你嚷嚷啥事儿?”

葛秃子遮掩道:“俺来看看老乡刘老弟呀,谁知刚到就见二小姐月英从板凳上掉下来,多亏了刘老弟一把将她接住,否则,腿摔断了可不是闹着玩儿的!”

王经理扭头问道:“月英,是吗?”

王月英满脸羞红,连连点头。王经理道:“哎呀,俺说月英,刘老弟是俺的朋友葛老弟介绍来的,俺让他照顾门面,你咋头一天让人家擦拭货架呢?这成啥体统呢?”说着,他转身对刘敬祥说道:“这样好了,刘老弟若不嫌弃,从明天起,你就负责杂货店进货,给俺当当帮手。行不?”

刘敬祥受宠若惊道:“谢王老板栽培!”

王经理转身对葛秃子道:“行健老弟,俺这样安排,可好?”

葛秃子道:“多蒙王兄关照,还有啥说的!”

王经理对王月英道:“丫头,这两位都是俺的好朋友,今后,你对这位新来的职员可要多照应。”王月英瞄了刘敬祥一眼,含羞地点头。

13

字幕:四年后的春天。

天津南路,刘敬祥的新居——三间新盖的红墙黑瓦房,门楣上贴着一副结婚喜庆对联,上联是:银月光华泻大地,下联是:祥日烈焰斗春风。横眉是:日月同辉。这天,是刘敬祥与王月英结婚的日子。刘敬祥身穿新郎服装,站在门口,翘首以待新娘的花轿,红媒葛秃子也换了一身新衣,站在门口,给围观的大人小孩撒着喜糖,脸放异彩。不一会儿,迎亲的队伍到了,顿时,鞭炮震响,唢呐齐奏,锣鼓齐鸣,王月英身披新娘嫁衣缓缓从花轿内步出,在两个伴娘的搀扶下慢慢走向新居,看热闹的妇女小孩争着看新娘的风采。

结婚典礼仪式开始了。媒人葛秃子代表男方的父亲与王经理并肩坐在双方父母的主位上。

司仪宣布道:“婚庆大典现在开始!新郎新娘拜天地,一鞠躬,二鞠躬,三鞠躬!”

刘敬祥与王月英双双对着天地拜了三拜。

司仪宣布道:“新郎新娘拜父母,一鞠躬,二鞠躬,三鞠躬!”

刘敬祥与王月英面向王经理、葛秃子拜了三拜。

司仪宣布道:“新郎新娘谢亲友,一鞠躬,二鞠躬,三鞠躬!”

刘敬祥与王月英面对满屋的亲友、老乡三鞠躬。

司仪宣布道:“下面,夫妻对拜!一鞠躬,二鞠躬,三鞠躬!”

刘敬祥与王月英面对面拜了三拜。

司仪宣布道:“仪式完毕,新郎新娘入洞房,婚宴开始!”

刘敬祥与王月英被老乡们簇拥着进了洞房。

客厅里,正在摆筵席。葛秃子看着刘敬祥与王月英进洞房的背影,欢喜地对王经理道:“恭喜王兄,这叫有情人终成眷属啊!”

王经理道："同喜同喜，葛老弟，王某感谢你这个大红媒穿针引钱，终于了却了月英的事。这是俺的一块心病啊！今天，咱哥俩多喝几杯！看，酒宴已设好，咱们哥俩上席去！"说着，携着葛秃子的手到首席入座。

客厅里，四桌酒席上的客人已陆续入座。少许，几个妇女端菜上来。首席酒席上，一位来宾端起剑南春酒瓶给大家一一斟满酒杯。

葛秃子端起酒杯道："各位，今儿嘛是俺弟刘敬祥与王月英小姐喜结良缘的大喜日子，大家嘛先请吃菜，俺嘛敬大伙一杯！"说着，他端杯先敬王经理，逐次敬各位宾客，脖子一扬将酒倒入口中，连声道："好酒，好酒！"众宾客也举杯一饮而尽。葛秃子见状，从桌上拿过酒瓶给众位宾客一一斟满。

王经理满面笑容，举杯道："各位朋友，今天是俺的小女月英与女婿刘敬祥结婚的良辰，承蒙各位抬爱光临，俺作为月英的父亲先敬大红媒葛先生与各位一杯，聊表谢意！"说罢，一饮而尽。众宾客见状，纷纷端杯，一饮而尽。

酒过三巡之后，王经理问葛秃子道："行健老弟，近日怡和洋行生意一向可好？"

葛秃子道："谈起这个，俺倒佩服嘛洋行老板亨利，此人眼光嘛远大，头脑嘛灵活，从中国出口棉纱，从英国进口洋布、洋油、洋机器，生意做得挺大，无论进口出口，他的生意嘛都一直挺红火，论水平，他比咱中国人嘛强多了！"

王经理道："哦，有这等事？难怪嘛外国人瞧不起咱中国人！"

一宾客插言道："可不是，如今朝廷腐败，经济不振，守备松懈，怎抵得上外国人的坚船利炮？！"

另一宾客道："话虽这么说，可咱中国人也不是好欺负的！"

葛秃子道："啥？你说啥？咱中国人尽他妈窝里斗，熊包！满清政府给你啥好处？苛捐杂税，鱼肉百姓，算他妈孬种！兴科举，沿袭陈规陋习，你就好好沿袭呗，还他妈不准老子秃脑袋参加考试，这是哪门子规矩？你瞧瞧人家洋人，就拿俺怡和洋行的老板亨利来说吧，人家一门心思抓经商，抓海运，眼光不仅盯着咱沿海，还盯着咱中国的西部！"

王经理道："啥？为啥盯住咱中国的西部？那可是土匪横行、蛮荒遍野的不毛之地呀！"

葛秃子道："听听，这你就不懂了。不毛之地是不毛之地，可不毛之地说不定也有宝藏呀！亨利准备派人到西部考察，瞧瞧，这就是人家洋人比咱中国人眼光高明之处！"

王经理道："有人报名没有？"

葛秃子道："还没呢！在咱们怡和洋行，外国职员不熟悉西部地理，不能去，中国职员胆子小，怕遇到土匪去送死，不敢去，嗨，真是他妈一群熊包！"

王经理道："行健老弟，你咋打算？"

葛秃子站起一拍胸脯，猛击桌道："俺行健读万卷书，行万里路，打算明天就去揭榜！"说罢，他端起酒杯在众位宾客面前划了一圈，仰脖一饮而尽，将空酒杯重重砸在桌上,众人皆惊。

14

翌日,天气晴朗。怡和洋行大院的墙壁上,张贴着一张用中英文分别写的告示:愿到中国西部考察者,速到亨利总经理处报名。落款是:天津怡和洋行经理室,1883 年 3 月。布告前,一群中国员工和外籍职员在围观,许多人在摇头,交头接耳,窃窃私语。正在这时,葛秃子身穿一件西服,头戴一顶毡帽,抱着一条假发长辫子来到院墙前,他拨开众人,上前一把扯下布告,径直奔二楼亨利的经理办公室走去,他身后,传来一群中国员工的惊奇议论声:

"葛秃子疯了!"

"这头秃驴要闯西部,真他妈不知天高地厚!"

"他怕是借机到西部寻他的旧相好吧?!"

只有一个外籍职员翘起拇指:"葛行健,真正的男子汉,英雄!"

葛秃子来到亨利的办公室,被女秘书尤利芬挡住。

女秘书道:"密斯特葛,你要找谁?"

葛秃子道:"俺要找亨利!"

女秘书道:"对不起,亨利先生现在很忙,你现在不能见他。"

葛秃子急道:"俺有要事要见亨利!"两人争吵起来。

这时,办公室传来亨利的声音:"密斯尤利芬,让葛行健先生进来吧!"女秘书闻言,无奈地朝葛秃子苦笑了一下,抱歉道:"对不起,先生请进。"

葛秃子如勇士一般昂首走进亨利的办公室,令他奇怪的,亨利不在办公桌座位上,而是笑盈盈地朝他走来。

亨利道:"密斯特葛,你好!"说着主动上前与葛秃子握手。

葛秃子被动地与亨利握手,急切道:"亨利先生,俺有一件要事要与你谈!"

亨利道:"我知道,知道,不要急,密斯特葛,请坐下慢慢说。"说着,对女秘书道,"密斯尤利芬,快给客人泡茶!"说毕,坐在办公桌前的沙发上,指着茶几的另一边沙发,向葛秃子示意,"坐,请坐。"

葛秃子先不慌坐到沙发上去,而是站在亨利面前,急切地道:"密斯特亨利,俺把你的布告撕了!"

亨利眨眨眼道:"密斯特葛,你撕下它,为什么?"

葛秃子快乐地道:"按照咱中国人的习惯,俺这叫揭榜!"

亨利莫名其妙道:"揭榜?"

葛秃子道:"是的,您不是出榜号召咱们去西部考察吗?别人不敢去,俺敢!"

亨利站起道:"密斯特葛,你不是在跟我开玩笑吧?"

葛秃子坐到沙发上,端起茶杯,吹了吹,饮了一口茶:"不是玩笑,咱中国人说一不二!"

亨利踱到葛秃子跟前,说道:"密斯特葛,我很钦佩你的言行,但我忠告你要想清楚，中国的西部，按中国人的说法是一块土匪横行、黄沙漫漫的蛮荒不毛之地。等待你的将是死亡！而人的生命是宝贵的，我是你的朋友，我以朋友的名义再一次忠告你，认真思考，仔细权衡，我允许你收回你刚才的承诺，请你不要匆忙做出攸关性命安危的决定。”

葛秃子站起道：“密斯特亨利，感谢你把俺当作你的朋友，不过，不用思考，俺已思考过了，俺决定接受你交给的考察西部的差使，请你给俺旅差费和三天准备时间，三天后，俺将准时启程去西部！”

亨利欣喜地道：“密斯特葛，你真的做了这样的决定？”葛秃子默然点点头。

亨利上前一把抱住葛秃子道：“密斯特葛，你是我真正的朋友，我为有一位勇士朋友而自豪！经费和时间都没问题，行程所需的经费和证件，我会让我的秘书密斯尤利芬为你准备。”说着，他松开拥抱葛秃子的手，在胸前不断画着十字：“愿真主保佑我的朋友密斯特葛，愿他一路平安考察顺利！”

15

下午，炎热的天津南路街道，人潮如涌。街道旁的一座花园里，老人在漫步，一对对青年情侣在垂柳花间窃窃私语，几个年幼的小孩在马路上携着大人们的手在学步。一座凉亭里，刘敬祥一会儿张目四望，一会儿焦急地踱步。忽然，他看见一条人影朝他奔来，渐渐地，人影越来越大。

刘敬祥高兴地喊道：“葛大哥，葛大哥，俺在这里！”一会儿，葛秃子穿了件汗衫跑进凉亭，上气不接下气地道：“敬祥，听门房说，你找俺？有啥急事？”

刘敬祥道：“嗨，你说啥呢？没有急事，俺就不能来找你？”

葛秃子站起道：“说吧，啥事？”

刘敬祥道：“老哥，俺们嘛是老乡，近年来，老哥在俺嘛走投无路的时候帮了嘛兄弟一把，不仅给俺嘛介绍了工作，还介绍了一个嘛美丽贤惠的婆姨，俺这心里嘛感激得很哩！”

葛秃子道：“你说啥？咱们不是安徽老乡、穷哥们吗？帮个忙啥的，还值得你感谢？”

刘敬祥点头道：“对头，哥儿们，俺兄弟嘛无以报答，今天来找你，正想嘛给你介绍个婆姨哩！”

葛秃子道：“啥？给俺介绍个婆姨？笑话，俺不是告诉过你，俺有老婆子在安徽老家吗？”

刘敬祥道：“你说啥？真是狗咬吕洞宾，不识好人心！俺要给你介绍的是俺的姨姐——一个漂亮的黄花闺女，那娘们美丽、风骚，谁见了谁爱！要不是看在你大哥是俺的救命恩人分上，俺还不把大姨子介绍给你哩！”

葛秃子道：“你那年轻漂亮的大姨子能看得上俺吗？再说了，俺是个有老婆娃子的人！”

刘敬祥道：“俺说是不，你老哥思想嘛就是很高！如今你嘛睁开眼瞧瞧，上海、天津,哪一个男人不是嘛三妻四妾?再说了,你如今是洋行的白领,在外娶个小老婆算个球毛!常言道,人生得意须尽欢,嘛男子汉大丈夫,有三妻四妾才风光哩!你只有一个嫂夫人,还看不见摸不着,老哥正当盛年,没嘛毛病吧?就打算在外一直这么光棍着?"

葛秃子笑道:"可俺还没得意哩,不就是在洋人跟前混碗饭吃吗?这事,等俺发财了再说吧!"

刘敬祥道:"老哥,不是俺说你,若等你发迹,鸡巴毛都白了!再说了,俺那大姨子能等你吗?真是好心当成驴肝肺!"说着,生气地蹲在一边。

葛秃子见状,忙扯起他道:"好了,好兄弟,你的盛情俺领了,跟哥走吧,到酒馆去喝一盅,老哥找你商量一件正经事!"说着把刘敬祥往路上推。

刘敬祥道:"葛大哥,有啥事,到哪儿去?"

葛秃子道:"到新兴酒楼再说!"

16

白昼,怡和洋行对面的新兴酒楼。葛秃子和刘敬祥正在一个雅间喝闷酒。

刘敬祥举杯道:"葛大哥,喝了半天酒,你咋不说话呀!真是个闷葫芦!"

葛秃子迟疑片刻,终于说:"好兄弟,哥今天叫你来喝酒,是来与你道别的。"

刘敬祥道:"啥,道啥子别?你老哥别拿话吓人,俺胆子小!"

葛秃子道:"俺说的是正经话,过两天,俺就要出差,到西北考察去了。"说着,举杯轻轻啜了一口酒。

刘敬祥道:"啥?到西北考察?别是痴人说梦吧?嘻嘻,哈哈哈哈……"

葛秃子把酒杯子一扔道:"敬祥,你他妈笑个球!老哥说的是真话!出差费都领了,只等第三天就开拔了!"

刘敬祥一惊道:"真有这事?葛大哥,不是俺劝你,那大西北是啥地方?连天下小孩都知道,那是个土匪出没无常,鬼都不下蛋的地方!只恐怕老哥此去不是跟俺告别,而是诀别!"

葛秃子道:"诀别?你可别拿狠话吓唬老哥!你说,你如此说到底嘛为啥?"

刘敬祥道:"为啥?这不是明摆着吗?西北,那是嘛地方?那是土匪横行的回民居住地呀!那地方飞沙走石,人烟稀少呀!那是兔子不拉屎的地方呀!你这是叫嘛出差呀,你这叫去送死!想想,好好想想,哪一样不要你的命?!"

葛秃子道:"俺的命还值钱吗?在嘛地方死不一样呢?青山处处埋忠骨,何必马革裹尸还嘛!"说罢,他哈哈大笑起来。

刘敬祥一挥手,瞪着眼道:"你嘛还笑?俺是你唯一的好朋友吧?俺嘛就等着给你收尸,都怕收嘛不着。"

葛秃子双手一拱,道:"多谢,俺既然去,就不打算活着回来!"

刘敬祥站起搂过葛秃子的脑袋,哭道:"俺们颍州出来当嘛捻子的老乡就剩咱俩了。你嘛再一死,俺就是嘛二亩地长一颗大麦——独苗一根啦!以后俺有啥难事,还找谁去帮俺?”

葛秃子大声喝道:“俺他妈还没死,你吊嘛丧呀!再说了,俺咋就没感觉咱俩那么好呢?!俺要是死了,你嘛就不用老害怕俺找你借钱了,你应该欢喜才对呀!”

刘敬祥也大声道:“你嘛没良心的东西,好心你当作驴肝肺。不是你,俺嘛能有今天吗,俺是真心为你好哩!”

葛秃子道:“所以俺要谢你呀,不过,等俺回来吧,也许俺能全尸回来哩!”说着,他抱着酒瓶咕噜咕噜一气喝下大半瓶酒,将余下的酒和酒瓶哐当一声摔在地上。

第二季:遇险黄河畔

1

1883年3月中旬的一天早晨,朝阳映照的天津城西门。葛秃子骑着一匹灰骡子出了城门,骡子背上驭着一个布袋,穿过如织的卖菜赶集的人群上路了。他头上戴着一顶新黑绒呢毡帽,身穿一件西服,手执马鞭不时地敲打骡子的屁股,他那头上的假发长辫也和马鞭一样,不时地落在骡屁股上,一抖一抖的。伴着骡子有节奏的蹄声,葛秃子来了精神,口里哼起了京韵大鼓调,唱起了自编的曲儿:"一马离了大天津,转眼来到天安门,太阳送俺往西行,前面就是内长城,啷格里格隆,催催催,锵!"他唱完一段京韵大鼓词,将鞭子往骡子屁股上一挥:"驾!"

2

夕阳西下,北京雄伟壮观的天安门城楼。葛秃子披一身灿烂的晚霞,骑着骡子穿过如织的马车、花轿、人力车流,勒住缰绳,慢慢通过金水桥畔。他深情注视这雄伟的天安门城楼和高耸的华表,脱下毡帽,以示大清国民的赤诚。

3

翌日白昼,内长城。葛秃子骑着骡子通过内长城下的古驿道,他扬鞭催骡跃上路旁一个高山坡,注目眺望绵延的长城和远处起伏的群山,心潮起伏难平。他从骡背上的袋里取出一张烙饼啃起来,吃完了,又拿起系在腰间的水壶,揭开壶盖喝了几口凉水,旋即把盖子盖上,将水壶重新系在腰间,一抖缰绳,催骡下坡,沿着内长城脚下的古驿道向西飞奔,口里不停地喊着:"驾!得儿驾!"

4

黄昏,羊河河谷古道。葛秃子骑着骡子在古道上正慢慢地行走,忽然,从一边的山坡上传来一声尖厉的口哨声,十几个蒙面刀客举着弯刀,骑着快马朝葛秃子飞奔而来,刀客们一边跃马扬鞭,一边狂呼:"前面的过客站住,留下买路钱来!"葛秃子见状,赶忙双腿一夹骡肚子,扬起皮鞭朝骡屁股猛抽一鞭,腾地向前跑去。葛秃子一边扬鞭催骡子快跑,一边嘴里骂道:"拦路贼,俺操你娘!有种的上来夺俺的银子!"那骡子身强力壮,驭着葛秃子一阵风似的朝前飞奔,转过一道山坡,把蒙面刀客远远地甩在身后。奔跑中,葛秃子绑在骡子身上的一件行李丢了,葛秃子也顾不了许多,仍扬鞭猛抽骡子的屁股,人和骡子很快消失在茫茫暮霭中。

5

黎明,美丽的晨曦中,葛秃子骑着骡子奔跑,忽然,眼前出现一片辽阔的草原。远处,有几处黑点。他骑着骡子朝前飞奔,近前一看,发现黑点是骆驼和马群。离它们不远的地方,有几座圆形的蒙古包,一缕缕炊烟正从蒙古包里升起。他精神一振,骑骡朝蒙古包跑去。他来到一座蒙古包前翻身下骡,就见一个老牧民走近前来。

老牧民以手捂胸道:“尊贵的客人,你从哪儿来?欢迎你到咱蒙古包喝杯奶油茶。”

葛秃子跳下骡子整了整头上的毡帽和身上的衣服,拱手行礼道:“俺是内地来的商人,肚饿口渴,望老人家行个方便。”

老牧民道:“不要客气,咱牧民向来是够朋友的,请到包里坐。”说着,请葛秃子走进自家的蒙古包。葛秃子走进蒙古包,见包内周围摆放着整齐的箱子、碗柜,角落里置有佛像和花瓶,地上铺着花地毯,中间放着一个炉子。观毕,葛秃子学着老牧民席地而坐。少时,蒙古包的主妇端上来一盘烤羊肉和一壶奶油茶。

老牧民道:“尊贵的客人,你贵姓?”

葛秃子道:“免贵,俺姓葛。”

老牧民道:“你从远方来,一定饿了,快请吃点东西吧!”说着,向葛秃子打了一个手势。

葛秃子道:“老大爷,那俺就不客气了。”说罢,他不用刀子,用手拿起羊肉就狼吞虎咽起来,由于吃得急,嘴里不住地打着饱嗝。

蒙古包的主妇道:“葛先生,慢慢用,喝杯奶油茶。”

葛秃子拱手道:“谢谢女主人!”说着,端起一碗奶油茶一饮而尽。

这时,孩子们肆无忌惮地翻他行囊中的杂物,男孩子们拿出葛秃子刮胡子用的凹面镜,对着凹面镜左瞧右瞧,不停地做着怪相,姑娘们则一遍遍照着镜子,看着自己红红的脸蛋咯咯笑个不停。笑声使他想起昔日相好的情人谢兰,心里隐隐作痛。

葛秃子对几个姑娘说道:“姑娘们,你们既然喜欢这镜子,俺就送给你们做礼物吧!”

一个姑娘执镜在手,快步走到葛秃子跟前,弯腰施礼道:“谢谢!”说着,在他脸上亲了一口,引得葛秃子欢快地笑,老牧民一家也快乐地笑起来。这天,葛秃子在好客的主人家歇了一夜。第二天,他跨上骡子告别蒙古包主人一家继续西行。

6

白昼,绥远城。黄河从它身边静静流过,码头上,人山人海,人们都在争看徽剧《乾隆下江南》。巡防营的马队急驰过来,一名营管带勒马高喝:“散开,快散开!”看戏的人们散开一条通道,马队急驰而过。葛秃子牵着骡子从码头边走过,停住脚看了一眼戏台上的徽剧演员表演,勾起了他一缕思乡之情。一会儿,他牵着骡子挤出人群,穿过马路,一路寻找旅店。终于,他在一个名叫“悦来”的旅店门口停住脚,将骡子在树上拴了,从骡身上拾起行囊大步走进旅店。

葛秃子来到柜台前,对一名中年掌柜询问道:“请问掌柜,俺要到宁夏城,得走哪条道?”

店掌柜道:“打从绥远西去,有两条路,看客官愿走哪条路?”

葛秃子道:“是哪两条路?”

店掌柜道:“一条是水路,循黄河而上,可达宁夏、兰州;一条是旱路,从绥远出发,经五原、临河到甘肃境内三盛公、平罗到宁夏城。”

葛秃子道:“俺是天津洋行出差的,要到西部考察,走水路嘛看不到啥东西,还是走旱路吧。”

店掌柜道:“此去往西不太平,要想往前走,您一个人可不成,那太冒险哩!”

葛秃子道:“啥?有啥险?”

店掌柜道:“这一路上常有强人出没,可吓人哩,得找一个伴当。”

葛秃子想了想,道:“伴当嘛就麻烦你替俺找一个,价钱嘛好商量。”

店掌柜道:“价钱就另外说哩,只是你雇这脚力,要没有梁山忠义堂的允准,谁也不敢跟您走。就是有人敢跟您走,也出不了这绥远的城门。”

葛秃子听罢一惊,忙道:“好你个大掌柜,俺是外地人不懂这里的规矩,俺这里有一两银子,麻烦你嘛帮俺找一个脚力。”说着,葛秃子在行囊里取出一两银子递给店掌柜,拱手作揖,“俺就求你了。”

店掌柜接过银子道:“好说好说,你就在这里等我一会儿,我去给你找脚力,去去就来。”说罢,他出门而去。

不一会儿,店掌柜牵着一匹黑骡子,并带着一个驼背脚力来了,见了葛秃子的面,热情说道:“客官,我给你带来一个惯走西口的脚力,他叫杨大,对西北一带人熟地熟。”说着,指了指杨大。

葛秃子道:“那再好不过,多谢店老板!”

店老板指着黑骡子道:“这骡子也是上好的脚力,体魄健壮,它是我用20块铜板雇来的。”

葛秃子拱手道:“那敢情好,多谢店老板!”说着,他上前摸了一下黑骡子,拍着它的耳根道:“好伙计,俺这一路得你帮忙了。”回头对店老板道,“店老板,俺得急着赶路,不多耽搁了。这门前系着的是俺带来的骡子,无以为谢,就送给你了。再见!”说着,让杨大牵着骡子过来,把自己肩上的行囊交给杨大绑在骡子身上。驼背杨大一边系着行囊,一边用手摸了摸行囊,少时,他将行囊系在骡子背上。

杨大回身对葛秃子道:“老板,您咋称呼?”

葛秃子道:“俺姓葛,名行健,你就叫葛老板吧。这一趟西行,道路遥远,路途不平静,少不得要麻烦你杨大哥多照应!”说着,转身对店老板拱手道,“店老板,咱们相识,三生有幸,今日作别,后会有期!”说着,拍了拍杨大的肩,“杨大哥,俺们上路!”

7

白昼，黄河岸边古驿道。滔滔黄河中，片片帆影；古驿道上，行人稀少。葛秃子和牵着骡子的驼背杨大在古驿道上慢慢行走。

葛秃子道："杨大哥，你为啥名叫杨大？"

杨大道："俺是山西太原人氏，据传祖先是北宋名将杨家将的后代。只因到了俺父亲这辈，家道中落，俺娘生了咱兄弟五个，俺是老大，又读不起书，父亲便随便给俺起了这个名字。"

葛秃子道："啥，你是山西杨家将的后代，佘太君、杨六郎、穆桂英可都是了不起的人物，俺从小可爱看杨家将舍家卫国的戏哩！想不到这一趟到西北去，杨家将的后代伴俺同行，这下可巧了！杨大哥，俺有了你当向导、保镖，心里更踏实了哩！"

两人在闲聊中，不知不觉走过了五原县城。

8

字幕：半个月后。

白昼，临河县不大的皮毛市场。市场小顾客不多，三三两两穿行在货摊之间。葛秃子与驼背杨大牵着骡子东看看，西逛逛，时而与贩商谈货论价，时而翻看毛色不好的皮张。

葛秃子对杨大道："杨大哥，这临河是嘛地方，咋皮毛成色这么糟糕？不看了，咱们到平罗去！"

杨大闻言，蹲下身子搓搓双腿："平罗是回民居住地，前些年那里的回民造反，到眼下还不安宁呢！再说了，俺对那里的路径不熟，这几天腿子抽筋，俺就不去了，要去，你自己去！"

葛秃子闻言，安慰道："杨大哥，你是西北人，眼前的路再不熟也比俺熟。再说了，近些年，官军早把那里的造反回民镇压了，还有啥子不安宁？甭怕，俺这里有洋大人开的通牒和直隶省衙门开的路引，这不比端着尚方宝剑利害？哪个官府敢欺侮咱？欺侮咱他就不怕杀头？"说着，葛秃子从怀里掏出路引和通牒给杨大看。

杨大看也不看道："不用看，俺知道这洋人通牒和直隶省衙门开的路引厉害，可俺实在脚痛得抽筋，走不了啦！还是葛老板另请高明的好，俺杨大胆小，不是杨家将的后代，俺前面所说是骗你的哩！"

葛秃子道："杨大哥，这就是你的不是了，你咋随便变更自己的祖宗？俺相信你杨大哥不是那号人！如若嫌给俺带路的钱少，你就跟俺挑明，别他妈跟俺斗戏法！来，俺再给你加一两银子，你把俺带到平罗就成。咋样？"

杨大听说加银子，顿时站起身来，笑道："俺跟你说笑话哩，你还当真？加一两银子，成，俺就把你带到平罗。可俺把话说在前头，到了平罗，俺就立马回绥远，不然，再加一两银子俺也不干！"

葛秃子与杨大击掌道:“一言为定!”

杨大道:“一言为定!”

葛秃子迅疾从骡背上的行囊中掏出一两银子,将银子递到杨大手中:“天色不早,俺们抓紧赶路吧!”

杨大牵着骡子在前面走,葛秃子紧跟其后,出了临河县城。

9

五月的白昼,临河县以南宁夏平罗与内蒙接壤的河套地区。葛秃子骑着骡子,杨大牵着骡子,沿着黄河官道向南走,仿佛进入了春天:太阳开始暖和起来,光秃秃的树枝上绽放嫩绿的叶片,近处,一大片羊群走在草地上,像白云飘拂在绿海里。

葛秃子感慨地道:“杨大,俺问你,这黄河为啥不向南流而向北流?为啥此时南方是夏天而这里却是春天?”

杨大道:“葛老板,你有所不知。这黄河自西而来,沿途浩浩荡荡,走的是由高而低的河道。可自平罗的石嘴山起,它奔腾到临河、五原,转而折向绥远,原因就在于这里的河道是南高北低,故而黄河从古至今由南向北流。至于这里的气候嘛,温度比南方整整迟了一个季节,故而南方是夏天,这里还是春天。

葛秃子道:“走在这黄河岸边古道上,俺是从来没有过的心旷神怡啊!瞧那一片在草地上行走的白色羊群,仿佛像白云拂过绿毯一般,就是这儿的风,也柔和得如美人的手在俺身上轻轻抚摸,真有点像被老婆的手抚摸过的感觉啊!”

杨大道:“想不到葛老板像个诗人,俺没有文化,朦胧中似有这种感觉,真他妈奇妙!”

葛秃子兴奋难抑,脱口吟道:“深林掩映北山崖,一面河流一面沙。绝好荆关图卷上,绿云天外白云家。”

杨大闻言问道:“爷,你在咕噜啥呢?”

葛秃子头也不回道:“难道你没有听见俺在作诗么?”

杨大道:“听是听见了,就不明白你念的啥?”

葛秃子道:“你看看,没学问的人多可怜啊!”

杨大突然转变话题,问道:“爷,你带枪了吗?”

葛秃子一愣,回道:“带枪,俺带枪干吗?”

杨大道:“您走这么远的路,咋会不带枪呢?你不是给洋人干活吗?洋人还不发给您一支枪?路上碰上大王爷,您拿啥防身呢?”

葛秃子听罢,倒吸了一口凉气,忽然觉得肚子痛,他捂住肚子,跳下骡子,往路边山包背后跑。

杨大追着喊着:“爷,你是咋啦?”

葛秃子边跑边道:“定是刚才吟诗用力过猛所致!”葛秃子跑到山包背后,急忙解开裤子解大便。约过了10分钟,他掏出一张解手纸揩干净屁股,边系裤边长出一口气道:“天下快事,莫过于有屎就立马拉出来也。”言毕,他轻松地翻过山包转到大路上,竟发现不见了杨大和黑骡。他心中恐慌,向前赶了几十步,登上路边一座小山包向南眺望,只见大路上空荡荡的,未见一人,再回头向北望,果然看见杨大骑着骡子撒蹄飞奔。葛秃子急忙奔下山坡,向北急追,一边追一边喊:“杨大,等等,你往哪里去?”

杨大像根本未听见,骑着骡子如飞似的去了。

葛秃子见状,大声骂道:“杨大,你这个出卖耶稣的犹大,混蛋,王八蛋,不得好死!”过一会儿,又大喊道:“完了! 俺葛秃子完了! 天不佑俺哪!”喊完,他双手抱着头,倒在路边的山坡上。

10

黄昏,临河县通往平罗县的山路旁的山坡上。葛秃子睡着了。他做了一串不连贯的梦,时而梦见他与情人谢兰幽会在王爷家,时而梦见他与亨利会晤要求到西部考察的情景,时而梦见他与刘敬祥争论的情景。当梦到他对刘敬祥说“青山处处埋忠骨,何必马革裹尸还”时,葛秃子醒了。他睁开眼,发现自己躺在路边的沙包上,一边是无垠的草原,绿得让人心醉,一边是大河奔流、远山树木还有连绵起伏的山丘,六月夕阳洒在他身上,闪着迷人的光泽。猛然,他听到一串马铃声由远而近传来,匆忙奔到大路中间,伸开双手挡住车道:“停一停,停一停!”

一辆驿车在他面前停下了,从车上奔出一个二十多岁的年轻人,这年轻人抽出腰刀,上前问道:“老哥,你要干啥呢?”

葛秃子道:“兄弟,你听俺说,俺是从京城来的,准备到平罗做点生意,可俺的行李、路费还有路引,全都让俺雇的那个小子偷跑了,俺现在身无分文,想搭个便车,行吗?”

那青年道:“我咋知道你不是个谎溜子呢?”

葛秃子道:“你说啥?”

青年人道:“你要是个贼打鬼咋弄呢?”葛秃子被弄糊涂了,站在那儿不动,也不说话。

赶车的车夫对葛秃子说道:“这位是驿站的保军站长,他说你要是撒谎咋办?”

葛秃子道:“俺起誓,俺真让人给偷了。你们从北边来,没看见一个人骑着一匹骡子?”

保军道:“你说的是多会的事情? 是不是前面有奔楼(大额头),后面有个黄老锅,汗褂子上还挂着个坎坎子(背心)的?”

葛秃子道:“就是就是,就是他! 俺从绥远雇了他,一路上他都挺老实的。可就在刚才俺闹肚子,在那边方便,回来就不见他了。”

车里一个老庄户插嘴道:“你没找个有底的人么? 又碰着个阴谋氏,还有不吃亏的?”

又有一个人道:“绥远那边的人么,疵毛得很,你咋敢信他嘛?”

保军松口道:“我这车只到石嘴山,还要收费,你看咋办呢?”

葛秃子道:“石嘴山是哪儿?”一车人都笑了。

保军道:“哦,连石嘴山都不知道,看来真是北京城里的人。石嘴山在那高头呢,归平罗县管。”

葛秃子道:“那俺就到石嘴山吧。钱你放心,俺一定加倍付给你。”

保军道:“那就上车吧!”

葛秃子激动地道:“多谢了!”说着,他跳上驿车,和一群人挤在一起。马车夫挥动鞭子,驾辕的马便沿着山路奔跑起来。葛秃子坐在马车上,屁股一颠一颠的,脸上露出一丝苦笑,向保军投去感激的一瞥。

11

傍晚,晚霞映照的石嘴山对岸渡口。渡口已经泊满了货船,桅杆林立,人声嘈杂。驿车上了渡船向河对岸驶去。保军与船上的熟人打着招呼,不时骂着谁是日囊怂。船到了对岸,驿车接着上了岸,车上的乘客陆续散去。

保军向葛秃子道:“老哥,我可是把你送到了石嘴山,你看咋办呢?”

葛秃子道:“兄弟,俺现在没有钱。不过,你要是信得过俺,俺一定会加倍报答你!”

保军斜了对方一眼,按了按腰刀,道:“老哥,看得出,你是见过世面的人,你说的大概是真话,可我保军也不是傻蛋,今天我就信你一次,你走吧!”

葛秃子急忙表白道:“保站长,你放心,俺是给洋人做事的,决不会让你吃亏。连太后老佛爷都怕洋人,巴不得送银子,你怕啥呢?再说了,现在给洋人做事才有出息,像你这样的人才,整天赶着个马车,能挣几个钱?你要是想挣大钱,让县太爷见了你都得称兄道弟,俺就把你引荐到洋行做事,咋样?”

保军一听,高兴地道:“当真,我可不会说洋话。”

葛秃子道:“那不打紧,一学就会了。”说着,他随口说了一句“撒克油鼓捣白”。

保军道:“嘿,老哥,你还真歪得很。不过,你是京城人,说洋话没事。我是这坨坨长大的,说洋话人家见笑呢!”

葛秃子看了一眼码头上的家居屋里亮起了灯,沉思一会儿,道:“兄弟,你一旦给洋人做事,连知县、道台都高看你一眼,谁还敢笑话你?你杀了人都没事。洋人和给洋人做事的中国人犯了法不受中国治理,你知道吗?”

保军睁大眼睛,道:“还有这事?”

葛秃子道:“俺骗你干吗?洋人有一种教,你给他做事,就入了他的教,成了教民。你一旦入了教,你想干啥就干啥,吃喝嫖赌,没人敢拦你!要是中国人找你麻烦,那就是洋务纠纷,洋人们快船大炮就会打过来,给你撑腰,懂不?”

保军道:“还真那么日能?”

葛秃子道:“洋人连圆明园都敢烧,还有啥不敢干的?你想想,你辛苦一年,才挣几两银子?还不够老佛爷一碗茶钱。可你要是给洋人做了事,那银子可就白花花地往家里淌。”

保军道:“我没出过远门,去京城有点害怕!”

葛秃子笑了,道:“干吗去京城呢?俺这次来,其实是来考察的。考察你懂不懂?不懂也不要紧。俺告诉你,不要你去京城,就可以为洋行办事。”

保军道:“那我干!老哥,走,到我那儿去,先住下,晚上,我带你去乐和乐和!”

字幕(画外音):也许是阴错阳差,俺爷爷的爷爷到西部考察,还没到贺兰山下的平罗县,行李、衣服、证件等一应杂物连骡子都被强人抢走了。正在他走投无路之际,碰上了石嘴山驿站年轻站长保军。由于保军的热心帮助,俺爷爷的爷爷在这里找到了他梦寐以求的考察结果——一座软金矿!不,准确地说,那是一堆堆被牧民们认为不值钱当沤粪用的羊毛。从此,他走上了发迹之路。这印证了中国圣人孔子和西方先哲苏格拉底说过的一句类似的话:历史往往是由偶然的因素造成的。

12

夜,石嘴山梨香院。两盏红灯笼高高挂在梨香院的门楼前,门楣上一个匾额,上书“梨香院”三个金黄大字。一群擦脂抹粉的妓女正在门前拉客。石嘴山的权贵和富商纷至沓来,搂着一个个年轻美貌的妓女进院开房间。

这时,保军带着葛秃子信步朝梨香院走来。

葛秃子看见梨香院前热闹的人群,诧异道:“保军,这是啥地方?”

保军道:“这是镇上的摇钱树——梨香院!”

葛秃子道:“啥?摇钱树?”

保军道:“是啊,这是一座专为南来北往行商和官员开设的妓女院,镇公署、税务所还指望它每年交一笔可观的税收呢!”

葛秃子道:“老弟,俺没钱玩婊子,今晚去不了!”

保军道:“这哪能成!老哥,你今天的费用都包在我身上,去,挑一个漂亮的娘们乐乐!”

葛秃子道:“俺在京城可没嫖过娼!”

保军道:“没嫖过娼就没搞过你老婆?尝一尝,味道不一样!再说了,你在北京城大地方,啥事没见过?我就不信你老哥没有一个情人!到了咱这石嘴山小地方,也没啥好招待你们这些京城人,今天,我有运气碰上你老哥,我陪你到梨香院玩一回,也算表表我的一番心意。老哥,你到底去不去,不去就拉倒了,算你老哥瞧不起我保军!”

葛秃子进退两难,犹豫片刻,道:“去,俺去就是,不去,辜负了小兄弟的一番情意。”说着,他与保军朝梨香院大门走来,立时,梨香院围上来一群年轻妓女。

保军道:“老哥,你先挑一个,钱你不管,完事我来付!”

这时,一个妖艳的年轻女子走到葛秃子跟前道个万福,说道:“哟,这位先生长得好帅,今晚上,我来陪你,包你满意!”说着上前拉住葛秃子的手往梨香院中拉。葛秃子见这个女子年轻可爱,也来者不拒,跟她来到一个房间。

年轻妓女道:“先生,你去关上门,我脱衣上床,快些来呀!”说着,熟练地脱掉身上的裙子,仰面躺在床上,葛秃子关上房门,见这年轻女子仰面躺在床上,双峰高耸,禁不住欲火中烧,他迅速地脱去西服领带和裤子,一个饿狼扑食,扑在那年轻女子身上就亲她的嘴和脖子,一双手早把自己的内裤和女人的内裤扒了。霎时,就听到那年轻女子"哎哟哎哟"地尖叫起来,抱着葛秃子直在床上打滚。

葛秃子干完事,立即就坐了起来。

年轻妓女道:"想不到先生这么厉害,来,我白陪你再玩一回!"

葛秃子道:"俺再搞就没有钱了。"

年轻妓女道:"没钱也叫你搞,不嫌你是个小气毛!"

葛秃子生气地骂道:"贼娘养的,搞婊子不花钱是要倒霉的!"

年轻妓女道:"你真是个后腿子怂,没见过你这样的翻眼猴!"

葛秃子不理她,径直走出了妓院。

13

翌日中午,保军寝室。葛秃子从沉睡中醒来,伸了伸懒腰,打了个哈欠,就穿衣起床。他倒了一盆洗脸水,匆匆洗把脸,出了房门,迎面碰上厨子师傅。

厨子师傅道:"葛先生,保站长出门办事去了,不能陪您。饭菜已做好了,他叫您一个人先吃,不要等他。"

葛秃子点头,走进厨房,端起一碗面,匆匆吃罢。

葛秃子问厨师道:"请问师傅,石嘴山这地方有嘛好玩的地方吗?"

厨师逢迎道:"也就是码头人多,热闹。"

葛秃子道:"到码头咋走?"

厨师道:"出门顺新大街往前走,过龙王庙就到了。"

葛秃子出了驿站门,前往新大街。一路上,只见一座座小煤窑冒着烟火,满脸乌黑、赤膊的工人用背篓背煤,监工们举着皮鞭不住地打骂工人。他穿过一条窄巷来到新大街,只见新大街热闹非凡。这一日正是赶集日,街面上布满了布匹、日杂百货、茶叶、食糖、皮毛、蔬菜、甘草、枸杞摊子,卖小吃和点心及手工编织品的小商贩吆喝不断。一个卖筐子的老汉喊道:"哎,通城的囤子、筐子、圈巴子,穿口的巨篮、簸箕、水斗子。"

葛秃子走到一个卖帽摊前,拿起一顶用芨芨草编的凉帽爱得不行,左观右瞧。卖草帽的是一个十几岁的小伙子。

小伙子道:"老哥,你好好瞅着,这是下营子老张家的帽子,平罗县独一份儿。要就拿去,戴上去凉快。看你老哥是外路人吧?做大买卖的,还舍不得个帽子钱?!"

葛秃子道:"多少钱一顶?"

小伙子道:"你是使龙洋呢还是使制钱?"

葛秃子道:"还嘛不一样吗?"

小伙子道:"老哥,这你就不知道了。朝廷每年都是用铜板制钱,年时不是有了龙洋么？这就看你花啥钱了。”

葛秃子道：“龙洋咋说，制钱又咋说？”

小伙子道：“用龙洋么，每顶要半块，用制钱么，每顶要五十文哩！要买，不打谎溜子，三十文一顶给你，咋样？”

葛秃子道：“俺是想要，可俺没带钱！”

小伙子瞪起了眼睛，道：“你说啥呢？闹了半天嘴皮子磨去半边，你没带钱？没带钱你买啥帽子？我看你是鸡窝里插棒槌——捣蛋来哩！”

葛秃子道：“俺是真心想买，确实没带钱。”说着，他转身想走。

小伙子一把抓住他头上的帽子，道：“你扯了半天磨，说不买就不买了，你要我呢？”说着，揭下他的帽子，葛秃子露出个光脑袋，众人顿时大笑起来。

葛秃子开始跟着笑了几声，接着愣了愣，明白小伙子在取笑他，他挥动老拳，一拳猛击小伙子的面门，顿时，小伙子吐出一口血水来。

小伙子“嗷”地叫了一声，吐出两颗大门牙，从摊子后面蹦出来，伸手去抓葛秃子。正在这时，一双手抓住了小伙子的手腕。小伙子抬头一看，见是保军，顿时乖觉起来。

小伙子口齿不清地道：“五爷，这个老山户要我还要打槌，疵毛得很，你让我好好收拾他一下！”

保军道：“小伙子，你歪得很哟。你摘人家的帽子，让人家在这么多人的面前丢人，你给咱石嘴山争光得很么！”

小伙子道：“是他先耍我的！”

保军道：“那我不管，他是我一搭里的哥，从京城耍来了。你让他丢人还扫兴，你说这事咋了结呀？”

小伙子仍犟嘴道：“是他先耍我的！”

保军“啪”地给了他一巴掌，道：“你真是精沟子日驴，丢人带现眼哪！你不服是不是！走，先跟你爷到镇公所找主簿大人评评理！”

旁边的老汉拽住保军，求情道：“保站长，你大人有大量，他还是个娃娃么，你夯使他一顿也就算了！”

保军道：“老汉，你的脸还很值钱么？你敢出来做人情？”

老汉道：“我是个老庄户，有啥脸嘛。”

保军道：“那你就把沟子夹住，哎，小伙子，去，还是不去？”

小伙子害怕了，道：“我不去。”

保军道：“不去也好。这样，我给你们做个调和。你先辱人家，丢了石嘴山的人，你就先赔人家十元龙洋，外加十顶草帽。你的牙掉了，还会长出新牙，长不出来也不要紧，到后街黄大牙镶牙铺去镶上两颗金牙，就更心疼了。”

小伙子哭道：“我卖一顶帽子才赚两文钱，那有十块龙洋？”

保军道：“那就不好办哩！小伙子，出门做买卖，要的是和气生财，不要做贼楞子。”

葛秃子心里过意不去,上前道:“算了,就让他赔俺一顶草帽拉倒吧!”

保军道:“老哥肚量大,放过了你。小伙子,还不快给你老叔磕头请安?”

小伙子嘴巴肿胀,泪流满面,跪下给葛秃子磕了三个头,又拿了一顶草帽给他。

保军道:“小伙子,记住了,以后做生意别上火!”说罢,挽着葛秃子的手道,“老哥,我们走,到黄河渡口看船去!”

第三季:探宝石嘴山

1

傍晚,晚霞满天的石嘴山。保军陪着葛秃子离开集市沿北街往黄河沿走去。

保军道:“老哥,牛皮不是吹的,在石嘴山谁不知我保军歪得很。像刚才那种下三烂,我平时都懒得闹他们。”

葛秃子道:“嘛叫歪得很?”

保军道:“这是土话,就是厉害得很。”

这时,葛秃子看见街道两边人家的门前,都堆着一些羊毛,和土掺在一起,便上前抓了一束羊毛用手指捋了捋,见羊毛纤维绵长、质地柔软,知是羊毛上品,心中暗喜,打探道:“这些羊毛掺上土干吗?”

保军随口道:“沤粪!”

葛秃子惊道:“沤粪?你是说拿嘛羊毛沤粪?”

保军笑道:“不沤粪又能闹个啥?除去做毡子、毛口袋,啥用也没有!”

葛秃子叹道:“可惜可惜。”

保军道:“老哥,这羊毛还有别的用途?”

葛秃子抑制住兴奋,贴着保军的耳朵道:“太有用了,兄弟,俺昨天给你说啥来着?”

保军道:“你叫我跟着你干,说干了洋行的差事,吃喝嫖赌谁也不敢管。”

葛秃子道:“对了!俺从来不说大话。上帝保佑,俺就要发大财了!”

保军愣住,道:“上帝是闹啥的?”

葛秃子道:“上帝是洋人的天老爷,咱们的玉皇大帝算个球!你看,俺连一炷香也没烧,上帝就保佑俺来到石嘴山,俺碰到了你,上帝这个贼娘养的真好!”

保军听得莫名其妙。

葛秃子道:“保军兄弟,既然上帝保佑咱们哥俩要发财,你干脆改个名字好不好?”

保军一愣:“改名字,那我叫啥?”

葛秃子道:“叫嘛?叫保帝呀!俺的个傻兄弟,上帝保佑俺们发财,咱们就保佑上帝保佑咱们发大财!”

保军半天云里道:“我闹不明白。”

葛秃子道:“你会明白的。俺问你,这儿嘛羊毛多吗?”

保军眨眼道:“多呀!不光这儿多,河东鄂尔多斯草原,山那边的阿拉善草原,有的是羊毛!”

葛秃子道:“那皮呢?”

保军道:“有毛就有皮,啥皮都有。贺兰山里还有野物哩!”

葛秃子道:“那要是在石嘴山收羊毛,能嘛收多少呢?”

保军毫不迟疑地道:“你想收多少就能收多少!”

葛秃子兴奋地道:“兄弟,你给俺说实话,你嘛想不想发财?”

保军顿脚道:“我他妈不想发财?我他妈天天做梦都想!”

葛秃子道:“俺不是说你妈,天津话就爱叫个嘛。那就好了,咱们很快就能发财!”

保军道:“那么快,你有啥法子?”

葛秃子道:“傻兄弟,咱发羊财呀!这羊毛,就是咱发财的本钱!”

保军不解道:“羊毛有人要?”

葛秃子道:“知道俺为啥到西北来吗?告诉你吧,俺不是嘛京城人,俺是从天津来的,住在天津紫竹林英国租界里。租界,你懂吗?”保军摇头。

葛秃子道:“不懂不要紧,俺以后慢慢给你说。租界里有很多洋行,嘛买卖都做。羊毛最抢手,运到英国能赚大价钱。英国人比咱巧,人家把羊毛纺成非常细的线,再织成各种呢子布,昂贵得很,比咱的银子还值钱!俺这次到西北,就是洋行的老板派俺来考察的。”

保军问道:“那你考察咋不带银子呢?”

葛秃子道:“傻了不是?啥是考察?考,观也,思也;查,推敲也,求也。《说文》《段注》解,引申之义曰考课。周礼多作考。《书·舜典》曰:三载考绩,三考黜陟幽明。《诗经·唐风·山有枢》云:子有钟鼓,弗敲弗考。”

保军被弄糊涂了,道:“老哥,你说啥呢?”

葛秃子醒悟道:“噢,俺又走神了,在背书哩!”

保军钦佩道:“老哥,你真有学问。”

葛秃子闻言,愤怒道:“狗屁!嘛学问?俺是个秃子,字又写得不好,有天大的学问又有嘛用呢?”

保军道:“字写得好也是学问。”

葛秃子道:“狗屁!嘛叫字写得好?光亮黑粗就是好?你写字带碑,就是破体!明白吗?破了体,你就有天大的学问,也没嘛用,皇上也不会用你。唉,给你扯这些干吗?还是说羊毛吧,俺说哪儿啦?”

保军道:“说到考察。”

葛秃子道:“对呀,考察,就是到处遛跶,到处转悠,哪儿好,哪儿不好,哪儿有钱赚,哪儿有财发,弄准了,弄保险了,没跑了,就嘛定下来,在哪儿发财!”

保军道:“那你要在石嘴山发财了?”

葛秃子道:“还没定。石嘴山太小,平罗城俺还想去看看。听说府城是西夏国的京城,想必很繁华吧?”

保军道:“繁华个球!就是些破烂土房子,没啥看头。它还不靠黄河,运个东西也不方便。平罗城是热闹,可离码头也远。你想做买卖,没有码头咋闹?再说了,你在石嘴山做买卖总得用几个底里人吧?我保证你百通百顺,没人敢给你下眼药,就街上混的那几瓣烂蒜,在我跟前不敢蹶蹄子。官面上,也有我几个哥哥照应。县里省里,有你老哥,你老哥不是说洋人的脸盘子大么?”

葛秃子沉吟片刻,道:“不错,你说的正合俺意,但有一件,咱做的嘛毛皮生意,万一收个仨月两月就收完了,那可咋办?”

保军笑了,道:“我的哥哥,你就把心妥妥地放肚里吧!我不是吹牛,你一百年要把这河东河西的羊毛皮子收净了,我头朝下走到天津去!”

葛秃子道:“有你这话,俺就把石嘴山作为重点向亨利先生推荐。”

2

这时,两人说着说着已来到黄河岸上。葛秃子望着西边巍然耸立的贺兰山和东面的平畴沃野,心潮起伏。他仰望天空,一轮皎月悄然从天边升起,天空一碧如洗,蓝得发青。他再望望黄河,上下船只往来如梭,河面上不时传来雄壮的船工号子,河岸上,拉纤的纤夫在夕阳下赤着身体,躬腰撅腚,吆喝着号子,声扬两岸。

葛秃子自言自语道:“没有想到,在西北还有这样一处风景。石嘴山是一个天然商埠,可惜藏在深闺人未识啊!”

保军道:“那些船都是从兰州到山西的货船,这儿的甘草、煤炭、粮食、白麻运出去,外面的布匹、百货、茶糖运进来,在石嘴山停留的很少。”

葛秃子忽然道:“石嘴山有嘛大船没有?”

保军道:“货船有七八十只,不过散落在各渡口。平罗县有八处渡口呢,大船却是没有,最大的船也只能装五六千斤货。老哥,你啥时能回去带银子来收毛呢?”

葛秃子瞪眼道:“回去?干吗要回去?”

保军道:“你不回去,没有银子咋收毛?”

葛秃子道:“是啊,俺正为这事犯愁呢!”他望着远处的帆影,过一会儿问道,“兄弟,你可知道,如果俺回去再来,你和俺都发不了财啦!”

保军道:“为嘛?”

葛秃子道:“为嘛?这还不明白吗?俺要是回去拿了银子,定是洋行付款。人家洋行出钱收的羊毛运回去卖了钱,还会给咱们分红吗?再说了,洋行老板一听有钱赚,让不让俺来还不一定哩!”

保军道:“老哥,那咱们就发不了财啦?”

葛秃子道:“所以,为了发财,咱就得想办法。你看,如果咱要是先收了一批羊毛运到天津,卖了毛赚了一笔钱,那样,咱就有了本钱,回头再收,再运到天津卖了。经几次倒腾,咱不就发了?”

保军高兴道:“那咱就把洋行甩了,自己干!”

葛秃子摇头,挥手苦笑道:"洋行是不能甩的。没有洋行,你嘛羊毛卖给谁呢?咱得先要做个准备,别让洋行甩了咱。咱得让洋行明白,离开咱们,他就收不着毛。咱呢,还得打着洋行的旗号。不然,谁都来欺负咱,咋办?"

保军拱手道:"老哥,我算服了你了。你比那诸葛亮还神呢!"

葛秃子道:"那好,你既然愿意与俺同甘共苦,那就由你出面担保,咱先赊羊毛,等咱们将羊毛运到天津卖了,回来再付款。咋样?"保军没有吭声。

葛秃子道:"事不宜迟,咱明天就收毛!"

保军道:"这事不是个小事,我看,还是先和我的几个哥哥商量再定。"

葛秃子急道:"这明摆着的好事,还商量个嘛呢?难道你不想发财了?"

保军搔搔头皮道:"让我担保,这个……"

葛秃子不耐烦地挥手:"好了好了,你不用说,俺明白你的心事,你是怕俺骗了你,对吧?俺真没想到,你竟然有这种念头,太没劲了!算俺看错了人!你放心,你昨天的车钱还有婊子的陪侍费以及今天的饭钱,俺会加倍还给你!十两银子够不够?俺今天就到主簿那儿向他借钱还你。你记住,从今往后,咱俩谁也没见过谁,你不是说你在石嘴山歪吗?俺告诉你,俺就在石嘴山设点常驻,俺还不待见你和你的哥哥!"葛秃子说完,转身就走,看也不看保军一眼。

保军蒙了,半天没回过神来。一会儿他抬头看见葛秃子下了河堤,于是,他飞快地追下河堤,扯住葛秃子的衣襟,说:"老哥哎,你听我说,我没说不担保,我绝没那个意思,骗你是驴日的!我是说,我的几个哥与我情同手足,这样好的发财机会,我不能落下他们!"

葛秃子停下脚步,故意板起脸道:"嘛叫情同手足?俺问你,嘛叫情同手足?!你听说过没有,发财不过三人,古往今来,自三皇五帝到如今,只有共患难的君臣,哪有同享乐的兄弟?!你别犯傻啦!要想发财,想活命,你就悄悄地。等你发了财,就给他们一点银子,算你施舍。给一百两,他们都会感激不尽。因为你没忘了兄弟。要是你跟他们商量了,你赚了钱就是给他们一万两银子,他们还是要恨你。因为,他们认为应该得到更多。你打算咋办?"

保军听罢此话,佩服得五体投地,忙道:"老哥,我听你的!"

葛秃子道:"这就对了。你觉得替俺担保有风险,可俺告诉你,这才是你为人一世应有的追求!富贵不向险中求,哪得美眷与封侯?有一句土话,叫做跟着狼吃肉,跟着狗吃屎。你跟着你那几个哥哥,顶多一辈子多吃几口好屎罢了!"保军默然不语。葛秃子道:"走吧,回去睡吧,养足精神,咱们明天开始收羊毛!"月光下,葛秃子和保军走下河堤,向驿站走去。

3

翌日早晨,石嘴山驿站。葛秃子和保军早早起了床,两人忙着洗脸、漱口。

葛秃子吩咐道:"保军兄弟,咱们从今天开始收购羊毛。你到街上去买一套文房四宝和一些红纸来,俺来写收购羊毛的文告,文告写好后,你再拿着它四处张贴,先嘛造个舆论。”

保军道:“好,我这就去!”说着拔腿出了驿站。

不一会儿,保军回来了,将笔、墨、砚盘和一沓大红纸交到葛秃子手里,自去厨房端了一张饭桌搁置在驿站院子里。葛秃子铺开红纸,磨墨,凝思片刻,便开始提笔写收购羊毛公告。他写道:

兹有天津怡和洋行职员葛行健为收购羊毛事敬告本镇牧民百姓,凡每百斤羊毛收购单价为白银一两,收购数量不限,现交货现登记,三个月后货款一次结清。怡和洋行系英吉利大不列颠国在中国开设的商行,实力雄厚,在世界享有盛誉,届时决不会拖欠货款,望本镇居民人等一并体察,速售羊毛为宜。

交毛地点:本镇驿站。

专此公告。

怡和洋行收购人:葛行健

本镇担保人:保军

于即日

葛秃子写完第一张公告,又连续写了七八张。写毕,对保军说道:“保军兄弟,你赶紧带人将这些文告在镇内各交通要道贴出,办完事后找朋友家借两杆台秤,咱们明天开始正式收毛!”

保军道:“好!”说罢,喊了驿站的马夫、厨师,拿起一沓文告便夺门而出。

4

当日下午,石嘴山益顺居酒店。石嘴山镇主簿任有道、厘金分局局长赵文通、团防把总苟有田陆陆续续走进益顺居酒店,举行例会。这三人是结拜的兄弟,任有道年龄居长,是老大,次及赵文通、苟有田,保军排行老五。赵文通先到酒店,站在门口,与后来的苟有田、任有道一一拱手相迎,三人并肩走进益顺居,找了张桌子坐下。立时,益顺居老板就叫人奉上茶和菜单。赵文通接过菜单,点了几样酒菜,便饮起茶来。

苟有田道:“二哥,今天的例会通知了老五没有?”

赵文通道:“保军这个傻逼替人担保收购羊毛,也不知会俺哥们一声,俺已经叫人通知他了,叫他速来,待会儿,兄弟们好好调教他一顿!”

苟有田道:“保军这个狗怂,连自己的爹姓啥都不知道的后腿子,大家抬举他,让他做了兄弟们的老五,他竟然敢反叛,连个招呼也不打就帮人收羊毛。谁不知道羊毛卖不掉,没人要?要是羊毛能卖钱,还轮到他保军?就是羊毛能卖钱,像那个秃子说的,可他把羊毛运到天津,把银子往裤裆里一塞,你到哪里找他要钱去?这个傻熊,傻得很哩!”

众人正说着,保军低头走进益顺居。

任有道道:“保军兄弟,你咋来晚了。快坐!”保军在桌子下首找个座位坐下。这时,酒保端上一盆热腾腾的狗肉和一瓶酒来,道:“众位慢用,下面的菜马上送上来!"

保军拿起酒瓶,用牙咬开盖子,先给老大任有道满上一杯,逐次给赵文通、苟有田杯中斟满酒,最后给自己杯中斟满酒。他端起杯子,道:"各位老哥,兄弟忙于收羊毛的事一步来迟,兄弟先自罚一杯,也当给各位大哥敬酒。"说罢,仰脸一饮而尽。

赵文通道:"好,罚得好!老弟,今天几位哥哥叫你来,专为你替那秃子收羊毛的事,你说说,为嘛替那秃子收羊毛?说得有理,咱哥们不但不怪你,还要支持你,要是说得没理,可别怪哥哥们不客气!"

保军道:"大哥,别老是秃子长秃子短的,人家有大名哩,叫嘛葛行健,人家是英国怡和洋行派来考察的职员哩!再说了,你们不懂收羊毛的事,人家葛大哥可是个精明人哩!他说了,这里的羊毛多,价钱贱,收起羊毛运到天津,再从天津运到英国纺线,织成啥呢子布,可赚大钱哩!这样一捣腾,咱可发大财哩!见到财不发,我可不是那傻逼!"

苟有田道:"保军,你个狗熊,就算你能发财,可这样的好事为啥不先告知各位大哥,你以为你日能哩!实话告诉你,那秃子的话,老子就信不过!你咋知道那个秃子不是贼打鬼呢?这羊毛就那么好卖?说不定人家把你卖了,你个傻熊还帮人家数钱哩!"

赵文通道:"老五,我的老弟,你不要以为哥哥们话粗,话粗理不粗呀。大家是为你好,是疼你呀!你得明白,不能任性。咱们大小还是政府当差的吧?多少还领着皇上赏赐的几两银子吧?多少还受着皇恩浩荡吧?这驿站站长,你咋说不干就不干,说扔就扔下呢?这一份驿站的差使,虽说油水不大,可有它总比没有强吧?蚤子也是肉啊。兄弟,你还年轻,没尝过没有差使的苦啊!在官府里,咱怎么都好混呀。谁的本事强,谁的能力大?还不是靠哥们关系?就说在石嘴山,要没有咱哥几个照应你,你惹的那些麻烦能平安无事?话说回来,你想交朋友,哥不拦你,哥还帮你。可你不能听人家一说马鬃鬃就硬得像钢筋呀!眼下羊毛不值钱,这都是大家都知道的理,单凭那秃子说好卖就好卖?再说,那秃子身无分文,做的是无本买卖,风险大得很!你长长脑子,不能听人家信口雌黄!想发财,咱哥们都想,可单凭想能想得来吗?你说说,是不是这个理?"保军沉默不吭声。

苟有田见状,不禁大怒,把酒喝完,将酒杯一摔,喝道:"劝他个球!要俺说,干脆把那秃子抓起来揍一顿再说。什么收羊毛,他自己连一根毛都没有,还收人家的毛哩!"

一句粗话,引得旁观的众人都笑起来。

保军忽地站起,手指一圈人大声道:"笑个球,笑!你们说么话呢?我自己的事我自己做主,用不着你们来扯淡!你们的心事我清楚,不就是看我要发财了,没给你们打招呼,你们怕得不到银子吗?我告诉你们,我保军不是那号人,我发了财,会给你们的,再告诉你们,我改名字了,叫保帝,皇帝的帝,不过我保的不是皇帝,我保的是上帝!"

大家听罢都愣住了，好一会儿，苟有田醒过来，扑上去要打保军，任有道死活不吭声，饭桌上乱成一团。

赵文通把碗往桌上一摔，"乒"的一声响，大家都愣住了。赵文通摆摆手，让苟有田和保军坐下，道："都不要吵了，老五已经疯了！"说罢转过头对保军喝道，"保军，你大逆不道，口出狂言，这是灭门之罪，要株连九族的，你知道吗？你想死就一个人死，你不能拿大伙儿的身家性命陪你！你是一人吃饭全家不饿，我们可是拖家带口，有妻儿老小。你要是惹出塌天大祸来，你对得起谁？你对得起疼你爱你的各位哥哥、对得起你的良心吗？你刚才说的那些都是屁话！哥哥们是想贪你的钱财才叫你来的吗？你错了！"说到这里，见大家不吱声，他的声音低下来："事情到了这个地步，我这个当二哥的责无旁贷，今天的话就到此为止，保军，你说的话我们啥都没听见，出了这个门你再说，就与我们毫不相干。你发你的洋财去吧，不过，我跟你提个醒，在石嘴山，谁想运走一两羊毛都得经过我同意，我才不管洋人大人哩！再说了，你说他为洋人跑腿，他有路引吗？老三，回头你去查查，看他到底是哪路来的神仙，敢跑到咱哥们的地界兴风作浪！"说完，他带头走出店门。

5

下午，石嘴山驿站，保军的房间。

保军气呼呼地回到驿站自己的房间，把外衣脱了朝炕上一扔，道："去他个球吧，绝交就绝交，谁还怕了谁？"他闹腾了一阵子，没有劲头了，就倒在床上双手枕在脑后，望着房顶一言不发。

葛秃子烧好一个烟泡，走下床将烟枪递给他，保军不接。

葛秃子道："尝尝，看俺烧的烟泡有嘛不同？"保军接过烟枪，闭着眼睛吸了一口，顿时睁开了眼睛。

保军咂咂嘴道："老哥，我真服你，孙子骗你！你烧的烟，味道咋就那么醇呢？我到烟馆里找了多少女人和烧泡的，多好的烟土老是有股苦涩味，辣嗓子眼。就是洋人的一等好膏，也绵得很。我老说烟馆老板日鬼人呢。哎，老哥，你咋就闹的不一样呢？"

葛秃子躺在床上道："火候，懂吗？多好的大烟，不掌握火候，烧出来都是白搭。办嘛事都一个理。就今天，你和你的哥们掰了吧？你余勇可嘉，可是就别想发财了。"

保军道："不说俺还不气哩！你料想的一点都不差，他们见我要发财眼馋得很，我没尿他们，我马上就是洋人的买办了，我怕他们的个球！"

葛秃子从床上坐起，缓缓说道："此言差矣，老弟，如你所说，不光俺们的羊毛运不出石嘴山一两一毫，而且，俺眼下怕就有性命之忧呢！"

保军也坐起道："谁敢，他们要动你一根指头，我就要他们的脑袋！"

葛秃子摇摇头道："不对。俺问你，与你的哥哥们相比，你武功咋样？"

保军低头道："我是最不济的。"

葛秃子道:“那权力呢?”

保军头低得更下:“谁都比我大。”

葛秃子道:“斗心眼呢?”

保军“嗯”了半天,道:“我不行。”

葛秃子道:“人在官场,要懂官场的规矩,人在江湖,要讲江湖的义气。你既不懂规矩,又不讲义气,你还想全身而退去做发财的美梦么?”

保军道:“那我咋办呢?”

葛秃子道:“你暂时无事,因为一切由俺引起。没有俺,你不会去收羊毛,没有俺,你不会去辞差使,没有俺,你不会断兄弟情谊,所以,俺如果料得不差,你的哥哥就要派人来请俺赴宴了。”话音未落,门外走进一个人来,先给保军请个安。

那人将一封信递给葛秃子,道:“这是大爷、二爷给葛先生的信,他们在厘金分局恭候葛先生,有事请教。”葛秃子拆开信看了一遍,将信交给保军。

保军看也不看信,从床上跳起来道:“不去不去,有事叫大爷、二爷到这里来说。”送信人不知所措。

葛秃子把手一伸,道:“五爷,这叫嘛话。大爷二爷是你的什么人?是你的大哥、二哥。二位爷见召,敢不从命?俺去去就来。”

保军道:“慢,我陪你去!你是我的好朋友,我不能看着他们为难你!”说着,两人穿好衣服跟随来人前往厘金分局。

6

当天黄昏,石嘴山厘金分局公署——一栋普通的民宅,门前一堵院墙,正门有一个门楼,无人守卫。院子的右边是一道月亮门,可通另一院落赵文通的住宅。

葛秃子跟随保军进了大院门楼,来到厘金分局公署,见门前挂了一道白布帘子。有人撩开帘子,他俩一前一后走了进去。葛秃子进到屋里,见屋挺大,两边是办公桌椅,正面一个大炕,并排坐着赵文通、苟有田和任有道,三人正抽着水烟。任有道四方脸,白净脸皮,三十多岁,脸上有股儒雅之气。

保军上前请安道:“主簿大人,在下给你请安。”

任有道淡淡一笑:“小保子,听说你要发财了?”

保军道:“没有的事。”葛秃子站在那里,有点尴尬。

赵文通睁开眼睛,缓缓道:“你就是天津来的葛先生?”

葛秃子应道:“在下正是葛行健。”

任有道见了葛秃子一愣,良久,突然说道:“您府上可是安徽?”

葛秃子一愣,道:“正是,大人您是……”

任有道突然起身下了炕,走到葛秃子面前道:“俺,俺是谁?你好好看看!”

葛秃子往他脸上注目了一会儿,摇头道:“恕罪,在下眼拙,委实不敢相认。”

任有道一脸笑意道:“你再好好想想,俺给你一句话,以子曰上一圈为题,破题是于圣人未言之先,浑然一太极矣。”

葛秃子眼前一亮,兴奋地道:“你不是任有道字千斋,小名尿壶么?”

任有道也很兴奋,大声道:“四狗子,你这个混账货,黄鼠狼跑进磨道里,你充啥大尾巴驴呀!光听说来了一个洋人买办,秃着个头到处收毛,那时俺就想看个新鲜。知道吗?本来,今天老赵和老苟要给你好看的!”

葛秃子抱拳作揖道:“都是兄弟的错,俺给各位赔不是。千斋兄,你啥时来到此地?”

任有道回到炕上坐下,道:“一言难尽。你还记得那年童生考试老先生出的那道题么?”

葛秃子道:“哪道题?是不是那道井上有李?”

任有道道:“对对,就是那道题,可把俺害苦了!”

葛秃子道:“哦,俺想起来了。你写的是‘似杏而非杏,多了一道缝,似桃而非桃,少了一身毛。遇东风而摇之,临西风而摆之;有蒂何足惊,不能借一枝。滴溜溜一转而落于井垣之上者,有李也。’”众人听罢,发出满堂哄笑。

赵文通与苟有田跳下地来,向葛秃子打躬作揖到地,齐道:“冒犯冒犯,原来是主簿大人的故友驾到,我们为您老兄接风洗尘!保军兄弟,快叫人到酒馆定个座,我们随后就到!”

保军答道:“好嘞!”说着,兴高采烈地出门去了。

7

字幕:一个月后。

六月的一天上午,石嘴山驿站。驿站车库改成了收毛的仓库,另外在车库边新建了一座装羊毛的仓库。改装的仓库里已堆满了一袋袋羊毛,新建的仓库内,羊毛袋堆成了山。保军带着招募来的几个工人在新仓库门前正在招呼排着长队交毛的众多老汉、婆姨、小伙子和姑娘,几个工人抬着抬秤正在过秤。葛秃子坐在一张老式办公桌边正在拨拉算盘挥毫记账,整个驿站变成了洋毛收购站,好不热闹、红火。正在这时,镇厘金分局局长赵文通带着两个随员信步踱了进来,穿过人群,来到葛秃子身边。

葛秃子猛抬头见赵文通光临,忙起身拱手道:“抱歉,俺忙得很,失迎失迎。”说着,唤了一名工人替他记账。

赵文通拱手道:“今天得空过来看看,想不到你们收毛生意如此红火!好!好!”

葛秃子道:“要是没有赵局长、任主簿、苟团总的大力支持,俺的收毛生意还不知咋样哩!说到这,俺可要好好谢谢各位大人!”

赵文通道:“咋样,你的羊毛收了多少了?”

保军插言道:“二哥,咱们招募了几个人手,到鄂尔多斯草原和阿拉善草原只去了一趟,就收回四万斤羊毛!我让哈中元的铺子赶紧缝一千多只口袋,他的铺子都做不赢哩!”

赵文通道:“好!好!没想到你们的生意这样红火!”说着,转身对葛秃子道,“眼下,你收购羊毛多少银子一百斤?”

葛秃子道:“为了赶紧收货,俺把价提了,一百斤羊毛2两银子,每百斤提了一两。”

赵文通乐道:“葛兄,你经营有方啊!没想到你们羊毛还没赚到钱,我的厘金先翻了一倍!你明年要是再回来,我就要盖新公署啰!哈哈哈哈!”

葛秃子道:“俺准定回来,俺干吗不回来?这儿有金子呀!不过,俺在这里淘金,自有淘金的规矩,那就是收购价可以提高,但要确保羊毛的质量!”

保军插言道:“二哥,葛大哥做生意可讲究章程哩!他给我们收羊毛定了几条规矩:不准掺土,不准掺砂子,不准夹有杂物,不得有水分,不得粘结成坨,不得色泽发黑。尽管条件苛刻,但众毛户还是踊跃交毛。不少产毛户对我说,过去沤粪的东西,现在有人用银子收购了,虽然明年才能兑现货款,但总比扔掉强!况且,有任主簿和赵局长担着保哩!”

赵文通道:“老百姓嘛,给他点甜头,他会知道好处的。”说着,对葛秃子道,“葛兄,羊毛收齐,你咋运出去?”

葛秃子道:“俺正为这事头痛。俺嘛让保军兄弟调查了,从石嘴山到嘛平罗县城,这一嘛几乎没有跑长途运输的大船,最大的船是嘛刘满库和吴良才家的,可他们都嘛不愿跑绥远的长途,说是从石嘴山到嘛绥远的水道,路程远不说,还嘛乱得很,土匪、刁民见船就抢,没有镖局和官兵保护,他们说嘛也不愿租船。俺打算明天抽空亲自去拜访嘛刘满库。”

赵文通点头道:“好,就这样办,先把租船的事搞定,总不能让四万斤羊毛烂在石嘴山岸上。”说着,他沉思一会儿,道,“帮人帮彻底,葛兄,明天,我陪你同去见刘满库!”

8

次日早晨,石嘴山下贺兰船运公司。公司坐落在黄河岸边,几艘六吨级的大驳船停泊在黄河岸边港口,成百名码头搬运工正在从船上往岸上运货。葛秃子、保军和赵文通雇了三辆三轮车慢慢驰近码头,停下。赵文通下了车,招呼同时下车的葛秃子、保军一道向贺兰船运公司——一座二层楼楼房走去。刚来到楼前,贺兰船运公司经理刘满库迎上前来。

刘满库道:“赵局长,哪阵风把你吹来了,稀客得很,快进屋里坐!”

赵文通指着葛秃子道:“刘经理,我来介绍一下,这位是天津怡和洋行买办葛行健先生,”说着,又指着保军道,“这位是我的拜把兄弟保军!”

刘满库满面笑容,拱手道:“欢迎欢迎,欢迎各位来敝公司做客,请!”说着,他打了个手势,引着赵文通、葛秃子、保军三人拾级而上,到二楼经理室,命女佣给三人倒了茶水,请三人坐下。

赵文通道:“刘老板,最近航运不错,发了财吧?”

刘满库道："哪里哪里，我手下只有几条船，发财谈不上，还能混饱肚子。赵局长，您今天驾到，不只是问我的年成吧？"

赵文通道："刘老板一向谦虚，发不发财还能瞒得过咱石嘴山厘金分局？你向来是纳税大户，就不用再虾子过河——谦虚（牵须）了。"说着，他话锋一转，"是这样，怡和洋行的葛老板有四万斤羊毛要从石嘴山运到绥远，黄河沿岸的船都嫌小，你这儿船大，今天葛老板和保军兄弟专程特来拜访，还望老兄周全。"

刘满库面呈难色，道："哎呀，今天赵局长亲自光临，你是咱石嘴山的衣食父母官，按理，我这个跑运输的船主哪有不照顾的道理？只是眼下黄河逢枯水季节，船只吃水浅，行船不便，再说近年来黄河沿岸饥民造反，土匪常出没，行船也不安全，我不是不看赵局长的面子，实在为难哪！"

葛秃子道："刘老板，路上的安全你尽管放心，咱们运的不是嘛好吃好穿的东西，是送给土匪也不要的羊毛。俺知道你是怕俺少付运费，你放心，俺给你双倍的运费，等货到了天津，俺回来立时付款。"

刘满库不紧不慢地道："葛老板，别说你付给我两倍的价钱，就是付给我五倍的价钱，我的船也不去。我不跑这条水道，你就另请高明吧！"

保军急道："你这个烂憨货，我看你是他妈的不想干了，回头爹们把你狗日的船板子拆了烧火！"

刘满库满不在乎地道："保军老弟，别给我说冲话，只怕船板你拆得起赔不起。"

保军大吼道："我赔你个鸡巴！我立马就去把船板拆了！"说着往外冲。

赵文通喝道："保军，不许你撒野！"接着对刘满库赔笑道，"他是个二货，刘老板不必跟他一般见识。您还不知道吧，这位葛老板是任主簿的同窗好友，这次来石嘴山收点羊毛，也是主簿作保，运费你只管放心，少一分我赵文通退补你一两。"

刘满库道："赵局长，不是我不愿意，有钱挣我还能不乐意吗？我是觉得羊毛用船运到绥远有些不合算。你合计合计，一条船就算装五千斤，四万斤羊毛得用八条大船，每条船得用五个人保镖吧，就得四十个人。到绥远，卸货装货不说了，光雇骆驼没有一百八十峰怕是不行。我不清楚这羊毛到天津是啥价钱，反正光运费带人工费就是一笔大开支啊！"

赵文通道："照你说，做这笔买卖不合算？"

刘满库道："也不是不合算，只是用船运不合算，运费太高。葛先生，你觉得这毛到天津是个啥价钱呢？"

葛秃子道："这我还真不清楚，一百斤羊毛总可以卖个四两银子吧？"

刘满库道："就算您卖四两银子，四万斤羊毛也不过卖一千六百两，除去本钱八百两，再除去船运、驮运人工费，葛先生，您还能赚多少呢？"

赵文通劝道："行健兄，刘老板说的在理呀！照这样算来，奶妈喂孩子，全给别人忙活哩！那咱还赚个球！"

葛秃子想了想，狡黠道："第一次，咱们也不能指望发大财呀，只要不赔，就算成了。这条路走开了,还怕没嘛钱赚?您嘛,是不是想打退堂鼓了?"

赵文通赶紧解释道:"我不是那个意思。我是说既然没有把握,第一次是不是少运点?或者把收购价再压低一点?一百斤羊毛一两银子,我看就不少了。"

保军赶紧道:"对,要不是我们收,产毛户的羊毛还不得沤粪?"

葛秃子摆摆手道:"不妥不妥。你们的心情俺很清楚,可是,咱们是第一次做买卖,人家信任咱们,才把羊毛卖给咱们。如果咱们出尔反尔,何以取信于民?又何以立足于商界?秦国商鞅变法,为取信于民,移木奖金。古人尚能如此,难道咱们反不如古人吗?"

刘满库激动地道:"讲得好,做生意最讲诚信二字。我看葛老板也是个守信义的好汉,我答应租给你一条大船,另给你两只大皮筏子运毛。一只载三十六袋的皮筏子能载两万五千斤货,运费只有一条大船的一半。"

葛秃子一听,拍手道:"这个主意不错,谢谢刘老板。租船和皮筏子的事就这样定,船运费除按常价外,俺再另加二百两银子。三天后装船起锚!"说着,向赵文通使了个眼色。

赵文通站起拱手道:"刘老板,今日登门拜访,多有打扰,运货的事,就这样定吧,告辞!"

刘满库也站起道:"实在对不起,不到之处还请赵局长、葛老板、保军兄弟多多海涵,我就不远送了。"说罢拱手。

三人走出刘满库的经理室,步下台阶向停在码头边的三轮车走去。

保军埋怨赵文通道:"二哥,你啥时胆子变得像只老鼠,刘满库不就是个烂船主吗?看你怕的,还对他施礼,把咱哥们的脸都丢尽了。"

赵文通呵斥道:"你懂个球!你只知道刘满库是个船户,可你知道他的小娘娘是谁吗?"

保军道:"是谁?"

赵文通道:"是省厘金局郎局长的老婆!"保军听了,伸了伸舌头,再不吱声了。

9

晚,石嘴山镇主簿任有道住宅。这天晚上,任有道和妻子侯水英、八岁女儿任凤在家吃过晚饭。任有道放下碗对门外一个年轻差役道:"你速去把镇里赵局长请来,就说俺有要事与他相商。"

差役道:"是!"差役走后,任凤上前道:"爹,俺到前院玩去了。"

任有道把手一挥,道:"去吧,"接着对侯水英道,"夫人,等会儿俺有客人来,你把桌上的饭碗收拾了,进房间做你的事去。"

侯水英道:"俺知道,你叫赵局长来是谈为你那位秃子老乡减税的事。自己的老婆、孩子不晓得照顾,照顾外人还蛮殷勤的。"她一边说着,一边收拾桌上的碗筷。

任有道:"婆姨家,懂啥?这是俺们男人的事,少啰嗦,快把碗筷收拾了做你的事去！哼！没见过你这样的女人！”

侯水英没吭声，收拾碗筷进屋去了。任有道端起烟锅划根火柴点燃了烟，一边吸烟，一边望着房顶出神。

一会儿，赵文通掀开白布幔走进来，道：“主簿大人，你有事找我？”

任有道起身道：“坐，俺有事找你商量商量。”

赵文通坐下，道：“啥事，这么急？”

任有道道：“文通啊，行健来到咱石嘴山，好歹与俺是老乡，你这个厘金分局局长可要看在俺的面子上多关照他呀！”

赵文通道：“今日个上午，我还陪他到刘满库的公司去拜访哩，为了他租船的事，我可磨破了嘴皮。”

任有道道：“亏了你，好事多磨嘛！不过，俺今天派人请你来可为的是另一档子事。”

赵文通道：“啥事？”

任有道道：“兄弟，你不管着厘金局吗？”

赵文通道：“是啊，噢，你是说让我给他减点税？”

任有道道：“不是减，是免！你看，葛行健千里迢迢来到咱们石嘴山，被强人抢了，眼下身无分文，你就是不免，他也没有嘛钱交啊！”

赵文通道：“可是，要说他收羊毛这笔生意，光无额蓄税、契税、关税、统税、当税、牙贴、商税、畜税、毫厘、火耗、皮毛统捐、船捐，就是不小的数目哩！”

任有道道：“俺的个赵局长啊，你是厘金局局长，自然满心考虑的是捐啊税的。可你想过没有，没有皮哪有毛？没有水哪有鱼？没有税源哪有厘捐？俺们这个穷地方，全镇只有十几家小商铺，一年纳不了几两银子，财政收入入不敷出哇。想修个桥铺个路都没有钱哪。俺这个主簿，是想为民办点好事，要到处舍脸求人。眼下总算有了一点盼头，如果这次葛行健真能赚了钱，他是一定还要回来的。这个钱俺们还得让人家赚，不能眼红。你不让人家赚钱，人家谁还来你这个地方？你这儿又不是天堂，对吧？俺们不光叫他发财，俺们还要给他搞好服务，让他满意，让他舒服，让他快活，让他想走都走不了。俺们还要多弄些小妮，拣俊的多弄，都给她们发执照，有小妮还怕引不来男人？俺们再搞几家烟馆，喜欢吸烟的人他不就都来了？再弄几个牌馆，大家都来打牌。以前没有开这些玩艺儿，是因为大家手里没有钱，以后要是洋行把收羊毛的点再设在咱石嘴山，大家伙都跟着发洋财吧！”

赵文通道：“你老兄头脑灵活，想的可真美。可万一那葛先生他没赚钱呢？”

任有道不笑了，说道：“不赚钱，咱们就还穷着，就当没这回事，算拉倒，了事，噎个熊！”

赵文通道：“我不是那个意思。”

任有道道：“那你是啥意思？你就是不想发财，你就是老拣俺不爱听的话说，俺都有点烦你了！”

赵文通道：“我是说，咱也不能光敞开胸脯让人攮吧？说实话，你这位同窗从天上掉下来，咱们都不摸底吧？他说是为洋人跑腿，可又一分银子也没有，啥手续也不见，说是让人偷了，您真的相信吗？”任有道“嗯”了一声，沉默不语了。

赵文通道：“我的主簿大人，好哥哥，常言说害人之心不可有，防人之心不可无啊，亲情乡谊不可不讲，但要是连东南西北都没摸着，就掉入什么陷阱里，你不觉得有点窝囊吗？咱们离乡背井，千里迢迢跑到这里做个比芝麻粒都还小的差役，混这碗清汤寡水的官饭，不容易啊！”

任有道：“那依你说，该如何办呢？要不，不给他担保？”

赵文通道：“那也不至于，万一他真要赚了钱呢？咱也不能白白地放走财神爷吧？”

任有道不耐烦地道：“你又想日婊子，又怕被婊子日，那你说说到底还干不干？你要干，咱们还是一块儿的，你要是不干，你就走你的阳关道，俺走俺的独木桥。只是，俺将来有了钱，捐一个知县知府，你别眼红。”

赵文通道：“我没说不干。我不是担心咱发不了财，又出了啥事吗？要真像你说的，我就跟你跟定了。你升了官，我不就跟着往前走嘛！”

任有道笑了：“这就对球！大丈夫做事，要敢冒风险。这样吧，为了保险起见，装羊毛的船启运那天，俺们让保军跟随船前去，一来是帮秃子一把，二来也起个监督作用，你意下咋样？”

赵文通鼓掌道：“如此甚好。”

10

八月八日上午，天高气爽，灿烂的朝霞挂满黄河岸边的船帆。石嘴山渡口，集聚着石嘴山的当权者、富豪和平罗县三班六房的差头师爷。他们齐聚码头，互相寒暄，为的是观看怡和洋行买办葛行健采办的羊毛装船启运。

任有道今天打扮得特别精神，换了一身清朝的崭新主簿官服，他与一身西装的葛秃子站在码头上，拱手与众人打着招呼，俨然如这次启运的主人似的。他的旁边站着赵文通、苟有田、保军及侯水英等家属，岸边，分两列排列开四十名挂着腰刀、手持长枪的团防士兵，一个个威风凛凛。

这时，平罗县刑房师爷周令杰骑着一匹快马赶来，他策马来到任有道面前翻身下马，双拳一抱，道：“任大人、赵大人、苟大人、葛先生，周某从县城平罗赶来贺喜，姗姗来迟，还望各位见谅！”说着，他从怀中掏出几两银票交到葛秃子手上道，“这点川资送给葛先生，权作为我的一点小意思。”

葛秃子接过银票，抱拳道：“向来久闻周师爷大名，只是久闻其名，未见其人。小弟此次贩运羊毛到天津，有劳周师爷破费了！今后，还请周师爷多多关照。”

任有道道：“葛贤弟，这位周师爷可是咱石嘴山人，为人也挺爽快，以后你有啥事为难，找他便了！”说着，转身对赵文通道，“赵局长，县里的客人和本地的富豪此次给行健捐了多少川资？”

赵文通道：“不多，计有兰州库平银二百两，此银两已交付葛先生。”

任有道:“送川资,一千两不多,两百两不少嘛。”接着,他招呼苟有田道,“苟团总,你的十几名士兵派到船筏上没有?”

苟有田答道:“属下的十几名士兵已派出去了。”

接着,任有道对葛秃子道:“葛贤弟,你我是同乡同窗,此次毛货收购启运,全靠了镇上的朋友帮忙,大家希望你发财好跟着发财呀!今天,石嘴山的士绅豪杰几乎到齐了,连县府的官员也前来为你壮行,俺老哥盼你前程高远,富甲天下!”

葛秃子双拳一抱,环视大家道:“俺葛行健初次出远门,便遇到各位朋友鼎力相助,各位滴水之恩,俺来日当涌泉相报!各位,请受在下一礼!”说着,他双腿下跪,向着众人连磕三个响头。

任有道上前扶起葛秃子,道:“老弟,俺看你是条好汉,不枉任某与你结交一场。今日相别,无以奉送,且赠予你一首诗吧!”说着,他反背双手,头朝蓝天,吟道:“故人西辞贺兰山,拾得羊毛归津关。谁道边塞无宝物,试看锦绣满云天!”

众人齐喝彩道:“好好好!”接着鼓起掌来。

忽然,码头下传来炮竹声和船工的号子声,众人看时,只见两只大皮筏在几十个船工的号子声里缓缓离开码头,驶入黄河主航道顺流而下,筏子四周插满了彩旗,筏子前面飘扬着两面大黄旗,上书“英商怡和洋行专运”几个大字,在阳光下格外耀眼。岸上人群顿时暴发出一阵阵欢呼声。

葛秃子见筏子已启航,拉着保军快步来到任有道、赵文通、苟有田面前,拱手施礼道:“各位大人,皮筏已启航了,俺和保军就此告别,不到三个月可回石嘴山,咱们后会有期!”说着,拉着保军跑下码头,朝码头边停泊的一只大木船奔去。他们奔过跳板,上了大木船。

葛秃子道:“保军,你去清点一下士兵人数,看到齐了没有?”

保军迅速在船上清点人数,回答道:“到齐了!”

葛秃子便命令道:“开船!”霎时,木船驶离了码头,向着前面的皮筏子追去……

第四季:商战初告捷

1

船队行驶的第一天,黄河河道。葛秃子与保军、一个团防局哨长坐在船舱里,一边倚窗观望着黄河两岸的美景,一边啃着猪蹄,喝着烧酒。

葛秃子道:“保军,你乘船到过绥远没有?”

保军摇头道:“没有,这是我第一次乘船到绥远。”

葛秃子道:“俺也是。保军你看,这黄河两岸的景色有多美呀,看到这番景色,俺就想起俺的家乡。”

保军道:“我也是。俗话说,美不美家乡水嘛。”

葛秃子道:“看到这番景色,使俺想起年幼时读过的一些古诗。”

保军道:“我因家里穷,没读过啥诗书。说说看,葛大哥,你想起了那些古诗?”

葛秃子道:“俺想起两句古诗:潮平两岸阔,风正一帆悬。你说说看,这古诗描写的像不像俺们眼下行船的情景?”

保军拍掌道:“像,像极了!”

葛秃子道:“俺还想起唐朝大诗人李白的一首诗《行路难》。”

保军道:“这首诗可比刚才的诗写得好?”

葛秃子道:“这两首诗都很好,只是表现的手法不同。”

保军道:“咋不同?”

葛秃子道:“前面一首诗主要是写景,后面一首则侧重抒情。”

保军道:“后面一首咋样抒情?”

葛秃子道:“俺背给你听:‘行路难,行路难,多歧路,今安在?长风破浪会有时,直挂云帆济沧海。’保军,你说这首诗,不正是抒发俺们眼下千里乘船运羊毛,直挂云帆济沧海的情操么?”

保军沉思片刻,道:“是啊,眼下,我们乘船运羊毛到绥远,可谓千里迢迢,图个啥,不就是图个发财?可这一路上波涛不平,时时要防止土匪,这不就是行路难么?到眼下为止,我们还不知道将来还会发生啥不测,这不是多歧路么?今安在这句,我就不懂了。”

葛秃子道:“今安在就是藐视眼前的困难呀,其实,俺最欣赏的还是后两句:长风破浪会有时,直挂云帆济沧海。你看,俺们眼下运羊毛到绥远,不正是乘风破浪会有时么,凭它咋样的困难,也要将它们踩在脚下。等羊毛运到天津,俺们就实现‘济沧海’的宏愿了!”

保军道："这个情抒得好！葛大哥，不管咋说，通过这几个月，我佩服你的为人，佩服你的精明，佩服你的满肚子才华，比起咱石嘴山的那些烂货，你不知要强多少倍！大哥，从今后，我保军跟定您了！"

葛秃子道："此话当真？"

保军道："半点不假！"

葛秃子举杯道："来，为俺们中国的黄河美景，为咱们做羊毛生意的兴隆，为咱们兄弟间的情谊，干杯！"

保军道："干！"说罢两人碰杯一饮而尽。

2

船行第二天黎明，三盛公码头。镇团防局的十名兵士分别轮流在木船和两只大皮筏上值班。葛秃子站在木船船头，对站在身边的保军命令道："开船！"

保军奔至船尾，对两只大皮筏上的船工喊道："开船——"

少时，木船驶离码头，进入黄河主航道，两只大皮筏一前一后，尾追而行。不料，船队刚过三盛公码头，黄河两岸的树林里传来马匹嘶鸣声，两队黑衣人骑着快马追着船队沿岸奔驰。

保军忙从船尾奔至船头，报告葛秃子道："老哥，岸上好像有人追踪我们，可能是土匪！咋办？"葛秃子闻言有点害怕。

哨长奔到葛秃子面前，建议道："不要怕，这些土匪人少，不摸我们的底，我命令士兵放排子枪，吓唬吓唬这股土匪！"

葛秃子还在沉吟，保军命令哨长道："还不快去？"

哨长从腰间掏出手枪，奔至船尾对守卫士兵命令道："集合！"木船上的团防局四名士兵立即持枪列队集合。

哨长命令道："举枪，目标，左岸上骑马土匪，放！"霎时，五名士兵的排子枪齐射，左边树林中有人落马，其他土匪落荒而逃。

哨长命令道："举枪，目标，右岸骑马土匪，放！"霎时，士兵们的一阵排子枪响了，右岸上两名土匪落马，其他黑衣土匪勒转马头逃窜。排子枪响过之后，黄河两岸的黑衣土匪连人带马不见了。

葛秃子奔到船尾，对哨长说："哨长先生，你们的枪法嘛高明！"

哨长敬礼，道："葛先生，虽然我们用排子枪将土匪吓退了，但也暴露了我们实力。所以，我建议，今后连夜行船，别让船靠岸停泊。"

保军道："葛大哥，哨长的建议很好，我看这个办法稳妥。"

葛秃子道："黑夜行船，安全吗？"

哨长道："只要艄公对航道熟悉，应该没啥大事。"

葛秃子点点头，转身走到船尾，对皮筏子上的船老大喊："老大，俺问你，刚才岸上有土匪，你夜间行船熟悉航道吗？"

皮筏老大喊道："熟悉，没问题！"

葛秃子放心了,又喊道:“从今天起俺们开始夜间行船!”

皮筏老大应道:“行! 放心吧!”

葛秃子又从船尾踱到船头,双眼警惕地注视着前面的河道和两岸。

3

夜,五原附近的河中岛。黄河河道上,两只皮筏在前面行驶,葛秃子和保军乘坐的木船紧随其后结队而行。风高浪急,袭击着皮筏和木船。木船内,葛秃子与保军正躺在舱板上抽大烟,飘飘欲仙。

前面的一只皮筏上,一百多只装满羊毛的布袋堆积如山,筏子工们持桨挥篙,紧张地与波浪搏斗,但有几名筏子工太劳累,靠在羊毛袋底下睡着了。皮筏渐渐地靠近前面一座河中岛,负责前面撑篙的筏子工躺在羊毛袋底侧打着呼噜,浑然不觉,忽然,筏子前部触到河中岛前一块礁石,筏身一震,几十袋装着羊毛的袋子纷纷落入水中,溅起一团团浪花。睡着的筏子工被震醒了,来不及抢救,惊恐地对后面的筏子工大喊:“筏子触礁……”后面的筏子赶到,筏子工一看,倒下去的几十袋羊毛袋子已沉入河底,不少人用竹篙打捞也无济于事。

此时,葛秃子正和保军躺在舱板上吸大烟,忽听到前面传来喊声:“触礁了,皮筏触礁了!”葛秃子立即从舱板上翻身起来,对保军道:“走,快去看看!”他和保军来不及穿上衣服,赤膊着身体跑到船头。

一个船工提着一盏马灯走过来,将马灯高高举起,指着前面的筏子道:“葛老板,前面的筏子触了礁,筏子工们乱成一团!”

葛秃子心如火燎,急道:“保军,叫船老大把船往前靠!”

保军答道:“哎!”说着,向木船尾部艄公跑去,边跑边喊:“船老大,把船往前靠,往前靠一点!”艄公闻言,扳住舵使劲摇着,木船渐渐驶近第一只羊皮筏。

葛秃子拎着马灯,对皮筏上的工人喊道:“咋样?”

皮筏工大声应道:“筏子撞上河中岛,几十袋羊毛袋落进河里,捞不起来了!”

葛秃子闻言大怒道:“啥,几十袋羊毛袋落进河里? 你们这群笨蛋,这可是几千斤羊毛啊,你们这不是要俺的命吗?”

筏工大声回答道:“我们也没有办法!”

葛秃子道:“啥? 没有办法? 你们给俺带来重大损失,俺要扣掉你们的工钱!”

葛秃子的话音未落,一群筏子工被激怒了,指手划脚,对葛秃子吼道:“葛老板,你原来没有讲夜间行船,你要扣工钱,咱们不干了!”

这时,保军走到葛秃子身边,劝道:“老哥,一人可欺,众怒难犯! 这个节骨眼上,你要扣他们的工钱,那咱们就到不了绥远了,咱们的生意也就砸了!”

葛秃子吵了半天,开始平静下来,他垂头丧气地对筏子工喊道:“好好好,俺自认倒霉,运费工钱,俺按原价付给你们,开筏吧!”阀工们闻言,不好再嚷什么,只好挥篙开筏。

两只皮筏离开了河中岛,又继续向前行驶。葛秃子筋疲力尽,回到船舱里,大骂了一句:“操蛋!”就重重倒在了舱板上。

4

第五天,绥远码头。葛秃子的运毛船队终于靠了岸。保军指挥着几十名码头苦力从皮筏和木船上卸货,扛至码头上的一座黄河货栈。葛秃子临上码头前找来船老大、皮筏子老大和镇团防局哨长。

葛秃子拱手道:“谢谢各位老大、哨长,咱们的羊毛终于到了绥远。你们此次鼎力相助葛某,葛某来日必将重谢! 你们把自己的人带回石嘴山吧,请你们回去后向任主簿、赵局长、苟团总转告葛某对他们的鼎力相助表示谢意,就说俺葛某不久还要回石嘴山!”说着,与他们挥手告别,大步踏上码头石级。

5

晚,绥远“黄河”货栈一间客房里,葛秃子正躺在床上抽大烟,寻思着雇骆驼运羊毛的事儿。这时,保军推门进来,他左手拎着一瓶绥远产的白酒,右手怀抱着几包牛肉干、驴肉干和花生米,往桌上一放,高兴地道:“老哥,咱到了绥远,到天津的路程已走了一半,今日我请客,咱哥俩庆贺庆贺!”

葛秃子一骨碌从床上爬起来,喜滋滋地道:“俺说哩,保军咋不见人了,原来是抛下俺去买酒菜去了! 好,事半功倍,咱哥俩今晚痛快地喝他一宵!”说着,踱到桌边拿起一块驴肉干有滋有味地嚼着。两人坐下,保军拿来两只碗,开瓶倒酒。

葛秃子举碗喝了一口,连连咂嘴道:“他妈的,这酒不错,噫,俺说保军兄弟,你刚才出去,咋不跟俺吭一声?”

保军一笑道:“老哥,你手里不是没银子吗,我与你说啥? 来,我先敬老哥!”说着,端起酒碗猛咕了一口,乐道,“哎哟,我的妈,这塞北老酒真来劲,怪不得花了我两钱银子!”

葛秃子道:“保军兄弟,你手里还有多少银子,可得节省点用,咱嘛还要雇骆驼! 后面的路还远着哩!”

保军道:“我手里银子不多,只够管饭。”

葛秃子道:“俺手里只有200两银子,都是任主簿他们送的盘缠钱,不敢用,俺说保军,今天下午,俺找脚行老板摸了摸底,他开的骆驼租价可让俺吃不消!”

保军道:“多少银子一峰?”

葛秃子道:“他每峰要二十两! 咱们有三万五千斤羊毛,一峰驼驮250斤羊毛,俺算了算,至少得150峰,得3000两银子,就是把俺杀了,也拿不出那么多银子!”

保军道:“老哥,银子不够,人家不租骆驼,咋办?”

葛秃子道:“咋办? 俺已到了山穷水尽的地步,现在俺手里空荡荡,等到了天津交了货才有银子,俺在绥远这地方也没个朋友,你说咋办?”

保军寻思一会儿,猛地把桌子一拍:“老哥,咱有救了!”

葛秃子道:“啥,这么快就有救了? 快说说,咋个救法!”

保军猛饮一口酒道:“刚才你说没银子,我也正犯愁呢,可你说到朋友,我就心里一亮:有救了!”

葛秃子眼睛眨也不眨地道:“看把你日能的,难道你在绥远脚行有朋友?”

保军道:“对,前些年我运货跑北京路过绥远,结识了一位脚行的好朋友!”

葛秃子道:“叫啥名字?”

保军拍着脑袋道:“让我想想,噢,叫阿凡提·古力!”

葛秃子道:“叫阿凡提·古力,这么日怪的名字!”

保军道:“这个阿凡提·古力是新疆生意人,赚了钱在绥远开了一家脚行,他手上有二三百峰骆驼,为人很仗义!”

葛秃子喜道:“哎呀,俺的妈呀,真是天无绝人之路! 这下俺行健有救了! 来,保军兄弟,咱们为能找到阿凡提·古力干杯!”

保军举杯道:“干!”

两人干完杯,葛秃子脸上又阴云密布。

保军道:“老哥,你又愁个啥?”

葛秃子道:“不瞒你兄弟说,俺手上银子还是不够啊!”

保军道:“你手上究竟还有多少银子?”

葛秃子道:“两百两。你想想,就是你那个朋友够意思,同意咱们五两银子租一峰骆驼,俺的银子也只能租四十峰,也只能运走 1 万斤羊毛,那剩下的羊毛咋办?”

保军道:“老哥,我说你聪明一世,糊涂一时,我再跟朋友说情,让他租给咱们 80 峰,那剩下的不就是一万五千斤羊毛吗? 咱把那些羊毛寄存在黄河客栈里,它还能飞了? 待咱们把货运到天津,手上有了钱,再回来租骆驼运也不迟!”

葛秃子一拍大腿道:“俺他妈真是个日囊憨,这么简单的事竟让俺弄糊涂了! 老弟,你这个主意好,明天,咱就这样办! 来,干杯!”

保军道:“干!”

6

翌日上午,绥远城内。一条宽阔的大街,一队队马帮和驼队在街上穿梭而过,骑马和骑驼的汉子均是一副塞外少数民族的打扮,腰挂弯刀,显出剽悍的神采。大街两旁,做生意的摊子罗列两旁,不断有小伙子、姑娘和老汉在吆喝:“卖香梨哩,尝尝塞外又甜又脆的香梨!”“快来买哟,吐鲁番的哈密瓜、葡萄!”

葛秃子和保军在街道上穿行,走到大街的尽头,见一座大院子圈着骆驼,门楣上写着几个大字:“阿凡提脚行”。

保军道:“老哥,到了,咱们进去!”说着,拉着葛秃子走进大院,高声喊道,“喂,阿凡提·古力,在家吗?”他喊了半天,无人回答。正在这时,一个骑着高头大马的青年策马跑进院子,见到保军便翻身下马,奔过来抱住保军道:“保军,是你?”

保军道:“阿凡提·古力!你好,我正要找你!”

阿凡提·古力操着一口夹生的汉语道:“保军,我刚遛马回来,老朋友,几年没见了,你好吗?走,到屋里去,喝杯奶茶!”

保军道:“亲爱的阿凡提·古力,我也很想你。我正有要事找你帮忙,”说着,他指了指葛秃子道,“这位是我的大哥葛先生。”

阿凡提·古力转过身来道:“葛先生,你好!”说着,与他亲热拥抱。

保军道:“阿凡提·古力,我现在和葛大哥正在做一笔大生意,有三万五千斤羊毛要从这里运到天津,手上没有多少银子,你能不能租给我们80峰骆驼,每峰五两,我们先付给你200两银子,剩下的200两租驼费,等我们从天津回绥远时再付给你,好吗?这事,由我保军担保,到时,一定还你银子!”

阿凡提·古力爽快地道:“没问题,我相信你——我的朋友保军!”

保军道:“一言为定?”

阿凡提·古力将手一挥:“一言为定!”

保军道:“谢谢你,阿凡提·古力,谢谢你的帮忙,我的好朋友!”说着,他扑上去与阿凡提·古力热情拥抱。

阿凡提·古力热情地道:“上屋里去坐吧,今天,我请你们吃饭!”

保军道:“不了,我们还要赶路。”

葛秃子道:“谢谢你,阿凡提·古力,谢谢你这位好朋友!”说着,他掏出200两银票送到阿凡提·古力手上,“银子俺先付给你一半,剩下一半银子,等我们从天津回来时一定及时付给你!”

阿凡提·古力道:“葛先生,你和保军是好朋友,我和保军也是好朋友,咱们都是好朋友,银子的事不要着急,等你们赚了钱,再还不迟。”

葛秃子满意地点了点头,向保军递过一个满意的眼色。

保军道:“亲爱的阿凡提·古力,我还有一件事要你帮忙,今天下午,我们就要动身,你能否派出几个好驼手把八十峰骆驼赶到黄河客栈载货,我们要赶时间!”

阿凡提·古力答道:“没问题,这是当然的!”说着,他对院子里喊道,“买买提,你过来!”随着他的喊声,一个正给骆驼喂料的小伙子放下手中活奔过来。

买买提道:“主人,你叫我?”

阿凡提·古力道:“你挑几个好驼手和80峰骆驼,跟随我的这两位朋友将骆驼赶到黄河客栈载货,把货运到天津!”

买买提道:“是,主人!”说着,他跑回去了。一会儿,从屋子里奔出五六个挎着腰刀的精壮新疆青年汉子,他们打一声唿哨,躺在院里的几百峰骆驼便翻身爬了起来。青年小伙子们从中牵出八十峰骆驼,向阿凡提·古力走来,牵出两峰骆驼交给葛秃子和保军,一行人骑上骆驼。

临出院门,葛秃子对站在地上的阿凡提·古力抱拳道:“告辞,咱们后会有期。”

阿凡提·古力挥手,道:“一路走好,再见!”

7

八月下旬,绥远至天津的古驿道,一队长长的骆驼驮着羊毛袋在行进。买买提带来的六个驼手都骑在驼背上,梁山介绍的十八个保镖挎着腰刀或手执长枪,走在驼队的旁边护卫着。葛秃子和保军走在驼队前面,一边谈话,一边行走。

葛秃子道:“多亏了你们弟兄帮忙,把羊毛用船运到绥远,尤其亏了你老弟低价租了这队骆驼,不然,就是你嘛把羊毛送给俺,俺也运不回天津呀!等赚了钱,俺要好好谢谢你!”

保军道:“谢啥?老哥说这话就见外了!”

葛秃子道:“老弟,你没到过天津吧?等到了天津,咱们到有名的妓院好好玩玩。你嘛没玩过洋女人吧?一个个金发碧眼,肤若凝脂,个头大得像洋马,据说干起那事来瘾特别大,一般男人都受不了。她们身上还有股味,一闻就让人发晕!”

保军听呆了,问道:“老哥,你玩过吗?”

葛秃子咂咂嘴道:“俺,没有。”

保军道:“为啥?”

葛秃子道:“为啥,嘛也不为,俺没有钱啊!兄弟,没嘛都别没钱,有了钱你就是爷。过去俺迷恋仕途,老想考个进士、状元,金榜题名,洞房花烛。现在,俺就想当洋人,可当不了啊!俺没长那大鼻子,也没有长蓝眼睛,更没有那一身长毛。日他个娘的!”

保军道:“当不了洋人,咱就当二洋人!”

葛秃子道:“对,当不了洋人,俺他妈可以当洋买办呀,当他妈二洋人。洋人是大爷,俺就是他妈二大爷,哈哈哈哈!对了,到时,俺得去找那个杨大人!”

保军问:“是洋大爷吗?”

葛秃子道:“什么他妈杨大爷,是杨大,是俺龟孙子,就是那个龟孙子偷了俺的骡子!”

保军道:“要是他,你就不能去找了。”

葛秃子道:“为啥?”

保军道:“你想想,杨大可能是土匪,你找杨大不就找到土匪窝里去了?万一土匪串通好了,说是你把杨大害了呢?”

葛秃子倒吸口凉气:“嗯,有道理,很有道理。兄弟,俺没白带你出来。这次到天津,说啥也得让你开洋晕,闻闻洋女人的味。”

保军道:“你不说一闻就晕吗?那一晕,不就啥也干不成哩。”

葛秃子道:“活人还能让尿憋死?到时,你把鼻子堵住不就结了?”

8

九月初的次日早晨,塞外草原,一望无际。葛秃子和保军骑在骆驼背上,催促驼队向东进发。他们的左侧,牧羊姑娘正赶着羊群吃草,马蹄的嘚嘚声伴着牧羊姑娘悠扬的歌声游荡在草原，游荡在葛秃子、保军的耳畔、心里……

9

半月后的黄昏，内长城绵亘，远处群山耸立。葛秃子和保军骑在骆驼上眺望祖国大好河山。几只雄鹰在天空翱翔，长城垛口，清军士兵正持枪站哨，远处不时传来清军炮队演习的枪炮声……

10

九月底的早晨，天安门城楼，一面面绣有金龙的红旗、镶红旗、黄旗、镶黄旗、蓝旗、镶蓝旗、白旗、镶白旗迎风飘舞。葛秃子和保军牵着骆驼，走在驼队的前面，沿着护城河穿行在长安大街，一辆辆马车、三轮车，一乘乘轿子在他们身旁擦身而过，几只惊恐的骆驼瞪大了眼冲出了驼队的队伍，又被买买提和驼手赶上去牵了回来。

保军道："葛大哥，这北京城真他娘的大而壮观，你来过几回呢？"

葛秃子道："俺到北京比你多一次，等啥时俺赚钱了，有空了，俺带你在北京好好遛一遛。"

保军道："老哥，你可说话算数，不准食言！"

葛秃子道："算数，决不食言！"

11

十月上旬的一天早晨，旭日东升，天津津门客栈。客栈外，站立80峰骆驼。葛秃子、保军招呼驼队队员和十八名保镖将几百袋草包扛进客栈货场，引来不少旁观者。

一老者问保军道："客官，咋弄这么多袋子，这袋里装的啥？"

保军道："羊毛！"

老者道："这么多骆驼，该是走远道来的吧，你们从哪运来这么多羊毛，又要卖到哪里去？"

保军不耐烦地道："老大爷，这羊毛从很远很远的西北来，要卖到很远很远的外国去！"

老大爷不吱声，显出一副惊奇的样子，走了。

卸完货，葛秃子对保军道："你把驼队和保镖的人安顿好，让他们过两天返回绥远，注意看好货，俺到怡和洋行去一趟，向亨利报到，销假，待会儿等俺回来。"

保军道："老哥，你快去见洋人亨利吧，咱哥们发财的希望都在他身上了。快去，我会照你的指令办！"

葛秃子一拱手："再见！"

保军拱手还礼："老哥，再见！"

12

上午，怡和洋行二楼亨利的办公室。亨利正喝着咖啡茶，拆开从英国老家的来信，他欣喜地端详着父亲老亨利·费赖伊的照片，高兴得"哈哈"笑出声来。这时，葛秃子冲破女秘书尤利芬的阻拦，走进办公室。

亨利抬头一看，惊喜道："密斯特葛，你回来了？"说着，他放下照片奔过去与葛秃子紧紧拥抱，好半天，才松开手。

亨利客气地道："坐，坐，密斯特葛。"转身对女秘书喊道，"密斯尤利芬，你快给密斯特葛泡杯最好最香的龙井茶，好好招待这位从远方归来的勇士！"

亨利和葛秃子坐到沙发上，少时，女秘书给葛秃子和亨利端来了两杯龙井茶。

亨利两手一摊，双肩一抖，道："噢，密斯特葛，你从远方回来，我很高兴，你没有死。你知道，去那边的人，很危险。大家都认为，你会死掉。"

葛秃子脸上露着苦笑，学着亨利的腔调抖了一下肩膀，道："噢，亨利先生，你也好吗？没出嘛毛病吧？！"

亨利脸上露出难堪的表情，道："你说什么？我毛病？孬，我不毛病。密斯特葛，你的毛病怎样了？"说着，他用手指了葛秃子的脑袋。

葛秃子道："噢，亨利先生，有毛，有毛，有很多的毛。"

亨利道："毛？你是说你有很多的毛？你的头上？哈哈哈哈！"

葛秃子生气道："别笑啦，亨利，俺要叫你亨利，因为俺有毛啦！不是俺头上的毛，而是俺手上的羊毛，很多很多的羊毛！"

亨利明白过来，疑问道："你找到羊毛啦？"

葛秃子点头道："是的。"

亨利疑惑道："在哪里？有多少？"

葛秃子大声道："有很多，是的，很多。明白吗？咱们得谈谈，亨利。"

亨利不解道："谈什么？"

葛秃子道："谈谈羊毛。亨利，你不准备与俺谈吗？"

亨利不理解葛秃子为什么口气这样强硬，只好打个手势，道："请谈吧。"

葛秃子道："亨利，你们英国人碰面时互称对方姓名，都不称先生，为什么你要中国人称你先生呢？俺可以叫你的名字吗？"

亨利点头道："当然可以。葛，你能告诉我吗？你为什么会这样，是因为你找到了羊毛吗？"

葛秃子爽朗道："是的，这也正是俺要给你谈的内容。"

亨利摊开手，道："谈什么呢？你的羊毛在哪里？是怡和洋行派你出差的呀！而且，你给我谈条件，不怕我把你除名吗？"

葛秃子解释道："俺没有别的意思，俺就是想告诉你，俺如果把羊毛找到而且运来，你打算怎么办？"

亨利不解地道："怎么办？按洋行的规定办。我可以给你一笔奖金，还可以放你两个月的带薪休假，当然，你想去英国也可以。”

葛秃子把头一偏道：“孬，孬孬，如果俺不同意呢？”

亨利道：“那你开个价吧？”

葛秃子道：“俺要和洋行做生意。听着，俺要用怡和洋行的名号去西北设分号，人员由俺安排，洋行不得插手。俺所收购的全部羊毛都卖给怡和洋行，决不与第二家洋行发生关系。当然，这要有个约法，就是怡和洋行不再派人去西北设第二家分号，还有，皮毛价格不得低于别的洋行的同等价格。”亨利听了，两手搓着，半天没有吱声。

葛秃子站起身，道：“亨利，你可以考虑以后再答复，俺不着急。噢，顺便告诉你，致和洋行的梅杰先生对俺很感兴趣。”说完，他双手一拱，“撒克油鼓捣毛。”拔腿走出办公室。

亨利正在犹豫，见状站起，挥手道：“别走！”葛秃子停住脚步，扭过头，傲然地站在那里。

亨利快步走到葛秃子跟前，注视了他一会儿，伸出手道：“密斯特葛，你要是当中国的皇帝，更了不起，你，赢了！”

葛秃子握着亨利的手，笑了：“孬，俺不想嘛当皇帝，也没人叫俺当呀！俺就想当个商人，做一个为洋行打工的商人，明白吗？对了，俺现在通知你，有两万斤上等羊毛卖给你，一百斤羊毛二十两银子。这个价格，俺没有赚钱。真的，骗你是孙子。”

亨利拍拍葛秃子的肩膀，道：“密斯特葛，通过这件事，我相信你做人的人格。你不愿当中国皇帝，那是你自己的事，你愿意当为怡和洋行服务的商人，我代表怡和洋行向你表示热忱的欢迎。你可以在你需要的地方开设本行的分号，我相信你的承诺，正如我相信你的人格一样。至于你收购的羊毛价格，我认为不高，可以接受，但我必须到现场看一看你收购的羊毛，那时再定。另外，今晚，我想以个人的名义，请你参加我和我的家人、朋友为你在津门大酒店举行的庆功晚宴，务必请你届时光临。”

葛秃子弯腰鞠躬道：“谢谢总经理先生的信任和厚爱，在接受你的邀请之前，俺有一个请求：今天下午二时整，请总经理光临津门客栈验看俺收购的羊毛，以便俺们的生意立即成交，免得别的洋行听到消息向俺要羊毛。”

亨利道：“很好，你考虑很周到。今天下午，我们在津门客栈见。”

葛秃子上前与亨利握手：“再见！”

亨利挥手：“再见！”

13

当日下午，津门客栈。葛秃子、保军站在客栈门口，等候亨利总经理的到来。少时，一辆黑色轿车驰来，停在津门客栈门前。前座车门打开，女秘书尤利芬首先跳下车，她打开后车门，亨利从车里钻出来。

葛秃子上前迎道："密斯特亨利，欢迎你来到客栈视察。"

亨利与葛秃子握过手，道："走吧，到货场看看去。"

少时，葛秃子、保军陪着亨利、尤利芬来到货场，只见几百袋羊毛堆放在货场上，像一座山一样。保军跑在前面，拿起剪刀要剪一个口袋，被亨利阻止。

亨利挥手道："孬，孬孬！让我来。"说着，他对女秘书道："尤利芬，你去随意抽查五袋，"他用手打了个手势，"看看羊毛的质量！"

女秘书尤利芬走到保军面前，伸手要过剪刀便朝货场走去，她在东、南、西、北、中五个方向的货袋随意抽了五袋，拿出剪刀剪开袋口。这时，亨利走过去，逐一从袋中抓出一团羊毛验看。他看到一缕缕银白羊毛色泽绚丽、毛丝纤长，确属中国西部上等羊毛。

保军上前道："亨利先生，这羊毛产自中国西部贺兰山下，黄河岸边的羊身上，质量好吧？"

亨利高兴地点头，伸出拇指夸道："中国西部，贺兰山，黄河，羊毛顶好！"接着转身对葛秃子道，"密斯特葛，你收购的羊毛确属上等，我确认你的价格！"说着，他从身上西服衣袋里抽出四张一千两的银票交给葛秃子，"密斯特葛，我们成交了，记住，货，我明天派人提到天津港口，立即装船运回英国！"

葛秃子双手接过银票，看了看，赶紧揣在西服衣袋里，高兴地道："谢谢你，密斯特亨利。今后，俺和俺的朋友愿全力为您效劳！"

亨利摆手道："孬，我们都是生意人，平等，知道吗？今后，我和你交朋友做生意，互利互惠，只要你为怡和洋行服务，我会支持，大力支持！我走了，晚上见！"说罢，他与女秘书走出津门客栈，上了黑色轿车。轿车关上门，疾驶而去。

14

当日晚七时，天空下着小雨，装饰豪华的津门大酒店。亨利和夫人、三岁女儿康妮乘车来到酒店，三人下了车，站在酒店大门口，等待葛秃子到来。一会儿，葛秃子乘坐一辆三轮车来到酒店门口，他付了车钱，跳下车，直奔酒店大门。

亨利看到葛秃子跑步登上石阶，高兴喊道："密斯特葛，密斯特葛……"

葛秃子听到喊声，抬眼一望，见是亨利，高兴地道："亨利，亨利！"他跑上台阶，与亨利拥抱。

亨利向葛秃子介绍道："密斯特葛，她是我的夫人，"又搂着女儿道，"她是我的女儿康妮，康妮，喊葛叔叔！"

葛秃子向亨利夫人致意与她亲切拥抱，亨利夫人给了他腮边一个亲吻。

康妮亲热地喊道："葛叔叔！"葛秃子满心激动，将她抱起："康妮，你叫康妮？"抱了一会儿，又将她放下。

亨利看了看表道："时间不早，我们进去吧！"

葛秃子点头，四人走进酒店大厅。这时，一个年轻漂亮的女招待迎上来，对亨利道："欢迎光临，先生，你要订那个房间？"

亨利道:“NO,NO,下午,我已派秘书订了‘蓬莱阁’!”

女招待道:“对不起,请随我来。”四人随着年轻女招待上了三楼“蓬莱阁”。这是一间宽约二十平米的雅座间,中间置放一张圆桌,房顶上吊着一盏明灯,四周挂着纬幔,豪华而典雅。亨利和夫人坐了上首,请葛秃子挨着自己坐下,康妮坐在下首。四人刚坐定,一对年轻的夫妇引着两个孩子在女招待的引导下走进“蓬莱阁”,亨利和夫人连忙站起相迎。

亨利道:“密斯特葛,我来介绍一下,”他指着那风度翩翩的男子道,“这位是我的好朋友、英国驻天津新泰兴商行经理帕特里克。”葛秃子站起,拱手,点头。

亨利又指着男青年身边的女士道:“这位是帕特里克的夫人凯瑟林。那两个男孩、女孩是他们的爱子、爱女。”葛秃子照例向凯瑟林抱拳,点头,对两个孩子报以微笑。

亨利接着指着葛秃子向新来的年轻夫妇介绍道:“这位是我的朋友密斯特葛——葛行健。”帕特里克夫妇向葛秃子点头致意。

亨利请帕特里克夫妇坐到自己夫人的左侧,让两个孩子和康妮坐到下首。康妮见两个小朋友到来,高兴地嚷道:“苏珊,迈克!”那两个小孩也高兴地叫道:“康妮!”

康妮很懂事,见两个座位坐不下三个人,便主动腾出座位请迈克和苏珊坐,她自己挪到葛秃子身边坐下。一会儿,几名男侍者和女侍者按照亨利预订的菜单端上一桌菜来,并将两瓶法国红葡萄酒摆在桌上。

亨利让女侍者给桌上的宾客斟满酒杯,他以主人的身份端起酒杯道:“亲爱的朋友帕迪(爱称),今天,我特意请你们一家人来赴宴,主要是为了介绍我新结识的一个中国朋友、勇士、商业家密斯特葛,他是一位真正了不起的传奇英雄,我派他到中国西部去考察,不到三个月,他就给我弄回来三万五千斤中国西部羊毛——我看过了,那是世界上真正的好羊毛,毛纯,柔软,色鲜,纤维长,以我的估计,这种羊毛运到我国和世界各国,将会大受欢迎!密斯特葛无疑为我的公司发现了一座蕴藏量无限大的软金矿,中国的西部版图辽阔,牛羊遍地,也就是说,我们公司将来的收益也会如中国西部的羊毛一样数不胜数!密斯特葛是开发中国西部的英雄,应该成为我和你今后的好朋友!为此,我建议,为密斯特葛的事业成功干杯!”大家举杯,互相碰了一下,一起喝酒,向葛秃子致意。

亨利的一席长话把在座的人震惊了,连那个傲慢的帕特里克心里也暗暗吃惊,他举起酒杯站起对葛秃子道:“刚才听了我的好朋友亨利的介绍,我为结识你这样一位好朋友感到骄傲。来,我们干一杯!”

葛秃子也站起举杯道:“俺很高兴结识在座的各位外国朋友,请原谅,俺只是一个普通的中国人,并不像俺的上司和朋友密斯特亨利所说的那样神奇和英勇,俺只是在贺兰山下的一个小镇上发现了遗弃的羊毛,这纯粹出于偶然。俺是中国的一介穷书生,并不太懂经济和经营,但俺想挣钱,挣中国人的银子,也挣你们外国人的英镑!当然,俺现在是白手起家,今后还得仰仗在座的朋友多多帮忙,俺做生意的原则是平等互利,俺自己发财,也想让中国的穷人都发财!今后,俺希望英国、德国、美国、法国等外国的洋行多多关注中国的西部，给贫穷落后的中国西部投资，用你们的爱心去浇灌那里的每一寸土壤，让咱中国西部也能实现龙的腾飞，赶上中国的东部，赶上先进的西方！这些话，是俺来前想了很久要对亨利先生说的话，现在，俺借此机会对你——帕特里克说说。来，为了中英的友谊，为了俺们今后长远的合作，俺先敬你和大家一杯！”说完，他仰脖一饮而尽。

帕特里克听完话，脸涨得通红，也举杯一饮而尽，但他喝得过急，马上咳嗽起来，他的妻子立即替他捶着后背。葛秃子的即兴演讲刚完，亨利带头鼓起掌来，他的妻子和女儿康妮以及帕特里克的妻子凯瑟林、儿子迈克和女儿苏珊也鼓起掌来，连帕特里克也不得不鼓掌。

亨利道：“亲爱的密斯特葛，听了你刚才的话，我为有这样一个胸怀博大、同情中国西部穷人、具有强烈上进心的朋友感到激动和高兴。我十分赞同你的平等交易原则，也十分理解你渴求我们外国公司投资中国西部的建议和希望。现在，我有一个好的消息告诉大家，本公司同意在中国贺兰山下的石嘴山开设一家分行——高林商行，我决定任命密斯特葛为这个分行的第一任经理！今后，高林商行收购的所有羊毛由天津怡和总行负责承销，每年，天津怡和总行将根据高林商行的实际收购和营销情况投资，以不断扩大高林商行在中国西部的收购和营销规模，确保高林商行在贺兰山区域的既得利益！”

葛秃子再一次站起，拱手道：“谢谢亨利总经理的提拔和支持。中国有首民歌：天苍苍，野茫茫，风吹草低见牛羊。中国的西部是美丽的、充满传奇的西部，那里的风光迷人，民风淳朴。俺代表未来的高林商行向各位正式邀请，合适的时候，请各位到中国西部观光！谢谢！”

葛秃子的话刚讲完，亨利和夫人带头鼓掌，康妮和迈克、苏珊欢喜跳跃，他们用小手不断鼓掌。帕特里克和夫人凯瑟林受孩子们的情绪感染，也热烈地鼓起掌来。

15

当日晚，天津墙子河英租界葛秃子的新居所。葛秃子手里提着几只烧鸡、烤鸭、烧鹅外带两瓶天津老白干，哼唱着自编的京戏唱段“一马离了西凉界，得胜战鼓敲起来。捷报抱得美人归，羊毛飞遍全世界”走进保军住的房间，与欲出门的保军撞个满怀，烧鸡、烤鸭、烧鹅几乎从怀中掉下来，保军抢上前一步抱起。

保军将鸡鸭鹅放到桌上，埋怨道：“哎呀，我的老哥，你到哪里去了，出门也不告诉咱们一声，我和驼队队长正要出门找你去哩！”

房间里点着一盏马灯，葛秃子这才看清原来驼队队长买买提也坐在屋里。他把酒瓶一放，大大咧咧道：“俺说保军老弟，快来拥抱俺吧，咱们又要发了！”

驼队队长走过来，道：“又要发啥？葛老板。”

葛秃子道：“又要发财呀！”

保军道：“真的？老哥？”

葛秃子道：“俺骗你不是人养的！你说说，俺刚才到啥地方去了？”

保军摇头："我又不是神仙，我咋知道？"

葛秃子道："你是神仙也不知道！"说着，他喷着酒气道，"实话告诉你老弟吧，俺刚才赴了亨利总经理给俺设的晚宴，他答应俺在你们石嘴山设立高林商行，还宣布让俺当第一任总经理，你说说，咱们不是又要发财了吗？"

保军喜道："啥？高林商行？你当总经理？哎呀，我的个妈呀，这可是天大的喜事呀！"说着，保军扑上去一把把葛秃子抱起来，在房间里旋转起来，一边转一边喊："总经理万岁，总经理万万岁！"驼队队长也把衣服一脱，扑上去把他们二人抱起来，一边转一边喊："羊毛万岁，羊毛万岁！"由于两人身体太重，驼队队长摔倒在地，葛秃子和保军也摔倒在地，三人你望我，我望你，愣了一会儿同时哈哈大笑起来。一会儿，三人爬起，保军扑到桌边抓住酒瓶拿出三个碗，启开酒瓶盖，倒满三碗酒，第一碗给葛秃子，再递一碗给驼队队长，自己端起一碗。

保军道："老哥，我这不是在做梦吧？"

葛秃子上去给了他一耳光："青天白日的，你说嘛疯话？"

保军摸摸脸，脸上火辣辣的，他突然喊道："哥们，咱为葛老哥开高林商行，当上总经理庆贺，干杯！"说着，他端起酒碗朝葛秃子和驼队队长的酒碗一碰，仰脖一饮而尽，突然坐在地上号啕大哭起来。

驼队队长买买提喝完酒，走过去奇怪地问坐在地上的保军道："保军兄弟，刚才葛老板说你发疯，你是不是在发酒疯？"

保军道："老哥，你说我发疯，对哩，我是喜得发疯！你以为葛大哥的银子来得容易吗？高林商行来得容易吗？总经理来得容易吗？不，不是！咱葛大哥是一介穷书生，走南闯北，走东串西，他漂泊天津，坐过外国人的监牢，落魄在咱西北贺兰山下，又遭土匪抢劫，囊空如洗，但他历经磨难，斗志不减，拉上我这个小兄弟创业，打白条白手起家，运羊毛闯荡黄河，走绥远身无分文，到天津智说亨利。如今，看到葛老哥当上高林商行总经理，兄弟我万分高兴，可一高兴就想到老兄的苦难，想到老兄对我的苦口婆心教诲，我就感动得心疼，要哭！驼队队长大哥，你说说，我刚才说的可有一句假话？可是疯话？我保军可是日囊怂！"说着，他从地上爬起，抱起酒瓶给葛秃子、驼队队长斟酒，又给自己碗中斟满酒。

此时，葛秃子被保军一席话深深感动了，他端起酒碗走到保军面前，说道："小老弟，你是俺葛行健落难时的第一个救命恩人，俺有今天决不负你，今后也决不负你！来，老弟，咱哥俩满满干一杯！"说着，当着驼队队长的面一饮而尽。保军端起酒碗也一饮而尽。他走到桌边，拿起一只烧鹅将它掰成三块，把最大的一块鹅肉双手递给葛秃子，把另一块稍小的鹅肉递给驼队队长，道："驼队队长大哥，从绥远到天津，这一路上多亏了你和你的手下看好骆驼，要不嘛葛大哥的八十峰骆驼驮的羊毛就难说了，这高林商行和葛大哥的总经理也嘛没有了关系。大哥，我敬你一碗，干！"说着，他一口喝干了碗中的酒，撕下一只鹅腿拼命地嚼着。

葛秃子这时想起该给驼队队长银票，他从怀中掏出二百两银票递到驼队队长手上，道："驼队队长大哥，刚才保军说的都是俺的心里话哩！俗话说，一个泥巴三个桩，一个好汉三个帮，没有驼队和你那六个兄弟帮忙，俺和保军运羊毛可玄呢！你老兄辛苦了，这样，俺这二百两银票算是给你们的驮运费，”说到这里，他又从怀中掏出五十两一张的银票递给驼队队长，“这五十两银票算我和保军给你个人的酬劳费，改天打瓶酒喝！”

驼队队长推辞道：“葛老板说哪里话，刚才你已经给过银票，这银票俺万万不能收！”

葛秃子使出杀手锏道：“哎，你不要可不行，是不是你不想再帮咱驮运羊毛了？再不想给咱们哥俩交朋友了？是朋友，你就收下，不是，你就把银票退给俺。”

驼队队长见说，将拿着银票的手收回，一边将银票放进口袋，一边热情地道：“葛老板，承蒙你看得起我，我是从新疆出来打工的，跟主人阿凡提·古力是老朋友。这样，葛老板今后若要再从绥远运羊毛到天津，你就包给俺了，价钱嘛，好说！”说完，他喝下保军敬他的一碗酒，抹了抹嘴走了，临出门，他对屋里道：“葛老板，保军兄弟，你们歇着，咱们日后再见！”

驼队队长走后，保军道：“老哥，今天亨利给了你多少银子？”

葛秃子道：“不多，千把两。亨利告诉我，等绥远的一万五千斤羊毛到齐了，再全部兑现货款银子。今日晚了，咱们睡吧，明天，俺带你在天津街上吃花酒！”说着，他脱下衣服，把衣服枕在头上，钻进被子便睡了。

保军激情难平，愣了一会儿，掰了另一只鹅腿，放在口中嚼了，又喝了半碗酒，便脱衣上床钻进被子里睡了。

16

十月中旬的一日上午，津门客栈。葛秃子和保军早早起床，两人穿上衣服，漱口，洗罢脸。

保军道：“老哥，今天咱们干啥去？”

葛秃子道：“俺昨天答应了，带你喝花酒去。”

保军站在葛秃子面前，仔细打量道：“老哥，你现在当了高林商行总经理，等会儿还要去吃花酒，你这身行头该换换了！”

葛秃子打量了保军一眼，走到保军面前将他的衣领翻出来，笑道：“哈哈哈哈，你不说俺倒忘了，再看看你的衣领，竟和油抹布一样，等会儿和姑娘们喝花酒，你咋见人？”

保军仰头一笑，也走到葛秃子面前翻开他的衣领，哈哈大笑道：“大哥莫说二哥，你看看你的衣领，比我的强不了多少，脏不拉叽的，都该换换行头了。”

葛秃子道：“俺这身西服是六月出天津时置办的行头，都四月了，再说一路下黄河，上绥远，过长城，这衣服还不脏兮兮的？你那件对襟衫该是穿了半年多了吧？”

保军道：“再别说了，走，咱上街去，先到服装店各人换一身行头，再去吃花酒。”

葛秃子点头,道:“行,咱们走。”

17

天津北路服装店。葛秃子有意引着保军不走近路走远路,来到天津北路,经过端王府时偷偷看了一眼,见府门紧闭,便拉着保军往前走,进了一家服装店。服装店里,各种服装琳琅满目,让他们看花了眼。他们走到西装柜,正瞧着挂在木架上的西装,一位年轻女侍者款款而来。

女侍者道:“客官,你们要啥样式?”

保军道:“小姐,请把上面那套绿色西装拿来看看。”

女侍者转身,踮起脚取下挂在衣架上的一套绿色西装,返身将西装放到保军面前。

保军前后看了看西装道:“这套西装样式、颜色都好,我要了,再请你拿一件白衬衣来,价钱一并计算。”女侍者伸手从柜台里取出一件白衬衣递给保军。

保军道:“这衬衣是哪儿制的?”

女侍者道:“地道北京货。”

保军翻开衬衣前后看了看道:“我要了,两样共计多少银子?”

女侍者道:“十五两。”

保军从衣袋里抽出两张十两的银票,女侍者找给他五两银票,保军便拿着新衣服往东到试衣的地方试衣去了。

女侍者走到葛秃子面前,道:“客官,衣服瞧好了没有?”

葛秃子道:“瞧好了,你把那套深蓝色西装拿来看看。再拿一件白衬衣给俺瞧瞧。”

女侍者从衣架上取出一套深蓝色西服,从柜子里抽出一件白衬衣,一并放在葛秃子跟前,葛秃子把西装西裤放到身上比了比,又把衬衣抖开放在自己身上比了比,道:“行,这两样俺都要了。多少银子?”

女侍者道:“共二十两。”

葛秃子从怀中抽出一张二十两银票给女侍者,拿新衣服往西试衣去了。

一会儿,葛秃子穿着深蓝色西装从服装店西面出来了,保军穿着一套绿色西装从服装店东面出来了,两人碰面,互相指着,哈哈大笑。

保军道:“葛大哥,不,葛总经理,你这才像个总经理的派头!”

葛秃子道:“啥派头?你保军老弟把新衣一换,让老哥也几乎认不出来了,不过嘛,这行头嘛好是好,石嘴山的姑娘可要遭殃了!”

保军道:“哎,我说老哥,我总觉得你身上还得换些什么。”

葛秃子道:“换啥?”

保军道:“你头上的那顶旧蓝呢毡帽该换新的了。”

葛秃子开玩笑道:“傻兄弟,你是让俺换顶绿帽子戴戴?”

保军连连摆手道:“老哥、总经理,小弟不敢不敢!”

葛秃子道:“俺谅你个二货不敢! 好了,衣服也换了,咱去吃花酒去!”

保军道:“上哪里吃花酒?”

葛秃子道:“别看你们石嘴山窑子多,这天津是对外开放城市,妓院可是多如牛毛! 说,去开土荤还是去开洋荤?”

保军道:“老哥,总经理,你不是早说要我到天津来开洋荤吗? 你忘了?”

葛秃子拍着脑袋道:“这几天酒喝多了,把脑袋闹痛了,忘了!”

保军道:“那咱上哪去?”

葛秃子道:“俄罗斯女人牛高马大,咱哥俩上俄罗斯人开的妓馆去! 走!”说着,他拉着保军沿来时的路返回,路过端王府时,见府门已开,一个丫头正在打扫王府的门槛。

葛秃子走到那个丫头跟前问道:“请问,这里原来的女主人谢兰夫人回来没有?”

丫头答道:“没有,听说她被王爷卖到西北去了,那里好远好苦哦!”

葛秃子心一震,说了声“谢谢”,便头也不回朝前走,保军在他身后喊道:“大哥——总经理,等等我!”

18

当日下午,天津北路,俄国人开的“玛丽亚”妓馆。

葛秃子和保军一路行来,在天津北路的一条街口走到了玛丽亚妓馆。妓馆里,一些男宾进进出出,俄罗斯民歌和手风琴的伴奏声不时传到街头。见来了两个身穿西装的青年人,一个身材高大的中年妓女上前道:“舵不落叶乌特拉门(早安)。”

保军上前道:“你说啥? 舵是没有叶子的,乌鸦是不会开门的,你个俄国猪婆!”

葛秃子略懂几句俄语,悄悄对保军道:“她说的是早安,你这个日囊怂!”

保军马上和颜悦色对中年妓女道:“谢谢,舵不落叶乌特拉门。”

俄国中年妓女不悦道:“你们这两个中国人,真是一对蠢猪!”

保军恼火道:“你这个日囊怂,你既然会说中国话,为什么说外国话日哄我们中国人?”

这时,室内传来妓馆老鸨的声音:“嘉莉,嘉莉,不要吵了,对客人要礼貌!”

保军赶紧道:“老板娘,嘉莉不接待我们!”保军的话音刚落,妓馆老鸨便气冲冲地出来,扇了嘉莉一耳光:“你怎么这样接待客人? 你都三十几了,你还以为你的容貌很动人吗? 再吵,我要炒你鱿鱼!”嘉莉闻言流泪了。

老鸨道:“嘉莉,还不快去接待这位年轻公子? 快去!”嘉莉站在那里不动。

葛秃子打圆场道:“对不起,这位是俺的朋友,有不对的地方,请你原谅。”

老鸨道:“嘉莉,你听听,这位先生多么有礼貌,你不愿接待那位小伙子,你就去接待这位客人吧!”

嘉莉道:“他不是天津人,他是中国乡下人,和那个青年人一样,”说着,转身对葛秃子道，“对不起，我身体不舒服。”

葛秃子闻言火了，从怀中抽出一张一百两的银票猛地扔到嘉莉的脸上，道：“你这个俄国日囊怂，你嫌俺是乡下人出不起钱是吗？看看，这一百两银子够不够？”

嘉莉从脸上拿开银票一看，顿时说了句：“饿吃你哈拉索”（很好），又用中国话对葛秃子说道：“对不起，刚才我说的是俄语，其实，你身材高大威猛，我是很喜欢的。”说着，把身体朝葛秃子怀里一偎，拉着他走进里面拐角的一间房间，老鸨这时又唤来一个俄国青年妓女拉着保军上了楼。

19

翌日上午，天津墙子河英租界。葛秃子从玛利亚妓女院出来，兴致勃勃走进英租界，他不时从衣袋里拿出一瓶外国香水放在鼻子边闻闻，脸上放着喜悦的光彩。他走进自己刚买下的一座独立小院，刚进屋躺到床上休息，保军疲倦地推开门，倒在床上扯过被子盖在身上便睡。

葛秃子从床上爬起来，道：“起来，俺给你看件洋玩艺儿。”

保军道：“哎呀，我睡一会儿，累死我了。这样的女人再不敢搞了，闹得我一夜都没睡觉。”

葛秃子道：“老弟，你闻到味了吗？”

保军来了精神，坐起道：“老哥，你又骗我哩！我把那个女人全身都闻遍了，连个屁味也没闻着，倒是闹出了一股香味哩。”

葛秃子诡秘地把那个瓶子拿出来，道：“闻闻，啥味？”

保军把鼻子凑了上去，叫了起来：“老哥，你歪得很么，你这是从哪里闹的，咋跟那洋女人身上的味道一样？”说着，伸手便要拿那瓶子。

葛秃子闪开了，道：“俺问你，喜欢吗？”

保军道：“我太喜欢啦。老哥，你说，我要是带上一瓶回去，送给小桃红，该把她喜欢个啥样？”

葛秃子道：“这叫嘛？知道吗？”

保军道：“谁球知道叫个啥？”

葛秃子道：“这叫香水，法兰西造，嘉莉卖给俺的。你说这些洋人，真他妈弄不明白，这么香的东西，咋就叫嘛毒药呢？这么一小瓶，花去俺十两银子。你要送小桃红，舍得掏银子吗？”

保军道：“不怕你老哥见笑呢，我这心里还就是装着个小桃红放不下。花十两银子，我豁出去了！不过，我现在没有钱，等羊毛款到手，你就从我那里扣，咋样？”

葛秃子道：“扣钱是可以，可我是买卖人，不做无利的交易，亲兄弟明算账嘛！你真想要，我只收你十五两银子，谁叫咱们是兄弟呢？”

两人正说着，刘敬祥敲门。他大声嚷道：“行健，你也太不够意思了。回来发了大财，也不说请我喝顿酒，整天泡在婊子窝里，重色轻友！”

葛秃子打开门,道:“刘敬祥,你胡说八道个啥呀,要依你所说,俺现在已经是一具干尸了,还到哪里发财?”

刘敬祥道:“我听行里的朋友说,你这次是真发了,一百斤羊毛嘛都卖了二……”葛秃子上前一步把他的嘴捂住,道:“你别听他们胡扯蛋,俺连一分银子也没见到哩!”说着,把刘敬祥拉到东厢房里,道:“俺带来个伙计哩,你不要瞎说。”

刘敬祥一脸迷惑,道:“发财是好事嘛,有啥不能说的?”

葛秃子道:“你不明白,回头俺给你细说。你找俺有啥事吗?”

刘敬祥道:“你这个没良心的,你嘛不知道俺为你担了多少心?光香俺都替你烧了几十把了,求佛爷保佑你平安归来。走吧,俺为你接风洗尘,另外,俺还有一点事要求你。”

葛秃子道:“咱俩谁跟谁,你还来这套虚的干吗?有啥事就直说吧!”

刘敬祥道:“那俺就说了。俺想,西北你肯定还得去吧?”

葛秃子道:“那是。生意刚开头,咋能不去呢?”

刘敬祥道:“那你就把俺也带了去。”

葛秃子吃惊道:“你?带你去干吗?”

刘敬祥道:“俺操,干吗?俺跟你去发财呀!咱们情同手足。噢,你吃肉,难道连嘛汤也不让俺喝一口?”

葛秃子笑了:“好了,别逗了,你老婆孩子热炕头,你到西北,能受那个罪?”

刘敬祥道:“咋不能?吃得苦中苦,方为人上人,老守着那个小杂货铺,有啥出息嘛!俺是认真的,你说吧,到底带不带俺去?”

葛秃子沉吟一会儿,道:“这样吧,俺请你吃饭,那事完了再说吧。你不像俺,孤家寡人,你拖家带口的,再好好斟酌斟酌。”

刘敬祥脸色变了,道:“行健,你是不是怕俺分你的财运?”

葛秃子也有点不高兴地道:“敬祥,你说嘛话呢?俺是啥人,你还不清楚?”

刘敬祥冷冷地道:“你这次回来,俺还真他妈看不清楚了,你太自私了!好吧,俺不沾你的光,告辞!”说完,转身出了房门。

葛秃子被弄得莫名其妙,抖着两只手在屋里转圈子,他向着门外吼道:“俺自私,俺他妈自私你早就饿死了!”

20

当日下午,墙子河畔。刘敬祥出了墙子河英租界,一个人闷闷不乐地沿着墙子河畔走着。他十分恼恨葛秃子不带他去西北发羊财,但也把葛秃子无可奈何。他想寻找外国商行的门道,可他在天津举目无亲,一点门道也没有。他闷闷地抽着烟,又不时把未抽完的半截香烟丢进河里。他苦闷极了,不知不觉中上了岸,沿着马路向南走,一直走到天津南路紫竹林,见路边有一座茶馆,他漫无目标地走了进去。

21

紫竹林茶馆。这里早已有男男女女喝茶的人，刘敬祥瞅见里间只有四五个老汉在那里喝茶，便在紧挨着的一张桌子边坐下来，喊了茶保倒茶，他便一边喝茶，一边寻思自己的心事来。忽然，他听到隔壁桌上的老汉正在谈天津外国洋行的历史及买办的私事，便一边假装喝茶，一边凝神听起来，注意察看老汉们的脸色。

一个年近七旬、头发花白的老汉道："外国人在咸丰朝开辟租界之前，在天津的西洋教士、商人总共不过二十人，大多住在旧城和宫南、宫北一带。那时，天津洋人还没有正式的商业机构。不过，那时设在中国南方的英国怡和商行与宝顺等洋行都开始向天津输送鸦片以换回大量白银。咸丰三十一年，英法联军打入北京之后，英、法、美租界开始在紫竹林设立，自眼下的紫竹桥起至西面大沽路东侧开封道上，租界东临海阿，面积足有一千多亩。"

一个年近八旬、老态龙钟的白胡子老头道："你说得不错。随着英商怡和、太古、仁记、新泰兴几家大洋行的率先进入，咱天津的地价便逐年上升，几家洋行老板乘机大捞一把。到光绪初年，在紫竹林和城厢一带设立的洋行约有三十家左右，其中英商号有十一家，俄商号七家，德商号六家，法、美商号各一家。这些商行各具特色，法商亨达利和德商增茂洋行专卖钟表、八音盒、挂灯、玻璃器皿和寒暑表、风雨表、显微镜等仪器，并不经营其他业务，在俺天津的外资银行也只有英国汇丰一家，是由上海来的安徽人吴调卿做买办，主持业务。离汇丰银行不远，有屈臣氏、大英、老德记三家大药房和专卖机器的德商世昌机器行。"

一个紧挨着说话者的年约六十岁的老汉道："俺来说两句。这时候的洋行派了大量买办在北方开拓业务，引起了中国人的强烈反抗。但外国洋行急需这方面的人员，并未因此而收敛，反而大量招募买办。洋行老板规定中国人当买办的条件很简单，只要有能力做事，老实本分又有大商号或士绅名人的推荐，申请者就会被录用，而且不用交寄库金、风险抵押金。天津的买办之中，当时以广东籍的梁彦青、陈祝龄和郑翼之为首，梁彦青和陈祝龄分别是怡和洋行的正副买办，郑冀之还兼了太古洋行的大买办。稍后，宁波人王铭槐和安徽人吴调卿崛起，形成三大帮派，郑、梁、王、吴成为名震津门的四大买办。这四人之中，以郑的财势最大，梁的资格最老，王的联络范围最广、产业最多，吴调卿的后台最硬。据说，当年吴调卿从上海被派到天津筹办分行时，是因为总行的大买办席立功听说北方气候冷，直隶总督李鸿章的脾气大，谁说错了话就要被杀头，故而推荐李鸿章的同乡吴调卿为天津分行首任买办。"

这时，未发言的老头激动地站起来道："唉，你们嘛说话太抽象，俺来给你们讲段吴调卿的故事。据说吴调卿随着汇丰银行大东家马根道和英国驻天津领事馆领事晋见李鸿章那天，吴调卿因为紧张汗水都把中衣湿透了！李中堂问他是哪里人，吴回答是安徽人。李中堂当时大喜，拉着吴调卿的手说，啊，俺们是同乡啊，俺这里办洋务的人不多，你以后可以常来。因为受到李大帅的重视，马根道对吴调卿更为倚重。俺告诉你们，现在的年轻人当买办，多数走的吴调卿的路子！”

一个老者质问刚才说话的老汉道：“你这人就是好强！我来问你，现在的年轻人想走吴买办的门道，他连门都摸球不着，他知道吴调卿现住哪里？真是！”

刚才讲话的老汉闻言，脸都气红了，他挥着手道：“俺一辈子就是好强，咋了？谁不知道吴调卿买办的住处，连三岁小孩都知道他现住紫竹林红楼公馆！你装聋！”

听到这里，刘敬祥脸露微笑，他再也坐不住了，匆匆喝了一口茶，出了紫竹林茶馆，直奔紫竹林自己的家。

22

半月后的一天下午，天津紫竹林吴调卿公馆。吴调卿从总督衙门出来，乘上四人抬蓝呢小轿回到天津南路紫竹林自己的红楼公馆。刚进一楼大厅正要更衣，一个门房小厮便跟着进来晋见。

门房小厮道：“禀告总办大人，门口有人求见。”

吴调卿道：“此人是做啥的？”

门房小厮道：“他没说，只说是安徽人，老爷您的同乡。”

吴调卿迟疑一会儿道：“那就让他进来吧。”门房应诺道：“是。”便退了下去。

不一会儿，身高一米八的刘敬祥勾着腰，带着卑微的笑容出现在客厅门口。吴调卿迎至门口，刘敬祥脚被门槛绊了一下，几乎跌倒，被吴调卿扶了起来。进入客厅，吴调卿让座，刘敬祥不敢坐，蹲在吴调卿坐的太师椅跟前。

吴调卿吩咐下人道：“看茶！”接着问刘敬祥道，“你贵姓，找我有什么事吗？”

刘敬祥赶快站起来回答道：“回大人，俺免贵姓刘，名敬祥，安徽颍州人。现在天津正大昌杂货店当店东。俺本是……是想求您，俺想去当买办。”话未说完，脸上汗如雨下。

吴调卿笑了，给他递了一把芭蕉扇，道：“你既然已是店东，为何还要去做买办呢？”

刘敬祥道：“俺……俺那个小店，其实也不是俺的。因为家里穷，俺投到李大帅的淮军帐下当兵，后来到了天津，在正大昌做伙计。再后来被招赘做了上门女婿，虽然生意尚可维持，可是小舅子、大姨子他们挤对于俺，日子也不好过。俺听说大人是咱安徽人里面最大的买办，再加上俺的一个好朋友他……他刺激了俺，俺就大胆来找您了。”

吴调卿道：“你那好朋友是做啥的？他又如何刺激于你？”

此时，下人端来一杯茶水，刘敬祥接过茶杯喝了一口，道：“他叫葛行健，是个秃子，也是咱们老乡。他读过书，是捻子出身，后来又投靠胜保做师爷。胜保死后，他流落天津，是俺花了五两银子帮他在怡和洋行做了杂役。前几个月，他去了一趟西北，贩回来几万斤羊毛，大大赚了一笔，发了。俺这时找他想想办法。谁知他见利忘义，不但不帮俺，还出言不逊。”

吴调卿道:“照你说来,这个秃子倒也可恶,是个无义之人。滴水之恩,当涌泉相报嘛。可是,有一点俺不明白,既然你能帮助他进怡和洋行,那你何必还去求他呢?”

刘敬祥张口结舌了好一阵子,道:“嗯,是……是……俺本来是可以直接找怡和洋行的,但俺不愿意那样做。怡和是广东人梁彦青当家,俺是安徽人,咋能跟他干!”

这句话博得了吴调卿的好感,吴调卿点头道:“嗯,你小子还算有骨气!不过,俺这儿是银行,你能干得了吗?”

刘敬祥兴奋地道:“大人,俺这几年做杂货生意,学了一些经验,也交了不少朋友,俺能干!”

吴调卿摇摇头,道:“那是两码事。这样吧,新泰兴洋行正缺人手,俺给你写个条子,你去他们那儿吧。”说着,他提起羊毫,铺开一张公文纸笺,挥毫写了一张便条装入信封,递给刘敬祥。

刘敬祥喜出望外,伸手接过信封,忙跪下朝吴调卿磕了三个响头:“吴大人,感谢您的知遇之恩,来日定当报答!”说罢站起一拱手,告别而去。

第五季:羊毛起风波

字幕(画外音):光绪年间,俺爷爷的爷爷把羊毛从石嘴山运到绥远,雇驼队把羊毛运到天津,可以说大功初成,然而却引起天津一些买办大亨的嫉妒,故此演绎出一段令人魂魄出壳的羊毛风波。

1

冬日晨,天津墙子河英租界内葛秃子的住所。保军已经起床,正在收拾行李。响声惊动了正在熟睡的葛秃子。葛秃子翻身下床,披上衣服要去洗脸漱口,刚把牙粉抹进嘴里,就见脚下一只只毛皮口袋鼓囊囊的。他顾不得漱口,弯下身翻看口袋,见里面装着"金洋钵"牌漂白布、"人头"牌斜纹布、泰西宁绸、罐头、洋胰子、八音盒之类的东西,他站起身来朝保军吼道:"你他妈这是干吗?有几两银子你就烧?俺前天才给你一百两银子,你就天天泡婊子、抽大烟,现在又买这么多洋货干吗?"

保军有点委屈,犟嘴道:"不是你说的吗?让我好好乐乐。我这都是给大哥他们和小桃红买的礼物,好不容易来一趟天津,总不能空着手回去吧?"

葛秃子怒道:"你就知道回去,也不想着多操点心,去绥远运毛的驼队还没到,钱还没到手,你他妈的就想回去?"

保军顶撞道:"我从来没有离开过石嘴山,我想家了。这里的饭,也吃不习惯么!"

葛秃子喝道:"那你想吃啥?"

保军道:"想吃羊肉臊子面。"

葛秃子怒道:"你他妈没出息,臊子面有啥吃头嘛?"

保军嘻皮笑脸道:"老哥,我还是觉得臊子面好吃哩!"

葛秃子道:"俺看你是想小桃红了吧?不是俺说你,为了个婊子下那么大的功夫,你值得吗?"

保军道:"老哥,你不知道哩,小桃红对我好着哩!我对她说了,等我有了钱,就为她赎身。"

葛秃子道:"没看出来,你还是个嘛情种哩,我给你一百两银子,你还胡乱花?"

保军道:"这点钱不够哩!"

正说着,有人来门口下帖子。葛秃子接过帖子一看,愣在那儿。

保军道:"老哥,是谁来的帖子,写的啥?"

葛秃子道:"是天津大买办梁彦青下的帖子,他要俺到他府上过话。"

保军道："梁彦青，他干吗要你到他府上？怕没有好事哩！"

葛秃子道："住嘴，你咋知道他找俺去没有好事？你在家里守着，俺去去就回。"说着，他出了房门，走出英租界，上了一辆人力车，嘱咐车夫把车拉到紫竹林梁彦青公馆。

2

这日上午，紫竹林梁彦青公馆。葛秃子忐忑不安地走进公馆会客厅，只见里面全是西洋装饰：包着缎面的椅子，房间悬垂流苏的帐幔，不带雕花的桌柜，正面的墙竟然留着一个大洞，不知做什么用。侧面墙上还挂着几幅光着身子的男人与女人像，连隐私都暴露无遗，葛秃子尴尬地站在那儿。

正在这时，梁彦青从屏风后面走出来，轻轻咳嗽一声。葛秃子赶紧转过身来，给梁彦青鞠躬施礼。梁彦青手持烟斗，上面装着一支洋烟，他示意葛秃子坐下。葛秃子坐在沙发上，半边屁股都陷进去了，他又站起来。

梁彦青道："坐吧，这椅子叫沙发，是洋玩艺儿，里面装了海绵，知道啥叫海绵吗？"

葛秃子道："听说过，没见过。"

梁彦青道："有这种事？你不是在洋行干了几年吗？"

葛秃子道："说来惭愧，小的在洋行只是个杂役。"

梁彦青道："原来如此。葛先生，你知道我今天为什么叫你来吗？"

葛秃子道："小的不知。"

梁彦青摆摆手，道："你不必如此过谦。你是个很有生意头脑和眼光的人嘛，而且，你还很有胆略，亨利先生也很看重你呀！"

葛秃子想到可能为羊毛的事已得罪了梁彦青，额上冒出冷汗来。

梁彦青缓缓道："你去西北，亨利先生是和我打了招呼的，本来临走时我要找你谈谈，可是不巧，我临时有事回了南方。你跑一趟西北很有成绩啦，发现了一个大市场，而且还跟亨利先生做了一笔买卖，有胆有识，兄弟我很佩服啦。"

葛秃子谦虚地笑道："大人过奖了，其实，俺早有投靠梁大人门下之心，只是因为地位悬殊，有云泥之隔，故不敢冒昧求见。今日得蒙大人不弃，还望提携指点迷津。"

梁彦青捻须而笑："提携之语，绝不敢当。不过，我倒是有一迷津，还请葛先生指点呢！你运回的两万斤羊毛里，为什么掺杂着一半的沙土和杂草？生意人以诚信为本，何况这是要出口的货物！你第一次做买卖，就敢这样胆大妄为，弄虚作假，你有几个脑袋？"

葛秃子一听蒙了，连声道："不可能，这绝不可能！"

梁彦青轻蔑地一笑："你的货都在库里，你等会儿自己去看，要不是重新打包上船，几乎被你蒙骗过关。那几个被你买通的验货员，已经被送到巡捕房了，你的事情如何了结呢？"

葛秃子双腿发软，跪了下来，道："大人，俺没有做假，更没有买通验货人员，俺是亲自监工装的货啊，俺敢用俺的人头担保。"

梁彦青道："起来吧，到底你做没做假，羊毛里的粪草便是明证。依法就应该把你送到巡捕房。我念你是个读书人，又有点才学，才说情担保，准你把原银退回，另处一千两罚金。"

葛秃子闻言仍跪在地上不起，恳求道："大人，原银已经花去了千余两，是付驼队的运费及押镖银，另外还有一万五千斤毛近日就可运到，这些毛到时都抵付。至于罚金，俺身无分文，又无朋友，借贷肯定无门，求大人高抬贵手，放过俺这一次吧？"说着，他想到自己的辛酸，大声痛哭起来。

梁彦青喝了一声："别哭了！你若不是想坑人，何至于此？原银是一定要原数退还的。那一万五千斤羊毛，如果是好毛，照原价收了，倘若仍是掺假之毛，全数没收。一千两罚金，一个子儿也不能少！你快去想办法吧，限你七日之内把银子交来。不然，你就等着到巡捕房去吧！"说完，他径自入内去了。

葛秃子跪在那里，被梁彦青的下人扶起，架出了门外，那下人道："你快想辙去吧！"说罢，把他推了一个趔趄。

内室里，怡和洋行副买办陈祝龄对梁彦青道："你这样逼他，他也拿不出银子来。何不另派人去西北设行收毛呢？"

梁彦青笑道："您只知其一，不知其二。葛行健有胆有识，只是缺乏经商经验，所以装货时吃了亏。不逼他，他不会死心塌地为我所用。西北市场有黄金啦，现在英国市场急需廉价羊毛原料，倘若我们能把握时机，财富就会滚滚而来。但逼他过急，他走投无路，会投靠吴调卿。别忘了，葛秃子是安徽人啦！过几天你去把他找来，我们帮他把套解了。"说罢，两人相视而笑。

3

白天，天津怡和洋行总经理亨利的家里，英国驻中国天津领事馆领事及夫人、孩子和亨利的朋友帕特里克一家人都在这儿做客。领事夫人亲自下厨，亨利夫人用盘子盛着领事夫人做的苏格兰点心、烧饼和小松饼端到客厅客人面前，康妮引着迈克、苏珊和领事的两个男孩跑上来抢吃点心。沙发上，亨利正与领事、帕特里克、凯瑟林谈天，客厅里不时传来男人、女人的笑声和孩子们的嬉戏追逐的喊声。

亨利捧起一本书道："各位好朋友，这是我父亲在我来中国前送给我的一本书，书名叫《关于对华输出贸易的事实和证据》。我来中国后详细看了这本书，认为这书中所写的事实无可辩驳，举例详实，是本好书。因此，我常常想起父亲临别前对我说过的话。他说，我希望人能有所不同，中国是一个有几千年文明史的国家，它的根基比马拉亚纳海沟还深。你如果也和他们一样，认为用火枪和大炮可以征服中国，那么，我要告诉你，你会犯下一个非常严重的错误。"众人听罢，脸色肃然。

帕特里克不以为然地道："亲爱的亨利，我不同意你父亲的看法，中国号称历史悠久的文明古国，其实它是一个极其腐败软弱、不堪一击的国家。它的人民文化素质不高，因此很愚昧，远比不上我们伟大的英国民众。在我们眼里，中国人只是一群猪猡，应该把中国猪赶到太平洋的岛上和澳洲的荒原去，大英帝国在那里的土地、种植园需要劳力。”

亨利把端起的威士忌酒放下，惊讶地道：“帕迪，你真是那样想的吗？”

帕特里克把杯中的朗姆酒喝干，道：“是的，这有什么不好吗？我已为这个美妙的计划向我们尊贵的女王陛下和杰弗里首相发了一份详细报告。”

亨利道：“噢，天哪，帕迪，你都干了些什么？你以为你是在哪里？在非洲吗？这是在中国，有四亿人口的中国！”

帕特里克道：“那又怎么样？他们不过是一群猪猡，一群会说难听的中国话、只愿意抽鸦片、满身臭气、脑袋后面拖着条猪尾巴的猪猡而已，我们只用几万人就打败了他们！”说完，他大笑起来。领事和凯瑟林放下手中的叉子，静听他们的辩论。

亨利道：“那不能说明问题。帕迪，你难道没有想想，导致中国人抽鸦片的罪行是从哪儿开始的吗？你有这样的看法，我很为你担心。我们是商人，有许多的生意可以做。我希望你能打消那种可怕的念头，你太不了解这个国家了！”

帕特里克望着亨利说：“我亲爱的朋友，你是怎么啦？难道你没有享受女王陛下的恩庇吗？你没有享受大英帝国用坚船利炮打来的贸易优惠吗？没有《南京条约》，没有《天津条约》，你我能在这里轻松地享受阳光、蓝天、草地和美酒吗？你能仅仅派一个残废的中国秃子到西北去就运回几万斤上等的羊毛，而且根本不需要纳税吗？亨利，如果我不是你的朋友，我会认为你不是在英吉利长大的！”

亨利惊愕地道：“你是怎么知道的？”

帕特里得意地笑道：“我们是朋友，但是在感情上、商场上我们都是对手。我不会像你那么温情，竟然让一个中国人和你讨价还价。”他转过头对亨利的妻子阿格尼丝说，“艾姬，你要跟亨利好好说说，他这样仁慈，不适合做商人，而应该到教堂和你那个朋友罗斯一块去当牧师。”

他们的话引起一串笑声。正在这时，凯瑟林端着两盘土豆和煎鱼走过来，插嘴道：“帕迪，你不应该这样说话，亨利是你的朋友啊，你难道忘了你是萨色兰郡牧场农民的儿子吗？”

帕特里克瞪眼厉声道：“住嘴，你这个贱妞，你以为你是谁？是克利欧佩特拉女王吗？”他粗暴的话使在场人感到震惊。

领事拜伦·布尼安直言道：“帕迪，你怎么能这样对待你的妻子呢？你要向她道歉！”

这时，正在屋里玩秋千的五岁女儿苏珊见爸爸发脾气，跑过来道：“爸爸，我不喜欢你喝酒以后对妈咪无礼。”

康妮跟过来，大声喊：“我也不喜欢！”

帕特里克笑了，抱起两个孩子在他们脸上亲了一下，走到凯瑟林跟前，赔礼道：

“对不起,我不是故意的。”两个孩子跑开了。

帕特里克对亨利道:“也许你是对的,但我会按我的方式去做。噢,亨利,我差点忘了告诉你,一个猪,NO,一个中国人,到我这边来干了,是吴调卿保荐的,我打算派他到西北去设立分行,与你竞争。”

亨利道:“他是谁?”

帕特里克道:“他叫刘敬祥,与你手下的葛秃子是同乡,是一个很有才干的人。本来,他是要到你那儿去的,但葛秃子不要他。你说中国的皇帝为什么不用人才,像琦善、耆英一类的人倒成了宝贝?”

亨利道:“我觉得他们的科举考试有道理,可以发现人才。总税司赫德的两个儿子在顺天府报了个监生,请了老师,八股文已经做得很好。我已为康妮请了老师,教她中文。”

帕特里克道:“怎么,你竟然让康妮学中国文字?”

亨利道:“那有什么不好呢?孩子生在中国,长在中国,总不能让她连中国话都不会说吧?我建议你让苏珊也和康妮一块儿学习中文,怎么样?”

凯瑟林道:“苏珊已经和康妮学了不少中国话,还可以写不少中国字呢!”

帕特里克恼火道:“你们为什么瞒着我?”

阿格尼丝解释道:“你,你又会像奥赛一样发疯,骂别人是愚蠢的山羊和猴子。”

帕特里克无可奈何地道:“看来,我才是愚蠢的山羊和猴子。”

他的话,引起众人哄堂大笑。

4

十二月的一天,天津新泰兴洋行买办宁星谱公馆。豪华、宽敞的客厅里,宁星谱在与准备到英国采购机械设备和零配件的副买办商议采购一事,刚商量完毕。

宁星谱坐在沙发上嘱咐道:“采购机械设备的事就这样定,给你三个月,你带人到英国几个大机器厂跑一趟,注意,采购设备要看质量合格检验单,价钱尽量压低,速去速回。”

副买办垂首而立道:“唯大人是从,告辞!”

副买办刚走出客厅,一个仆人进来报告:“宁大人,院外有客人求见!”

宁星谱道:“这人是什么人,从哪儿来?”

仆人道:“回大人话,此人是个生人,他说从吴调卿公馆而来,带有一封吴大人的亲笔信,要面交您。”

宁星谱挥挥手道:“让他进来见我。”下人道:“是!”扭身走出客厅。

不一会儿,刘敬祥随着宁府的下人走进客厅。

刘敬祥上前拱手道:“宁大人,小人刘敬祥,吴调卿吴大人让俺送一封信给您。”说罢,上前双手呈递吴调卿写的一封亲笔信。

宁星谱不动声色地拆开信封看罢信,道:“既然是吴调公保荐,差事是一点麻烦都没有,但有一个问题,想来先说明白喽。”

刘敬祥道:“愿闻其详。”

宁星谱道:“你只知道买卖赚钱发财,你可清楚它的风险么?”

刘敬祥摇摇头道:“在下委实不知。”

宁星谱道:“我告诉你,咱们与洋行的关系,说来也简单,既是雇佣关系,又是买卖关系。正规的买办,要有自己的公事房,也叫华账房。每月,洋行给咱一笔‘包费’,支付一切开支所需,咱领了人家的钱,这就叫雇佣关系。但同时咱又和洋行有互相制约的契约关系,因为咱不在任何行政机关登记申请许可证,虽算洋行的附属部分,可咱得用自己的字号或金融营业。实话说,咱就是交易上有保证人,既要完成洋行交给的任务,还要承担买主或卖主的背信和亏欠。一句话,打着洋行的旗号做买卖,但亏损咱得自己担着,洋行是不负担的。你听明白了吗?”

刘敬祥满头雾水,似懂非懂地点头。

宁星谱道:“按规矩,你得要缴纳寄库金,看在吴调公的面子上,也就免了。”

刘敬祥道:“啥叫寄库金?”

宁星谱道:“就是押柜金,万一一笔买卖做砸了,寄库金就被洋行用作抵销。好了,今天就谈到这儿,明天,你就到行里来上工吧。”

刘敬祥鞠躬道:“谢谢!”说完,满心欢喜地告辞,走出宁公馆。

5

第二天上午,天津海河码头。刘敬祥穿着一身新衣来到码头值班室值班,他来到值班室对值班员道:“对不起,俺是来顶替你值班的。”

一个青年值班员站起来道:“你就叫刘敬祥吗?”刘敬祥点点头:“俺就是。”

青年值班员道:“我把这里交给你,请注意,你要照看好这里的货场,造成损失是要赔偿的!”说着向刘敬祥拱了拱手,扬长而去。

刘敬祥刚在值班室坐下,便听到海河上传来货轮的鸣笛声,刘敬祥吃了一惊。少时,一群码头工人朝停泊的货轮奔去。过了一会儿,一群码头工人扛着装满砂糖的麻袋向岸上吃力地走来,他们把麻袋垒在露天场地,不一会儿就堆成了一座座小山。刘敬祥看着堆积如山的砂糖袋,又抬头看看阴云密布的天空,眉头紧皱。他走出值班室,在货场上不断徘徊,自言自语道:“这是啥差事?要是下起雨来,这砂糖就泡汤了,俺也完了!不行,得去找宁买办!”

正在这时,宁星谱带着几个人来到新泰兴公司的海河码头来视察,在货场上碰到刘敬祥。

宁星谱道:“刘敬祥,你怎么不到值班室值班?”

刘敬祥奔过去道:“宁大人,俺正要去找您!”

宁星谱道:“什么事?”

刘敬祥道:“这守货场的事,俺不干了!”

宁星谱恼火道:“你要辞职?刚来第一天就要辞职?这件事我定不了,走,你随我去见总经理，你当面跟他说去！”随即喊一个随从道，“小金，你暂替刘敬祥当班！”

刘敬祥道：“去就去，反正这差事俺干不了！”说罢，随宁星谱朝新泰兴公司总部走去。不一会儿，宁星谱带着刘敬祥走进新泰兴公司总经理帕特里克的办公室。

办公室里，帕特里克正伏案写着什么，抬头见到宁星普和刘敬祥走进来，道：“密斯特宁，你找我有什么要紧事吗？”

宁星普道：“密斯特帕特里克，我有要事向你报告，这位刘敬祥先生刚上班就要辞职，请你决定吧！”

帕特里克拿眼端详一下刘敬祥道：“刘敬祥？你是刘敬祥先生？坐坐坐，我正要找你谈话。你先说说，你为什么要辞职？”

刘敬祥道：“报告总经理，不是俺要辞职，是货场的条件太差，堆了那么多砂糖麻袋，万一下雨就泡汤了！这个损失太大哩，俺赔不起，所以，俺申请辞职！”

帕特里克惊奇道：“哦，你也这么认为？真是太好了，与我的意见不谋而合。密斯特宁，我早就对你说过这个货场条件太差，要你想办法改善，你怎么无动无衷呢？这样的道理连你手下的职员都懂，真是太羞耻了！”说着，他对刘敬祥道，“密斯特刘，我过去早听说你是个有见识的人才，刚才这件事也说明了这一点。好了，你不要辞职，要留在我的公司里好好干。现在，中国的西北市场急需开发，怡和商行的亨利已比我们先行一步，他那里有一个葛行健，很懂得经营羊毛生意，刘，你愿到西北去开发市场吗？”

刘敬祥转忧为喜道：“总经理，我愿意去！”

帕特里克兴奋地道：“好了，既然你愿意，那就这样定了，我希望你成为我们公司的葛行健！懂吗？一个葛行健的强硬竞争对手！你准备出发吧，再见！”

宁星普与刘敬祥互相嘲弄地望了一眼，默默退出帕特里克的办公室。

6

当天中午，刘敬祥家中。一家人正在吃中饭。

刘敬祥放下饭碗，兴奋地对王经理道：“岳父大人，俺要向全家宣布一个好消息！”一家人停住筷子，放下碗。

坐在他身边的妻子王月英道：“敬祥，有啥好消息，快嘛告诉大家。”

刘敬祥道：“事情嘛是这样，今天俺到总经理那里去辞职，”一家人惊愕地互望了一眼，静听他的下文，“不想嘛因祸得福，洋人老板嘛不但不许俺辞职，还委俺嘛以重任，让俺嘛去西北开拓市场，跟葛秃子嘛比试比试！”

王经理道：“这事嘛是好事也是坏事，说它好嘛，敬祥可以独立支撑门户，到西北嘛去施展拳脚，说它坏嘛，只怕你手里没有嘛资金，到哪里去收购羊毛，拿什么跟葛行健比试？这样一来，它就成了坏事难事。”

王月英道：“爹，这次敬祥好不容易捞到这么好的一次机会，敬祥手里没有啥钱，爹爹一定要帮帮他！”

王经理道：“傻丫头，天下嘛哪有爹不疼女婿的？只是嘛到西北开发市场收购羊毛，怕是嘛资金少了不管用，你爹一辈子守着个嘛小生意摊子，积蓄嘛也不多，都用在你姐妹弟弟身上去了，现在俺家也穷得嘛叮当响，爹有什么办法？唉……"

姐姐王月萍道："妹夫，不是姐姐说句拦你的话，你一无资金，二无帮手，到西北去喝风去？再说了，俺们家这是小家当，就是全部典当了也值不了几个钱，咋能容你拿去耍把戏？到时事业不成，家破人亡，这个结局你想过没有？还是老话说得好：在家百日好，出门时时难。请妹夫三思！"

刘敬祥不听则已，一听就恼怒道："俺要不告诉你们就没啥事，告诉你们就个个阻拦，照你们所说，没有钱就不干事了，照这样下去，别说想发财，就连做梦也难了！算了，俺还没有伸手向你们借钱，你们就这样拦阻俺，俺明白一个理：不借！不借也难不倒俺，俺还是要到西北去闯荡，到时候俺发财了，你们也休想向俺借一分钱！饭，俺不吃了，俺过两天就到西北去，你们就睁眼看着俺是冻死还是饿死吧！"

王经理恼怒道："咋？敬祥，你咋能这样对家人说话？俺和你姨姐说的都是实情实理，你要愣着去西北，你就去，俺们不拦你，就是你将来发了财，俺们一家人也不巴望你！气死俺了，俺不吃了，丫头，收拾碗筷！"说着离开饭桌回房去了。王月萍气鼓鼓地站起来收拾碗筷。

王月英站起身来，拿筷子敲着刘敬祥的头道："敬祥，你这个死脑筋，有话咋不好好说，看把一家人都得罪了！"说着，帮姐姐月萍捡碗，往厨房去了，饭厅里只剩下刘敬祥一个呆呆地坐着。

这时，门口响起敲门声。刘敬祥站起身去开门，见葛秃子靠在门边，形容枯槁，憔悴不堪，忙扶他进屋坐下，问道："行健，你这是干吗来了？咋弄成这样呢？"

葛秃子有气无力地摆摆手，道："别提了，俺可能过不去这一关了，今天来给你告个别，在天津，你是俺最好的朋友、老乡。"

刘敬祥道："你他妈别吓唬俺，俺胆子小。"

葛秃子苦笑道："不骗你，俺倒霉了！怡和洋行买办梁彦青说俺的羊毛掺了沙子、屎草，要俺吐出货款，还要赔银子，俺哪来银子赔？昨天，绥远那批毛也运到了，结果里面全是泥土和杂草，羊毛连二成也不到，真是天亡俺也。"

刘敬祥听得脊骨发凉，暗自庆幸。两人再也不说话，默默对坐了一袋烟工夫。

刘敬祥忽然想起什么似的，说道："哎，就算你羊毛里掺假，那把土和粪草除掉，剩多少羊毛卖多少钱，凭啥要把银子全退给他们？"葛秃子仍坐在那里发呆。

刘敬祥拨拉他一下，道："给你说话哩，发嘛呆呀？"

葛秃子瞪着眼望他，道："你说啥？"

刘敬祥道："俺说掺多少草退给多少钱，为啥全退？"

葛秃子眼神发直："俺没掺假，真的没掺假。"

刘敬祥道："你看你这个熊样，窝囊废！你凭啥把银子全退了？"

葛秃子道："规矩，洋行的规矩，不退银子，就得把俺送进巡捕房！"

刘敬祥道："那就没有办法啦？"

葛秃子苦笑着摇头："山穷水尽，走投无路。"

刘敬祥道:“俺他妈就不信,活人能叫尿憋死!”

这时,王月英走过来,斥责刘敬祥道:“不叫尿憋死,你不也是愁得吃不下饭么?”

刘敬祥猛地拍了一下大腿道:“有了,咱去找吴大人!”

葛秃子道:“哪个吴大人?”

刘敬祥遮掩道:“行健,你放心,俺去找的这个人,准行!他就是汇丰银行的吴调卿吴大买办,他是咱们的老乡,肯定会帮忙!”

葛秃子眼睛一亮,马上又暗了下去,说:“人家是多大的买办,咋会帮俺的忙?”

刘敬祥道:“你以为别人都像你,见利忘义。俺好心找你要入伙,你那个熊样,生怕俺挣了你的银子。俺要是像你,今天就不帮你。”

葛秃子道:“俺也没说不答应。”

刘敬祥道:“算了吧,你要答应俺还会生你的气?会跑到新泰兴当买办?”

葛秃子惊奇地道:“咋,你到新泰兴去啦?”

刘敬祥哼了一声,道:“你以为俺离了你这口破锅,就蒸不成窝窝头哩!”

葛秃子丧气地道:“你是个好人,脑瓜子也比俺好使,你发财去吧!”

刘敬祥道:“俺有个主意,保你能起死回生。不过,俺有个条件,不知你答不答应?”

葛秃子道:“俺答应,只要能不交罚款,哪怕让石嘴山的人都骂俺是个骗子,反正俺也没脸回去了。”

刘敬祥道:“俺这个主意,不光能让你重回石嘴山,还能重振旗鼓,接着发洋财。”

葛秃子连连摆手道:“谈何容易!”

刘敬祥拍拍他的肩膀,诚心道:“俺去找吴大人,求他说情,免了你的罚金。咱们再找他贷点款去西北收毛。”

葛秃子道:“那你的条件呢?”

刘敬祥道:“很简单,你到新泰兴来跟俺干,咱到石嘴山设分行。俺要当正买办,你就当副买办。你那边的市场归咱们哥俩共同所有,俺占六成股份,你占四成股份,咋样?”

葛秃子道:“只要你能把事情摆平,俺同意你的要求。”

刘敬祥道:“那咱们就说定了,不许改悔呀!你先回去耐心等待,俺一旦说好,咱们就签个合约。”

葛秃子悻悻地道:“就依你吧。”说着,告辞回家去了。

7

当日下午,天津墙子河英租界葛秃子的住所。葛秃子怀着沉重的心情慢慢走回自己的住所,还未进屋,就听见房间里传来保军凄厉的哭声,把他的心都哭碎了。他掏出钥匙打开门,只见保军扑在床上,抱着枕头痛哭。

葛秃子上前劝道:“保军兄弟,你哭啥呢?好像死了爹娘似的!这几个月,老哥心里也不舒服,心像刀子在剜,在流血哩!”见保军不应声,仍在哭个不停,接着道,“你在哭咱的羊毛掺了假不是?俺早就给你说了,羊毛是俺亲自监督装的袋,不会掺假,要是掺假,那不是自己害自己么,那俺不就成了日囊怂?你哭咱的银子完了不是?这个事俺也一时跟你解释不清,总之,是老哥害了你,是老哥破了你的发财梦,老哥对不起你!这句话,俺给你说了多少遍了,你偏就不听,你整天哭哭啼啼像个啥样?就是天塌下来也不至于此,还亏你嘛是个男子汉!”

保军听罢不哭了,他从床上直起身,一边揩眼泪,一边指着葛秃子的鼻梁道:“大哥,这回你可真把我保军害苦了!害绝望了!这次运毛出来,放着吃皇粮的驿站站长不当,放着在石嘴山吃喝嫖赌、舒舒服服的日子不过,我指望跟着老哥出来见世面,结果呢,结果是老哥给我画了个大烧饼。现在可好,我保军非饿死不可,这咋叫保军不伤心?我哭,我哭老哥命不好,我保军命也不好,哭的是老天爷不公平!”

葛秃子道:“保军兄弟,经你这一哭,俺的心就乱了。你继续哭吧,也许哭了会舒服一些。俺到外面去遛一趟。”

保军拦住道:“老哥,你不会扔下我自己撅沟子跑吧?”

葛秃子生气道:“你看俺姓葛的是那种人吗?就算俺跑了,这一处院子就值三百两银子,你卖了也算个富户。这样吧,你不放心,俺把房契交给你。”说着,从衣袋里掏出房契一把扔到保军面前。

保军不好意思,拾起房契交还葛秃子,道:“老哥,我咋能拿你的房契呢?我再二也不能这么糊涂……”

葛秃子道:“只要你明白就好。俺出去一趟,散散心,马上就回。”说着,他把房契放进西服口袋,推门而出。

8

当日下午,天津墙子河。葛秃子从英租界出来,穿过几片菜地来到墙子河畔。他掏出一支香烟点燃,默默地吸着烟,默默地往前走,默默地注视河中的水草、飞鸟。他走到一棵树旁,默默地坐下,又默默地躺倒。他闭上双眼,眼里淌出一滴滴眼泪……等他醒来时,天已近黄昏了。他默默地站起,默默地往回走。他走回英租界,看到自家的院子门口保军正站在那里东张西望,顿时心里有些感动。

保军见葛秃子回来,老远就欢喜道:“老哥,你咋才回来嘛?把人都急死了!”

葛秃子道:“你是怕俺真跑了吧?”

保军道:“说怂话哩!是梁老板差人来请你过去。”

葛秃子一惊,道:“没说是啥事?”

保军道:“没说,只说你回来就让你过去。听来人说话的口气,不像是坏事。”

葛秃子道:“管他娘的好事坏事,是火海刀山,老子也走它一趟!”

9

黄昏,天津紫竹林梁彦青公馆。葛秃子怀着忐忑不安的心情乘着三轮车来到梁彦青公馆。他下了车,付了车钱,便径直朝公馆正门走去。刚过了大门,梁彦青便从二门内走出来相迎,拉住他的手。

梁彦青笑眯眯地抱歉道:“这几日冗事忙碌,没有请葛兄过来过话,还请葛兄恕罪啊!”

葛秃子道:“不敢不敢。”

两人携手步入客厅。客厅里已摆好一桌酒席,早有一高一矮的两个身穿长袍马褂的人在那里等候。

梁彦青道:“来来来,我来介绍一下,”他指着高个子道,“这位姓陈,字祝龄,怡和洋行的副买办。这位也姓陈,字子珍,仁记洋行的买办,都是我的朋友。”

两人一齐抱拳:“幸会幸会!”葛秃子急忙还礼。

宾主入座,梁彦青先为葛秃子斟酒一杯,说:“这几日让葛兄受惊了,来,我敬你一杯,压压惊。”

葛秃子道:“大人这样对俺,葛某实不敢当。”

梁彦青道:“葛兄不必谦让,我先时曾说过,你是人中豪杰,只是时运未到啦!这两天我已与亨利先生反复商量,鉴于你是初次做买卖,羊毛掺假一事,不能全怪于您。发现西北市场,您功大于过。所以,我和亨利先生以及祝龄兄合计,羊毛按对半收下,总共是一万七千五佰斤,算一万八千斤,计银三千六百两,第一次已经付给您四千两,那四百两也不用退了,我再给您一万六千两,算我和祝龄兄的股份,不知你意下如何?”

葛秃子愣住了,这一切来得太突然,他一时反应不过来。

梁彦青道:“你这次去西北,不能以怡和的名义在那边设分号,你要以高林商行的名义与怡和立合同,就是亨利先生命名的高林商行。我把那边的业务全权委托你来管理,人员由你来挑选,你就不用来回跑了,只管在那边发货就行。至于收购皮毛所需的标银以及这边的交易,由我来办理。年底结账,我们五五分成,你看如何?”葛秃子“嗯”了一声。

梁彦青自顾自道:“西北的市场确立之后,用人是第一要务,没有一大批经验丰富的洋行买办人才,有了市场也会丢掉。根据我到英国、法国和美国的市场考察,这几个国家对羊毛、皮张的需求量是很大的,我们要做长期的打算,不能行百里而半九十。再者,亨利先生告诉我,新泰兴洋行也准备在那边设点,其他洋行亦会闻风而至,这将是一场激烈的皮毛大战,对此,你要有足够的重视。孙子兵法早就说得明白,知己知彼,百战不殆。可惜的是,我们老祖宗留下的财富,今人不知继承。你也是饱学之士、郁郁而不得志者,我问你,你清楚,为什么本朝近五十年来一蹶不振?”

葛秃子道:“贪官污吏横行,朝廷政令不通。”

梁彦青道:“谬也,迂腐之滥言。”

葛秃子问道:“那你说是为什么?”

梁彦青道:“贪官污吏之疾,犹如浓疮;不重经济之患,却似肿瘤。本朝以来,穷兵黩武,就是昔日所谓的康乾盛世,国库也从未充盈过。至于商业,为历朝所禁。今人只看见洋人的坚船利炮,却不知洋人贸易才是一切之根本。若想国富民强,必先加强贸易,重视商业。有了流通,就有了财力;有了财力,才能够运用能力,增强机器制作、纺织、冶金、煤炭产业,国家经济才能加强。苟能如此,何患国之不强,民之不富?这也是我旅欧美诸国之最大感受。”

葛秃子闻言肃然起敬道:“大人到过西洋,怪不得眼界不一样!”

梁彦青长叹一声:“我中华民族,何曾落后于西洋各国乎?让人痛心不已的是,我们不长记性呀!夜郎自大,井底之蛙,这些话好象都是说给别人听的。知己知彼,也是纸上谈兵。咱们知道人家洋人吗?动不动就要人家来给咱‘天朝’进贡,并以夷狄小邦视之,给了别人什么,就说大皇帝皇恩浩荡,可笑愚蠢至极。用人上,八股取士,昨天还是迂腐不堪的秀才举人,一肚子无用之书,今日成了进士、榜眼、探花、状元,成了国家的栋梁之材。连五谷都不分,四时也不晓,《齐民要术》从来不读,却分派他们当了知县、道台去治理百姓,安排民生。我是看透了,才不愿意做这无聊之官,干起洋买办的。说句心里话,老弟,你慢慢就知道,干买办比当官好多了。你只要干得好,立时就可以发财。不过,你这次去西北,我还是要送你八字真言。”

葛秃子对梁彦青的话佩服不已,忙问:“哪八个字?”

梁彦青道:“外靠贪官,内用人才。”

葛秃子感慨地道:“大人这八个字,赶得上半部《论语》也,来,俺敬梁大人、两位陈大人一杯!”说着仰脖一饮而尽。

陈祝龄道:“刚才听梁大人一番宏论,我陈某也受益匪浅哪!近些年来,我与梁大人虽朝夕共事,也很少谈及这些攸关治国经纬的大事,梁大人谈古论今,借政治说经济,陈某佩服得五体投地。尤其是今日得见葛先生容颜,观葛先生言行,吾料葛先生亦非等闲之辈,实乃我怡和公司后继有人之祥兆,此乃大幸矣!陈某虽不胜酒力,但欣逢此会,豪情顿起,愿敬在座的各位一杯!”说罢,举杯一饮而尽。葛秃子见状,亦捧杯在手,仰脖一饮而尽。

陈子珍也不甘落后,举杯站起道:“各位,恕子珍话语不多,我和梁大人、陈大人是老朋友,和葛先生是初次见面。我以为梁大人所论见解精辟之致,论政治,别开生面,论及经济,警句如珠,尤其梁大人对后生寄予厚望,其意在于提携后俊,振兴怡和,令我十分感佩。我完全同意刚才陈大人的观点,祝葛先生重返西北,再传捷报!来,我敬大家一杯!”说罢,仰脖一饮而尽。葛秃子无可奈何,只好奉陪,将酒饮下。

这餐酒,四人你来我往,敬奉不断,直喝到深夜。葛秃子喝多了,宴会结束时,他向各位大人拱手告辞,踉踉跄跄回到自己的住处,倒下便睡,卧床不醒。

10

1884年初春,贺兰山东麓河套草原,平罗县三十来岁的知县娄玉书带着师爷钱江骑着快马奔驰在草原上,他们身后紧跟着一辆马车,马车上坐着知县夫人曹氏和年幼女儿娄宝蓉、儿子娄宝鉴,后面跟着几个骑马的官兵。

忽然,娄玉书勒住马,指着眼前一大片姹紫嫣红、香气飘荡的烟花对钱江道:“钱先生,眼前这一大片庄稼,咋开满了这么奇异的花,像一座花园似的!”说着跳下马来,站着欣赏河套草原的壮丽景色。

师爷钱江勒住马,赶紧跳下马,走到娄知县身边道:“回娄大人,眼前长的不是啥庄稼,是专供制鸦片的罂粟花,这种花与别的花不同,特别鲜艳,毒性可大哩!”

这时,后面的马车停下来,两个孩子跳下车,向一望无际的花地扑去,玩耍去了,曹夫人赶紧跳下马车,向孩子们走去,兵士们跳下马,倚马而立。

娄玉书道:“鸦片为朝廷所禁,怎么这里却种这么多罂粟树?怕有十几万亩吧?若是用这些土地改种五谷庄稼,岂不富民利国?真是胡球闹!”

钱江道:“大人所见极是,据微臣所知,这都是上任知县所为,蛊惑百姓种鸦片,偏废国家纲纪,真是乱了法度。”说到这里,他忽然瞥见娄玉书的小姐娄宝蓉与公子娄宝鉴走向一簇罂粟花,忙奔过去喊道:“蓉儿、鉴儿,快住手!这花有毒!”说着奔向前一把抱起两个孩子朝坡上走去,把两个孩子交给曹夫人,道:“夫人,这罂粟花有毒,孩子们玩不得的!”

曹夫人接过两个孩子对钱师爷道:“多谢师爷,若不是钱师爷见多识广,及时拉住孩子,怕要出事哩!”说着,照着两个孩子的屁股各打了几巴掌。

小宝鉴不服气地道:“先生,您咋知道这花有毒呢?”

钱师爷道:“孩子,你知道鸦片吗?这鸦片是害人的毒品。你知道这毒品是用啥原料制成的吗?就是用你们眼前这一大片罂粟树结成的果实。这种罂粟树开的花是有毒的。鸦片烟吃不得,这种花也闻不得!”

年龄稍大的宝蓉噘嘴道:“先生,这花挺香挺好闻的,你咋知道它有毒呢!”

钱江道:“孩子,你知道开什么花结什么果的谚语吗?果实有毒,它的花还能没有毒吗?你们年龄尚小,要记住,世上一些好看好闻的东西不见得是好东西!”

两个孩子愣了一下,连连点头。

这时,娄玉书走过来抚摸两个孩子的头,宝蓉和宝鉴齐声叫道:“爹!”

娄玉书道:“孩子们,快随你们的母亲上车吧,俺要跟先生说话。”

曹夫人道:“老爷,你们长话短说,俺和孩子们上车去了!”说着,搂着两个孩子向马车走去。娄玉书道:“钱师爷,这次俺带夫人和孩子们秋游,说实在的,是俺要出来散散心啊!”

钱江道:“大人,这个我知道。自你到平罗上任,不到一年,县里经济不景气,惹你发愁啊!近几天,我暗地摸了摸我县财政收支情况,发现全县地丁银收入仅一千多两银子,契税收入只有几十两,矿产税收入才十二两,商业税收入更是少得可怜。而我县每年仅支出驿站费、监狱用费、春秋祭祀款、廉俸银就得三千两,缺额一千余两!这可是个不小的数目啊!”

娄玉书点头道:“钱师爷,你说的一点没错,俺正为解决这事犯愁呢!”

钱江道:“要让本县财政收支平衡,有个根本好转,依卑职看,非改革不可!”

娄玉书充满兴趣地道:“说说看,咋改革法?”

钱江道:“依卑职看,要改革,首先从禁烟做起。禁烟有三利,一是迎合圣意,革除时弊。当今皇上想有所作为,已在广东沿海发布禁烟令,咱们在西北禁烟和广东沿海遥相呼应,当今皇上肯定会满意,因为革除了时弊,老百姓也一定会欢迎,此其一。目前,全县用于种大烟的土地面积计二十万亩,实行禁烟以后,用这些土地种庄稼,既可解决农民缺粮的疾苦,又可增加全县农业税收,此其二。三是对已种的大烟实行专购专卖,改革过去购销放任自流的状态,由县里统一负责,可避免本县资源和资金流失。有此三利,何乐而不为?”

娄玉书道:“师爷高见,甚合吾意。俺决心已下,立即实行改革:禁烟!师爷,着你回府之后,立即草拟禁烟文告,送俺阅后,颁行全县!”

钱江拱手道:“遵命!”

11

早晨,平罗县城。城门口,一群百姓正围观知县娄玉书签名盖印的禁烟文告,欢欣鼓舞,笑逐颜开。忽然,一队衙役纵马出城,高呼道:“闪开!闪开!”他们手里拿着一沓沓禁烟文告,冲开众人,出城后向不同方向奔驰而去。

12

白昼,石嘴山。黄河岸边,芦花竞放。任有道带着几个署吏站立在码头上,望着滚滚东去的黄河水出神,但见只只皮筏顺流而下,艘艘木船扬帆远去。回镇公署的路上,任有道心事重重,问一吏员道:“葛秃子和保军去天津怕有四个月了吧?”

吏员回禀道:“回老爷,已经四月有余了。”

任有道道:“葛秃子是条好汉,自他走后,俺日日惦记他,俺相信,他的羊毛生意一定会成功!昨晚,俺还做梦,他回到石嘴山来,给咱们带来几大渡船银子,俺们石嘴山指望他改变模样哩!”

署吏道:“主簿大人,上个月,您不是下令全镇整理街道、栽树、拆除危房、填平湿地吗?”

任有道道:“是啊!俺相信咱石嘴山的好日子就要来了!你们想,葛秃子的羊毛生意做成功了,那天津外国人的洋行还不赶紧到咱这里设点?咱石嘴山位于贺兰山下、黄河岸边,有舟楫之便,四周有河套平原、鄂尔多斯草原,牧民众多,羊群遍地,有取不尽的羊毛啊!这里的羊毛资源雄厚,收购价格便宜,任他啥商人都不眼红?俺就不信他们不来咱石嘴山!你们说说,俺们不早做准备能行吗?到时,外国人来了,洋买办来了,看了咱石嘴山的破样,还不得走人?所以,俺要趁他们没来,得赶紧治治咱石嘴山,把道路填平,把房屋刷新,把招待客人的餐馆、旅馆、妓馆都他妈建好!这叫啥?这叫先见之明,未雨绸缪!"

众署吏道:"主簿大人高见!"说话间,镇公署到了。任有道进公署,回到家里刚刚坐定,赵文通气喘喘地走进屋来。他走到任有道身边,报告道:"大哥,咱们这一次卖了一百担石灰,窑上积压的石灰全他妈卖光了。这一招商,你要是能当上总督,那咱们的石灰窑就发了!"

任有道道:"瞧瞧,你就那点出息。要是俺当上总督,那还用得着卖石灰来发财吗?说说,沿街那些住户把房子墙面都粉刷了吗?"

赵文通道:"东街、北街、西街的房子差不多都粉刷了,要不然,咱们的石灰咋那么俏呢?哎,大哥,他们都说树不好栽呢!"

任有道板起脸道:"他们?他们都是谁?"

赵文通道:"有泰昌隆的老板吴生龙、谦益元的老板周令轩、永花和的老板王庆牵头,还有几十家商户。"

任有道哼了一声,道:"那个周令轩,仗着他兄弟周令杰是县里刑房师爷,老是跟俺顶牛,俺早就看他不是个好鸟。这一回,你要给俺把他拾掇了,叫他上吐下泄,拉死他娘的!"

赵文通拱手道:"是,您就放心吧!哎,大哥,你那个老乡到天津四个月了,咋还没回音呢?"

任有道道:"你担心他骗了俺们?"

赵文通点头道:"难说。他走的时候芦花凋零,现在芦花又开了。人家谦益元商号采购人员下天津送货进货,最多两个月就回来了,可他都走了四个月啦!"

任有道道:"你担心啥?俺就不信葛行健骗咱,再说,老五不是也没回来吗?"

赵文通道:"老五这个日囊怂,给他个女人就迷失了本性。他打小就没有离开过石嘴山,那次俺带他去一趟兰州,说啥他都不想回来,这一回,他去的啥地方?是天津!我猜跟天堂差不多吧?"

任有道道:"老赵,你说这老葛刚跟俺认了同年,他真的会坑俺?"

赵文通道:"人心隔肚皮,虎心隔毛皮。人一见了白花花的银子,还讲啥同年、朋友,这年头,谁嫌银子咬手呀!你想想,那姓葛的在天津,也许就是个穷光蛋,他冒险来西北,一下子弄了几万斤羊毛,我猜他这一次最少也能赚几百两银子。几百两呀,那是咱哥俩十年的俸禄。没见过这样的傻逼,跑几千里路给人家送钱。你想想,他要不给咱这个钱,咱能咋着他吗?"

任有道道:"俺不能。"

赵文通道:"这不就结了?就算赶着还钱的,那是什么人?哪有跑不了也躲不过的人!老葛不给你钱,你连他的屁也闻不着,你还指望他还钱?"

任有道搔脑袋,头皮屑像雪花飘落下来。赵文通觉得恶心,拿起杯子喝了一口水,再细看杯中漂着的几片皮屑,他顿发呕吐,转身往外跑。

任有道道:"老二,你弄啥去?"

赵文通道:“我内急,早上喝奶子喝坏了肚子。”说着奔了出去。

待赵文通走后,任有道自语道:“噫,俺就不喝奶子,那羊奶牛奶腥多大呀,俺就喜欢女人的奶子。”说着,他拿起炕头上一把木梳使劲地在头上搔起来,头屑像雪片纷纷落下。

赵文通直奔任有道家的后院,见一茅厕,就掀开帘子一头钻了进去,顿时愣了。原来,任有道的夫人侯水英正坐在马桶上解手。侯水英正要叫喊,赵文通上前捂住她的嘴道:“嫂子,你听我说,是个误会,我这就走,这就走,啥也没看见!”

侯水英掰开赵文通的大手,见是赵文通,说道:“你看看,你看看,这是弄的啥事,快出去吧!”

赵文通出了茅厕,叹口气道:“唉,我老赵跳进黄河也洗不清了!”

赵文通走后,侯水英慌忙提起裤子,由于着慌,裤子提起来又垮下去了。这时,她的女儿任凤、儿子任经纬跑进茅厕捉迷藏,看到母亲雪白的大腿,一下子惊住了。

赵文通走回上房,正要与任有道说话,任有道道:“气死俺了,俺跟他狗日的没完!”听罢此言,赵文通腿一软,差点跪了下来。

任有道转过身来,把一大张纸扔到赵文通面前:“你看看,你看看,这个老丈人欺负俺到何等地步!是可忍孰不可忍,俺要给他点颜色看看!”

赵文通从地上拾起那张纸,原来是一张《禁烟令》,心里踏实了,他仔细看了一遍《禁烟令》,气得把《禁烟令》撕了,道:“这是哪个驴日的出的主意?要断咱们的财路?”

任有道道:“你赶快把老三找来,俺们要想个办法,收拾这个狗日的。”

赵文通起身要走,忽又返回道:“这个娄玉书,一直没啥本事,为啥突然来这一下子?是不是有啥由头?”

任有道道:“俺早已打听过了,他的老婆原来是他的嫂子,这个日嫂子的混账货,旁人怕他,俺老任不怕他!俺是弯腰尿尿,就是不服(扶)这根鸡巴!你快去找老苟吧!”

赵文通奔了出去。不一会儿,苟有田和赵文通来到任有道家里,三人围在桌前,立即商议起对付娄玉书县令的办法来。

赵文通回来后,从地上拾起《禁烟令》的碎片,在桌上拼到一起,让苟有田看。

苟有田看罢,吼道:“娄玉书个日嫂子的货,他长了贼胆,竟敢断咱石嘴山的财源,老子宰了他!”

任有道按住他坐下,道:“老三,你这是瞎球闹,人家是县太爷,你宰不了他,当心他把你宰了!”

苟有田不服气道:“一个小小知县,算个球!老子怕他个鸡巴!?”

赵文通道:“大哥,三弟,我看了这禁烟令,正是由于生气才把它撕了!你们想想,如果照此办,一,咱们就不能收购大烟,咱们占主要股份的‘道通田’商行就得关门大吉;二,平罗县的税收银百分之八十是咱石嘴山镇征的,最多一年达到七百多两银子,咱理应得到县里的嘉奖,可娄玉书这傻子县令不问清红皂白把咱的财路断了,真他妈不情不义;三,一旦按丈量的土地重新定税,咱石嘴山土地虽少,但丈量的土地多,纳税最多。因此,我认为决不能让他的这个禁令施行,咱要到省里告他去!"

苟有田骂开了,道:"到省里告他娄县令不要钱?日他娘的,俺几十年攒的辛苦钱都让葛秃子收光了!葛秃子说肯定能赚钱,这都几个月了,银子在哪儿?这上县里又得花钱,光见出,不见进,咱这干的是个球事!"

任有道道:"老三,你是不是觉得吃亏了?俺们把话说到明处,你要是觉得吃亏,你就退出。你是武官,跟俺们不一样,哪一天打了仗,杀了人,立了功,红顶子再换个大的也说不定。发财升官是裤裆里的鸡巴,手拿把攥的事情。"

赵文通打圆场道:"老三不是那个意思。他抱怨几句,也是情理中事。要怨就怨葛秃子,不是他,咱们也不想发什么洋财。他把咱们发财瘾勾起来,人又不见了,这不跟婊子把裤子都脱了就是不让弄是一样吗?你说人还能不急,急了还能不说几句难听的话?"任有道和苟有田都笑了。

任有道道:"算球!不提了。那点银子全当送到婊子的裤裆里去了!"

苟有田道:"听说县城杜家巷子又来了一位月月红,琴棋书画,歌舞弹唱样样了得。财神庙那边的妓院都没啥人去了,听说宁夏将军志锐、道台家麟吃八大家商号的酒席,都点名要月月红陪酒呢!"任有道听得此话,嘴里直流哈喇子。

赵文通递给他一条帕巾,任有道才醒过来,擦擦嘴道:"有味,有味,老三说的绘声绘色,俺都如闻其声,如见其人了。美人倩目兮,彼招摇;心迷意乱兮,俺无眠。哎,对了,你咋知道志锐、家麟找月月红的事?莫非你瞒着俺们,先品而快之?"

苟有田道:"俺哪敢越过两位大哥,是上次俺到省里述职,谭参将宗兴大人告诉俺的。他本来约俺一起去耍的,可俺囊中羞涩,没能去一睹月月红的风采。"

赵文通道:"如此说来,这个月月红,咱还真得去会会。可是俺觉得她这个名字不大好,怎么听着老觉得跟女人那个事有关系?"

任有道道:"无妨,无妨。女人的名字,就是要沾一个'红'字,才让人来精神,来得爽快,来得刺激,来得过瘾。你嫂子沾个'英'字,俺就不大满意,曾经为她改名'水红'。你听,私自整,红斜领,茜儿巾,却讶里间巾里刺苑新。多有味!"

赵文通道:"大哥所言,也未见得。'红'字虽鲜艳,可这'英'字也不赖也。落英缤纷,又怎见得没有一个'红'字在其中呢?你听,荷叶罗裙一色裁,芙蓉向脸两边开,不是有红字么?"

苟有田道:"你俩就别掉书袋了,俺是个粗人,也不懂这红那绿的。俺知道,俺要是见了红,就想起两件事。"

任有道道:"说说,哪两件?"

苟有田道:"一是人头落地,一是小妮破瓜。"

任有道拍手笑道:"妙哉。可老三这两句话,顶得上庙堂煌煌何止千言也。如此,真是令俺们这些所谓的斯文人羞愧难当。"

赵文通忽然道:"大哥,三弟,葛秃子、老五回来啦!"

苟有田、任有道忙抢上前对赵文通道:“啊,他们回来啦! 人呢,在哪儿?”

赵文通指着门外道:“那不是? 你们看,在何处?”

任有道、苟有田奔出门,与侯水英撞个满怀。

任有道道:“水英,你看见老五和葛秃子了吗?”

侯水英道:“青天白日的,俺怕你撞到了鬼! 没见!”

苟有田出门四处望了望,院子里空荡荡的,只有任经纬和任凤在院子里玩跳房子的游戏。他回到屋里,对赵文通嚷道:“老二,葛秃子、老五他们的人呢? 在哪个门外?”

赵文通戏弄道:“在津门外! 瞧瞧你们刚才谈起女人就色眯眯的那副德性,不哄哄你们,你们能清醒吗?”

苟有田指着赵文通的鼻子骂道:“赵文通,你这个日囊怂!”

任有道站在屋里,啼笑皆非。

13

早晨,天津墙子河英租界小院内葛秃子住所。保军在酒醉不醒两天的葛秃子床前睡着了。床上葛秃子慢慢睁开眼,猛地坐起,大声叫道:“俺在哪儿?”

保军被惊醒了,他睁眼看见葛秃子,扑上去道:“老哥,你终于醒了!”

葛秃子道:“俺睡了几时了?”

保军道:“老哥,你像个死狗一样整整睡了两天哩,酒醉得不行,我生怕你过去了哩!”

葛秃子道:“过哪儿去?”

保军道:“那天,你在梁大人家喝酒喝到半夜,酒过量了,我生怕你睡不醒,到阎王爷那儿报到去了!”

葛秃子道:“保军,你个日囊怂,你敢咒俺?”

保军生气道:“老哥,我敢咒你? 这两天,我眼都哭红了哩!”

葛秃子这才想起到梁彦青家喝酒的事,一幕幕喝酒时的情景浮现眼帘。他抱住自己的头,仔细掂量近几天发生在自己周围的事,想理清个头绪,手许久许久未松。

字幕(画外音):这个时候,俺爷爷的爷爷想了许多许多,他想了羊毛事件的前前后后,想到羊毛掺假可能是梁彦青使的毒计,目的是要制服他,想到刘敬祥邀请他入伙,当他的副买办,这很可能是刘敬祥乘人之危使的一招,他无银子无人,想利用自己打天下。他最后决定,哪怕梁彦青使坏,也要跟姓梁的合伙。因为眼下自己势孤力单,只能忍着,等赚了钱,在西北站住了脚,自己再另立门户也不迟。留得青山在,不怕没柴烧。

保军道:“哥哥啊,你咋啦? 脑袋痛?”

葛秃子松开手道:“痛个屁,你小子又在咒老哥哩! 巴不得老哥痛死了,你小子在这房子里天天泡小妮哩!”

保军道："开玩笑哩！没有你老哥，我就得饿死在这儿，还敢去泡女娃娃？"

葛秃子道："保军，这两天有人来过吗？"

保军道："有哇，梁大人来过几趟了，说你一醒，就让你赶紧过去。亨利老板也派人来找你，让你到他的公事房。还有那个刘啥子，你的老乡，也来过几趟。"

正说着，刘敬祥进屋来了。刘敬祥一进门，气呼呼地道："秃子，你弄的是嘛屁事？俺都跟吴大人说好了，人家看在老乡的分上，愿意帮你，让俺带你去见见他。你却跑到梁彦青那儿喝酒，还喝得像个狗熊似的不省人事了。人家吴大人生气了，不帮你了，你看咋办吧！"

葛秃子道："帮是人情，不帮是本分，对吧？咱们总不能强求人家，再说，强求也求不来呀！自己的事还得靠自己解决。"

刘敬祥气急道："是不是梁彦青跟你说嘛了？"

葛秃子道："是的，梁大人说，怡和不但不罚俺的款，还把剩下的羊毛钱也付了，让俺还是到石嘴山当洋买办。"

刘敬祥样子难看地道："俺操，这不是把俺给卖了吗？"

葛秃子站起来道："俺咋把你卖了？"

刘敬祥怒道："那你前几天那个熊样子去求俺，俺他妈要不看在咱们是老乡又有多年交情的分上，俺吃饱了撑的去找吴调卿？可你倒好，一翻脸，又把俺晾在河滩上了！你他妈做事还是个人吗？"

葛秃子道："你别发火，听俺说。"

刘敬祥一甩胳膊，道："俺他妈不发火？你这样耍俺，姓葛的，你今天不给个说法，老子跟你嘛没完！"

葛秃子笑了："看你那个熊样，俺给你个鸡巴！俺对你说，你为嘛帮俺？为嘛找吴大买办？俺心里都一清二楚，但俺还是要谢你，也说明你还有点良心，还念旧情，可你别忘了，吴大人那儿，是嘛你自己去找的，俺可没去求你。再说了，你帮俺也不是白帮，你嘛还有条件，对吧？"

刘敬祥气得不说话了。葛秃子坐下来，道："有嘛话慢慢说，不能动不动就骂人。说实话，你嘛生气，主要是你觉得俺跟梁彦青干，就没你的份了。对吧？"

刘敬祥侧过脸道："俺他妈不稀罕！"

葛秃子正容道："别说假话了，你的嘛事俺都清楚。你放心，虽然咱们不能在一个洋行干，俺会帮你的。你不是已经被新泰兴派到西北了吗？西北那么大，你往哪儿去？你要愿意跟俺在一起，咱哥俩到石嘴山设行，那儿有俺的同年当主簿，还有这些兄弟。"他指着保军道，"这位保军兄弟是驿站站长，别看官不大，在石嘴山，在平罗县，他可是嘛人物，没有他办不成的事。做生意，讲究个天时地利人和，对吧？咱都占全了！要是再发不了财，那就得怨咱祖坟里不冒青烟啦！"

刘敬祥的脸色和缓过来，有点不好意思地道："可俺还没筹到银子。"

葛秃子拍拍他的肩道："你放心，这个俺来帮你。别的俺不敢吹，你嘛在石嘴山拉个几万斤毛走，一个铜板子也不付，俺老葛敢打这个包票，对不，保军？"

保军点头,学着葛秃子大声道:“不算嘛球事!”

刘敬祥笑了,站起来道:“那好,俺就嘛跟你走！啥时候走?”

葛秃子道:“俺还得跟梁大人订个合约,现在天转暖了,到了那边就是炎夏酷暑,咱们还要准备路上吃的喝的用的,过两天找个风水先生挑个日子吧!”

14

1884年元月底的一天,天气晴和,天津紫竹林梁彦青公馆。葛秃子和保军身着崭新的西装走进梁公馆,梁彦青和副买办陈祝龄出二门热情相迎。

梁彦青笑眯眯地握着葛秃子的手,道:“行健兄,身体可好?”

葛秃子道:“梁大人的酒厉害呀,俺在屋里整整睡了两天,醉了个球!”

梁彦青一笑,道:“那天是行健兄高兴,我也多喝了几杯,请!”说着,两人一齐走进客厅。客厅里早已备好了一张长方形桌子,桌上摆好了合约书和签字的毛笔、砚盘。

四人分两边坐下后,梁彦青吩咐道:“看茶!”一个年轻男侍者立即端着茶盘过来,将茶盘盛着的茶杯给四人面前分放了一杯。保军和葛秃子坐在一起,他站起来把葛秃子面前茶杯扶正,又坐回到自己的位置上。

坐在陈祝龄身边的梁彦青端起茶杯喝了一口茶,道:“行健兄,按照上次的约定,你以高林商行经理的名义,我以怡和洋行买办的名义,代表两家商行签订合约。合约正本已摆在你我的面前,合约上的条款还是我上次说过的几条,你看看,认为行就签字,认为还要修改,请提出来我们一起商量,修正后再签字。此合约一旦签字后立即生效,我们双方共同遵守。请你慎重考虑。”

葛秃子拿起桌上的合约正本,将打印文件的各条极其认真地逐条看完,道:“梁大人,上面各条俺都没意见,只是履行这些条约时,俺希望怡和洋行在人事方面切实保证俺的用人权力,不得干涉,俺高林商行每次运往天津的羊毛,货到时,请怡和方面及时拨付标银,以利俺的商行资金正常周转。这是俺的最后要求!”

梁彦青道:“那是自然,没问题！这两点,梁某以人格作保证!”

葛秃子闻言,瞟了保军一眼,保军高兴地点头,葛秃子一把抓起笔来,将毛笔笔毫在砚盘浓墨中蘸了蘸,挥笔在一式两份合约书上端端正正地签了三个大字:葛行健。

此时,梁彦青也提笔在一式两份合约书上签了字,并加盖了自己的印章。签完字,两人站起来交换了合约,热烈地握手。

梁彦青道:“葛兄,从此咱们名义上是两家商行,实则是一家人。你只管在贺兰山下大显身手吧,梁某作你的坚强后盾,等候你的佳音!”

葛秃子道:“但愿如此,俺以茶代酒,祝梁大人、陈大人身体健康、财运亨通!”说着,三人举起茶杯一碰,哈哈大笑。

15

当日晚,天津西路英国驻天津领事馆领事办公室。领事拜伦·布尼安正与英国传教士罗斯及其年轻美貌的夫人、医生玛丽坐在沙发上谈话,墙壁上悬挂着英国女王的图像,办公桌上插着一面“米”字旗,半空中悬挂着一盏宫灯。

拜伦·布尼安抽着雪茄烟,微笑道:“亲爱的密斯特罗斯,密斯玛丽,你们知道我为什么今晚叫你们来吗?”罗斯与妻子玛丽端着茶杯,对视了一眼,迷惑地摇着头。

拜伦·布尼安道:“叫你们来的原因很简单,我奉命通知你们,准备马上到中国西部去,马上!”

罗斯迷惑地道:“为什么让我和妻子去?为什么?”

拜伦·布尼安道:“为了我们大英帝国在中国的利益,大英帝国需要你们以传教士的身份深入中国西部,去调查那里的经济情况。”

罗斯道:“那里可是个不毛之地,不会有什么特别的经济情况。”

拜伦·布尼安摆着捏烟的手道:“NO,NO,NO,你们的耳朵不灵,那里不断有经济变化情况,而且有许多经济变化情况!前些日子,我的朋友亨利亲口告诉我,他的一个杂役在石嘴山发现了一座软金矿!”

罗斯夫妇惊讶地道:“软金矿?”

拜伦·布尼安得意地道:“是的,一座软金矿,一种比金子差不了多少,但遍地都是的宝物——羊毛!怡和商行已经把三万五千斤羊毛运回了伦敦,受到本国国民的一致欢迎!你们到那里去,要随时调查和掌握更重要的经济情况,协助我们的洋行搞好对中国西部的经济开发!这是大英帝国在中国的利益所在!”

罗斯似乎明白了,问道:“请问,领事先生,我与妻子什么时候动身?”

拜伦·布尼安道:“马上,也许明天,也许后天。我已经把你们的情况与密斯特亨利讲过了,只说你们要到中国西部去传教,没有跟他明说你们去的真正任务。他的手下有个姓葛的就要返回西部去,你们跟着他一块去。我的朋友亨利已经答应了!”

玛丽道:“亨利的妻子阿格尼丝是我的好朋友,她会真诚帮助我们的。”

拜伦·布尼安道:“很好,今天就谈到这儿,祝你们一路平安!”说着从沙发上站起,与罗斯和玛丽一一拥抱。

16

翌日上午,天津紫竹林怡和洋行亨利的办公室里,亨利正与葛秃子紧紧拥抱。拥抱后,两人坐到沙发上。

亨利道:“亲爱的密斯特葛,NO,你现在是高林商行经理,我十分欢迎你的到来。”

葛秃子道:“亲爱的密斯特亨利,我今天是来向你告辞的,感谢你对我的信任、栽培和支持。”

亨利道:“密斯特葛,我是一个讲理智的商人,对中国的看法与其他英国人有所不同。这一点你应能感觉到,否则,你的羊毛不会那么顺利地卖掉。你很聪明,也很有头脑,我希望你今后还要加上诚实。你与梁彦青的合约,我是同意的,希望你能明白。”

葛秃子道:“亨利先生,请放心,我会记住的。我在西北的一切商业活动,都是为了怡和洋行的利益。”

亨利道:“但愿如此。不过,我今天找你,是有一件事想请你帮忙。”

葛秃子道:“亨利先生,您太客气啦。有嘛事您只管吩咐。”

亨利道:“我有一位朋友叫罗斯,是一位西方传教士,他和他的太太玛丽要到西北去传教,你可以帮助他们吗?”

葛秃子耸耸肩,道:“也死,她漂亮吗?”

亨利反问道:“这很重要吗?”

葛秃子故作严肃地道:“也死,爱尔古嘟。”

亨利笑了,道:“你和罗斯在一起,可以向他学习英语。”

葛秃子道:“等等,密斯特亨利,你刚才不是说圣母玛利亚吗?怎么又出来个罗斯?”

亨利道:“NO!不是圣母玛利亚,是玛丽,罗斯的太太,就是他老婆。”

葛秃子失望地道:“玛丽都有男人啦,那还要俺帮他弄个熊!”说着,他笑道,“放心吧,亨利先生,刚才,俺是开玩笑的,古得拜!”

葛秃子走到门口,忽而又转来向亨利道:“俺刚才忘了问,罗斯两口子的路费,是他们自己出吗?”

亨利奇怪地道:“OK,这有什么问题吗?”

葛秃子赶紧道:“ON,爱尔古嘟,那俺就放心了。”

17

当日下午,天津北路,车水马龙,人流如织。葛秃子和保军两人穿着崭新的西装,乘坐一辆人力拉的三轮车朝端王府驰来,路过端王府时,葛秃子撩开幕幔,扫了端王府一眼,见红漆大门紧闭,连个人影也没有,便悄悄坐回原位上。

车夫回头道:“老板,你们要俺拉到啥地方?”

保军道:“到天津北路商场!”

车夫答道:“好勒!”又重新拉起车来,三轮车在马路上飞跑,不一会儿在一座豪华的商场前停下。

葛秃子看了看商场的标牌,与保军下了车。

葛秃子对车夫道:“这车俺包了,你停在这里,等俺们到商场买了东西,你再把俺们送回去,车费一并支付。”

葛秃子和保军走进商场,先到食品柜台买了面包、香肠、驴肉干和一箱子酒,由保军肩扛手提,葛秃子又跑到成人衣柜买了两套大衣、棉裤、两顶狗皮帽。在枪械柜买了一支来复枪和一支手枪,两人才回到三轮车上。葛秃子对车夫道:“回墙子河英租界!”三轮车夫拉起车,沿着来时的路飞奔。

18

元月底的一天,平罗县城附近的姚福镇中一户老秀才俞大通家,俞大通赴长安乡试落榜归来,病卧床上,头上捂着毛巾,八岁的女儿俞文娟正给父亲喂汤药。

俞大通喝了最后一口汤药,一阵呕吐,将药汁吐到地上,连连摇手道:“文娟,爹不喝了,你去复习功课吧。”

文娟道:“爹,今天的功课女儿已能背诵了。”

俞大通道:“好。文娟,你说能背诵,爹就考考你,你把本朝纳兰性德的《蝶恋花》给爹背一遍。”

文娟道:“好,爹,你听:辛苦最难天上月,一惜如环,惜惜长如玦。若似月轮终皎洁,不辞冰雪为卿热;无那尘缘容易绝,燕子依然,软踏帘钓说。唱罢秋歌愁未歇,春丛认取双栖蝶。爹爹,女儿背得咋样?”

俞大通欢喜道:“我儿背得倒也不错,只是辛苦儿了。”

俞文娟道:“爹爹,你几番赴长安乡试落第,把身子都累垮了,儿劝爹爹不要过度伤心,待明日女儿长大了,我代爹爹应试,保证给爹爹争个功名回来!”

俞大通苦笑责备道:“儿啊,自古哪有女儿家应试的道理,你是个女娃娃家,咋能参加乡试?”

俞文娟道:“咋不能?古有花木兰替父从军,今有德龄充宫廷女官,我只是去考个举人,有啥难处呢?爹,过几年你让我女扮男装去应试,我不信考不到一榜三甲之内!”

俞大通道:“孩子,莫打诳语,你已八岁了,好好学习女红吧,将来爹爹替你找个种地的男子做女婿,我和你妈有养老的指望就足够了。”说着又咳嗽起来。

正在这时,县衙催粮的领催毛四踏进屋来,大声道:“俞大通,你家的夏粮未交,现在要交秋粮了,你到底交是不交?”

文娟道:“隔壁叶家有田百亩却只交一石粮,地亩银也免了,我家只有几十亩田,却要交两石粮,这是为啥?”

毛四道:“老妹子,人家叶生龙的姐姐嫁给了知府大人的小舅子。谁叫你爹不当官?若要不交粮也不难,你脸蛋漂亮,嫁给我就不收你家的钱粮!”

文娟骂道:“你个懒呱呱,小心你娘娘把你的脚打断了!”

毛四道:“嗯,把你个日精怪的。”说着,转脸对俞大通道,“老俞,你这个娃子惯道得狠么,看把她歪的。咱们公事公办,你是麻利交钱粮呀,还是跟我到县班房去喂臭虫?”

俞大通挣扎坐起,下了床,对毛四道:“毛四,我病数月,歇了塾教,哪有粮交?请你宽容我数日,待我病好借了粮来交你!”

毛四道:“你倒说的轻松,宽限数日,县里人人若像你,我咋征粮?不行,宽限一天也不行!”这时,屋里进来一位老汉。

老汉道："毛四，我是保正，这你总该晓得的。老俞是个秀才，县太爷见了都要招呼的，你就给他个面子吧？"

毛四瞧瞧保正，道："既是保正发了话，我就给你们一个面子，宽限你三天，如果过了三天不交粮，我决不宽容！"说罢出门。

老汉道："俞老弟，你这样在家成天躺着也不是事，赶紧找朋友想想办法吧！"说着也走了。

19

当日下午，平罗县刑房。刑房衙门里，师爷周令杰正与俞大通说话。

周令杰道："毛四就这么走了？"

俞大通点头道："他限我三天之内交粮呢！老朋友，你快替我想想办法，弄点钱也好。"

周令杰沉吟一会儿道："办法倒是有一个，这新来的县太爷有两个孩子，正在找先生。我看，你不妨试一试。"

俞大通苦笑道："开啥玩笑，今年私塾都没人聘我，我还敢去教县太爷的孩子么，就是我想教，人家县太爷会让我教？再说，县里训导大人也不同意呀！"

周令杰道："你放心，这里有个门道。"

俞大通道："啥门道？"

周令杰道："这后来的县令有点惧内，听说这位知县夫人是他的亲嫂子，平时喜欢诗，崇拜李清照、朱淑真。你不妨整理一些诗出来，交我呈上去，我与夫人说这些诗以她的名义发表，在庞葱的石印局刻印成册。如果夫人同意，你成为公子的先生就顺理成章了。到那时，毛四还敢催你们钱粮吗？只怕你赶着去交，他也不敢收呀！"

俞大通点头苦笑道："我是一介穷儒，万般无奈，也只好如此了。只是怕有辱诗文，污了我一生清白。"

周令杰嘲笑道："哎呀我的老哥哟，你都混到眼下这个样子，还说啥清白？你以为大清的官都是清白得来的？那捐官的银子都是干净的？听人说连老佛爷赏赐的字画都是由别人代笔的，咱们为老爷夫人出本诗集又有何不可呢？他得名，我们得利。这个年头，你得现实一些，别再抱着迂腐的念头进棺材。管他东南西北风，我们得想法占个上风。要不然，你来找我干啥？"

俞大通道："就依你说的办吧，不过，我的那些诗都是感伤之作，而且语气也不像妇人的诗柔婉。"

周令杰道："这有何难，你再赶写一批吟诵春花秋月的，就没嘛说的了，再说，感时伤怀的诗未必不好，见花落流泪，闻鸟语伤情，闺房思佳偶，杯水起风波，不是自古以来小妇人的专利么？好了，说了这么多，你快回去编诗集吧！"

俞大通站起，双拳一抱道："谢老弟指点迷津，告辞。"说罢，撩袍走出刑房衙门。

20

半月后,平罗县城知县公堂。刑房师爷周令杰带着俞大通拜访知县娄玉书的师爷钱江,叙过礼,双双入座。

钱江对俞大通道:“久闻俞先生大名,今日得见,实乃钱某三生有幸。”

俞大通道:“惭愧,大通乃乡村野夫,蒙钱兄错爱,令鄙人羞愧呀!”

钱江挥手道:“大通兄,你我这样的人,岂能以成败论之?我对你的情况,已从周公处了解不少,也对夫人提起过。夫人对您的学问也早有耳闻,今后公子和小姐的学业,就由你来教授啦。您看,这两天来吗?住处,我已嘱咐下人给你准备妥当啦!”

俞大通站起来,一躬到底,道:“钱兄,大恩大德,无以为报。”说着,眼泪就下来了。

钱江道:“俞兄,娄玉书知县正在后堂等着你呢!”

俞大通道:“钱兄,我正要去拜访娄知县呢!请带我前去拜访。”

钱江听罢,起身道:“俞兄,请随我来。”

钱江带俞大通到后堂晋见知县,道:“老爷,本县秀才俞大通晋谒。”

娄玉书对俞大通道:“俞先生,你替我和嫂子写的诗很好。”说完,再也不说话。

钱江见状,对俞大通道:“俞先生,咱们到后院去见知县夫人吧。”

俞大通道:“全凭钱兄安排。”说着,便跟钱江来到后院。后院里,娄玉书夫人曹氏正在教儿女读书,钱江上前拜道:“夫人,本县秀才俞大通晋见夫人。”

容貌端庄的曹英听罢,看了一眼俞大通道:“俞先生,你刻的《鸳鸯诗话》,钱江先生已送我看过,确实写得不错。其中,虽抨击时政之词意思稍为强烈,但俺可看出这些诗乃出自先生肺腑,令人读之感动。不过,俞先生在诗集前冠以娄知县和妾的大名,妾感谢之余,唯有惶恐。”

俞大通道:“早闻夫人喜好文学诗词,俞某斗胆,以掘作冠以知县大人及夫人之名,实乃俞某高攀。如蒙不弃,小人则幸甚矣!”

曹英道:“你几时知妾喜欢诗词?这也就巧了。不过,妾与夫君玉书看过诗集,并未计较先生署俺们夫妇名讳,倒是十分欣赏足下的诗文。可惜的是,本县境内竟无一如先生者,可恼的是,竟有石嘴山镇小小主簿任有道,肚中无才无德,竟敢违抗本县禁烟的改革法令,实为可恶!”

俞大通道:“娄知县上达朝廷,下谙民情,在全县颁行禁烟之法令,乃万民称颂,此乃前无古人,后无来者之丰功矣。石嘴山主簿胆敢违抗知县禁令,此人不是丧心病狂,必是昏了头啦!依在下浅见,必须对其人加以制裁。”

曹英道:“此见甚合俺意。钱江先生,你就与俞先生、周师爷合计合计,拿出一条处置任有道的办法来吧!”

钱江道:“卑职谨遵夫人之命。”说完,引俞大通、周令杰退下。当日晚,三人齐聚醉月楼,密谋了半夜。

21

白昼,天津英国租界射击场。葛秃子和保军来到射击场,从怀中掏出手枪,顶上子弹,对提着来复枪的保军道:“明天咱们要出发了,这次回石嘴山经长城到绥远,再从绥远经五原、临河,沿路土匪出没。今天咱试验一下枪支,以防不测。”

保军道:“老哥,我从来未放过枪,不知咋打法呢!”

葛秃子走到保军跟前,拿过来复枪打开保险顶上子弹,举枪向着前面靶心瞄准,扣动扳机,只听“叭”的一声,子弹出膛,打在靶心。葛秃子做了射击示范,对保军道:“要记住动作要领,先打开保险,再顶上子弹,瞄准时注意眼、准星、靶心三点成一线,然后扣动扳机,就成了。扣动扳机时,头微偏,食指扣紧扳机,平心静气,瞄准后再扳动扳机。记住了吗?”

保军点头,接过葛秃子手中的来复枪,照他说的射击要领做了一遍。只听“叭”的一声,子弹朝靶子飞去,但未打中。

葛秃子骂道:“笨蛋! 瞄准时,注意准星低靶心一点儿,才能射中!”说着,他接过来复枪又做示范动作,只听“叭”的一声,子弹正中靶心,穿了一个洞。保军照样子重来,举枪连连射击。葛秃子在一边观看,见靶子被击中,连声叫好。他举起手枪,朝另一个靶子瞄准,连击五发子弹,命中三发,高兴地道:“老弟,这来复枪和手枪都不赖,不枉嘛咱花费了二十两银子!”

第六季:西北建商行

1

1884年早春二月的一天早晨,葛秃子率领回石嘴山的队伍离开天津,出了城门,沿着宽阔的泥石路向北京进发。两峰骆驼驭着行李和食品跟在一辆马车身后,骆驼主人,年轻的新疆小伙林泰来牵着骆驼前行,吹着欢快的口哨。

2

次日黄昏,葛秃子率领队伍路过北京天安门,伸出手向过往的行人招手,两眼深情地注视天安门城楼。

3

又一个早晨,葛秃子、刘敬祥、保军跟在骆驼身后走着,葛秃子望骑在马上望着绵延的长城古北口,默默地抽着旱烟……

4

黄昏,阳光洒满塞北原野,万物复苏,树林抽芽。绿色的青草泛出一片嫩黄,一蓬蓬骆驼刺和低矮的灌木在朔风中抖动。一些蒙古包或村庄升起了袅袅炊烟。突然一声枪响,一只灰黄色的野兔蹿入凋零的草丛中。葛秃子、刘敬祥、罗斯、玛丽、罗斯的弟子刘七行走在塞北原野上,他们身后是中年驼背车夫驾着的马车和驭着行李、食物的两峰骆驼,骆驼的主人新疆小伙子林泰来牵着骆驼跟在马车身后,吹着悠扬婉转、凄凉悲壮的口哨,保军已离开行列端枪瞄准野兔,他的枪口还冒着青烟。

保军收起来复枪道:“嗨,又他妈的跑了!”骂完,他嘟嘟囔囔地回到行进的队列。

刘敬祥追上葛秃子,道:“行健,再往前走,咱到哪儿了?俺的脚都嘛快走不动了。”

葛秃子扭过头道:“再往前走两百里就到嘛绥远了,挺着些吧,没嘛见过你这差劲的人!”说着,递给他一壶水。

刘敬祥接过水壶咕嘟了一口,将水壶还给葛秃子,道:“哎,俺说行健,绥远城是个嘛样?俺还从来未去过呢!”

葛秃子道:“嘛样?一座比北京、天津差得多的边塞小城,那里有烟馆、妓馆、驼店，还有嘛通往石嘴山的黄河码头，城嘛不大，可热闹呢！”

正说着，保军端着来复枪奔过来，道：“哎，葛大哥，前面是座蒙古包，咱打尖歇歇吧！”

葛秃子抬头看了看天色，道：“好，通知后面的人，原地休息！”

保军向后奔去，高喊道：“打尖休息啰！”

中年车夫正坐在马车的前辕上打着瞌睡，猛听保军一声喊，忙勒住马缰喊了声“吁——”，接着下车给马解套，牵着马去路边吃草去了。罗斯、玛丽和刘七下了马车在车边坐下，铺开一条毯子，从包里拿出洋罐头吃起来。后边，林泰来让骆驼卧下身来，他把驼背上的箱子卸到地上，一脚踢开箱子盖，箱子发出“乒”的一声，刘七从地上爬起，赶过去一看，见林泰来正弯腰扒弄着箱子里的望远镜、打火机。刘七发怒道：“住手，这箱子是罗斯夫妇的，你怎敢做贼，拿人家的东西？”

林泰来直起身道：“你说什么？说我是贼，我只是好奇翻开看看，罗斯有什么了不起嘛！”

刘七推了林泰来一把，道：“有什么了不起？罗斯是俺的师傅，人人敬仰的西方传教士，你是啥东西？老子就是不让你翻！”

林泰来笑道：“我看看这是啥东西还不行吗？有什么了不起！”

这时，罗斯夫妇闻声奔过来，见他们吵架，弄清事情原委后，道：“密斯特刘，他要看就让他看。”说着，从箱子里拿出望远镜递给林泰来，“你举起它看吧！”

林泰来接过望远镜，道：“罗斯先生，这是什么东西？”

玛丽道：“亲爱的密斯特林，这是一架望远镜！”说着，拿过望远镜罩到林泰来眼上，林泰来顿时从望远镜里看到远处的原野。忽然，他看到一只野兔从路边跑过来，忙把望远镜还给玛丽，喊了声“兔子”，便朝野兔奔过去。保军也见到了这只兔，他和林泰来从两面拦住兔子的去路，野兔一窜就窜到了马车底下，躲在车轮边。葛秃子、刘敬祥、车夫、罗斯夫妇和刘七立即把马车围了起来。车夫眼尖手快，他扑到马车跟前身子一蹲钻进马车底部，两只手一扑，一下子把野兔抓住了。他拎起野兔的两只耳朵从马车底部钻出来，高兴地对众人道：“嗨，这家伙被俺抓住了！今晚有兔肉吃了！”

这时，葛秃子走向车夫道：“老板，这兔子卖给俺，行吗？”

车夫道：“行，你得给俺一两银子！”

葛秃子道：“啥，一两银子？它值吗？”

车夫道：“这兔子可是俺抓的野兔，野兔肉可好吃呢，你若嫌贵，那就算球！”

葛秃子从怀中掏出一两银子塞到他手上道：“行，咱们一手交钱，一手交货！”说着，从车夫手中接过兔子，转身交给保军道：“兄弟，你拿去把它宰了，支口锅，弄点下酒菜，给咱们晚上下酒！”

保军笑眯眯地道：“老哥，自咱们从天津出来就没吃过野味，可馋着哩！这下可好了，老天爷可怜你给你一只野物！”说着，他左手接过野兔，右手从腿上拔出一把匕首，走到一棵树旁杀兔去了。不一会儿，保军把兔子宰了，剥了皮。不知什么时候，牵骆驼的新疆小伙子林泰来抱来一堆干树枝，又跑到路上捡来几块干牲口大粪，堆在马车的附近。葛秃子掏出火柴划着了，点燃了干树枝，又把干粪扔到干树枝上，霎时，牲口干粪烧着了，他顺手拾起几根干树枝架在上面，霎时，树枝冒出熊熊烈焰。保军拾起一根长树枝，将兔子穿在树枝上，他返身跑到骆驼身旁，从驼背上袋子里伸手拿出一包盐和一壶油，将油和盐在兔子身上抹了两遍，拿起串着兔子的长树枝，将它的一头搭在马车上，一头捏在自己手中，将兔子放在篝火上熏烤。葛秃子、刘敬祥、罗斯夫妇、马车夫、刘七围坐在篝火旁看烤野兔。林泰来从马车上取出帐篷，忙着在一边架设帐篷去了。保军手捧长树枝，不断地翻转兔子的背和肚，葛秃子和刘敬祥坐在地上抽着旱烟，脸被篝火映得彤红。一会儿，兔子被烤焦了，散发出一阵阵肉香。刘敬祥不断往火堆上添柴，脸也被火映得通红。

刘敬祥对保军道："保军兄弟，兔子烧烤得差不多了，红得冒油呢，快拿下来吃吧！"

保军笑了笑，道："刘哥，你到驼包里取几瓶酒、几只碗来，我这儿马上就好！"刘敬祥闻言，起身去了。不一会儿，他端来了三瓶烈性二锅头白酒和六个碗，放在葛秃子身边。葛秃子将酒瓶开了，给每只碗斟满了酒。这时，保军已从树枝上取下烤熟的野兔，撕下两只兔腿扔到葛秃子手中，又拿出刀将兔身切成几块，扔给刘敬祥一块，自己抓起一块兔肉边啃边坐到葛秃子身边，端起一碗酒喝起来。葛秃子端起酒碗瞧了瞧，见罗斯夫妇和刘七正在开牛肉罐头，便喊道："老罗，小刘，过来喝酒！"说着，抓起一只兔腿递给走近身边的车夫，又抓起一大块兔肉递给林泰来。

葛秃子端起酒碗，道："兄弟们，你们跟俺出天津，过北京、长城到石嘴山，一路上辛苦了！来，俺行健敬大家一碗酒，祝咱们顺利到达石嘴山！"说完，脖子一扬，一口喝下大半碗酒，接着抓起一只兔腿啃起来，边啃边道："这兔肉嘛这么香？保军，你说说！"

保军道："老哥，我刚才给兔身抹了油和盐，味道当然不错啦！"

葛秃子道："那咱们在天津时，烧家兔不但有油和盐，还有佐料，咋没有野兔味道这么好吃呢？"

车夫道："是咱行了半天路，肚子饿了呗！"

林泰来道："还有一点，是家味没有野味香！"

刘敬祥鼓掌道："还是这位老弟嘛说的对，家味没有嘛野味香！吃野兔是嘛这么个理，搞野女人也是嘛这个理！哎，行健，你在外面搞了几个野女人？"

葛秃子道："放你妈的屁，你就是惦记着搞野女人，俺警告你，到了石嘴山，第一桩事是嘛做好收购羊毛的事，等赚了钱再说嘛其他的事！"说着，他端起酒碗与保军的碗碰了一下，又骂了一句，"没有油盐的东西！"

刘敬祥道："好好好，葛兄，就算俺说错了，到石嘴山俺按你说的办就是！"说着，给葛秃子碗中斟满酒，端起海碗道，"俺自罚一碗，算敬给老哥的！"说着，一饮而尽。

5

黄昏,绥远城。葛秃子率领这支队伍走进了绥远城,马铃声和驼铃声飘扬在街道上空。他们刚走进悦来客栈,店老板忙出来相迎,见到葛秃子,心里有点慌张,后退着想回避。

葛秃子道:“老板,你不认识俺了?”

老板佯笑道:“客官,恕小的眼拙,委实没见过您老人家。”

葛秃子冷笑道:“你好大的忘性,那个杨大还在这里吗?”

老板怔了一下,摸着脑袋笑着说道:“哎呀,您看我的脑子,您不就是上次要去宁夏的客官吗?”

葛秃子斥道:“你给俺荐的好伙计!”

老板道:“咋啦,杨大他……”

葛秃子怒道:“他半路上就跑啦!还把俺的骡子连同路费、行李全他妈偷跑啦!要不是这位兄弟,俺他妈早在沙漠里成了一具干尸啦!”他指着身后的保军,保军挺了挺身子,把来复枪拿在手里晃了晃。

老板哆嗦道:“客官,我真的不知道啦!杨大是脚行的,我只是从中牵了个线,其他我全不知道呀!他前天还来过我这里,可他啥也没跟我说。”

葛秃子喝道:“那你把他给我喊来!”

老板道:“他昨天又去临河了!”

保军上前揪住老板的衣领道:“嘿,老骚胡,你骗你爹呢!”

老板脸憋得通红,说不出话来。店里的一个伙计看见此情景,忙溜了出去。一会儿,外面进来一二十人,手上拿着刀剑,把葛秃子围了起来。

保军见状,挥舞着来复枪,喊道:“你们想做啥呢?来吧,老子一枪一个。”说着他将枪一扬,扣动扳机,只听“嗵”的一声,把房顶打了个大洞,自己也吓了一跳。枪声惊动客栈的旅客,一群人围了上来。

老板吓坏了,对葛秃子赔笑道:“有话好说,有话好说。”

葛秃子道:“那个杨大到底嘛在不在?”

老板道:“确实不在。”

葛秃子道:“那好,俺再相信你一次,明天,你给俺雇一辆马车,咱们后天嘛就要到石嘴山。”

老板脸露愁容道:“爷爷,不瞒你说,俺就是给你雇一辆马车,你也过不去呀!”

葛秃子道:“咋?你嘛想让梁山的人阻拦俺吗?”

老板哀求道:“我的爷呀,您就是借我十个胆子,我也不敢呀,再说,梁山的人不阻拦客商。”

葛秃子道:“那你说俺们咋个走不了?”

老板道:“最近五原那边来了个山大王,复姓呼延,名叫遇春,听说他原来是绿营的管带,不知咋的就落草为寇了,手下有不少人马,打从五原往西一直到三盛公,都是他的码头。客官爷，不拜他的山门，要想过去，除非您是一只鸟，会飞！”

葛秃子冷笑道：“俺那次一个人，不也到了石嘴山？”

老板道：“呼延遇春是两个月前才到的，有好几起大商队都遭了劫了。您要是赤手空拳一人，那还好说，可您是带着东西，”他压低声音道，“您瞒不了我，你那两驮银子，少说也有四五千两吧？那可是惹祸的根苗哪！”

葛秃子道：“你是咋知道的？”

老板得意地笑道：“别的事我不清楚，这种事甭想瞒过我。不过呢，我也只是给您老人家提个醒，主意您自己拿。你要是霸王硬上弓，非闯闯不可，那你就试试。”说着，老板顾自出去了。

6

晚，绥远悦来客栈葛秃子的住房。罗斯从葛秃子房间出来，葛秃子掩上门倒在床上，“唉”地叹了口气，拿被子蒙住头。保军端着饭菜推门进来。

保军放下饭菜，对葛秃子道：“老哥，吃饭了。”他连喊三声，葛秃子躺在被子里，理也不理。

保军劝道：“老哥，多大个事，也得吃饭。人是铁，饭是钢，一顿不吃饿得慌。今晚这手抓羊肉是骡子付账，不吃白不吃。”

葛秃子猛地掀开被子坐起身吼道：“这么大的事，你他妈一点也不急？要是让土匪把银子抢去，你狗日的就等着挨枪子吧！就是俺饶了你，那任有道、赵文通、苟有田能放过你？”

保军道：“那好吧，要是不吃饭能过去，俺就是饿死个球也陪着你。”他不敢犟嘴，气呼呼地脱衣上床，把被子蒙上头，不一会儿，鼾声大作。

葛秃子愣在床上不作声。这时，刘敬祥走了进来。

刘敬祥道：“天下这么大，难道只有这一条路可走？咱们不行就绕道过去。”

葛秃子道：“你说得轻巧，南边是大河，北面是高山，往哪儿绕？”

刘敬祥道：“那就嘛没办法啦？总不能再退回去吧？”

葛秃子道：“你老弟站着说话不腰疼，退回去，往哪儿退？只有往前走，才是咱的生门！”刘敬祥无话可辩，悻悻地退了回去。

7

翌日天明。葛秃子翻身起床，脸也未洗，直奔店老板的住房敲门。店老板正在酣睡，听到敲门声，急忙披衣下床开门，将葛秃子迎进屋里，问道：“客官，您又咋啦？”

葛秃子道：“跟你商量个事。”

老板道：“您老说吧。”

葛秃子道：“你既然知道呼延遇春的那么多情况，想必你认识他吧？”

老板忙摇手道：“我的爷，您可不敢胡说呀！我是一介良民，咋会跟土匪认识嘛!”

葛秃子道:“你别害怕,俺没有别的意思。既然你说那呼延遇春曾经做过绿营的管带,那他就不是一般的土匪。他劫路不是为了钱么?你去告诉他,俺给他五百两银子。”

老板惊讶得张大了嘴道:“爷,您说给他五百两银子?”

葛秃子点头道:“对,俺只想与他见一面,交个朋友。”

老板半信半疑道:“我其实真不认识呼延遇春,不过,他手下的二掌柜,我倒熟悉。”

葛秃子道:“二掌柜叫啥?”

老板道:“二掌柜叫陈万秋,有一身好武艺,因为在京城杀了人,故隐姓埋名,在我们店里当了几年伙计。他原来在呼延遇春的手下当过兵,所以,呼延遇春一过来,他就投奔去了。”

葛秃子道:“那你就赶快与他联络,看他们愿不愿意。”

老板点头道:“好,我找陈万秋说说去。”

8

当天黄昏,悦来客栈葛秃子住房。葛秃子正与刘敬祥、保军坐着谈话间,一个四十开外年纪、文弱书生模样、脸露英气的中年汉子和一个瘦个子、白净脸皮的青年带着几十条好汉大步闯进门来。葛秃子一扫眼,见盗他骡子的盗贼杨大夹杂其中。杨大见到葛秃子,心中暗惊,脸上只是笑了一笑,未吭声。

葛秃子站起拱手道:“在下姓葛名行健,率弟兄们在此恭迎呼延兄多时,请坐。”

四十岁左右的中年汉子也拱手,道:“请了。在下呼延遇春,听说葛大哥大名,不胜敬仰,特来相会。”接着,指着身旁的年轻汉子道,“这位是我的二掌柜陈万秋。”

陈万秋拱手道:“在下陈万秋,仰慕葛兄大名,今日随大哥特来相会。”说罢,呼延遇春让陈万秋留下,挥手让其他人退出客房,方坐下。

葛秃子使了个眼色,保军拿起茶壶泡了四杯茶,递到来人手中,随后站在葛秃子身后。

葛秃子道:“在下原来也曾在胜保将军的麾下做过事,后来流落江湖,与呼延兄遭遇相似啊!为了糊口,俺也是吃尽了苦头,只是没有胆量做呼延兄做的事情。现在好了,俺做了洋买办,要到西北来开辟市场,这是一条发财之路啊,而且没有人敢欺负咱,谁敢惹洋人嘛!”

呼延遇春动情地道:“不瞒你葛兄说,我之所以弃了前程,实在是有难言的苦衷,绿营里黑暗呀!”

刘敬祥插嘴道:“饿死也不能当强盗啊,干嘛不能吃饭就去抢人家,早晚有一天让官府逮着了,问的可是灭门之罪!”

陈万秋闻言,望了刘敬祥一眼,眼露凶光,,驳斥道:“听这位兄弟说话,可不是友善之言。”

刘敬祥道:“俺他妈说的是实话,既然你们做了强盗,还想听好听的话吗?你们抢人家财物时,想到和气友善吗?真是嘛奇谈。”

陈万秋腾地站起道:“大哥,看来他们并不是像店老板所说的朋友,咱们走!”

葛秃子忙站起身两手抱拳道:“各位,行健实无他意,就是想与各位交个朋友。至于这位敬祥老弟之言,确有不当之处,俺在这里给各位英雄赔礼了。”

刘敬祥也站起身道:“行健,俺只当是与朋友相会,谁知你身为洋买办,竟然与强盗流寇称兄道弟,你把咱们安徽人的脸都丢尽了!”说完,拂袖而去。

陈万秋拔出刀来,喝道:“这狗日的口口声声强盗流寇,老子今天就让他见识一下强盗的手段!”说罢,就要追出去。保军把来复枪举了起来。

呼延遇春厉声喝道:“万秋,你给我坐下。”陈万秋气呼呼地坐下来。

呼延遇春冲葛秃子一抱拳,道:“葛兄,这位小弟性烈如火,都怪平时我教导不周,还望葛兄恕罪。”

葛秃子抱拳站起:“俺那位兄弟言语失礼,请呼延兄见谅。”两人重新坐下。

呼延遇春长叹一声,道:“我虽然落草,并不侵扰百姓,打劫商旅,一般不取全部,不伤人性命。对于那些贪官所得不义之财,则尽取之。尽管如此,这强盗之名却是再也摘不掉了。”

葛秃子道:“兄之所为,虽有义盗之举,但毕竟为官府所不容。虽说这大清的江山危如累卵,但凭你这点力量要想与之抗衡,何异于以卵击石?想当年太平天国和捻军之乱,半壁江山已属其所有,后来还不是落个灰飞烟灭?人为财死,鸟为食亡,没有远虑,必有近忧啊!你老兄正当壮年,上有高堂,下有妇孺,上不能为国尽忠,下不能体恤百姓孝敬双亲,就该多挣点钱,为子孙后代积点家财和阴德。像老兄这样提心吊胆过日子,何处是归途啊!”

呼延遇春离坐说道:“葛兄,你一语惊醒梦中人,你说,我该如何办呢?”

葛秃子道:“占山为王,终不是长久之计。俺倒有一个办法,不知呼延兄愿闻否?”

呼延遇春道:“但请葛兄说来无妨。”

葛秃子道:“俺此次去石嘴山,是要长期驻扎,设立商行,将来的运输,少不了要请人押运。老兄是否愿意护送俺等到石嘴山,为洋行出力?何去何从,悉听尊便。”

呼延遇春道:“这个主意甚妙!葛兄,你这是救了我和兄弟们哪!”

葛秃子道:“呼延兄,如兄台应允,葛某除去奉送五百两纹银外,俺送给兄台两百两纹银作为护送费用,你看如何?”

呼延遇春连连摆手道:“葛兄,你这不是打我的脸么?这可万万使不得。我只收您五十两银子就够了!”

葛秃子上前执其手道:“哎,君子一言,驷马难追。大丈夫说话,如白染皂。俺说过的话,咋能收回呢?呼延兄,你不会陷俺于不信不义之地吧?"

呼延遇春再三推辞不受,葛秃子不允。呼延遇春感动道:"也罢,恭敬不如从命,从今以后,遇春视葛兄马首是瞻便了!"说罢,纳头便拜,被葛秃子扶起。

葛秃子转身对保军道:"保军兄弟,你快到店主那儿告知他一声,速备三桌酒席,俺们哥几个与呼延遇春兄弟把酒接风,另租客房十间,让兄弟们歇宿,明日俺们一并登程!"

保军抱拳道:"是!"说着,直奔房主居所,下楼去了。

9

翌日早晨,悦来客栈大院。呼延遇春集合手下梁山的汉子二十余名,他正站在台阶前训话,葛秃子一行八人也站在台阶上。院子里,骆驼和马车已备好列在一边,准备出发。

呼延遇春道:"弟兄们,你们跟我呼延遇春虽然时间不长,但我与弟兄们情同手足。今日,呼某幸遇高林商行经理葛行健兄台,葛兄台出于好意,劝我等同奔石嘴山商行发财,我寻思弟兄们都有家小,干拦路抢劫之事终非正道。为弟兄们前途计,呼某决心率你们与葛兄同赴石嘴山,有不从者,悉听自便。"

呼延遇春一席话出口,其手下部众先是沉默,接着几个弟兄嚷道:"我等不干!我等不干!大掌柜要去自己去吧!"喊罢,已有大半部众竟离呼延遇春而去,剩下不足十人。这时,杨大掩面从葛秃子眼前走过。

葛秃子认出他来,喝道:"站住!"说着走下台阶,对杨大道:"杨大,你还认识俺吗?"

杨大掩面道:"认识,你是葛行健。"

葛秃子道:"既然认识,你为啥要避开俺?"

杨大吞吞吐吐道:"俺……俺做了对不住你的事……"

葛秃子笑道:"不!你给俺做了一件大好事,要不是你偷走了俺的骡子和行李钱财,俺当不上高林商行的买办经理!"

杨大道:"爷,俺没脸见你,俺还是自己找饭吃吧!"

葛秃子道:"杨大,俺劝你跟俺走,完全出于一片好心。你既然不愿从俺,人各有志,不好嘛相强,俺愿你好自为之。不过,俺有一句话你可记清:今后无论何时何地,你只要有嘛难处,记住石嘴山有你姓葛的朋友!"说着,嘱咐保军道,"保军,拿一百两银子给杨大,算是俺今天与杨大的见面礼。"

保军道:"是。"说着,从马车上取过一袋银子递给杨大。杨大眼含热泪,跪下"咚咚咚"给葛秃子磕了三个响头,站起身来,走到院子马厩牵出一匹马,翻身上马,出院而去。

葛秃子望着杨大的马远去,对呼延遇春和留下来的弟兄们道:"弟兄们,欢迎你们留下来与俺们同行到石嘴山,请稍待一会儿,待俺们回屋收拾好行装,便一同出发。"说着,他与刘敬祥、保军一起回到房间收拾行装。

刘敬祥一面收拾行装,一面骂葛秃子道:“葛行健,你这个傻逼,你这样挥金如土,把五百两纹银送给强盗,万一传出去让天津的洋老板知道了,你可吃罪不起。到时,可别让俺跟着你嘛受牵连!”

葛秃子道:“刘敬祥,你个日囊怂,你就把心放到狗肚子里去吧!俺一人做事一人当,又不破费你嘛一文银子。你要是后悔和害怕了,可以滚回去!”

刘敬祥道:“噢,葛秃子,你他妈的把俺骗到这儿,又想扔掉掩不管啦?”

葛秃子大骂道:“你狗日的是不可理喻。算了算了,俺不跟你嘛废话,你他妈今后少管老子的事情。”

刘敬祥道:“没门!老子就得管着你,缠着你,你发财,老子先得分一半儿!”

保军把葛秃子拉到门外,悄声道:“你咋想着把这个日囊怂带来,我可提醒你,除去赊的羊毛账和皮筏子租钱,任主簿、县里的师爷和我大哥、二哥他们的借款、红利,咱哥俩就得忙乎了。我还指望着这点银子给小桃红赎身哩!”

葛秃子瞪了保军一眼道:“咋,连嘛你也信不过俺啦?”

保军道:“我不是……”

葛秃子生气道:“你不是个球!你要是真想赎小桃红,就把沟子给俺夹紧,少他妈乱放屁!”说着,他穿起棉袄,把手枪掖进腰里,背起一捆行李冲出门外。屋子里,被骂得愣着的刘敬祥赶紧拉起一捆行李跟着冲出门外。

葛秃子站在门口,转身对仍站在屋里愣着的保军道:“保军,你还不快走?带上枪去把罗斯夫妇他们喊出来,到院子里集合!”

保军道:“老哥,你不恨我了?”

葛秃子道:“俺今天不恨你了,赶明儿,你再跟俺捣蛋,俺揍你!走吧!”

保军冲着葛秃子顽皮地一笑:“你揍死我,我也要跟着你!”说罢,他摘下墙上挂着的来复枪,夹起一包行李奔出门外。

门外,响起保军高亢的喊声:“骡子,骡子……”

10

黄昏,五原县东。葛秃子率领由十名悍匪改编的保镖队和原来七个人组成的队伍,骑着快马、骆驼,保护着一辆马车向石嘴山进发。人马路过两山之间的峡谷时,忽然听到一声枪响,几十个蒙面匪徒骑着快马从两边山腰上冲下来,枪声、喊杀声震耳欲聋。

葛秃子骑在马上有些惊慌,他掏出手枪朝天放了两枪,坐在马车上的罗斯夫妇惊慌失措,紧紧地抱住自己的头。保军骑在马上,手持来复枪正要对准匪徒射击,呼延遇春跃马上来,拦住他道:“慢,不要慌,这里有我!”说罢,他将马肚一夹,迎着土匪扑来的方向冲去,陈万秋带着几个弟兄纵马跟了上去!就在两支队伍即将冲到一处厮杀约隔五米距离时,冲在前面的蒙面土匪突然一勒马缰,顿时战马昂头嘶鸣不前,他向后挥手喝道:“慢!”霎时,已合在一处的匪徒顿时勒住马缰,战马在原地踏步刨土。

冲在最前面的蒙面匪首撩起面纱，喊道："前面莫不再是呼延兄么？你怎么跟洋鬼子在一起，差点让俺误伤了兄弟们！"

呼延遇春骑在马上道："在下正是呼延遇春，请问你可是号称过江龙的黑三？"

黑三道："在下正是！"

呼延遇春道："那好，咱们原都是同道中人。不过，今日呼延已不是昨日的呼延，今日遇春已不再是昨日的遇春了。今天，我与万秋兄弟已投奔高林商行买办葛行健，看在咱过去兄弟一场的份上，放我老哥一马，也不枉了咱们兄弟结拜一场。"

黑三道："既然如此，老兄就快请上路吧！在下抱歉，恕不远送！"说着他把手朝后一挥："撤！"一语刚落，黑三已扭转马头，带领二十名匪徒又骑马冲上两边的高山，少时，便消失在莽莽林丛中。

11

两月后的一天下午，太阳还未落山，葛秃子一行八人在呼延遇春带着的十名弟兄护送下，跃马驰入石嘴山镇。葛秃子带人在镇公署前下马，任有道因早有人报知，带着赵文通、苟有田等人在门口相迎。

任有道迎上前拱手道："行健，你可回来啦，可把俺们盼坏啦！"

葛秃子拱手道："千斋兄，久违了，俺和保军在天津也很惦记各位老兄，这不，俺们不是一路风尘，马不停蹄回来了吗？"

赵文通上前拱手道："行健老弟，一走五月，羊毛生意做得可好？怕是发财了吧？"

葛秃子拱手道："生意嘛还算顺利，虽说谈不上发财，也还嘛不亏。"

苟有田上前拱手道："葛老弟，自你一走，俺总放心不下，生怕你血本无归。刚才听你一说，俺老苟就放心了。"

保军上前拱手道："三哥，啥血本无归，尽说泄气话哩！实话告诉你吧，这回呀，咱可赚了！"

葛秃子赶紧给他使个眼色制止住他，道："保军兄弟的话不错，这趟津门之行，咱哥们确实赚了！今晚俺请客！"

12

晚，石嘴山益顺居酒店。葛秃子正设宴招待任有道、赵文通、苟有田，刘敬祥、保军与罗斯夫妇也在座。

葛秃子道："各位大哥，俺给你们介绍一下，"说着，指了指身边的刘敬祥，"这位是俺的同乡刘敬祥，"说着又指了指坐在下首的罗斯，"这位是怡和洋行总经理亨利的朋友、英国传教士罗斯和他的夫人、医生玛丽。"

苟有田道："咋？骡子？这个名字起得日怪！"

任有道瞪一眼苟有田道："老三，休得胡言！"转而端起酒杯向罗斯和玛丽敬酒道，"亲爱的罗斯神甫和玛丽夫人，在下姓任名有道，欢迎你们不远千里到俺们这个小镇,俺以镇主簿的名义,欢迎你们在这里传经布道,来,俺先喝为敬!”说着仰脸将酒干了。

罗斯站起来端起酒杯,也将酒喝下。

玛丽左手将杯端起,摇着右手道:“No,No,No,密斯特任,我不会喝白酒,只能喝一点点,略表敬意。”说着,她仰起雪白的脖子喝下了酒,胸前两个高耸的奶头在众人眼前直晃荡,把任有道、赵文通、苟有田看呆了。

葛秃子端杯站起道:“各位大哥,俺行健背时走霉运流落石嘴山,承蒙各位兄长不弃,解囊相助,俺此生难以忘怀。没有各位大哥的鼎力相助,便没有俺行健在石嘴收羊毛、开设高林商行的今天。饮水思源,各位大哥对小弟恩重如山,今日,俺借这薄酒一杯,祝各位大哥仕途通达,财富三江,俺敬各位大哥一杯!”说罢,仰脸一饮而尽。任有道、赵文通也站起举杯,一饮而尽。

刘敬祥站起举杯道:“俺是嘛天津新泰兴洋行派来的买办,与行健有嘛同乡之谊,做的也是嘛羊毛生意,今日初来乍到,还望嘛各位大哥提携!来,俺敬嘛各位大哥一杯!”说着,将杯中酒喝下一半。

苟有田道:“不成不成,刘老弟,你这可是半心半意啊,该当罚酒三杯!”说着,令一名女侍者倒满三杯酒放到刘敬祥面前,刘敬祥慌得不知所措。

葛秃子道:“各位大哥看在俺的面子上饶了他一次吧!”

赵文通道:“不行,刘老弟话说得挺好听,喝一半酒是瞧不起咱兄弟几个!”

葛秃子道:“敬祥不能喝酒,这酒他实在喝不了,喝了嘛就醉球。也罢,行健替他喝了,算是给各位大哥赔礼!”说着,端起一杯酒倒入肚中,连连咳嗽。他正要抓起第二只酒杯,突然,保军伸手将他按住。

保军道:“老哥,你也快喝醉球了,这两杯酒,俺保军替他喝了!”说着,菜也不吃一口,连续将两杯酒喝下。

13

翌日早晨,石嘴山驿站。保军一觉醒来,见葛秃子躺在床上醒着想事,他一把抓过烟枪,将烟叶装进烟斗,大口大口地抽起烟来。

他寻思了一会儿,对葛秃子埋怨道:“老哥,你可害了我啦!”

葛秃子道:“俺害你嘛了?”

保军道:“咋晚我本想去小桃红那儿的,结果替你代酒喝醉球了,哪儿也没去成,你说她不会生气吗?”

葛秃子道:“一个婊子,鸡巴脾气还那么大?那你还要她干吗?找一个良家女子不就结了?又温柔又听话。”

保军道:“我的个哥哥,你是不在荒山住,不知道野鸡美哩!”

葛秃子闻言愣住了,他躺在床上想起情人谢兰,望着天花板出神。

保军见他如此,伸手推他一下,把烟枪递给他,道:“老哥,您这是咋的啦?要不,我让小桃红侍候你一回,让你解解馋?”

葛秃子把烟枪推开,道:“保军,从今天起俺戒烟了。小桃红是你的相好,朋友妻不可欺,俺咋能做这样的事?今后再别提了!”

保军道:“她还不是我的老婆,就算是我的老婆,只要老哥你喜欢,只管用好了,咱哥俩谁跟谁呀?”

葛秃子骂道:“放你妈的屁!咱哥俩再好也不能不讲人伦纲常呀!这种混账话再不许你说了!”

保军道:“好好好,算我倒霉,舔沟子舔出了猪大肠!”

葛秃子道:“你骂俺呢!”

保军道:“我哪敢呀!”

葛秃子道:“好了,别逗了,咱俩算算账吧!”说着,从床头找出账本,保军伸手在桌上拿过算盘,两人噼里啪啦在床上算起账来。

葛秃子报账道:“这次,收购羊毛总共 4 万斤,除去黄河里丢的五千斤和掺假的一万斤羊毛,还剩多少,保军?”

保军拨弄算盘道:“还剩两万五千斤。”

葛秃子闭着眼报价道:“这次俺总共卖了两万五千斤羊毛,亨利按每百斤八两银子收购,咱得多少银子?”

保军拨弄算盘,道:“应得两千两。”

葛秃子翻着账本道:“除去赊毛款八百两、借款四百两、皮筏子、驼队运输款六百三十两、押标款四百两共一千八百三十两,还剩多少银子?”

保军道:“还剩个屁!实亏了两百三十两!”说罢,把算盘一扔,躺倒在炕上,自言自语道,“辛苦了半年,毛未落一根,还欠一屁股债,这买卖我不干了!欠的钱我一分都不还!”

葛秃子生气道:“你他妈的是个啥人?噢,一路上吃喝嫖赌,要你掏过一文银子么?那两千两银子,你一人至少花了两百两,你他妈掰着脚指头好好算算,你一辈子能挣二百两银子吗?”

保军道:“那你不是说能发财吗?”

葛秃子道:“财喜也不是从天下掉下来的,老子把命都差点搭上了,还没说啥呢!你他妈的倒给老子翘蹶子,好吧,俺再给你一百两银子,滚你妈的蛋,以后离俺远点!”

保军放下烟枪跪在床上,道:“我错了,我不是人,是个日囊怂。老哥,亏的钱算我一份,我还要跟你干!”

葛秃子放缓语气道:“俺说过要你承担么?你,还有任主簿和老赵、老荀及县里的弟兄们,赢利大家分钱,亏了,由俺葛行健一人担着。”

保军道:“老哥,我真服了你了,以后你就瞧吧,上刀山下火海,我跟着您,就是到法场,我也陪着您!”

葛秃子骂道:“你个狗日的,就不会说点好听的?俺他妈到法场干吗去?”

保军搔搔脑袋,不好意思笑了。葛秃子下炕,开了箱子,取出一百两银子交给保军,保军举手推辞。

葛秃子抓过他的手道:“拿着,这些银子是洋行梁大买办的股份钱。你放心,俺不会亏待你们。等会儿,俺要带罗斯两口子和刘敬祥去见任主簿。这次赚没赚钱,你也都清楚了,要是他们问起来,你知道该咋说话吧?”

保军道:“知道,你是宁愿自己背着债,也不亏大家。”

葛秃子道:“这两天事情会很多,要给洋行办手续,租房子,付赊欠的羊毛款,还要招人,准备收购羊毛。千头万绪,俺就没空了。俺只交给你一件事,给俺查清,到底是谁往羊毛里掺了假!”

保军道:“哥哥,您放心吧,我要是查出来不把他剥了皮就不算他妈有手段!”

葛秃子挥挥手道:“你先去查吧,等查完了再说。”

保军穿衣下床,走出自己的寝舍,步出驿站。

屋子里,葛秃子放好账本,从大木箱里取出一千四百两银子包好,用搭链装了,放入小木箱里,又把小木箱锁好,走出房门。出驿站时,他对马夫交代道:“你今天哪里都不要去,就在俺的房门口守着,任何人也不准进屋。俺付你一两银子,倘若出了差错,你的脑袋就搬家了。”

马夫恭敬道:“是,老爷,您就放心吧,我敢说,有我在这儿,连只苍蝇也别想飞进去!”

14

葛秃子走到客栈,进了刘敬祥住的房间,只见刘敬祥和刘七正光着膀子翻衣服捉虱子。

刘敬祥一见葛秃子,赶紧道:“秃子,你他妈到哪儿乐去了?把俺一个人丢在这鸡巴烂炕上,弄了一身虱子不说,还破费了俺许多银子。”

葛秃子笑道:“住客栈银子又不要你出,你白睡还不乐意?再说,你长得人模狗样的,咬你的肯定是母虱子。快起床吧,咱们到任主簿那儿去!”说完,他转过身来到罗斯房间。

罗斯夫妇已经起床,罗斯见了葛秃子,道:“密斯特葛,这儿的跳蚤太多了,会传播疾病的,要弄点药杀一杀。”

葛秃子道:“好啊,等会儿您可以向任主簿建议。”

15

翌日上午,石嘴山镇公署办事房。任有道正和赵文通、苟有田坐在炕上说话。

苟有田道:“大哥,咋晚上葛秃子带来的那个洋鬼子,咋长那么大一个鼻子,像根牛鞭!”

任有道道:“那洋女人玛丽的两个奶头像两座小山包,一抖一抖的,惹得俺一晚上没睡好觉。昨夜里俺在梦里闻到了那洋女人那堆软乎乎热腾腾的肉气味,俺扑上去咬了一口,你瞧咋着,俺啃着俺老婆侯水英的屁股,被俺老婆一巴掌把俺打醒了！”

赵文通道：“大哥，今天咱们得见见那个洋人。见洋人是次要的，要赶紧派人把葛秃子找来，问他到底赚了多少钱。老百姓和县里的朋友早就急了，咱们还担着保哩！”

三人正说着，葛秃子带着罗斯夫妇和刘敬祥走进屋来。

罗斯走上前，递给任有道一卷文书道：“亲爱的密斯特任，这是天主教凉州主教的任命书，这次到贵地，我给尊贵的阁下带来一点小小礼物，请阁下和夫人收下。”说着，他呈上一桶炼乳、一个精致的小娃娃和一袋铅笔、一块泰西宁绸、一块华达尼布料。

任有道接过凉州主教的任命书，看到上面有总理衙门的批文，高兴地道：“俺十分欢迎你和夫人到俺们石嘴山布教，一定给予你们提供最大的帮助。”

罗斯道：“亲爱的密斯特任，我和夫人十分感谢阁下的热情接待，但石嘴山只是一个不过嘛千人的小镇，我们打算在平罗县城设立教堂，不过，也可以在石嘴山设立一个教区。”

任有道急道：“阁下，你才来就把俺搁下，要跑到平罗去？你说啥嘛千人？俺石嘴山可一个麻子也没有。”说到这里，他面向葛秃子道：“四狗子，你快给老子说说，别让他走了，俺石嘴山有的是地方，可以帮他盖教堂，不要钱，他还需要啥，俺都答应。在石嘴山，还有啥俺办不到的呢？再说了，俺还不收他的税。”

葛秃子对罗斯道：“亲爱的密斯特罗斯，任主簿如此热情，你们就留在这儿吧。”

罗斯与玛丽嘀咕了几句，对任有道说道：“盖房子的事以后慢慢再说，请先租给我们几间房子，让我们把教先传起来。”

任有道道：“还租啥子，就把学堂的房子先用起来好了。”

赵文通道：“那学生咋办？”

任有道道：“学生？学生上他的课，与老罗传教有啥相干呢？”

赵文通道：“这事要让知县知道了，禀报上面，那还了得！”

任有道道：“知县知道了能咬俺的球！上个月，他到府里把俺参了一下，差点把俺的乌纱帽弄掉了。俺就要跟他斗一斗，万一不行，日他妈俺跟行健当买办去！”

刘敬祥道：“主簿所言极是，为官一任，造福一方，设洋行建教堂都是为咱石嘴山百姓造福，他知县咋反对呢？就算他反对，咱还怕他不成？俺可是有李鸿章李中堂的手札哩！”

任有道道：“这位老弟说的话，俺爱听。哎，李中堂的手札在哪里？仁兄府上在哪里？”

葛秃子道：“他和俺一样都是安徽人。只不过他除去手札，一两银子也未带来。”

任有道道：“无妨无妨。手札就是银子呀！敬祥兄，请受任某一拜。”说罢，他朝刘敬祥弯腰鞠躬,又说道,“这下好了,今天,俺们安徽人大聚会,大家在俺这儿一醉方休。敬祥兄,任某不揣冒昧,您从今天起,若不嫌舍下简陋,你就在俺这儿住下来,俺还有许多事要向你请教呢!”

葛秃子见状大声道:“任主簿,要没有事情,俺和罗斯夫妇就告退了。”

任有道斥道:“行健,你这是啥话?俺和刘兄是老乡,初次见面寒暄几句,你咋不耐烦?你是咋弄的?”

葛秃子道:“千斋兄,没有咋弄,只是见到你那样子,俺恶心!”

任有道道:“就算你说得对,俺不计较你。你凭良心说,当初,你一个鸡巴打蛋来到俺石嘴山,没有钱,俺借给你,没有信誉,俺给你担保,为此,俺差点下了大狱。可俺心里苦楚你知道吗?俺一个在外做这鸡巴大的官,就是个受气包,是人都可以挤对于俺。见了你们几位老乡,俺是打心眼里高兴啊,尤其是刘兄他有李中堂的后台,俺他妈还怕谁?俺就想巴结他,这也不为过呀!”

葛秃子不耐烦道:“好了,好了,不说了,你做的没错,俺要感谢于你。”

任有道怒道:“四狗子,不是俺说你,你也真不是个东西!一走大半年,女子生娃娃都快生出来了,你却连一点音信也没有。难道你连写封信的工夫也没有?你就不知道俺为你担惊受怕,急成啥样子?”

葛秃子道:“你他妈只知坐在屋里着急,俺他妈吃了多大苦,你清楚吗?俺差一点连命都搭上了!还有,俺再三再四地说,收羊毛一定要严把关,带粪带草的一律不收。你们倒好,人家洋行把毛全没收不说,还罚了俺一千两银子,没把俺送到巡捕房就算命大!”

任有道道:“啥?你这次到天津卖羊毛没赚到钱?”

葛秃子道:“都是土和草,卖他妈个球钱!”

任有道闻言一屁股坐在椅上,带着哭腔道:“四狗子,你可真坑了俺啦。俺白白地赔了钱,俺他妈自己认了,你还不上人家老百姓的羊毛款,他们不活吃了俺?再说,那娄玉书这一次还能饶过俺吗?”

葛秃子道:“尿壶,你沟子真他妈松,看把你吓得那个熊样,要是没有钱,俺还敢再来石嘴山吗?”

任有道愣住,道:“你到底是赚了还是赔了?”

葛秃子道:“托你的福,总算逢凶化吉。人家洋行老板看俺头脑灵活,不舍得西北市场,才饶过咱们这一次。不过,由于在黄河里掉下五千斤羊毛,加上有一半羊毛掺了沙土和草粪,三万多斤羊毛只卖了两千两银子,除去赊购款、运输费、租金等花费,还亏了两百多两银子。”

任有道垂下头道:“还不是没赚到钱么,那咱们用啥还人家的钱呀?!”

葛秃子道:“这你不用发愁,亏欠再多,都由俺一人扛着。俺是讲信用的人,总不能让你们帮忙,再让你们亏本吧?还是按原来的兑现,给你们哥几个分红利,加上县里的周令杰,除去每人五十两借款,另外给你们四人每人三百两,共是一千四百两,俺都带来了,请你们收下。明天,你就让手下人贴一个布告,让毛户们来领钱吧！县里，俺过几天去一趟，把弟兄们的酬金付了。”说罢，他对站在门外的呼延遇春喊道：“都抬进来！”

少时，呼延遇春和一班弟兄抬着一个箱子过来，呼延遇春将箱子打开了，任有道上前一看，见里面装着一筒筒白花花的京库银，忙伸出手拿出一筒抚摸，脸上绽开笑容。

任有道转个话题道：“哎，行健，日他奶奶的，这一次到底是谁掺假？查出了没有？俺当时收购羊毛时让老赵、老苟盯着，是不是他们两个狗怂干的？要是这样，不但他们的红利不能得，干脆，连毛户的欠款也暂时不付！”

葛秃子上前附耳低声道：“俺已经让手下伙计去查了，但不管查出是谁，反正已经亏了，就算俺倒霉吧！今后，俺还要收毛哩！得罪了老赵和老苟，俺的生意也不好做啊！”

任有道大声道：“怕他们个球，一切有俺哩！”

葛秃子道：“只要俺们齐心合力，赚钱的日子还长着哩！不过，俺对你有个条件。”

任有道道：“四狗子，你只管讲。”

葛秃子道：“咱们现在是同船共渡，一损俱损，一荣俱荣。除俺们高林商行外，再若有别的洋行在此设点，你不能再批！”

任有道为难地道：“这个怕不好办吧？那个刘敬祥有李中堂的手札呢！”

葛秃子道：“你别听他唬你，其实啥用也没有。他那家新泰兴洋行大买办连一纹银子也未给他，他收不上羊毛咋还待下去？”

任有道道：“这俺就不明白了，你既然不想帮他，又何必带他来呢？”

葛秃子道：“俺是要他跟俺干，而不是不帮他。”

任有道道：“行健，你们高林商行生意才开张，尽量别陷于这种纷争。俺以为，还是八仙过海，各显神通吧！你们都能发财，俺石嘴山不就兴旺了吗？”

葛秃子有点不高兴地道：“看来，你是非帮他不可喽？”

任有道道：“行健，说句心里话，论哪方面，都是俺们亲近一层，对吧？但，你也得体谅俺的苦衷。俺就是不批，他拿着中堂的手札到府城、兰州，还不一样让他干？这样，俺不借钱给他，也不帮他担保赊毛，让他自生自灭，如何？”

葛秃子无奈地道：“罢了，千斋兄能帮他就帮他吧，谁让俺当初救了他呢？时间不早，兄弟告辞！”说罢，招呼罗斯夫妇道，“亲爱的密斯特罗斯，亲爱的密斯玛丽，咱们走吧！”说完，对着任有道双手一拱，与呼延遇春等人一道退出镇公署。

葛秃子与呼延遇春刚走，赵文通和苟有田也要告辞。屋里。任有道道：“你们不要走，俺有件事要对你们两个日囊怂说呢。说说，快给俺说说，你们两人是谁他妈的干了给羊毛掺假的没屁眼的事？”

赵文通摊开手道：“大哥，你可别诬赖好人哪，我定不会干这种没屁眼的事！”

苟有田分辩道：“俺要是给羊毛掺假，就他妈的断子绝孙！大哥，你说说这掺假是咋回事？”

任有道把眼皮一翻道:“咋回事?就是有人在羊毛里掺粪土、沙子,这不是害了葛秃子吗?现在好了,葛秃子亏了几百两银子,说说,咱们咋办吧!”

赵文通道:“那咱们的本钱呢?哎呀,完了完了!”

苟有田道:“还本钱个球,都怪俺们见钱眼开,一心巴望葛秃子的羊毛生意能赚到银子!这下可好,血本无归了!俺们真是群傻蛋!”

任有道道:“你们两个怂不认账?好好,这事暂时放下,等查清了,俺再跟你们两个怂算总账!”说着,他从箱子里拿出三百两银子摆在桌上,分成四堆,50两、100两各两堆。接着道,“俺和葛秃子是讲信义之人,不像你们两个坏怂,这桌上有四堆银子,是葛秃子给的,那50两是葛秃子还给你们的本线,那100两是葛秃子给的利钱。俺可要警告你们,今后要是还想发财,就得做事认真一点!”赵文通、苟有田两人见到银子眼放绿光,闻声点头。

16

下午,赵文通家。赵文通坐在一把木椅上,一边抽水烟,一边沉思。这时,赵夫人从屋里出来。

赵夫人道:“老赵,干啥呢,打吃罢饭你就一直坐着想心思,你在寻思啥呢?”

赵文通道:“想啥,想他妈秃子送银子的事!”

赵夫人道:“他不是给咱一百五十两银子吗?你还嫌少哇,怄啥闷气?”

赵文通道:“我不嫌少,但我总觉着他妈日怪!按理说,葛秃子给咱送银子,应该当着咱几个兄弟的面,可他倒好,只送给老任。老任是啥人?老任他妈跟葛秃子是同乡,秃子说亏了,他还不帮秃子说话?我觉着,秃子这回运毛到天津肯定赚了银子,可他妈不地道,对外人佯说亏了,想他妈独吞!”

赵夫人道:“说话得有个实据,你咋知道秃子赚了钱,你问人家,人家对你说,拿实据来,看你咋弄?!”

赵文通道:“我眼下没有实据,可总有一天会有的。你想想,羊毛在天津卖啥价?你不知道吧?这里面肯定有文章!”

赵夫人道:“就依你的,你说是啥价?你不知道吧?你不知道咋说人家想独吞银子?可不许你在外瞎嚷嚷!”

赵文通一拍脑袋道:“夫人一席话提醒了我,我马上上街到商号找人问问,羊毛到底啥价?你瞧我这笨脑瓜!”说着,他从椅子旁站起,拔腿出门,走到街上,踩到一堆狗屎,险些跌倒。他骂了一句怂逼,摇晃着往前走,来到一家叫谦有元的大商号。他走进商号,正在值班的二掌柜伍子牛上前拱手道:“老哥,听说你正给洋行帮忙,今日咋有空逛咱们小店呢?”

赵文通还了一礼,道:“伍二掌柜,高林商行开张那天,会给你发请柬的,怎么,是不是担心人家商行抢了老弟你的生意?”

伍子牛道:“车有车道,马有马路,买卖么,哪是一家能做尽的。”

赵文通道:“说的也是。他们洋行做皮毛生意,与你们隔着呢。哎,我来就是想请教老弟,你说,这羊毛到了天津是啥价？你不是做过皮毛生意么?”

伍子牛道:“虽说同是做皮毛生意,但做和做是有差别的。比如,我们做的是小本买卖,每次不过百把几百张皮子,几千斤羊毛,买家也是一些小作坊主。皮子塾了,做些皮袄什么的。可跟洋人从未打过交道,也不敢打交道。”

赵文通道:“羊毛到底是啥价呢?”

伍子牛道:“一百斤羊毛,绥远也就是五六两银子。不过,这是前几年的价,至于天津嘛,就不清楚了。”

赵文通道:“洋行给的价肯定会高些吧?”

伍子牛摇头道:“那就不知道了。”

赵文通道:“既然羊毛能赚钱,你咋不收羊毛呢?”

伍子牛道:“老哥,这您就只知其一,不知其二了。做买卖,一要看原料,二要看销路。用羊毛做皮货、纺毛线,用量很小,销路有限。原料倒是有,方圆几千里路,陕甘青蒙,牛羊多得很,有羊还怕没毛？问题是,一,你收毛得有本金,本金少了还不行;二,收了毛你得运回来,牧区分散,收毛不易,这一笔运费不是小数,一般商行谁拿得出？三,毛即便运回来,卖给谁？谁能买那么多？有这几条,咱全西北的商行,哪一家吃了豹子胆敢做这水火生意？这还不算运毛的消耗,途中土匪的骚扰呢!”

赵文通伸出拇指夸道:“佩服,佩服,怪不得人家说你是生意精呢!”

伍子牛道:“生意精不敢当,做了这些年生意,教训有一些罢了。其实,做啥都一样,隔行如隔山,通了就行。”

赵文通转个话题道:“老伍,依你看,葛秃子的商行这回能闹起来么?”

伍子牛道:“我看葛先生的生意三分已经有了两分。”

赵文通道:“咋说?”

伍子牛道:“两分是人家有销路有资金,又有你们哥几个参与其中,另一分是人才,葛先生是个有胆有识之人,能吃得长途跋涉之苦。但手下还需人才。你想想,到了牧区,毛何时剪,如何分等、装运、结算,没有三五年的从商经验,能做下来吗？就算能做下来,甘、青、蒙这么大的地方,来回往返一趟,没有几个月怕是不行的。万一再出个差错,人毛两亏也说不定。所以,这最后一分也轻视不得呢!”

赵文通点头道:“听君一席话,胜读十年书。这学问岂止是读书人做的,生意场上,也是如此。”

伍子牛笑道:“不是有句老话说‘世事洞明皆学问,人情练达即文章’么？咱们中国人,从来只重读书,于这经商济世之道一向是轻视的。洋人能够强大,说穿了,还不是重实用之术的缘故么?”

赵文通拱手作揖道:“老伍兄弟所讲,句句乃精辟之语也,使赵某顿开茅塞,受益匪浅。今日我还有事,就此告辞,来日得空,我当再来领教,望兄弟不吝赐教。”说着,朝后山梨香院走去。

17

下午,石嘴山后山梨香院。赵文通刚走进梨香院,就有使女陪着老鸨黄河蜜迎了过来。

黄河蜜道:“赵大人,好久不来光顾俺们梨香院了,真是稀客,快请到屋里坐。”说罢,将赵文通引到正厅一张桌旁坐下,吩咐使女看茶。

赵文通道:“不用忙乎了,我是来看小桃红的。”

黄河蜜道:“小桃红正在接客,大爷是否换一个姑娘?”

赵文通道:“青天白日的,是哪个愣怂泡在这里骚情?”

黄河蜜吞吞吐吐地道:“其实嘛,这个人您也认识。”

赵文通道:“是哪个怂?”

黄河蜜道:“是五爷保军。”

赵文通愤怒道:“是这个日囊怂,我正要找他哩!”说罢,赵文通起身往小桃红房间走去,黄河蜜想拦又不敢。

赵文通一脚踢开房门,骂道:“哪个驴日的……”只见保军正在床上与小桃红肉搏,便上前喝道,“保军,下床吧,我有话跟你说。”

保军翻身下床,一边穿衣一边不满地道:“二哥,搅赌不搅嫖。你有嘛急事,不能等我完事再说?这样子,我容易得病,知道吗?”

赵文通不搭理他,拉住道:“出来说话!”两人来到一间空屋子,黄河蜜叫使女给他们端来两碗盖碗茶,放在茶几上,走了。赵文通问道:“老五,你不用给我绕毛,我不在乎你那个怂劲。我问你,你和秃子这次到底赚了多少钱?”

保军正在恼火,冷不丁被他这一问,没好气地道:“赚了多少钱,葛老板不是跟你说了吗?”

赵文通上火道:“我问你呢!”

保军道:“差点连裤子都赔掉了,还赚个球,我还正想找你哩!你不是收毛监工吗?羊毛袋里咋他妈都掺的是草?”

赵文通咬牙道:“好呀,保军,你出门这一趟长了出息,是吗?不把我放在眼里了?”

保军道:“我敢吗?你不是把我从女人肚皮上都揪下来了吗?”

赵文通把眼一横道:“你是为这个生气?我还正要找你呢,我已答应为小桃红脱籍,给大哥都说了,手续都他妈报到县衙去了。你再敢动我的女人,小心你狗怂的脑袋!”

保军愤怒地道:“小桃红是你的女人?我临走时就答应她回来娶她的。你身为二哥,搞把弟的女人,你还有脸当二哥吗?”

赵文通道:“那是小桃红骗你呢!再说了,光脱籍费就要五百两银子,你他妈有吗?”

保军头一扬道:“五百两就五百两,也不是个球事,我掏得起!”

赵文通把桌子一拍,喝道:“你掏得起?你刚才还说亏得裤子都输光了,那五百两银子从何而来?看来,我所疑不错,你和那姓葛的定有勾当!保军,我今天把话挑明了,你别以为靠了洋买办就是人物,他妈姓葛的还不是洋人!你敢对我们哥几个玩贼打鬼的把戏,我叫你在石嘴山无立足之地!你信不信?嗯,你信不信?”

保军也火道:“二哥,别以为我保军是被你们吓唬长大的。你是二哥,你对我无情,我也对你无义!小桃红我是娶定了,天王老子我都不让!”

赵文通把茶碗往地上一摔,道:“好!保军,你有种,你能耐,我怕你还不成吗?从今天起,从现在起,我俩的兄弟情分有如此碗!”说罢,他把门帘一撩,大步出门。

保军在屋里也越想越气,把茶碗也摔了。这时,黄河蜜走进房来。

黄河蜜道:“哎哟喂,这是吃了枪药啦?自家弟兄,不就是为了一个小桃红吗?值得翻脸?我院子里好姑娘有的是,五爷你要是有银子,尽管挑着出籍就是。”

保军对黄河蜜发作道:“都是你个老婊子惹的事,你明明知道我要娶小桃红,为啥还要她接我二哥的客?”

黄河蜜听了此话板起脸来,道:“哎,我说保军,你这可说的是下三烂的话!你要娶小桃红?你跟老娘说过吗?你一个赶马车送信的,不是人家赵局长抬举你,你早就烂杆的不行哩!你承人家的情不说,还敢跟人家翻脸?就你这个疵毛货,还想在石嘴山混,滚你娘的蛋吧!”

保军抬起手,给了黄河蜜一个耳光,伸脚朝她裤裆里踢去,黄河蜜一手捂脸,一手捂下身,痛得蹲在地上了。

保军一言不发冲到小桃红房间,从床上揪起小桃红道:“赵文通要为你脱籍,你为何答应?”说着,一把抓起他送给她的法国香水“乒”地摔个粉碎,又扇了她一巴掌,“怪不得你能当婊子哩,谁操你都乐意!”他骂了一句,夺门而出。

18

一月后的一天早晨,黄河岸边石嘴山码头,一栋刚落成的新房院落成了,院子正门挂着一个木牌,木牌上书“高林商行”四个大字。保军和几个小伙子站在院子里放鞭炮,院子外围着一大群男女老少。

葛秃子身穿崭新的西服,脑袋后拖个长辫子,他站在院子正门门口,对人群道:“各位乡亲父老,俺葛行健开办的高林商行从今天起正式开业,望乡亲们多多抬举,使俺这个商行生意兴隆,富甲一方,给咱们石嘴山的父老乡亲造福!今天开业第一桩事,俺决定给各位赊购羊毛的毛户还款,请大家凭赊购票据到账房领银子!”他的话刚完,台下传来热烈的掌声,接着,一些赊购羊毛的毛户纷纷挤出人群,走进大院门凭条子领银子去了。不一会儿,一位老汉引着捧着白花花银子的女儿出院来,眼里淌出喜悦的泪花,他扑到葛秃子脚前,哭道:“葛先生,你是救咱性命的活菩萨啊!谢谢你,葛先生!”

一位老太婆引着孙子出来,她怀抱着白花花的银子,弯腰向葛秃子施礼道:“俺的羊毛沤了几十年粪了,今日能卖这么多银子,咱们穷人有盼头啦,亏了你葛先生啊!"说着,对牵着的孙子道:"二蛋,快给这位爷爷磕头!"小孩子扑通跪倒在地上,葛秃子上前一一扶起老大爷、老太婆和孩子,对乡亲们道:"乡亲们,只要你们不嫌弃俺高林商行,不嫌弃俺葛行健,多交好羊毛,俺葛行健会给你们带来更多的银子!"围观的众人又鼓起掌来。正在这时,任有道、赵文通、苟有田带着一帮下人走上前来祝贺。

任有道走上前来,抱拳道:"行健兄办事快捷啊,今天高林商行开张之日,任某特来贺喜,一点小礼,不成敬意,请笑纳!"说着,从怀里掏出一封贺银递与葛秃子。

葛秃子举银在手抱拳道:"任兄快请到屋里喝茶,行健感激不尽!"

赵文通上前拱手道:"今天是黄道吉日,高林商行成立,赵某无银奉送,只送你一句话:祝你早日发迹,莫忘了咱哥们儿!"

葛秃子拱手还礼道:"这个自是当然,葛某永记你这话。请!"赵文通摇摇摆摆进屋去了。

最后轮到苟有田。苟有田拱手上前道:"葛先生,恭喜贺喜你开门大吉!俺跟赵大哥一样,也送你一句话:有福共享,有银同分!"

葛秃子笑道:"请老哥放心,这个自然!请到里面叙话!"说完,他上前执住苟有田的手,缓缓步入院内。

19

当天黄昏,高林商行葛秃子住所。刘敬祥正与葛秃子商量自己在石嘴山建行的事。

刘敬祥道:"行健兄,你的高林商行今日开张了,俺的新泰兴商行还没成立呢。这几天俺急得慌哩,手上无钱也无人,连建个新院的本钱也没有,又不好找你开口借银子。俺思来想去想到一个办法,还得请你老哥帮忙。"

葛秃子道:"帮啥忙,你只管说。"

刘敬祥道:"说出来不好意思,俺……俺想……俺想在你院里借块地方办公,你看咋样?"

葛秃子道:"敬祥,你他妈没病吧?你在俺的商行里设座办公,那俺上哪儿去?"

刘敬祥道:"救人要救彻,帮人帮到底。你总不能把俺吊在半空中上不着天下不着地吧?俺只是想临时借用你两间房子,等俺第一批羊毛卖完,俺立即搬出去另立门户,咋样?"葛秃子没有言语。

刘敬祥道:"俺打听了,西北几省的羊毛皮张多得很,你一个人就是一百年也收赚不完。所以,俺在你这儿办公等于是帮你。你想想,行市行市,有行才有市。行越多,四面八方的皮毛商人就来得越多,咱们才越有钱赚。再说了,你帮了俺,俺会承你的情的,不要那么小肚鸡肠好不好?"

葛秃子长叹一声道:"说好了,第一趟羊毛一卖掉,你要立即搬出去!"

刘敬祥道:"没话说,就这样定了。不过,收羊毛的银子,你老兄得先给俺垫上,等俺赚了钱就还你。”

葛秃子火道:“你他妈到底有完没完?俺啥都给你办好,你就等着发财,你又不是俺的儿子!”

刘敬祥道:“你他妈咋骂人哩?你只要让俺赚第一笔钱,俺他妈就给你当一回儿子好了。爹,你快开口吧,俺要挂牌子去了。”

葛秃子没有吭声。刘敬祥走进隔壁自己的房里拿出一块木牌和锤子、钉子走到院子门口,端了个板凳靠院门而立,他抬起脚站上板凳,先在院门右边钉上个钉子,然后叫人递给他木牌,他将木牌挂了上去,便从凳上跳了下来。

牌子挂好后,葛秃子已站在院门口,他看了高林商行牌子对面的新泰兴商行的牌子,不满地道:“不行,你的牌子咋比俺的牌子长一截呢?你得锯掉!”

刘敬祥道:“俺的牌子比你的多一个字,当然要长一点。”

葛秃子坚持道:“不行,得锯掉,不然你就别挂!”

刘敬祥道:“锯掉可以,那牌子就毁了,得重做,牌子钱你得付!”

葛秃子不耐烦地一挥手,道:“别他妈烦俺了,连你这块牌子都是俺掏的钱,快去做吧!”

字幕(画外音):俺爷爷的爷爷是个讲究排场的人,高林商行开张时大摆宴席,遍请石嘴山的头面人物和县里的几位师爷。他本来要亲自去请县里的师爷,因为那几位师爷当初借给了他二百两银子,他要还账,还要奉送红利。那几天,他的银子如流水般花出去,所剩已经不多,但他并不心疼,因为他的院子里和库房里已存下堆积如山的羊毛和皮子,他还没开始大量收购羊毛,平罗县周围,西到阿拉善左旗,东到黄河对岸的鄂尔多斯草原,都有皮毛商送货上门来了,而且声明可以赊账。这都是他不惜钱财换来的信誉——这就是银子啊!

20

次日早晨,平罗县城通往石嘴山的驿道上,几匹快马在飞奔。平罗知县师爷钱大江、知县娄玉书的家庭塾师俞大通和县刑房师爷周令杰骑马来到石嘴山高林商行门前下马,任有道、葛秃子、刘敬祥站在大院门口拱手相迎。

任有道兴奋地道:“钱师爷,俞先生,周师爷!俺和高林商行葛行健老板在此恭迎各位多时,请恕俺和葛老弟没有到县衙拜谒之罪,里面请!”

葛秃子也上前拱手道:“在下葛行健,热烈欢迎各位师爷驾临本商行,葛某不胜荣幸,里面请!”

众师爷跟随任有道、葛秃子到高林商行接待厅坐下。

葛秃子嘱咐保军道:“看茶。”少时保军给各位宾客端上茶来。众师爷接过茶。

任有道指着葛秃子道:“各位师爷,这位大名鼎鼎的高林商行经理葛行健先生,是俺的同年好友,他是英商天津怡和洋行的买办,也是俺们石嘴山百姓的大救星!就是他化腐朽为神奇,将咱们石嘴山牧民用来沤粪的臭狗屎不如的东西——羊毛运往天津,再运到英国首都伦敦,给俺们石嘴山赚回大批银子,把俺们从沉睡中唤醒,从此重视羊毛经济。可以说,是他给俺们石嘴山百姓带来了福音!"

钱江道:"任主簿大人不要客气,你也是一个伯乐啊,没有任大人的慧眼识人和大力支持,石嘴山不会同时挂起两个商行的牌子,你可是为平罗全县百姓找到一条致富之路啊!"

任有道道:"哪里哪里,俺只是做了一份应该做的事情。各位师爷百忙中抽空来到俺们石嘴山,这才是俺石嘴山人的无比荣耀啊!"

俞大通道:"请问主簿大人,倘若葛先生的羊毛生意将来做得大了,给你带来滚滚不尽的财源,你准备咋样弄好石嘴山?"

任有道胸有成竹地道:"俺石嘴山地处贺兰山下黄河岸边,水运、陆运两便,这是俺们的地理优势,俺想利用这个优势,先把集镇建好,铺平道路,修葺房屋,清洁街面,再建好各种便利商人生活起居和娱乐的场所,如妓馆、牌馆、烟馆,一应俱全,到时,怕各路商贾和洋买办不来俺们石嘴山吗?行健,你说是嘛不是?"

葛秃子点头微笑。

周令杰伸出大拇指道:"任大人胸怀远大,满腹经济之策,实乃我大清不可多得的务实俊才。来日,任大人大展宏图,区区一个县令也不在你的话下。到时,任大人可要提携咱们这些朋友哦!"

任有道道:"承蒙周大人厚爱,倘若俺任某能主政平罗,俺决不会忘记各位,请大家放心!"说罢,以目示葛。

葛秃子道:"请大家放心,千斋兄与俺是同乡同窗,是平素最重感情之人。当着众位朋友的面,俺也保证,只要在座的各位朋友大力支持高林商行,俺葛某将来如开启红运发了洋财,定当重谢各位的提携之恩!"

钱江道:"好哇,任主簿满腹经纶,葛经理雄心勃勃,正是我等希望的。来,咱们以茶代酒,共饮此杯,以示祝贺!"说罢,众人举杯一饮而尽,哈哈大笑。

21

第三天早晨,高林商行葛秃子办公室。罗斯、玛丽正与葛秃子商量设立教堂传教的事。

罗斯道:"亲爱的密斯特葛,我们到石嘴山已几天了,还没有传教的地方,可否麻烦你与任主簿说一声?"

葛秃子道:"好吧,关于设堂传教的事,俺答应你们跟任主簿说一声,让他尽快早作安排。"

玛丽道:"密斯特葛,谢谢你!"说罢,她与罗斯告别葛秃子,走出了高林商行。

正在这时,保军气呼呼地跑来找葛秃子,与玛丽撞个满怀,进门就道:"老哥,我有急事找你说哩!"

葛秃子道:"有啥急事?掺假的人查出来了?"

保军道:"没有,是我跟赵文通闹翻了!"

葛秃子道:"为啥事?"

保军怒不可遏地道:“啥事,这个狗怂要与我争小桃红!”葛秃子一听愣住了,坐下来默不作声。

保军道:“你说话呀,这事咋闹呢?我反正跟你老哥跟定了,跟赵文通掰了就掰了,我不怕他!”

葛秃子道:“俺一路上跟你说啥来着?做生意千万不能意气用事。咱们干的是洋人买卖,但咱们不是洋人,咱们还得靠中国人发财!俺不是说过要你记住八字真言吗?外靠贪官,内靠人才。什么叫靠?靠就是依仗、接近、信赖、相连也。好了,不说这么多了,俺只是要你明白,赵文通就是咱们要依仗、相连、接近的人。现在可好,你将他推开,与他疏远、相背,就是为了一个女人,一个小婊子。她能有多美,能比得上洋妮?俺告诉你,如果赵文通和俺们捣蛋,俺们还发个嘛屁财?你还得赶你的马车去!”

保军低下头,道:“那咋办呢?”

葛秃子想了想道:“解铃还须系铃人,你赶紧到赵文通那儿负荆请罪,把小桃红让了。”

保军道:“负精,负什么精?”

葛秃子道:“负你个蛋精!连这也不懂,还想要个脾气。你拿上银子给赵文通谢罪去!”

保军道:“我连买东西带花销,回来给小桃红一百两银子,没有钱了。”

葛秃子骂道:“你个贼娘养的,真是个二货!你连真佛都没见着,烧的是哪门子香?给婊子钱还能要回来的?好了,权当你给小桃红添置嫁妆了。俺这儿还有一百两,你拿上赶快去办!”

保军转身要走,又回身道:“我还把黄河蜜和小桃红都揍了,黄河蜜的裆里被我踢了一脚,怕是把老东西都踢坏了。咋办呢?”

葛秃子道:“黄河蜜那玩艺久经沙场,不是没捏严实的水饺,一踢就散了,说不定你这一脚踢得她舒服半天呢!你只管把赵文通摆平了就万事大吉,嘛还不快去?”

保军拿了银子,应声出门去了。葛秃子也出门,上任有道家。

22

这日上午,任有道家。葛秃子第一次到任有道家拜访,任有道妻子侯水英开门相迎。

葛秃子道:“咦,你不是大英子吗?大英子,有道在家吗?”

侯水英眼睛一亮:“哎呀,是行健哥呀,快请屋里坐,有道和苟有田被黄河蜜派人叫去了,也不知道为啥事!”说着,忙着给葛秃子倒茶。

葛秃子进屋在桌边坐下,边喝茶边道:“老师和师母身体都还康健吧?这么多年,俺也没有回老家去了。”

侯水英在他对面坐下,埋怨道:“你还记得你老师、师母呀,俺还以为你早忘了呢!”她瞟了葛秃子一眼,道,“实话告诉你吧,前几天俺爹俺娘来信,说他们身体结实着哩!”

葛秃子从怀里掏出一瓶绿色香水递到侯水英鼻子底下,道:“大英子,闻闻,啥味?”

侯水英见那个小瓶小巧精致,绿得可爱,道:“是啥?”用鼻子嗅了一下,惊叫道,“哎哟俺的个娘呃,这是啥? 咋恁地香呢?”

葛秃子道:“你要是把这抹上,在耳朵根后面、胳肢窝、那个地方都抹一点,那千斋,尿壶还不把你亲死?”

侯水英道:“你们男人咋恁地不要脸呢?”

葛秃子道朝窗外看一眼,道:“水英,俺说的是真好。你想想,人活几十年,青春几何? 尤其是女人,美貌转瞬即逝。趁容颜鲜嫩,皮肤娇柔,不风流一番,尚待何时? 男人可兴三妻四妾,鼠窃狗偷,女人为何要从一而终,寂寞憔悴呢? 俺问你,自从尿壶把你弄到手,每天每夜,把心思都用在你身上了吗?”

侯水英嗔怒道:“四狗子,你读了圣贤之书,难道圣贤之书真进了你的狗肚子里了么? 俺看你是跟洋人学坏了。”

葛秃子道:“此言差矣。人家洋人比咱们中国男人有趣得多,人家讲究的是男女之爱情,情在,爱亦在,情生,爱亦生。人家男人是一夫一妻。俺们洋行老板亨利先生和他的老婆恩爱得很,不像咱大清的男人,也讲情字,是到妓院里对婊子说的。你给俺说实话,尿壶给你说过我爱你,亲爱的,拉吾油吗?”

侯水英脸红道:“你快别说了。”

葛秃子道:“好,俺不说了,你心里去琢磨吧,这瓶香水,花了俺十两银子,是法兰西产的,叫毒药,是我特意买来送给你的。你只要抹了它,管保尿壶多惹你几回。”

侯水英拿过香水又放回葛秃子手中,道:“毒药,你想害死俺啊,这么贵?”

葛秃子道:“是好东西都跟毒药相似,比如美人,咋的,你嘛不信?”

侯水英道:“太贵了,这点水水。”

葛秃子道:“这点水水? 别小看这点水水,它可是用一万朵玫瑰花、一万朵牡丹花、一万朵月季花、一万朵玉兰花熬出来的,你快拿着。”

侯水英半信半疑,伸手从葛秃子手中取过香水。葛秃子乘机捏了一把她的手心,侯水英没有吱声。葛秃子受到鼓舞,一把抱住侯水英张口亲她的小嘴,侯水英没提防,倒在了葛秃子的怀里,手里的香水瓶也掉到了地上。

侯水英挣扎道:“四狗子,快松手,看尿壶回来了!”

葛秃子啃住侯水英的小嘴不松开,两手在侯水英身上乱摸。这时,任有道的儿子任经纬放学了进屋来,从地上捡起绿瓶子,喊道:“哇,娘,这是啥子?”

葛秃子与侯水英唰地分开了,侯水英装作理头发状,没有回答。葛秃子因用力过猛,头上的假发掉了,露出秃头。

任经纬指着葛秃子大声道:“秃子,秃子!”

葛秃子把假发戴上,喝道:“你这个羊羔子,再骂,俺揍你!”

侯水英被逗笑了,她心慌意乱地走到孩子面前,把香水瓶子从任经纬手中夺过来,道:“快出去,大人说话哩!”

葛秃子见孩子不愿意,从怀里掏出一两银子,道:“拿出去买瓜子吃吧!”任经纬接过银子,高兴地跑了。

任水英看了葛秃子一眼,道:“你坐着吧,俺进里屋去了。”

葛秃子道:“大英子,你没生俺的气吧?俺小时候就亲过你,你那时没生气。”

侯水英道:“你打小就不是个好东西!”

葛秃子道:“俺喜欢你,真的!”

侯水英道:“快别说了,老都老了。”

葛秃子道:“你不老,在俺眼里,你到八十,还是颖河岸边那个漂亮的小姑娘。”

侯水英道:“你学得油嘴滑舌,怕是对女人都这样说吧?”

葛秃子道:“俺对天发誓,俺是真心的!”说完,他把侯水英揽在怀里,轻轻地抚摸着她的头发,热烈地吻着她的双唇,过了一会儿,道:“尿壶要回来了,俺要走了,你多保重吧!”

侯水英依依不舍道:“四狗子,在外少拈花惹草,有空到家来玩!”

葛秃子出门走了,侯水英倚在门口,两眼盈出泪花……

第七季:怨隙生惊雷

1

这年四月的一天,石嘴山港口,一艘艘木船停泊在黄河岸边。葛秃子带领保军、呼延遇春及他的十几名兄弟正督促近百名劳工背羊毛袋装船。高林商行大院内的几间作坊里,上次为买帽子与葛秃子吵嘴的张学文作为工头监工,正督促一群壮劳力装卸毛皮袋;一间作坊里,一群年轻小伙、姑娘正在绞毛、筛毛,作坊里尘土飞扬却笑声欢语不断,人人头上尽是羊毛屑;另一间作坊里,一群童工正干着拣毛的活,作坊里,不时传来孩子们追逐嬉戏的笑声。

下工时,高林商行大院门口两边各放一只装着制钱的篓子,呼延遇春带着弟兄们分守两边,给大工们分发制钱:大工每人每日发制钱 150 文,小工每人每日发制钱 80 文,给童工只发制钱 40 文。这些工人们不分男女老少,接到制钱时人人脸上露出欢欣的笑容。

2

倒春寒的一日下午,石嘴山码头。葛秃子正与保军在黄河岸边督促工人背羊毛袋装船,忽然狂风大作,黄河上白浪滔天。不一会儿,天空下起了鹅毛大雪,装卸工们不是躲进船舱里避风雪,便是跑回高林商行大院取暖。呼延遇春及他的弟兄们站在岸上,挥着皮鞭鞭策码头工们将羊毛袋背上船。

葛秃子仰天长叹道:“天哪,你为什么要灭俺,要跟俺作对! 天哪……”这时,保军冲过来,将一件雨衣给他披上,大声劝道:“老哥,不行啊,你快回行去吧,这儿有我!”

葛秃子无奈地披上雨衣,对保军大声嘱咐道:“保军,你和遇春兄弟们在船上招呼装船,小心羊毛袋掉进黄河里!”说罢,他迈开大步朝高林商行大院冲去。狂风夹着暴雪打在他脸上、身上,他浑然不觉……

3

晚上,高林商行葛秃子住所。葛秃子和保军、呼延遇春依偎着坐在热炕上发愁,各人怀里端着一杆大烟枪。

葛秃子道:“操他娘的,这几天一连几场大风雪,把俺的运毛计划全他妈搅黄了! 这次要是不下雪,黄河不封冻,老子的五万斤羊毛和一千张皮子运到天津,最少要赚一万两银子!”

保军道："可不是吗，这场大风雨硬是跟咱哥们过不去，迟不来早不来，偏偏到咱们要装船启锚时刮起来，这不是跟咱们哥们过不去吗？"说着，又劝葛秃子道，"老哥，就是天下刀子也不怕它个球，等风雪停了，咱们再装船。"

葛秃子道："你懂得个屁，做生意就是要抓时间，时间就是嘛金钱！再过几天装船启运，黄花菜都凉了！再说了，这风雪说不定要下个十天半月哩！俺说保军，你他妈脑袋真笨，笨得像他娘的一个榆木疙瘩！"说着，自顾自往烟嘴里装烟，狠狠地吸着烟，不时吐出烟雾，不吭声了。

保军道："老哥，你不是说等到从天津回来后要到青海和甘南去收羊毛吗？这大雪一下，可把咱的大事搅黄了！"

葛秃子叹口气道："青海和甘南，俺还是要去的，只是时间要往后拖几天。"

呼延遇春道："老板，听说青海那边的羊毛一年剪一次，绒毛长毛好，肯定能卖好价钱！"

葛秃子道："是啊，前几天，亨利给俺来信说，英国不少商人称赞咱大西北的羊毛质量好，叮嘱咱们多运些好毛到天津出口呢！保军、遇春，以后啊，咱们的羊毛可不能掺假，你们给俺看着点儿，看谁使坏就他妈惩治谁！"

保军道："老哥，这话可是你说的，我说一个使坏的人，看你敢不敢惩治？"

葛秃子道："谁？"

保军道："苟有田啊！我已查明，上次咱们的羊毛装袋，就是他使的坏！羊毛装袋时，他指使几个看守的兵丁趁无人之际，往羊毛袋里掺了草粪和沙子！这话是一个士兵喝醉了酒对酒店伙计说的。"

葛秃子把烟锅往炕上一摔，骂道："这个狗日的！"

保军道："这个日囊怂是怕咱赚银子眼红呢！老哥，你说咋惩治他吧！"

呼延遇春气愤地道："葛兄，俺最见不得有人干这种烂屁眼的事！这样吧，你把他交给俺，俺叫几个弟兄把他活剐了！"

葛秃子沉吟半晌，方道："这个使不得，俺还得让他活下来，留下他给咱做挡箭牌哩！"

保军道："老哥，你这是为啥？"

葛秃子道："为啥？因为他手中有兵权！"过一会儿，他拾起烟锅，保军忙给他填上烟叶，点上火，葛秃子道："现时，俺不但不能惩治他，而且，关于他掺假的事，还不能声张让他知道，那样，会对他造成一种压力。俺们现在就装聋子、哑巴，只当这事没发生过，让苟有田继续相信咱们，依赖咱们，支持咱们，把咱们的羊毛生意做得更红火！至于他给咱使坏的事，等以后再说，这就叫因时权变，记住了吗？"

保军、呼延遇春点头，齐道："记住了！"

4

风雪夜，石嘴山赵文通家。赵文通正与刘敬祥在热炕上围着一盆火锅喝酒。

赵文通道："敬祥老弟，打我见到你，就知道你是个通天的人物。今日闲暇，我叫夫人聊备薄酒,特请你过来喝酒,拉拉家常。”

刘敬祥卖弄道:“俺咋是通天人物?只不过认识直隶总督李鸿章李大人、汇丰银行大买办吴调卿和几个洋行经理罢了。按理说,俺赤手空拳来到石嘴山,早就应该来拜访赵局长赵大人,只是因为洋行事务繁忙,未能如愿,在下深表歉意。今日到得府上,有劳赵兄破费。”

赵文通道:“刘老弟说哪里话来?赵某乃镇上小吏,能请到洋行买办到家做客,已实属三生有幸了。闲话少叙,为我俩今后的合作和友谊,来,我敬你一杯!”说着,他举杯喝下。

刘敬祥亦举杯道:“承蒙赵大人盛情,祝你官运、财运亨通!”说罢,一饮而尽。

赵文通道:“贤弟,听说你是葛先生的老乡,与葛先生友情深厚,我想向你打听一件事。”

刘敬祥道:“说吧,啥事?”

赵文通道:“你可知道葛先生在天津羊毛卖的啥价?”

刘敬祥道:“一百斤羊毛二十两银子啊,这事你不知道?”

赵文通遮掩道:“哪里哪里,我只是问问而已,想知道葛行健在天津卖羊毛赚了钱还是亏了本。”

刘敬祥道:“亏个球!葛秃子这人办事精明,贼得很!你想,他能做亏本的生意?再说了,正是因为他赚了大把银子,才回到石嘴山开办高林商行的。”

赵文通道:“哦,原来如此。”说到这里,他抓起酒瓶给刘敬祥和自己的杯中斟满酒,道:“敬祥老弟,葛行健的啥事也逃不过你的眼睛。来,咱俩再干一杯。”说罢,两人碰杯,把酒喝光了。

刘敬祥抓过酒瓶,边往两人杯中倒酒,边道:“其实你们兄弟几个的事,俺也知道几分。”

赵文通道:“说说看,看你知道啥?”

刘敬祥吃了一口菜道:“听说葛秃子当初赤手空拳落难石嘴山,是你们几个兄弟帮的忙?”

赵文通道:“是啊,咱们弟兄几个看在老五保军的分上,不但给他凑银子收购羊毛,还给他担保,帮他收购牧民手中的羊毛。”

刘敬祥道:“不止如此吧?听说你老兄还给他免税?”

赵文通道:“是啊,帮人帮到底,他手无分文,不给他免税,他拿个球毛交税!”

刘敬祥道:“这就是你们不晓事了。葛秃子赚了大钱,你还给他免个屁税!再说,他给你多少好处?”

赵文通道:“没啥好处,他回到石嘴山兑现了诺言,分别还了咱哥们五十两银子,分给每人一百两银子的红利。”

刘敬祥道:“就这点鸡巴银子,你还给他免税?太傻逼了!”

赵文通道:“谁他妈知道他赚了钱?要早知这事,我就让他交税了!”

刘敬祥道:“那可是笔不少的税收啊,你是厘金局局长,得按国家法度办事!”

赵文通道:“老弟说得不错,既然葛秃子无情,我赵某也无义!好,从下月起,我就叫人收他的羊毛税,连以前他未交的,都得让他交了!”

刘敬祥举杯道:“哎,这就对了!要不然,你给葛秃子免税的事,万一让人向府县检举了,你可吃罪不起。我今天提醒你,也祝你们厘金局税银丰收!来,咱再干一杯!”

赵文通道:“听君一席话,胜读十年书。敬祥老弟,咱哥俩所见略同,相见恨晚。我也回敬你一杯。”说完,两人同时饮完酒。

刘敬祥道:“文通兄,今天听你一番谈吐,俺知道你是个有血性之人,愿意与你交好。有一件事,不知你愿不愿意跟俺合作?”

赵文通道:“啥事?说说看。”

刘敬祥道:“俺刘敬祥跟葛秃子一样,同为洋行买办,在石嘴山也开了一家新泰兴商行。俺想请你入伙,与俺合伙干,俺眼下资金暂缺,请你给俺担保,俺算你三成的股份,作为新泰兴商行的股东,每年按盈利的三成给你分红。咋样?”

赵文通闻言,高兴地道:“如此很好!老弟放心,我赵文通同意给你担保,只要你每年给我兑现三成红利!只是……”

刘敬祥道:“只是啥?”

赵文通道:“只是我入伙新泰兴洋行的事,不要让外人知道。”

刘敬祥举杯站起道:“这个自然,老兄放心,俺也不是个傻逼!来,为咱们的真诚合作和长远利益,干杯!”

赵文通道:“来,为了新泰兴商行战胜高林商行,干杯!”

说罢,两人碰杯,哈哈大笑。

5

隔了数日,风雪天,任有道家。任有道正与赵文通一道喝酒,苟有田闯了进来。他把油布斗篷解下来,甩在一边,跺了跺靴子上的雪,骂道:“狗日的,他姓葛的也太不讲义气了吧!”

赵文通道:“咋不讲义气了?”

苟有田道:“咱们帮他那么大的忙,他就给咱一百两银子打发了。这还不说,俺派了十个弟兄护送他们到包头,连一纹银子也没要他的。可他过河拆桥,这次装毛的活,不让俺的弟兄们干,净找了些老庄户。”

赵文通道:“再让你的弟兄装毛,葛秃子就真的得跳黄河了。”

苟有田一愣,道:“老二,你这话是啥意思?”

任有道一拍炕桌,把筷子都震落了:“啥意思?你装熊还装得挺像哩!你自己干的啥事难道还要俺说吗?”

苟有田生气地道:“俺干了啥事?俺他妈干了啥事?”

任有道道:“你干了见不得人的事!”

苟有田道:“俺有啥见不得人的?你说出来。”

赵文通道："算啦，老三，别丢人现眼啦。要想人不知，除非己莫为。"

苟有田气呼呼地道："那你们说话呀！不说出来，咱们今天就情断义绝！"

任有道道："这可是你说的，你往羊毛里掺假是咋回事哩？"

苟有田结巴地道："谁……谁说俺往羊毛里掺假了？这是他娘的栽赃！"

任有道道："别鸡巴嘴硬啦，你的兵都招啦，难道还要咱开衙审案，三堂对证吗？"

苟有田犟嘴道："你说说，是哪个混蛋兵说的？"

任有道道："这你就别问啦，还嫌丢人不够吗？堂堂的一个把总，竟干起奸商的勾当。还好，人家葛秃子肚量大，就把这亏吃了，你他娘的还嫌人家不让你赚钱！你说说，这事要是放在你身上，你还能让这样的家伙替你装羊毛吗？人家不把你告到洋人那里去送你到天津受审，就是大仁大义啦，你还在这里满嘴喷粪哩！"

苟有田的汗水从额上流下来。

赵文通道："算啦，这事老葛也不想声张，就只对我和大哥说了，你回去也不要追根究底，免得惹火烧身。好了，上来喝酒吧！"

正说着，葛秃子和刘敬祥一起到来。

苟有田一见，脸唰地红了。葛秃子好像没看见，大声道："好呀！还是咱石嘴山的父母官自在，绿蚁新醅酒，红泥小火炉，晚来天欲雪，能饮一杯否？"

任有道道："俺们算哪门子父母官，要是当了知县还差不多。来来来，俺们痛饮一番！"

赵文通话中带话道："大哥您别发愁，只要葛老板肯掏腰包，您还怕没有知县、道台的乌纱帽戴么？"

刘敬祥迎和道："是啊，只要任兄有意，俺担保行健拿钱！"

葛秃子瞪了刘敬祥一眼道："俺拿钱还让你担保？"转身对大家道，"俺现在没空也没心思喝酒，俺是来告诉你们，俺要走了。"

任有道起身惊问道："走？到哪里去？"

葛秃子道："启程，运毛到天津，一天也耽误不得了。"

任有道道："这么大雪，连路眼也没有，咋运货？鸟都在窝里待着呢，你疯了还是傻了？"

葛秃子笑道："想赚钱还怕吃苦受罪？俺与镖头们商量好了，这次运毛全用骆驼。商行的事你就操点心，一切等俺回来再说！"

赵文通道："那敬祥老弟也走吗？"

刘敬祥道："俺本想等开春雪化再走，可他非要立即就走不可，俺借了葛兄一万斤皮毛、三百张皮子，不走不行啊。再说，那一帮子护镖，俺到时也雇不起啊！"

葛秃子道："赵局长不是给你担保，又收了两万斤毛吗？你他妈的才叫空手套白狼哩！"

刘敬祥道："跟你学的，跟你学的。"

任有道惊奇道："老二，你给敬祥担保，咋也不跟俺说一声？"

赵文通尴尬道："这点小事，还值得麻烦你？不用说你肯定支持，是吧？我这是为你分忧哩。"

任有道内心很反感，但仍表面上打哈哈道："哈哈，那是，那是，你做得好，做得好！"

葛秃子特意拉起苟有田的手，道："有田兄，你上次鼎力相助，俺才有今天的局面，您放心，等俺这次运羊毛回来，咱哥俩好好聊聊。"

苟有田不知所以，支吾了一番。

6

第二天上午，碧空如洗。石嘴山驿站雪痕斑斑，一百多峰骆驼满载羊毛袋和皮张，待命启程。驿站处葛秃子、刘敬祥、保军、呼延遇春正与任有道、赵文通、苟有田等人拱手道别。

任有道拱手道："送君千里，终有一别。四狗子，敬祥，此番你俩运毛到天津，一路风尘，切须小心在意，把毛和皮张送到天津口岸，早去早归，莫让俺们弟兄惦记。"

葛秃子道："千斋兄，请留步。你的话俺们牢记就是，把货运到天津，俺们就回。放心吧，各位兄弟请回府吧！"说着对刘敬祥、保军、呼延遇春道，"敬祥、保军、遇春兄弟，咱们登程上路吧！"说完，他跨上一匹枣红马，回身拱手道，"各位兄长，告辞！"话音未落，便扬鞭策马奔出驿站口。

保军紧随其后，跨上一匹青鬃马，先向任有道等人拱拱手，转身对长长的驼队护镖队队员们喝道："注意，出发！"霎时，护镖队队员们齐声喊："出发！"每人牵着一峰骆驼沿着驿道出发了，驿道上，响起一串串驼铃声。

刘敬祥和呼延遇春也随之跨上骏马，回身拱手向任有道等人作别，扬鞭策马，追随葛秃子、保军而去。

驼队走了约一百米，葛秃子骑在马上回身喊道："千斋兄，回去吧，静候俺们的佳音！"

任有道等人站在驿站门口，频频向葛秃子等人招手，久久不肯离去……

7

翌日上午，石嘴山育英书院。罗斯和玛丽正在督促一群木工、画师将教室改装成礼拜堂，木工们拿着锯子、刨子、铁锤加工木板，制作长条木凳，几个画匠站在木梯上，手持画笔，在雪白的两侧墙上绘画耶稣蒙难的巨幅壁画。

罗斯和玛丽正在与几个画匠、木工攀谈，任有道背着手走进教室。

罗斯上前相迎道："亲爱的密斯特任，您好！"

任有道道："你好，亲爱的密斯罗。"

罗斯道："NO，NO，是密斯特，不是密斯，对女人才叫密斯，明白？"

任有道道："俺干脆叫你老罗算了。老罗，你的礼拜堂装得咋样？"

罗斯翘起拇指道:“顶好!顶好!不过,我们要上课,没有听众怎么办?”

任有道道:“老罗,你嘛不用急,办法总比困难多嘛!啊?你在这里办洋教,俺在这里兴洋行,一笔写不出俩洋字,俺不帮你谁帮你呢?俺让行健的洋行职员全他妈来听课,都入你的洋教,还怕没人听课?哎,对了,这女的可以来听课吗?”

罗斯道:“也死。能,能,玛丽不是女的吗?”

任有道道:“噢,俺把这茬给忘了。那小孩呢?”

玛丽道:“可以,可以,我们非常欢迎。”

任有道道:“那不就结了?俺保证,你不愁没有学生。”说罢离开了。

8

半月后的早晨,石嘴山新教堂。一群男女老少怯生生地走进新教堂,在教堂前排的长条木凳上挨个坐下,听讲的人群中,有赵文通苟有田的老婆、孩子和任有道的婆姨侯水英。

玛丽身穿黑色教服,胸佩十字架,在教堂里维持新教徒听课秩序,高声叫道:“亲爱的教民们,安静!注意听讲!”叽叽喳喳的会场开始逐步变得安静了。身穿黑色基督教服、胸前挂着十字架的罗斯大步走上讲坛,右手在胸前画了个十字,高声讲道:“上帝的教民、主的儿女们,今天,你们来到这里听课,便从此是上帝的儿女和忠实奴仆了。我以主的使者名义要求你们,忏悔自己的罪孽,遵从主的意志和召唤,做上帝忠诚不二的仆人。请求上帝饶恕你们所犯的每一次罪孽和过失,祈祷吧,迷途的羔羊,阿门!”

于是,新教堂里,男女老少双掌合十跪在地上,低声祈祷,充满了一片嗡嗡之声……

9

葛秃子走后的一天早晨,石嘴山通往平罗县城的驿道上,冰雪还没有融化,“嘚嘚”的马蹄声由远而近传来,不时夹杂着骑马者的大声吆喝:“驾!驾驾!”不一会儿,三人三骑出现在地平线上,由远而近驰来。冲在前面疾驰而来的马上骑者是任有道,他身着裘皮大衣,头戴貂皮帽,脚穿毛皮靴。他身后扬鞭策马的是管家任魁和小厮王国。少时,他们两人策马,追上任有道,与他并肩疾驰。

任有道挥着马鞭对任魁和王国道:“老赵他们都是傻逼,到县城还不愿去,雪地里跑马,多痛快!”

任魁道:“老爷,过了李家庄,离平罗就只有四十里地了,包师傅等急,咱得快些赶路!”

王国道:“老爷,任魁兄说的是,等到县城办完事,回来的路上,咱再好好欣赏雪景吧!”说罢,他猛地一扬鞭,跨下骏马便如飞箭一般冲到任有道的马前面去了。

任有道道:“傻逼,看俺追过你!”说罢,一扬鞭骑着骏马朝王国的背影追去,任魁也不甘示弱,扬鞭催马,赶了上去……

10

白天,平罗县城内一座隆昌客栈。客栈半旧不新,内设有十间供客人安歇的卧室。十几个旅客在旅馆门过道出出进进,隆昌客栈的主人包天容正与他年轻美貌的媳妇时翠莲在旅馆客厅一边喝茶,一边闲聊。

包天容道:“我这个人,生来就有两个所好:美人与美味。本来,我娶了你,就以为是船到码头车到站了,一辈子就守着你好好过日子,可谁想到任有道这个龟儿子又拿羊腿来馋我。我这个人看来还是没出息,一条羊腿子就把我勾到石嘴山去住了半年多。可我就偏爱吃个羊腿子,为人一世,不能尽自己的所好,活着还有什么乐趣?得到美人而无有美味,怅然若失;得到美味而失去美人,亦非我所愿也。奈何!所以,我还是依了你的主意回到了平罗城。”

时翠莲道:“当今世间的男子,不贪图虚妄功名利禄者,能有几人?夫君原是江湖中人;如今收心,何曾止性?你要觉得开心,又与旁人无涉,就只管去做,何必多虑。”

包天容道:“我无所谓,只是担心你与我在这大西北小城长住,能耐得了塞外的寂寞和糙风么?”

时翠莲道:“妾的娇柔,皆是为君所至。况且时光流逝,容颜易老,就是妾身待在东海龙王的水晶宫、王母娘娘的蟠桃会,这也无法改变。”

包天容道:“夫人所言极是。唉,不谈这个了,还是谈谈我的好友任有道吧!”

正在这时,任有道带着两个家人骑马赶到隆昌客栈小院,三人翻身下马,将缰绳交给旅馆的伙计。

任有道一边朝着客厅走,一边大声喊道:“包老板在家吗?”说着人已进了客厅。

包天容忙站起拱手道:“说曹操曹操就到,任大人久违了,快请坐。”

时翠莲也站起身弯腰施礼道:“任大哥,快请坐,我给你们沏茶。”说着话,她手脚麻利地给三位客人各倒了一杯茶水,双手奉上。

任有道急道:“贤弟,昨天才接到你的来信。你叫俺速来一会,到底有啥急事?”

包天容道:“不着急,等会儿我慢慢跟你说。我还有两个好朋友,要不,把他们喊来,大家一块儿坐坐,商量一下如何?”

任有道道:“哪两个人?说给俺听听。”

包天容道:“一个叫周令杰,现任县里刑房书办,另一个……”

任有道连连摆手道:“不要叫,不要叫。那个周令杰,是俺最烦的熊货。他哥哥周令轩,在石嘴山开了个谦益元商行,老是跟俺捣蛋!”

包天容道:“老哥哥,咱们交往十余年,我对你说句知心话,愿听否?”

任有道道:“贤弟的话俺哪有不听之理?”

包天容道:“俗话说,强龙不压地头蛇,你在石嘴山就是干得再好,也不过是主簿。你不能树敌太多,尤其是不能得罪周令杰这样的实力派。”

任有道道:“他不就是县里一个小小书办嘛,俺十年前就已经干过了!”

包天容道:“可你今天还是一个小小的主簿呀,连书办的权力都没有。”

任有道道:“俺是宁为鸡首,不为牛后。”

包天容道:“那你是没有牛后可做。”任有道不吱声了。

包天容道:“本来,我是跳出三界外,不在五行中,低声忍气,苟且偷生,不再管别人的闲事。可是,我与你是患难之交,你的事我不能袖手旁观。”

任有道道:“俺有啥事?现在石嘴山地方安宁,百姓无事,最近又开了两家洋行,商业也日渐繁荣起来。平罗县的税收,石嘴山三分天下有其二,俺治理得还不好么?他娄玉书把平罗县治理得灾荒不断,盗匪四起,民不聊生,还有何面目在知县的位置上待下去?”

包天容道:“好,正是因为你治理得太好了,才引起众怒。有句古话说,‘木秀于林,风必摧之。’出头的椽子先烂。你难道不清楚吗?”

任有道道:“贤弟,这是啥话!俺治理得好,未必治理出罪来了?”

包天容道:“还真是治出罪来了。我问你,那次姓葛的洋行开业,你给周令杰银子了吗?”

任有道道:“俺没给。他又没供给人家本钱,为啥给他银子?”

包天容道:“可是,人家去的人人有份呀!连知县也都给了厚礼。那个葛老板也给周令杰准备了一份呀!”

任有道惊奇地道:“哎,你是听谁说的?”

包天容道:“你别管我听谁说的,你只说为啥不给周令杰银子?”

任有道道:“俺烦他,就偏不给他!就晾他难看。”

包天容道:“我的好哥哥哩,你晾人家不要紧,现在人家就要晾你了。”

任有道道:“你听到啥消息了?”

包天容脸色沉重地道:“周令杰马上就要接替你的位置,到石嘴山上任去了。”

任有道闻言大吃一惊,道:“此话当真?”

包天容道:“我大老远把你喊来,不是哄你玩的。娄知县亲自去府城为他活动的,委任状就要下来了。”

任有道颤声道:“那我到哪里去?”

包天容道:“你,你就等着查办吧!府城的查办官员已经下来了,现在就住在县衙里呢!”

任有道大惊失色道:“贤弟,这……这究竟是咋回事?俺到底因何故被撤职查办?”

包天容道:“老哥哥,自从你不给周令杰银子砸了他的脸面,他就与你结下了深怨。如果只有一件记仇的事倒也罢了,可第二件更大的记仇事又发生在你们石嘴山,难道你不知道?”

任有道战战兢兢地道:“第二件是啥事?”

包天容道："你是装傻还是卖乖？第二件事是死人的事，这件事与你在石嘴山请洋牧师罗斯夫妇传教脱不了干系！"

任有道摸不着头脑道："咋？与骡子有关系？是谁死了？"

包天容道："一个姑娘！"

任有道道："这死去的姑娘是谁？"

包天容道："这姑娘不是别人，正是怀恨于你的仇人周令杰的女儿！"

任有道气愤地道："他的女儿死于何故？究竟与俺有什么干系？真是何天冤枉！"

包天容道："周令杰的女儿因被罗斯的弟子刘七诱奸，回到县城当夜便含羞上吊自尽了。罗斯是你安排到石嘴山传教的，这事能说与你毫无干系？老哥，周令杰见女儿自尽，就恨不得把你打入十八层地狱方解恨呢！"

任有道闻言，两眼呆愣住了，哑口无言。

时翠莲在一边插言道："老哥，你与俺家天容是八拜之交，有些话，我们当兄弟弟妹的不得不向你言明。周令杰自从女娃死后，他曾在县衙里当着众人讲：如果葛秃子不引来罗斯，任有道不收留，这一切就不会发生，根源就在你的身上。他发誓与你清算这笔血债，不除去你誓不为人！"

包天容道："周令杰一有这念头便四处活动。听我在县衙的一位朋友们讲，周令杰为复仇之事多次找娄知县的两位师爷钱江和俞大通商量，又让其弟周令轩拿出一千两银子到府城和兰州活动，告你'不事生产，哄骗百姓，私通洋人，勾连魔教，把衙门变作道场，妖言惑众，视国法为游戏，疯狂敛财，把整个石嘴山闹得乌烟瘴气，乱七八糟'。甘肃藩台收了周令杰的好处，下令宁夏道台家麟从速派人查办。家麟又下令平罗知县娄玉书把你立即革职查办，并委派周令杰任石嘴山镇主簿。周令杰到省城告状出了这口恶气，回平罗路上在一家客栈喝酒，便把这一切原委对人说了出来。"

任有道听罢丧魂失魄，连声道："这咋办？这咋办？"

包天容从容道："目前只是把你撤职查办，事情还没到不可收拾的地步。你要稳住阵脚，不可乱了方寸。"

任有道带着哭腔道："都是葛秃子他狗日的害了俺呀，他要不来，哪有这事？"

包天容道："这话也不能这么说，你与周令杰反目是迟早的事，刚才我想请周令杰来也是看看能不能和解。只要他放过你一马，你就平安无事。"

任有道叹息一声："唉，若说以前俺与他有过一些过节，他还不至于害俺，上次俺把秃子给他的银子截下，要了他的难看，是彻底得罪了他呀！"

包天容道："此事看来难办了，要想摆平，除非使银子。"

任有道道："俺哪里有银子？上次还是葛秃子回来，给了俺几百两银子，要想把省、道两处官府衙门都打发齐整喽，没有一千两银子是不够的！"

包天容道："我这个小店还能维持，虽花销大，我可以出二百两银子。"

任有道道："你拖家带口，也不容易，再说这点银子也不起作用呀。要想救俺，只有葛行健能办到，但他远在天津，又如何能够飞回？唉，俺只有听天由命了。”

包天容道：“老哥，你先别唉声叹气，待我好好想想，从长计议。”

任有道道：“俺思量定了，俺明天就回去，到时，你往监牢里送点饭菜来吧。另外，你嫂子和你一双侄儿，俺也将她们一并托付于你了。”说罢，任有道悲从中来，不禁落下几滴热泪。

11

炎夏七月的一天，天津西门。葛秃子率领的由一百二十峰骆驼组成的羊毛驼运队浩浩荡荡走进城门。呼延遇春带领二十人组成的护镖队骑着骏马，持枪佩刀行走在骆驼队的两侧。天津西门，观看驼运队的男女老少都露出惊讶的眼神，夹道迎接这支羊毛运输队的到来。葛秃子骑在马上，老远便看见怡和洋行大买办梁彦青正站在城门口迎接。

葛秃子翻身下马，来到梁彦青面前，两人紧紧拥抱。

梁彦青笑道：“哈哈，我们的远征勇士，欢迎你从西部凯旋归来！”

葛秃子道：“梁大人，这回长途跋涉，俺给你运回五万斤经过筛选的纯羊毛和一千张皮子，你该满意了吧？”

梁彦青道：“辛苦你了，行健，你运回这么多纯羊毛和皮子，又给咱们怡和商行立下不世之功！我当然非常高兴！货物停放，我已让人安排好了，你们就在津门客栈卸货、住宿。今晚，我和亨利先生在津门大酒店置酒，为你和你的手下接风洗尘！”

葛秃子道：“好的，一切听从梁大人安排。”

12

当天下午，天津北路新泰兴洋行帕特里克经理办公室。帕特里克正与大买办宁星普在谈话。

帕特里克问宁星普道：“亲爱的密斯特宁，听说怡和洋行的密斯特葛与本行的密斯特刘已经回天津了，他们带回多少万斤羊毛？”

宁星普道：“亲爱的密斯特帕特里克，葛行健从大西北运回五万斤羊毛，一千张皮子，刘敬祥从西北运回一万斤羊毛和三百张皮子。”

帕特里克道：“密斯特宁，为什么他们两人有这么大的差别？”

宁星普道：“因为一个有本钱，一个没有本钱，一个有人投资，一个无人投资。”

帕特里克道：“是密斯特刘没有本钱无人投资吗？”

宁星普道：“也是。”

帕特里克道：“噢，我明白，密斯特刘做的是无本生意，所以他运回的羊毛和皮子比不上葛秃子，用你们中国老话说，叫巧妇难为无米之炊，对吗？”

宁星普道：“也是。”两人正谈话间，刘敬祥一身汗渍走进帕特里克的办公室。

帕特里克上前欲拥抱刘敬祥，但展开的手臂又放下并后退了几步，道：“亲爱的密斯特刘，你的身上怎么这样臭？”

刘敬祥笑道：“密斯特帕特里克，俺经过长途奔波，从中国的西部走到东部，没有洗澡，当然身上有汗味，发臭。”

帕特里克笑道：“噢，原来是这样，但我从来不拥抱身体发臭的人，请你原谅，请坐吧。”说着，他向着沙发打了个手势，不待刘敬祥落座，自己已坐下了。

宁星普上前拥抱刘敬祥道：“辛苦了，刘敬祥先生，你第一次去西北，空手套白狼，运回这么多羊毛和皮子，我真是太高兴啦！”

刘敬祥夸海口道：“假如你能给俺十万两银子，俺会把中国大西北所有羊毛和皮子运回天津！”

帕特里克闻言，从沙发上站起来，走过去拍着刘敬祥的肩，道：“有志气！密斯特刘，你是中国真正的商人，我相信未来你能成功，成为像我一样的大老板！密斯特刘，请坐。”

刘敬祥道：“实话对二位大人说吧，俺这回运回少量羊毛和皮张，主要是靠了葛秃子帮忙，请注意，俺不希望这样的事继续发生。”

帕特里克道：“密斯特刘，你想翘尾巴吗？”

刘敬祥道：“不，正好相反，俺希望能得到你们的大力支持。”

宁星普道：“你想寻求怎样的支持呢？是人？或者是钱？”

刘敬祥道：“不，俺需要你们给俺优惠的价格。”

宁星普道：“说说，什么价？”

刘敬祥伸出两个指头道：“你们给俺的羊毛价格最少不能低于每百斤二十两！这是怡和洋行给葛秃子的价格。”

帕特里克道：“密斯特刘，你的羊毛质量可靠吗？”

刘敬祥道：“你相信葛秃子的羊毛吗？”

帕特里克道：“只要不掺假，我可以同意你的价格。”

刘敬祥道：“俺向你保证，俺的羊毛与秃子的羊毛是同一草原上的羊毛，它的纤维长度和光泽度都是呱呱叫的！”

帕特里克道：“好！密斯特刘，我这次相信你说的话。那羊皮的价格呢？”

刘敬祥道：“每张至少不能少于 5 两。”

帕特里克道：“为什么？”

刘敬祥道：“亲爱的密斯特帕特里克，你到过鄂尔多斯草原和河套草原吗？”

帕特里克摇头摊手道：“NO，NO。”

刘敬祥道：“还是让俺告诉你吧，这两个草原的羊是驰名全国的，这些羊身上的皮还能有错吗？”

帕特里克赞同地点头，道：“亲爱的密斯特刘，你的话具有雄辩的力量，我被你征服了。”

刘敬祥道：“那么说，你同意俺提出的价格啦？”

帕特里克点头道：“也是。”说着，他转身对宁星普，“密斯特宁，你给他三千五百两银票，另加一百两，就算我给他的奖金！"

宁星普道："也是。"说着，他从怀中抽出三千六百两银票递给刘敬祥，又从怀里掏出五千两银票，对刘敬祥道："敬祥老弟，你第一次到大西北就出师告捷，我和帕特里克先生很欣赏你的才干，第一次的三千六百两是帕特里克先生给的货款和奖金，我再给你五千两银票，作为我入股的股金，我想，你不会不接受吧？"

刘敬祥接过五千两银票装入口袋中，喜滋滋地道："宁大人，你能在俺的分行里参股，这是大人对俺的极大信任，谢谢！不过，俺想问大人一句：你真的相信俺能在石嘴山发大财，你也跟着会走红运吗？"

宁星普哈哈大笑道："笑话，我怎么会怀疑呢？我不但坚信你有能力给我带来财运，而且坚信大西北确有软黄金——那就是取之不尽、用之不绝的上等羊毛！"

13

当晚，天津津门大酒店，灯火辉煌。亨利让梁彦青在酒店里办了三桌酒席，亨利带着夫人及女儿康妮与梁彦青、换了新西装的葛秃子、呼延遇春及两个押运队长同一桌，另安排二十名押运保镖坐了两桌。

亨利举杯站起，高兴地道："今天，欣逢密斯特葛带着手下人马长途运羊毛、皮张凯旋归来，我代表我的全家和怡和商行全体员工，向密斯特葛及其随员们表示热烈的欢迎和诚挚的谢意，来，为我们共同开发中国西部和羊毛生意兴隆，干杯！"说着，他举杯与桌上的所有客人高举的酒杯一碰，仰脖一饮而尽，众人也举杯一饮而尽。

葛秃子等三名侍女将众人杯中酒斟满，端起酒杯站起，巡视众人道："俺建议，为亨利先生夫妇和梁大人的身体健康，为怡和商行和高林商行的密切合作和事业发展，为中、英两国人民的友谊，干杯！"说罢，仰脖一饮而尽，众人亦举杯喝完酒。

梁彦青举杯站起，道："行健哪，你此次西行回来，收获不小，真乃春风得意马蹄疾啊！从行里员工到货场验收羊毛的结果看，此次你运回的羊毛无任何掺假，都是纤长色纯的上等羊毛啊！现在，从英国寄来的羊毛订货单如雪片向怡和商行飞来，我和亨利先生很高兴，一致认为中国的大西北并非人们所说的不毛之地，而是盛产软黄金的地方，是羊毛储产量巨大、市场前景无限美好的宝地！借此机会，我再次祝愿你的高林商行再展雄风，获得更加丰厚的利润和显著的效益！来，请大家与我共同举杯，欢迎从西部归来的大英雄葛行健先生！"说着，他带头把酒喝干，众人也举杯与葛秃子碰杯，以示庆贺。

葛秃子喝罢酒，脸兴奋得通红，再次举杯站起道："亲爱的密斯特亨利、夫人，梁大人，俺以俺的名义并代表高林商行全体员工，对亨利先生和梁大人给予高林商行的大力支持和高度赞誉，表示由衷的感谢！这次收毛、运毛成功，是俺们商行全体员工共同奋斗的结果。俺向你们保证，从今年开始，俺要在大西北扎下根，走遍每一个草原、每一片牧场，每年向你们提供500万斤羊毛、五十万张皮子，艰苦奋斗，再创辉煌！来，请大家共同举杯，为怡和商行、高林商行的美好前景，为中国西部羊毛市场的开发和繁荣,为中英两国的商贸发展和繁荣,同饮此杯!"说着,他仰脖一饮而尽!

亨利和夫人站起,亨利举杯道:"OK,OK,祝你好运!"说着,将葛秃子搂住。梁彦青立即开口道:"亨利先生,葛先生,请不要动!"说着,他从衣服口袋里掏出早已备好的照相机,打开快门,调好焦距,迅速地给他们拍了一张合影照片。梁彦青手中的镁光灯一闪,桌边的全体人员便鼓起掌来,掌声如涛,久久不息。

14

过了几天的一个下午,天津墙子河英租界葛秃子住所。刘敬祥兴高采烈地匆匆经过英租界大院,走进葛秃子房间,只见葛秃子正在收拾行李。

刘敬祥道:"老哥,俺他妈这次赚了,你至少也赚了不下一万两吧! 俺来找你,想约你一道早点回石嘴山,咱们再多收点羊毛,早发利市。"

葛秃子边收拾行装边道:"坐吧,你现在手中也有本钱了,恐怕赚了不下这个数吧?"说着,他右手抻出三个指头,道,"现在你该自己学着单独干了,俺要回老家一趟去看望父母,顺便把老婆、孩子接来,不能与你同回石嘴山。"

刘敬祥不满地道:"老哥,你多年不回家,恐怕老婆早改嫁了! 这天津美女多的是,你还要千里迢迢地去接黄脸婆?"

葛秃子讥讽道:"你是不是打算把王月英休了?"

刘敬祥正色道:"胡说! 月英和俺是患难夫妻,俺咋会做出那种禽兽不如之事?"

葛秃子道:"那你只要自己的人伦,就不管别人的纲常? 你先回,就嘛先回吧。不过,俺得提醒你,你回去该兑现你的诺言,也该另找个地方了。"

刘敬祥道:"俺就知道你会这样说,你真他妈太不够意思了吧? 俺不过就借你的地方临时用用,看把你吓的跟嘛似的。你放心,俺这次回去,你不让俺搬都他妈不可能,再跟你住一起,俺自己都觉得别扭。"

葛秃子抱拳作揖道:"谢天谢地,但愿如此。"

刘敬祥道:"既然如此,你走你的阳光道,俺过俺的独木桥,咱们分道扬镳吧! 过两天,俺就回石嘴山,你借给俺几个保镖吧!"

葛秃子道:"成,俺让陈万秋带几个保镖跟你走,但你得记住,俺只是借。"

刘敬祥闻言,一声不吭摔门而出。

15

黄昏,天津紫竹林刘敬祥家。刘敬祥面色阴郁地回到家中,见老婆王月英不在,房间里空荡荡的,便到隔壁大姨子王月萍家去问讯,他敲开房门,王月萍见是妹夫刘敬祥,便高兴地迎上来。

王月萍客气地道:"敬祥,是你? 你这次发了洋财,好久没到俺家坐了。请坐。"

刘敬祥迟疑道："俺来找你妹月英……"

王月萍激将道："月英啊，她和你姐夫到外面进货去了，兴许吃晚饭才能回呢！咋的，怕姐姐把你吃了？俺又不是老虎！"

刘敬祥闻言，这才进房间坐下，王月萍反手把房门关了，忙给刘敬祥倒茶。

王月萍道："敬祥，俺跟月英是亲姐妹，但自从你和月英结婚，你对俺家显得挺生分，是不是嫌你姐过去瞧不起你，骂过你，还记着仇……"刘敬祥冷着脸不吭声。

王月萍道："既然不是，是不是你现在腰缠万贯，财大气粗，瞧不起你姐和你姐夫，或许怕俺们拖累了你这个财神爷吧？"

刘敬祥摇头支吾道："哪里，哪里，俺不……"

王月萍道："俺心里明白，敬祥老弟嘴上不认账，心里还记着俺的仇。这不怪你，全怪俺！妹夫，千错万错，都是姐的错，千不该万不该，都是姐姐的不该，千悔万悔，姐姐是真后悔呀。这些年，姐姐对你说了些过头话，俺真该死！"

刘敬祥生气道："你咋知道俺有今天？你不是说俺一辈子的穷根都丢不掉么？"

王月萍闻言，脸羞得通红，一边骂自己"真该死，有眼无珠"，一边用手扇自己的耳光。

刘敬祥见状，忙捉住她的手，道："算啦，都是自家人，俺还能生你的气吗？再说了，你这么娇嫩的脸，打坏了，俺也舍不得呀！"

王月萍被刘敬祥捉得心跳不已，闻言撒娇道："妹夫，你真的不记仇？"

刘敬祥点头道："真的。"

王月萍含情脉脉地道："俺真的很后悔，可是，你连俺补过的机会也不留给俺。"

刘敬祥道："俺咋不留给你？"

王月萍道："你要走了嘛，这一去几千里路，俺想看看你，也不能够了。"

刘敬祥看看王月萍美丽的脸蛋，心动道："你愿意跟俺去西北吗？"

王月萍欣喜道："真的？"说着"哎呀"一声躺到刘敬祥怀里不动了。刘敬祥趁机亲吻她，王月萍紧紧勾住刘敬祥的脖子，刘敬祥淫火攻心，迫不及待地将她抱到床上，放下了帐幔……

16

第四天早晨，天津紫竹林杂货店前停着两辆马车，王老板一家人正在往一辆马车上装行李：两家人的几口衣箱、被褥和一应生活用具，刘敬祥和姐夫胆真小、妻弟、陈万秋及几个保镖用油布将马车上部盖住，用粗绳子扎住四角，将油布捆扎牢实，忙着搬运家具上车，王老板老夫妻在一旁招呼着众人，递烟、送茶。少时，打扮整齐的王月英、王月萍穿着旗袍下楼，携手走到二老面前鞠躬行礼。

王月英牵着女儿刘海津上前道："爸、妈，俺跟姐姐随敬祥到西北去了，再不能在你们二老身边伺候了，你们要注意保重身体，有啥事叫弟弟去办，店里的事，二老少操些心。”说着擦泪。

王夫人道：“儿呀，你们放心去吧，敬祥那边也需要人照料生意，打点活计，别记挂俺们。”

王月萍搂着女儿刘幕英上前道：“爸、妈，俺与妹妹随妹夫到西北去做羊毛生意，店里的生意让弟弟多操持。为了让二老省心，俺们将两个孩子带走了，家里有啥事给俺写信。”

王老板搂过两个外孙女道：“唉，好端端的一家人现在分成两半了，这些天，俺和你们的妈睡不着觉，想来想去，还是想通了。树大分丫，人大分家，这是老话，也是平常事。再说，人活在世上总得有个奔头，谁叫二女婿敬祥在西北做生意发了财呢？发财是人人巴不得的好事，俺和你们的妈商量了，明白了一个理：你们在西北一月挣的银子就是俺这个小店十年也挣不来，为啥不放你们去？西北那地方虽说荒僻些，多些风沙、气候寒冷就是了，可那里有金矿呀，谁放着金矿不去采？这样想来，俺们就慰心了。你们去吧，放心去吧！家里还有你们的小弟照料。俺没有啥好说的，你们去西北后，帮着敬祥照料生意，生活上也要互相照料。去吧！”

王月英、王月萍闻言，双双跪在地上向爹娘磕头：“爹、妈，不孝女儿就此告辞了。”

王老板夫妇将她们扶起。王老板喊道：“敬祥，你过来，帮忙照料月英、月萍上车。”

刘敬祥奔过来，跪下道：“爹，行李车已经装好，俺们要走了，请二老多多保重！”说着站起身，一手搂住一个小姑娘上了后边的马车，又扶月英、月萍上了马车。

刘敬祥见一切准备停当，坐上前面一辆运家具的车辕，对马车夫下令道：“起！”

随着他一声令下，前面的马车夫扬起鞭子，吆喝了一声：“驾！”三匹马顿时迈开四蹄朝前驰去。后面的载人篷盖马车也启动了。王月英、月萍和两个女孩从车窗里探出头来，向王老板夫妇和其他家人招手告别。两辆马车飞一般朝西城门驰去。

少时，两辆马车驰出西城门，只听到马鞭在空中的甩响声和马蹄声、车轮滚动声……

17

同日早晨，天津南门。葛秃子和呼延遇春带着六名保镖骑着骏马驰出南门，八人八骑沿路奔驰，经河北、山东、河南，直赴安徽颖州老家。途中，只见大片田地干裂，没有庄稼，饿殍遍地，到处是逃难讨饭的人群。葛秃子沿路施舍，有时连个饭馆也找不到，只好啃着自带的馒头。

18

数日后黄昏,烟雨濛濛的安徽颖州葛家庄。葛秃子带着众人驰入葛家庄,下了马,他与众人牵着马寻找自己的家。他找到自己的家,只见房屋已倒塌半边,一个家人也不见,葛秃子愣住了。他敲开隔壁一个老农户的门,一个老农开门迎接他。

老汉道:“四狗子,是你?你咋才回来?”

葛秃子道:“老伯,俺多年漂泊在外,不及回家探亲。今日得便回家看看,却见房屋已倒塌,俺的父母、妻儿也不见了。请问大伯,您可知俺家人的下落?”

老汉动容道:“四狗子,你回来晚了!去年闹旱灾,你家颗粒无收,你的爹娘都双双饿死了,你再也见不到他们了。”说着,老汉难过地掩面流泪。

葛秃子闻言,如雷霆击顶,站立不住,惊愣了一会儿,又问道:“敢问老伯,俺爹娘几时死的?葬在哪里?您可知俺的妻儿如今在哪里?”

老汉流泪道:“今年刚开春,你的爹娘便过世了,已入土仨月。你媳妇无钱安葬公爹公婆,把自己卖到本庄大地主葛冠卿家当了佣人,将卖身的银子买了两口棺木安葬了你父母。你父母的坟地便在庄西头的乱岗子。”

葛秃子拱手作揖道:“多谢老伯指点,俺这就去寻俺的妻子去。俺无以为报,这儿有几两银子,望老伯收下。”说着,他从怀里掏出五两银子递给老汉,老汉接银在手,道:“四狗子,敢情是你在外面发了财吧,快去救你妻女去吧!”

葛秃子对呼延遇春道:“走,咱们到葛员外家去!”一行人告辞老汉,直奔大地主葛冠卿家。

19

夜,葛冠卿家。葛秃子带着众人来到葛家庄大地主葛冠卿家。进了大院,葛秃子一挥手,手下七个人立时停住。

葛秃子对呼延遇春道:“兄弟,你让手下把马系好,都在院子里等候。”

呼延遇春点点头,嘱咐手下六个保镖出院系马去了。

葛秃子对呼延遇春道:“兄弟,你随俺走,去寻俺媳妇去。”

呼延遇春道:“得先找人问问才是。”

葛秃子点头道:“也好。”

葛秃子和呼延遇春摸索着,迎面碰上一个提着灯笼的老庄丁。

呼延遇春上前问道:“大哥,请问葛行健的媳妇在葛府何处做工?”

老庄丁道:“你是问的葛秃子——四狗子的妻女吧,她娘俩现在府上磨坊正磨面呢!”

葛秃子掏出一两银子递给老庄丁道:“多谢大哥!”说着,继续问道:“请问葛府磨坊在哪儿?”

老庄丁接过银子道:“你可是她的亲戚?磨坊就在前面,往右一拐就到。”

葛秃子道:“多谢老哥指点。”说着对呼延遇春道,“咱们往前走!”呼延遇春点头。

葛秃子与呼延遇春向前走了八九十米远，只见右手一间房里亮着灯，隐隐约约传来石磨磨面的声音。葛秃子向呼延遇春打了个手势，两人向右一拐，到了磨坊前。葛秃子轻轻推开门，两人悄悄走进磨坊。透过昏暗的油灯灯光，葛秃子看到一个披头散发的青年女人带着一个六岁的姑娘正抱着磨棍在推磨。女人拼着吃奶的力气在推着磨，六岁的姑娘边推磨边喊道："娘，俺推不动了，咱歇歇吧。"喊着喊着，那姑娘跌倒在地上。葛秃子定睛一看，那推磨的女人正是自己的老婆赵氏，只见赵氏停下来，回身抱起姑娘，哭道："儿呀儿呀，你醒醒，醒醒……"

葛秃子听到这儿，再也忍耐不住了，他一个箭步冲上去，抱起女儿，搂住老婆，大声道："老婆，老婆，是俺行健回来了啊！"赵氏瞧着女儿，又瞧瞧葛秃子，"哇"地哭起来，一头扑在葛秃子的怀里。

葛秃子紧紧抱住老婆，心酸地叫道："老婆，俺对不住你们娘俩！俺回来晚了，害得你们受苦了！"

赵氏躺在葛秃子怀里，道："四狗子，你这个冤家总算回来了，俺们的爹妈三个月前过世了，俺没有办法，到葛财主家打工，用卖身钱将咱爹妈安葬了。"

葛秃子道："娃她娘，这事俺已知道了。俺发财了，俺们带娃儿回家去吧！"

赵氏哭道："娃她爹，俺已自卖到葛财主家，咋能回家去？再说，咱们家已没了。"

葛秃子道："咱们先回家去，明天，俺就到葛财主家给你赎身，俺这里有的是银子！对了，老婆，俺问你，俺的弟弟、妹妹呢？"

赵氏悲痛道："弟弟、妹妹自爹娘死后，他们都到外逃荒去了。现在，俺也不知道他们在哪儿。"

葛秃子道："老婆，啥也别说了，咱俩带孩子今夜回家去，寻找俺弟、妹的事，明天再说。"说着，他一把抱住女儿道："老婆，俺的女儿还没起名字吧？"

赵氏道："四狗子，你离家出走后，俺就生下这女儿，至今还没起名字呢！"

葛秃子道："这都是俺的罪过。"说着，他想了想道，"女儿呀，爹也曾读过几年书，古时文人曾誉莲花出污泥而不染，你这个娃儿自小受苦受难，也罢，俺就给你起个雅名清莲吧。"

赵氏欢喜道："娃她爹，你给女儿起的这个名字真好。"说着，对女儿道，"孩子，他就是你出生至今没有见过的亲爹！孩子，你以后就叫清莲吧，快叫你爹！"

清莲躺在葛秃子怀里，眼里泪花闪闪，叫道："爹！爹呀！"她猛起身紧紧搂住葛秃子的脖子。

葛秃子双手搂住老婆和女儿，亲热地应道："哎，俺的苦难的女儿！"说着，对站在一旁的呼延遇春道，"兄弟，你把俺的女儿抱上，走，咱们回家去！"说着，他站起身来，挽起老婆走出磨坊。

20

当天夜晚,葛秃子家。葛秃子命手下呼延遇春等人在自家未倒塌的半边房子里搭起了两座帐篷。葛秃子带着妻子、女儿刚在帐篷里的床上睡下,呼延遇春便走了进来。

呼延遇春道:"葛老板,当地大财主葛冠卿求见。"

葛秃子从被窝里坐起,道:"让他进来。"

少时,葛冠卿衣冠楚楚地带着几名家人进了帐篷。

葛秃子道:"你可是当地大地主葛冠卿?请坐。"

葛冠卿拱手道:"小人不敢。听庄人说葛大人从天津远道回来省亲,恕老朽姗姗来迟,特来负荆请罪。"

葛秃子道:"葛员外,你有何罪?俺的夫人自卖到你府上,你掏出银子安葬了俺父母,使俺的父母没有暴尸荒野,俺谢你还来不及哩!你何罪之有?"

葛冠卿道:"俺拿钱安葬大人的父母,虽是实情,但俺也犯了一个大大的罪过。"

葛秃子道:"啥罪过?说说。"

葛冠卿道:"俺们同姓葛不是?令堂父母大人过世,俺出钱下葬,理所当然。俺犯的罪过是,千不该万不该让你的妻子在俺府上当女佣。这一点,请葛买办大人你多多宽恕。"

葛秃子道:"自古以来就有儿女卖身葬父之事。俺长期在外漂泊,无钱寄给家中,这是俺不孝之大过,不干员外的事。俗语云,欠债还钱。俺还得遵循孔孟之道,还你卖身钱就是。"说着,对站在一旁的呼延遇春道,"你拿一百两银票付给葛员外。"

呼延遇春当即从怀中取出一百两银票扔到葛员外脚下。

葛员外见状,连连摇手惶恐道:"使不得,使不得,赵氏回府便是,这一百两银票,小人着实不敢收,在下告辞。"

葛秃子吩咐呼延遇春:"俺累了,你代俺去送葛员外一程,送罢回来,招呼兄弟们早早安歇,明日早起你派人四处去寻找俺的兄弟、妹子。"

呼延遇春走后,葛秃子披衣下床,朝着老婆赵氏跪下,纳头便拜。赵氏慌忙下床扶起葛秃子,道:"行健,你这是干啥事,活活折磨俺!"

葛秃子道:"俺这是替咱爹咱娘磕的头,谢夫人替俺尽孝,卖身葬咱父母大人。"说罢泪如雨下。

赵氏替葛秃子擦泪,道:"夫君,快别哭了,别把女儿吵醒了。"

葛秃子走到床边,扶摸着熟睡的小女葛清莲清瘦的脸庞,深情地道:"女儿呀,你出生就遭这么多罪,爹对不住你呀!"说着又抽泣起来。

赵氏见状,欲哭无泪,上前劝道:"夫君,快别哭了,上床睡吧,啊?"

葛秃子回身跪在赵氏面前,哭道:"夫人,俺四狗子不是人,出门在外,抛家不顾，害得俺爹娘双双饿死，害得你娘俩活遭罪！俺这些罪孽，还请夫人饶恕。”

赵氏见状，也跪倒在地，对葛秃子哭道：“夫君，自你离家远走后，俺做儿媳妇的上不能养活公爹公婆，下不能抚养好儿女，致使咱的爹娘双亡，致使女儿与俺一同遭罪，俺犯了不孝大罪，俺对不住孩儿。俺自卖到葛冠卿家后，葛冠卿这个老淫贼见俺有几分姿色，就把俺强行奸污了。俺的身子现在不干净了，对不住夫君。要不是为了女儿，俺早已随爹娘去了。现在，你终于回来了，女儿就交给你明天带走吧，俺已无脸见人，你不要管俺了。”说着，她猛地站起身朝帐蓬外奔去。

葛秃子见状，忙起身追上赵氏，将她紧紧抱住，他扇了自己一巴掌，道：“老婆，这一切都不怪你，只怪四狗子无能力养活全家，致使你被淫贼奸污。这个土财主，俺今后找他算账！现在，你的夫君俺四狗子发财啦，从今后，你和女儿随俺到西北石嘴山，咱们一家再也不分开！”说罢，他将老婆抱到床上不住地亲她的嘴和脸。

21

翌日上午，颖州葛家庄庄西乱岗坟地。葛秃子带着夫人及女儿葛清莲给父母上坟。三人跪在地上给亲人烧纸钱，葛秃子长跪在地连叩三个响头。

葛秃子边叩头边道：“爹、娘，不孝儿四狗子来祭祀你们来了。俺与你们的儿媳、孙女给你们磕头，俺给二老请罪，求你们二老在天之灵保佑我们全家平安。”

赵氏边叩头边道：“爹爹、婆婆，你们不孝儿媳给你们磕头了。儿媳未尽到孝顺的职责，求二老宽恕俺。如今，行健在外发了财回来省亲，带俺们娘俩给你们上坟，求二老在天之灵保佑俺的夫君、你们的儿子在西北平安发财，保佑你的儿媳、孙女一生平安。”她祈祷罢，伏在地上痛哭。

六岁女儿葛清莲也哭祭道：“爷爷，奶奶，俺爹回来了。求爷爷奶奶保佑俺爹俺妈，保佑您们的孙女平安。”

祭祀毕。葛秃子站起身，又拱手向爹妈坟头拜了三拜，令手下人在爹妈坟头放了万字头鞭，方才携妻女回村。

22

半个月后，颖州葛家庄。鞭炮齐鸣，葛秃子家新居落成。葛家庄的男女老少齐聚葛秃子新居前，观瞻这座新落成的新瓦房。葛秃子站在新屋前接受乡亲们的贺礼，夫人赵氏身着新装给观看的人群撒喜糖。正在这时，呼延遇春匆匆走进新居。

葛秃子道：“遇春，你来得正好，俺的新居落成了。走，咱们喝杯喜酒去！”说着，要来拉呼延遇春。

呼延遇春道：“恭喜葛老板，贺喜葛老板，俺代表弟兄们一来恭贺葛老板乔迁之喜，二来报知葛老板，您的弟弟、妹妹也已找到了！”

葛秃子道：“遇春，俺的弟弟、妹妹如今在哪里？”

呼延遇春道：“俺们好不容易才打听到了，你的弟弟、妹妹如今在颖州城里给人当雇工。”

葛秃子道："啥，他们在颍州在城里当雇工？你咋不把他们接回来？"

呼延遇春道："葛大人，您的弟弟、妹妹说无颜见您，他们在城中等着您去寻他们。"

葛秃子转身对呼延遇春道："既是俺弟、俺妹不肯回来，那好，你明天到颍州城里开设一家商号，让俺弟、妹掌管！"说罢，他对呼延遇春说道，"这新房也一并交给俺弟妹掌管，过两天，咱们启程回天津！"

呼延遇春道："是，一切按老板的意思办。"

23

九月中旬的一天，颍州城。这一天，高林商行颍州分行开张，鞭炮齐鸣，锣鼓喧天。葛秃子带着呼延遇春等一干人在众人的夹道欢迎下来到颍州分行。颍州分行经理葛行远和副经理葛玉芬站在台阶上，见葛行健大步走来，忙迎上前去，亲热地喊道："大哥！"

葛秃子一把抱住弟弟葛行远，道："行远老弟，俺终于找到你们了！"说着，上前与妹妹葛玉芬紧紧拥抱，道："好妹妹，俺可找到你了！"

葛行远道："哥，你咋才回来？俺们的爹妈过世了，俺和玉芬妹妹四处要饭、打工，终于把哥盼回来了！"

葛玉芬哽咽道："大哥，你再不回来，恐怕再也见不到俺和二哥了。你可知道，你离家后咱们一家受的是啥样苦，遭的是啥样罪？"

葛秃子道："好了，过去的都过去了，都别说啥了。如今，你大哥发了财，在颍州城里开了这家商号，从此，这家商号划在你们的名下了。俺希望你们好好经营这家商号，另外，俺放心不下，特派俺的一个精明兄弟毛三来协助你们经营这家分号。"说着，对后面喊道："毛三何在？"

毛三上前拱手道："葛老板，小的在。"

葛秃子道："毛三，你跟俺一年多了吧？论经营，你的确是人才。如今，俺在颍州设立高林商号分行，这分行的老板是俺的亲弟弟和妹妹，俺委派你到俺弟妹手下做财务总监，你可乐意？"

毛三道："回禀老板，毛三唯您马首是瞻！叫俺去哪儿，俺就到哪儿，决无半句怨言。"

葛秃子道："很好！从今后，你就留在颍州城内做高林商行颍州分行的财务总监，协助俺的弟妹搞好你的差事，如有半点差池，俺唯你是问！"

毛三道："是！"

葛秃子将他拉到跟前，道："毛三，站在你面前的是俺的弟、妹，也是你的顶头上司。"

毛三对葛行远和葛玉芬躬身行礼道："小的毛三，见过二位经理。"

葛行远上前扶起毛三，道："毛三，从今日起，俺们是一家人，生意上的事，还望毛先生多多指点。"

毛三道:“请葛经理放心,关于分行经营业务方面的事,俺毛三敢不尽心卖力?”

葛玉芬道:“毛三,你既如此说,俺和二哥信得过你。经营上的重大决策,请你以后多多参谋,行里的一些琐碎业务,还要请你代俺和二哥多操心。”

毛三道:“这个自然,毛三定誓死效命。”

正在这时,一个分行职员前来向葛行远报告道:“禀报经理大人,颖州知州带着一批官员前来祝贺!’

葛秃子对其弟葛行远道:“父母官来了,快请他们到客厅叙话。”

葛行远道:“大哥,俺平时见的世面少,请老哥看在兄弟情分上,代弟陪客!”

葛秃子道:“那好,你快快吩咐下人,快请知州大人到客厅叙话。”说着,葛秃子信步走下台阶。

葛秃子刚走下台阶,只见一群官员簇拥着一个五品官员向他走来。

葛秃子快步上前道:“在下葛行健,恭迎知州大人!”

知州微微一笑,道:“足下莫不是英国怡和洋行大买办、高林商行总经理葛行健?久仰久仰,本官今日得知您的分行在本州城内开业,特来拜会。”

葛秃子道:“知州大人光临敝分行,实在是葛某的造化。还望老大人看在同乡的份上,多多关照。请大人到客厅叙话。’

知州道:“俺们颍州出了个鼎鼎大名的洋买办葛行健,名震幽燕。今日得识葛大人,乃本州士民万分之荣幸。葛大人请。”

葛秃子道:“知州大人请。”一番寒暄过后,葛秃子带着呼延遇春等人将州里的官员迎入客厅坐下。葛秃子吩咐下人看茶,少时,几名年轻侍女端上茶水,递给知州大人及州里一应官员。

知州道:“欣闻葛大人乃本州葛家庄人氏,此事确实否?”

葛秃子道:“正是。”

知州道:“俺听说葛大人少年时曾读过不少孔孟圣贤之书,也曾应过几回科考。俺不明白,为啥像你这般经世致用的人才不被录取?真是令人遗憾。”

葛秃子道:“正如知州大人所说,葛某年轻时确也读过不少诗书,对于孔孟圣人之说也领略一二。可惜在下时运不济,故每次参加乡试均名落孙山,至今仍是一介秀才寒士而已。说出来,贻笑大方。”

知州道:“哎,此事葛大人不必介意。若论起科举考试弊端,本官也颇有一些看法。如每届乡试均试生员八股、策论,中举者多系死记硬背孔孟经书之人,其实,这许多人往往俗不可耐,不及葛大人通经济之万一。如今,李鸿章大人力倡洋务,治经济,师夷长技以治夷。下官以为,这才是治国的宏韬伟略。这方面,葛大人身体力行,充当中国经济振兴的马前卒,实在是令下官钦佩。”

葛秃子道:“蒙知州大人抬举,在下实在不敢当。就目下而言,在下只不过替洋人跑跑腿,在大西北贩运了几趟羊毛而已。这些小作为,充其量不过是谋生的小勾当,谈不上是啥治国的宏韬伟略,仅此而已。”

知州道:“葛大人过谦了。就全国形势而言,洋务运动方兴未艾。上海、天津走在全国的前列,俺们颍州处于内地,地瘠人贫,消息阻塞,与上海、天津难以相比。但形势愈是如此,俺们愈是要迎头赶上。咱颍州工业不振,商号不多,葛大人在敝州带头设立商号,此乃咱安徽籍人士共誉之大事矣。这种办实业的精神彪炳乾坤,令下官汗颜。今后,葛大人的商号在颍州城内如遇到啥困难,尽可随时找本官言明,本官当予以贵行大力支持。这一点,请葛大人放心!”

葛秃子拱手道:“有知州大人这句话,俺葛某就多谢了。过几天,俺要带人离开这里重返天津,再回到大西北,这里的商务活动由俺弟弟葛行远负责,还须知州大人多加栽培、关照。”说罢,葛秃子唤过弟弟和妹妹一一与知州大人引荐,“这位是俺的亲弟葛行远,这位姑娘是俺的亲妹葛玉芬。”

知州点头道:“葛大人,令弟与令妹果然是一表人才,很好,很好。”

葛秃子道:“知州大人,俺就把舍弟舍妹留在颍州了,万望知州大人照应。俺这里有纹银一百两孝敬知州大人,万望大人笑纳。”说罢,从怀里掏出一百两银票递给知州大人,又拿出十张十两的银票分发给在座的其他官员,“这是俺的一点小意思,请各位父母官笑纳。”

知州与众官员喜眯眯地接过银票。知州大笑道:“哈哈,葛大人果然是仗义疏财之士,出手不凡。下官恭敬不如从命,就不再礼让,多谢了!”说着,他扫了众位官员一眼,众位官员一起拱手谢道,“多蒙葛大人抬爱!”

葛秃子道:“这是哪里的话?葛某烦请各位大人将俺的弟妹看成是自家人,今后少不得有事烦劳各位,不知各位大人愿意相帮否?”

众官员道:“一定,一定!”

知州起身拱手道:“葛大人,今日贵行分行开业,下官率各位官员特来道贺!因公务繁忙,就不再打搅了,告辞!”

葛秃子也站起拱手道:“多谢知州大人和各位父母官光临敝行,在下就不远送了。请!”说着,他与弟、妹、呼延遇春将知州和一应官员送到廊下,双方拱手而别。

24

十月上旬,一日天明,葛家庄。庄西的小路上,葛秃子骑着马,赵氏和女儿清莲乘着一辆马车,带着呼延遇春一行十余人离开了葛家庄,直奔庄西坟地,下马。葛秃子令人在自家爹妈的坟头摆好香案,点上蜡烛、红香,放了一大挂长鞭,葛秃子下马,从马车里扶出夫人赵氏和女儿葛清莲,三人跪在坟前行三拜九叩大礼。礼毕,葛秃子把女儿抱起,翻身上马,呼延遇春扶持赵氏上了马车,随即翻身上马。

葛秃子下令道:“走,咱们回天津!”说着,他猛地一扬鞭,骑着马冲到了前面。呼延遇春骑在马上,护卫着马车,跟着葛秃子策马飞奔起来。马车的后面,是五名骑马的保镖,人人腰佩刀剑,威风凛凛。葛秃子带领一行十余人在回天津的路上急驰,驰过荒芜的平原,驰过山峦起伏的山岗,驰过河流上的桥梁,驰入天津南门……

第八季：针尖对麦芒

字幕（画外音）：俺爷爷的爷爷从石嘴山往天津运了两趟羊毛，赚了十余万两白花花的银子，一下子就发了。怡和洋行经理亨利先生对他格外器重，让他当了洋买办在石嘴山建立了高林商行。这一次，俺爷爷的爷爷带着人马第一次回安徽老家省亲，不仅救出了俺爷爷的奶奶，还在当地颍州开设了洋行分号。他此次南归可谓荣归故里，他的生意正做得红火之时，不想他回到石嘴山，受到一次意外的打击……

1

1884年10月底的一天早晨，寒风凛冽。葛秃子带领十余人的队伍骑马奔出天津西门，队伍中间奔驰着一辆马车，葛秃子的夫人赵氏和女儿葛清莲坐在车内。葛秃子精神抖擞，归心似箭，他不断地扬鞭策马，嘴里连声喊“驾”！

2

几天后的黄昏，葛秃子带领十余人马奔驰在内长城驿道上。呼延遇春挎着腰刀骑在马上奔驰，带着随从紧紧护卫马车两旁。驿道上响彻马蹄的嘚嘚声……

3

一月后的早晨，葛秃子带领人马驰入绥远城，众人牵马进入黄河客栈……

数日后黄昏，葛秃子带领人马驰过五原黄土高原……

4

十二月下旬的一天黄昏，石嘴山。葛秃子带领人马风驰电掣一般回到黄河岸边的高林商行，众人翻身下马，赵氏携女儿葛清莲也下了马车。葛秃子下了马，见高林商行大门上贴了封条，大院前冷冷清清，不禁愣怔住了。正在这时，保军从大院侧门奔出来，一见到葛秃子张嘴便哭，边哭边骂道：“驴日的，囊怂，婊子操的，他们不讲义气，良心都叫狗吃啦！”

葛秃子生气地说：“呼延兄，你让人把门上的封条撕了，咱们先进大院再说！”

呼延遇春答道：“是！”说着便大步上前将门上的封条撕了，保军上前开了门锁，将大院门打开，葛秃子抱起女儿，携夫人进了大院，来到自己的屋里。葛秃子将家人安顿好，便对门外叫道：“保军，你进屋来，俺要与你说话。”少时，保军安顿了众人，便走进葛秃子的会客室。

葛秃子坐在椅子上,问道:“保军,家里到底出了嘛事?你慢慢说。”

保军生气地道:“赵文通和刘敬祥这两个狗怂串通好了,说咱们商行开张不合大清律令,没有到县衙申报备案,就派人把咱商行给封了,还把咱库存的羊毛和皮张全部用车拉走了。我去找他们讲理,他们还把我揍了一顿,你看,脸上的淤血还没有消呢!”

葛秃子闻言,气愤填胸,但仍镇定地问道:“那任有道呢?干吗去了?”

保军道:“他在平罗县城监狱里呢。”

葛秃子猛吃一惊,道:“他犯了何罪?”

保军道:“还不是得罪了周令杰,让人家把他告了!”

葛秃子道:“那现在谁是主簿?”

保军道:“现在的主簿是周令杰。就是他和赵文通、刘敬祥两个狗怂合穿一条裤子,又串通娄知县,就把咱们的商行封了。如今,全平罗县只许新泰兴一家商行开张,周令轩的谦益元商号也改收羊毛和皮子了,任谁想卖羊毛,都得经过周令轩的谦益元商号。咱们的毛户,都叫新泰兴收了,他们还派人到河东和左旗设外庄。周家那两个老婊子,光他妈吃过水面就发球了!”

葛秃子又问道:“那老苟呢?”

保军把嘴一撇,道:“他?他的沟子紧,哪敢放个屁!他上次瞒着老赵往羊毛里掺假吃了独食,老赵恨他,连个屁也不让他闻,还说他是任有道的同党。老苟吓得求人说情,花了不少银子调到平罗营里去了。”

葛秃子问道:“那咱们的人呢?”

保军骂道:“全是他妈的白眼狼,早散球了,都让新泰兴招去了。”

葛秃子闻言,半天不吱声。这时,呼延遇春走进来,请示道:“葛老板,你准备咋办?”

葛秃子沉吟一会儿道:“看来事情很糟糕,俺们不能急躁。现在的当务之急,是要把任有道救出来,把周令杰赶走,然后,再慢慢与刘敬祥和赵文通两个狗怂算账!按说,周令杰与俺无怨无仇,他为啥下这样的狠招呢?”

保军道:“还说无怨无仇呢,咱们商行开张时节,你给周令杰的银子全让任有道给截住了,再加上刘七把周令杰的丫头给奸淫了,罗斯又是你引来的,他还不恨你?”

葛秃子闻言猛一惊,道:“有这等事?这个尿壶俺操,纯粹是他娘的财迷心窍!刘七那个贼娘养的,俺第一眼见他就不喜欢他,果然惹下了大祸,罗斯和玛丽咋样了?”

保军道:“刘七不认帐,周令杰的女儿也死了,死无对证。不过,周令杰已下令,石嘴山任谁也不许去教堂念经。罗斯和玛丽无法,只好把刘七撵走,自己到下营子去设教堂了。”

葛秃子道:“那周令杰就不管了?”

保军道:“他是想管,可管不了,下营子又不归石嘴山管,罗斯手里有京城衙门里的公文,娄知县也不敢过分逼他,睁一只眼闭一只眼罢了。”

葛秃子道:“那任主簿的夫人和孩子们呢?”

保军道:“被任主簿的朋友包天容接到平罗去了。”

葛秃子道:“这包天容是何许人?”

保军道:“听说,他是县城里隆昌客栈的老板。”

葛秃子长叹一声道:“这个人倒是讲义气的。”说着,对保军和呼延遇春嘱咐道,“咱们远途归来,今天大伙都累了,你们俩去招呼众人安歇。明天起早,保军随俺到下营子去看看罗斯和玛丽,营救任主簿的事,待俺从长计议。”

保军和呼延遇春拱手道:“是。”说着,两人退出葛秃子的客厅。

5

翌日清晨,高林商行大院。一大早,保军从马厩里牵出两匹马,给两匹马套上龙套,搭上马鞍。这时葛秃子拖着长辫子,一边扣着西服一边走出屋,从保军手里接过一匹枣红马的缰绳,翻身上马,喊了一声“驾!”便催马奔出大院,沿着去下营子的山道奔驰起来。保军也飞身上马,连喊两声“驾驾!”策马跟在葛秃子的马后,两匹马一前一后地沿着山道奔驰。一会儿,两人骑马飞奔到贺兰山下明长城脚下的下营子。葛秃子举目一望,一座崭新的尖顶教堂耸立在面前,罗斯和玛丽正在教堂大院里散步。葛秃子与保军催马驰进大院,在罗斯面前翻身下马。罗斯见来人是葛秃子,高兴地张开两臂扑过来,与葛秃子紧紧拥抱。

罗斯兴奋地道:“亲爱的密斯特葛,你终于回来啦,我的朋友,你现在好吗?”

葛秃子回答道:“密斯特罗斯,俺回来啦,很好。”说着,又走过去与玛丽拥抱。

玛丽道:“亲爱的密斯特葛,很对不起,我们离开石嘴山,事先没有跟你商量,这一切都是因为刘七。”

葛秃子对罗斯道:“不管刘七是否做了那件事,都是不能原谅的。你作为神甫和他的老师,是有责任的。”

罗斯道:“我理解中国人的感情,中国女子将贞操看得比自己的生命都还重。但那个女孩和刘七是真正相爱的呀,两个相爱的人发生性关系,是可以原谅的。”

葛秃子气愤愤地道:“孬,老罗,你大错特错了。周令杰的女儿不可能与刘七有感情,肯定是刘七欺骗了她,俺以上帝的名义保证!”

罗斯严肃地道:“密斯特葛,你说这话是有罪过的。你不得亵渎万能的主,愿神饶恕你。”

葛秃子生气道:“人家一个好好的女娃子叫你们给害了,你他妈还说俺有罪过?你的上帝要是这样混蛋,俺就不该把他带到石嘴山来!包括你们俩!”

玛丽道:“亲爱的密斯特葛,你是我们的好朋友,罗斯的意思不是伤害你。”

葛秃子大声道:“那么,他伤害了谁!你们要这样子传教,早晚会有一天倒霉的!”说罢,他拂袖上马而去。罗斯和玛丽在后面紧紧追赶,葛秃子骑马奔驰,连头也未回。

保军驱马赶上了葛秃子,道:“老哥,你这是何必嘛,你来是商量事的,怎么跟人家吵了起来?”

葛秃子没有言语,扬鞭催马,马像脱弦的箭飞了出去……

6

当天晚上,石嘴山镇公署。刘敬祥、赵文通来到镇公署,听说葛秃子回来,与新任主簿周令杰商量应变对策。

周令杰道:“葛秃子此次回来绝对不会善罢甘休。我们不可能彻底地将他赶走,只是得让他知道,要想在石嘴山正常开展商行业务,就得与我们搞好关系。”

刘敬祥道:“不管咋样,他的损失已经造成,咱们已经把河东、河西的毛皮市场占住了,把他的人马也拉了过来。既然目的已经达到,俺的意见是咱们见好就收,还得去哄哄他,他背后毕竟有怡和的大老板,要是做得太过分了,那洋人和梁彦青的广东帮也不是好惹的。”

赵文通道:“咱们这一回把他葛秃子日鬼的不轻,你去见他,他不咬你才怪哩!”

刘敬祥笑道:“这你就只知其一,不知其二了。老葛这个人有个弱点,死要面子活受罪,还好讲个义气。俺们和曹阿瞒都是老乡,他的做法却与曹操的做法相反,宁愿天下人负我,我不负天下人,大傻逼一个!不然,他咋会自己还没发财,却先帮俺发了?哈哈哈哈!”

三人都大笑起来:“哈哈哈哈……”

赵文通笑罢,建议道:“那就依刘老弟所言,咱们请他吃顿饭吧。”

周令杰道:“这个办法也可,一来压压他的火气,二来咱们与葛秃子趁此缓和一下关系,不要与他太生分了嘛。”说着,对门外一衙吏呼道,“来人!”

一衙吏闻声进屋,对坐在炕上的周令杰纳头便拜道:“小的在,主簿大人有何吩咐?”

周令杰拿起一张名贴吩咐道:“你拿我的名贴去知会高林商行葛老板,就说今晚我设宴请他,给他接风。”

衙吏道:“是。”说着上前接过周令杰的名帖,退出公署。

当晚,高林商行。葛秃子坐在办公室里,接过石嘴山公署衙吏递交的名帖,他仔细看着名帖,没有马上表态。

保军反对道:“这几个驴日的是黄鼠狼给鸡拜年,肯定没安好心。这顿饭,葛老板不能去吃。”

呼延遇春反对道:“去,咱们要稳住他们,给他们摆个迷魂阵,不能让他们摸清咱们的真实想法,才能争取时间,早日开张。你要是不去赴宴,会引起他们的警觉,那样就不好了。”

葛秃子道:“呼延兄言之有理。俺以为,今晚人家来请俺赴宴,可能他们另有打算。俺去正好摸个底。现在,俺还不能与他们决裂,要想法子稳住他们。”说着,葛秃子起身下炕，对保军、呼延遇春道："两位兄弟，俺去石嘴山公署赴宴，你们两位在家护好大院，不得让无关人等随意出入。"

葛秃子走出屋外，保军与呼延遇春拱手相送："若是没有啥事，老板您就早去早回。"

7

当日晚，葛秃子从黄河大堤上走下来，直奔石嘴山公署。周令杰与赵文通、刘敬祥在公署门口迎接，见葛秃子一人来到，周令杰上前道："行健老兄，俺们可把你盼回来了，快，屋里请。"

葛秃子强压怒火，挤出一脸笑容道："士别三日，当刮目相看。葛某万万没想到，未出半年，周大人就高升主簿，威震一方了。"

周令杰笑道："托葛先生的福，在下暂就此职，也是为了安定一方百姓，不得已而为之。"赵文通和刘敬祥在一旁陪着笑。

葛秃子见状，对刘敬祥骂道："姓刘的，你这个贼娘养的，把俺的人员招走，偷去俺的毛皮，占有市场不说，你还竟敢把封条贴在俺的商行门上，想赶尽杀绝，你以为你的阴谋能得逞吗？"

刘敬祥闻言，不予理睬，大笑不止。

葛秃子又骂道："你他娘的笑个熊，你得意了，是吧？"

刘敬祥回敬道："四狗子，俺就知道你会这样说。算了，俺不跟你一般见识，还是到屋里让主簿大人跟你解释吧。"说着，几人拉着葛秃子进了公署。

公署内已摆好一桌酒席，大家落座。周令杰亲手把盏，为葛秃子斟酒，然后举杯道："周某做事不周，多有得罪，来，葛兄，我敬你一杯，先干了。"说着仰脖一饮而尽。

葛秃子端着酒杯不动，冷笑一声道："周大人，赵大人，今日这酒，得有个说法，俺才喝呢。"

赵文通道："葛兄，咱们不是第一次打交道了。你是个爽快人，我就跟你明说了吧。任有道是你的同年，你来石嘴山白手起家，也是他鼎力相助。我与你虽无旧情，但看在老任的面子上，对你也还够意思吧？可你是咋样对待我的呢？你一百斤羊毛二两银子赊的账，到天津每百斤卖了二十两银子，对吧？但你却说每百斤只卖了五六两。我置国法于不顾，给你免了税，又借给你钱做路费，结果只得了一百两银子。这难道就是你的仗义吗？"

葛秃子闻言一惊，他明明给了任有道三百两银子啊，看来又叫任有道把银子截下了。这个狗日的任有道，他妈的见钱眼开，落了个众叛亲离，打入牢狱，活该！他没有吱声，任凭赵文通数落。

赵文通道："你既然不仁，也就别怪我不义。我跟刘老板合作，也是事出有因。至于你的商行被封，人员离散，毛皮受损，你也冤枉了我们。"

周令杰接着道："是啊，给高林商行贴上封条，也是我们的一番好意。我们是怕你屋里面的东西受损失,被小偷和强人抢了,才出此下策的。这样一来,谁还敢乱拿你屋里的东西?”

葛秃子大笑道:“哈哈!闹了半天,俺是狗咬吕洞宾,不识好人心了?”

刘敬祥道:“谁说不是呢?那个任有道就是条疯狗,乱咬人,才人人喊打的!”

赵文通道:“葛老板,我们也已经为你想好了,你继续在石嘴山把商行开张起来,但外庄你就不要再设了,收毛的业务,由新泰兴和谦益元代你办理,你看如何?从高林商行拉走的皮毛,我按你的收购价付给你,至于税收嘛?咱们也好商量。”

葛秃子道:“赵大人,俺那几万斤羊毛,就等于白给你们收的啦?俺再问你,你还收不收新泰兴的税呢?”

刘敬祥道:“高林商行的库存连同你上次借给俺的羊毛和皮张,这次一块算,羊毛按每百斤二两银子,皮张按一张八两银子,总共是两千三百两,零头,俺看就不必了吧?俺先付你一千两,剩下的一千两等俺从天津回来,就全数付清。”

葛秃子两眼冒火道:“你这个狗日的,也太狠了点,那可是三万两银子的货!”

刘敬祥道:“甭管多少呢,就这么着了,算你帮了俺的大忙,俺承你的情还不行吗?你要是真不要,这两千两银子就先挂在帐上,算俺欠你的。”

葛秃子道:“你今天就把两千两银子付给俺,咱们一笔勾销!”

刘敬祥击掌道:“好,痛快,来,俺敬你一杯!”

葛秃子未理他,问赵文通道:“新泰兴纳不纳税?”

赵文通道:“新泰兴是洋行,天津条约有规定,洋行在内地的买卖,只交落地税,所以新泰兴的税是到天津才收的。”

葛秃子道:“那俺的高林商行难道就不是洋行么?”

赵文通道:“你的商行是洋行不假,但你是中国人呀,而且,你并没有到县里申请登记,所以,不好按洋行的规定办理吧?”

葛秃子指着刘敬祥道:“那他呢?他也是个纯粹的中国人,一点杂种也没有,咋就成了洋人呢?”

刘敬祥跳起来道:“俺日你娘,秃子,你他妈的骂谁呢?”

葛秃子也站起来,把酒杯一摔,道:“俺他妈的就骂你呢!你能把老子的球咬了去?”

周令杰赶紧站起来,拉开他俩,道:“息怒,息怒,两位老板都冷静一点,有话好商量嘛。这样吧,葛老板,你赶紧把有关的手续都备齐了,先报镇公署,由兄弟我审查了,再帮你上报县里审批。你目前就可以重新开业,不受影响。至于税收,既然是为洋大人办事,咱们应按条约办事,免了,你看如何?”

葛秃子肚子要气炸了,但他又举起一个酒杯,道:“就依主簿大人的意思吧。来,喝他娘的。”各人端杯,一饮而尽。

葛秃子喝完酒,站起拱手道:“多谢主簿大人盛宴邀请,葛某告辞了。”

周令杰道:“葛兄,请慢走。”三人站起,一直送葛秃子走出镇公署大门。

8

1885年元旦,当夜,高林商行葛秃子住所。葛秃子烧了一锅烟,一边吸一边提着毛笔给亨利先生写了一封信。写罢,他唤呼延遇春进屋,对他道:"呼延兄,你这一阵子多有劳动,委屈你了。可眼下这件事比俺的生命更重要。这封信你必须尽快送给天津的梁彦青先生,请他转交亨利,能否救出任有道,官复原职,在此一举。俺考虑再三,此事非你去办不可,只好辛苦你一趟了,一切等你回来再说吧。"

呼延遇春道:"葛老板,你说哪里话来?士为知己者死,俺乃一介武夫,能遇见你,是俺的福分。为了您,上刀山,下火海,俺呼延遇春在所不辞。你就只管放心吧!"说罢,他上前接过书信藏于胸襟,便要告辞启程。

葛秃子拦住呼延遇春,道:"且慢,如果呼延兄不嫌弃,俺与你就此结拜为兄弟,你看咋样?"

呼延遇春回身,道:"如此,俺就高攀了。"

葛秃子道:"您不必过谦,要说高攀,是俺高攀了您,你可是有功名的人呀!"

呼延遇春连连摆手说道:"再莫要提起功名这事,提起就羞煞人也。俺糊里糊涂地为人家卖了半生性命,结果落得个做土匪贼寇的下场。"

葛秃子吩咐道:"来人呀,摆起香案,俺要与呼延兄义结金兰!"手下人闻言,忙进屋支起了香案,点燃了红烛、香火,葛秃子与呼延遇春互换了庚帖,双双跪倒在地。

葛秃子对香案拜了三拜,盟誓道:"俺葛行健与呼延遇春自此结为异姓兄弟,不冀两人同年同月同日生,但愿同年同月同日死!"说罢,他接过手下递来的一碗鸡血酒,一饮而尽。

呼延遇春跪着盟誓道:"俺呼延遇春自此与葛行健结为异姓兄弟,不冀两人同年同月同日生,但愿两人同年同月同日死。"发过誓,他接过一碗鸡血酒,仰脖一饮而尽。

葛秃子见状,站起来扶起呼延遇春道:"呼延兄,刚才俺看你的庚帖,俺比你小两岁。从此,俺为弟,你为兄。"

呼延遇春道:"贤弟,愚兄枉长你两岁。自此后,俺们是亲兄弟,你的事就是为兄的事!请放心,俺明天带两个弟子上路去天津,确保万无一失!"

葛秃子道:"好!今晚,兄长早些安歇吧,明天清晨俺亲自送你启程!"

呼延遇春拱手道:"贤弟,告辞了!"说着,退出葛秃子的房间。

9

翌日早晨,黄河码头。呼延遇春带着两名弟兄,三人三骑挺立在码头上,向着葛秃子拱手道:"贤弟,俺们走了,请回吧!"

葛秃子与保军站立拱手。葛秃子道:"呼延兄,祝您一路平安,早日归来。"他的话音未落,呼延遇春一勒马缰,掉头向东扬鞭策马急驰而去。他身后紧跟着两名骑马的弟兄。

葛秃子和保军目送呼延遇春背影许久,方才回到屋里坐下,忽听得院子里传来马蹄声。不一会儿,呼延遇春大步走进屋来。葛秃子一惊,忙起身相迎道:“仁兄为何回来了?”

呼延遇春走到他身边,悄声道:“临行匆忙,差点误了大事。”

葛秃子一愣道:“啥事?”

呼延遇春道:“俺忘了对你说,俺那个把弟陈万秋自从跟刘敬祥先回石嘴山,近来变化很大。他整天跟刘敬祥泡在一起,俺准备找他谈谈,现在来不及了,你得提防着他点。”

葛秃子道:“俺以为是啥事哩,他一个粗人料无大碍。”

呼延遇春道:“别的也没什么,俺只是担心他发现俺不在了,会告诉刘敬祥,反为不便。”

葛秃子点头道:“俺明天便带他去青海收毛,俺顺便就在兰州省城等待你的音信。你告诉梁大人,如果活动完毕,就派人到兰州天客隆大旅店找俺。”

呼延遇春道:“如此甚好。”说罢,他双手一拱道,“贤弟,俺们就此告辞了,兰州见!”话未落音,人已出屋,只听一阵马嘶声,三人三骑奔出高林商行大院门急驰而去。

送走了呼延遇春一行三人,葛秃子回到屋里躺下,松了一口气,默默地抽起了大烟。少时,保军也跟了进来,脱鞋上床,躺在床上抽起了大烟。两人都不言语。

保军发话道:“老哥,呼延大哥办事挺周密,他担心陈万秋会出事,我好好想了想,最近也听到一些关于陈万秋的一些只语片言,越想越觉得这人咱信不过。”

葛秃子道:“啥事?”

保军道:“最近,我听刘敬祥的手下人说,自从上次陈万秋跟随刘敬祥回到石嘴山,两人打得挺热乎。据说,刘敬祥为了拉拢陈万秋一同到石嘴山,就给了陈万秋五十两银票,刘敬祥看上了老鸨黄河蜜,也为陈万秋介绍了黄河蜜的干妹子小揪面。”

葛秃子道:“此事当真?”

保军道:“一点不假。看来,陈万秋这个狗日的忘恩负义,真的上了刘敬祥的贼船。老哥,你可不得不防。”

葛秃子点头道:“知道了。明天上午,你把陈万秋等人召集到俺这屋里来,商量去青海收毛皮的事,下午就出发!”保军道:“是。”

10

翌日上午,高林商行葛秃子办公室。办公室里,葛秃子和几个去青海收毛的员工坐在那儿,等人员到齐。一会儿,保军带着陈万秋走进办公室。

陈万秋找个板凳坐下,向屋子里扫了一眼,问葛秃子道:“葛老板,我大哥呢?”

葛秃子道:“罗斯神甫要到凉州教会述职,呼延兄带人护镖去了。”

陈万秋半信半疑道:“这事为啥不告诉我一声?”

葛秃子道:“因为走得急,当时派人到处找你,却不知你到哪里去了。”

陈万秋脸一红,没有言语。

葛秃子道:“现在,人到齐了,咱们开个短会,俺决定到青海去收毛皮,请各位准备行装,备好马匹,今天下午就出发。”陈万秋坐着,低头不吭声。

葛秃子道:“陈老弟,这次到青海去收毛皮,你有啥想法?”

陈万秋道:“青海那儿我去过了,骑马走上十天半月也不见一户人家,能收多少毛?到时恐怕连运费也收不回来。”

保军道:“二哥,你闹清楚谁是老板,叫你去你就去,哪来这么多废话?!”

陈万秋瞪了保军一眼道:“我不去又咋的?”

保军火道:“你是洋行雇的镖师,你不去,就收拾行李走人!”

陈万秋站起身来,叫道:“老子还真的不干啦!”

葛秃子拦住他道:“陈兄,你说清楚,到底是咋回事?你不想干了,也可以,但你得等呼延兄回来跟他说说吧?”陈万秋闻言,又一屁股坐了下来。

葛秃子道:“你是不是有啥难处?你就直说好了。至于镖银,好商量,一天俺付你一两银子,咋样?”

陈万秋不得已应道:“我出去料理一下杂务,过两个时辰就来。”说着,他起身出了门,直奔新泰兴商行。新泰兴商行离高林商行不远,陈万秋转眼就进了新泰兴商行大院。他走进刘敬祥的办公室,刘敬祥正在桌上写着家信,抬头见陈万秋进来,客气地道:“陈二哥,请坐,你来找俺有啥事?”

陈万秋闷闷不乐道:“也没啥大事,刚才,葛秃子把我叫去开会,让我陪他到青海去收皮毛。我不愿意去。”

刘敬祥沉吟半晌,道:“俺考虑,你应该去。你跟他去青海,一来对他是个监视,二来看他都在啥地方收毛,毛皮市场咋样?然后,咱们也去那里设置外庄收毛,这等于是他出银子为咱考察去了,一举两得,何乐而不为呢?俺随后也要到府城和兰州,你半个月后到兰州天客隆大旅客找俺。”

陈万秋闻言,点头道:“那我就去了。”说罢,转身要走,刘敬祥喊住他,从银箱里摸出一张五十两银票递给他,说:“你这一去,怕不得几个月才能回来。小揪面那儿,你要去道个别。你放心,等你回来,俺就为你们把亲成了。”

陈万秋感激涕零道:“刘老板,您的大恩大德,我陈万秋永志不忘。”

刘敬祥起身走到他身边,拍拍他的肩膀笑道:“咱们都是自家弟兄,你也不用客气,只要你跟着俺,俺保你发财富贵。”

陈万秋点了点头,走出了新泰兴商行的大院。

11

陈万秋走了以后,葛秃子对余下的人说道:“你们几个都回去准备准备行装,下午咱们就出发。”接着对保军道,“保军兄弟,你留下来,俺跟你商量个事儿。”

其他人陆续走出房间。葛秃子道:“保军兄弟,这回俺带人去青海收皮毛,你就不要去了。”

保军站起道:“老哥,这是为啥?”

葛秃子道:“你坐下,听俺慢慢给你说。这次留下你,主要是俺身边没有更重要的人,留你下来,替俺坐镇石嘴山,有啥事也好应付。你肩上的担子不轻呢,还有你嫂子和侄女的安全也都交给你了。你在石嘴山人熟地熟,好跟他们周旋。等渡过这道难关,你就是咱高林商行的头号功臣。到时候,俺在天津给你成个家。”

保军摸着脑袋笑了,道:“老哥,你就放心吧,那几个狗怂,我不怕他们,羊毛我照收,看谁能把我的球毛拔了?”

葛秃子用手指点了点他的头,道:“遇事你可不能蛮干,要动动脑子。尽量忍着,一切等俺回来再说。千万注意,羊毛可以不收,你嫂子和清莲可不能出差错啊!”

保军道:“这事,老哥就放心吧。”

葛秃子道:“你再去给俺找个帮手,俺一个人怕到时分不出身,陈万秋他们又不敢用。”

保军想了一下,道:“老哥,有个人,你还用他不?”

葛秃子道:“是谁?”

保军道:“张学文。”

葛秃子道:“他不是投到刘敬祥那儿去了吗?”

保军道:“那你不管,你要还用他,我就把他喊来。”

葛秃子道:“他愿意吗?”

保军道:“他个狗怂敢说半个不字,我就叫他嘴歪眼斜。哼,要不是我同意,他能到那儿去吗?实话告诉你吧,他是我安插在新泰兴的眼线。”

葛秃子大为惊奇,把保军看了半天,一拍巴掌道:“好!真没想到,你这个粗人也会用计谋了。你马上去把他叫来吧!”

保军闻言,喜道:“真的?”

葛秃子道:“真的,你快去叫张学文来吧!”

保军快乐地答应道:“哎!”说着,起身奔出门,走出高林商行大院,一会儿,来到新泰兴商行。他走进新泰兴商行大院,见张学文正跟着几个人在闲聊,便上去拉他道:“张学文,你跟我来,我有事找你。”说着,不由分说将张学文拉出大院外。

张学文莫名其妙道:“五爷,你今天来找我,到底有啥事?”

保军道:“你还记得到新泰兴之前,我对你说的啥话吗?”

张学文道:“叫我当眼线呀!”

保军道:“你看五爷值得你信赖吗?”

张学文道:“谁不知道你五爷在石嘴山说一不二的能耐?我服你,骗你是狗怂。”

保军道:“好!你还信赖五爷就成。眼下,五爷让你干一桩事。”

张学文道:“啥事?”

保军道:“如今葛老板不记仇,很信任你,让你回高林商行,他要亲自带你去青海收毛!明白吗?干好了,让你当外庄!”

张学文道:“真的?我马上回高林商行,跟葛老板干!”说着,又对保军道,“这事要不要跟刘老板打个招呼?”

保军一挥手道:“打个球!你走你的,有嘛事我会办的。记着,跟我老哥出差,一要保护他的安全,二要把青海的羊毛都收回来。”

张学文道:“是,一切我都听老哥的!”说着,两人急急赶回高林商行。

12

中午,高林商行大院葛秃子家。葛秃子的老婆赵氏正替葛秃子收拾行装,女儿葛清莲抱着葛秃子的双腿一个劲地哭着叫唤:“爹,带俺去吧,带俺去吧,你不带俺去,俺就不准你走!”

葛秃子抱起女儿道:“娃,听话,大人出外做事,你跟着去叫爹咋干事?乖,你留在家里陪着你妈,爸这次回来给你带许多许多好吃的东西回来给你,啊!”

葛清莲仍在他的怀里哭道:“俺不嘛,俺不嘛……”

正在这时,保军带着张学文走进葛秃子的家。保军见状,对葛秃子道:“老哥,张学文回来了,你把清莲交给我,有啥事你就直接向张学文交代吧!”说着,从葛秃子怀里接过葛清莲,“清莲,来,叔叔抱!”

葛清莲在保军怀里挣扎道:“俺不要嘛,不要嘛,俺要俺爹!”

保军哄道:“娃子,下午叔叔陪你到黄河上去坐羊皮筏子玩,好不好?坐羊皮筏子可好玩啦!”

葛清莲转哭为笑:“大人说话不准撒谎!来,俺跟叔叔拉钩!”

赵氏赶过来,叫道:“莲子,快下来,别把叔叔的衣服弄脏了!叔叔答应陪你去玩,还拉啥勾钩”

保军一边放下清莲,一边笑道:“来,莲子,拉钩就拉钩!”说着伸手与清莲拉钩。拉完钩,保军道:“走,莲子,咱们到黄河坐皮筏子玩去!”葛清莲高兴地对葛秃子和赵氏道:“爹,娘,俺跟保叔叔到黄河边玩去了!”说着拉着保军的手往院子外跑。

葛秃子看着保军引女儿出门去了,便转身对张学文道:“学文老弟,许久不见了,俺挺想你的,这次叫你回来陪俺到青海去收毛,保军都给你说了吧?”

张学文道:“都说了。葛老哥,感谢您对我的信任,这次我从新泰兴回高林,连招呼也没跟刘老板打一个,从此,我张学文生是高林商行的人,死是高林商行的鬼!我跟你跟定了。你老哥叫我往东,我不会往西。有啥事,你就交代吧,我尽力去做。”

葛秃子欣喜道:“好!是条好汉,不是孬种!这次你随俺到青海收毛,眼睛和脑子都放机灵一点,毛要收好,人要看好,一路上要替俺小心在意,懂吗?有事直接向我禀报！"

张学文道："行，出外收购皮毛，我在高林商行也搞过几回，生意上的事，我会替你照料的。人员嘛，我会团结他们，看谁敢在老哥面前撒蹶子！"

葛秃子满意地道："好！你立即回家收拾收拾，行里已为你备下一匹马，下午，俺们整队出发！"

13

当日下午，石嘴山到平罗县城驿道上，葛秃子骑着骏马，带着张学文及几个学徒和陈万秋及其手下几个镖师等十余骑人马跃马扬鞭，奔驰一百多里地，进了平罗县城，在隆昌客栈前下马。他们一行人刚进隆昌客栈，正在院子里与任经纬一道玩耍的包天容之子包龙一见葛秃子进来，就向里院叫道："娘，有个秃子叔来啦！"

葛秃子把马缰交给张学文，对着包龙说道："你这个熊羔子，俺非揍你不可。"

包天容见来了人，忙出来迎接。还未说话，正与时翠莲聊天的侯水英抢步出来，一见葛秃子，便禁不住泪如雨下，道："你……你个该死的……到现在才来。"

葛秃子见到侯水英，心里一热，笑容凝固在脸上，他尴尬地说："大英子，你受苦了。"

包天容和时翠莲愣在那儿，侯水英一见葛秃子，擦了一把眼泪对包天容道："这位就是葛行健，是凤她爹的同年好友，也是洋行的大老板，"说着转身对葛行健说道，"这两位是隆昌客栈老板包天容夫妇。"

葛秃子上前拜谢道："包老板，包夫人，可安好无恙？"

包天容抱拳道："葛老板，俺与夫人与您幸会，实在荣幸得很。"说罢，吩咐店小二道，"你去将葛老板一行人的马牵到后槽喂草料，再把每位客人安置到客房吃茶。"

店小二拱手道："遵命！"说着，从众客人手中接过缰绳牵马到后槽吃草料，一会儿，又折回来引领众人到客房喝茶。这会儿工夫，包天容夫妇将葛秃子引到自己的房间重新见礼坐下叙话，侯水英因与葛秃子是老乡，也到屋里坐下参与叙话。时翠莲亲自动手给客人沏茶，将茶杯送到葛秃子、包天容、侯水英手中。

葛秃子端起茶杯啜了一口茶，道："请问包大哥，任有道大人究竟因何事入狱？"

包天容道："葛老板，你有所不知，任主簿大人与包某一向交好。我托县衙的朋友查实，原是你从天津回石嘴山时任主簿贪了你的银两未给县里刑房书办周令杰，因而得罪了周令杰。周令杰觉得众人都得了你的银子，自己单单没有得到，故而记恨任主簿，事情缘起本来很小。但谁知周令杰的独生女儿前些时到石嘴山教堂听讲，被罗斯的弟子刘七奸污了，这女娃回到家里便悬梁自尽了。这下周令杰更记恨任主簿，把逼死女儿的罪责推到任大人身上，说他未经县里同意，私自容留英国传教士在石嘴山传教，有伤风化，将他告到平罗知县娄玉书那里，娄知县正恼恨任有道不执行他的禁烟令，便支持他告到了省里。据说，周令杰亲赴兰州在省里衙门活动，使了不少银子，省里便下令革去任有道的主簿官职，以贪污罪将他拿问查办，打入县里牢狱，由周令杰赴石嘴山任主簿。

葛秃子闻言叹息道："原来如此。"转脸对侯水英道，"尿壶这个熊货要不是如此贪财，也不会落得如此下场。他也太狂妄了，一个屁大的主簿，竟敢跟知县对着干，谁的话也听不进去，俺要不是看在你的面子上，俺就不救他！"

侯水英带着哭腔央求道："他纵有千错万错，还是孩子的爹，再说，俺也不能扔下他不管。可俺一个妇道人家，又如何能救他呢？他的案子道台衙门已经审过，报刑部去了，恐怕是凶多吉少。行健，你无论如何要救他一命。他出来哪怕给你当牛做马，俺就是给你当奶妈子，也要报你的恩。"侯水英说着，双腿就跪下了。

葛秃子赶紧起身将她扶起来，正色道："大英子，你把俺葛行健看成啥人了？别说咱们是从小玩大的朋友，就凭千斋在俺手无分文的时候帮俺赊购羊毛，俺就是粉身碎骨也得救他。要说恩德，你们才是俺的救命恩人呀！"葛秃子说到动情处，也流下了眼泪。

侯水英被葛秃子的话感动了，她叫了一声"四狗子哥"，一下扑到葛秃子怀里。葛秃子扶住她安抚道："本来，俺应该留下来陪你一天，可是，俺还要赶到府城去牢里看望千斋兄。这样吧，俺的家属也都来到了石嘴山，你明天就回去吧，先住到俺家里。"侯水英闻言点头。

葛秃子转身对包天容夫妇拱手道："包兄、包夫人，俺得赶紧去府城看望任大人，俺的家属已来到石嘴山，任夫人在贵处多有打扰，她与俺是同乡，俺安排一个镖师马上护送任夫人母子回石嘴山住到俺家里。俺这里有一百两银子请包兄收下，作为对兄台安顿她们母子的酬谢。"说着，从怀里掏出一百两银票，要递到包天容手上。

包天容闻言，起身变脸道："葛老板，你也太小瞧人了吧！我跟任兄那也是过命的交情，只许你仗义，反而叫我失礼，这算什么？"

侯水英道："都是好朋友，行健，你到府城还要花销，就不要在这里破费了。俺母子有钱花，你只管放心地走吧！"

葛秃子闻言，觉得有理，便收回银票，对包天容夫妇和侯水英拱手道："事情急迫，俺就走了，告辞！"

包天容面带笑容，抱拳道："葛兄，一路走好，恕不远送。"

14

白天，平罗县城。葛秃子带着十名伙计、保镖骑马出了隆昌客栈，不久驰出县城南门，忽然见县里师爷俞大通站在路边拼命向他招手。葛秃子催马来到俞大通面前，勒住马缰，冷冷地道："俞师爷，你不在县衙陪着知县大人聊天，咋到这儿站着？"

俞大通客气地道："请葛老板借一步说话。"

葛秃子无奈，只好滚鞍下马，与俞大通离开官道，来到一处僻静地方，道："你拦俺到底有何事?"

俞大通面带惭愧地道:"我俞某穷则穷也,都从来不做伤天害理之事。任主簿的案子,实在与我无关哪。"

葛秃子鄙视地道:"你现在不穷了吧?难道说周令杰和刘敬祥没有给你好处?"

俞大通道:"给是给了,可我一分银子也没花,都存着呢。这是啥钱?我咋能胡花!"

葛秃子揶揄道:"但你也没有不要呀?而且,他们每次密谋,你都在场吧?"

俞大通道:"说的是,我这个人,就是面情太软。其实,我心里的确是不同意的。任主簿与我无怨无仇,而且,我也很敬佩他的书法学问,我咋会害他呢?"

葛秃子闻言,啐了一口道:"呸!那你为啥还参与,恐怕不是一句面情软就可以欺人的吧?"

俞大通低下声来,满面通红,道:"我……我的教职是周令杰和钱江所帮。唉,为了养家糊口,我昧了良心,可我吃不下饭睡不好觉。我听到他们说你肯定要来县城,就天天着人打探你的消息,正好今天撞见你葛老板,我没有别的意思,只想请你转告任主簿一声,我对不住他。"说着,他从靴子里掏出一张银票递给葛秃子,"这是他们给我的五十两银票,我请您带上,看为任主簿买点啥。"

葛秃子凄然笑道:"俞先生,五十两银子就把读书人的良心卖了,你不觉得贱了点么?"俞大通闻言,一手捂脸,一手挥着,踉跄着走了。

葛秃子久久望着俞大通远去的背影,苦笑着摇了摇头,翻身上马,对张学文等人道:"出发,到府城!"说着扬鞭策马沿着平罗通往府城的官道驰驱,随行者也都纷纷扬鞭策马在官道上跟随葛秃子后面奔驰起来,一阵阵马蹄声响起,又渐渐远去……

15

冬夜,葛秃子首先扬鞭策马来到府城下,掏出夜光表一看,时针已指向夜十一时。城门已经关闭。他勒转马头,招呼手下道:"跟俺走!"说着,拍马驰进北门一家客栈。众人翻身下马,将马交给店小二,要了几间楼上的房住下,将行李搬至房间。少时,店小二走进秃子的房间。店小二道:"请问客官贵姓,要点啥吃的?"

葛秃子肚子已饿,叫道:"给俺的手下每人上一碗羊肉臊子面,另打几桶热水来给俺们洗脚,爷们困了。"

店小二道:"客官少待,小的马上送面和热水来。"说着退出房间。约莫过了一袋烟工夫,店小二提了两桶热水上楼来,众人拿了洗脸木盆舀水洗脸洗脚。葛秃子刚刚洗完脸和脚,店小二端一个盛有五六个面碗的板篮进来,逐次给每个新来的住店客人送上一碗羊肉臊子面。葛秃子匆匆吃完羊肉面,出门到隔壁房间对张学文道:"你过来,俺与你说句话。"说完回到自己的房间。

张学文跟着走进了葛秃子的房间,问道:"葛老板,啥事?"

葛秃子道："今晚，你叫大家伙吃罢面都早早睡了。明天清早，你跟俺进城，其余人等统统在客栈大厅等候。"张学文道："是。"说着退出房间。

等张学文退出，葛秃子因一路驰驱疲劳不堪，关上房门，倒在床上便睡了。

第二天清早，葛秃子与张学文进府城北门，来到张学文的表姐家。张学文的表姐夫孙义是府城牢狱狱官，刚值勤回来休息，忽然听到敲门声，他披衣下床去开门。

孙义道："客官，你们干啥？"

张学文道："大表哥，是我！这位是我的老板——葛先生。"

孙义道："是学文表弟呀！快进屋，请坐。"

葛秃子道："不了，俺们找你是来打探一个犯人的消息的。"

孙义道："让我打探谁？"

张学文道："石嘴山的任主簿大人。"

孙义道："那个叫任千斋来着的犯人，我知道，那是个重犯，过了几堂，都招了，弄不好，此人秋季就要上路了。上路了好啊，省得活着受罪！"

葛秃子道："他表哥，任有道是俺们的朋友，俺们想探监，听学文说你在监牢里供职，能不能帮个忙？"

孙义道："眼下上峰制度森严，你们这个时候要想探监，可不好办哪！"

葛秃子掏出那张五十两银票，道："好兄弟，只要你能让俺们与任有道见过面，这些银子就是你的了。"

孙义把银票拿过，仔细瞅了一遍，又将银票放在窗前，迎着阳光看了一阵，道："好吧，谁叫我跟学文是亲戚呢，这个忙我就帮你，不过，你们得等到今晚天黑才能来，我上差的时候才方便。"

葛秃子无可奈何道："好，就依你的办。张学文，走，咱们到街上逛逛去，等天晚再来。"

张学文道："行，葛老板，我陪你到街上逛逛去！"

府城的街道很窄，商业萧条，行人很少，两个人在鼓楼和玉皇阁一直逛到落日时分，饱览了这座古城苍凉的风景，才回到张学文表姐家。

表姐迎出来道："学文，葛老板，你们上哪逛去了，咋到现在才回来？肚子饿了吧？"

张学文道："表姐，我和葛老板在府城逛了逛，观瞻了鼓楼和玉皇阁，这里的风景虽说苍凉了一点，倒是别有一番情趣，肚子还不咋饿。"

表姐对张学文道："说啥话哩，两个爷们到外面逛了半天，肚子还不饿？来，我给你们下了一锅汤面，趁热把面吃了，跟你姐夫去探监。"说着，她快步进厨房用一个盘子端出三碗汤面来，葛秃子、张学文及其表姐夫每人端起一碗汤面狼吞虎咽，不一会儿把汤面吃完了。

张学文的表姐夫孙义喝完最后一口汤，放下碗对葛秃子和张学文道："咱们走！"

三人沿着街道走了一会儿便到了监狱门口。张学文的表姐夫上前与把门的狱卒打了声招呼:“这是我的两个表弟,找我有事,等会儿就出来。”说着,递给他一两碎银。

把门狱卒接过碎银道:“谢谢官长,你们进去吧。”

三人进了监狱大门,张学文的表姐夫在前引路,沿着昏沉阴暗的过道七弯八拐走了许久,在一扇牢房门前停住脚步。他掏出一串钥匙,打开笨重的将军锁,使劲把门拉开,说道:“进去吧,有话快点说啊!”

葛秃子迈步进去,一脚差点踏空,原来屋里比外面低出许多,里面光线很暗,一时不能适应。

葛秃子惊魂未定,正在搓揉眼睛,就听一声哀嚎,有人把他的腿抱住了,喊道:“俺冤枉哪,行健!”

葛秃子定睛一看,才知道抱住他脚的人是任有道。只见他衣衫褛褴,蓬头垢面,形容枯槁,浑身散发着臭气,忙扶起他道:“千斋兄,你受苦了!”

任有道哽咽道:“俺冤哪,行健,你要救救俺,一定要救俺出去!”

葛秃子安慰道:“你不用着急,俺已经在想办法。”

任有道紧紧抓住葛秃子的手,道:“行健,俺就指望你了。你一定要救俺出去!你要救了俺,俺给你当牛做马,再不当官了。”

葛秃子简短地说了一下情况:“放心吧,千斋兄,俺已写信托人快马送到天津怡和洋行大买办梁大人,请他转告怡和洋行总经理亨利先生,让亨利先生出面与朝廷交涉,将你保释出来!朝廷最怕洋人,你暂在狱中待一些时候,不久,朝廷的赦令便会传下来。此外,俺马上赶到兰州,疏通省里巡抚,保你平安无事!这里不宜久留,俺告辞了!”说着,抽身要出监牢门。

任有道一把揪住葛秃子的裤脚,跪在地上,带着哭腔苦苦哀求道:“你要救俺!你要救俺!行健,俺给你当牛做马,俺不再当官了!”

葛秃子喝道:“尿壶,你这是做啥呢?你他妈不让俺出去指望谁来救你?去球!”说罢用力拔腿摆脱任有道的双手夺门而去。张学文接着跟了出去。

16

翌日早晨,府城北门客栈。天蒙蒙亮,葛秃子带着张学文、陈万秋及其手下镖师等十余人骑着骏马驰出客栈,沿着府城通往兰州的官道快马加鞭急驰,落日黄昏时,到了甘肃省城兰州,一行人牵着马走进天客隆大旅店。立时,天客隆大旅店的几个伙计迎上来,有的接过葛秃子等人手中的马缰绳,将马牵入马厩喂草料,有的帮助搬运行李进客房。葛秃子与张学文同住一个房间。

晚上,葛秃子带着众人在客栈酒肆用饭,众人都饿了,围着一张八仙桌猛吃海喝,张学文也大碗喝酒,大口吃饭,唯独葛秃子喝了几口酒,吃了几筷菜便不动了,似在沉思什么。

张学文见状,关心地问道:“葛老板,饭菜都凉了,你在想啥呢?”

葛秃子见问,回过神来,道:“想啥?俺在想收羊毛的事呢!”说着,他端起酒碗一气喝干酒,夹了几筷子羊肉丢进口里,一边咀嚼,一边站起身,对张学文道,“俺吃饱了,你吃饱了没有?”

张学文道:“我还没吃饭呢!”

葛秃子道:“没吃饭也算球,走,咱俩回房去,俺有事与你商量。”

陈万秋放下筷子,道:“葛老板,有啥要紧事呢?”

葛秃子一把扯起张学文道:“当然是要紧事,走,还愣个球!”

张学文站起来机敏地道:“我的爷,我正要回房撒尿去哩,别拧断了我的膀子。”说着,拱手对众人道,“各位爷,少陪。”便与葛秃子回到旅店自己的房间。

葛秃子走进房间,便将房门关上了。张学文奇怪地问道:“葛老板,你饭都没吃好,到底有啥事?咋不就在饭桌上对我说?”

葛秃子道:“咱们这次到青海收毛,你知道俺为啥带陈万秋镖师来吗?”

张学文摇头道:“不知道。”

葛秃子坦诚地道:“陈万秋这个狗怂投靠刘敬祥,刘敬祥与赵文通、周令杰合伙陷害任有道主簿和俺的高林商行,你说俺能对他不保持警惕,咋能在饭桌上把收羊毛的重要事儿对你说呢?陈万秋这个狗怂可是他娘的刘敬祥的耳目!”

张学文道:“那你咋还带他在身边呢?”

葛秃子道:“为了救任有道主簿,俺已暗派呼延遇春出外办事去了。带他在身边,是不让他知道这个消息,防止他将此消息透露给刘敬祥、赵文通这些狗怂!这也是俺要你从新泰兴回高林来帮忙的真正原因。”

张学文恍然大悟道:“哦,原来如此,葛老板,你真的信得过我?”

葛秃子点头道:“咱们是不打不相识啊,从认识你那天起,俺就认定你老弟有血气,讲义气,不是个孬种!俺信得过保军,就信得过你!来,床上坐,俺给你一个重要任务。”

张学文坐下道:“葛老板,士为知己者死。有啥要事,你只管放心交给我,我若办不好,你骂我是狗狼养的!”

葛秃子道:“好,俺没有看错你!是这样,这次咱们到兰州,一是要到省衙门活动救任有道,二是要收羊毛,两件正事都不能耽误。这几天,俺带几个人留在兰州活动,派你带几个伙计、保镖到甘南牧区去收羊毛,打开那里的局面。因为,在宁夏和左旗一带,新泰兴商行已经把俺高林商行的大部分毛户夺去,今年,俺向天津怡和洋行交五百万斤羊毛和五十万张皮张很困难。这次,如果咱们能在甘南和青海打开局面,把新泰兴夺走的毛户重新夺回来,咱们高林商行就可以绝处逢生,重振旗鼓。这个任务完成了,到时候,俺送你两成股份!”

张学文闻言,激动地道:“葛老板,既然您信得过我学文,我拼命也要把毛皮收回来!”

葛秃子拍拍张学文的肩膀道:“好!不过,要多动脑子,不能蛮干。要记住‘外靠贪官,内用人才’这八个字,多和地方官吏搞好关系,不要怕花钱。只要是拉关系用的钱,花多少银子俺都给你报销,但有一点,必须把羊毛收回来。价格要尽量压低,一百斤羊毛的价格绝对不能超过五两银子,收购时,要切实保证羊毛质量。此外,你要注意与当地的商家联合,通过他们的羊毛商去牧区收毛。收好的毛皮,直接租用羊皮筏子走黄河水道运往石嘴山,不用等俺。俺在兰州活动几天,也要带人去青海。明白吗?"

张学文应道:"明白。"

葛秃子道:"还有一件事,这次俺派陈万秋随你去甘南,一路上,你要给俺盯住他,别让他坏咱们的事!"

张学文点头道:"葛老板,我知道咋样对付这样的二球货!"

葛秃子道:"今晚咱们早些休息,明天清早,你就带人启程!咱们分头行动!"

17

翌日上午,兰州天客隆大旅店。葛秃子带着四名伙计站在天客隆大旅店门口为张学文等人送行。张学文带着两名保镖、两名伙计骑在马上,一字排开。

张学文在马上拱手道:"葛老板,我们启程到甘南去了,请留步。"

葛秃子向着张学文拱手道:"此去甘南收毛,俺就拜托你负责了。祝你一路风顺,咱们后会有期。"说着,忽然道,"咦,陈万秋人呢?"

正在这时,陈万秋从天客隆大旅店内匆匆跑出来,从马厩里牵出自己的黄骠马走到去甘南收毛的队伍中,翻身上马。

葛秃子对陈万秋道:"陈镖师,此次你们几人到甘南收毛,俺已责成张学文负责,你的责任是保护张学文和他的伙计收毛、运毛,不准出丝毫差错!"

陈万秋在马上虚言应道:"不劳葛老板操心,俺当二掌柜的决不会错。"

葛秃子正色道:"那好,谁如果出现半点闪失,别怪俺拿哪个二球货开刀问罪!出发吧!"

张学文传令道:"各位兄弟,听我的口令:出发!"话未说完,他一抖缰绳,跨下骏马便刺溜冲出数步,他身后,五匹快马紧紧相随,经一路奔驰,出了城门,向甘南驰去。去甘南的官道上,马蹄的"嘚嘚"声响个不断……

18

1885 年二月的一天白昼,绥远城通往八达岭长城的官道,尘烟滚滚。佩着腰刀的呼延遇春和两名徒弟扬鞭策马向着天津进发。呼延遇春在马上高声吆喝着:"得儿驾!"绵长的官道上,马蹄声响个不断,路人纷纷闪开。

第九季：救难施云手

1

1885年三月的一天黄昏，天津西门呼延遇春带着两名徒弟策马奔驰，伴随一连串的“驾驾”声，三匹骏马似一阵风似的射进西城门，街道上的生意人纷纷躲避……

字幕（画外音）：正当俺爷爷的爷爷派手下得力亲信赴天津请求救援的时候，1885年，中法战争爆发。法军军舰封锁了台湾海峡，台湾巡抚、淮军将领刘铭传所部两万余人被困孤岛，饷弹俱绝，危在旦夕。刘铭传派人乘海船一面飞赴京城告急，一面报告直隶总督李鸿章，请求派兵救援。不想此事却意外地帮了俺爷爷的爷爷一次大忙，救出了被关押在狱中的任有道主簿……

2

这日白昼，河北保定。官道上，从南方驰来六骑台湾派来的使者，一路高呼“台湾告急”，行人纷纷避开。六人六骑驰到三岔路口处，立时分成两拨，三人飞赴京城告急，三人飞赴天津直隶总督府告急。

3

数日后白昼，天津直隶总督衙门。直隶总督李鸿章正在府中阅看台湾巡抚刘铭传派人送来的奏折，阅毕，他拍案站起道：“真是欺人太甚！”接着，他便在花厅内急得来回踱步，高声叫道：“来人！”

一官员抢步上前道：“大人有何令旨？”

李鸿章道：“速去请候补道台、淮军钱粮所总办吴调卿吴大人前来议事。快去！”

那名官员应道：“得令！”说完，急步退出府。

4

黄昏，天津紫竹林英租界梁彦青府第。英租界大门，两名英军巡捕正持枪站岗，忽然，呼延遇春带着两名徒弟纵马来到门前翻身下马。呼延遇春走到一名英军巡捕面前，被英军巡捕持枪拦住。

英军巡捕喝道：“站住！”

呼延遇春上前掏出葛秃子致梁彦青的书信，道：“俺们是西北来的客商，有重要信件要亲手交给怡和洋行买办梁大人!”

那名巡捕接过信封看了一眼,道:“你们认识梁大人吗?”

呼延遇春道:“我们是高林商行的,与怡和洋行是朋友。”

那名巡捕道:“噢,你们是高林商行的,很好,请进。”说着,他指了指英租界内的一红楼道:“那就是梁大人的公馆。”

呼延遇春带着两名徒弟牵马进入英租界,朝那栋红楼公馆走去。走到公馆门前,只见大门门楣上吊着一块横匾,横匾上写着“梁公馆”三个大字,门口站立两位男侍者。

呼延遇春将马匹僵绳交与一名徒弟,自己步上台阶对一名男侍者道:“俺是甘肃石嘴山高林商行派来的送信使者,有葛经理的十万火急信函要当面面呈梁大人!”

一名男侍者道:“既是高林商行派来的信使,请你单独随我进公馆面见梁大人。”说着,弯腰打了个手势,“请!”

呼延遇春转身向两位徒弟嘱咐道:“俺进公馆将信面呈梁大人,你们牵马在外稍等。”说罢,随那名男侍进了梁公馆,上到二楼客厅。客厅里,梁彦青正与一位小妾奕棋。

男侍上前弯腰施礼,禀告道:“禀告梁大人,石嘴山高林商行派人来给你送十分火急信函。”

梁彦青抬头道:“哦,有葛行健的十万火急信函,信使在哪里?”

呼延遇春上前拱手道:“梁大人,在下便是葛贤弟派来的信使。”

梁彦青闻言,这才转身,见面前站立一位挂着腰刀的英武汉子,便道:“好汉,你既称是葛行健派来的火急信使,可速将他的信呈上来。”

呼延遇春从怀里掏出信,上前呈于梁彦青手中,道:“梁大人,请细看。”

梁彦青接信在手,拆开信封看了一会儿信,手便抖起来。他看罢信,生气地对呼延遇春道:“这信上说,新泰兴洋行买办刘敬祥勾结当地官府不仅抓了行健的老乡任有道,还查封了咱们的高林商行,这可是真?”

呼延遇春道:“俺是高林商行的镖师、葛行健的结拜兄长,行健数月前在天津逗留期间,这些事便奇怪地发生了,均是俺亲眼所见。”

梁彦青道:“此前,新泰兴商行专与怡和洋行作对,此次,刘敬祥竟敢冒天下之大不韪贸然侵犯咱们的高林商行,我也是高林商行的股东,这事,我决不会与新泰兴商行干休!更可恼的是,当地那些芝麻大的狗官竟敢无视朝廷法度,勾结奸商乱抓人,真是无法无天!壮士,这事待我斟酌之后转告怡和洋行老板亨利先生,让亨利先生与朝廷交涉。你留在天津稍待数日,便可有结果。”

呼延遇春上前拱手道:“此事万望梁大人从中斡旋,在下谨遵大人之命在天津留住数日便是。只是恐怕时日长了,石嘴山的任有道就要人头落地!”

梁彦青挥挥手道:“壮士尽可放心,我梁某做事,就喜个快刀斩乱麻!你且去吧,过三天再来候音信。”

呼延遇春拱手道："谨遵大人命！"说罢退下。

5

白昼，天津直隶总督府。李鸿章总督正与几个军师商议营救远在台湾的淮军心腹爱将刘铭传及其手下两万军马之事，商议许久，正束手无策。忽然，一府吏来报："直隶候补道台吴调卿大人奉命来到，请求觐见。"

李鸿章欢喜道："传吴大人觐见！"他的话音刚落，府衙中便听得门外一声大呼："传吴大人觐见！"

吴调卿三步并作两步赶进府中，见李鸿章高坐大堂之上，忙跪下道："卑职直隶候补道台吴调卿参见督帅大人！"

李鸿章拂袖道："调卿，快快请起。俺这次请你来，是要与你商量一件棘手的事儿。来呀，看座！"他的话音刚落，早有侍卫端来一把高椅放置在李鸿章案桌左侧。

吴调卿爬起来，上前拱手道："谢督帅！"说罢上前在李鸿章左侧坐下。

李鸿章俯身道："调卿，今日，俺刚刚接到台湾巡抚刘铭传派人送来的八百里加急急报，最近，法军在俺们南海滋事，派数十艘军舰封锁了台湾海峡，使该部两万余兵马陷入敌军重围之中。刘铭传与你与俺都是安徽人哪，是俺的心腹爱将。前些年，他随俺的大队淮军征战于江浙、沪杭，屡创太平军，为朝廷、百姓立有大功。如今，他身遭重围，俺不能置之不顾，袖手旁观，朝廷众大臣一时也无救援良策。你看，这营救刘铭传之事，如何救法？"

吴调卿突闻此言，心慌意乱，见李鸿章问计于自己，不便推脱，便脱口道："督帅大人，此事关系重大，容下官好好想想。"

李鸿章道："行，你就替俺好好想一条计策吧！"

吴调卿扪脑苦想，一会儿方道："督帅大人，目前以俺们北洋水师之力前去救援台湾，怕是以卵击石，难以成事。俺想出一个办法：租用外轮，打着外国旗号前去救援，把台湾岛上的刘铭传部两万官兵接回大陆来，才能免受法军军舰阻截，此乃唯一办法。"

李鸿章夸道："好好好，妙妙妙！此计甚妙。还是你这个洋买办头脑灵活，亏你想得出来！"说着，他进而问道，"刘铭传军计有两万余人，以每艘外轮装载四千官兵计，非得用六艘外轮不可。但不知这些船只从哪家洋行可租得到？"

吴调卿道："以目前各商行实力而言，实力大而有远洋轮船者，当首推英国怡和洋行属下的船运公司。这家公司长期经营远洋运输业务，有远洋巨轮近百艘。"说到这里，他停顿了一下，继续道，"只是找怡和洋行借船之事，在下有些难办。"

李鸿章道："调卿，你可是俺的孔明军师。依本督这些年观察，你办银行，兴铁路，铸银钱，哪桩事难得倒你？正因如此，俺奏明朝廷，破例给了你两项官职：直隶候补道、淮军银钱所总办，这事天下人皆知。为何眼下你在本帅面前叫出难来？是不是有意刁难本帅？嗯？"

吴调卿闻言,慌忙站起,拱手道:“下官不敢,下官不敢,俺刚才说到一个难字,确有心头难言之隐。”

李鸿章诧异道:“哦? 说给俺听听?”

吴调卿道:“督帅有所不知。这些年,俺承蒙督帅提携,在上海汇丰银行山东分行经营买办业务,素与广东人、怡和洋行买办梁彦青不睦。如果督帅让下官找梁彦青说情借船,那不是与虎谋皮? 以上是俺的心头难言之隐,请督帅详察。”

李鸿章责问道:“怡和洋行有船就好办。听说怡和的老板是亨利先生,你可以绕过梁彦青找别人去疏通亨利先生嘛! 你真笨,真是个没有张屠户就吃生毛猪的家伙!”

吴调卿用手抽着自己的脸道:“督帅骂得对,骂得好! 刚才听了督帅之言,提醒了俺。俺与新泰兴洋行的副买办宁星谱相善,俺可通过他去疏通新泰兴洋行老板帕特里克,再通过此人去疏通亨利先生。租船一事可无虑了。明天,俺就去拜访宁星谱和帕特里克、亨利先生!”

李鸿章道:“不! 事不宜迟,台湾被困的将士们等得急! 你今日下午便去找宁星谱和亨利先生!”

吴调卿道:“谨遵督帅大人之命,下官告辞了!”

李鸿章亦离座道:“调卿老弟,这次就麻烦你了,你速速替俺把租轮船之事办好,俺在督府静候你的佳音! 恕不远送了!”

6

当日下午,天津新泰兴洋行。吴调卿着一身候补道员衣冠乘一顶四人抬绿呢小轿来到新泰兴洋行,他下轿后旁无遮拦地来到二楼买办宁星谱的办公室。宁星普正坐在沙发上与两名毛皮商人谈生意,抬头猛见吴调卿到来,慌忙站起迎接道:“吴大人,哪阵风把您吹来了? 快请坐!”说着,他做了一手势,把两位商人赶走了。

吴调卿道:“咋的? 老朋友,你不欢迎俺来做客吗?”说着,来到沙发前坐下,面对着宁星谱。

宁星谱道:“公事繁忙,好久未去贵府看望大人了,还望吴大人原谅我失迎之过。”说罢,命女侍道:“看茶!”女侍忙给吴调卿奉上一杯热茶。

吴调卿道:“说哪里话来? 这次俺上门来你这里,想请你帮忙引见一下帕特里克老板,完成李鸿章督帅交给俺的特殊使命!”说着,他接过女侍手中的茶杯,不紧不慢地饮了一口,将茶杯放在茶几上。

宁星谱闻言惊讶道:“吴大人,李督帅可是当今朝廷举足轻重的人物,您还有啥特殊使命? 宁某愿效犬马之劳。”

吴调卿正色道:“此事是军国重事。”说到这里,他扫了女侍一眼,宁星谱会意,立即挥手对女侍道:“你退下吧!”女待闻言,赶紧退出办公室。

吴调卿接着神秘地说道:“最近,中法战争爆发。法国军队派军舰封锁了台湾海峡,意图攻占台湾。把守台湾孤岛的巡抚是李督帅手下心腹淮军大将刘铭传,他已向朝廷和李督帅告急,要求朝廷火速派军接应他手下两万军队回大陆,免遭灭顶之灾。督帅大人与俺商量,目前除租用外轮驶往台湾营救刘铭传一法外,实在别无他法。督帅大人闻知英国怡和洋行拥有大量运输巨轮,欲通过贵洋行老板帕特里克与怡和洋行老板亨利说说,租六艘轮船近日驶往台湾救回刘铭传部。宁大人与帕特里克老板是至交,亦与俺是割颈之交,故李督帅责成本人拜访宁大人,万望宁大人看在朝廷的面子上帮俺从中斡旋,吴某当重谢。"说罢,他从怀里掏出十万两银票递给宁星谱,"这是俺的一点小意思,请宁大人笑纳。"

宁星谱假意拒绝道:"俺与吴大人多年过从,吴大人对俺的提携之恩,宁某何曾敢忘?帮吴大人从中斡旋之事,宁某以为不成问题,应该效劳,至于这十万两银票嘛,宁某实不敢当,还请吴大人收回。"

吴调卿见状,哈哈大笑:"哈哈哈哈,不出俺所料,宁大人果然是老辈朋友中的谦谦君子。这样吧,既然你这么够意思,俺就此代李督帅向宁大人表示谢意了。不过,这银票不但不能收回,俺还得要加十万两,烦劳宁大人转赠帕特里克老板,作为他与亨利的说项之资。你看如何?"说着,又从怀里掏出一张十万两银票拍在宁星谱手中。

宁星谱笑道:"素闻吴大人乃皖中豪杰,今日宁某与大人一晤,尽睹大人生意场上风采。大人既如此说,这银票俺就替帕特里克先生收下了。季布一诺千金,俺宁某这回也学学季布向大人承诺:与帕特里克、亨利说项租六艘外轮之事,包在俺身上了!"

吴调卿闻言站起,拱手道:"君子一言。"

宁星谱亦站起拱手道:"驷马难追!"

7

白天,新泰兴洋行的帕特里克办公室。帕特里克正埋首看文件,宁星谱满面笑容走进来。

帕特里克抬起头来,笑着道:"亲爱的密斯特宁,看你满脸笑容,是不是有什么喜事告诉我啊?"

宁星谱点头道:"是的,亲爱的密斯特帕蒂,俺给你带来一笔意外之财!"

帕特里克深感意外地道:"什么?你说什么意外之财?"

宁星谱走上前,从怀中掏出一张十万两银票递给帕特里克,道:"亲爱的密斯特帕蒂,这是直隶总督李鸿章大人派人给你送来的十万两银票,请你给他帮一点小忙。"

帕特里克惊鄂道:"是直隶总督李鸿章派人送来的?不可能吧?他可是当今中国堂堂大人物,他能有什么事求我?"

宁星谱点头道:"是李总督派人送来的。他想托您与亨利先生说说,租怡和洋行的六艘运输轮船到台湾跑一趟运输,租船费另付。"

帕特里克笑道:"噢,这是很正常的租船业务,我跟亨利是老朋友,租给李鸿章六艘轮船,没问题!”

宁星谱笑着说道:“亲爱的密斯特帕蒂,这张银票请你收下。”

帕特里克接过银票看了看面值,将银票装入西服上衣口袋中,高兴地拍拍宁星谱的肩道:“这是举手之劳!亲爱的密斯特宁,你很会办事!”

宁星谱趁机进言道:“亲爱的密斯特帕蒂,你知道送银票来的是谁吗?”

帕特里克摇头道:“NO,NO。”

宁星谱神秘地道:“这也是个不同凡响的人物。”

帕特里克问道:“谁?”

宁星谱道:“金融界大名鼎鼎的吴调卿!”

帕特里克惊讶道:“哦?吴调卿?汇丰银行的大买办吗?我认识,这个人很有实力!”

宁星谱乘机进言道:“吴大人约请你今晚去拜会亨利先生。”

帕特里克道:“行,请你告诉吴大人,今晚我们在亨利家中见!”

宁星谱高兴地打了个手势:“也是。”

8

晚,天津紫竹林英租界,亨利家,灯火通明。帕特里克、宁星谱、吴调卿三人正与亨利坐在客厅沙发上会晤。亨利的妻子阿格尼丝忙着给大家倒茶水。康妮正在客厅里弹钢琴,悠扬的琴声令三个客人有些激动。

阿格尼丝给每个客人倒完茶,对女儿康妮喊道:“康妮,你爸爸来了客人,别弹钢琴了,进屋去温习功课。”康妮顺从地从钢琴边走过,进屋去复习功课去了,屋子里顿时安静下来。

帕特里克道:“亨利,我来给你介绍一下这位尊贵的中国客人,”说着,他指了指坐在自己身边的吴调卿,“他就是汇丰银行的大买办、当今直隶总督李鸿章派来的使者吴调卿吴大人!”

吴调卿站起身与亨利拥抱,道:“亨利先生,幸会。”

亨利拥抱吴调卿之后,又重坐在沙发上,道:“早已听说吴大人的大名,如雷贯耳。今天吴大人光临寒舍,令我家篷筚生辉。”

吴调卿道:“哪里哪里,俺对亨利先生及其怡和洋行,也早心仪已久,真是久仰久仰。”

帕特里克道:“亨利,我的朋友,客气话就甭说了。吴大人受李总督之命今晚专程拜会你,主要是想与你做一笔生意。”

亨利点头道:“我很乐意,但不知要我与贵国政府做什么生意?”

吴调卿道:“亨利先生真是快人快语。事情是这样,李总督让俺来贵府与亨利先生商量,打算向贵商行租六艘运输轮船,去台湾把台湾的两万官兵接回大陆。不知可否?”

亨利略加思索,道:“租轮船做生意是很正常的事,我们怡和洋行海运公司有几百艘轮船，不知贵国政府要多少吨级的轮船，给个什么价？”

吴调卿道：“谢谢亨利先生的合作。至于轮船吨位嘛，最好每艘船能装运四千人，万吨级的就可以。价格嘛，由亨利先生给个价，敝国政府还可适当优惠。”

亨利道：“吴大人不必客气，我们生意人讲的是信誉。这样吧，我给你调拨六艘万吨级轮船去台湾，租金嘛，租用期半个月，每艘一万两银子。可以吗？”

吴调卿道：“谢谢，每艘船租金，我可再增加五百两。”

亨利道：“谢谢，就这样定！”

吴调卿道：“亨利先生，以上六艘轮船请务必于三日内启航，具体事宜我方会另行通知贵行。”

亨利站起道：“可以，就这样，一言为定！”

吴调卿站起身：“真是太感谢您了，亨利先生，再见！”

亨利道：“再见！”说着，两人紧紧拥抱。

帕特里克在一旁笑道：“亨利，吴大人，祝你们合作成功！”三人遂告辞。

9

晚，亨利住所。帕特里克、宁星谱、吴调卿三人走出亨利的住所，出英租界大门时，迎面碰上刚进租界大门的怡和洋行买办梁彦青。梁彦青平素与吴调卿不睦，他瞧见三人，便将头上礼帽拉下遮住对方视线，招呼也不打一个就直奔亨利的住所。

梁彦青奔上二楼敲亨利的房门，亨利出来开门，见是梁彦青，惊喜道：“亲爱的密斯特梁，你来得正好，我正有件要事与你商量。快进屋，请坐。”说着，亨利把梁彦青让入客厅。两人在沙发上坐下，阿格尼丝走过来对梁彦青笑着说道：“欢迎你，亲爱的密斯特梁。”一边说，一边给梁彦青沏茶。梁彦青对她友好地点点头：“谢谢夫人。”

亨利道：“密斯特梁，刚才，新泰兴商行的帕特里克、宁星谱与汇丰银行的买办吴调卿来过。吴大人是李鸿章总督派来的，他要求我们怡和商行远洋运输公司租给中国政府六艘万吨级轮船去台湾，接回那里的两万官兵。我已答应了，你看怎样？”

梁彦青生气地道：“亲爱的密斯特亨利，我连夜拜访阁下是为了本行最近与新泰兴商行发生重大纠纷的事，特来跟您商量。新泰兴商行的刘敬祥是吴调卿保荐的，在西北市场跟我们争夺利益，他勾结当地官府，把与我们合作的高林商行封了，将咱们洋行的几万斤羊毛和数千张皮张强行霸占，以低价付款。为咱们洋行谋利的石嘴山主簿也被他们陷害，打入牢狱。可我们反而要帮他们救人。亨利先生，你这样做是对谁有利呢？您难道真要把怡和洋行在中国西北的利益拱手送人么？”说着，他从怀里掏出葛秃子写的密信，递给亨利，“亨利先生，这是葛行健派人送来的密信，请你看看！”

亨利看罢信，生气地道：“怎么会发生这样的事？新泰兴商行这样做太蛮横无理了，严重损害了我们怡和洋行在西北的利益，这是不能允许的！梁大人，请你速办两件事：一、立即派人通知汇丰银行的吴调卿，取消我原来的决定，轮船不租了；二、派人把帕特里克找来，质问他两行纠纷到底如何解决。”

梁彦青道：“好的，亨利先生，这两件事我马上去办！告辞了！”说着，与亨利拥抱了一下，便出了亨利的客厅。

10

当晚，天津直隶总督府，灯火辉煌。吴调卿步履匆匆走进总督府，拜见李鸿章。

吴调卿气喘吁吁地道：“报告总督大人，卑职已将大人交办的差事办好，亨利先生很够意思，答应以每艘轮船一万两银子的租价租给我们六艘万吨巨轮！”

李鸿章大喜过望，道：“好！你这事办得好，解了俺的燃眉之急，台湾刘铭传部的两万官兵有救了！调卿啊，你真不愧是俺的得力帮手，有你的，来日，俺要奏明皇上，替你请功！”

吴调卿道：“回禀督帅大人，卑职能办成租船之事，全靠督帅拿主意，若不是督帅点拨下官，此事怎能办得如此顺利？要说功劳，这是督帅的功劳，俺只是遵命做事而已，不敢擅自专功！”

李鸿章乐道：“调卿，你这话说得俺心里舒坦。不过，为了表示俺对你这个老乡襄助之功的奖励，俺明天向朝廷呈递奏折，保荐你为关内外铁路总办，你可要这几天抓紧督促六艘外轮开往台湾之事哦！”

吴调卿拱手道：“谢督帅栽培，在下一定尽效犬马之劳！”

两人正说得高兴之际，忽然中军官进门禀报：“禀告督帅大人，怡和洋行有人求见！”

李鸿章道：“快请他进来！”

中军官拱手道：“是！”说罢，对外传呼道，“传怡和洋行梁大人进见！”

少时，梁彦青大步走进总督府来，声音洪亮地对李鸿章拱手道：“李总督大人，在下是大英帝国驻中国怡和商行买办梁彦青，奉总经理亨利先生之命前来知会李大人，亨利先生鉴于有关事由取消与吴调卿大人关于租船的约定。”

李鸿章、吴调卿闻言，如闻惊雷，顿时目瞪口呆。

李鸿章怒道：“梁大人，亨利先生为何出尔反尔，请问是何事由？”

吴调卿帮腔道：“是啊，亨利为何出尔反尔，到底因何事由，请梁大人说明白！”

梁彦青慢条斯理地应道：“因何事由？吴大人和新泰兴洋行最清楚！吴大人不是推荐给新泰兴洋行一个人才刘敬祥吗？刘敬祥在西北勾结当地官府打击本行驻西北石嘴山的分支机构高林商行，不仅封了高林商行，还把供给本行的几万斤羊毛和几千张皮子抢走，这是严重的侵权行为！不仅如此，刘敬祥还株连其他人，以莫须有的罪名状告地方官府，将支持怡和洋行商贸业务的当地主簿任大人关进监牢，给本行在西北的商贸利益造成重大损失。鉴于上述严重事件，亨利先生决定，取消原先租船给中国政府的约定。”说到这里，梁彦青对李鸿章拱手道，“对不起，李大人，在下只是奉命行事，告辞了！”说罢，梁彦青拂袖而去。

李鸿章听到这里，头一嗡几乎昏倒，吴调卿赶忙上前扶往道："督帅，你咋样了？"

李鸿章怒道："还咋样个球！你把俺的脸都丢尽了！你做的好事，怎么把那姓刘的推荐给新泰兴商行，惹出这样的大祸？租船毁约之事，不仅事关台湾两万官兵的安危，还关乎我大清朝廷的脸面，关乎你和俺的脸面，事到如今，俺不好再说啥了，你赶快到亨利那儿去谢罪，租船之事或许还有挽回的契机，如挽回不了，你自向朝廷请罪，辞职罢！"说着，他把头一偏，不再搭理吴调卿了。

吴调卿早已吓得魂飞魄散，慌忙跪下道："是！督帅大人，俺立即就去亨利那儿谢罪，在下告辞了！"说着，向李鸿章磕了三个头，撩袍站起，奔出总督府。

11

翌日上午，天津紫竹林怡和洋行二楼亨利的办公室。亨利正在接待汇丰银行大买办吴调卿。两人坐在沙发上就租船事件进行紧急磋商。

吴调卿以祈求的语气道："亲爱的密斯特亨利，俺是特地来向你请罪的。新泰兴商行职员刘敬祥这个大笨蛋，在未报告新泰兴商行总经理帕特里克先生的情况下，擅自在西北滋事，胡作非为，严重损害了新泰兴商行的形象和贵行在西北的利益，这是可耻的。此人系俺推荐，因此，俺也负有不可推卸的责任。我已告知您的朋友帕特里克先生，要坚决纠正刘敬祥的错误，公开向您道歉，赔偿给贵行造成的羊毛和皮张损失。您看，贵行答应给中国政府租用轮船一事，可否继续进行？"

亨利严肃地道："亲爱的密斯特吴，我是一个十分守信用的商人，不是我不守前诺，而是商人的崇高品德告诉我，决不能容许任何人践踏平等经商和竞争的原则，决不能容忍任何人损害本行在西北的利益。你是著名的汇丰银行大买办，我想，关于这一点你应该是清楚的，难道你能容忍强盗蛮横地掠夺你的财富吗？不，我相信你肯定会说不！这件事极大地伤害了本行与新泰兴商行的友好关系，极大地伤害了中国与我大英帝国的关系，至于伤害我个人的脸面，并不太重要。因此，我才决定取消与你前次达成的租船约定。此事难以挽回，就像你们中国人说的一句谚语：开弓没有回头箭！你还是回去吧！"

吴调卿带着哭腔道："亲爱的密斯特亨利，不，俺不能这样回去。刚才俺已以个人的名义向你赔礼道歉，俺的认错态度是真诚的。俺知道，亨利先生是一个很有教养和宽厚的人，不会为了一件小人之过而疏远中英两国的友好关系，疏远贵行与新泰兴商行亲密无间的关系吧？这样吧，亨利先生，此次李总督命俺出面与您协商，给你租船费再增加一倍，以每艘轮船两万两白银租贵行六艘轮船，租期一个月，大清政府方面共计付给贵公司十二万两白银，你看如何？"说着，他拿出一沓十二万两银票放到亨利面前的茶几上。

亨利见状心有所动，脸色缓和了许多，但仍坚定不移地道："亲爱的密斯特吴，从你刚才的言谈和举止，我已明白李大人和吴大人对租船的诚意和对刘敬祥肇事的歉意。不过，我做事是有原则的，如果贵国政府答应以下条件，我可以考虑重新与你达成租船协议。这几项条件是:一、贵国政府必须立即无条件释放石嘴山主簿任有道,并官复原职;二、新泰兴商行必须立即命令刘敬祥停止对高林商行的侵权,赔偿高林商行此次造成的全部经济损失;三、贵国政府必须立即给甘肃省巡抚下令,今后在西北地区,任何人不准阻拦高林商行设点设庄,任何人不准收税和刁难;四、新泰兴和高林商行及其他洋行不得恶意竞争,借故生事,要各自公平营业;五、新泰兴商行对刘敬祥要给予严重警告,如再发生此类事件,对其予以辞退;六、为了保证各洋行之间的正常贸易秩序,对买办要实行收取库押金的办法,像西北的羊毛市场买办,不交十万两银子的库押金,不准其当买办。"

吴调卿当即应承道:"亲爱的密斯特亨利,俺代表李总督同意你提出的上述六项条件,只是其中第一条和第三条,待俺回去后向李总督禀报,要释放石嘴山主簿以及给甘肃巡抚下令的事,非李中堂奏请皇上圣旨不可。请给俺三天时间回复吧!"说罢站起,拱手道:"下官告辞!"

亨利站起,道:"好,三天之内,我等候你的回音。"说罢,他与吴调卿拥抱,并拍着他的肩道,"再见!"

12

当日下午,天津直隶总督府。书房内,李鸿章正在桌案旁看《贞观政要》,右手执朱笔,不时在书页的紧要处圈圈点点。忽然,他掩卷闭目沉思,良久,他慢慢睁开眼睛,顺手拿起一支羊毫,饱蘸浓墨,铺开宣纸,在纸上挥笔写出"师夷长技以制夷"七个大字。正在他左右上下欣赏自己的书法时,吴调卿急匆匆走进来,禀告道:"回禀督帅,俺已找怡和老板亨利谈过了。"

李鸿章道:"调卿,谈得咋样?"

吴调卿道:"俺已当面向他谢罪,请他重新考虑给俺们租船之事。亨利见俺态度诚恳,便提出了六项条件,如大帅答应他的六项条件,他同意租轮船给咱们。"

李鸿章道:"你答应了吗?"

吴调卿道:"亨利所提六项条件,其中四条不算苛刻,下官当面应允了,只是尚有两项条件,下官不敢擅自答应,请督帅定夺。"

李鸿章道:"两项条件是啥条件?你说给俺听一听。"

吴调卿道:"这两条,一条是大清朝廷必须立即释放石嘴山主簿任有道,官复原职。"

李鸿章道:"另一条呢?"

吴调卿道:"另一条是朝廷必须立即给甘肃巡抚下令,今后在西北地区,任何人不准阻拦高林商行设点设庄,任何人不准收税和刁难。"

李鸿章道:"此前,咱们的地方官员可有阻拦高林商行设点设庄和对其收税、刁难之事?"

吴调卿道:"据亨利讲,此前,甘肃平罗县知县曾偏听新泰兴洋行买办刘敬祥之言,将高林商行查封,并没收了人家的羊毛,不准高林商行的人再收羊毛。为此,亨利很恼火！这些官员都是他妈的傻蛋，尽干些引起洋务纠纷的事！”

李鸿章气得大骂道：“这些贼娘养的，不知洋务纠纷的利害，连皇上、老佛爷都怕这些洋毛子，这些个贼娘养的还在下面争名夺利，胡作非为，引火烧身！”

吴调卿请示道：“督帅大人，你看这两项条件可否应允？”

李鸿章沉思一会儿，道：“为了救回台湾的两万将士，莫说两条，什么条件都得答应人家啊！”说着，他拍板道：“这样吧，老夫连夜写奏折上达朝廷，并给淳亲王修书信一封，说明此项洋务纠纷事件原委并陈述利害，请淳亲王在皇上和老佛爷面前禀告，从旁加以帮助，或许能消弭此件洋务灾祸！”

吴调卿道：“督帅大人，如此一来，想必怡和洋行的六艘轮船可以租给俺们了。”说到这里，他沉思片刻道，“督帅大人如给朝廷上奏折，下官有一不情之请，还望老大人周全。”

李鸿章道：“调卿，老夫委你办理租船之事，你也算是尽了心力。中途出了一点差池，也是事出有因。在租船一事上你还是有功劳的。再说了，你和俺是老乡，也是多年相知，有啥要求，但讲无妨。”

吴调卿道：“下官以为，此次肇事的刘敬祥原是俺推荐给新泰兴洋行的同乡，新泰兴的买办宁星谱和老板帕特里克，这次为咱们租船穿针引线，帮了大忙，下官请求督帅写奏章时，笔下留情，用词不要过于严厉，把事情抹平即可。到底都是洋人的买卖，咱们得罪了哪一方都不好。”

李鸿章闻言点头道：“调卿言之有理，老夫写奏折时自当慎重斟酌。好了，你就放心回去吧！”

13

当天夜里，总督府书房灯火通明，李鸿章连夜挥笔撰写奏折。他写道：

圣母皇太后、吾皇陛下圣鉴：

臣北洋通商大臣、直隶总督李鸿章为西北洋行纠纷事启奏天听：据报，近日英新泰兴洋行一职员在我国甘肃平罗县石嘴山设行购羊毛，与英怡和洋行在该地分支高林商行发生纠纷，职员串通当地官吏竟采取不法手段查封高林商行，强行抢走该行已收购之数万斤羊毛和数千张皮张，引起众英商的强烈不满。更恶劣的是当地地方官竟收受该职员贿赂，将一名支持高林商行的石嘴山主簿捕入监牢，实属贪赃枉法之举。当今，洋务运动方兴未艾，洋务纷争有日渐增多之势。臣以为，朝廷向来不主张干预洋务，此件洋务纠纷应予立即平息为宜。可着甘督善处此事，立即释放被监之任主簿，并严令甘督今后不再阻止高林商行之正当收毛业务，按往年朝廷规定，严禁任何人以任何理由收取洋行之厘税，以此消弭祸灾，免遭外国列强假此借口，行不端之轨。

臣李鸿章叩拜

李鸿章写毕，拿起奏折重阅了一遍，方将折子合上。又坐于案前，提笔给淳亲王写信一封，在信封上写了“淳亲王钧鉴”几个端庄的柳体字，并加盖了火漆印，封了信封。

李鸿章将奏折和信写完，在手上呵了一口气，重又坐于太师椅上，对外唤道："来人！"

一府吏闻声而入，拱手禀道："督帅大人，请吩咐！"

李鸿章道："俺连夜写了一封上奏朝廷的奏折和给淳亲王的信，你连夜骑快马将这奏折和信送至京城，切切不可疏忽！"说着取过奏折和信交于府吏。

府吏接信和奏折，拱手道："得令！"说罢快步走出书房。

少时，总督府外官道上，府吏骑着快马向着北京加鞭而去。

14

三日后，白天，直隶总督府。李鸿章正与吴调卿在花园凉亭下围棋。李鸿章老谋深算，举棋稳健，吴调卿举棋不定，神色不安。

李鸿章道："调卿，本帅与你相识多年，咋从未见过你如此的棋风？好像有心事？"

吴调卿道："俺实话对督帅大人言明，您的奏折已达北京三天了，至今杳无音信，下官着实为租船之事捏着一把汗，担心万一皇上不允，那租船之事就自然搁浅了，那台湾刘传铭部的两万官兵就要被法国人赶到海里喂鱼了……"

李鸿章道："不是俺说你，调卿，你毕竟不是军旅中人，到底未见过阵仗。俺来问你，这么多年来，老夫自千军万马之中何曾失手过？打太平军那阵，俺几次被长毛军围困，也不曾似你这么慌张。安下心来与老夫下棋吧，归你行子了……"

李鸿章话未说完，忽然，两个太监在众侍卫的簇拥下来到凉亭，大声宣道："圣旨到，北洋通商大臣直隶总督李鸿章接旨！"

李鸿章闻言，慌忙伏在地上，口中念道："臣李鸿章跪接圣旨。"

一鸭公嗓子的太监捧圣旨在手，展读道：

"奉天承运，皇帝诏曰：准北洋通商大臣、直隶总督李鸿章所奏洋务纠纷一事，为消弭祸灾，着甘肃巡抚立即查办肇事之人，当庭释放无罪之人任有道。今后，西北各省对洋行事务务必小心善理，对洋人商务务放其宽，不得妄加干涉。钦此！"

李鸿章伏地拜谢道："吾皇万岁万岁万万岁！"三呼万岁后，李鸿章一脸喜气地站起接旨，对两名太监道，"两位公公辛苦了"说着转身对身边一府吏道，"来人，给两位公公赠公差辛苦银各两百两，快备筵席为两位公公洗尘接风！"

一府吏应道："是！"说着，从怀中取出四百两银票，分成两份给两名太监。

李鸿章转脸对吴调卿道："调卿，你速去通知怡和洋行的亨利先生，就说朝廷已答应了他的所有条件，催他的六艘轮船赶快启锚到台湾！"

吴调卿喜不自胜道："还是督帅大人有法力，俺就去办！"说着，朝李鸿章一拱手，"下官告辞了。"遂奔出总督府。

李鸿章对两名太监道："两位公公，怠慢了，请！"

两位太监大声应道："李大人请！"

于是，两位太监在前，李鸿章率文武官员随后，向设置酒宴的西花厅走去。

15

当日夜，天津紫竹英租界梁彦青公馆，灯火通明。梁彦青正与呼延遇春交代，将一封书信交给呼延遇春，道："遇春，你立即快马加鞭赶回石嘴山，告诉葛行健，就说皇帝圣旨已下，任有道不日放出监牢，他在西北经营羊毛一事可以长此无忧了。叫他放手大胆地干，一定要抓住时机，多收羊毛，至于收毛款和库押金，叫他不必担心，一切我自有安排。此外我这里有亲笔信一封，你亲手转交给他。"

呼延遇春道："多谢梁大人，亨利先生从中斡旋，方使俺们高林商行免去许多灾祸。梁大人所嘱之事，俺一定照办，请大人放心！"说着他站起身，双手一拱道，"在下告辞了！"

16

当日深夜，天津西门外官道上，呼延遇春带着两个徒弟，佩腰刀，手执马鞭，三人三骑快马加鞭向西驰去，大道上扬起一股烟尘……

17

这年四月的兰州，仿佛如阳春三月一般，杨柳青青，黄河歌唱着从城内穿城而过。兰州城地处两山夹持之间，一队队回民唱着伊斯兰教的歌曲在黄河畔载歌载舞，街道上不时传来马和驴的嘶鸣声和大车滚动的声音。

这天上午，葛秃子带着四个手下伙计行走在街道上，穿过人流来到黄河边，找了个空地方坐下来观看回族青年男女唱歌跳舞。

伙计甲道："葛老板，您带咱们到兰州来考察，考察个啥呢？干吗还带着咱们到这里闲逛看歌舞？"

葛秃子道："咋？这叫闲逛？俺就是要带你们这些乡巴佬到城里来看风景，体察民情哩！兰州是甘肃的省城，听说这里设有织呢局，知道吗？啥叫织呢局？这可是省里管织布织毛呢的机构哩！这织呢局自然离不开毛，待会儿，你们去找个老汉来聊聊，问问这织呢局的毛是从哪里来的，毛源咋样，咱高林商行打算在这里设分行和外庄哩！"

正在这时，一个回族老汉带着一个年轻漂亮的姑娘从他们身边走过，听到他们的谈话，很有兴趣地停下脚步，与葛秃子搭腔。

回族老汉道："请问贵姓，听你刚才说话，好像不是本地人。"

葛秃子摊摊手，道："大爷，请坐。俺免贵姓葛，是安徽人。俺和几个弟兄是做羊毛生意的，请问老大爷这兰州可有个织呢局？"

回族大爷道："织呢局嘛倒是有一个，那是左宗棠大人督办时开办的。左大人初到甘肃时，见咱们这里大片牧场，牛羊遍地，但这里百姓寒苦勤俭，衣不蔽体，政府库贫如洗，军需短缺，为了开辟新财源便向朝廷建议开设了这个织呢局。"

葛秃子从腰间抽出烟斗,按上一锅烟,划根火柴点燃了烟丝,便一边吸着一边问道:"老伯,这织呢局从哪儿弄来机器设备,后来赚钱了吗?"

回族老汉道:"这织呢局刚开工那阵,听说向上海汇丰洋行贷款二十万两白银,从德国进口蒸汽机、梳毛机、纺纱车、织呢机、洗毛机、染色机、烘呢机、蒸刷机、压光机和锅炉等六十余种设备,又高薪聘请技术工人,准备大干一场呢!谁知开工不久生产的呢布质量很差,就陷入停产状态。后来查明原因,是由于从青海和宁夏购来的羊毛既粗且杂,加工的毡子和毯子很多是废品,加上成本太高,销售不畅,所以就停产了。"说到这里,回族老汉转个话题道,"请问葛先生,你真的打算在兰州设分号和外庄?"

葛秃子点头道:"自古以来,兰州便是西北的重镇,是咱们国家通往西方的丝绸之路,是西北羊毛、皮张产品的集散地,有鉴如此,俺打算在这里开设分号和外庄。"

回族老汉道:"我家住在牧区草原,那里的羊群多毛也多,欢迎你们到草原去做客。"说着,站起身与葛秃子挥手告别。

18

当天下午,甘肃织呢局织呢车间。织呢局总办赖长热情地接待前来考察的葛秃子一行,陪他们参观织呢车间。车间里,一台台洗毛机正洗着羊毛,一台台梳毛机将羊毛梳理,一台台纺纱机将羊毛走锭,一台台织呢机将毛锭织成呢布,染色机、烘呢机、蒸刷机、压光机在不停地转动着,男工、女工们在车间里机器旁紧张地操作。

葛秃子问赖长道:"赖总,你们厂一天能织多少匹呢子?"

赖长答道:"由于工序复杂,咱们厂一天只能织八匹。"

葛秃子道:"这么多人和机器,咋这样慢呢?"

赖长道:"不慢咋地?就说拣羊毛吧,咱们厂一天得派四十人拣,一人一天最多才拣两斤羊毛,一百斤粗毛最多只能拣出 10 斤精毛织上等呢,二十斤次毛织次等呢,五十斤羊毛织毡子和毯子,其余 20 斤羊毛是废品。织呢工序复杂,洗毛、梳毛、纺绽,织起呢就当然慢了。"

葛秃子道:"赖总,俺们高林商行背靠英国怡和洋行,实力雄厚,陕西、甘肃、宁夏、青海一带皮毛资源闻名全国,俺愿意以高林商行的全部资产作为股份与你们织呢局合作,你意下如何?"

赖长仰天叹口气道:"算了吧,你还是做你的羊毛贩子去,这些机器在洋人手里就见黄金,在咱们手里就出狗屎,咋合作?不过,我佩服你这人做生意有点子,够朋友。你是初次来兰州吧?"

葛秃子道:"不错,俺初次到兰州来考察。"

赖长道:"做生意有做生意的难处。这样吧,我明天带你去拜会兰州知府和甘肃巡抚,过几天再给你介绍当地一批富商绅士,助你一臂之力!"

葛秃子道:“初次见面,算俺前生有缘,与你这位商界名士结为朋友,多谢相助!”

19

数日后的一天上午,甘肃巡抚衙门。葛秃子在赖长的陪同下拜访甘肃巡抚家麟,命四个伙计抬着两箱银元宝跟在身后。一行人进到府中,甘肃巡抚亲自出来迎接。

赖长介绍道:“巡抚大人,这位是我的朋友、天津怡和洋行买办、宁夏石嘴山高林商行经理葛行健先生,特来拜会大人。”

葛秃子上前拱手道:“巡抚大人,在下葛行健早闻巡抚大人英名,近日赴省城办事,特来拜会,以后在省城各地行商,还望大人多多关照。”说罢,他对后面四个手下伙计喊道,“来人呀,给巡抚大人送上见面礼!”

随着他的一声喊,四个手下伙计抬着两箱银元宝上来,将箱子置于府中大厅。

葛秃子道:“些许小意思,还望巡抚大人笑纳!”说罢递上礼单。

甘肃巡抚家麟接过礼单看了看,见上面写有一千两银子字样,笑呵呵地道:“葛先生,初次见面,你太客气了。赖总亦是我的老朋友,朋友帮朋友的忙,总是应该的吧?这样吧,今后葛先生的高林商行凡在甘肃境内行商,本巡抚一概免征税,葛先生有啥为难之事,只管找我好了,我当尽力相助!”说罢,他将众人引入客厅,对侍者道:“看茶!”

20

翌日夜,兰州西部丝绸酒楼,灯火辉煌。二楼大宴会厅里摆了四桌宴席。赖长高举酒杯对参加宴会的几十名富商士绅道:“各位安静,下面我给各位商界朋友介绍一下,这位是英国怡和洋行驻咱们西北的大买办、高林商行总经理葛行健先生。今天,葛先生专设此宴宴请各位商界朋友,请大家今后看在我的面子上,给我这位好朋友多多帮忙。下面我提议,为我们西北商业的生意兴旺,为在座的各位朋友都发洋财,干杯!”

众人一齐向葛秃子举杯,葛秃子举杯在手,笑容满面地道:“今天认识各位新朋友,俺很高兴,来,为各位朋友生意兴隆,身体健康,干杯!”说着,他一桌一桌地与各位士绅碰杯,整个宴会大厅响彻了“干”的声音和玻璃杯的碰撞声。

21

数天后,高林商行兰州分行在兰州城内开张营业,鞭炮声响个不停。分行门前,葛秃子站在台阶上拱手迎接接踵而至前来祝贺的兰州商人,不少商界大贾带着礼物和贺匾排在高林商行兰州分行门前,围观的人群将街道挤得水泄不通。高林商行的数名伙计喜气洋洋地将“高林商行兰州分行”的木牌挂在门前,人群中响起连绵不断的掌声。

第十季:完璧重归赵

1

四月的一天黄昏,辽阔无垠的青海牧区,盐湖泛着波浪,葛秃子在兰州商号朋友的带领下领着十几个新伙计骑马奔向草原。他们跃马扬鞭奔向一座座牧民的帐篷,下马向牧民们收购羊毛。牧民们怀着喜悦的心情,从帐篷里搬出一袋袋羊毛,过秤后堆放在草地上,垒起一座座羊毛的“高山”。

2

一个丽日,朝霞染红了河套草原。葛秃子带领由一辆辆满载羊毛的大车组成的车队在草原的道路上行进,葛秃子骑在马上,带着数名骑着骏马、挎着腰刀的镖师护送车队向兰州方向驰去,一路上浩浩荡荡,歌声不断。

3

四月底的一个白天,兰州城内黄河故道波涛汹涌,两只大羊皮筏和百十只大小不等的羊皮筏满载羊毛袋启航。葛秃子带着几十名伙计和镖师分乘羊皮筏乘风破浪而下,穿过两山间的峡谷,向石嘴山进发……

4

这日黄昏,兰州天客隆大酒店。刘敬祥与王月萍、何介石同乘一辆马车驰进酒店。车进酒店大院后,刘敬祥率先跳下马车,接着扶着王月萍跳下马车。何介石系文弱书生,最后一个跳下马车。早有店伙计上来接走他们手中的行李,引他们进店房住下。

刘敬祥携着王月萍刚进房间,正要坐下歇息,一名店伙计进房禀告道:“请问哪位是新泰兴商行的刘老板?”

刘敬祥上前答道:“俺就是。你找俺有啥事?”

店伙计道:“这里有一名姓陈的客人留给您的一封重要信函,他让我转交给您。”说着掏出一封信递给刘敬祥,便默默退出房间。

刘敬祥上前关上房门,展信细看,只见信上写道:“刘老板敬祥吾兄台鉴:俺已随葛秃子经府城到兰州,一路上葛秃子行动诡异,好像有什么事瞒着俺。今日,俺奉派随张学文到甘南牧区收毛,葛秃子带着四名伙计留在兰州活动,不久即到青海牧区去收毛。俺观葛秃子此次兰州之行已下定大决心,抢在新泰兴洋行之前大举收毛，以此挽回其高林商行不利之局面。鉴此，刘老板到兰州后，请立即想办法收毛，否则，甘南和青海的羊毛将全归葛秃子无疑也。”

王月萍见刘敬祥只顾自己看信，便走过来道：“敬祥，这是谁的信？这么重要？你再看，俺可要先睡了。”说着，铺床脱衣，一头钻进被子里。

刘敬祥回身走到床前，对王月萍道：“这是陈万秋留给俺的信。信中说葛秃子已带人先到兰州，派人到甘南去收毛去了，让俺马上采取措施赶紧收毛。”

王月萍道：“陈万秋让你收毛你就去甘南收毛吧，俺累了，可要睡了。”

刘敬祥道：“到甘南收个球毛，俺现在要收你的毛！”说着，他三下两下脱去衣服，一头钻进王月萍的被子里，霎时，房间里响起浪荡的淫笑声……

5

翌日上午，甘肃巡抚衙门。刘敬祥换了一身崭新西装乘轿来到巡抚衙门，下轿后从怀里掏出李鸿章给甘肃巡抚的信递给一名衙役，道：“俺姓刘，是天津新泰兴洋行买办，今日专程拜访巡抚大人。这是直隶总督李鸿章李大人写给巡抚大人的亲笔信，请转呈巡抚大人，就说天津新泰兴洋行买办、李鸿章大人的同乡刘某求见。”

衙役接过信看了看信封，惶恐道：“刘大人，请稍等，我这就去禀告巡抚大人。”说着拔腿往巡抚书房中跑。

甘肃巡抚家麟正在厅堂与几位下属官员议事，一衙役手持李鸿章的亲笔信慌慌张张地跑进厅堂，跪下禀告道：“禀告巡抚大人，门外有一洋行买办手持李总督的信求见！”说罢，将李鸿章的书信呈于巡抚。甘肃巡抚接过信看了看，大惊失色，慌忙对那衙役道：“快快，开中门迎接！”

一会儿，只见巡抚衙门大开中门，那衙役回来毕恭毕敬地对刘敬祥道：“刘大人，巡抚大人有请！”

刘敬祥大喜过望，便随那衙役进中门至议事大厅，甘肃巡抚上前拱手道：“刘大人，失迎了，久仰久仰，请坐。”

刘敬祥在巡抚对面一张椅子上落座，道：“在下新泰兴洋行买办刘敬祥，奉北洋通商大臣、直隶总督李大人之命特来拜会巡抚大人。”

甘肃巡抚家麟道：“贵买办此次莅临兰州，不知有何贵干，需要兄弟如何相助？”

刘敬祥道：“在下这次来甘肃设立洋行，是经过大英吉利国驻大清使馆同意并经总理各国事务衙门批准的，特别是淳亲王和李中堂对在下在兰州设立洋行一事特别关照。甘肃地瘠民贫，但盛产毛皮，奇货可居。现在英、法、美等各国列强正在发起机器革命，急需大量的原料。咱们设立商行，目的在于收购大量散落民间无用之毛皮，换取洋人有用之银两，使百姓增加收入，解除缺衣少食之虑；并使国家库存充盈，增加财政收入，可解兵饷之急。”

甘肃巡抚家麟听罢拈须点头，忽然说道：“半个月前，也有一个洋行的买办到敞地设行,那个人姓啥来着?"

刘敬祥道:"姓葛。"

甘肃巡抚家麟惊讶道:"对,是姓葛,你们认识?"

刘敬祥冷笑一声道:"何止是认识,是太熟了。"甘肃巡抚家麟疑惑地看着刘敬祥。

刘敬祥反问道:"抚台大人,这姓葛的来拜会您,可带了介绍的书信么?"

甘肃巡抚家麟摇头道:"这倒未曾见到,不过,他和本省织呢局总办是朋友,是经他介绍的。"

刘敬祥道:"大人,您太仁义了,所以,他才有机可乘。"

甘肃巡抚家麟惊讶道:"听刘买办之言,难道本抚台接待姓葛的有不妥之处么?"

刘敬祥煽动道:"抚台大人没有什么不妥之处,可那姓葛的是个大骗子!"

甘肃巡抚家麟闻言大惊失色道:"这……这……这不可能吧?"

刘敬祥诋毁道:"抚台大人,您想想,那姓葛的一无路引,二无照会,三无荐信,不是个骗子是什么?你可以打听一下,他收毛付银子了么?"

甘肃巡抚家麟被问得张口结舌,沉默半晌,猛地叫道:"来人!"

一府吏上前拱手道:"大人有何示下?"

甘肃巡抚家麟拍案道:"你速去将赖长和兰州知府找来,本抚台有话要问!"

那府吏诺诺连声道:"小的遵命!"说罢,转身走出书房。少时,兰州知府和省织呢局买办赖长先后来到巡抚议事房。

甘肃巡抚家麟道:"张知府,我来问你,半月前那姓葛的高林商行买办到你处可带有路引、官方照会和荐信?"

兰州张知府见问,慌忙应道:"回抚台大人,下官会见那姓葛的买办时,并未见到他带的路引、照会和荐信。"

甘肃巡抚家麟又问道:"高林商行的人在本省牧区收购羊毛,可是赊账的么?"

兰州张知府应道:"正是。不过葛买办对毛户应承,五月之内给毛户兑现购毛款,所以,下官与西宁道台以及兰州几家大商号给他担的保。"

甘肃巡抚家麟怒道:"糊涂!姓葛的既无路引、照会,又无荐信,何以见得他是真正的洋行买办?购毛赊款足以证明他无钱,无钱之人从事羊毛生意,到时候他人跑了毛户找谁去要钱?这不明明是欺诈毛户么?我再问你,姓葛的在兰州和西宁共赊购了多少羊毛?"

兰州知府道:"据报,姓葛的买办在兰州和西宁共赊购了三十余万斤羊毛和一万张皮子。"

甘肃巡抚家麟道:"你想想,这么多羊毛和皮子要值多少银子?若是那姓葛的购走了这么多羊毛和皮张,一拍屁股跑了,那老百姓的损失就惨重了!到时,老百姓都联名来告你我,如果朝廷闻知,你想想,你我头上的乌纱帽还能保得住吗?你他娘的尽跟本老爷添乱!"说着,他大呼道,"来人,给我把兰州张知府的顶戴摘了,将他打入监牢,等候本官查处;将高林商行兰州分行的牌子也给我摘了,从此后,一律不准高林商行在本省各地设外庄收毛!如有人胆敢不听从我的命令,严惩不贷!"他的话刚毕,就有两名府吏上前抓住张知府,摘去他头上的顶戴花羽,将他押往监牢去了。

甘肃巡抚家麟怒气未消,对站在一边一声不吭的省织呢局买办赖长训斥道:"赖长,我问你,你是啥时候结识这个姓葛的骗子的?"

赖长缩了缩脖子,道:"半月前。"

甘肃巡抚家麟道:"这姓葛的骗子手段高明,连你也骗了!你是啥人?你可是咱织呢局喝过几年洋墨水的买办,与外国洋人、买办没少打个交道呀!今后,你凡事要多动动脑子,不要再给我添乱。看在咱俩交情的分上,这次责罚就免了,下不为例!"

赖长低头诺诺连声道:"下官今后注意,下不为例,下不为例!"

刘敬祥上前进言道:"抚台大人,这事不能都怪赖大人和兰州知府,在下以为,应怪那姓葛的实在太狡猾,善于欺骗!这事就这样算了。这样吧,直隶总督李大人的亲笔信想必抚台大人已经阅过,刘某今后在兰州等地开设分行、外庄,还得全仰仗大人您支持。为了尽俺绵薄谢意,今晚,在下在天客隆大旅店设宴款待抚台大人和兰州士坤,望抚台大人届时出席,如抚台大人能于百忙之余赴宴赏光,则在下将荣幸之致!"

甘肃巡抚家麟笑道:"李总督来信要我特别关照阁下,这是看得起本官,本抚台岂有不关照之理?今晚刘大人这么客气设宴请我,我一定去,一定去!"

6

当天夜晚,兰州天客隆大旅店宴会厅,灯火辉煌。刘敬祥初到兰州,便遍请兰州富豪士绅、达官显贵,摆了十几桌酒席。刘敬祥令王月萍坐在甘肃巡抚右侧,频频向家麟敬酒。

王月萍长得身材苗条,貌若天仙,穿了一身崭新的旗袍,脖系项链,显得窈窕动人。

王月萍站起举杯道:"抚台大人,今夜肯到俺们这里赏光,这是敬祥和俺一生莫大的荣幸,小女子不善饮酒,斗胆冒昧敬抚台大人一杯,不知抚台大人肯赏脸么?"

家麟捋须笑道:"美人之言,岂能不听,美人之酒,岂能不饮?但下官尚不知美人芳名,这酒么,是断不能喝的。不然,下官当如何承谢?"说罢哈哈大笑。

王月萍献媚道:"抚台大人说话真是让小女子害羞得很。小女子姓王名月萍便是。"

家麟调侃道:"哟,月萍,这名字好听,好极!名字漂亮,人也长得漂亮,不亚于月宫嫦娥,只是隔得太远,可望而不可即。"

刘敬祥接口道:"月萍,依抚台老大人之意是想与你喝酒,只是酒喝得要亲近些。你不妨就与老大人喝杯合欢酒,免得抚台大人责怪。”

王月萍闻言,脸一红,羞怯怯地对甘肃巡抚说道:“就依抚台大人之意,来,俺与你手勾手喝杯合欢酒!”说着,不等甘肃巡抚反应过来,便将左手穿过甘肃巡抚胸前与他的右手相勾,右手将两杯酒分到两人手中,面对面地贴着甘肃巡抚,手一拈,仰脖一饮而尽。甘肃巡抚此时身子贴着王月萍,全身漾起一阵快感,他右手一抬,将酒一饮而尽。方欲坐下,王月萍道:“不行,不行,俺与抚台大人再连喝两杯。”说着,令酒保斟上酒,两人又手勾手连喝两杯。

家麟快意地连喝三杯酒,连忙摆手道:“不行,不行,我快喝醉了!歇歇吧,月萍,本官平生有两爱,一爱美人,二爱听咱兰州的皮黄戏。可是,这二者不可兼得呀!真是人生多憾事!”

刘敬祥道:“抚台大人,有月萍在此,大人了无遗憾。月萍自小就爱唱皮黄戏,不妨让她怀抱琵琶给您老人家唱上一曲凑凑兴,可好?”

家麟微睁醉眼道:“真有这等好事?让月萍怀抱琵琶唱一曲给本官听听!”

刘敬祥遂吩咐一名伙计道:“去,到俺房间里把月萍小姐的琵琶速速取来!”那伙计答应一声去了,少时,便取来一面琵琶。

王月萍接琵琶在手,坐下一边弹奏,一边婉转地唱了一曲皮黄戏文:

“奴本是天上仙女下凡来,与郎君耳鬓相磨在尘埃。有道是千里姻缘一线牵,不曾料鹊桥泪别两分开……”

王月萍一曲唱罢,甘肃巡抚家麟挺身站起,色眯眯地鼓掌道:“好,好!人美,曲绝,真不愧是天上嫦娥也!”说罢,他在刘敬祥耳边咕噜了几句,刘敬祥笑着对王月萍道:“月萍,抚台大人酒喝多了,你就随大人回府,侍侯他一宵吧?”

王月萍嗔怪地瞪了刘敬祥一眼,含羞地道:“既然抚台大人如此,俺依你的,陪他一宵就是!”

甘肃巡抚闻言,喜不自胜地道:“来人,打道回府!”说着,便携了王月萍步下酒楼,两人乘轿而去……

7

翌日白天,高林商行兰州分行门前,集聚了一群人。刘敬祥带着新泰兴商行的伙计十余人强行将高林商行兰州分行的牌子摘下,换上“新泰兴商行兰州分行”的牌子。一群人在刘敬祥的带领下,冲进了屋,接管了这家分行。

刘敬祥站在桌子上对高林商行职员大声宣布道:“奉甘肃巡抚通令,原高林商行兰州分行自即日起封闭,由俺们新泰兴商行接管,你们中愿意跟俺干的留下,不愿意留下的,立即给俺走人!”刘敬祥的话刚说完,高林商行原职员中已有三人气冲冲走出洋行大门,仍留下六七人。

刘敬祥对在场的所有职工道:“从现在起,这里就是俺的新泰兴商行兰州分行。所有人明天分赴甘肃各地去收羊毛,大家分头准备行装,听见了没有?”

众人齐声应道:“听到了!”

8

第三日早晨，刘敬祥带着一支20余人的马队，每四骑分成一组另加两套马车，驰出兰州城，分别朝东、南、西、北四个方向驰去。

刘敬祥亲自带着一组人马急驰在草原上，向着牧区帐篷驰去。一名手下伙计策马驰近牧区帐篷，一边勒马，一边大声喊道："牧民们，俺们是新泰兴商行，来收购你们的羊毛来啦！快交毛啊，五两银子一百斤！"牧民们闻言，男女老少纷纷从帐篷里将羊毛袋抬出，脸上露出高兴的笑容……

9

白昼，黄河，白浪滔天。数十里河面上行驶着一百多只中小羊皮筏，把两只大羊皮筏围在中间。每只羊皮皮筏前头都插着两面白旗，一面白旗中央上书"高林商行"四个大字，一面白旗中央上书"保护"两个黑体大字，下书一行黑体小字"甘肃巡抚制"。

一面面白旗迎风飘扬，葛秃子站在大皮筏上，头戴凉帽，身穿紫纱罗衣，双手卡在腰间，如同率领数十万水军的曹丞相，看着身前身后庞大的皮筏队，眼里闪耀着一股英气。他身边站着陈万秋等镖师。陈万秋站在羊皮筏上，眼里却没有高兴的神采，反而脸上阴沉着。

10

三日后黄昏，石嘴山码头。葛秃子率领一百余只羊皮筏子靠岸。沙岸上，保军带领一百多名码头工人忙着抢运羊毛袋上岸。他正指挥工人搬运，葛秃子满面笑容走上岸来，拍了拍保军的肩，亲热地道："保军老弟，辛苦了！"

保军回过头见是葛秃子，高兴得将葛秃子抱起来："老哥，真有你的，你一出马，几十万斤羊毛和万把张皮子就弄到手了。刚才我在岸上看到你，你老哥活像当年指挥千军万马的曹丞相！"

葛秃子哈哈笑道："哈哈，俺可不像宁负天下人的曹丞相，曹操杀气太重，所以历朝历代人们称他为奸臣，这可不是个好称号。俺只想多做点生意，多挣点钱，对上不辱没祖宗，对外不辱没朋友，对内不辱没家人，学着做刘玄德就够了！"

两人正说着，谦益元商号老板周令轩风风火火赶来，隔着老远就抱拳道："啧啧，葛老板，你一出马就运回一百多只筏子的羊毛，几十万斤羊毛啊，我还以为是神人相助你呢！这不，我特地赶来向你道贺，顺便跟你商量个事儿，你看，咱们两家能不能打伙——不，合作？"

葛秃子道："周老板，这做生意可是有亏有赚啊！此一时，彼一时，你与俺合作，真的信得过俺？你还是回去三思吧，想好了，再与俺回话不迟。"

周令轩像头上被浇了盆冷水，悻悻道："这么说，葛老板信不过我？　"

保军在一旁道："周老板，你真他妈是个傻逼，葛老板叫你回去考虑清楚了再回话，并没拒绝与你合作呀！请回去好好想想，可别合作后打退鼓！”

葛秃子安慰周令轩道：“周老板，保军老弟说得有理，你还是回去好好想想吧！还是那句话，你想好了，俺等你回话！”周令轩闻言，不好再说什么，悻悻地走了。

葛秃子问保军道：“保军老弟，这几十万斤羊毛和近万张皮货，你都给俺往哪儿存放？”

保军笑道：“自从你派人送信来后，我便准备了几个大仓库，还腾出了俺原先驿站的仓库，咱商行的仓库早已叫人打扫干净了，这不，俺雇了百多名码头工人抢运羊毛，我怕你老涮我呢！”

葛秃子道：“好你个保军，俺的眼光没看错！走，咱们一起回行看看仓库去！”

两人沿着码头石级向坡上走着，来到高林商行大院前，只见夫人赵氏带着女儿葛清莲站在院门口迎接他。女儿葛清莲看见葛秃子，老远就跑过来，嘴里喊，“爸爸”，一头扑在葛秃子怀里。葛秃子赶紧抱起女儿，用胡子扎女儿，道：“莲儿，想爹不？”

葛清莲道：“爹，俺可把您想死了，连做梦都想哩！”

葛秃子从衣袋里掏出草编蚱蜢，递给清莲道：“娃儿，这蚱蜢是你爹在兰州给你买的，你瞧瞧，好玩不？”一边说，一边将蚱蜢往她脸上凑。

葛清莲躲闪道：“爹，俺怕，俺怕！”

这时，赵氏走过来，从葛秃子手中接过孩子，嗔怪地道：“娃她爹，你在兰州啥不好买，就给孩子买个蚱蜢？有啥好玩的！”

葛秃子闻言，嘻嘻笑道：“俺还弄了个娃儿回来呢！”说着，他从怀里又掏出布娃娃递给赵氏。葛清莲看见布娃娃，哭喊道：“爹，俺要！俺要布娃娃！”

葛秃子嘻笑道：“娃子，你都快七岁了，让你娘给你添个小弟弟好不好？”

葛清莲一手抱着布娃娃，一手拍着布娃娃道：“好好！俺要弟弟，俺要弟弟！”

赵氏脸一红，道：“四狗子，你跟孩子瞎编个啥？走，快回家，俺给你打水洗脸洗脚去！”

葛秃子道：“娃她妈，你带孩子先回去，俺还要保军陪俺看看仓库去呢！”说着，他拉着保军向仓库走去。

来到新修的仓库，只见巨大的仓库里已快堆满羊毛袋，码头工人还在不停地扛着羊毛袋和皮张走进仓库，保军见一只羊毛袋裂了口，便伸手抓出一把羊毛，见羊毛纯白，质量柔软，便对葛秃子道：“老哥，您这次运回的羊毛不仅量多而且质地很好，咱们这次怕要赚不少钱呢！”

葛秃子道：“保军老弟，这话算你说对球。近些天，你要抓紧组织工人们日夜筛毛捡毛装袋，俺要趁夏季的好水往天津抢运毛皮。等张学文他们运毛皮回来，这一次，俺准备一趟就发运一百万斤羊毛和五万张皮子到天津。按上次的行情，一百斤羊毛的价格已经涨到二十五两银子，光羊毛咱们就够赚他二十万两！到那时，咱们高林商行就发财啰！”

保军道：“老哥，你到兰州碰到呼延遇春没有？任有道现在还关在牢里呢，咋，你老哥不救他了?”

葛秃子闻言,心情沉重地道:“咱们到府城探了一次监,看望了一下任有道。到兰州后光顾着在官府活动,在草原收羊毛,可咱们在兰州也等了一段时间,也没能等到呼延兄,唉,等这次羊毛运完了,咱再与刘敬祥斗法吧!”说着,他对保军道,“保军,毛皮进仓库的事,你照料一下,俺要回一趟家,娃她妈和清莲正等着俺回家去哩!”说罢,拍了拍保军的肩膀,转身回家去了。

11

当日晚,石嘴山,周令杰家。周令轩手提一瓶酒来到其弟、石嘴山新主簿周令杰的家。刚进门,见周令杰一家人正围在炕上吃饭,便上炕坐下,把酒瓶往上一放道:“老弟,我要找你说件事儿。”

周令杰将酒瓶抓起,给哥哥和自己各倒了一碗酒,将一碗酒递到哥哥周令轩面前道:“哥,你不来,我吃罢饭了正要找你去呢!”

周令轩道:“杰弟,啥事?”

周令杰道:“葛秃子这次运回石嘴山几十万斤羊毛,把咱石嘴山的人都看得眼红了,不瞒你说,连我这个主簿看了那些运羊毛皮筏子,心里也热乎了,他葛秃子到底是个能人啦!那刘敬祥是个傻怂,要钱没钱,要心眼没心眼,咋能跟人家葛秃子比?我正盘算着,哥的谦益元商号要想发财,该跟葛秃子合伙做生意!”

周令轩道:“是啊,除了你刚才讲的那些,我观察了好久,觉着还是葛老板为人要诚信一些。刘敬祥坑他那么多钱,他竟然就认了。我看这个人能成。下午,我到码头上找他谈了合作的事,可他让我回家好好想想,想清楚了再跟他回话。我回到家里,找谁商量去?你嫂子是个女人,头发长见识短,我跟她商量个球!于是,我就提瓶酒找到你家来了,想与你合计合计。”说着,吃了一口菜,喝了大半碗酒。

周令杰道:“这合作的事,是周瑜打黄盖,一个愿打,一个愿挨。我想,这事甭再想了,大哥就铁了心跟他合作,肯定能发大财!如果老哥觉着没面子找他,明晚,我替你去找他。我不相信,一个堂堂的石嘴山主簿登门造访,他能不给我一点面子?”

周令轩把剩下的半碗酒喝了,抓着周令杰的手道:“成,合作的事,为兄就拜托给老弟了!”

周令杰点头:“放心吧!”说着,将一碗酒也喝了。

12

翌日晚,石嘴山高林商行葛秃子家。侯水英正帮着葛秃子妻子赵氏洗碗,任经纬、任凤与葛清莲正在家里做作业,忽然大门外传来敲门声。葛秃子下炕去开门,见到新主簿周令杰,奇怪地问道:“是你?”

周令杰抱拳道:“葛老板,你回来怕有两天了吧?我今天专程登门拜访,想跟你商量个事儿。”

葛秃子道："快进屋上炕坐。"

周令杰进屋脱鞋上炕，赵氏端上茶来。周令杰接过茶杯在手，品了一口茶，笑道："行健兄，这次你从兰州弄回几十万斤羊毛和上万张皮子，把石嘴山都给搅红火了哩！不说这里的商号、百姓佩服你老哥的人品、才华，就是我这个老弟也打心眼里佩服着哩！昨晚，我哥和我说了，他打定主意要把他的谦益元商号与你合伙起来干哩！你是个外地人，可总是咱中国人吧，能瞧着自己富了不拉咱同胞一把？再说了，我和我哥也不大瞧得起新泰兴的刘敬祥哩！那小子是啥人？要家底没家底，虽说嘴怪甜，但哪有你老哥豪爽义气，一诺千金？人们背地里都说他是个日囊怂哩！我这次来是替我哥对你把话挑明了，他要铁心跟着你干哩！你看，看在我的面子上，能否就把这合约签了？"说着，他从怀里掏出一张纸递到葛秃子面前，"我和我哥商量了，谦益元商号挂在高林商行下面，股东仍是周家，所收羊毛和皮张全交给高林商行，价格嘛好说，你随意给个价，高林商行从天津批发日用百货，交由我哥的谦益元商号代卖，价钱嘛也由你酌情定个价，你看成不成？"

葛秃子等他说完了，把烟斗从嘴边拿开，爽快地道："好！既然你和你老哥有这一腔诚意，俺也把话给你挑明了：俺同意谦益元挂在俺的高林商行下面，股东仍是东家，谦益元商号所收羊毛、皮张统统售给俺，俺答应俺高林商行的收购价永远高于新泰兴的百分之十，至于本行由谦益元商号代卖的日用杂货价格嘛，俺同意破格优惠，价格永远低于新泰兴的百分之十。你看咋样？"

周令杰高兴地道："行健兄，这是你老哥给我面子，也瞧得起我哥。这么优惠的条件还有啥说的？！谢谢你老哥了！"

葛秃子笑道："这有啥谢的？"说着对走进来倒茶水的侯水英道："千斋嫂，麻烦你给我拿笔墨过来。"侯水英答应一声"哎"，便从桌上拿起一支毛笔和一瓶墨水递给葛秃子，葛秃子右手执笔，将合约铺在炕上略修改了一下内容，便在合约上签了三个大字：葛行健。签完，他将合约和毛笔交[illegible]周令杰，周令杰接过合约看了看，便高兴地代其兄周令轩在合约上签了字，然后将合约交给葛秃子，将毛笔交给侯水英收了。

葛秃子接过合约看了看周令杰的签名，兴高采烈地对周令杰道："自此后，你哥的谦益元和俺的高林商行是一家了。一家人不说两家话，从现在起，这份合同立即生效。掏句心里话，俺以后发财了，你周家就跟着俺发吧！哈哈哈哈！"

周令杰也笑着道："行健兄果然快人快语，我也对老哥说句心里话：我哥谦益元商号的毛皮明天就拉到高林商行来，从现在起，你行健兄在石嘴山没有办不成的事！"

葛秃子戏言道："此话当真？"

周令杰道："一点不假！"说着，他与葛秃子坐在炕上对击一掌，接着两人互相望着对方，哈哈大笑。

13

第二天上午，石嘴山高林商行门前热闹非凡。谦益元商号的伙计在周令轩老板的带领下，将一车车羊毛、皮张运往高林商行大院内过秤，葛秃子和保军带着几个伙计前后张罗着，过秤的过秤，记账的记账，忙得不亦乐乎。葛秃子夫人赵氏和任有道老婆侯水英也带着孩子在一旁观看过秤，兴高采烈地交谈着。

周令轩与赵氏打招呼道："葛嫂，今天起，我的谦益元投靠在行健老哥麾下，还请大嫂与葛兄多加关照！"

赵氏道："周老板，你放心，你投靠俺家的高林商行是看得起俺家的老葛，今后咱们饭吃在一个锅里，是一家人，还说啥客气话来？"

侯水英与周家不睦，见赵氏与周令轩说话，忙带着任经纬和任凤回屋里去了。任经纬不肯回屋，要留在院子里看羊毛过秤，侯水英揪着他的耳朵，道："这里有啥子好看的？回去！丢人现眼的！"周令轩闻言，想要与她理论，但张了张口，不吱声了。

当晚，周令轩和周令杰在家设宴请客，把葛秃子一家及保军、镇上的其他商号老板请到家来，一直闹腾到半夜。

14

白昼，石嘴山镇公署。厘金局局长赵文通怒气冲冲地闯进公署，指责坐在炕上的周令杰主簿道："令杰，你这是干吗呢？你为啥跟葛秃子签协议，让你哥的谦益元商号挂在高林商行旗下，把皮毛都卖给了高林商行？你这不是背信弃义，跟刘敬祥的新泰兴商行过不去吗？"

周令杰冷冷地道："做生意就得有做生意的方式，坐而论道是傻逼！夏季梅雨多，这么多羊毛皮子堆在外面，风吹雨淋，腐烂变质，这可是白花花的银子买来的，你不心疼我们心疼。管他啥洋行，只要买咱的羊毛，咱就卖给他。你别忘了，谦益元也有你的股份呢！"

赵文通道："理是这个理，可咱们跟刘老板是朋友，这样做也太那个了吧！"

周令杰道："那你原来跟葛老板不也是朋友吗？谁的钱好赚咱就赚谁的钱。人家葛老板是现钱给咱，不像刘老板，净他妈玩虚的，到现在，咱们也还未赚到他的银子。"

赵文通道："那就这样吧，不过，要是刘老板回来，咱咋跟他说呢？"

周令杰道："那有何难，就说下雨把羊毛都淋湿了，要再不卖，损失就大啦！"

赵文通闻言，苦笑了一下，没有作声，走出了石嘴山公署。

15

数日后的一天早晨，石嘴山码头。周令杰正在码头上练习剑法，砍、削、挡、刺，辗转腾挪，弄得满头大汗。这时，葛秃子端着饭碗走了过来。

葛秃子上前客气地道:“周主簿,你在练剑哩!”

周令杰停住舞剑,道:“是啊,三日不练,剑法都生疏球!你找我有啥事吗?”

葛秃子道:“俺来找你商量个事,看见你在码头练剑,俺就找来了。”

周令杰收起剑,道:“行健,是啥事?”

葛秃子道:“也没啥大事。你看,这几天下了几场大雨,黄河的水涨了,这可是行船的好水啊!俺盘算来盘算去,想乘这好风好水将毛皮运到天津,这一百万斤羊毛、五万张皮子到了天津,肯定能卖出好价钱!再说,天津怡和洋行那边连连来信催俺发货哩!”

周令杰道:“好啊,那你就赶快带人把货运走哇!”说着,他转身指着滔滔黄河道:“这几天水势看涨,正是船运的好时机呀!”

葛秃子扒了两口饭,道:“要是俺能去就不来找你了,俺还有事须留在石嘴山,等待张学文从甘南把收购的几十万斤毛皮运回来呢,再说,俺手头还有一些紧要事需要处理,想到兰州再跑一趟,那里的分号、外庄刚刚建立,情势不明哩!”

周令杰关切地问道:“那你打算让谁代你押货去天津?”

葛秃子道:“还有谁能代俺,只有一个保军,他随俺到天津跑过两趟,人熟地熟,这个俺放心,只是担心路途遥远,缺个得力帮手帮衬保军。所以,俺左思右想找个合适人选,找你主簿大人给你老哥说一声,借个人。”

周令杰道:“借个把人是小事,关键是把押运皮毛的事办好。你说谁吧?”

葛秃子道:“谦益元的二掌柜伍子牛。”

周令杰道:“伍子牛?”他沉思一会儿道,”你咋看中他?”

葛秃子道:“俺来石嘴山快两年了吧,俺发现伍子牛这人头脑精明,办事干练,挺扎实,俺信得过他,千里押运羊毛的事不是小事,这事有他帮衬保军,方保不会出闪失。”

周令杰道:“好。既然葛老板看中二掌柜伍子牛,我马上跟我哥说一声,把伍子牛借给你跑一趟天津,这事没啥问题。”

葛秃子道:“那就一言为定!”

周令杰道:“军中无戏言,驷马难追!”

16

当天中午,石嘴山高林商行。葛秃子刚从码头回到行里,刚放下饭碗,保军走了进来。

保军道:“老哥,这几天我日夜组织劳力筛毛、拣毛、装袋,一百万斤羊毛和五万张皮子均已装袋完毕。你看咋弄呢?”

葛秃子道:“坐,咱哥俩仔细聊聊。”保军闻声,端个板凳坐下。

葛秃子端起烟锅点上火,吸了一口烟,道:“保军,俺刚从码头回来,看了一下黄河水情,黄河水正涨哩!这可是船运的好时机。俺打算马上将货装船起运,沿着老路线到绥远,再雇骆驼把货运到天津。”

保军急忙道："啥时出发?

葛秃子道："就这两天吧。不过,俺这趟不能带你去天津了。这趟船运俺决定交给你负责,把货运到天津。"

保军道："老哥,你信任我保军,我负责这趟生意,没说的,只是这趟生意与历次不同,运出的羊毛就有一百万斤、皮张五万张,比过去翻了好多倍,我担心人手不够,不好照应呢!"

葛秃子道："这个俺已考虑了。人手不足,俺给你增加镖师沿途照应,另外,俺已和周令杰说好,调谦益元的二掌柜伍子牛与你同行,帮衬你,这趟水路和旱路运输不会有啥问题。"

保军道："伍掌柜我熟,这人办事干练,头脑精明,是块好料。有他帮衬我,跑这趟运输,没说的!"

葛秃子道："你在外面负责跑这趟生意,俺在石嘴山坐镇,防止刘敬祥这个狗怂从中捣鬼,另外,张学文很快也要带人和货回石嘴山,这里的事不少,俺留在石嘴山料理这些麻烦事。还有。呼延遇春也快回来了,营救任有道的事,俺可不能撒手不管。"

保军道："张学文是快好料,这回他从甘南起码要运回几十万斤羊毛。呼延师傅去天津已有几月了,营救任有道的事究竟如何,我心里也在打鼓、犯愁呢!"

葛秃子道："你放心吧!这样,你和伍子牛赶快商量一下,立即做好船运的一切准备,后天上午准时启程。这次毛多、皮多,你赶紧与贺兰船运公司的老板刘满库联系一下,租他十只大木船和几十只羊皮筏子,明天将货装船,后天准时启运!另外,呼延遇春未回来,俺让陈万秋带领二十余名镖师押镖,你看咋样?"

保军道："陈万秋这人不大老实,我怕他不服从我的调度指挥!"

葛秃子道："这个你放心。你马上去把陈万秋给俺叫来,俺当面叮嘱他沿途听你的指挥。"

保军道："老哥考虑周全,这样我就放心了。"说着,保军告辞。一会儿,保军领着陈万秋走进葛秃子的办公室。

陈万秋道："葛老板,听保军兄弟说你要找俺,不知有何事吩咐?"

葛秃子正色道："陈镖师,自从你随呼延兄跟从俺葛行健,这一年多来可满意吗?"

陈万秋拱手道："自从俺随呼延大哥跟从葛老板,一年来无论是下乡收毛,还是运毛跑天津,葛老板待俺的弟兄们不薄,有福同享,有难同当,俺的弟兄们正感激您呢!"

葛秃子道："既然如此,俺也响鼓不用重槌敲,把话给你挑明,俺决定高林商行后天发往天津一百万斤羊毛和五万皮张,此事交由保军兄弟和伍子牛沿途负总责,俺因有事留在石嘴山,不能去了。此趟水陆运输俺派你带二十余名弟兄沿途押船保镖,不能出任何闪失,如果丢失一袋羊毛,俺要唯你是问。听见了没有?"

陈万秋点头道："这是镖师应尽的责任,出了闪失一概由俺负责!"

葛秃子沉吟半晌，又道："另外，俺出于水陆运输安全考虑，此次你随船保镖，你和你的手下镖师一律要听从保军和伍子牛调度指挥。否则，从天津回来，俺也要拿你是问！"

陈万秋闻言，不高兴地道："既然葛老板如此安排，俺和俺的弟兄谨奉老板之命就是。"

葛秃子道："好，有你这样答复俺，俺也就放心了。你和保军下去分头准备启程的事吧！"

保军和陈万秋拱手道："是，告辞。"说着他们走出了葛秃子的办公室。

17

四月底，一个风和日暖的日子，石嘴山码头。十艘大木船和几十只羊皮筏子齐聚码头边整装待发。每一条船和每一只筏子上都满载羊毛袋和皮子，分别插有"高林商行"字样的白旗和写有"保护"、"甘肃巡抚制"字样的白旗。押运的镖师们分别站在船上，腰挎佩刀，威风凛凛。保军和伍子牛站在船头，向站在岸上送行的葛秃子的家人挥手。

葛秃子在周令杰、周全轩和家人的陪同下步下码头石级，对保军挥手道："启锚！"霎时，码头上鞭炮齐鸣，锣鼓震响，人群欢声雷动。

保军对伍子牛吩咐道："时间已到，启锚！"

伍子牛对所有船只和皮筏子上的船工吆喝道："启锚——"

在震天的锣鼓声和鞭炮声中，一艘艘大木船扬帆启锚，水手们荡起了双桨，木船在前，皮筏子在后，一齐驶向黄河河心，浩浩荡荡向东急驶而去。

18

这日白昼，黄河岸上，呼延遇春带着两个徒弟骑着骏马向着兰州奔驰，骏马吐着白沫，三人扬鞭策马，口里仍不停地喊着："驾！驾驾！！"三匹马撒开四蹄，扬起一路烟尘……

19

白昼，石嘴山葛秃子家。葛秃子送走运毛船，与夫人赵氏牵着女儿葛清莲往家赶，未踏进门，就听见侯水英坐在一条小凳上啼哭。她的女儿任凤摇着侯水英的肩膀哭道："娘，俺要爹，爹啥时才能回家呀？"侯水英一把将女儿搂在怀里，哭得更凶了："孩子，俺苦命的孩子呀……"

赵氏上前劝道："任大嫂，凤伢她爹被关在牢里，四狗子正在设法营救他，过些日子任大哥就会回来，你可别哭坏了身子……"

侯水英抬起泪眼望着赵氏，又望望葛秃子，带着哭腔道："行健，你实话告诉俺，呼延遇春到天津怕有个把月了吧，这个时候还不回来，是不是他遇到啥难处……"

葛秃子道："水英，别……别难过。千斋兄的事，俺已有安排。估计，他把俺的信送给洋人亨利，再通过朝廷释放千斋，不会有嘛问题。也许，呼延遇春过两天就回来了。俺与他早约定在兰州会面，过两天俺再赶到兰州去一趟，兴许就有好消息了。水英，别哭了，哭也没嘛用，就安心在俺家住下吧……"

赵氏道："任嫂子，你就听行健的话，回房休息去吧，你别再哭，把娃子们吓着了……"说着，从凳子上拉起侯水英要往房里走。

侯水英挣扎着回头对葛秃子道："行健，你与千斋是同乡、同年，眼下娃子她爹有难，你可千千万万要救救他呀……"

葛秃子道："放心，俺救千斋救定了，你回房休息去吧……"侯水英听了葛秃子的承诺，在赵氏的搀扶下向房里走去。任凤和清莲也跟着进了房。

待女人们进了房，葛秃子倒了一碗茶咕嘟嘟喝了下去，喝完一屁股坐在炕上抽起大烟，发起愣来。（画外音：张学文这混小子出门快三个月了，咋还不回呢？）他正愣愣想着张学文运毛的事，猛地听到门吱呀一响，一个衣衫破烂的流浪汉扑进门来，一见葛秃子便跪下磕头，放声大哭。

葛秃子定睛一看，跪着的人正是他日夜思念的张学文，吓了一跳，喝道："张学文，你哭嘛呀，起来好好说话！"

张学文站起来，带着哭腔应道："回老爷话，我从甘南一路往回赶，在兰州租了一只皮筏子，过煮人锅时筏子翻了，我差点丢了命，大羊皮筏子全没了，你看这胳膊上的伤还在哩。我是要饭回来的，已经十几天没好好吃东西了。"

葛秃子听说，忙对屋里喊道："娃她娘，给张学文弄点吃的来！"一会儿，赵氏拿了两个馒头走进来，将馒头递给张学文。张学文接过馒头，狼吞虎咽起来。

葛秃子道："学文，俺问你，你在甘南收毛，到底出了嘛事？"

张学文道："这次我在甘南收了三十万斤羊毛和两万张皮子，经河州运到永靖县的孙家嘴，打算装筏子时，谁知永靖县厘金分局的人不让运，还把毛皮扣了。"

葛秃子惊道："他们为嘛扣毛皮？"

张学文道："他们刚开始说是我的三联票与毛量不符，过了几天，又说奉了巡抚大人的命令，凡是高林商行的毛皮一律查扣、没收。我没有办法，只好到兰州找您，谁知您已从兰州回来。在兰州，咱们分行的牌子已被摘了，外庄也被取缔了！"

葛秃子闻言大惊失色，急问道："到底为嘛事？"

张学文道："我打听了一下，有人说新泰兴的刘老板去了兰州，不知在巡抚大人那儿咋说的，反正兰州知府和西宁道台都被撤职查办了，官府将咱们的毛皮都给了新泰兴。"

葛秃子一听，怒气填胸，突然眼睛一翻，栽倒在炕下。

张学文见状，忙上前扶起，见葛秃子昏迷不醒，吓得大叫："老爷，你咋啦？老爷，你咋啦？"喊声惊动了全家，赵氏和孩子们都跑过来，围着昏迷不醒的葛秃子大声哭起来。

这时，侯水英冲进屋，吼道："都不要哭！"她弯下腰，与张学文一道将葛秃子架到炕上放平了,又对张学文道:“你快去请郎中来!”

张学文应了声“哎”,正要拔腿出屋,葛秃子睁开眼睛,长出了一口气。

侯水英站在一旁,眼中含泪,说道:“行健,你可吓死俺了,你这是咋啦?”

葛秃子摇摇手道:“不要紧,俺还死不了。刘敬祥,好,你干得好!俺是前生没干好事,碰上你来跟俺捣蛋。来,学文,给俺备马!”

赵氏在一边道:“你都病成这样子,还上哪儿去?”

葛秃子道:“俺要去兰州,这比俺的命还重要!学文,快去备马,你跟俺走,拿几块饼子和几块熟肉上路!”张学文答应一声,出去了。

葛秃子对赵氏道:“你赶紧给俺准备几件换洗衣服,把包裹打好。”赵氏含泪点头进房去了。

葛秃子又对一杂役道:“你快去把账房先生叫来,俺有事交代。”杂役闻言,拔腿便奔出门外。一会儿,账房先生进屋来。

账房先生问道:“葛老板,你有事叫我?”

葛秃子点头道:“嗯,是这样,保军带着人去了天津,俺也要马上与张学文赶到兰州处理急事,行里的事你在家里负责料理一下,过几天俺就回来。”

账房先生点头道:“请葛老板放心,我会尽力尽责的。”

这时,赵氏拎着包裹出房来,把包裹交到葛秃子手上。葛秃子站起顺手将包裹往身上一背,拍了拍账房先生的肩道:“俺走了,这里的事就交给你了。”说完,大步流星走出门,张学文已备好三匹马,身边站着一个镖师。葛秃子翻身上马,将缰绳一抖,那马撒开四蹄冲出大院,张学文和镖师也紧跟着翻身上马,驰出高林商行大院奔兰州而去。

20

三天后的白昼,兰州天客隆大旅店。葛秃子带着张学文和一名镖师,三人三骑驰入天客隆大旅店,刚进大院,便有一名旅店伙计上前施礼,问讯道:“众位客官,可是住店的么?”

张学文在马上答道:“正是,要两个好一点的客房!”说着,翻身下马。

旅店伙计道:“请客官随我走!”说着,他上前接过三匹马的缰绳,牵着马来到马厩,拴完马后,便引着众人上楼,开了两个明亮宽敞一点的房间,张学文让葛秃子住了一间,自己和镖师住一间房。

放下行李,葛秃子对店伙计道:“店小二,俺问你,最近可有一位复姓呼延的人住你的店?”

店伙计道:“昨天夜晚有一个名叫呼延遇春的来投宿,不知可是此人?”

葛秃子道:“正是此人。他住几号房?你快去把他叫来!”

店伙计道:“呼延遇春带着两个人住楼下,我这就去喊他来。”说罢,拔腿走出房间。

过了一会儿,呼延遇春和两名徒弟来到葛秃子房间,葛秃子抢步上前施礼道:

“呼延兄,你一路辛苦了!快给俺说说事情办得咋样了?”

呼延遇春忙还礼道:“行健老弟,俺们这一趟千里迢迢,跑得值!事情圆满解决了!”

葛秃子一听,乐滋滋地拉着呼延遇春坐下,道:“咋样圆满解决?说给俺听听!”

呼延遇春道:“俺到天津,把你的信交给了梁大人,梁大人气坏了,跑去找亨利先生,将新泰兴商行破坏俺们高林商行的事对他说了,并将你的信给亨利看了。当时,汇丰银行买办吴调卿正通过新泰兴洋行老板帕特里克向亨利说情,租六艘轮船去台湾救人,亨利一气之下拒绝租船,逼迫李鸿章向朝廷上奏折释放任有道,让他官复原职,惩办这起肇事之人,还特准俺们高林商行以后在西北收毛,各地官府不得妄加干涉和收税!李鸿章是朝廷的大红人,据说他的奏折一到朝廷老佛爷那儿,老佛爷便准了这道奏折。俺回来前,梁大人告诉俺,当今皇上圣旨已下,不日即到兰州,命俺们早早回来告诉你这大好消息,嘱咐咱们放开手脚大干,多收毛皮,英国那边正等着要货哩!”说着,他从怀里掏出梁彦青的一封信递到葛秃子手上,“不信,你瞧瞧梁大人给你的亲笔信!”

葛秃子接过信,展开看了看,大喜道:“洋人果然厉害,真乃皇天不负有心人也!”接着,他仰天吼道:“刘敬祥,你这个坏怂完蛋球了!”吼声震天,把隔壁的张学文和镖师也惊动了,他俩赶快来到葛秃子房间。

张学文道:“老爷,你咋发疯了呢?又是咋啦?”

葛秃子见张学文进来,忙招手道:“学文,这下好了,当今皇上已下圣旨,放出任主簿官复原职,还特令西北各地官府允咱们洋行收毛皮,不得阻拦、收税,这可是天大的喜事啊!你说,那刘敬祥个坏怂不是完蛋了么?”

张学文道:“老爷,咱们终于盼到了这一天,日头从西边出了!好,好好好好!刘敬祥这个日囊怂的诡计破灭了!哈哈哈哈!”

众人也大笑起来:“哈哈哈哈……”

张学文又道:“葛老板,咱们下一步该咋办呢?”

葛秃子道:“俺说你是不是喜糊涂了?下一步还不好办?四个字:收毛、救人!”

张学文道:“对,第一步是收毛,咱们得赶紧去拜谒甘肃巡抚,让他按朝廷的命令行事,赔偿咱们商行的损失,恢复咱们的兰州分行,再派人到各地收毛,看谁还敢阻拦!”

呼延遇春也在一旁道:“第二步是立即到府城去救人!俺估计,皇上的圣旨可能近日就要到了,那甘肃巡抚有天大的狗胆也得遵旨放任有道,让他官复原职,咱们到府城去接老任回石嘴山,此后,咱们的事儿就顺风顺水——好办了!”

葛秃子道:“嗯,俺琢磨也是这个理。这样吧,事不宜迟,咱们说干就干,现在,各位弟兄随俺去拜谒甘肃巡抚,先把兰州分行和外庄恢复了再说!”说着,他整了整衣冠,一挥手,“走!”便带着众人下了楼。

21

白昼，兰州，甘肃巡抚衙门。甘肃巡抚家麟正在审理民间收毛纠纷案。两名原告、被告跪伏大堂上听家麟判决。

家麟道："咄，大胆刁民张三，胆敢冒充高林商行兰州分行状告新泰兴商行，蒙骗本官，新泰兴商行在兰州设立分行，系北洋通商大臣、直隶总督李鸿章大人来函推荐，经本抚台批准在兰州创立，是合法的商务机构，而高林商行从未向本抚台出示路引、照会和荐信，根本未在本省备案，何来兰州分行？就此一条，本抚台即可定你欺诈之罪！来人呀！"

大堂两侧衙役立即应道："威武……"

家麟把惊堂木一拍："给我把张三枷了，打入囚牢！"随着他的一声吆喝，便有两名衙役拿枷将跪在地上的张三用木枷枷了。

正在这时，葛秃子带着呼延遇春、张学文等一班伙计、镖师闯进公堂。

葛秃子见状，喝道："且慢！"

坐在审案桌旁的甘肃巡抚家麟定睛往下一看，见来者是葛行健，便把惊堂木一拍，大声喝道："胆大葛秃，你不到大堂，本官正要找你！来人呀，将此秃子也给我枷了！"随着他的一声吆喝，从两班衙役中冲出数名衙役上前将葛秃子双手扳住，只见呼延遇春和几个镖师早拔刀在手，将众衙役逼退，葛秃子猛一用力，将两个架着他的衙投甩倒在地上。

葛秃子喝道："家麟老贼，你敢藐视王法吗?!"说着取出怡和洋行大买办梁彦青的亲笔信件，道，"这是英商怡和洋行大买办梁彦青大人给俺亲笔信函，你好好看一看吧，狗官！"说罢，将信往家麟坐的审案桌上一扔，昂首大笑。

家麟从案桌上抓起信，急速地看了看，便冷笑道："大胆葛秃，别人不识你的诡计，本官岂能不识，你又在编造假信欺蒙本官吧？本官凭此一条，就要办你欺君犯上十恶不赦之罪！来人，将这一群咆哮公堂的匪党统统给我拿下！"众衙役和守卫兵丁闻言，纷纷手持刀枪棍棒围了上来，将葛秃子所带一干人团团围住。呼延遇春和众伙计、镖师也纷纷亮出武器挡住众衙役，正在双方即将火拼之际，忽听衙外一声高叫："圣旨到！"随着这一声喊，一名太监手捧圣旨，在众太监陪同下走上大堂，那太监操着鸭公嗓子喊道："甘肃巡抚家麟接旨！"

家麟闻言，慌忙跪下呼道："臣家麟恭请圣安，接旨！"

宣诏太监道："奉天承运，皇帝诏曰：查高林商行乃英商亨利在宁夏开办之洋行，宁夏地方吏员竟敢藐视王法，勾结不良之人诬谄高林商行经理葛行健行不法事端，假以借口封闭该行，并株连石嘴山主簿任有道，将其拿入牢狱。此等恶举实有损吾大清与大英吉利国友好邦交。着甘肃省总督严查此不良事端，即将石嘴山主簿任有道无罪释放，官复原职，并告知各地官员，今后对高林商行在此收毛皮不得擅自阻挠，违者以国法论罪。甘肃巡抚家麟身为一省巡抚，对此不良事端负有失察之罪，着其降职为从五品，削去家麟甘肃巡抚之职，贬任兰州知府。钦此。"

家麟听得此宣诏，早已吓得浑身筛糠，连连叩首道："臣谢圣恩，吾皇万岁万万岁！"一太监上前，摘去了他头上的三品顶戴。

22

次日白昼，兰州城内。新泰兴商行兰州分行门前集聚了一群人，葛秃子带着七八名伙计和镖师大步走上台阶，早已等候在此的新任兰州知府家麟带着数名衙役上前拱手道："前次冒犯虎威，今日下官专候在此。"说罢，对着身后的衙役道："给我抬上来！"语音未落，只见两名衙役抬着一块红绸包裹、油漆一新、写着"高林商行兰州分行"字样的木牌大步走到葛秃子面前。

家麟道："葛大人，家某误听他人谗言，抱愧终生。今日家某为葛大人重挂新牌，以示歉意。来人啦，给我把新泰兴的牌子摘了，鸣炮换新牌！"

葛秃子正要说话，只听得阶下忽然响起一连串的鞭炮声。鞭炮声中，几个衙役上前摘下新泰兴兰州分行的牌子，重新挂上高林商行兰州分行的新木牌，新木牌上悬挂的红绸子迎风飘舞。

葛秃子见状，兴奋不已，对家麟道："知府大人，葛某深谢知府大人再造之恩，这厢有礼了！"说着与他紧握双手。

家麟挽住葛秃子的手道："蒙葛大人不弃，便是下官的造化。自今日起，刘敬祥的新泰兴兰州分行便由你重新接管，此乃完璧归赵也，岂用谢?!"

葛秃子笑道："哈哈哈哈，皇上英明，果然完璧归赵也！"呼延遇春和张学文等一班镖师、伙计闻言，也乐得大笑起来："哈哈哈哈……"

第十一季:主簿复原职

1

这年五月上旬,阳光洒满兰州通往府城的官道。葛秃子留下张学文处理兰州分行的收毛事务,亲自带着呼延遇春等一班伙计、镖师骑马驰往府城。同行的还有甘肃按察使和几名随员。葛秃子得意地在马上哼起“一马离了西凉界”的京剧唱腔,一路吆喝着“驾!驾驾!”策马狂奔。呼延遇春等人策马紧随其后,他们忽而超出其前,忽而落于其后,大道上响彻“驾驾”的吆喝声和“嘚嘚”的马蹄声……

2

夜,甘肃府城监狱。监狱大门悬挂着两盏昏暗的灯笼。监狱里静悄悄的,忽而响起打更的梆子声和士兵巡逻的脚步声。忽然,一群人朝监狱涌来,为首的是葛秃子和甘肃按察使。甘肃按察史行至监牢大门,对把守的士卒命令道:“开门!”狱卒见来了大官,慌忙将监牢大门打开。这时,一狱吏赶过来伸开双手拦住众人道:“且慢,请问大人,可有上峰的公文?”

甘肃按察使闻言,从怀里掏出一纸公文道:“俺是甘肃省按察使,奉当今皇上之命前来释放石嘴山主簿任有道大人,你敢抗命?”

狱吏闻言,慌张地跪下道:“不敢,下官谨奉圣谕!”

按察使道:“还不起来引俺们去见任大人?你这个日囊怂!”

狱吏闻言又慌忙站起身道:“下官遵命,请随我来。”说着引着众人在监狱里穿行,七弯八拐,来到一架铁栅栏前,掏出钥匙开了铁锁,引着葛秃子和甘肃按察使、呼延遇春等人进了牢房。任有道正死猪一般地横躺在潮湿的地上,身上裹着稻草,头发蓬乱,一脸污垢,见来了一群人,吓得慌忙跪在地上,大呼道:“不要杀俺,不要杀俺,俺冤枉啊……”一边急呼,一边哭泣起来。

呼延遇春道:“任大人,你快起来,看看俺们是谁?”

任有道仍一把鼻涕一把泪地哭着:“俺冤枉啊……”

这时,狱吏恶狠狠地道:“老任,你哭个球,你给老子听着,省里按察使来了,皇上有旨……”

任有道听到狱吏说皇上有旨,错以为末日来临了,突然站起来一头朝墙上撞去:“皇天不佑,老子死球算了,天哪……”葛秃子见状,慌忙奔到墙边,任有道一头撞在葛秃子怀里,顿时昏倒在地

狱吏见状,命令狱卒道:“去,找桶水来!”

狱卒道:“是,大人!”说着奔出牢门外,过一会儿,狱卒打来一桶水。狱吏接过水桶,猛地朝任有道头上浇去,任有道一个激灵。葛秃子弯下腰,紧紧抱住任有道,呼道:“千斋兄,醒醒,千斋兄,快醒醒!”

任有道渐渐苏醒,发现自己躺在葛秃子怀里,遂挣扎着爬起来道:“四狗子,是你,你咋跑到牢里来了?”

葛秃子道:“千斋兄,俺们几个弟兄陪省里按察使大人救你来了!”

任有道道:“省里按察使不是来宣诏,要杀俺的头么?”

葛秃子道:“不是,他是奉命来宣诏,释放你出牢狱!”

任有道道:“四狗子,现在是啥时候,你还拿谎话骗俺,是个他妈的狗怂!”

葛秃子道:“千斋兄,四狗子不骗你,省里按察使就在你身边,他身上带着皇帝赦你的圣旨!”

任有道道:“此话可当真?”

葛秃子指着省里按察使道:“按察使大人可作证!”

任有道回过身,惶恐地盯着甘肃省按察使,道:“大人,四狗子所说的一切可是当真的么?”

甘肃按察使点点头道:“葛大人所说不错,俺特来传旨,当今皇上赦你无罪出狱,官复原职!”

任有道百感交集,哭着跪在地上,抱住甘肃按察使的双腿道:“青天大老爷啊,俺千斋终于等到这一天!谢皇上,谢大人!”

甘肃按察使将任有道扶起,对狱吏道:“愣着干什么,还不帮任大人打开脚镣手铐?”

狱吏拱手道:“小人遵命!”说着,从怀里掏出钥匙帮任有道打开脚镣手铐。

葛秃子对手下伙计道:“帮任大人更衣,咱们一起护送任大人回石嘴山上任!”

一个青年伙计上前拱手道:“是!只是我等不曾带有任主簿的衣服。”

葛秃子道:“混账,难道不知道俺有换洗的衣服么,快去把俺的衣服包裹拿来,替任大人更衣!”

青年伙计道:“是!”他答应着飞奔出去。

这时,一狱卒端来一张凳子,葛秃子扶任有道坐下,道:“千斋兄,这两个月让你受罪了!”

任有道摇摇手道:“一言难尽,一言难尽啊!”他指着身上的伤痕道,“这都是周令杰、刘敬祥、娄知县合伙害的俺……”

葛秃子打个手势止住他道:“千斋兄,这里不是说话的地方,有些话留在肚里,等回去再说,啊!”

任有道道:“俺已死过一回了,俺说出来也不怕,俺怕哪个球毛!”

这时,一个伙计奔回牢房,拿出葛秃子的包裹道:“葛老板,衣服全在这里,请任大人更衣。”葛秃子打开包裹,拿出一件衬衣和一套新衣,立即替葛秃子换上。一个伙计帮任有道擦拭身体,洗罢脸,任有道顿时来了精神,对葛秃子道:“四狗子,借俺一匹马,咱俩立即回石嘴山!"说着,拉着葛秃子的手走出监牢。按察使带着几名府吏也跟随着走出牢房。最后,呼延遇春盯了牢房一眼,带着伙计和镖师离开了牢房。

3

白昼,下营子教堂。葛秃子老婆赵氏领着任有道的妻子侯水英在教堂门口听英国传教士罗斯演讲。

罗斯身穿教士服装,正道貌岸然地给一群男女老少教徒祈祷:"神明的主啊,请宽恕我们的罪孽吧,阿门……"台下的教徒们照样复诵着。

赵氏道:"任大嫂,咱们进去听罗斯传经吧?"

侯水英道:"好妹子,俺这几天心里憋得慌,想到这里散散心,俺就不进去了,要去,你一个人进去听吧!"

赵氏劝道:"大嫂,这里的传教士罗斯传经挺规矩,你是不是听说周主簿女儿的事,心里害怕?不要紧,咱们一起进去,他不是老虎,吃不了你!"说着,硬拉着侯水英进了教堂。

这时,罗斯见两个女人进来听讲,便道:"亲爱的密斯赵、密斯侯,我以主的名义欢迎你们来教堂听讲。按照教会的规定,密斯侯是教会新会员,听讲之前,要到忏悔室先忏悔。密斯侯,请随我来吧。"接着,女牧师玛丽走过来对侯水英道:"密斯侯,请你随罗斯牧师到忏悔室去忏悔。"

侯水英第一次来教堂,只好默默地站起来,随着罗斯向忏悔室走去。罗斯引着侯水英向后院走去,来到一间狭小的黑屋,罗斯在一只小凳上坐下,指着面前的一只小凳说:"密斯侯,请坐下向主忏悔吧。"

侯水英在小凳上坐下来,闭上眼睛,心里向耶稣默默地祷告着,忽然她睁开眼,看见罗斯贪婪的眼光直盯着她挺起的高高胸脯,一双带毛的大手正抚摸她的脸颊,她吓得"啊"了一声,猛地站起来冲出忏悔室。侯水英刚冲到忏悔室门口,女牧师玛丽正关切地守候在门口,见侯水英冲出来,不解地问道:"密斯侯,你怎么啦?"

侯水英满面通红不说话,笔直地冲了出去。这时,罗斯赶过来,对玛丽解释道:"她受惊了,她的丈夫被关在监牢里,这使她心里很难过。"说着,他漫不经心地吹起口哨走出忏悔室,玛丽在他身后投以怀疑的奇异眼光……

4

数天后的一个白昼,石嘴山高林商行葛秃子家。高林商行大院里,任经纬、任凤正和葛清莲在一起玩跳房子,侯水英和赵氏正在院内洗衣晒衣,英国传教士罗斯背着测量仪器走进大院,孩子们立即围了上来,一齐对他叫道:"骡子,骡子!"

罗斯笑眯眯地抚摸孩子们的头,从衣袋里掏出一把糖果塞到他们的手上,快乐地道:"孩子们,你们好。我给你们带来了礼物,好不好?"

孩子们吃着糖果,兴奋地叫道:"骡子叔叔,好,好!"孩子们吃完了糖果,又纷纷伸出手来向罗斯讨要糖果，罗斯又从衣袋里掏出糖果分给他们。

罗斯撇开孩子，走到正在洗衣的侯水英面前，弯腰施礼道："亲爱的密斯侯，我是专程前来看你，向你道歉的，请原谅我上次的冒昧。"

侯水英一边洗衣，一边挥挥手道："罗斯，你这头骡子，俺不需要你来看俺，也不稀罕你来道歉，你滚吧！"

罗斯碰了壁，站在那儿十分尴尬。赵氏走过来道，"罗斯，你快走你的吧，请你转告玛丽，以后俺们不会到教堂里去了！"

罗斯耸了耸肩，双手合十，口里喃喃道："愿主宽恕你们的无知和罪孽，阿门！"说着，灰溜溜地走了。

他刚走出大院不久，大院外传来一阵马嘶声，葛秃子领着众镖师、伙计拥着任有道骑马驰进高林商行大院，众人翻身下马。

任经纬、任凤见任有道回来，高兴地奔上来叫道："爹！爹爹！！"

任有道一把搂过两个孩子，眼里涌出泪花道："经伟、凤儿，你们的娘呢？"这时，葛清莲早已领着侯水英和赵氏走过来。侯水英一见到蓬头垢面的任有道，欣喜万分地奔过来，一头扎进任有道的怀里，口里哭着叫道："孩子他爹，你咋才回来啊……呜……"

任有道抚摸着她的头道："大英子，你哭个啥呢？俺没有死，俺这不是活着回来了吗？走，上屋去，别让孩子们吓着了！"

赵氏上前扯住侯水英劝道："大嫂子，任大哥不是回来了吗，你应该高兴才是哩，快领大哥上俺家去歇着。"说着，转身对葛秃子道："娃她爹，你们都还没吃饭吧？俺给你们弄饭去！"说着，直奔里屋厨房。

侯水英领着任有道进了自己住的房间，扶任有道上炕，替他解了扣子，卸了衣服，摊开被子替他盖上。

葛秃子上前道："千斋兄，俺家就是你的家。你先在俺家住几天，等身体养好了再去公署上任，别嘛把身子累坏了。"

任有道躺在床上道："四狗子，这回你救了俺的命，俺千斋永远不会忘记你的救命之恩。俺先在你家里住两天就搬回家，你去忙你的事吧，俺不打紧。"

葛秃子拱手道："老哥，你就先歇着吧，俺还要打点行里的事，告辞了！"说着，引着众人退了出去。

5

两天后的下午，石嘴山葛秃子家。任有道蓬头垢面正坐在院子里晒太阳，葛秃子带着一个挑着挑子的剃头匠进了院门。

葛秃子道："千斋兄，俺给你请来了剃头师傅，赶明日复任，你这篷头垢面的，哪像个主簿？"

任有道道："行健，看你忙得屁股一颠一颠的，俺心里不知咋感激你哩！这几天你见到周令杰、赵文通这两个狗怂没有？最近镇上又发生啥事，趁这剃头的工夫，你都给俺说说。”说话的工夫，剃头匠已熟练地拿了一条大围巾将任有道胸前围住，拿起剪刀咔嚓咔嚓地在他头上剪开了。

葛秃子站在一旁道：“这两天，石嘴山可热闹了，第一桩事是，省里按察使来到镇公署宣布你官复原职，将周令杰革了职，调他回平罗县仍旧担任刑房书办，他已回县城了。”

任有道道：“赵文通那个狗怂呢？”

葛秃子道：“咱们没拿住赵文通啥把柄，赵文通仍旧是镇公署厘金分局局长。”

任有道道：“还有啥事？”

葛秃子道：“最近，平罗娄知县给石嘴山下了一道告示，全县无论商民人等，每人增收人头税二百文；每亩地增收税五百文。今年年成不好，夏粮欠收，再这样增加税赋，老百姓就无法生存了。”

任有道叹口气道：“苛政猛如虎，再逼老百姓就要造反了！娄知县这个狗怂一味搜刮民脂民膏，难道就不知道水能载舟亦能覆舟这条古训？过两天，俺到县城里找他论理去！”

这时，侯水英从屋里端着个盛满热水的木盆出来。剃头师傅一扳任有道的肩道：“任主簿大人，该洗头了。”说着，端了条凳子放在任有道面前，将木盆搁在凳子上面，一把按住任有道的头，给他洗起头来。洗罢头，剃头师傅又拧干毛巾将任有道头上、脸上擦干水迹，拿了一把剃头刀替他刮起脸和胡子来。

经过剃头师傅一打理，任有道重新变得年轻、精神起来。侯水英进屋去拿了一套新衣服替他换上，葛秃子在一旁开玩笑道：“千斋兄，你这胡子一刮，像个新郎官似的，今夜又可入洞房了！”

侯水英娇嗔道：“行健，你这人不正经哩！咋这样糊弄你嫂子？”

葛秃子道：“俺不正经，还能敌过千斋兄？千斋兄，你说呢？”

任有道剃完头，精神一振，笑道：“哈哈哈，行健，俺和大英子是老夫老妻了，咋敌得过你四狗子年富力强哩！”说着，转身对侯水英道，“英子，你先把剃头钱付了，咱们今天就搬回家！”

葛秃子早已掏出五钱银子交与剃头师傅，道：“师傅是俺请的，咋要你掏钱？再说，这点小钱俺还付得起！”

任有道道：“四狗子，又劳你破费了。”

葛秃子道：“这算啥事呢？千斋，你要搬家回去，俺也不拦你。这样吧，俺给你派车！”接着对院内一杂役道，“你速去套一辆车来，送任主簿一家人回家。”那杂役应了一声“哎”，便奔了出去。少时，那杂役套了一辆马车驰进大院。侯水英已打好包裹引着两个孩子出门站在院里，葛秃子和妻子赵氏也引着女儿出来给任有道送行。

任有道抱起两个孩子上了大车，侯水英舍不得地走到葛秃子跟前，道：“行健，俺家千斋亏你救了他，俺娘仨住在你家也亏了你和弟媳，多谢了。俺们走了，以后有空多来家做客。”

任有道喝道:“大英子,你咋像个老太婆啰啰嗦嗦个没完? 快上车!”侯水英这才依依不舍、一步三回头地上了马车。

葛秃子大步上前对任有道拱手道:“千斋兄,回见!”

任有道坐在马车上拱手道:“回见!”回头对马车夫道,“咱们走吧!”马车夫闻言,将鞭杆一扬,在半空甩了一个“叭”的声响,便驾着马车出了高林商行大院。

6

白昼,石嘴山新修的学堂。学堂门前贴着一张石嘴山镇公署的告示:从今年起,本学堂学生免费入学。落款是:镇主簿任有道。一群男女老少围着告示看,不少学生背着书包陆陆续续地走进学堂。布告前,一白发老者伸出大拇指赞道:“任主簿复出为咱穷人办善事,此举善莫大耶!”

一年轻人道:“老伯,你不要搞错,这布告是任大人出的,这修新学堂的银子可是高林商行葛老板出的!”众人闻言,纷纷向站在学堂门前的葛秃子投以钦佩的目光。

葛秃子西装革履,正站在学堂门口等人。这时,一辆马车从远方驰来停在学堂门前。车门帘掀起,几个身着布衣长袍的学究步下车来,葛秃子见状,赶紧上前迎接。

葛秃子道:“列位先生,一路辛苦了,石嘴山学堂欢迎你们前来任教。”

一儒者上前拱手道:“足下可是石嘴山高林商行大名鼎鼎的葛老板?”

葛秃子拱手道:“在下正是行健,才疏学浅,不过浪得虚名而已。”

一塾师上前道:“早听说葛老板行义举,花银子赞助当地政府修建了这所新学堂,耳听为虚,眼见为实。今日我等前来应聘任教,观此新学堂一派新气象,此乃平罗县见所未见也。”

葛秃子上前拱手道:“重商、兴农与兴教,本是朝廷治国之根本。兴教育弘扬孔孟之道,乃是俺们中华民族数千年之传统。在下能为石嘴山盖一学堂,又请几位名师前来任教,只是略尽葛某绵薄之力而已,还望各位塾师与俺葛某携手共勉,重振石嘴山文教事业啊! 各位,请!”说着,葛秃子将手一摊,几位塾师满意地点点头,便鱼贯进了新学堂。

7

夜,石嘴山镇公署任有道家。任有道正与任凤、任经纬谈学业上的事。

任有道:“经纬,俺给你取名经纬,是希望你学业有成,将来干一番经天纬地的事业,可你整天泡在女娃娃堆里,这成何体统?”

任经纬噘嘴道:“爹,您这是听人家瞎说哩,是那些女同学要跟俺玩,俺再不玩不成吗?”

任凤道:“爹,您别听哥瞎胡说,俺哥每天上学,就是喜欢往女娃堆里跑,俺可是亲眼看见的……”

任经纬道："去去去！这儿没得你说话的地方，快滚！"

父子们正说着，刘敬祥掀开帘子进屋来，笑眯眯地喊道："任主簿大人，俺来看您，向您道歉来了。"

任有道见是刘敬祥，把脸一板，侧过脸去不理他。

侯水英走过来拉起两个孩子道："去去，去玩吧，你爹来客了！"任经纬闻言，如见救星似地站起来拉起任凤往屋外跑："走，凤妹子，咱们玩玩去！"

侯水英转过脸对刘敬祥道："刘老板，你来俺家干啥？俺家老任咋坐的牢，你应该知情吧？老任坐监牢后，俺娘仨孤苦伶仃，你连正眼都不看俺一眼，今日老任官复原职了，该是你又有啥事求俺的老公吧，不然，你咋像个黄鼠狼似的又跑到咱家来？说，你到底来找老任有啥事？"

刘敬祥闻言，脸白一阵红一阵，但他仍厚着脸皮道："任大嫂，你这是打俺耳聒子哩！"说着，他猛地朝自己脸上左右扇了两耳光，道："大嫂，这下你可满意了吧？不错，俺过去曾做过对不起任老哥的事，可那是过去，今日，俺不是负荆上门请罪来了吗？"说着，他走到任有道身边，对任有道道，"主簿大人，你大人不记小人过，宰相肚里能撑船，咋跟俺一般见识呢？你就不兴饶过俺刘敬祥一回？再说了，俺与秃子和你可都是安徽老乡呢？不看僧面也得看佛面嘛！"

任有道仍坐在那儿不吭声，绷着脸一动不动。

刘敬祥急道："主簿大人，俺今天一来负荆请罪，二来请你去喝两盅，这个脸面您该给俺吧？走，别再生他娘的气了，咱哥俩出去喝两盅去！俺叫俺的大姨子月萍陪你喝！这还不成？"他一边说，一边拖着任有道起身。任有道本不愿随他去，但听到后边一句，便没再坚持了，说了声："敬祥，你个坏怂别瞎扯，你要让你那大姨子陪俺喝酒，这嘛才叫认错有诚意，俺便随你去就是！"说着，他便随刘敬祥出了家门。

8

夜，月光似水。石嘴山，小揪面家。刘敬祥陪着任有道刚进小揪面家，打扮得妖娆的小揪面和美貌若天仙的王月萍便一起迎了上来。

小揪面弯腰作揖道："哎哟哟，主簿大人，奴家小揪面有失远迎，这厢有礼了！"任有道瞧都不瞧她一眼，便走进屋来。

王月萍见了任有道的面，脸上腾起一阵红云道："主簿大人别来无恙，小女子月萍拜见主簿大人！"

任有道猛地瞧见王月萍美貌若天仙，便拱手道："这位便是刘老板的大姨子么？咋的俺觉得像见了天上仙女？咱们从未见过面吧？"

刘敬祥道："任主簿，你面前的这位年轻女子正是在下的大姨子，她随俺来到石嘴山，早就想拜会您这位大官人哩！"

任有道步入客厅，在方桌的右首椅上坐下，道："哦，难道俺没有见过你的大姨子吗，她叫啥名子来着？"

王月萍款步上前道:“小女子贱姓王名月萍。”

任有道道:“这名字甚好甚好！真乃名如其人,月中嫦娥也！坐,坐！”

少时,小揪面端上几盘菜肴和瓜果和几杯酒水上来。

刘敬祥上前奉承道:“任爷,您想喝酒还是听曲?”

任有道把袖子一挥道:“敬祥老弟,客随主便,喝酒咋样,听曲又咋样?”

刘敬祥道:“听曲嘛,俺的这位大姨子颇通琴瑟音律,可为任主簿大人敬献几首妙曲,保准令大人您魂飞魄散,这喝酒嘛,俺的这位大姨子也颇有海量,陪大人尽兴就是！”

任有道鼓掌道:“好！妙！俺老任多日不曾听曲饮酒了,更兼佳人在侧。若依老任的么,两样都要！”

刘敬祥道:“主簿大人,俺倒有个建议,俺的大姨子唱曲一首,你若觉得好,便与俺的大姨子饮酒一杯,咋样?”

任有道复又鼓掌道:“敬祥老弟此言甚妙！以曲劝酒,以酒助乐！果如此,真乃天上人间也！”

王月萍道:“蒙任大人应允,妾便献丑了。揪面嫂,烦你进屋把俺的琵琶取来。”少时,小揪面从房间取出琵琶递到王月萍手中,又舞动莲步,替任有道和刘敬祥把酒杯斟满。此时,王月萍操起琵琶在怀,轻轻拨弄了几下琴弦,便娇声唱起了一首元曲《寄生草》:“有几句知心话,本待要诉与他。对神前剪下青丝发,背爷娘暗约在湖山下。冷清清,湿透凌波袜,恰相逢和我意儿差,不想你不来还我香罗帕。”

王月萍且弹且歌,把一对凤眼直往任有道身上瞧,任有道摇头晃脑与王月萍眉来眼去,直到曲终了,他才猛然叫道:“好！他娘的绝了！来,月萍,俺老任陪你喝一盅！”说着,他端起双杯,递一杯酒给王月萍,自己端起一杯,与王月萍碰杯道,“月萍,俺的月中嫦娥,你给俺再奏一曲！”说罢一饮而尽。

王月萍饮罢酒,两颊绯红。她抱起琵琶,又唱一曲《寄金莺儿》:“乐心儿比目连枝,肯意儿新婚燕尔,画船开抛闪的人独自。遥望关西店儿,黄河水流不尽心事,石嘴山隔不断相思。当记得夜深沉、人静悄、自来时,来时节三两句话,去时节一两篇诗,记在人心窝儿里直到死。”

任有道摇头晃脑道:“好,好！妙,妙！这曲中所唱黄河水流不尽心事,石嘴山隔不断相思,此句尤为妙也。更妙的是,这曲中唱那与女子邂逅的郎君,来时节三两句话,去时节一两篇诗,记在人心窝儿里直到死,更是唱到人心眼去了！来,月萍,想不到你这个美貌女子唱的词曲也格外可人！俺要与你再共饮一杯！”说着,他上前一把将王月萍揽在怀里,就席边坐了,将一杯酒倒入王月萍口中,自己也端杯一饮而尽。

刘敬祥对王月萍使眼色道:“月萍,任大人有些酒醉了,你扶他进房去休息吧。”王月萍会意地点头,对任有道道:“大人,你醉了,俺送你到房间休息。”说着,搀扶任有道向里屋房间走去,任有道假装醉酒,待进房之后,“叭”的一声一口将房里蜡烛吹灭了,返身将门关上,将王月萍抱入罗帐……

9

这年初冬,贺兰山下,一场大雪骤然而降,覆盖了黄河两岸,平罗县的山川、平原一片雪色。

平罗县衙书房内,知县娄玉书正愁眉苦脸与师爷钱江围着火盆交谈。

娄玉书道:“钱师爷,这两天俺正着急哩,你盘算盘算,今年咱平罗县全年财政收入能有多少?”

钱江掰起手指数了数,道:“回禀大人,今年全县财政收入很少啦,恐怕只有七八百两银子。”

娄玉书道:“咋?只有七八百两银子?省里府里盘问下来,这岂不要了俺的命?俺们不是早就下过通告,要全县开始增交人头税吗?这些人头税各村、镇收了没有?”

钱江道:“回禀大人,今年春夏天气不好,各地普遍下了冰雹,农户种植的小麦、玉米、糜谷和胡麻普遍减产,加上后来下了一场暴雨,山洪暴发,冲毁了堤坝、良田和农舍,使许多农户成了无依无靠的灾民。虽说咱们平罗县是宁夏府出名的大县,有良田40万亩,可是虚有其名啊。据我查清,全县交税大镇石嘴山镇,今年收上来的厘金不及去年的十分之一。眼前咱们的处境实在是难呐!”

娄玉书道:“钱师爷,俺问你,难道你就再不能帮俺想想办法增加府库收入,就这样叫俺在县衙里坐以待毙吗?俺养着你,你倒要替俺想想办法呀!”

钱江道:“办法也想过。前些时,我与夫人合计除下令各地增收人头税、地亩银外,另外发帖子向县里一些重要商户索取供支银子。结果是天怒人怨,很多农民不但不增纳人头税、地亩银,反而把农具充银钱交到县里,搞得县衙都成农具仓库了,连大人办案升堂也升不了。对此,我也实在没有办法啦!”

正在这时,一衙役走进书房来报:“知县大人,石嘴山主簿任大人求见!”

娄知县正陷入苦恼,忽听任有道求见,忙道:“不,不见!”

钱江道:“娄大人,咱们虽然与任有道有隙,可你是县太爷,他是镇主簿,因公求见您可不能不见啊!”

娄知县战战兢兢地道:“他前些时被打进牢狱,可是俺办的呀!他出狱复职不久,会不会借机前来复仇?钱师爷,你给俺说说……”

钱江语塞道:“这个……不会吧?听说他此次回石嘴山复职,并未向任何人报复,连赵文通、刘敬祥也都安然无恙啊!卑职以为,任有道此次前来拜访您,定有公事相商,老爷,你不妨见他一见,顺便摸摸任有道的底……”

娄玉书思考良久,觉得钱师爷的话有理,便对那衙役口谕道:“既是任大人求见,速请他进来见俺。”

衙役拱手道:“是!”说着便退出书房。

少时,任有道随衙役走进书房,对娄玉书拱手道:“卑职任有道,参见知县大人!”

娄玉书对钱师爷道:“赐坐。”钱江闻言,便搬出一张凳子放在知县对面,让任有道坐了。

娄玉书问道:“刚才,俺与钱师爷正商量县里收入吃紧之事,不知石嘴山厘金局收税如何?”

任有道拱手道:“卑职正是前来向娄大人禀告此事。卑职复职不久,便抓紧催收人头税和地亩银。据厘金分局赵局长回禀,眼下,石嘴山遭灾严重,所收税银不足往年十之一成。卑职明知县里财政银吃紧,可俺手上实在拿不出多的银子来。养病期间,俺想了许久,以为,县里若一味地给农民增加税赋,那无疑于逼民造反。眼下只有一策可救平罗。”

数玉书道:“哦?足下有啥高策,请讲。”

任有道振振有词道:“这一策么就叫发羊财。”

娄玉书道:“你说啥?发啥洋财?”

任有道解释道:“羊非洋也。你想,农民往年种一亩地,最多能打百把斤粮食,一百斤中等小麦只能卖八百文钱。假如一家五口人,养羊二十五只,一年剪羊毛两次,可得三百斤羊毛,按每百斤羊毛三两银子计,可得银九两,值制钱一万四千文。两文钱可买一个烧饼,一万四千文可买多少烧饼?如此一来,何愁百姓不富,县衙无钱?这样下去,不出五年,平罗就可成为全国首富县,这是指日可待的事情。到那时,您娄知县还不得被皇上特旨选拔到军机处坐坐?最不济也得给您个陕甘总督吧?顶戴蓝翎,斗大的珠子,您就只管往帽上缀吧!”

娄玉书听罢,半晌方道:“任主簿,你回头与俺嫂子商量去,退堂吧!”

任有道闻言,两眼望着钱江愣住了。

钱江在一旁道:“千斋兄,既然老爷吩咐了,那咱们还是到后院去见见夫人啦!”

任有道无奈,出于好奇,礼貌地道:“你先请。”

少时,任有道随钱江来到后院,到了堂屋门口,钱江对任有道:“千斋兄稍待,我这就进屋通报去。”说罢走进堂屋。过了一会儿,钱江出来了。

钱江道:“很不凑巧啦,夫人偶感风寒,难见客人。不过,夫人吩咐在下和俞先生陪千斋兄好好饮几杯啦!”

任有道闻言,脸色很难看,强装笑脸道:“酒就不喝了吧,俺回石嘴山还有事。”说罢转身要走。

钱江上前一把拽住任有道道:“咱们交谈得好投机啦,我还言犹未尽,想与您一醉方休。你要是走,就是看不起我啦!”

任有道见被钱江拽住,越发挣着要走。钱江年迈拉不住,忙对西屋里喊道:“俞兄,俞兄,快来帮我忙啦!”

西屋里,俞大通正给娄宝蓉、娄宝鉴和女儿俞文娟讲《孟子·梁惠王上》,正讲到“孟子曰:五亩之宅,树之以桑,五十者可以衣帛矣。鸡豚狗彘之畜,勿失其时,七十可以食肉矣。前面讲的是种植之事，后面讲的是繁殖之事……”忽听钱江喊叫，便放下书来，跑到院里，见两人正在拉扯，忙问道：“连海兄，千斋兄，你们这是为何？”

钱江道：“小畅兄啦，夫人吩咐，叫我们陪千斋兄喝几杯啦！”

俞大通道：“我……我还没下学呢！”

钱江道：“哎呀，小畅兄，你好好书呆子啦！夫人已经下令，我们就去喝酒好啦！”

这时，娄宝鉴追过去，扯住俞大通问道：“老师，啥叫繁殖呢？”

俞文娟也追出来，对娄宝鉴道：“刚才你不听，眼下追着问，你这样子学习，咋能不烂杆呢嘛。”

娄宝鉴回过头对俞文娟道：“俺学不学，关你球事？”

俞大通喝道：“宝鉴，咋说话呢？”

娄宝鉴道：“你也管球不着，俺爹是县官哩！”

钱江道：“宝鉴，你太无理啦！天地君亲师，老师如父亲啦！”

宝鉴道：“球个父亲，你也别说啦，老是啦啦啦的，又不是屙稀屎。”

娄宝蓉追过来道：“小弟，你别说，看我回头告诉爹爹！”

宝鉴道：“你也是个日囊怂，谁是你的爹爹？你爹早死球了，俺爹不是你爹！”娄宝蓉闻言，气得大哭着跑回屋里去了。

俞文娟抹起了眼泪道：“爹，咱们不在这里受气了，回家去吧！”

这时，屋里忽然传出一声雌虎般的吼声：“宝鉴，你跟俺滚进来！”

宝鉴闻言，顿时像霜打的茄子，垂头缩脑进屋去了。

钱江拉住任有道的手道：“我们走啦。”

10

当晚，平罗县城内望河酒家。任有道与钱江、俞大通、俞文娟出了县衙门，过了鼓楼，向左转到了望河酒家。他们进了这座土木结构的小楼，穿过楼下三五张白茬木桌旁客人围坐的散座，上了二楼一个雅间。众人进到雅间，只见墙壁上挂着一副横批联语：“诗酒每寻朋友共，田园都付子孙耕。”落款是“俞大通题”四字。

任有道站在壁前观看，沉吟半晌，赞道：“俞兄文才，书艺已臻化境，令人佩服。”

俞大通道：“雕虫小技，何足挂齿。任贤才是当今能吏啊！”

任有道摆摆手道：“惭愧，俺可是百战百败，提起功名，羞煞人也。”

钱江忙找岔道：“仁兄请坐，都是蓬蒿之人啦，千斋兄是平罗县中流砥柱啦！”

任有道道：“不说了，咱们喝酒。哎，就咱们三个，喝的不热闹，再叫几个人来方好。”

钱江道：“那就把周令杰再喊来好啦。”

任有道道：“俺这儿也有一个好朋友，是隆昌客栈的老板，叫包天容，把他也喊来。”说罢，任有道当即向店小二要了纸、笔、墨，写了一张条子交付店小二。店小二走后，任有道见俞文娟长得伶俐可爱，便问道：“闺女，你叫啥名字？”

俞文娟道：“我叫俞文娟。”

任有道道：“你今年几岁了？”

俞文娟道：“十岁。”

任有道长叹一声道：“可惜不是小子，要不然，俺就认你为俺的螟蛉义女，岂不是好？”

俞大通在一旁道：“千斋兄若是乐意，文娟就给你当义女好了。”

任有道闻言大喜，击掌道：“好，今天趁这个良辰美景，俺就认她为义女！”

钱江道：“文娟，还不叩头叫爹？”

俞文娟十分乖巧，闻言立即跪下朝任有道连磕三个响头，亲热地喊道：“爹！”

任有道喜不自胜，当即从怀中掏出一锭银子，递给文娟，道：“临行仓促，没有准备礼物。这点银子，你就随便买点啥吧，明天随俺去石嘴山，俺再给你礼物好了。”说罢，扭头对俞大通道，“俞兄，俺说你也不要在这儿了。你看那个娄公子，歪得很哩，不是个善茬子，干脆，你也跟俺去石嘴山算了。俺告诉你，石嘴山的学堂重新开学啦，是洋行葛老板捐钱修缮的。”

钱江道：“任兄啦，不好挖墙脚的啦，宝鉴只是顽劣一点啦！”

这时，只听一阵楼板响动，周令杰领着石印局老板庞葱、棺材铺老板陈海清大步走上楼来，接着，包天容也来了。

众人一齐拱手寒暄，推任有道坐了上首，大家依次坐下。

钱江向周令杰道：“你从哪里把他们两个拽来啦？”

周令杰站起，讨好地先向任有道抱拳施礼，道：“任主簿大人大量，这么看得起我周某，我虽肝脑涂地也赎不回我的罪孽呀！”

任有道一摆手道：“过去的事情就不要再提了，俺也有对不住你的地方。”

钱江岔开道：“好啦，今天只叙友情，不谈别的，任兄难得来县城一次，咱们要把他陪好、喝好啦！”

棺材铺老板陈海清对周令杰道：“我天天跟着你付酒肉账，你也不给我免税，连棺材也不买一口。”

周令杰道：“你这个狗怂，日眼得很么，谁说我不买？去年秋决的那几个人，我不是让他们的家属都买你的棺材了么？”

陈海清道：“一年就砍那几颗人头，要指望那，我早就饿死了。”

周令杰不耐烦地瞪眼道：“你看看你这个怂，喝你几场子小酒，看把你心疼的样儿，真是个小气毛！走走走，走得远远的，看见你我就烦！”

陈海清面红耳赤地道：“给你老哥开个玩笑么，你瞧你，眼睛瞪得跟牛卵子一样大！”

周令杰道：“开玩笑？开玩笑也不看看这是啥场合！这儿坐的，都是平罗县的人物！”说着，他指着任有道道，“你知道他是谁吗？说出来吓死你，他就是大名鼎鼎的石嘴山主簿任有道任老哥。让你来，是让你开眼界。叫你买个把账，是看得起你。你还喂喂喂，不买我的棺材。你这叫啥？你明白吗？你这叫臊你的毛！”

庞葱道：“好了，好了，都别说了！吃点喝点算个球，交个朋友有多好。账我买了，小二，上菜，拿酒来！”

陈海清把嘴一撇道：“把你日能的，要不是给县太爷印诗册，你能发财？”

任有道问道：“啥诗册？”

陈海清道：“您还不知道啊，庞老板给县太爷印了一千册《鸳鸯诗话》，县里从杂税中开支了一百两银子，要每个商铺买十册，收银一两哩！”

钱江闻言，顿时变了脸色。

庞葱把钱江的脸色看在眼里，对陈海清道：“你把沟子闭紧点，满嘴喷粪哩！我印诗册不假，我问你，购书款啥时从杂税中开支的？”

陈海清道：“孙子才打谎溜子哩！那次在金保国的饭馆子吃饭，你亲口说的！”

任有道劝道：“周兄，这是何苦呢？人家做点生意也不容易。这顿饭咱自己花钱，咱多少还有点俸禄不是？”

周令杰听出任有道话中有音，正要张口说什么，被钱江在桌下用脚一踢，就闭口不言了。

这时，店小二已把酒菜端了上来。钱江给每人斟满酒杯，道：“好了，大家都别争了，这顿饭钱算我的啦，大家喝酒！”说着把酒杯往任有道面前一举：“我先敬千斋兄啦！”

任有道慌忙站起举杯道：“钱师爷，俺敬你一杯！”说着，两人同时一饮而尽。周令杰举杯站起道：“任老哥，我这杯酒先敬老哥，一来谢罪，二来赔礼。我先喝干，大人随意！”说着端杯一饮而尽。

任有道举起杯道：“周师爷，你和俺同是官场中人，过去的事嘛也就算了。既然你如此厚意，俺也把这杯酒干了！”说罢仰脖一饮而尽。

陈海清抓过酒壶替任有道斟酒，道：“久闻石嘴山任主簿大名，今日得见，实乃陈某三生有幸。任大人，小的敬大人一杯！”

包天容举杯站起道：“慢！任主簿是我的朋友，他出狱未久，身体尚未康复。今日陈老板这杯酒，我替任主簿饮了，如何？”说罢，不等陈海清回话，端起酒杯往他的杯上一碰，仰脖一饮而尽。陈海清无可奈何，只得把杯中酒喝了。

接着，庞葱站起来，道：“千斋兄，这样喝酒不热闹，我与你划拳赌酒如何？”

任有道道：“且听庞君自便。”于是，两人在席间吆五喝六猜起拳来，“六六顺呀，五魁首啊”地叫个不停。每逢任有道划拳输了时，包天容便替任有道把酒喝下。六人划拳一直闹到半夜，此时俞文娟早已伏在桌上睡熟。

俞大通道：“店小二，你把我的小女送回府上去。”

店小二道：“小的遵命！”说着背起俞文娟下了楼。文娟走后，俞大通由于吃的羊肉太多，腹胀，不住地发呕，把所吃羊肉都吐在地上。此时，周令杰已有几分醉意，站起道：“陈老板，你给我把饭钱付了，咱们都到杜……杜家巷听……歌去！听说月月红的嗓子真她妈绝了,谁不去谁他妈是王八蛋!”

俞大通伏在桌上哼哼道:“我……我不去。我没有钱,我也不干……那事,我是读书人。”

周令杰迷迷糊糊吆喝道:“都去……都去,我请客。陈……海清,把银子掏……掏出来,谁不……去,谁……是……龟孙……子。”

任有道站起道:“令杰老弟,俺有事,要回隆昌客栈。”

周令杰道:“任老哥,你这是咋啦?今天,我周某为的是陪你喝酒,陪你玩耍,别人可以不去,老哥你可非去不可!”

庞葱知道任有道的心思,便道:“去去去,都去,不去是孙子!”

陈老板掏出银子付给店小二,道:“都他妈去,谁说我是小气包,这听歌费我全包了!”说着,大家一哄下了楼,朝杜家巷子怡春院走去。只有俞大通和包天容坚决不去,各自回了家。

11

冬夜,大雪纷飞。杜家巷子怡春院。怡春院门已关闭,门前挂着两盏红灯笼里的蜡烛快要燃尽,烛火一跳一跳的。

周令杰上前一脚踩去,大喊一声:“开门!”

随着一声巨响,怡红院里响起杂乱脚步声。一个女的问道:“你是谁?”

周令杰吼道:“你爹!”说着,又抬起脚踩门,不料脚下一滑,仰面倒在雪地里。他挣扎着爬起来,到处寻找,道:“柴火呢?柴火呢?我要一把火烧了它,烧了这婊子院!”正喊着,怡春院大门忽然开了,几个护院的壮汉手持刀枪,打着灯笼,气势汹汹站到门口。

周令杰一步跨进去,推开壮汉,道:“都他妈滚,滚得远……远的。老子要……听……歌,要月月……红。”一行人脚步匆匆随了他进院。

这时,怡春院里屋老鸨俞堂春正在炕上抽大烟,听到嘈杂的脚步声霍地下炕,披了一件老羊皮袄趿着鞋跑出来,连声问道:“咋回事?咋回事?”

周令杰迎上去道:“咋回事,爹们操娘们来了!”

俞堂春见是周令杰,立即换副笑脸道:“哎哟喂,原来是周大爷呀,您这是睡醒啦?您不看看天都到啥时候啦?”

周令杰醉意朦胧道:“我管……啥时……候,我……来……了,哥……哥哥,要月……月红,陪……陪着……玩……玩儿。”

俞堂春道:“我的爷呀,你也不看看这是啥时辰,月月红还能自己睡觉?”

庞葱道:“进去看看,是谁他妈鸡巴这么硬?”大家一拥进去,到了大厅。

任有道见不是事,便道:“算了,算了,改天再来吧。”

庞葱道:“来都来了,还能空手回去?”说着对俞堂春道,“这位是石嘴山的任老爷,今晚非睡月月红不可,你说个价吧!”

俞堂春道:“这位爷,来的都是客,价钱嘛好商量,可你们也来得太晚了。”

周令杰恼火地道:“别他妈……废……废话!快……快……去叫!”

俞堂春道:“我的个爷呀,月月红真有客人!”

庞葱道:“开个价吧。”

俞堂春见状,道:“哎哟喂,你们这些人呀,那好,我去跟月月红说说。”说着,她上了楼,周令杰和任有道也上了楼。

俞堂春敲了其中一个门,半晌,里面传来一个女人的声音:“谁呀!”

俞堂春答道:“是石嘴山来的几位爷,要你陪陪,愿出大价钱。”

月月红道:“什么石嘴山,屁大的地方,连个规矩也不懂,有半夜三更还换客人的吗?”

周令杰怒道:“这个……臭……婊子,把你……日能的!”他骂着,一脚踩开门。大家一齐拥了进去。只见月月红和一个男人赤裸在被子里,看众人进来,慌作一团。俞堂春挡不住,急得在屋子里打转转。

月月红颤声道:“出去,出去!你们想干吗?”

周令杰道:“干吗,想日你!”

庞葱上前一把把那个男人从被窝里拽出来,嚷道:“出去!”那男人手忙脚乱地把衣服穿上,厉声道:“干啥呢?反了你们了!你们谁是头?”

周令杰道:“你是做啥的?”

那男人道:“我是省里来的刑房捕头。”

周令杰笑道:“刑房?我咋……不……知道你……是谁?快……滚蛋,不然,掐死你!”

那个男人还想说啥,被庞葱一巴掌扇去,不想未扇到那男人脸上,却扇着了自己,腮帮子立时肿了,他捂着脸蹲下身来。其他人一见动了手,乘着酒劲打了起来。任有道一步抢到床边把被子掀开,月月红的美丽胴体立时让众人惊呆了,停止了厮打。月月红扯过被子盖住身子,蒙头哭泣。那个男人大怒,把腰牌掏出来往周令杰眼前一亮,骂道:“睁开你的狗眼,好好看清楚我是干啥的?”

周令杰凑近腰牌一看,顿时蔫了,道:“你……果然是……刑房的戴……公婆?”

那男的冷笑一声道:“你他妈的眼瞧清楚,是戴公波,不是他妈什么戴公婆。你说此事如何了结吧?”

周令杰慌了,道:“你说……如何……了结呢?”

戴公波道:“只怕你们好来不能好走,惊了月月红小姐,搅了客人的好梦,就这样了结?”

庞葱道:“你也是嫖婊子,我们也是嫖婊子。你嫖上了,我们也就看了一眼婊子的那圪圪沟子,你还想咋的?”

戴公波举起拳头想要揍庞葱,任有道上前捉住他的手道:“大家都是吃官饭的,为了一个女人,闹的也太有辱斯文了吧?叫俺说,好说好散,您还睡您的觉,咱们呢,想住就住,想走就走。”

戴公波道:“你说的还像人话！可就这么走了,也太便宜了你们。”

任有道冷冷说道:“话也不能这么说,你身为公人夜宿娼家,争风吃醋,殴打无辜,这事要是追究起来,恐怕大清的律令,决不会为你网开一面吧?”

戴公波听了,吓出一身冷汗,问道:“你是何人?”

任有道道:“不管何人不何人,只管自己清白身。腰悬牌照来嫖妓,礼义廉耻全丧尽。你还有胆来问俺吗?”

戴公波听了越发害怕,对老鸨道:“请问妈妈,这附近可有客栈?”

任有道道:“偌大的平罗县,怎能没有客栈容得你这不满六尺之人?隆昌客栈,炕净被暖,快快去吧!”

戴公波听说,问了方向,提了包袱下楼去了。

周令杰笑道:“好,好,好,任兄,三句……话,吓跑戴公婆!”

这时,陈海清已经醒过来了,对周令杰道:“周兄,我咋跑到妓院来了?不行不行,我要回家。”

周令杰拦住他道:“你别假……正经,婊子的……沟子,你……抠的……最多。你不……能走,给我……付……付账。”

任有道道:“俺也要走了,你们慢慢玩吧。”说罢,转身要走。

庞葱上前拦住他道:“老哥,来都来了。月月红闲着也是闲着,你就在这睡吧,我也找一个睡去。”

月月红从被子里伸出头道:“今晚,我谁也不接。”

庞葱瞪起眼道:“哼,把你日能的不行,你想咋就咋啦?你知道他是谁吗?你陪他睡一觉是你的福气,说吧,多少钱?”

俞堂春在一旁帮腔道:“我的乖丫头呀,你就甭犟了,顺了吧。”月月红不吱声。

任有道有点恼怒,对庞葱道:“走走走,她看不起俺哩。”他边说边摇头,霎时,他的头屑纷纷落下,月月红一见往被子里一缩,更不说接客了。

庞葱上前把她的被子掀开,喝道:“我操,没有日不进的逼哩。说,你是想立牌坊还是想当婊子?”

俞堂春道:“哎哟喂,这位爷,你真是个火炻炻,脾气歪得很么。一晚上一百两银子,拿来你就只管睡去。”

庞葱“呸”的吐了一口,质问道:“啥?你这个老东西,把她拆了卖肉,值一百两银子吗?再说了,这都过了半夜哩!”

俞堂春道:“一分钱一分货,还有五十分的丫头哩,你要吗?”

任有道一摆手道:“算啦,一百两就一百两,难道俺还不值一百两吗?本来俺不吃二锅菜,你今天这样说,俺还就他妈尝尝!”

庞葱道:“老哥,说得有理,这银子我掏啦!”说着,庞葱掏出银票给了老鸨,搂着一妓女正要去睡,忽然听到一片鼾声,他寻声找去,只见钱江歪在墙角睡着了,哈喇子流了一前襟。

庞葱上前把钱江推醒,对老鸨道:“给这位爷找个暖脚的。”

俞堂春道:“哪还有丫头,就剩我一个老婆子没有男人做伴了。”

庞葱笑道:“那巧巧的,你就搂着他去睡吧,算一百两银子的捎带。你老也老了,缓着点啊!”

12

当日雪夜,平罗城西南角。一个年轻汉子佘得草身背宝剑飞身至一民屋墙角。从八宝囊中掏出飞爪向城头甩去,待飞爪勾住城头,佘得草用手紧紧绳索,便飞身顺城而上,避过敌楼岗哨下了城墙进入城里。他一路沿草市往里走,过了鼓楼来到玉皇阁,又折回来直奔南门隆昌客栈。他来到客栈面前,看了看门额上的牌匾,便动手敲门。少时,时翠莲举着一盏油灯匆匆开门。

时翠莲见是一陌生人,问道:“客官,是来住店的么?”

佘得草见是一美貌妇人,便应道:“我是来投宿住店的,请问,隆昌客栈可有个叫包天容的人么?”

时翠莲道:“有,现在他不在,请问客官何处人氏,找包天容有啥事?”

佘得草支吾道:“我是四川人,找包天容有点私事。”

时翠莲道:“既然如此,客官先住下,等包天容回来后再与他理会。客官,请随我来。”说着,便引佘得草来到一个房间,她打开门,道:“客官,你先洗漱一下,自己安歇吧。待包天容回来,我叫他来找你便是。”说着,时翠莲退出房间,掩上门,迈动莲步离开了。

13

雪夜,平罗县城隆昌客栈。时翠莲举着油灯离开佘得草房间,正要回房休息时,忽听得门外传来敲门声。时翠莲忙回身举灯走到客栈大门边去开门。她打开大门一看,只见一个公人模样的人提着一副行囊站在眼前,那公人正是甘肃省刑房书办戴公波,满身是雪。

戴公波道:“请问女掌柜,这里可是隆昌客栈?”

时翠莲道:“正是。请问客官是来投宿的么?”

戴公波道:“这里可有空余房间?我歇一晚便走。”

时翠莲道:“客官,请随我来。”说罢,便领着戴公波进客栈,掏出钥匙打开佘得草隔壁的一个房间的门,让戴公波住了进去。

14

深夜,平罗县城隆昌客栈。包天容从望河酒家归来,掏出钥匙打开客栈大门,回到房间休息。时翠莲正要卸装入寝,见包天容归来,忙上前道:“天容,方才一位四川客人打听你的姓名,他是你的啥人?”

包天容一怔道:“我只有师傅在四川,此人多大年纪?”

时翠莲道:“看模样只有十八九岁。”

包天容寻思道:“那就奇怪了。莫非师傅发生了啥不测之事?你速去叫他来见我。”

时翠莲听罢,重理云鬓,着装整齐了,便出门找佘得草去了。少时,佘得草随时翠莲来到包天容卧室。

佘得草拱手道:“足下可是包天容包师兄么?”

包天容闻言一怔,亦抱拳道:“在下正是包天容,不知足下为何唤我为师兄?我们萍水相逢,尚不相识呢!”

佘得草闻言,将腰间一柄霓虹剑雌剑摘下来捧剑于头顶,双膝跪地,凄声叫道:“包师兄,师傅已仙逝,我奉师傅遗命前来投奔师兄!”说罢大哭。

包天容一见霓虹剑雌剑,顺手从墙上摘下一柄霓虹剑雄剑,与佘得草手中的雌剑一比试,猛然头一晕,几乎摔倒。时翠莲慌忙上前扶住包天容,道:“天容,你咋了?”

包天容满面泪痕掩面道:“雌剑已现,师傅他……他必然亡……亡故了!”说罢,他双手扶起佘得草,道:“这么说你可是我从未谋面的小师弟佘得草么?”

佘得草站起,亦痛哭流涕道:“包师兄,师傅已亡故,在下正是你素未谋面的小师弟佘得草啊!请受小弟一拜!”

包天容道:“小师弟,这里不是说话的地方,请随我来。”说罢,他举起一盏油灯沿着楼梯下去,引着佘得草走进一间密室。时翠莲随之进来,反手将门关上。

佘得草进了密室,将雌剑放在桌上,从怀里掏出一绺长发递给包天容,哭道:“师兄,这是师傅的头发!”

包天容接过长发在手,顿时眼泪刷地流下来,他双膝跪地,将长发置于桌上,向着长发拜了三拜,低声哭泣,哭罢,问佘得草道:“师弟,师傅为何而死?”

佘得草道:“师兄,且听小弟道来。自师兄出山之后,师傅便收了我为关门弟子,一直率弟子秘密在四川一带从事反清活动。岂料去年,师傅为叛徒出卖,被官府捕获杀害,将人头悬在县城城头达一月之久。当时,我被师傅派出去联络会党,侥幸逃脱性命。一月之后,我从朋友处得知师傅被害之事,秘密潜入县城,于夜间盗得师傅人头在山里埋了。师傅生前曾对我说过,如遭不测就让我携霓虹剑雌剑到宁夏来投奔师兄。我谨遵师嘱,便携此霓虹剑千里迢迢来投奔师兄。今日得见师兄,我的心愿已了,明日就要辞别师兄到别处去了!”

包天容诧异道:“师傅已仙逝,师弟便是我包天容的唯一亲人。这里便是你的家,你还要到哪里去?”

佘得草道:“师兄,我们虽然过去从未谋面,但师傅跟我提得最多的就是你,让我万一有急事就来找你。现在官府追捕我甚急,我把师傅的凶信送到了,恐连累师兄,我决计明天就走。至于到哪里去么?天涯何处无芳草,青山随地埋忠骨,我哪里都能去,哪儿也不怕!”

包天容霍地站起道:“胡说!师傅枉费心机教你一场,你把我包天容看作何人?莫说师傅有命,就是无言,我得此凶信,定替师傅寻仇官府,血刃敌首,更不用说掩藏于你。大清的气数虽尽,然而百足之虫,僵而不死。两百年来,从吴三桂到白莲教,从太平军到捻军,声势虽大,但曾几何时还不都败了?现在洋人又来了,清廷丧权辱国,割地赔款,一败再败,这些个鸟气,百姓都受够了。但仔细想来,要推翻清妖,驱逐洋人,又谈何容易?像你这样乱闯,徒送性命,于事何益?你且就在我这里住下,静观待变,千万不能轻举妄动!"

佘得草道:"那师傅的仇就不报了?"

包天容道:"谁说不报?一定要报!不但师傅的仇,还有千千万万中国百姓的仇,都要报!你不能再叫佘得草了,改个名吧,就叫龙占海好了。佘蛇同音,蛇为小龙。骄龙占海,其威无穷!"

佘得草道:"好吧,我听师兄安排,此后便更名叫龙占海。师兄,你歇息吧,我告辞了!"说罢朝包天容、时翠莲一拱手,迈步出了密室。

龙占海走后,包天容与时翠莲也出了密室,转身锁门便回房歇息去了。

15

翌日上午,平罗县隆昌客栈包天容卧室。包天容夫妇正在梳洗,时翠莲一面对镜梳妆,一面向包天容道:"容哥,你昨夜深夜方归,到哪里去了?"

包天容一边拿热毛巾洗脸,一边笑道:"千斋兄派人来邀我到望河酒家喝酒,所以深夜才回到家里。没事!"

时翠莲道:"那千斋兄为何不与你同回店歇息?"

包天容摇头道:"唉,当时酒友甚多,喝罢酒,他便被朋友邀到怡春院去寻乐子去了。同去的有县里师爷钱江、刑房书办周令杰。"

时翠莲停住梳头,转过脸埋怨道:"这等无耻之人,你还与他来往么?想当初,他是如何入牢狱,又是被谁人所害?不说记仇复仇,至少也应该好好反省谨慎做人吧?可他倒好,与敌为友,视仇作亲,嫖娼怡春院,醉酒望河楼。扯皮条,拉黑牛,伤风败俗,真贪贿,假为民,乌烟瘴气。这叫作只管眼前灯下黑,不管头上有青天!"

包天容道:"官场黑暗,举目皆是,哪里有一片明亮呢?为官不贪,是吏清廉,就不叫大清国了。任有道嫖娼狎妓,认敌为友,那都是他混迹官场必定要做的事情,不然,他也没法做这个官了。我们避祸江湖,敛心收性,不用管他如何做人,只要他对我们还讲个义字,也就够了。"

时翠莲依偎在包天容怀里:"反正我看了不爽,容哥,我们还是走吧!"

包天容道:"到哪里去?"

时翠莲道:"回老家!"

包天容道:"你糊涂了?我们现在如何能回?龙占海来了,我正考虑把他送到石嘴山躲避呢,任有道正可当他的保护伞。"

两人正说着,任有道兴致勃勃走进房来,时翠莲见来了人,慌忙从包天容怀里挣脱出来,背向任有道,脸上露出一股怨气。

任有道问包天容道:"弟妹这是咋啦,咋见了俺就一脸阴天?"

包天容笑着遮掩道："没事，因为娃娃的事！"说着，拖了条凳子，"千斋兄，请坐。"

时翠莲匆匆梳了头，穿戴好衣服、首饰，便转身对任有道道："千斋兄，少坐，我到前面屋里照顾生意，你们慢谈。"说着，便扭身出了屋。

包天容待任有道坐定，倒了一杯热茶递给任有道，便顺手拿了个凳子在任有道对面坐下，道："千斋兄来得正好，我有一个师弟从山东老家来，想在这里讨个营生，不知你能否帮忙想个办法？"

任有道道："他叫啥名字？有啥特长？"

包天容道："我的师弟名叫龙占海，别的啥不会，就是从小练武。"

任有道一拍腿道："巧了，高林商行的葛老板要扩大护镖队，最近正在招人呢！你师弟既然从小习武，又与你是同门，那武艺一定不差。俺今天就回，你让他跟俺走吧！"

包天容拱手道："多谢千斋兄。千斋兄少坐，我这就去把他喊来与老哥相见。"说着站起身来走出卧室，对正在庭院招呼客人的时翠莲道："翠莲，你快去把龙占海叫来，就说我有事请他！"时翠莲会意，辞别了客人，迈动莲花步去客房找龙占海去了。

少时，龙点海随时翠莲来到包天容卧室。

包天容指着坐着的任有道道："占海师弟，我来介绍一下，这位就是石嘴山主簿、我的好朋友任有道任大人。"

龙占海抱拳道："久仰久仰，小弟龙占海。"

任有道随即起身抱拳道："俺与天容是刎颈之交的患难朋友，今日得见贤弟芳容，果然气宇不凡！刚才你师兄将你托付于俺，俺的一个同乡是洋行买办，正在石嘴山高林商行招募镖师，贤弟如若愿意低就，即可随俺去石嘴山。不知阁下意下如何？"

龙占海道："初次见面，多蒙任大人美意，在下岂有不肯之理？只是在下想问一句：是骑马去还是乘车去？"

任有道挥手道："当然骑马去，骑马痛快，脚下生风，好不快意，俺就喜欢骑马！"

包天容道："那好，我的师弟是习武之人，马术不错，今日吃罢中饭，我送两位启程！"

任有道拱手道："天容贤弟少礼，中午饭就免了。俺回石嘴山还有许多事要办。"说着，转身对龙占海道："占海兄弟可速回房收拾行装，天色尚早，咱们立即出发，告辞！"

16

当日上午，风停雪住。任有道和包天容一人骑一匹快马先后出平罗城东门。出了东门，任有道勒住马对身后骑在马上的龙占海招呼道："龙兄弟，快跟上！"说着一抖马缰,两腿将马肚一夹,催马朝前方大路奔驰而去。龙占海轻轻一夹马肚,喝了声“驾”,扬鞭跃马追着任有道而去。他们并马奔驰在官道上,驰过绿油油的麦田,跨过潺潺溪流和小桥,向着黄河岸边的石嘴山奔驰……

17

这天早晨,石嘴山高林商行大院。大院静悄悄的,葛秃子的屋子里升起缕缕炊烟。院前冬雪覆盖的黄河大堤上,保军、伍子牛领着几个镖师扬鞭策马而来,直奔高林商行大院,在葛秃子屋前翻身下马。保军把马缰往身后伙计手里一扔,便甩开大步进了葛秃子的屋。葛秃子正与老婆赵氏和女儿葛清莲围着桌子喝稀饭吃馍,一见保军进屋,赶忙放下饭碗起身相迎。

保军扑进门,对前来迎接的葛秃子道:“老哥,我们回来了!”

葛秃子上前亲热地拥抱保军,拍着他的肩道:“保军,你个日囊怂,咋才回来,把俺急死了!”

赵氏左手端起一碗稀粥,右手拿了个馍馍,亲热地走过来,道:“娃子她叔,饿了吧,快喝下这碗粥!”

保军不说话,端起碗一口气将粥喝了一半,咂咂嘴道:“老哥,这回我们运毛去天津,可发财了哩!”

葛秃子道:“多少?啊,你快给俺说说?”

保军昂起头,伸出四个手指头:“这个数!”

葛秃子道:“咋,四十万?”

保军跳起来道:“对!足足四十万两银票!”说着他从怀里掏出一大把银票,在手里抖着。

葛秃子接过银票数了数,一把搂住保军道:“啊呀,俺的妈呀,咱们终于发财啦!”

葛清莲奔过来道:“爹,你跟娘和俺说过,发财要给俺们买新衣的!”

葛秃子拿出一百两银票递给赵氏道:“娃她娘,这银票你拿去给娃和你自己买几身新衣裳吧!不够,再向俺要!”说着,将女儿搂在怀里,亲了亲。

葛清莲在葛秃子怀里挣扎道:“爹,你的胡子扎人,俺要下来!”

葛秃子放下女儿,笑嘻嘻地对保军道:“保军兄弟,天津那边还有啥喜讯?”

保军啃着馍馍,道:“老哥,天津那边,亨利先生和梁大人对咱们的业绩很满意,临走,一再嘱咐我转告你,放开手脚大量收购毛皮,那边等着要货呢!”

葛秃子眉飞色舞,道:“还有啥?”

保军犹豫一会儿道:“临走,梁大人嘱咐我转告您,说他要在天津建一家豪华广东会馆,让你捐十万两银子。”说着,他从怀里掏出一封信交给葛秃子,“这是梁大人给你的亲笔信。”

葛秃子接信撕开信封展开一看,眉头便皱了起来,道:“如果是在天津建安徽会馆,要俺捐十万两银子,这还差不多,可让俺给广东会馆捐银子,花十万两银子是小事，就怕咱安徽老乡不买账呀！”

保军也皱着眉头道：“也是，可老哥你得罪不起梁大人呀，这事可咋办？”

葛秃子想了想，笑道：“既然梁大人开了口，这银子是要捐的，俺认好了。至于安徽老乡嘛，等俺回天津时再去向他们解释，取得李督帅的谅解，那俺就谁也不怕了！”

保军道：“老哥，听你这一说，我可是服了你了。”说完，他将剩余的馍馍吃完，又拿起一碗稀饭喝干净了，嘴里道，“这一趟，真他妈痛快！”

正在这时，刘敬祥愁眉苦脸走进屋来。

赵氏迎上去，道：“娃她叔，你吃过早饭没？”

刘敬祥身子往下一蹲，哭丧着脸道：“吃个球，俺愁也愁饱了！”

葛秃子生气道：“敬祥，你个日囊怂，看你那个熊样，究竟啥愁把你难倒了？嗯？”

刘敬祥闻言，双腿就势往下一跪，哭道：“葛大哥，俺从前对不住您，这回俺过不去这道坎了，您若不救俺，俺就死定了！”

葛秃子喝道：“哭，哭个球！刘敬祥，你起来，有啥难处，站起来说话！”

刘敬祥仍跪着哭道：“不！您不答应救俺，俺不起来！”他哭着，伏在地上不住给葛秃子磕响头。

保军道：“刘敬祥，你个骚烂货、日囊怂，你过去跟葛大哥过不去，害咱高林商行还少吗？今天，你倒有脸见人，求上门了？！”

刘敬祥伏在地上哭道：“保军兄弟，俺过去一时财迷心窍，对不住葛大哥，对不住兄弟们，对不住高林商行！俺知道俺的罪孽深重，难以还清，俺愿意来世给葛大哥当牛做马！可俺眼下有难，天津买办宁大人给俺来信，要俺交十万两押库银，不然就辞退俺！你们不知道俺平时大手大脚，从前赚的银子这回都在兰州花光了，俺一家数口都在石嘴山，都指望俺养命呢，哪来那么多银子交押库银？可不按时交足十万两押库银，俺的差事就丢了，饭碗就砸了，俺和俺的家人就只有死在石嘴山了！葛老哥，俺求你看在咱们都是安徽老乡的分上，无论如何再拉兄弟一把！”说着，又呜呜地哭起来，涕泪交加。

葛秃子静静地看着刘敬祥，气、恨、同情交织心头，他咬着牙沉思良久，上前扶起刘敬祥道：“起来吧！”

刘敬祥抬起泪眼，充满希望地道：“老哥，你答应救俺了？”

葛秃子点点头，道：“不就是十万两银子的事吗？好，俺答应再救你一次，给你十万两银子，你拿它去交押库银！另外，俺还看在你是俺的同乡的分上，再赊给你三万斤羊毛和一千张皮子，让你重振旗鼓！不过，俺希望你好好做个生意人，不要竟想他妈的花花点子折腾俺！”

刘敬祥双手抱拳道：“多谢老哥，多谢老哥，老哥的教诲俺记住了，一定一定！”

葛秃子见状，把刚才放进衣袋里的四十万两银票拿出来，抽出一张十万两银票塞到刘敬祥手里：“你牢记就好，下不为例！”

刘敬祥接银票在手，感激地连声道：“是，下不为例，下不为例！”

第十二季:天涯喜重逢

1

冬日黎明,平罗城杜家巷子怡春院老鸨俞堂春卧室。钱江一觉醒来,发现一条女人大腿压在他肚子上,使劲把那只胖女人腿搬开,问那女人道:“哎,醒醒啦,你是谁?咋和我睡在一起?”

老鸨俞堂春醒来,道:“你还问我呢!你是谁?噢,我想起来了,你不是县衙里的钱师爷么?这段日子不见你,你到哪里去了?”

钱江道:“我哪里也没去,就在县衙里给老爷当书办啦。哎,你这里究竟是哪里啦?”

老鸨笑道:“怡春院。”钱江闻言大惊失色,慌忙要从床上爬起,被老鸨按住。老鸨道:“天都没亮,你到哪里去?”

钱江摸摸脑袋,想起了昨夜的事,一连叠声道:“哇,坏了坏了,全坏了!我怎么可以逛妓院呢?夫人要是知道了,不得了啦!”

老鸨道:“你夫人歪得很么?”

钱江道:“不是我的夫人,是县太爷的夫人!”

老鸨道:“县太爷的夫人还管你逛妓院?”

钱江道:“不是的,我跟夫人那个……哎呀,反正跟你说不清楚的啦!”

老鸨道:“你跟夫人咋着呢?睡觉了吗?”

钱江点头道:“你不要说出去啦!”

老鸨道:“可怜的,你答应我一件事,我就不说。”

钱江道:“可以可以,啥事情?”

老鸨露出羞涩,道:“也跟我睡一觉。”说着下床,把窗帘关了。

2

上午,石嘴山高林行葛秃子住宅。张学文踏着积雪风风火火地闯进葛秃子家,与正要出门的葛秃子撞个满怀。

葛秃子道:“学文,咋啦?你找俺有事?”

张学文急道:“葛老板,你得赶快想法子啦!”

葛秃子道:“啥事?”

张学文道:“我刚从甘南回来,由于天旱,草原枯黄,各地羊只普遍减少,加上牧民饲养不当,所产羔羊不少死球,咱们得赶快想办法,否则,会影响咱们洋行明年的毛皮收购啊！”

这时，刘敬祥也风风火火来到屋里，听了张学文的话附和道：“俺同意学文兄弟的意见，眼下牧民不仅缺乏养羊资金，急需贷款，还缺乏养羊经验，需要利用农闲对养羊户培训。这事得抓紧与任有道主簿商量。”

葛秃子点头道：“俺已经好几天没见到千斋了，俺现在就找他去！”说着，便大步出了门。

3

白天，石嘴山公署。葛秃子迈着大步来到公署门前使劲敲门，门房老汉抖抖索索开了门，见是葛秃子，弯腰施了一礼。

葛秃子问道：“主簿在吗？”

老汉道：“老爷去平罗了。”

葛秃子从怀里取出一块碎银子递与老汉道：“买点啥吃的吧！”

老汉接银在手，感激道：“谢葛老板，葛老板积德行善，大福大贵！”

葛秃子摆摆手，径自进门，走进后院，来到任有道家门前，见门掩着，轻轻一推，门便开了。葛秃子蹑足而行，掉头往西面一看，两个娃娃都不在，便又回身推开东面的门，只见大炕内火烧得正旺，身着丝缎小袄的侯水英斜靠着炕台上正看着一本线装书，一双手织红粉袜包着的一对小脚露在被子外面。

侯水英见葛秃子悄悄进来，轻轻一笑，嗔道：“四狗子，你鬼头鬼脑，莫非要做登徒子么？”

葛秃子抢上前一步，把侯水英的脚搂在手心里，低下头一看，沉醉道：“妙哉，有兰麝之香也。”说着，双手摩挲不已。

侯水英嘴一撇道：“明明一双臭脚，却偏说有兰麝之香，你们这些男人，是不是鼻子坏了，连香臭也不分了？”

葛秃子将她脚上的毛袜褪去，便使出手段搓了起来，一会儿，又用嘴去舔那脚心。侯水英被胡须刺激得发出银铃般的笑声，一边笑，一边说道：“哎哟哟，你弄得俺好痒！”葛秃子闻言，便使劲搓了起来。渐渐地，他的手从棉裤筒里往上延伸，轻抓慢挠，继而腾地站起，将大嘴压在侯水英的小嘴上，一只手拢住了她的两只奶房。侯水英发出一声轻叫，顿时目光迷离，身子瘫软。

葛秃子的手往下摸，侯水英呼吸急促道：“快，快，救救俺！”

葛秃子闻声，立即扒掉侯水英的上衣、内裤，迅速脱掉身上的衣服，扑了上去，将侯水英紧紧压在身下，两人便在炕上翻滚起来。过了好一阵子，葛秃子缓过劲来，扯过棉被把两个人的身体盖了。

侯水英躺在被子里，对葛秃道：“俺总算还了愿，行健，只此一回，以后再不要这样了。”

葛秃子把侯水英的脸扳过来道：“为嘛！难道你不喜欢俺？”

侯水英把葛秃子脸上的汗珠子拭去，温情地道：“喜欢你，喜欢你又有啥用？

咱们都是为人父为人母的人了,万一这事泄露出去,你和俺都会身败名裂呀!”

葛秃子道:“俺不管,俺早就想要你!只是碍于千斋在狱中。现在,他已经出来了,俺要经常与你幽会。”

侯水英惊道:“俺的亲亲,你可不敢胡来!你要是还想让俺活着,你就答应俺!”

葛秃子道:“算了,不说这些了,再来!”

侯水英道:“算了吧,啊!乖乖地把衣裳穿了吧,任凤和经纬就要回来了。”

葛秃子恋恋不舍,用手在她身上游走了一遍,道:“这一番耗尽了俺平生所学,你真是个可人儿,哎,俺比尿壶咋样?”

侯水英不语。葛秃子逼着她道:“说,你快说呀!”

侯水英羞涩地道:“他是快马一鞭,你如老牛耙地也!”

葛秃子大笑道:“妙绝妙绝!”说着,两人便起床穿衣。侯水英为葛秃子沏了一壶茶,两人对坐在炕桌前,慢慢饮用。

葛秃子问道:“大英子,你刚才读的是啥书?”

侯水英应道:“是俺自己作的诗词,这些诗词是往年所作,俺将它们装订成册,偶尔读一读,聊以自慰而已。”

葛秃子兴奋地道:“噫,你还有如此雅兴,快拿过来让俺一观。”

侯水英闻言,便起身站起去拿书,葛秃子一把抢过书,匆匆看了几页,便不断击桌叫道:“好!好!妙!妙!”说着,便朗诵其中一首《白桃花》道:

“艳艳临风逞素芳,嫣红姹紫漫相将。武陵源里色如玉,汉苑林中银似霜。仙客从来喜谈酒,美人原不尚浓妆。谁知国色天然好,别有销魂一段香。”

侯水英道:“胡乱写几句,你莫见笑哦!”

葛秃子道:“好一个‘别有销魂一段香’,写得贴切,写得有味,惹得俺也诗兴发作,俺也给你凑上一首《咏雪》如何?”说罢,不待侯水英发话,就望着窗外吟诵起来:

“满空飞雪漫横斜,淡扫珠尘乱混沙。人倚玉楼窥阆苑,我骑银凤下仙家。神鸦象阵不抛墨,佛殿谈经尚坠花。只笑寻梅爱清冷,跨驴随处踏瑶华。”

侯水英正想说话,忽然大门外一阵喧哗,任经纬下学回来了,隔老远喊道:“娘!娘!”

葛秃子匆匆亲了侯水英脸上一口,道:“俺抽空再来!”说着就下了炕,出门时回身把门关上,走了。

4

中午,石嘴山高林商行。葛秃子匆匆赶回高林商行,进了大院就高喊道:“来人,备马!”

张学文匆匆从屋里赶出来,对葛秃子道:“葛老板,您上哪儿?”

葛秃子道:“上县城,找千斋去,你也跟俺一道去!”张学文闻言,转身向马厩跑去。少时,他从马厩里牵出两匹马,搭上马鞍,来到葛秃子面前。

葛秃子道:“上马! 还愣着干啥?”说着,脚踩马镫上了马,一抖缰绳,双腿一夹,就催马跑出大院门。张学文随即翻身上马,喊了声“驾”,便策马跟上。两匹快马下了黄河大堤,沿着向北通往平罗城的官道飞驰而去。

5

当日下午,石嘴山通往平罗县城的官道上的黄渠桥。任有道与龙占海正策马踏雪往石嘴山赶,迎面碰上骑着快马的葛秃子和张学文,任有道赶紧勒住马:“吁!”

任有道在马上道:“行健,你们急着上哪儿去?”

葛秃子在马上道:“千斋兄,俺们正要上平罗城去找你哩!”

任有道道:“找俺有啥事? 这么急?”

葛秃子道:“天大旱,草原的草都枯了,羊毛大量减产。俺们找你商量动员牧民养羊的事,不然,明年的毛皮就黄了!”

任有道道:“动员牧民多养羊,俺看这是好事。俺也找娄知县谈过,可他手里没钱,行健,你要能捐点银子,帮他渡过难关,养羊的事情俺看就好办。”

葛秃子在马上略一沉思,道:“既然县太爷支持养羊,这银子俺捐了。走,俺和你一道回县城,当面找娄知县谈谈去!”

任有道欣喜道:“行健老弟,你老哥俺没有看走眼,是条好汉! 这样吧,俺跟你回县城。”说着指着身边骑在马上的龙占海,对葛秃子道,“这位是俺一位朋友的师弟,精通武艺,你的高林商行不是正招镖师吗? 俺把他推荐给你,咋样?”

葛秃子看了一眼龙占海,见他年轻英俊,欢喜道:“既是千斋兄荐举,俺没有说的。这样吧,”说着对身后骑在马上的张学文道,“学文,你先陪这位龙兄弟回石嘴山找呼延遇春,先住下来,等俺回来再说!”说着对任有道道,“千斋兄,咱们走!”说完一抖缰绳,那马斜刺里冲过黄渠桥。

任有道拨转马头,双腿一夹,那马长嘶一声,也跟着冲过黄渠桥,两人两骑扬鞭跃马向着平罗县城驰去。这一边,张学文引着龙占海催马向石嘴山奔驰而去。

6

上午,平罗县县衙。钱江战战兢兢回到县衙,刚走进后院,就听到曹夫人对两个衙役吼道:“你们这群废物,叫你们找钱师爷,咋还没找回来?”

衙役甲低声道:“回夫人的话,小的们每条巷子都找遍了,就是不见钱师爷的影子。”

衙役乙附和道:“是呀,俺的脚丫都走肿了……”

钱师爷吓了一跳,退了两步,想了想,只好硬着头皮走到曹夫人面前。

曹夫人见了钱江,生气道:“钱师爷,你死到哪里去了,咋这时候才回来,半天不见你的人影。”

钱师爷不敢隐瞒，周身筛着糠道："回夫人的话……我……我昨晚陪任大人喝了酒，到……到怡春院去了。"

曹夫人闻言，怒火冲天道："好呀，你这个老东西，刚吃了几天饱饭就起了花心嫖婊子去，你误了大事了，知道吗？"

钱江道："任大人说要去耍啦，听歌啦，逢场作戏啦。"

曹夫人道："什么狗屁大人，一个小小的主簿，逛窑子，遛妓院，还打伤省里来的上差，胆子也够大的了！"

钱江闻言一惊道："什么省里的上差？"

曹夫人道："就在今儿晌午前，省里来了一个姓戴的刑房捕头，奉巡抚大人的命令前来捉拿一个朝廷的要犯。老爷派人到处找你找不着，只好让俞先生代拟了公文回复了事。你要是把老爷的前程送了，你就等着再去卖糖瓜子吧！"

钱江向曹夫人身边的俞大通，道："俞先生，这到底是咋回事？"

俞大通道："今天上午，省里一位年轻戴捕头来到县衙，自称昨晚被一群石嘴山官员打了，要老爷务必查处，临走时，他交代娄知县要听回话呢！"

钱江听了，松口气道："那就把兵房书办和快房班头喊来啦，让他们立即带人搜捕。至于打人之事，这种事事出有因，查无实据，再说吧。"

7

翌日上午，平罗县县衙娄知县住宅。娄知县正与嫂夫人曹氏和钱江围着炉膛烤火，商量着过年筹钱的事。捕快班头挎着腰刀大步走进来，对娄知县禀告道："回禀老爷，经过一天一夜搜捕，未发现外来可疑人员。"

钱江对娄玉书道："老爷，省里只是来文说哥老会会首可能来俺们这一带。可能，就是说可能会可能不会。这是一件没有明确目标的案子，老爷可差捕快班头再带人到平罗城周围几个镇子和码头访查就是，查着查不着，行个公文给省里就行，不必担忧。"

曹夫人听罢连连点头，对捕快班头道："你再带人去周围几个村庄访查哥老会头目，及时来报。"

捕快头目拱手道："谨遵夫人之命！"说罢转身走出屋子。

捕快班头走后，娄玉书叹口气道："眼看年关到了，县衙已经好几月没有发饷了，叫俺实在为难哪！本官到平罗县两年，深谙为官之道。在大雪、大雨、大灾年之时，要亲民恤民，访贫问苦，这才是个好官。可俺为好官不易，实在是因为两个字：无钱。"

曹夫人道："俗话说，无钱难倒英雄汉。眼下，平罗城内各家商铺买诗册、丈量土地，老爷已经让他们反复出了血，要再逼他们，他们非造反不可。这可实在叫人为难。"

钱江道："要不，就从县衙人员每月薪金内扣除一两银子，再在粮租税内拨一百两。我一个人也花不着钱，就全捐出来啦。"

曹夫人道:“你想得倒美,人家一年辛辛苦苦,就全靠那点银子养家糊口呢。别人可不像你,有闲钱去送给婊子。你从人家嘴里扒食给自己脸上贴金,亏你想得出来。”

钱江道:“我哪里是为自己脸上贴金,我是为老爷的官声啦!”

曹夫人道:“你要是心里还有老爷,会跑到怡春院去?如果非要扣县衙人员的薪金不可,这个官声俺们宁可不要!俺可不想背后挨咒!”

钱江还想说什么,曹夫人一摆手,不耐烦地道:“好啦,你想做好事,就把县丞、典史、训导都喊来,与他们商量咋办。自从用了你,这些人满肚子牢骚,状都告到省里去了。不是老爷根子硬,顶戴早就不在头上了!”

钱江脸色一变,道:“夫人,你这是什么意思?要是嫌我,我走好啦!”

曹夫人叹口气道:“俺也就是说说,你不要往心里去。人多嘴杂,凡事要小心才是。你去把他们召集起来商议吧。”

钱江一脸沉重地走出房门,在院子里碰见俞大通。俞大通道:“连海兄,今天课程已完,我想休假回家过年。”

钱江道:“噢,那好么?你啥时回啦?”

俞大通道:“我家离县城近,午后就动身,擦黑就到家了。只是,那月薪的事咋办呢?”

钱江道:“我正为此事发愁啦。老爷要下乡赈灾,可粮款没有着落,我正要召集他们协商咋办哩!你再等等,明天回家好啦。”说着,他抽身而去。

8

白昼,钱江来到户房,问户房书办道:“咱们还有多少款子?”

书办应道:“账上还有十两银子。”

钱江道:“咋剩这一点点啦?”

书办道:“僧多粥少,尽是吃饭的,没有干活的。有钱的不纳税,纳税的不给钱。”正说着,只见任有道陪着高大的葛秃子走了进来。

任有道拱手道:“哎呀,钱兄,酒后失德有辱诗文,俺来给你赔罪了。”

钱江道:“你不是回石嘴山了么?”

任有道道:“俺是回去了,可半路又让他截回来了。来,俺给你引见一个名人。这位是大不列颠英吉利天津怡和洋行的大买办、石嘴山高林商行老板葛行健先生。”又指着钱江道,“这位是县里的钱江师爷。”

葛秃子拱手道:“在下葛行健。”

钱江笑着道:“我是个无能的中国人,老朽年迈,能与英国人的买办葛先生相识,三生有幸啦!”

葛秃子道:“钱兄,不必客气,姜子牙八十岁还兴旺了周朝呢!你不才五十多岁么?至于英国人,只是想做点生意而已,船坚炮利,并不能吞并四万万中国人。俺也是中国人,也想学点文武艺,售与帝王家,可怜俺十年寒窗苦读,满肚子学问,却是帝王难售，欲报无门啊！英国人用咱，不就是赚钱么？俺知道大清的官员想的是嘛，赚钱，就结了，别的嘛，就甭说了。”

任有道道：“钱兄，俺看你气色不好，不是有病吧？”

钱江没好气地道：“我是有病啦，没病找病啦！这几天正为县太爷下乡赈灾缺钱的事着急哩！”

葛秃子拍拍胸脯道：“好事好事，钱师爷，俺们高林商行愿意赞助县里两千两银子、一百石粮食、一万斤杂草。这点嘛事，何必发愁呢？”

钱江闻言惊喜道：“葛兄，此话当真？”

葛秃子道：“大丈夫一言，如白染皂。”说罢，从怀里掏出两千两银票置于钱江的手中。

钱江接银票在手，双手一揖躬身到地道：“葛兄在上，请受平罗百姓一拜！”

葛秃子连忙扶起道：“不敢当，不敢当！”

正说着，怡春院的一个小厮跑进来，跪倒磕头，递给钱江一封信，道：“妈妈叫我送来的。”

钱江的脸顿时红了。

任有道一见，打趣道：“钱兄，你的桃花运来了吧？”

钱江不语，拆开信封，只见上面写道：

钱大老爷主事钧鉴：

前蒙恩赐，身心俱畅。正是，浊酒不好喝客醉，好事常是被云遮，三度桃李春风尽，一榻孤蒲伴雨眠。弦歌律止，余音绕梁，身体离分，气息犹存。小女子一夕之欢，方醒悟几句虚度。自此以后，恐怕虽无衣食之虑，难免常怀倚门之苦。今有难缺之事，欲请教于先生耳。倘蒙不弃，辱临贱地，杯酒言欢，愿备箕帚。

小女子俞堂春百拜万福

钱江看罢，脸如红布。

任有道见状，忙问：“钱兄，何事？”

钱江忙遮掩道：“一点小事啦！”

任有道从桌案上拿起一本《鸳鸯诗话》，道：“这可是平罗县文坛第一盛事，钱兄竟然未给俺打个招呼，也太瞧不起人了。”

钱江道：“这事我不知道啦，是周令杰和小畅兄所为啦。”

任有道：“钱兄，俺早闻这书是县太爷的曹夫人所撰，文采甚好，可否借给俺带回石嘴山一阅？”

钱江道：“这是小事啦，任大人看得起就拿回去看啦。”

任有道点点头道：“如此甚谢。等开了春，俺打算在石嘴山开一个黄河诗会，以文会友，如何？”

钱江道：“好事情，我第一个报名啦！”

9

晚，平罗城隆昌客栈。客栈里，包天容与任有道、葛秃子用罢饭，正在闲谈。

葛秃子道："包兄，听千斋兄介绍，你身怀绝技，能飞檐走壁。既然如此，别辜负了自己。干脆，您到俺那儿帮俺护镖也行，到兰州或者西宁分行坐柜也行，俺不会亏待你，保你的收入比眼下开店多得多！"

包天容道："多谢葛老板看得起我这个粗人，只是我性子疏懒惯了，您是干大事之人，万一有个差错，反为不美。"

任有道在一边帮腔道："包兄平时为人，如同闲云野鹤，不愿受拘束，你给他多少钱也不会干的。算了，咱们找个地方消遣如何？"

葛秃子道："平罗乃弹丸之地，请问包兄，这里可有好去处？"

任有道诡秘一笑道："俺有一个好去处，只是要销金断魂，得出血呢！"

葛秃子道："花银子是小事，关键是有没有趣味。"

任有道道："太有趣味啦！离这里不远有一座怡春院，怡春院里有个大美人！"

葛秃子道："果真如此，那就太有趣啦，她芳名叫啥？"

任有道道："芳名嘛，叫个月月红！"

葛秃子听罢心中一动，好奇地问："这女子是本地人还是外地人？"

任有道道："本地的土妮哪有这么风情万种？她一口外地口音，哎呀，俺记起来了，她说话口音好像与你有点相似，爱带个嘛什么的。"

葛秃子闻言，立即站起身来，从衣架上拿起外衣就走。任有道忙追出去，边追边喊："行健，你到哪里去，等等俺！"

10

当晚，两人出了客栈，三步并作两步走，不一会儿进了怡春院。

俞堂春上前迎接任有道，把他引上楼道："大爷，您来得正好，月月红也是刚到，还没有上妆呢！"

任有道惊奇地道："咋，她没在院子里住？"

俞堂春叹口气道："爷，您有所不知，这丫头也是个苦命人呢！"

到了楼上，任有道手指葛秃子对俞堂春道："这位天津来的客人，要会会咱们的大美人，你带他去吧！"

俞堂春打量了一眼葛秃子，惊叹道："这位爷，好俊的人才，红儿那丫头心气一向高，见了您保管低眉俯首，你们在一起，那才是般配呢！"任有道听此话，皱起了眉头。

葛秃子从怀中抽出二百两银票，道："月月红不是定银一百两吗？俺今晚给您二百，不要再叫别人来打扰。"

俞堂春惊喜道："哎哟喂，我的个爷，你就放心大胆地度良宵吧！"说着，她把葛秃子领到月月红房门口，就与任有道走了。

葛秃子进得屋来,见屋内烛光幽暗,一个女子正向窗而坐,蓬头散发,看不清面目。

葛秃子脱口道:"都说嘛绝色佳人,明明一嘛披发女鬼也。"话音刚落,只见那女人猛然回头,双方顿时愣住了。葛秃子箭步如飞扑到那女人面前,一把抱住那女人,激情叫道:"兰兰,果然是你么?"

月月红浑身颤抖,泪如雨下,倒在葛秃子怀里,一边捶着葛秃子的胸,一边哭道:"你个没良心的,怎么才来啊!"

葛秃子把月月红紧紧抱在怀里,语无伦次地道:"俺可找到你了!俺可找到你了!这些年,俺到处找你,你咋流落到这里来的?你知道吗?俺每次到天津,都要到端王府问一次你回来了没有?这不,俺可终于找到你了!"

月月红靠在葛秃子怀里,流泪道:"打那以后,王爷把俺卖到西北,先后流落到兰州、张掖、肃州、平罗沦落为妓。几年来,妾身无一日不思念与你重逢,无一夜不梦见你救俺出火坑。可俺知道,你只是洋行的一个杂役,又如何能够救妾呢?"

葛秃子拉着月月红的手,泪眼相对,道:"兰兰,今天,俺发了财了,当了老板,俺有地位有能力了,噩梦结束了,你跟俺走吧,咱们好好重新过日子!"

月月红哭道:"正因如此,俺才不能跟你走。妾身已坠地狱,污浊不堪。你不嫌妾,妾也无颜面对你。还有,俺为你已生下一个儿子,现已五岁了。他名叫宝岱,聪明伶俐,着实可爱,你就把他带走吧!"

葛秃子急道:"你胡说啥?!这一切咋是你的错?该诅咒的是端王爷那条老狗!"

谢兰拢了拢头发,道:"你放心,为了不让孩子心灵受到污染,我的一切,都未让他知道,每天,俺都小心翼翼……"说着,她伤心欲绝,哭个不止。

葛秃子把她扶到炕上躺下,给她盖上被子,转身走了出去。

月月红见状,爬起身颤声问道:"你到哪里去?"

葛秃子回身道:"放心,你先睡一会儿,俺自有安排!"说罢,他出门下楼找到俞堂春,道:"月月红是俺走失几年的太太,她的真名叫谢兰。俺今晚就把她带走,你要多少银子,开个价吧!"

俞堂春惊讶地张开嘴巴,两手一拍,好半天才说道:"哎呀,真有这事?夫妻破镜重圆,人生万幸之事,恭喜你了!唉,可怜红儿这丫头,终于熬出了头。实话对你说,当初是我用二百两银子将她买来的,可我也不是你想的那种见钱眼开唯利是图之人。我对姐妹们,是把她们当人看的,只有男人,才不把我们当人看呀!"

葛秃子道:"不论如何,俺都要谢谢你对她们娘俩的关照。这样吧,俺付你一千两银子,俺们马上就走!"

俞堂春正色道:"葛大爷,你听我把话说完。我一分银子也不要你的,你只管和红儿一家团圆去。我自己已有了去处,就是县衙的钱大爷,他要娶我,到时,你过来吃一杯喜酒就够了。"

葛秃子从怀中掏出一千两银票,道:"这一千两银子还是要给你,算作俺和谢兰的一份贺礼吧。俺那位主簿朋友呢？你待会儿告诉他，我们先回去了。”说着，把银票塞到俞堂春手上。

俞堂春手握银票，激动地道：“葛大爷，你真是个好人。那位任主簿，我还是把他喊起来吧，省得他明天发火！”

葛秃子转身上楼，道：“也好。”

俞堂春走到一个房门前举手拍门：“主簿大人！主簿大人！”只听里面有人叫道：“婊子养的，谁他妈叫丧？”

俞堂春在外道：“任大爷，你那位朋友说要走了，让我告诉你一声！”

任有道在房内喊道：“他刚来就要走，他有病哩！”

俞堂春道：“我告诉你大爷吧！月月红，不，谢兰是葛大爷的太太，他们俩破镜重圆了！要回去哩！”

任有道闻言惊得从床上爬起，慌忙跳下炕穿衣裳，嘴里不住喃喃自语道：“你说月月红是葛秃子的太太？真他妈的，俺昨晚还跟她那个来，这成何体统！”

炕上的妓女道：“大爷，你等会儿还来吗？”

任有道道：“还来个球，俺还不知咋收场哩！”说着，他冲出房门，见葛秃子把月月红抱了出来，他两手搓着，道：“行健，你看这事弄的，俺也不知道是弟妹么？”

葛秃子脸色沉重，未搭理他，抱着谢兰下楼。任有道赶紧跑在前面替葛秃子开门。俞堂春见此情景，止不住流下泪来，不断地拿袄袖子往脸上擦拭。

11

这年腊月小年这天，雪后初晴，丽日当空。塞上的原野一片肃穆。远处的贺兰山，群峰耸立，白雪皑皑，近处的村庄，闪着土黄色的颜色，与升腾的袅袅炊烟一道，构成一幅暖暖的冬景画图。

这时，从平罗县城涌出一支一里长的队伍。娄知县坐着四人抬的蓝呢轿子，走在队伍的前列，任有道与葛秃子并马而行，钱江骑着一头毛驴前后奔跑着，招呼着下乡赈灾的县衙队伍。

任有道在马上扬鞭道：“行健，你看这山河之间，是何等辽阔，等冰消雪融、春天来临时，草场恢复，田园再现，那时是一幅怎样的图景，你能料得出来么？”

葛秃子极目壮美山河，叹道：“俺只悔来得太迟，过去人们一谈出塞，就是黄沙铺地，鹞鹰巡天，草枯马瘦，西风道长，哪儿想得到这儿水草丰美，牛羊肥壮，山河秀丽，遍地是金啊！哎，俺倒想起魏文帝的一首《出塞》诗来。诗云“白马横行霹雳弓，衔木疾走玉门东。三军怒裹金疮勇，万弩身随铁骑风，杀气如潮飞瀚海，头颅和血挂穹窿。男儿欲作封侯想，直捣名王甲帐中。”

任有道在马上道：“俺看如今是黄鼠狼生老鼠，一辈不如一辈了。想当年，就在这块土地上，绝塞鹰呼，刀影乱翻，那是何等的过瘾呀！你听俺的诗句：‘阴山夜暗鬼鸣啊，戍鼓沉沉夜气多。直向南云贴北斗，翻从青海渡黄河。绝怜妇女胭脂色，高唱将军敕勒歌。塞上马肥春草短，单骑飞箭射天鹅。’如何？”

葛秃子在马上笑道:“兄台不愧是书写井上有李的妙手,可是这晴朗的天空,哪里还有天鹅可射呢?”

任有道在马上道:“有啊,这贺兰山边到黄河滩之间,有一大片草场和几万亩水面,什么鸟都有。大雁每年过了二月惊蛰就会从南方飞来。等到了夏天,俺们去贺兰山里打猎,那就十分有趣。你就好好地在这儿住下,俺保你发大财!”他们一路说笑着,向着平罗重镇姚福堡镇进发。

12

白昼,姚福堡镇。宽厚的城墙上嵌着三个大字:“定远城”。平罗知县带着赈灾人马来到城门外,受到两百名清军旗兵的列队欢迎。

娄知县刚下轿,姚福堡镇主簿王文藻便带着清军把总勒布和守镇官索额斯图急步向前,向娄知县拱手道:“欢迎娄知县大人到本镇视察赈灾。”

娄玉书道:“今天,俺带这么多人是奉旨前来这里赈灾的。王大人,听说近几年姚福堡镇民种植罂粟成灾,导致粮食减产,可有这回事?”

王文藻支吾道:“这事嘛……有是有,不过事出有因。待会儿进了堡,我再详细向您禀报。”说着话,王文藻引着众人进入一座气派的大宅院。

任有道道:“文藻兄,你财大气粗,官厅盖得这么气派。和你一比,俺就是叫化子哩!”

众人进入官厅,娄玉书坐了上首一把椅子,其他人分两边坐下。

王文藻命人奉上茶,道,“娄大人,咱们姚福堡名为县里四大重镇之一,光驻军就有两百,百姓多,负担重,近年来,老百姓利用粮田种罂粟,纯属出于无奈,目的是多搞几个钱,解决军民的衣食问题。关于这一点,镇公署也无可奈何,只好听之任之。请娄大人详察。”

钱江道:“这次大人首下姚福堡,主要目的还不是赈灾,而是想问问王主簿,姚福堡的罂粟能不能禁绝啦?”

王文藻道:“姚福堡的罂粟能不能禁绝,先要看宁夏府和甘肃省能不能禁绝。平罗如疮疔,姚福堡不过癣疥而已。知县大人既然拿姚福堡开刀,何必如此兴师动众?我早已接到禁令,就是禁绝,也得等到明年春天才好开始。”

勒布在一旁帮腔道:“要禁绝,咋禁?除非县里给姚福发放拖欠的饷银!眼下这么冷的天,咱们姚福驻军连烧炕的煤都没有,弄得军民怨气沸腾!咱们驻军再不种点罂粟挣点钱,就只有活活饿死、冻死!钱师爷,这些你想过没有?”

钱江道:“大人来到这里还有一个原因啦,这次赈灾所费钱款,均由石嘴山高林商行老板葛行健先生提供。葛先生有一个振兴平罗的惊人设想!”

葛秃子清了清嗓子道:“诸位大人,在下奉大不列颠英吉利国驻天津怡和洋行老板亨利先生所派,到嘛西北来收购羊毛和皮张。这次在石嘴山,俺看到家家户户都把羊毛沤粪,心里万分痛惜,这是好东西嘛,这羊毛就是白花花的银子。俺又听说,咱平罗,还有你们姚福,有着天然的牧场,如果养羊,发展牧业,一家按养二十只羊计,一年可挣十两银子。要是一家养五十只、一百只呢?大家想想,那是多少利润!”

王文藻瞟了葛秃子一眼,不满地道:“养羊并非如你说的那样容易,夏天还好说,有青草吃,冬天咋办?如果每户养百只羊,光饲料得储存多少?还有,一家养那么多羊,平罗县十万户人家,就要养二百万只,光买羊羔要多少钱?又到哪里去买?”

葛秃子笑道:“王兄说得好。不过,请你放心,如果你能保证姚福镇每家养羊十只以上,所需买羊羔和饲料的钱,我们商行可以贷给。只是要和养羊户签订合同,以保证把所产羊毛和皮张卖给咱们高林商行。”

王文藻道:“果真如此,那倒可以试试。”

葛秃子道:“那好,就请王兄造好册,把所需银两详尽列出,到石嘴山咱们再签订合约。”

勒布按捺不住,抢着问道:“说了半天,知县大人对驻堡旗兵的烧煤之事,到底作何打算?”

娄玉书闻言,支吾道:“这个……”

钱江反问道:“勒布大人,我听说旗兵所用各项开支款一向是由朝廷兵部专款拨付的,与地方并不发生纠葛,怎么突然连烧煤这样的事情也要县里解决啦?”

勒布诉苦道:“从前烧煤款由兵部专款拨付,朝廷的粮饷就不能如期拨付了。征战各军都是原地筹集粮饷,像满营这样的驻防队伍,还多少能够保证,可姚福只是一个小堡,就不好说了。实话说吧,至今,我们的饷银才开到八月哩!”

王文藻解释道:“是这样的,堡里已经尽力而为,无奈财力有限,实在是爱莫能助啊!官兵们苦哇,哪一家都是五六个孩子,就靠汉子挣的那一点钱养家,也只能糊口而已。说出来不怕你们笑话,连勒布兄的儿子都在街上卖麻花哩!”

任有道惊道:“竟有这等事?想当年八旗铁骑是何等威风,怎么会到了没有饭吃的地步?”

钱江道:“大清的军队为什么打不过洋人?都是让那些贪官给闹的啦!”

葛秃子道:“连军队都吃不饱饭,还指望打败洋人?这样吧,如果勒布兄不嫌弃,我们商行出一百两银子,算是赞助!但我有个条件,就是让驻堡旗兵的家属和孩子都给洋行养羊,买羊羔的钱由商行出,毛户剪了羊毛必须卖给商行,所贷银两交易时按息扣除。”

任有道拍手道:“妙哉,行健这一步棋一举三得,既育了羊,又有了毛,还造福了姚福堡驻军和百姓。”

刘敬祥不甘落后,道:“我们新泰兴出二百两银子,请王主簿安排养羊的事宜。”

勒布反对道:“祖宗有规矩,不准满营官兵经营和种地。”

葛秃子站起道:“咱们的祖宗还不让咱和洋人通商哩!更不准洋人离开口岸进内地经商,这些不都破了么?眼下,连洋人的公使夫人都成了太后老佛爷的座上宾,你还守着这不中用的规矩挨饿受冻,难道你嫌用洋行的钱买煤烧不暖和吗?”

王文藻道:“勒布兄,你就识时务吧!现在,李中堂提倡搞洋务,据报上说,天津和广州都成立了同文馆,专让学生学习西洋各国洋文哩!将来不懂洋文就不能了解西洋各国的内幕,就无法使我大清国富国强兵。我要是有儿子呀,我就把儿子送到同文馆去学习,我可是受够了穷困的罪!勒布兄,依我之见,葛老板的一百两银子,你就接了吧?”

葛秃子劝道:“勒布兄,嘛事都要往开看,比如俺,从小读的是嘛圣贤书,吃的是嘛祖宗饭,可俺成人后就是找不着嘛事做,考不上功名就罢了,可俺总不能饿死吧?但俺后来到了洋行,人家洋行还嘛重用你。实话告诉你,俺以前连十两银子都没摸过,可俺现在手里成千上万两银子花出去,眼都嘛不眨。嘛满人也好,汉人也好,在嘛洋人眼里都是大清的人。所以,嘛事想开了就好办,人生不就是几十年吗?咋活不是活呢?”说着,他当场掏出一百两银票强递到勒布手上,勒布哆嗦着把银票接了。

勒布心里不是滋味,道:“想想这是个啥事呢?大清的精锐,八旗子弟兵,不但没保住大清的江山社稷不受侵犯,反而连烤火煤还要人家洋行给买了。不仅如此,自此后,我们的孩子还要给人家养羊放牧,这事咋想咋觉得丢人!”

任有道笑道:“唉唉,勒布兄,你还是那个死脑筋,接了人家洋行的钱给人家放羊算啥丢人?这是买卖公平、天经地义的事嘛!要想不丢人,你的手下就得挨饿、受冻、死人!勒布兄,该换换脑筋了!”

钱江道:“王大人,现在该进入我们的议事正题了。你到底打不打算在姚福禁烟?”

王文藻爽快地道:“现在,既然养羊能解决本镇军民的吃饭穿衣和取暖问题,那就禁吧!我的脑瓜能想通,得感谢在座的葛老板、刘老板!”

众人哈哈大笑。娄玉书在众人谈话时只管自己喝茶吃点心,这时,也跟着笑了起来。翌日上午,晴空如洗。娄玉书带着钱江、任有道、葛秃子、刘敬祥等人,在王文藻、勒布等人陪同下走访了姚福镇几户贫困农户家庭,发放了养羊贷款。

13

1886年初春,白昼,石嘴山任有道家。早晨,教堂的钟声“当当当”地响起来。任有道从床上醒来,发现任凤和任经纬已下床穿衣服、鞋子,侯水英正在梳妆。

任有道打个哈欠,道:“英子,你咋起这么早?”

侯水英道:“你没听见教堂上的钟声响了吗?”说着对两个孩子道,“凤儿,经纬,你们快去教堂替俺抢位子,晚了就没座位了!”

任有道边穿衣服边道:“往常让你起床,比生娃子都难,更不用说两个娃娃。还是罗斯神甫法术大,竟能让懒婆姨起早床。”

侯水英边梳头边道:“不说啥法术,就是人家讲的课好听呗!”

任有道道:“罗斯讲经真有那么好听么?要是真好听,俺也约上县太爷、行健一道到教堂去听听,看他讲的啥!”说着下床,梳洗。

14

这日白昼,石嘴山分教堂。任有道带着县、镇公务人员和葛秃子、保军、刘敬祥等几十人走进分教堂,教堂里早已坐满了人。保军在前开道,对坐在长凳上的妇女、儿童吆喝道:“起起起,起得远远的,没看见县太爷和主簿大人来了吗?”坐着的妇女、小孩未动。

保军道:“我看你们是沟子痒呃,想让我给你们松松皮?”

一个婆姨回头道:“你快悄悄地坐着,俺们都是主的孩子,不管啥县官、主簿。”

保军一听,吼道:“你们要造反呀?”说着,看人们都无动于衷,便挤出人群去找葛秃子。葛秃子正在家里躺着,保军匆匆跑进他的卧室。

保军道:“老哥,快起来到教堂去,去教堂听课的妇女、伢子们都是日囊怂,他们不听劝告硬不肯给县太爷和任大哥让位!”

葛秃子闻言唰地掀开被子溜下床,一边穿衣服一边道:“看把这些狗日的日能的,全然不懂上下尊卑! 走,俺去看看!”说着,他穿上鞋披上衣服就出了门。两人风风火火来到教堂,只见教堂门口任有道正与罗斯争执不休。

任有道道:“亲爱的密斯特罗,你让你的教徒把前面的座位腾出来,让知县大人和衙吏们坐!”

罗斯纠正道:“不,教堂里人人平等,不分职务高低。”

葛秃子上前把罗斯叫到一边,道:“亲爱的密斯特罗,你嘛听不听俺的建议?”

罗斯纠正道:“不,不是密斯,是密斯特!”

葛秃子生气道:“不管你嘛球斯吧,俺问你,你嘛还想不想在这儿办教堂教课?”罗斯点点头。

葛秃子说:“那就好。俺就对你实说吧,在中国,不管是在嘛屋里,包括吃饭、上茅房,都得让嘛当官的先吃、先拉、先用、先说、先笑、先睡,明白?”罗斯摇摇头。

葛秃子道:“那俺就直说吧,你嘛今天如果不让知县他们坐在前几排,你的嘛课就上不成了。不光今天上不成,明天你嘛也上不成,你嘛永远也上不成。你嘛在平罗县都待不成,还讲你嘛狗屁洋经?!”

罗斯看了葛秃子一会儿,没吱声地进了教堂,他走上教堂,双掌合十对天祷告道:“尊敬的主啊,神圣的主,你不远万里来到中国,也得随乡入俗。宽恕这些无知的迷途羔羊吧,阿门!”说完,他在胸前划了个十字。这时,玛丽已将坐在前面几排的妇女、儿童赶了起来,让她们坐在后面。

保军对往后挪位的婆姨们骂道:“等下了课,回家让你们的老汉美美地把你们的沟子日烂,叫你们平等!”

一会儿,人们静下来。娄知县和任有道带着的公人已在前三排入座。只听罗斯翻开《圣经》,讲解“创世纪”:

“耶和华神说,那人独居不好,我要为他造一个配偶帮助他。神就使他沉睡,他就睡了,神于是就取下他的一根筋骨,又把肉合起来。神就把筋骨造成一个人,领她到亚当跟前。亚当说,这是我骨中的骨,肉中的肉,可以称她为女人,因为她是从男人身上取出来的。因此,人要离开自己的父母与妻子连合,二人合为一体。”

罗斯讲课完毕,领众人祈祷:“愿主保佑我,宽恕我的罪孽吧,阿门!”众人复诵。这时,玛丽开始给听众教徒分发礼物:给男人香烟,给女人香皂和各色丝线,给小孩糖果。

罗斯从教堂走出来,任有道追上去,道:“罗先生,俺要郑重告诉你,你可以讲课,但你不准再讲什么男人的筋骨。明明是女娲造的人么?你咋说是姓叶的造的?这不是胡扯么?”

葛秃子闻言,在一旁大笑不止。

任有道道:“四狗子,你笑个啥?难道俺说的不对?”

葛秃子道:“对,太嘛对球了!可是,俺也要对你说,俺听着密斯特罗讲的太来劲。你想想,女人男人为啥死活往一起凑?女人是男人的一根筋骨,是肉中肉,这话太对球!妙,真他妈妙!以前俺从不爱听,还他妈真亏了!”

15

春雨绵绵的一天下午,任有道家。任有道躺在床上睡午觉,鼾声阵阵,吓得屋子里的蟋蟀都不敢吭声了。半晌,任有道翻身醒来坐起,对正在家里写作业的任凤唤道:“凤儿,过来,替俺多搔痒痒!”

任凤放下作业,从床头拿起一只痒痒挠给他背上挠痒痒,任有道则端起烟枪美滋滋地抽大烟。他松开裤带,解下中衣,露出长满皮屑的胸脯和肚皮,自己用手挠着。

任凤挠了一会儿,道:“爹,俺要写作业去了。”

任有道一挥手道:“去吧!”任凤放下痒痒挠,笑嘻嘻地离开任有道回到桌边做作业去了。

任有道又自己用手在身上挠了一回,方穿上衣服,系好裤带,呆愣愣地坐了一会儿。他拿起桌上一本《鸳鸯诗话》,便随手翻了起来。忽然,他被一首诗《咏怀》吸引住了,吟诵那首诗道:

“刘伶沉醉步兵狂,中散弹琴暗自伤。生不如人惟富贵,死难薄我是文章。有才多被功名误,无福定劳智慧忙。吾剑尚存吾舌在,弯弓还欲挂扶桑。”

任有道读到这里,心中一振,叫了一声“好”,来了精神。他继续往下读《过扬州》:

“萧声留客过扬州,灯影摇红水阁楼。漫道十年才梦醒,纵然一宿也风流。花时樽酒围金带,月夜香魂泣玉沟。多少贞娘歌白雪,只知欢笑不知愁。”

读到这里,任有道连声道:“妙!妙!”他再往下看《哭贾谊》,吟咏道:

“弱冠能将故事陈,乾坤巨手擅经纶。赋成湘水悲鹏鸟,君舍苍生问鬼神。无命灵生王佑器,有才无忌少年人。当庭痛哭音犹在,留与七藩扫乱尘。”

任有道读到这里,一拍大腿喃喃自语道:“苍天佑俺,娄玉书呀娄玉书,你不要怨俺手段毒辣，只是你自己作孽。你们害俺不浅，俺忍到今天，就是为了等待这个时机！看你们往哪里逃！”说到这里，他对门外唤道：“任魁何在？”

家人任魁闪身进屋道：“老爷，有何吩咐？”

任有道道：“你骑快马速去平罗县城，把苟有田找来，就说俺有机要事与他商量。”

任魁拱手道：“是，奴才这就去备马！”说罢，他匆匆退出房间，直奔公署马厩牵出一匹枣红马，任魁翻身上马，冒着风雨向着平罗城急驰而去。

16

当天雨夜，石嘴山任有道家灯光闪耀。任有道焦急地在房间踱步。忽然，伴随着一阵马蹄声，苟有田身披斗篷推门进屋。

任有道急切迎上前道：“老三，你可来了，俺发现了一个惊天秘密！”

苟有田喘息未定，一边摘下斗篷，一边道：“啥秘密？”

任有道把诗集拿出来，翻开书页，让他看那几首他刚才读过的诗。苟有田看罢，不解地道：“这些诗不是写得挺好么？”

任有道待他坐下，道：“老三，不是俺说你，你平时没事，也该多读些书。古往今来，儒将何其多矣！远的不说，就说眼前吧，曾文正公、李中堂、左大帅，哪一个不是满腹经纶、文韬武略、机谋在胸？平心而论，从意境上看，这几首诗应该说不错，可你认真透过字面去看，就有麻烦了。”

苟有田不解地道：“啥麻烦？”

任有道正色道：“这是反诗，你难道还没看出来吗？”

苟有田疑惑道：“反诗？娄知县不会写反诗吧？”

任有道道：“你咋知道他不会写反诗？他对当今太后老佛爷不满，从道台降为知县，他能满意吗？”

苟有田道：“那咋办？”

任有道道：“既然俺们看到了，如果不出声，将来别人检举了，俺们就有知情不报之罪，就得受株连。所以，俺们要占先机为好。”

苟有田一听要告发人，头直摇，摆手道：“这……这事，俺不管……”

任有道道：“你是不是害怕了？好！你可以不联名，但是到时候，俺会说你也读过这诗。”

苟有田道：“是你让俺看的，大哥，你不会泄上次的私愤吧？”

任有道道：“胡说，俺这是一片忠心为国。就算俺泄私愤，难道还不应该么？俺叫你看不假，可你为啥不在首告信上签名呢？难道你与娄玉书有同谋之嫌么？”

苟有田闻言变色道：“这是人命关天的大事，俺可不敢做呀！”

任有道道：“俺本不想出首，但既然娄知县赠俺诗册，俺已难逃干系，与其坐以待毙，莫如起而自救！”

苟有田犹豫不决道：“要不把二哥找来商量一下？”

任有道道:“你嫌他整俺不够惨吗?此时找他不是自找难堪么?你说,你到底告不告?不告,俺可就自己告了!”

此时苟有田面如死灰,方点头道:“那……那就告……告吧。”

任有道闻言,大喜,叫道:“好!这状纸俺来写,事时不是井上有李,而是井上有石也!”说罢,他拂袖磨墨,铺开折子,挥笔写道:

圣母皇太后陛下:

甘肃平罗知县娄玉书沐浴皇恩,不思回报,官谪平罗,心生怨隙,继而暗怀鬼胎,借诗发泄,恶毒诽谤当今。在扬州,娄不顾己身为朝廷命官,宿花眠柳,暗喻十日之屠;吊贯谊,心怀长毛余念,讽佛哭幼,暗指垂帘之非。似此奸妄,尸位素餐,胆敢玷污公器,实可恨也。此人欺兄霸嫂,与孔孟圣贤背道而驰,如不严惩,任尔坐大,则吾大清江山难保。卑职豁出身家性命,不敢以私废公,倘能剪除此等祸党,还我大清明媚之青天,臣愿足矣。皇太后陛下圣裁。

写完,任有道在奏折上草书大名:“臣任有道拜呈。”便将奏折交予苟有田。

苟有田抓过奏折看完,笑道:“大哥,果然井上有石也!”笑罢,提笔在奏折上签名。窗外,电闪雷鸣……

17

次日白昼,阴雨纷纷,甘肃宁夏府城。任有道带着家人任魁骑马驰进府城,穿过人流如织的街道,来到宁夏知府衙门前下马。

任有道将马缰交到任魁手中,道:“你在衙门外稍等,俺去去就来。”说着,大步朝知府衙门走去,刚到门边,被两个侍卫拦住。

一侍卫道:“足下何人,胆敢擅闯知府衙门?”

任有道道:“俺是朝廷命官、石嘴山镇公署主簿,有紧急机密大事向知府大人禀报。侍卫听说是机密大事,不好盘问,忙道:“请随我来。”

少时,侍卫带着任有道来到宁夏知府书房门外。书房内,宁夏知府正与将军志锐商谈政事。

侍卫进房拱手道:“禀告知府大人,石嘴山主簿有紧急机密大事求见。”

知府闻言,不敢怠慢,忙道:“带他来见我。”

侍卫拱手道:“遵命!”

少时,侍卫带任有道走进书房,拱手道:“回禀大人,石嘴山主簿任大人到!”

宁夏知府看了任有道一眼:“足下可是任主簿?有何机密事,且说无妨。”

任有道道:“禀告大人,平罗知县娄玉书素怀怨望,暗藏反心,近编一本诗集《鸳鸯诗话》,借古讽今,指责太后垂帘听政,罪不可赦。卑职世受国恩,偶尔瞧见这本诗集,不敢以私废公,故斗胆写了奏折,现交与知府大人,望大人速速禀告朝廷,将此人绳之以法。”说着,他从怀中掏出奏折呈给宁夏知府。

宁夏知府闻言,赶紧接过奏折匆匆看了一遍,又将奏折递与将军志锐。

志锐看罢,道:“知府大人,依奏折所言,平罗知县娄玉书若果真如此,当罪不可赦。依我之见，速将这奏折呈报省里巡抚衙门，请旨定夺。”

宁夏知府肃然道：“将军之言，深合我意。”说着，转脸对任有道道，“任主簿以公为本，弹黜上司，无私无畏，精神可嘉。你先回去，待本官禀明巡抚大人，将奏折转呈朝廷，请皇上裁决。”

任有道拱手道：“多谢大人，卑职告辞了！”说着转身出府门，翻身上马，与家人任魁扬鞭策马回石嘴山。

18

月夜，兰州巡抚衙门。复职不久的甘肃巡抚家麟正在书房内处理公文，他手上拿着任有道的奏折和宁夏知府的公文，仔细看看，眉头紧皱。一会儿，他提笔在手，铺开纸，具本向慈禧太后参奏。

19

一个月后的一天清晨，平罗县知县府衙。大街上，陕甘总督倭什布的一员亲信家将骑着马，亲自带着一队军兵急奔过来，军兵们手持刀枪，举着火把包围了知县府衙。倭什布的家将下了马带着一队亲兵闯进知县府衙，直奔后院，在娄玉书住宅门前分八字形阵势站定。一名校尉走上前敲门，良久门打开了，出来一个年老门卫。未等老门卫发话，那将官向后把手一挥，军兵们如潮水一般涌进去。此时，娄玉书和夫人曹英刚刚起床穿衣，儿子宝鉴和女儿宝蓉吓得连连往曹英身后躲。

倭什布的亲信家将进门宣旨道：“懿旨到！”娄玉书闻言，赶紧拉着曹夫人及儿女一齐跪下听宣。

家将展开懿旨宣旨道：“圣母皇太后懿旨诏曰：查甘肃平罗县知县娄玉书欺兄盗嫂，恶名彰著，且不念皇恩，私刻《鸳鸯诗话》，借古讽今，谩骂孤家垂帘听政，蛊惑民众，阴谋谋反。着陕甘总督倭什布严审此案，按律治罪！所遗平罗知县一职，由举告者石嘴山公署主簿任有道署理。钦此！”

娄玉书闻言，早已吓得魂飞魄散，只得以头叩地，道：“谢太后隆恩，臣领旨。”

那家将喝道：“来人！将反贼娄玉书及其家人给我拿下！”话音未落，众军兵上前拿木枷将娄玉书及其家人锁了，牵到后院里。少时，师爷钱江、塾师俞大通及其家人和刑房书办周令杰、印书局老板庞葱等一干人犯也陆续被枷到后院，众人面如土色，相视垂首无言。

那家将见所捕人犯已到齐，遂翻身上马，命令军兵道：“带走！”

第十三季:施善反诗案

1

三日后,白昼,兰州陕甘总督府衙门。陕甘总督倭什布、甘肃巡抚家麟升堂,众衙役手持水火棍站列两旁。

倭什布将醒堂木一拍,喝道:“带人犯!”堂下一官员对外吆喝道:“带人犯——”霎时,两旁衙役齐声喝道:“威武……”吆喝声中,平罗知县娄玉书等数十名人犯被衙役押上公堂。娄玉书等人边走边哭喊:“冤枉! 冤枉啊——”

倭什布喝道:“胆大反贼,竟敢咆哮公堂,还不与我跪下!”话音未落,众衙役早已围了上来,将一干人犯强按跪倒在地。

倭什布喝道:“娄玉书,我且问你,你沐浴皇恩,官至平罗知县,为什么要刻书讽刺当今朝廷,阴谋谋反?! 说!”

娄玉书以首叩地道:“倭督老大人,下官娄玉书一向奉朝廷若神明,忠于职守,并无谋反之事。定是有人阴谋陷害于我,请老大人明察!”

倭什布道:“好个反贼娄玉书,你已阴谋泄露,公堂之上你还胆敢狡辩,污蔑他人! 我来问你,你私刻《鸳鸯诗话》一事可是有的?”

娄玉书叩头道:“刻书么,这是有的,不过,下官之嫂酷爱文学,喜好诗词,下官为讨嫂子欢心,便让印书局老板刻印了一册《鸳鸯诗话》。那刻书的银两费用也是下官的官俸,不曾搜刮民财,请大人详察!”

倭什布闻言与家麟对望一眼。家麟道:“娄玉书,你可知道,你私刻的《鸳鸯诗话》是本反书么? 如今人证物证俱在,你还有什么话说?!”

娄玉书以头叩地流血,道:“回禀大人,那诗集上所选之诗,均是俺和嫂子平日所作,多是游山玩水、吊念古人之诗词,并无反叛朝廷的只言片语。如大人不相信,请逐篇推敲,过细琢磨。”

倭什布喝道:“大胆反贼,你在扬州,不顾身为朝廷命官,宿花眠柳不论,还胆敢在诗中暗喻我大清官兵十日之屠。你借凭吊贾谊之故,竟敢同情长毛乱党,讽佛哭幼,暗指垂帘之非。公堂之上,铁证如山,你这种尸位素餐的盗嫂反贼,还敢抵赖么?”

娄玉书仰天哭道:“苍天啊,你这如此昏官,指鹿为马,颠倒是非,依你之言,下官岂不是人类不齿的狗屎么? 这是不实之词,莫大的冤枉!”

倭什布道:“胆大娄玉书,公堂之上,你敢辱骂本官,不用重刑,你岂能招供! 来人啦,给我将反贼娄玉书重打五十大板!”话犹未了,只见两名衙役大步走上前来，将娄玉书按倒在地。一衙役手执大板，便朝娄玉书屁股上猛打，边打边数："一、二、三、四、五……"一直数到五十。娄玉书被打得皮开肉绽，先是大声喊"哎哟"，后来"哎哟"声渐弱，昏倒在地。一衙役上前将他扒了扒，见他没有动静，便向倭什布禀告道："启禀总督大人，娄玉书他昏死过去了。"

倭什布闻言，命令道："将他用水浇醒！"

少时，一衙役提来一桶水，对着娄玉书迎头浇下。躺在地上的娄玉书浑身一激灵，醒了过来，欲站起，两名衙役将他强行按倒在地跪下。

倭什布见娄玉书醒来，把惊堂木一拍，喝道："反贼娄玉书，本官让你吃点小苦头，你到底招是不招？我劝你老实认罪，免受皮肉之苦！"

娄玉书嘴里流血，背上血迹斑斑，他朝地上吐了一口血水，怒斥道："昏官，朗朗乾坤，你竟敢严刑逼供！你就是把俺打死，俺也不招！"

倭什布冷笑道："哈哈哈哈，我看你是不想活了！来人，给我大刑伺候！"话音未落，早有几名衙役拿来梭刑刑具往娄玉书双手手指一套，便动起刑来。娄玉书双手手指被刑具愈夹愈紧，手指几近断裂，他强忍剧痛，哭道："住手！俺认罪，俺愿招！"

倭什布见状，冷笑道："早知今日，何必当初！"说着将桌上一片认罪状纸和印盒扔下，对衙役们道："让他画押！按手印！"一个衙役闻言，上前拾起认罪状纸和印盒来到娄玉书面前，将娄玉书颤抖的手拉住，戳上印泥，往承罪状上按印。按印毕，那衙役将认罪状纸呈给倭什布。

倭什布接认罪状纸在手，朝指纹处看了看，便递与身旁的家麟，两人会商低语了几句。倭什布板下脸来，重新将醒堂木一拍，大声道："今日，本督与家麟大人奉旨审案，反贼贼首娄玉书已然招供不讳。本官依大清律，兹判决如下：原平罗知县娄玉书伙同其嫂私刻反叛诗书《鸳鸯诗话》，借古讽今，煽动民众，阴谋谋反，实为该逆谋案主谋，判斩立决；平罗县师爷钱江犯有前科，不念皇恩，反而追随其主子娄玉书谋反，判斩立决；庞葱私刻反叛诗册，判斩立决；念娄宝鉴、宝蓉年幼，免斩，藉没入官；俞大通参与《鸳鸯诗话》编撰，判斩立决，其妻与女儿文娟流放黑龙江；周令杰是该叛逆案始作俑者，判斩立决，其家人流放新疆，庞葱之妻发为官奴。来人，将以上所有人犯打入囚牢，待本督禀明圣上，刻日实刑！将其家产俱抄没入官！退堂！"

倭什布念完判决，"哦"的一声，众衙役一哄而上，推推搡搡，押着犯人步出公堂直奔牢狱去了。

2

次日早晨，宁夏府通往平罗的官道上，几骑骏马在飞奔。几名宁夏府府吏带着朝廷任命任有道署理平罗知县的公文，扬鞭策马，朝石嘴山飞奔。官道上，响彻骑手的"驾驾"、"嘚嘚"的马蹄声……

3

当日黄昏，石嘴山。数名宁夏府府吏骑马驰入石嘴山镇，在镇公署门前翻身下马，大步走进公署。公署议事厅里，任有道、苟有田、赵文通和葛秃子、刘敬祥正在摆酒庆贺。忽然，宁夏府几名府吏大踏步走进议事厅。任有道等人赶忙从席上起身相迎。

府吏甲上前对任有道拱手道："恭喜任老爷，贺喜任老爷！"

任有道拱手还礼道："请问各位是哪里的上差，说俺有喜，喜从何来？"

府吏乙上前拱手道："俺们是宁夏府差员，奉命前来呈送公文，任老爷举报娄玉书反贼有功，朝廷已下文提升你为平罗县知县了！这还不是喜事么？"说着，从怀中取出一道公文递给任有道，任有道乐滋滋地看罢公文，捋须笑道："任某满腹才学，终遇明君，这才是井上有李了！"说罢哈哈大笑，"各位上差，请坐，请坐！"说着，从怀中掏出三张五十两银票，分别递入三名宁夏府府吏手中。

三名府吏接银票在手，拱手齐声道："多谢知县大人！"说着，笑嘻嘻地将银票揣入怀中。

苟有田如梦方醒，双手一拱道："大哥，俺老苟恭贺老哥荣任平罗知县，这下，兄弟们有盼头了！"

赵文通、葛秃子、刘敬祥一齐拱手道："恭喜贺喜，任主簿大人荣升平罗知县！"

任有道把手一挥道："各位兄弟，同喜同喜，俺千斋荣升平罗知县，各位兄弟不也快跟着俺升官发财吗？啊！哈哈哈哈……"

众人闻言，一齐哈哈大笑："哈哈哈哈……"

葛秃子笑罢，猛然想起一件事，向屋内喊道："大英子，快出来，千斋兄升官了！"侯水英闻声从里屋带着两个孩子出来，道："四狗子，你喊俺干啥？"

葛秃子道："大英子，千斋兄升官了，荣任平罗知县！你让人把酒席撤了，重整酒席，咱哥们与府里来送信的上差好好喝他几杯！"

侯水英欢喜道："四狗子，你这话可是真的？"

葛秃子道："哪个骗你，骗你是日囊怂！"

任有道走过来时侯水英道："英子，咱们终于盼到这出日头的一天了！这一切都是真的。行健说得对，你快让人把这酒席撤了，重整酒席，让俺和兄弟、上差们好好快活地饮几盅！"侯水英和两个孩子闻言，欢喜得跳起来。任凤、任经纬一人勾住任有道的一只膀子高兴地道："哦，俺爹升官了！俺爹升官了！"

任有道一把搂过侯水英，在她脸上亲一口，道："大英子，今晚喝了这顿酒，明日，咱们全家上任去！"

侯水英脸兴奋得通红，从任有道怀里挣脱出来，道："千斋，当了县太爷，当着这么多人的面，你这个老不正经！俺去叫人来撤席，俺走了。"说着，对葛秃子递了一个媚眼。

4

夜,高林商行。参加任有道举行的庆贺升迁家宴后,葛秃子回到自己家里,刚落座,任有道一脸不高兴地走进屋来。

葛秃子起身相迎道:“千斋兄,你是咋啦?刚才还吆五喝六、高高兴兴的,咋就脸上布满了愁云?”

赵氏过来道:“大哥,你请坐吧,有话就对行健说说,你们两个好得就像一个人。”说着,给任有道递上一杯茶。

任有道坐下品了一口茶,想了一会儿,道:“行健,人说乐极生悲,这话真应验!刚才俺高兴多喝了两盅酒,这会儿却咋地也提不起精神来了。”

葛秃子道:“有啥为难事?你给俺说说。”

任有道叹口气道:“唉?俺的仇人娄玉书就要开刀问斩了,只可惜了一个美人——他的嫂子曹英也要随他玉碎。俗话说,救人一命胜造七级浮屠,俺愿意出一千两银子把这个娘们救出来,她不是无辜的么?只是俺现时没钱。俺来跟你商量,行健,你能否现在借俺一千两银子,俺拿着银子到省里去活动活动,兴许就能救她一命哩!你借给俺的一千两银子,等到年底再从俺的那份红利中扣除吧。”

葛秃子不理解地道:“千斋兄,你不是出首告她么?咋又想保她呢?”

任有道装作委屈地道:“俺举报她是出以公心,而救她是为了她的两个孩子。俺如果不举报让别人举报了,俺今日就在牢狱中蹲着呢!”

葛秃子道:“你光想着救嘛美人,就不想救你的义女文娟吗?”

任有道道:“俺是想救她,可俺官小位卑,说话连个屁也不算啊!”

葛秃子道:“你造孽啊,尿壶,用别人的血染自己的顶子。”

谢兰出来对葛秃子道:“那文娟与咱们宝岱已经定了娃娃亲,是必定要救的,你就赶快去救文娟吧!”

葛秃子对谢兰道:“这事俺也无能为力,要救曹英和文娟,只有去天津一途了。到天津,或许找到亨利能想点办法。”

任有道道:“行健,你的这个主意不错,找洋人去疏通朝廷,曹英和文娟或许有救!”

葛秃子一拍大腿道:“这事事不宜迟,谢兰,你们赶紧收拾一下,明天,咱们一家启程去天津!”

5

两月后的一个白天,天津港口,风和日丽。蓝天上,海鸥飞翔。一艘漂亮的英国游艇行驶在海面上,犁开层层波浪。船首甲板上,亨利、英国驻天津领事馆领事拜伦·布尼安和葛秃子面向大海在进行友好谈话。船尾部甲板上,亨利夫人、领事夫人和谢兰、赵氏引着一群孩子在嬉戏追逐,不时发出“呀呀”的笑声和奔跑声。

亨利道:“亲爱的密斯特葛,你这次携全家回来,我很高兴,所以,我邀请了我们最好的朋友拜伦·布尼安领事先生及其家人,与我们两家人共度这个愉快的周末,你不会见怪吧?”

葛秃子道:“哪里话,亨利先生,俺不但不会见怪,相反,俺要好好感谢您做出这么美好的安排。你使俺很荣幸地见到了大不列颠帝国驻天津领事馆领事拜伦·布尼安先生,这是俺莫大的荣光!”

拜伦·布尼安道:“亲爱的密斯特葛,我也同样荣幸地见到你这位经济方面的天才。听说,去年你们高林商行已向本国运了几百万斤羊毛?这可是不错的业绩!”

葛秃子道:“是的,拜伦先生,俺能取得如此不错的成绩,主要得益于您的朋友亨利先生的指教和支持。俺没有做啥事,只是运毛而已。”

亨利高兴地道:“亲爱的密斯特葛,中国的西部我虽然没有去,但我知道那里生活一定很艰苦。在战胜困难方面,你有什么要求吗?”

葛秃子沉吟一会道:“亲爱的密斯特亨利,你的话是对的。如果说俺以前遇到的困难自己可以克服的话,现在俺要对您说,俺今天遇到俺无能为力、急需您支持解决的困难。”说着,他将手一摊,摆出一副无可奈何的样子,脸上漾着苦笑。

亨利惊讶道:“是吗?密斯特葛,你不妨说说你遇到什么样的大困难,当着我的朋友的面,好吗?”

葛秃子指着海面上的游泳者道:“密斯特亨利,我面临的困难是您难以想象的,俺的朋友如同前面大海上的溺水者,您能拯救吗?”

亨利为难地道:“有这么严重吗?说说看,我尽我最大的努力帮助你。”

葛秃子道:“是这样,甘肃那边最近发生了一桩谋逆案,罪魁祸首处斩是应该的。可是,俺的几个朋友身陷其中,他们都是无辜者,有的还是妇女、孩子,你想,这些妇女、孩子能谋反吗?”

亨利点头道:“你们的政府应该宽待这些无辜的妇女和孩子,在我们英国,法律也是这样规定的。”说着,转身对拜伦·布尼安道,“拜伦,是这样吗?”

拜伦点头道:“是的。妇女和孩子是弱者,对于弱者,各国法律都有宽待他们的规定。这个问题,我可以出面向贵国政府交涉一下。”

葛秃子拱手道:“那就谢谢您了,亲爱的领事先生。”

亨利道:“密斯特葛,我的朋友拜伦领事先生说话是很讲信用的。你可否向他提供一份需要特赦的人员名单?我想,这样做更稳妥些,不致于把事情弄错。”

葛秃子道:“密斯特亨利,行前俺已拟好了一份供政府特赦的罪犯名单,他们分别是俞大通、俞文娟、曹英和她的两个小孩娄宝萱、娄宝鉴,一共五人。”说着,他掏出一份名单递到拜伦领事手上,“这是需要特赦的罪犯名单,他们全都是俺的朋友或朋友的家人。”说罢,又从怀里掏出两张一万两银票,道,“为了感谢两位先生,俺准备了这份小小礼物,分别赠送给你们一万两银子,不成敬意,望请笑纳。”说着,他将银票分别递到亨利和拜伦领事手上。

拜伦道:“谢谢,密斯特葛,请你放心,我明天就去找你们政府的恭亲王,让他给皇帝和太后说说,把这事办了。”

葛秃子道:“谢谢领事先生,俺在家里等待您的好消息。”

6

次日晚,北京紫禁城恭亲王府,灯火辉煌。奕忻正与英国驻天津领事拜伦·布尼安在书房饮茶谈话。

拜伦·布尼安品一口茶,道:“亲爱的密斯特奕,恭亲王殿下,我此次夜间来拜访您,是为了本国怡和洋行在中国的利益。怡和洋行的中国买办葛先生在贵国西部做生意,据说,他的几个亲友无辜卷入了一场谋逆案,被贵国地方政府判了死刑。这些人大都是妇女和孩子,难道贵国政府就这样违背世界公理,用这种残酷的刑法对待这群无辜的妇女和孩子吗?这是严重丧失人道的!我来这里,是代表我国政府来向内阁总理大臣表示强烈抗议的,你们这样做,严重地损害了大不列颠英吉利帝国在华的政治利益,严重地破坏了怡和洋行在中国的名誉!”

奕忻闻言大惊失色,道:“有这种事?尊敬的拜伦领事先生,待本官立即详查这个案件,我会给你一个满意的答复的。”

拜伦·布尼安摇头道:“不!亲爱的密斯特奕,我现在就坐在这里等你的答复!我希望有个满意的结果。”

奕忻闻言坐立不安,转身对府吏唤道:“来人!”

一府吏慌忙上前拱手道:“卑职在,请问王爷有何吩咐?”

奕忻道:“你速去把刑部尚书找来,就说我有要事见他”!

府吏腰一躬,打千道:“喳!”说着退出书房。

府吏走后,拜伦·布尼安对手下随员道:“来人,把礼物抬上来!”随着他的命令,两个英国领事馆官员抬着一幅慈禧太后的画像走进书房。

拜伦·布尼安道:“密斯特奕、恭亲王殿下,这是我国画师给圣母皇太后绘的画像,请您转呈太后陛下,转达我们大不列颠英吉利国对贵国的友好敬意!”

奕忻闻言,急忙下座,绕着画像看了又看,口中连连道:“太好了,太好了,像!真像!这是你们英国至今送给我国最珍贵的礼物,我仅代表敝国政府并以太后的名义,向贵国政府表示由衷的感谢!”说着,对站在一边的府吏道,“来人啦,将礼物收下!”话音刚落,两名府吏上前接过慈禧太后的画像,抬着画像架框小心谨慎地走进了内室。他们走后,奕忻重新回到座位上。

拜伦·布尼安道:“待会儿,你们的刑部尚书就要来了,我有一份释放者名单交给你,请你交给刑部尚书大人,按此释放名单办理。”说着,他从怀里掏出一个纸条递给恭亲王。

奕忻接过纸条看了看,捋须点头道:“可以,请领事先生放心,释放这些人没有问题。”

两人正在说话间,刑部尚书掀帘进书房,双膝跪地道:“恭亲王爷,卑职刑部尚书给王爷请安,不知总理大人唤本官办理何事?”

奕忻微微点头道:“平身,尚书大人,你可知甘肃平罗知县娄玉书谋逆案审理结果?”

刑部尚书道:“回禀王爷,此案陕甘总督刚将审理结果报上来,卑职尚未奏明皇上和太后,因此,还没批下去。”

奕忻道:“本王今晚叫你来,是因为此案涉及洋人利益,干系重大。这案子里有个犯人叫俞大通的,是英国商行的买办人员,把此人命留下吧。洋人的事,还是要慎重的。至于那个私刻谋反诗集《鸳鸯诗话》的娄玉书,其嫂子和儿女均系妇女、孩子,妇女无知,孩子年幼,与俞大通的女儿俞文娟一道发为官奴算了。”

刑部尚书跪地道:“喳! 下官谨遵王爷之命!”

奕忻满意地道:“尚书大人,不必客气,请站过来与我说话。”

刑部尚书道:“下官不敢。”

奕忻道:“你好大胆,敢抗王命?”

刑部尚书这才站起,走到奕忻面前,道:“下官聆听恭亲王爷指教。”

奕忻指着坐在对面的拜伦·布尼安说道:“见过英国驻天津领事拜伦·布尼安大人。”

刑部尚书躬身打千道:“下官见过领事大人!”

拜伦·布尼安满意地点点头。

奕忻道:“我说尚书大人,我刚才讲的你可记得了?”

刑部尚书道:“下官谨记,不敢相忘。”

奕忻道:“你年纪老迈,我怕你忘记。来,我这里有一张释放者名单,你拿回去照单起草奏折,可千万给我记住,别把名单弄错了! 这些人人头落了,我唯你是问!”

刑部尚书浑身打颤道:“喳,下官谨记!”

7

翌日上午,北京紫禁城慈宁宫。太监李莲英正给慈禧太后对镜梳头,两旁站着侍候的宫女。

慈禧太后道:“小李子,今儿个皇帝上早朝,甘肃平罗县知县的谋逆案应该有个结果了吧?”

李莲英道:“回老佛爷的话,听说此案挺复杂,牵连了不少人呢! 刑部那边刚上了奏折,皇上正在听廷议呢! 待会儿,少不得皇上和刑部尚书要过来向您禀报,您就耐心候着吧!”

慈禧太后道:“皇帝也不年轻了,但处理起这些麻烦事来总显得有些优柔寡断,让孤家不放心。唉,这事儿得一刀了断,该杀的杀,该罢官的罢,有什么好说的? 不如此,难保我大清几百年基业哟! 这个光绪,真是一点也不像哀家!”

正说着,一个太监进宫来报:“启奏老佛爷,恭亲王奕忻携礼物前来看望老佛爷!”

慈禧太后乐道:“好啊,还是恭亲王孝顺,宣恭亲王晋见!”

少时,恭亲王带着两名随从抬着画像进宫。

恭亲王一拂朝袍,单腿跪地道:“孩儿拜见太后,给圣母皇太后请安!”

慈禧太后扭过身道:“平身!”说着,对奕忻道,“忻儿,你身为外国事务总理大臣,听说最近你处理外国事务繁忙,怎么有时间来看望哀家?”

奕忻道:“回禀太后,孩儿政务虽忙,但无时不惦记圣母皇太后。昨日,英国驻天津领事给您送来一幅您的绘画图像,精美无比,今日一早,孩儿便亲自带人给您老人家送来了。不知太后看了可满意?”

慈禧太后闻言大喜,道:“哟,多亏人家洋大人留心,还给哀家画像。俺年轻的时候,漂亮俊俏,这会儿老了,人老珠黄 ,还给我画什么像?”口里这么说着,便由李莲英搀扶着走到画像跟前,仔细打量起自己的画像起来。她左瞧右瞧这幅画像,又对着镜子左右照照,来回跑了几趟,高兴得手舞足蹈:“莲英,你来看,这幅画像真的好像哀家哟,果真像极了!这外国画师的手段高明。”说到这里,对奕忻道,“那位领事送像时说了什么要求没有,咱可不能亏待人家!”

奕忻乘机道:“回禀圣母皇太后,那位领事说了一个要求。”

慈禧太后踱回床上坐下,整整鬓角,道:“说,啥要求,哀家尽量满足他!”

奕忻两手伏地道:“启奏太后,拜伦领事只有一个要求:放人!”

慈禧太后一愣,道:“放人?放什么人?!”

奕忻道:“回禀太后,甘肃平罗反诗一案,牵连者甚众。其中,有个叫俞大通的,是英商怡和洋行买办,另有几名妇女、儿童也牵连其中,都被当地官府判了斩刑。拜伦领事要求,为了不影响英商在中国的利益和中英两国关系,将他们都放了,以示圣母皇太后的菩萨心肠和仁爱。儿臣以为,拜伦言之有理,为圣母皇太后的声望计,为中英两国的友好关系计,为我大清江山天长日久计,特赦上述罪犯,可收治国安邦之效。但对该逆案中的首犯和顽固不化者,则用国家重典:杀无赦!”

慈禧太后沉吟半晌,道:“外国人不仅画画得好,话也说得有分寸。杀洋人买办会影响我朝与英国的关系,今后谁还到中国经商?杀无知的妇女、儿童,又于事何补?白白地丢了几条性命不算,咱们还得落个残暴的骂名!奕忻,你起来,哀家准你的奏,你开个清单,让刑部放人就是!”

奕忻跪地叩首谢道:“儿臣谢老佛爷!”说罢站起身。

正在这时,年轻的光绪皇帝带着老迈的刑部尚书掀帘进来,跪地向慈禧太后请安道:“儿臣给太后请安!”

慈禧道:“平身,怎么?你们下早朝了,哀家问你们,甘肃那件案子处理咋样了?”

光绪皇帝道:“回圣母皇太后的话,刑部尚书早朝上呈折启奏,平罗石嘴山主簿任有道举报有功,实授平罗知县,苟有田因举报有功,授平罗营游击参将,志锐调任伊犁将军,德馨升任陕甘总督,原陕甘总督倭什布有失察之过,官降三级,贬为皋兰知县。朕已准了,已下令草诏。不知太后意下如何?”

慈禧太后点头道:“奖功罚过,这是我朝历来的规矩。本宫准了。”说着对刑部尚书道,“你有什么要说的吗?”

刑部尚书叩首道:“回禀老佛爷,在处置《鸳鸯诗话》谋逆诗一案罪犯上,朝中大臣颇有争议,现特来请懿旨。”

慈禧太后惊道:“大臣中有哪些争议?”

刑部尚书道:“多数大臣一致主张将该案中所有人犯一并处以斩刑。但也有少数大臣坚持以为,有些人罪不当诛!”

慈禧太后关切地问道:“你说说,哪些人不当诛?”

刑部尚书瞟一眼恭亲王道:“臣等以为,凡涉及外国洋人者,为不触犯洋人计,不当诛;凡妇幼、儿童,念其是妇幼之辈,年幼无知,不当诛,可特赦其罪,以彰我朝仁爱之政。不知太后以为然否?”

慈禧太后道:“这事不用争了。刚才恭亲王已与哀家说了详情,刑部尚书大人刚才所奏,哀家以为言之有理,对以上人等,孤家特准赦之。但对其他涉案重犯,应一律适用重典,杀无赦!”

刑部尚书和恭亲王一并跪下,齐声道:“喳,臣等谨领懿旨!”

8

六月的一日白天,阴雨绵绵,甘肃平罗法场。法场上,新任陕甘总督德馨和复任甘肃巡抚家麟高坐审判台上,审判台下,谋反诗案首犯娄玉书、从犯钱江、庞葱、周令杰背插斩标,一排跪着,刽子手手执大刀站立两旁,静候午时三刻到来。法场上早已挤满围观的人群,人们不断向前拥挤。

午时三刻到。德馨手执朱笔,在批斩告示中的罪犯名单上一一打上红钩,将令箭往台下一扔:“斩!”霎时,刽子手们举屠刀,朝着犯人头颈一挥,顿时飞起一阵血雨……

9

入夜,平罗法场上,四具尸体尸首分离横陈在露天。披麻戴孝的怡春院老鸨俞堂春带着两个护院院丁步入法场。俞堂春掌着油灯,在四具尸首中寻找着钱江的尸体,忽然,她看见带着胡须、微睁双眼的钱江头颅和旁边的一具无头尸,她认出是钱江,便伏在尸首上放声大哭:“钱师爷,钱师爷,你好冤枉啊……呜……呜……”

一院丁赶紧道:“妈妈,快别哭了,咱们快快收拾,不然官军来了……”

俞堂春止住哭,哽咽道:“快拿草袋子将钱师爷包裹了,咱们走!”众院丁闻言,慌忙将钱江的尸首装进一只大草袋里,用绳子系紧,拿根扁担系于麻绳绳结中,两人抬着回怡春院。

俞堂春带着两个院丁行至陈海清的棺材铺,俞堂春向后一招手:“停下!”两个院丁便放下担子停了下来。俞堂春蹑手蹑脚走进油灯闪亮的棺材铺里,见陈海清正督促几个木工给新棺材刷油漆。

陈海清看见俞堂春,惊讶道:“妈妈,这么晚了,你咋来我的棺材铺?有事么?”

俞堂春满面流泪道:“钱江这死鬼前些时还在跟你们一道喝酒,现在便成了刀下鬼了。毕竟我跟他相好了一场,于心不忍,前来陈老板铺子里替他买口棺材,好歹把他安葬了,也不枉我和他相好了一时。唉!”说罢,她从怀里掏出五两银子递与陈海清道:“陈老板,这银子给你,你给我拣一口二四的棺材,再派两个木匠和我的两个院丁一道,用棺材将钱师爷的尸首装了,抬到城外野坟地里将他埋了,好让我放心。”

陈海清感动地道:“妈妈,没想到你这么仗义,能为老钱收尸。有你这样的红颜知己,九泉之下,这个南蛮子也闭眼呢!像周令杰这死鬼,整天吃饭欠账,没帮我摊销一口棺材不说,眼下,我还得给他倒贴一口棺材!”说罢,他对两名木匠说道,“老张、老李,你们随这位妈妈挑个好棺材将钱师爷的尸体装了,抬到城外野坟地里将他埋了,回来我给你们赏钱!”

张木匠、李木匠答应一声“哎”,忙在屋里收拾绳子和铁锹。这时,门外两个护院院丁早已在俞堂春的带领下抬着担子走进棺材铺。两位木匠拣了一口油漆一新的棺材,打开棺盖,与两名院丁将钱师爷的尸首抬起放进棺材,然后,盖上盖子。两个木匠再用粗绳索将棺材的两头系了,打了结,穿进两根木扁担。前头两人,后头两人,四人将扁担架在肩上,喊了一声:“起!”便抬起棺材出了棺材铺,直奔城外边上的野坟场。

一会儿,野坟场上响起了泥土盖棺板的声音和一个女人低低的哭声,这哭声有时悠长,有时低沉,有时歇斯底里,穿透了漫漫长夜。

10

一个风狂雨骤之夜,平罗县城监狱。大牢内,黑漆漆的,俞大通披头散发抓住大牢的窗棂,忽然,一道闪电划过,照亮了俞大通苍白的脸和满腮的胡子,照亮了对面女监紧紧抓住窗棂的俞文娟那娟秀的脸,俞文娟激动地大呼一声:“爹……”闪电很快消失了,雷声滚滚而来,淹没了俞文娟的喊声。

俞大通忽然放声大笑道:“哈哈哈哈,哈哈哈哈,我是雷公,我是天神,玉皇大帝派天兵天将来接我了!哈哈哈哈,哈哈哈哈……”这发疯的声音穿透了整个牢狱,那么阴森,那么可怕……

11

次日白天,平罗城通往石嘴山的官道。官道上,龙占海和七岁的宝鉴同骑一匹骏马急驰。马上,宝鉴在龙占海怀里挣扎:“放下俺,放下俺,你是谁,俺不认识你!”

龙占海道:“好兄弟,我是龙大哥,你爹死了,我带你到石嘴山……”

宝鉴继续挣扎道:“俺不去就是不去,不去石嘴山那个鬼地方!”

龙占海道:“石嘴山可好了,那里有山有水,到了那里你就知道了……”

急骤的马蹄声淹没了两人谈话的声音。

12

夏日白昼,风和日丽,天津达文波路葛秃子新购的一栋法国式建筑——三层楼别墅。别墅耸立在一个约有两千余平米面积的花园里,修有喷泉游泳池。这天上午,八岁的葛清莲领着六岁的弟弟宝岱在花园草坪上踢足球,亨利带着妻子阿格尼丝和女儿康妮前来造访。他们刚走进花园,葛秃子便从别墅里跑出来迎接。

葛秃子伸出手打招呼道:"你好,亲爱的密斯特亨利!"说着上前与他拥抱,双方互相拍了一下肩膀。葛秃子又向阿格尼丝走来,摊开双手,道:"你好,密斯阿格尼丝!"说着与阿格尼丝拥抱。最后,他把五岁的康妮一把抱起,亲了一下她的脸颊,道:"康妮,你长高了,你的小朋友清莲和宝岱都在那边踢球,你快去吧!"说着,他放下康妮。

康妮调皮地亲了一下葛秃子的脸,招手道:"叔叔,我去玩去了,再见!"

葛秃子引着亨利夫妇走进自家别墅的会客室入座,谢兰也盛装出来作陪。一名家人替客人泡了枸杞八宝茶,退了出去。

葛秃子指着谢兰介绍道:"这是俺的二夫人。"阿格尼丝惊讶地张了张嘴,但话到嘴边又吞进去了。

葛秃子见状,道:"夫人,您是不是想说,俺怎么会有两个夫人?是吗?"

阿格尼丝不好意思地道:"No,亲爱的,密斯特葛,我不是那个意思,你不要误会。"

葛秃子道:"骚蕊,没有关系。夫人,俺可以告诉你,俺的大太太,是俺父母给找的,这位二太太,是俺自己找的。她们都爱俺,俺也爱她们,就是这样。"

亨利品了一口茶,把茶碗放下,道:"葛,我有一个私人问题,你可以回答,也可以不回答。你说你有两位太太,但你只有一个身子,那么,你的感情如何分配,才不会让她们闹矛盾呢?"谢兰闻言,在一边羞红了脸。

葛秃子笑道:"这个嘛,啊哈,俺也说不清楚,反正她们没有为此事吵嘴。"

阿格尼丝对亨利道:"亲爱的你不要问了。"

亨利笑了起来,转头对谢兰道:"夫人,你真的很美。"听到此话,谢兰更不好意思了。

过了一会儿,葛秃子道:"亲爱的密斯特亨利,今天,你们夫妇光临寒舍,令俺篷筚生辉,不知亨利先生找俺有啥事说吗?请原谅,俺这样问。"

亨利快乐地一笑,道:"孬,不要谦逊,我来这里是要告诉你,看到你的高林商行在中国西部发展很好,我和我的家人想明年到你们那儿去看看。你欢迎吗?"

葛秃子高兴地道:"夏天,是石嘴山最好的季节,风和日暖,草原百花盛开,牛羊成群,俺希望您和您的家人明年夏天到石嘴山来游玩,俺会做出安排的。"

正说着,只听"乒"的一声,一只球砸到隔壁大买办吴调卿玻璃窗户上,把玻璃砸破了。接着听到外面一阵吵嚷声,少时,宝岱跑进屋来,他的身后跟着清莲和康妮。

谢兰问清莲道:“莲儿,出了嘛事?”

清莲指着康妮说:“是她踢的!把隔壁吴伯伯家的窗户玻璃砸破了!”

康妮道:“我不是故意的。”

葛秃子道:“好了好了,你们都到屋里背功课吧,不准再往外边跑!”刚走出门想到吴家去说明情况,迎面碰上吴家的管家。

吴家管家道:“葛先生,我家先生请你过去。”

亨利追出门来道:“这事是康妮做的,我去跟吴先生说,损坏的玻璃由我来赔。”

葛秃子道:“哪能由您出面?你是客人,请回屋里少坐,俺去去就来。”说着,回头对屋内喊了一声,“谢兰,你招呼一下亨利夫妇!”说罢,便随吴家管家向隔壁吴家走去。

13

吴调卿家。吴家管家进了屋,转身对葛秃子道:“葛先生,请随我来。”说着,引着葛秃子来到吴调卿的书房。

吴调卿起身迎到门口抱拳道:“行健兄,你是稀客呀,里面请。”

葛秃子抱拳还礼道:“吴先生,久仰大名,葛某位卑,无缘拜见。您老可好?”

吴调卿一摆手,道:“哪里话,行健兄不必过谦,你和俺都是在洋人手下混碗饭吃而已,请坐。”随之对站在门口的管家道,“看茶,把上次安徽巡抚送来的黄山毛尖茶呈上来!”说罢又转身对葛秃子道,“俺今天请你品尝家乡茶。”

葛秃子坐下道:“多谢了!吴先生,实在对不起,将才小儿在院中玩耍,把贵府玻璃不慎打破了,请你把玻璃尺寸告诉俺,俺立即吩咐人去买来给你家装上。”

吴调卿听罢大笑道:“哈哈哈哈,行健,你说这话就见外了,看不起俺吴调卿是不是?”

葛秃子赶忙解释道:“在下绝无此意。”

吴调卿道:“前几天,俺才知道与您做了邻居。说实话,原来俺对您的印象并不太好。您知道刘敬祥吧?他是咱们老乡,对俺说了你的不少坏话,而且,你确实在为梁彦青做事,俺是很生您的气。可是,这两年,您从无到有,能迅速发家,这一点使俺大为惊奇!俺也是苦孩子出身,从学徒做起,经过二十年的努力才有今天的局面。俺很佩服吃苦能干的人才,早就想跟您好好聊聊。”

葛秃子诚挚地道:“俺对您老是景仰已久,只是地位悬殊,没有机会接近。俺虽是靠梁彦青先生扶持起家,但对于家乡的事情并无一丝懈怠。如果先生您有吩咐,葛某在所不辞。”

吴调卿伸出拇指赞道:“好!行健果然是个爽快人。俺这次请您来,就是要与你商量一件事情。”

葛秃子拱手道:“在下愿听指教。”

吴调卿道:“你也不必过谦,事情是这样的。俺准备开办一家机械硝皮厂,机器全由英国进口,投资一百万两。厂址也已选好,就在河北面锦衣卫旁边,袁世凯袁大人对办此厂也很感兴趣,要入五十万两银子的股,但他这个人的话大多不可信,俺也不指望他。”

葛秃子道:“那原料和销路呢?”

吴调卿道:“这也正是俺要找你说的。销路不用发愁,厂子主要做炮车套和马鞍、马靴,产品既可以卖给北洋水师和满营清军,也可以向欧洲出口。做原料所需的生皮,俺已从河南周口和湖北汉口预订,主要是绒毛,内地缺乏,俺想与你订个合约,请您在西北专购,你看如何?”

葛秃子一听,兴奋道:“很好,绒毛的事一点问题也没有,俺保证进最好的!”

吴调卿道:“如此最好,咱们两个明天就把合约签了。”

葛秃子忽然想起一事,问道:“吴先生,俺有一事不明,这生意你为啥不找刘敬祥合作呢?他可是您保荐的呀!”

吴调卿不屑地道:“刘敬祥这个人,过河拆桥,两面三刀,言过其实,好说瞎话,成事不足,败事有余。你今后跟他打交道,要防着他点。”

葛秃子听罢,连连点头称“是”。

吴调卿沉思一会儿道:“行健,俺另外还准备与怡和洋行合作,开办门头沟通兴煤矿公司和天津打包公司,各投资一百万两,你有兴趣入股吗?”

葛秃子沉思一会儿,道:“承蒙您老不弃,提携在下,俺求之不得。只是俺在石嘴山已开了煤矿,而且羊毛皮张也需要打包,俺就出五十万两入股打包公司吧。”

吴调卿道:“随你的意愿。”

葛秃子道:“吴先生,说起打包,俺还有一个想法,就是石嘴山的羊毛和皮张只能用当地产的毛口袋装运,用外地产的不但运输不便,而且装的也少,成本很高,您看能不能在石嘴山也设一个打包分厂呢?这样,就既可以节省成本,又可以减少损失。”

吴调卿想了一想,赞成道:“嗯,是个好主意!这样吧,进口机器的时候,俺叫人多进一套,在石嘴山设个分厂,算咱俩的股份,一人三十万两银子,你看咋样?”

葛秃子道:“这样就太好了!”说罢站起告辞道,“事情就这样定,俺家里还有客人。”

吴调卿起身拦住道:“是何处贵客?俺已经准备下便饭,叫你的客人一并过来好了。咱们边吃边谈。与你说话,俺很有兴致呢!”

葛秃子推辞道:“实在不好意思,是怡和洋行的老板亨利夫妇一家人来了,俺得走了。”

吴调卿道:“哎呀,原来是亨利先生,正好把他请来,咱们一同商量合作事宜,岂不更好?”说罢,他喊一声,“来人!”

管家应声而出,道:“老爷,您有何吩咐?”

吴调卿道:“你去葛老爷家中把亨利先生一家请来。”见管家转身要走,又道,

“且慢,你把葛老爷的夫人一并请来,就说这边的太太请她来打牌。”

葛秃子道:“多谢,要请,就请二夫人来!”

管家点头道:“是!”说着转身走了。吴调卿闻言与葛秃子相视而笑。

14

这年冬月夜,北风呼啸,石嘴山刘敬祥家灯火闪耀。一条黑影从黄河堤上掠过来,轻轻地敲门。门开了,刘敬祥的夫人王月英见是新泰兴洋行的外账何介石,忙把他拉进来,反手关上门。

何介石道:“夫人,听镖师说你要找我?”

王月英点头一脸严肃地道:“何先生,俺问你,你实话告诉俺,近几天,你们的刘老板在哪里过夜?”

何介石道:“在洋行的公事房啊！我弄不明白,他有家为啥不在家过夜?”

王月英道:“你们的老板隔三差五地回家,总说他很忙,要在洋行加班。俺来问你,你们真的那么忙吗?”

何介石点头道:“忙是不假,最近,咱们新泰兴商行和高林商行一样,生意红火,每天的羊毛皮张交易量不断增加,拣毛、洗毛、装袋的工作量不断加大,但再忙也不至于不回家睡觉呀!”

王月英道:“俺再问你,何先生,你可知道俺的姐姐月萍最近是否常在行里加班？夜晚她睡哪里?”

何介石道:“老实说,我是经常见到你的姐姐王月萍在洋行加班,听说她为了加班方便,把铺盖搬到行里去了,每天夜晚在行里睡。”

王月英一惊道:“你可看见你们老板常跟俺的姐姐在一起么?”

何介石眨眼道:“他们常在一起呀,可男女常在一起工作有啥关系呢,只要不睡在一起打皮绊就成。”

王月英道:“你是我们新泰兴商行的外账先生,人也挺实在,俺信得过你。”说着,她怀里掏出一百两银票递到何介石手上,道:“从今后,你给俺当眼线,给俺盯着俺的丈夫和姐姐,看看他们到底有无苟且之事,有事随时来报,俺不会亏待你!”

何介石点头道:“夫人,请你放心好了,这事,我一定替你办到!”说着,他回身抽开门栓,“夫人,我还有事,告辞了!”说罢,消失在夜色中。

王月英扶门望着何介石的背影,脸上露出忧郁的神色。

15

翌日晚,石嘴山刘敬祥家。刘敬祥正和夫人王月英、大女儿刘海津、小女儿刘海英、小儿子刘慕英一道吃晚饭。刘敬祥匆匆扒了几口饭,就从墙上摘下那顶常戴的英式短檐呢帽戴在头上,匆匆跨出门,跃上一辆英国骡马轿车式的四座带篷车到新泰兴商行去了。王月英没有吭声,也匆匆扒了几口饭,待孩子们吃罢饭便收拾碗筷到厨房洗碗,对奶妈嘱咐道:“奶妈,你带孩子们上床睡觉去!”奶妈应了一声

“哎”,便领着孩子们进屋去睡觉了。

二更时分,王月英偷偷起床,换了一身青布棉袄裤,走到厨房里拿了一把尖刀藏入怀中,就匆匆走出院门。

门房镖师道:“大奶奶,这么晚了,您这是上哪儿去?”

王月英笑道:“俺去姐姐家有点事。”

镖师道:“要不要派人随你一起去?”

王月英道:“不用,俺去去就来。”说罢,她出了院门,迈动小脚,冒着凛冽的寒风,沿着黄河大堤一步一步向新泰兴商行新盖的办公楼房走去。街上早无行人。路边的烟馆和赌馆里,不时传来一阵阵喧哗。每隔五十米,街两边的木杆上,一盏盏风灯高悬,忽明忽暗地闪耀着。王月英来到紧闭的新泰兴商行大门前轻轻敲门,一个镖师打开门,探出头来好奇地问道:“大奶奶,是你,深更半夜,你来行里有啥事?”

王月英道:“俺有点急事找老爷。”说着走进大门。镖师想拦阻不敢,只好关上大门,到门房烤火取暖去了。

王月英悄悄来到二楼刘敬祥的公事房跟前,楼道漆黑一团。她屏住呼吸把头贴在门上听了听,一下子惊住了:公事房里传来刘敬祥和王月萍的淫笑声。王月英迫不及待地敲响房门,屋里的淫笑声戛然而止,随之响起一声威严的咳嗽声。

刘敬祥问道:“是哪个在外边?”

王月英不答话。屋里响起了蟋蟋蟀蟀的声音。

刘敬祥更加威严地问道:“什么人这么大胆?!”

屋内随之响起王月萍的声音:“敬祥,俺害怕!”

刘敬祥哄王月萍道:“俺的小乖乖,不用怕,待俺去看看,是谁如此胆大包天!”

王月英在门外听罢,怒从心起,把刀从怀中掏出来。

刘敬祥一手提着马灯,一手去拨门闩,因门闩得太死,一只手拔不出闩,便把马灯放到地上,用双手拔闩。他猛地一拔,门开了,王月英猛地操刀朝刘敬祥刺去,刘敬祥用臂一格,正刺中右肩,顿时血流如注。刘敬祥“哎哟”了一声,大喊:“有刺客!”就去夺刀。王月英听到喊声,心一软,刀子被刘敬祥夺去。黑暗之中,刘敬祥来不及细想,用刀一阵猛刺,将王月英刺倒在地,直到王月英“哎哟”呻吟了一声,刘敬祥才听出是自己婆姨的声音,吃了一惊。此时,王月萍吓得丢魂失魄,她打开窗户大喊:“有刺客,快来人哪!”少时,镖师们赶上楼来。

一个镖师赶上楼,看到刘敬祥,连声问道:“老板,您咋样了?没伤着吧?”

刘敬祥把王月英抱起,镖师们一看,都愣住了。

刘敬祥挥手道:“没有事,你们快退下吧!”镖师们疑惑地退下楼去。刘敬祥把王月英抱进屋里,放到地毯上,回头把门关了,对王月萍道:“是月英。”

王月萍这才回过神来,下炕来到王月英跟前,见王月英成了血人,大哭起来:“月英,这是咋回事啊!”

王月英从昏迷状态下醒来,努力睁开眼,喃喃道:“我……到阴曹地府,等着你们……”话没说完,两手一松,死了。

王月萍抱住王月英大哭道:“月英妹妹,是俺害死了你呀!”

刘敬祥道:“别哭啦,人都死了,哭有啥用?赶快把她弄回家去!”

刘敬祥随即下楼,对镖师道:“大奶奶为刺客所杀,赶快把她送回家里!”镖师们闻言上楼来,用被子将王月英的尸体裹了,抬她回家。

16

天明,刘敬祥家院子里搭起了灵棚,一群和尚念经祭灵……石嘴山新任主簿赵文通为丧礼主事,前后忙碌着。全县知名士绅和商界名流前来参加王月英的葬礼,丧事办得热闹非凡。

刘敬祥身穿黑色丧服坐在家里灵堂前为王月英守丧,不断地与前来吊唁的客人寒暄、磕头。三个年幼的孩子也披麻戴孝跪在刘敬祥身边,她们不停地哭泣,高声喊着妈妈。前来吊唁的客人听了,无不流泪……

17

黄昏,石嘴山野坟地。刘敬祥独自一人在王月英的坟前烧纸,泪流满面。良久,他站起身来,看着写有“爱妻王月英之墓”字样的墓碑,用手摸了摸,便下山了。回家的路上,他看见几个妇女在屋前边摘菜边议论。

一个中年妇女道:“刘老板的婆姨前几天还好好的,咋就死了?这事好可疑哩!”

一个青年妇女道:“听说月英的姐姐常和刘老板待在一起哩,天下没一个男人是好货,月英尸骨未寒,正好遂了这两个狗男女的愿……”

刘敬祥听到这里,心里一咯噔,便匆匆加快了脚步。回到家中,他魂不守舍地坐着,看着供在灵堂前王月英的遗像,一个劲地默默抽着大烟。

这时,王月萍带着几个孩子走进屋里。孩子们一进屋里,便一哄而散玩去了。

刘敬祥看了王月萍一眼,仍默不作声。

王月萍道:“你咋啦,见了俺你理都不理,是不是累病了?”说着去拍刘敬祥的额头。

刘敬祥用手将她的手扒开,道:“月萍,坐,俺有话对你说。”

王月萍顺从地拉一张板凳坐下,道:“啥事?”

刘敬祥略一沉思,道:“没啥大事,刚才,俺从坟地里回来,人们在议论咱哩!”

王月萍一惊道:“议论啥呢?”

刘敬祥道:“还能说啥呢?她们说你和俺在一起胡搞,是一对狗男女哩!”

王月萍一听蒙了,一头扑在刘敬祥的怀里,道:“咱们做下伤天害理的事,这下人们都知道了,这可咋办呢?”

刘敬祥道:“别听她们胡说,她们几时看见俺俩在一起胡搞?尽瞎编呢!”

王月萍道:“人言可畏,众口莫辩啊!俺们不可大意,敬祥,俺心里乱得很,你得快些拿个办法。"

刘敬祥道:"啥办法？没啥办法,只得暂时避一避。"

王月萍抱怨道:"往哪儿避,这石嘴山屁大个地方,连个人都藏不住。"

刘敬祥安慰道:"俺想好了,你带着孩子们到天津姥姥家暂时避一避,等明年天气转暖,俺再把你接回来。那时,流言已息,咱们在一起做长久的夫妻。"

王月萍惊道:"那俺的男人咋办？难道你要把俺的男人也杀了不成？"

刘敬祥道:"你胡扯个球！俺干吗要杀他？俺只是让他在天津照料生意和几个孩子,永远不让他来石嘴山就成,这样,咱们不就可以做长久夫妻了么？"

王月萍用手指一点刘敬祥的额头,道:"你够坏的了！"

刘敬祥拍了一下她的手,道:"男人不坏,女人不爱,自古如此。"

王月萍道:"那你咋不和俺们一道上天津呢？"

刘敬祥道:"商行事务忙,俺得留下照料生意呀！"

王月萍不做声了,半晌,方道:"那俺和孩子们到天津咋样走？"

刘敬祥寻思一会儿道:"眼下寒冬腊月,黄河封冻,坐船走水道不成了,只有坐马车走旱道到绥远,再到天津。"

王月萍嗔道:"亏你说得出,俺一个女人家带几个孩子出远门,你不害怕俺还害怕呢！再说了,这么远的路,千里迢迢,说不定哪一天在路上遇见土匪呢！如果那样,那俺和孩子们就死定了！"

刘敬祥闻言哈哈大笑:"毕竟是女人家说话,尽往窄处想。实话告诉你,俺已经想好了,派陈万秋带几个镖师一路护送你们,这下放心了吧？"

王月萍闻言,依偎在刘敬祥的怀里,嗔道:"俺就知道你们男人舍不得女人,会有办法的。刚才俺在考验你哩！"

刘敬祥一把将王月萍的头搂到胸前,道:"考验个球,咱们可是老夫老妻呢！"话未说完,就将大嘴堵住王月萍的小嘴,拼命地亲吻……

18

翌日早晨,风雪满天。石嘴山段黄河大堤上,陈万秋带着三个镖师四人骑着马护送着一辆两匹马拉的马车出发了。马车车轿里坐着王月萍和三个孩子。王月萍扒在车窗窗口,向走在车边送行的刘敬祥频频招手:"回吧,回吧,你放心,俺们娘四个会平安到达天津的！"

刘敬祥一路追赶,一路大呼:"小心,一路平安！"

马车向东驰去,愈走愈远,刘敬祥的喊声淹没在漫天风雪里……

19

黄昏,风雪交加,鄂托克前旗客栈。陈万秋带着三个镖师在客栈前下了马,他来到后面赶来的马车车轿旁,掀开轿窗对王月萍道:"夫人,现在风雪正紧,路途难行,咱们只得在这里的客栈住上几天,等风雪停了再走。"王月萍从窗口伸出头看了看漫天飞雪，又看了看车内的三个孩子，皱眉道："行，陈镖师，你带人把三个孩子接下车，咱们上客栈暂住几天！"

陈万秋闻言，向站在客栈门前的三个镖师一招手，三个镖师立即来到马车边。

陈万秋道："伙计们，先把孩子们和夫人接下车，再搬运行李！"众人闻言，默默地打开马车轿门，先把王月萍扶下下车，然后，一个镖师抱一个孩子下了车，冒着飞雪进了客栈。

陈万秋在客栈里要了四间房，王月萍住一间，三个孩子住一房间，自己和一个镖师住一间，另一间房让剩下的两个镖师住了。陈万秋安排住房完毕，就来到后院。他敲着一间房门，门吱呀一声开了。杨大头戴瓜皮帽，见了陈万秋，惊异道："陈二掌柜，你咋来了？"

陈万秋不说话，闪身进门，反手将门关上，道："杨大，俺送人到天津路过这里，知道你老弟没挪窝，还在这里搞老买卖！"

杨大惊异道："这事你咋知道的？"

陈万秋神秘地道："俺是干啥的，耳朵能不灵？这话你就甭问了。俺来问你一句，这里有一桩买卖，你个傻怂愿不愿干？"

杨大睁大眼睛道："飞雪漫天的，还有买卖？说，是啥买卖，说得对头，俺就干！"

陈万秋道："俺早知道，这买卖你准干！实话对你说吧，你早欠着高林商行葛老板的人情，现在，你还人情的时机到了！"

杨大愈发不解道："你快说，到底是啥买卖？"

陈万秋道："眼下，俺还是高林商行的镖师，早知道葛老板与新泰兴商行刘老板结了仇，俺本来与刘老板交情不错，可他妈日哄俺替他保镖跑生意，说是等俺回来跟石嘴山的美人小揪面成亲。可是现在八字都没一撇，连根女人的毛俺也没碰着。现在，刘敬祥的大姨子和三个孩子都住在这客栈里，你替俺把她们绑了票，不但可以使刘敬祥这个日囊怂破产，也可为葛老板报仇！这个买卖，你愿不愿干？"说着掏出一百两银票递给杨大。

杨大闻言，道："陈二掌柜，刚才你把话说明了，这买卖俺愿意干！可这银子俺不能收，毕竟咱们是哥们好了一场。"说着将银票还给陈万秋。

陈万秋道："好，兄弟，应得痛快！今日晚上，你带人把王月萍和几个孩子绑了票，为了遮人耳目，你也将俺绑了。绑票之后，你再派人给刘敬祥送信，让他带十万两银票到指定的地方领人。耽误一天，就撕他一张票！让他乖乖就范！"

杨大与陈万秋击掌道："好，二掌柜高见，就这样定！"

20

当天夜里，杨大带了七八个梁山同伙，一律黑布蒙面，手执明晃晃砍刀摸到了客栈王月萍的房间，用刀撬开门，一溜烟闪了进去。王月萍正在被子里睡觉，听到声音醒来，刚要喊叫，被杨大用手捂住，将一团布塞在她嘴里。接着上来两个蒙面强人用绳索将王月萍绑了,将她丢在房间角落里。接着,这伙强人用同样手段撬开了三个孩子的房间,将孩子们的口里塞了布,用绳索绑了,又来到第三个房间,杨大仍用刀撬开门,房里,陈万秋假装睡着,他见门上有了动静,暗喜,等四个蒙面强人提刀进来,他便操起床头腰刀假惺惺地迎面扑上去,与强人打斗起来。少时,陈万秋卖了个破绽,胳膊上中了刀,便弃刀倒下。立时上来两个蒙面强人将他和另一个镖师绑了。隔壁的第四个房间,两个镖师闻声起床,持刀与拥进来的蒙面强人打斗,由于寡不敌众,两名镖师倒在血泊中。

少时,杨大集合了梁山人马,将被绑票的王月萍和三个孩子及陈万秋与另一个镖师押上预备的马车,杨大与众弟兄翻身上马,一个弟兄跃上马车车辕坐定,呼哨一声,马车奔驰起来,杨大领着众梁山弟兄们押着马车驰出客栈大院,向远方奔去,雪,仍在无声地下着……

21

风雪天,鄂托克前旗边远地区的一座寺庙。陈万秋、王月萍和三个孩子被绑在寺庙的一角,冻得哆哆嗦嗦。庙堂里,杨大正襟危坐,对围成一圈的十几个梁山弟兄中的一个名叫阿四的土匪道:“阿四,你去给刘敬祥送信,叫他在半月之内把十万两赎金送到指定的地方,如果他胆敢耽误一天,俺就撕他一张票!”说着,将一封信扔在地上。

阿四闻言站起,拱手道:“是,大哥!”说着弯腰从地上拾起那封信往怀里一揣,立马走出寺庙外,从马棚内牵出一匹马,翻身上马,冒着飞雪,打马而去。

22

晚上,石嘴山刘敬祥家。刘敬祥办完丧事,送走了王月萍和三个孩子,正与主持丧事的石嘴山新主簿赵文通盘腿坐在炕上喝酒,合计着账目。

赵文通道:“刘老板,这次办月英的丧事,承蒙你看得起我让我主事。这次来的客人不少,连县里的知名士绅都来了,隆重得很。买棺材、布道场连带吃喝共花银子一万两千两,收丧礼金两万三千两,两下相抵,净赚一万一千两银子。你看,这是我记的小账本。”说着,将账本递予刘敬祥。

刘敬祥接过账本翻了翻,将账本扔在炕上,气愤地道:“才收这么点银子?俺他妈平日待他们不薄。这些狗日的,都是抠腚眼子嗦手指头的货!”

赵文通安慰道:“算球!人已去世,事已办完,这些个嗦手指头的货能打老远来参加丧礼,也就他妈不错了。君子不计小人过。”

刘敬祥气愤难平地道:“算个球毛,这些抠腚眼的货小瞧俺刘敬祥呢!这笔账老子记在账上,来日再跟这些狗日的们算!”

两人正说着,刘敬祥忽见一只飞镖从窗户里朝他射来,闪身一躲,那飞镖扎在炕上,镖上系着一张纸条。赵文通抢过去,拾起炕上的飞镖,取过纸条展开看了一眼,变色道:“不好,刘老板,出事了!”

刘敬祥从炕上爬过来,道:“赵主簿,出了啥事?”

赵文通道:“王月萍和三个孩子被梁山的人绑了票,条子上说要半月内拿十万两银子去赎人呢,不然过了期限超过一天撕一张票!”说着,将那张纸条递给刘敬祥,“刘老板,你看!”

刘敬祥接过纸条看了看,顿时吓得六神无主,道:“这可咋办?这可咋办?俺不是叫陈镖师带人保镖么?怎么会出这样的事?”

赵文通道:“你还指望那几个日囊怂,他们也被土匪绑了票呢!现在不谈这些事了,你快想办法救你的大姨子王月萍和三个孩子,这才是正经事!”

刘敬祥发愁道:“俺做生意要花银子,办月英的丧事已花了不少银子,哪有十万两银子给这些梁子呢?唉,人越倒霉越是出鬼,真他妈祸不单行!”

赵文通出主意道:“哎,刘老板,这绑票的事发生在鄂托克前旗,正是王爷管辖之地。何不去找王爷救助,若是王爷出面调解,兴许能救出王月萍和三个孩子,十万两银子就免了哩!”

刘敬祥道:“俺说赵主簿大人,你在做秋梦哩!鄂托克前旗王爷那里,俺去求情也没球用哩!”

赵文通道:“为啥?”

刘敬祥道:“去年,王爷找俺新泰兴商行贷三千两银子养羊,谁知天旱,羊没养好本钱赔进去不少,俺向王爷要了一个碱湖顶账,他眼下正记恨俺呢!你想,他能买俺的账出面救月萍吗?唉,这都是俺一时糊涂犯的错,甭提了!”

赵文通道:“刘老板,如果眼下你去搬官兵,说不定梁山的人不等官兵到就把票撕了!管个球用!人在屋檐下,不得不低头,当今之计,你还得去求鄂托克前旗王爷,多给他送些礼,也许能尽释前嫌,那救月萍和孩子们的事就好办了。你想,土匪能在鄂旗生存,还不是靠着王爷那棵大树?如果连王爷的账都不买?他们还想混下去吗?”

刘敬祥挠着脑袋,道:“老赵,你讲的是这个理。算球,俺抛下脸面去求王爷去!”

赵文通一拍大腿道:“这就对头了。不过,我还有一计。眼下任有道已升任平罗知县,我陪你去找他出面给王爷写封信,这事就成功一半了。”说到这里,他略一沉思,捋须道:“千斋兄平时好色,我们去时把小揪面和黄河蜜这两个骚女人带上,保管千斋这骚货见色眼开,那写信的事就有望了。你再送给他银子作酬劳,不怕他不许!”

刘敬祥举杯道:“赵哥,真有你的,就这么定。来,咱们干!”说罢,两人酒杯相碰,哈哈大笑。

23

冬夜,平罗县衙任有道住宅。书房里,一身知县官服的任有道正在灯下批阅文件,由于劳累,他抬起头靠在椅上打了个哈欠。这时,已从牢里放出、改作县衙厨娘的曹英端着莲子汤进来,将一碗莲子汤置于任有道面前,轻声道:"老爷,喝碗莲子汤,解解乏。"

任有道一把抓住曹英的手道:"曹英,俺把你们母子三人从监牢救出来,你咋样谢俺呢?"

曹英挣脱任有道的手,道:"老爷的救命之恩,小女子没齿难忘。但小女子已是两个孩子的母亲,老爷是读孔孟圣贤书之人,请自重。"说着,又道,"俺厨房里还有事,告辞了。"说罢,丢下任有道扭着腰肢走了。任有道见状,只得由她去了,重新坐在桌案旁处理文书,但心不在焉,一会儿站起在房间里来回踱步,默默地抽着大烟,一会儿望望窗台外夜幕下的满天星斗。在窗前停立片刻,他牙骨一咬,将烟斗扔在窗台上,大步走出书房,借着月色,向后院厨房走去。

任有道悄悄走进厨房,见曹英正站在灶台边洗菜,只望见她双乳高耸的半身侧影。他悄悄走过去,一把拦腰将曹英紧紧抱住。曹英"哎呀"惊叫一声,回过头来见是任有道,他的双眼正射出贪婪的眼光。她挥动右手猛地抽了任有道一个耳光,喝道:"你这个畜生!"猛地将身子一挣,从任有道的怀抱中挣脱出来。

任有道挨了耳光,脸上火辣辣的,咬牙切齿道:"曹夫人,你不从俺也行,可俺要对你说,俺要把你家宝蓉卖到杜家巷子里去!"

曹英道:"你敢!"

任有道上前一步,双眼逼视曹英道:"俺为啥不敢?俺都敢将娄玉书告了,俺怕个熊!俺还要对你说,就是因为你不愿见俺,侮辱了俺,俺才告的。俺也不强求你,你自己看着办。"说着,恶狠狠地盯了曹英一眼,转身要离开厨房。

曹英顿时怔住了,她害怕得浑身抖着,流着泪赶上任有道,扯住他道:"只要你不把蓉儿卖到窑子去,俺愿意。"

任有道狞笑道:"你愿意,不后悔?"

曹英低着头,道:"俺求你,只要你不把俺闺女卖到窑子里去,俺……俺不后悔。"

任有道一把揪住曹英,道:"好!从今儿个起,你就是俺的女人。"说着,几把脱去官服,摘下乌纱帽,对曹英道:"还愣着干啥?脱呀,快脱!"

曹英哆嗦着后退,退到柴堆下被绊倒,任有道乘势扑了上去,抱住她拼命地亲着,接着扒开她身上的衣服和裤子,紧紧地压在她身上……

24

数天后,夜晚,任有道官邸卧室。侯水英和任有道并排躺在炕上。任有道躺了一会儿,侧转身抱住侯水英,道:"大英子,咱俩好久未亲热了,今晚,咱……"

话未说完,侯水英坐起身气愤地道:"以后,你再和那个女人骚情,就在炕上大大方方地骚好了,你再孬种也是个知县,也不怕人家笑话,在锅屋里干那事,还让人咋吃得下饭?"

任有道随之坐起,嬉皮笑脸地道:"你胡说啥呢?俺啥时跟别的女人骚情了?"

侯水英冷笑道:“俺又不是娄玉书,是个傻蛋让你耍。别骗人了,以后你想骚情就言明,俺把炕给你们腾出来!”

任有道红着脸道:“俺看她一个人怪可怜的,就一时犯糊涂。你不要生气,俺和你是结发的夫妻,是真感情,她咋能跟你比呀?!”

侯水英道:“俺生气?不,俺乐和着哩!真的,俺乐和,你能心里痛快,好好当官,俺真乐和!”

任有道道:“你不生气了?行,俺好好当官,听你的话,行不?”说着,一把抱住侯水英,一口吹熄了炕边上的油灯……

第十四季:痛苦的救赎

1

这年冬天的早晨,雪后初霁。石嘴山通往平罗的官道上,一辆三匹马拉的马车在奔驰。马车上坐着刘敬祥、赵文通和小揪面、黄河蜜等四人。小揪面和黄河蜜两人打扮得风姿绰约、十分俏丽。马车夫坐在车辕右边挥动着马鞭,在空中甩出响声,三匹马撒开四蹄向平罗县城奔去……

2

这天下午,任有道官邸。侯水英收拾餐桌碗筷往厨房里走,任凤和任经纬放下碗筷到院子里去玩耍。任有道腆着肚皮回到卧室,他一边打着饱嗝,一边脱衣上炕睡觉。任有道扯过被子蒙住头,不一会儿打起鼾来。睡梦中,只见曹英打扮得分外俊俏,悄悄走进卧室,任有道立即掀开被子,跳下床一把将曹英抱住亲嘴,接着脱去她身上的衣裳,将她抱进被窝里,两人颠倒鸾凤起来。正在两人入巷之时,只见宝鉴手持利刃从卧室外纵步窜进来,口中喊道:"无耻的老狗,你害死俺的爹爹,又霸占俺的老娘,俺岂能饶你,看刀!"任有道慌忙用手去挡,只见一道白光闪过,任有道的右手被削掉了。任有道疼痛难忍,大叫一声,惊醒过来。睁眼一看,原来是刘敬祥拿着火钳在夹他的鼻子,赵文通站在一边直笑。

任有道把手一摆,挡开刘敬祥手中的火钳,坐起身骂道:"俺日你的嫂子,敬祥,你把俺吓坏球了!"他侧脸往旁边一看,见给他挠痒痒的娄宝蓉伏在床边睡着了。

刘敬祥道:"平生不做亏心事,半夜敲门心不惊。你怕是又做噩梦了吧?"

任有道不理刘敬祥,推醒娄宝蓉道:"你下去吧。"娄宝蓉醒来,如获大赦,拿着挠手快步溜走了。

刘敬祥道:"这丫头也曾是金枝玉叶,你还真把她当作奴仆使唤?"

任有道道:"哪里,俺还没有那么坏吧?起码没有你坏。哎,咋没有听见水响,你就冒上泡来了?"

刘敬祥道:"俺遇上大麻烦啦,来求你帮忙!"

任有道道:"谁不知你刘老板神通广大,你还求人?"说着穿衣。

刘敬祥道:"阴沟里也能翻船,俺遭了小人暗算了,今日特来府上找你给俺写个手札。"

任有道起身下床道:"这一觉睡得太长了,让厨房做饭,咱们先好好喝一场再说。"任有道穿上靴走出卧室，见小揪面和黄河蜜、赵文通都在客厅里坐着，便对着厨房大声喊道："水英，水英，快出来，石嘴山的美人都来了，俺今天晚上要快活快活！"

刘敬祥道："那好，咱们就换着玩。"

这时，侯水英走出来，啐了刘敬祥一口道："呸，你放屁！"

赵文通赶上来，对侯水英劝道："敬祥说笑话哩，大嫂不要生气。"

侯水英嗔道："赵主簿你咋也来了，你接了千斋的主簿位置，好久不来看俺们了。"

赵文通道："大哥大嫂，任大哥当了知县提拔我当了石嘴山主簿，这知遇之恩小弟岂敢相忘？这不，我不来府上看望兄嫂了吗？"

任有道道："实话说吧，老二，你和敬祥这次来到底为啥事？"

赵文通愁眉苦脸地道："大哥，事情是这样的。自你当了知县后，刘老板家接二连三出了事。先是他夫人王月英被人杀死了，现在，他的大姨子王月萍带着三个孩子回天津，在半路上被梁山的人绑了票，刘老板穷途末路，就约我们一起来求你知县大人帮个忙，给鄂托克前旗王爷写个札子，让梁山的人把人放了。"

任有道听罢，连连摇手道："这个事麻烦得很，俺管不了。"

刘敬祥急道："不管咋说，咱们是同乡呀！这是七八条人命的事，你老哥不能撒手不管嘛！"

任有道搔了搔头皮，把小揪面搂在怀里，道："同乡是不假，你可是在难时才想到俺。平时不烧香，临时抱佛脚，有啥球用？"

赵文通在一旁苦劝道："大哥，您只要写一封信，把人救出来，刘老板会给报酬的。"

刘敬祥闻言，赶紧应道："就是，您开个价，要多少钱吧？"

任有道听了把眼一翻，道："你们说的是熊话哩！俺又不是土匪，跟你们讨价还价。俺还不是讨吃，俺有皇上的俸禄，用不着你们来施舍。"

黄河蜜见事情闹僵，赶忙出来打圆场道："哎呀，不是我说你们，你们啥主簿，啥洋行老板，还不如妇人的嘴管用呢！你们就不用胡扯了，干脆让我们姐妹服侍服侍任知县，完事再说。"

刘敬祥和赵文通醒悟地退了出去。

任有道对黄河蜜道："这两个怂，心眼里都塞了驴毛了，把俺当傻子哩！他刘敬祥能杀老婆日大姨子，却不舍得出血。老二也是个糊涂蛋，跟着瞎混，弄不清哪头轻重。俺再好色，也不能欺负你。你跟文通相好，就是俺的弟媳，小揪面不一样，俺今晚就要她来侍候。伺候得舒服，俺就写信，伺候俺烦了，球都不写。"

黄河蜜听罢，洒下几滴眼泪道："承蒙知县大人看重，妾身万分感激。谁能看得起我们呢？不过，我今天是非服侍你不可。赵主簿喜欢的是小桃红，不是我。"

3

翌日黎明,平罗县衙客房。刘敬祥睡不着觉。老在做着王月萍被土匪强暴的噩梦,噩梦醒来,在床上辗转反侧。同一房间里,赵文通躺在床上盘算着救王月萍事成后,刘敬祥该给他多少银子,也是辗转反侧,难以入眠。

天蒙蒙亮,两人先后起床穿衣,走出客房,来到衙门院子里转悠,他们哈着气在院子里转圈,浑身冻得直打冷战。他们等候着任有道起床。直到中午,任有道才起床洗漱完毕,穿上衣服来到客厅,见客厅里早已坐满了人。刘敬祥、赵文通、黄河蜜和小揪面坐在客厅里喝茶,见任有道起床,一齐站起身来。

任有道上前道:"对不起,俺昨夜睡晚了,今日起得迟了些,劳各位久等。"说着,对厨房里的曹英叫道,"曹英,开饭!"

少时,曹英走出厨房,将客厅的餐桌抹了一遍,摆上酒碗和筷子,又侧身进厨房端了饭菜出来,一样样摆好。众人便围着饭桌坐了,吃起饭来。刘敬祥坐在桌边,毫无食欲,别人吃半碗饭,他连筷子也不举。

任有道看在眼里,一边吃饭,一边道:"刘老板,大丈夫做事要泰山崩于前而色不变,这点小事,你就连饭也吃不下了?"

刘敬祥满面愁容道:"任知县,俺的老哥,这事人命关天,还是小事?"

小揪面对任有道道:"您就别逗他啦,快给他吧!"

任有道看了小揪面一眼,慢慢从怀里掏出一封信,放到桌上对刘敬祥道:"信,俺是写了,管不管用,俺不负责。"

刘敬祥见状,赶紧一把把信抢到手里,站起来给任有道深施一礼,激动地道:"任大人再生之德,在下永世铭记。"说着,从怀中掏出一张银票递给任有道道,"这是五万两!算兄弟俺的一份心意,望老哥收下。"

任有道不好意思道:"无功受禄,这不太合适吧?再说,你不是还要交赎金么?"

刘敬祥道:"俺宁可将银子付与君子,也绝不将银子付与小人。赎金的事,俺自有安排。"

赵文通见状,有点生气道:"刘老板为了救大姨子,是真愿意下血本啊!"

刘敬祥没注意赵文通的话,急道:"兄弟眼下心乱如麻,先行一步,告辞!"说着把小揪面一拉,走出门外,就要回石嘴山。

小揪面回头看见赵文通脸色不对,出门后就对刘敬祥道:"你把人家赵主簿冷落了,赶快回去补救!"

刘敬祥回过神来,忙回头进屋来,对赵文通拱手道:"老哥,俺心慌意乱,失礼了,莫怪。您的报酬咱们回石嘴山再付。您放心,俺刘某人是不会忘记朋友的。"

赵文通闻言,转怒为喜,道:"为了保险起见,我还有一个主意。"

刘敬祥催促道:"你快说来听听。"

赵文通道:"为了防备万一,咱们不妨去请老三,他现在是平罗营参将了,手下有好几百兵,有不少洋枪。咱请他拨一伙弟兄,等土匪交了人,打他一家伙,给他们点颜色看看。不然,以后他们吃惯了这一口,咱石嘴山的麻烦还多着哩!"

任有道点头道:"老二,你刚才的一番话言之有理。你赶紧吃罢饭陪敬祥兄弟到平罗营去找老三,叫他拨给刘敬祥兄弟一支快枪队,就说是俺说的。另外,俺还要在县衙处理公文,就不陪了。"

4

当日下午,清军平罗营。营房前的一靶场上,参将苟有田正举着战刀向蹲在地上端枪瞄准靶子的一排士兵喝令:"放!"赵文通和刘敬祥刚走到队伍近前,喊了声"三弟",突然被一阵枪声吓了一跳。

苟有田见赵文通、刘敬祥到来,将战刀插入刀鞘,迎面走过来,粗声道:"二哥,刘老板,你们咋来啦?"

赵文通捂住耳朵道:"老三,你们的枪还放不放?把我吓了一跳!"

苟有田道:"你们来了还放个球,说吧,找俺有啥事吧?"

赵文通道:"老三,刘老板出事了!他的婆姨死后,他的大姨子带着孩子回天津,走到半路,被鄂托克前旗的梁山弟兄绑了票。刚才,我们在任大哥家吃饭,大哥给鄂托克前旗王爷写了一封信,还让我们来找你,要你调拨一支快枪队随我们去剿匪,老三,这事,你一定得帮忙!"

刘敬祥上前拱手道:"苟将军,请看在往日咱们的交情上,务必帮帮俺的忙!"

苟有田将脸一板道:"老二,刘老板,你们真糊涂,为这事俺咋能派兵呢?朝廷有明文规定,不准军队介入地方事务,你们这不是让俺犯罪吗?别说俺管的平罗营只有五百人枪,就是掌管再多的兵马,一个人也不能派!"

赵文通道:"老三,话不能说得那么绝,出兵这事,你就不要推托了。我知道上次闹那事你心里不痛快,可事情都过去了。我和刘老板再给你赔个不是拉倒吧。另外,再叫刘老板出五万两银子,算犒劳弟兄们。再说了,你带着军队驻在平罗,咋说也有保境安民之责哩!"说着,向刘敬祥递了个眼色。

刘敬祥会意,赶紧从怀里掏出一张五万两银票递给苟有田,哀求道:"苟将军,俺上次对不住你和任大哥、葛老板,俺现在给你赔罪。这点小意思请你收下,五万两银子权作军需之用。"

苟有田接银票在手,哈哈笑道:"这还差球不多,俺眼下正为筹不到军饷发急呢。再说,二哥说得有道理,军队嘛就负守土安民之责。既然刘老板如此慷慨解囊,俺老苟岂是不懂礼节之人!"说着,他转身向后喊道,"来人!"随着他的喊声,一名军官应声而至,对苟有田行礼。

苟有田命令道:"王管带,俺命令你带五十名弟兄组成快枪队,立即随这两个兄弟到鄂托克前旗去剿匪!"

王管带拱手道:"遵命!"随即转身集合队伍,跨上战马,每人腰挎刀剑,背着火枪,排成三排队列。王管带令人牵来两匹马,让赵文通和刘敬祥骑了,自己再跨上马,手一挥:“出发!”霎时,马队驰出平罗营,朝鄂托克前旗驰去……

5

白昼,冬雪覆盖的鄂托克前旗草原,一队荷枪的骑兵在赵文通、刘敬祥和王管带的带领下急速奔驰,队列中夹着两匹驮着洋枪和洋布的骆驼。

忽然,王管带勒住马,将右手举起:“停,下马!”他的话刚完,五十名骑兵勒住马,纷纷下马。

刘敬祥在马上对王管带抱拳道:“管带大人,俺们去拜访王爷,你们就在此原地宿营吧!”说着与赵文通并马齐驱向前奔驰而去,他们的马后,紧跟着四个骑马的新泰兴洋行伙计,牵着两头骆驼。

刘敬祥和赵文通、四名伙计骑马驰至鄂托克前旗王爷府——一座宽大的帐篷前滚鞍下马。刘敬祥和赵文通大步走进帐篷,四名伙计每人肩上背着两杆洋枪,手里托着一摞洋布紧随他们身后。

刘敬祥走到帐篷前,被两名旗兵架起刀拦住去路。

刘敬祥道:“请你们报告王爷,就说新泰兴洋行老板、石嘴山主簿求见!”

旗兵甲道:“请少待,我去禀报王爷。”说着,向帐篷内走去。

旗兵甲走进帐篷,对坐在虎皮椅上喝奶茶的王爷道:“禀告王爷,新泰兴洋行老板和石嘴山主簿求见!”

王爷捋须道:“可是那个刘老板?他去年要了我的一个碱湖抵债,现在他来干什么?”

旗兵甲道:“他带来了一些礼物,其他就不知道了。”

王爷道:“这个刘老板不太讲交情,我本不想见他,看在他带来礼物的分上,让他们进来见我吧!”

旗兵以手点地道:“喳!”说罢,转身走出帐篷。少时,刘敬祥和赵文通随着旗兵甲走进帐篷。

刘敬祥上前拱手道:“新泰兴洋行刘敬祥前来拜会王爷千岁,祝王爷千岁千千岁!”

王爷生气道:“罢了,刘老板,你来干什么?不是来再找我讨债要碱湖的吧?”

刘敬祥道:“不敢,俺这次来拜会王爷,一不讨债,二不索湖,是来向您专程道歉来了。”说着递给王爷一封信,“这是平罗县现任知县任有道大人给你的信。”

王爷接过信看了看,道:“你说你来给本王道歉,可是出自内心?”

刘敬祥赶紧道:“俺来拜会王爷是有诚意的。”说着,他对帐篷外喊道,“来人,给王爷献上礼物!”话音未落,四名伙计每人肩着两杆洋枪托着两匹洋布走进帐篷,献于王爷面前。

刘敬祥道:“王爷,这是俺给你赔礼道歉的见面礼,八杆洋枪和八匹洋布,都是纯粹的洋货!另外,”说到这里,他从怀里掏出一张五千两银票的借据递给王爷,道,“这是您去年借俺五千两银票的借据,现将借据奉还。还有,为表示俺对您的敬重和一腔诚意,俺奉送王爷五万两银子。”说着,又从怀中掏出五张一万两银票递到王爷手上。

王爷看了看洋枪、洋布和手中的五万两银票,转怒为喜道:“哈哈,刘老板,想不到你真够朋友。刚才,任知县给的信我已经看了,这样吧,今天,你们就都在我的王府里做客,我亲自给你们把酒接风,救你大姨子王月萍的事,我立即给梁山的大掌柜杨大写封信,让他们立即把人质放了!”说到这里,他大声对手下官员道,“来人呀,摆宴奏乐!”

少时,王爷府中的几名侍女在帐篷里摆上酒宴,王府乐工弹奏悠扬的马头琴和鼓乐,一群年轻美丽的草原姑娘身着彩裙,扭动细腰,载歌载舞。刘敬祥和赵文通陪着王爷饮酒,双眼色眯眯地望着美女裸露的胸脯和大腿,早已把救王月萍的事忘得一干二净……

6

黄昏,鄂托克前旗边远地区的一座寺庙。庙堂里,众梁山弟兄围着燃起的篝火取暖。庙门外,一骑马嘶鸣着迎面而来。王爷的信使策马驰到寺门外翻身下马,直奔庙堂。两个梁山弟兄上前欲拦,见来人是王爷府旗兵,便放他进殿去了。

旗兵大步进殿,见杨大坐在篝火的上首,脸上荡漾着火光,便急步上前打千道:“杨大掌柜,王爷差小人前来送信给你。”说着上前递上王爷的信,转身退了出去。

杨大接信在手,展开看了一看,将信交给陈万秋,道:“陈兄,王爷的信来迟了两天,俺已撕了两票。你说,这王月萍咱放是不放?”

陈万秋看罢信道:“杨大,你杀了刘敬祥的两个女儿,这责任不在你身上,谁让他妈刘敬祥不守规矩,王爷的信迟来了两天呢?不过,王爷的话咱们还是要听的,依俺看,咱得放了王月萍,但即使放人,也不能让刘敬祥这个狗怂得便宜!”

杨大摇头道:“二掌柜的意思,是……”

陈万秋果断地道:“弟兄们辛苦了一场,应该让弟兄们尝尝乐子,叫王月萍这个俏娘们犒劳犒劳弟兄们!”他的话刚说完,围在篝火旁的众梁山弟兄齐声道:“对!得让王月萍犒劳咱们……”

杨大站起吼道:“住口!你们这些日囊怂就知道操娘们,告诉你们,谁要是操了王月萍,老子找他算账!”

陈万秋忙上前拦住道:“算了算了,杨大,弟兄们说着玩的,何必动怒?再说,那王月萍也不是他妈好东西,难道你同情这个偷野男人的骚货?难道忘记替葛老板惩治刘敬祥这个狗怂?依俺看,咱们当头领的睁一只闭一只眼就行,让弟兄们替天行道!”杨大坐下不吭声了。

陈万秋对众梁山弟兄使眼色道:“你们还愣着干啥?还不干你们的正事去?!”众梁山弟兄闻言纷纷站起,悄悄从篝火旁溜走了。

几个梁山弟兄直扑王月萍待着的墙脚,不由分说地将她架起。王月萍挣扎着:“青天白日,你们这些土匪想干啥?!”

一个独眼梁山弟兄上前揪住王月萍的头发,喝道:“想干啥?老子们想操你!”说完,几个梁山弟兄架起王月萍朝菩萨像后面走去,不一会儿,传来王月萍撕心裂肺的哭叫声和梁山弟兄们的淫笑声。

篝火旁,杨大额上冒着青筋,头痛苦地低下来,他的身旁,陈万秋的脸被篝火映照得分外通红,他的嘴角露出复仇的微笑……

7

翌日上午,鄂托克前旗王府。帐篷内王爷正陪着刘敬祥、赵文通喝奶茶。

王爷对刘敬祥说道:“昨天晚上,我派出去的信使回来告诉本王,杨大今天就送人来。不过,由于时间超过了两天,他已撕了两票,将你的两个女儿杀了!唉,你们早来两天就好了,不至于发生这场悲剧。”

刘敬祥一听,眼瞪直了,身子歪了下去。坐在一旁的赵文通赶快将刘敬祥扶住,安慰道:“刘老板,人死不能复生,你就节哀顺变吧!好歹,你的大姨子和儿子都还活着,他们马上要回来了,你得精神振作点!”

刘敬祥闻言,眼泪唰唰地掉下来,哀号了几声,方止住哭,道:“事已至此,俺也无力回天了,这是上天对俺的报应啊!”缓了一会儿,又道,“王爷,多谢你出面搭救了俺的姨姐和儿子,您的恩情,俺当涌泉相报!”

正说着,一侍卫进来打千道:“启禀王爷,几个人质被送回来了!”

王爷道:“好,把他们快带进来!”

侍卫道:“喳!”说着对外宣道,“王爷有旨,带人质!”

少时,在几名卫兵的护送下,王月萍蓬头垢面地走进帐篷来,她身后跟着刘敬祥的儿子、陈万秋和几个保镖。刘敬祥见王月萍走进来,顿时来了精神,离座大步迎了上去,王月萍见到刘敬祥,也不顾一切地扑了上去,两人紧紧拥抱,王月萍在刘敬祥怀里哭个不止。

刘敬祥用手擦着王月萍脸上的眼泪,见王月萍脸上青一块、紫一块,便问道:“月萍,那些土匪打了你?”王月萍摇摇头。

刘敬祥问道:“是你自己摔伤的?”王月萍又摇摇头,歇斯底里叫道,“不!是那些土匪强奸了俺!”说罢放声大哭起来。陈万秋在一旁见状,吓得心惊胆战。

刘敬祥听罢,如狼一般大嚎了一声,叫道:“老天灭俺!老天灭俺啊!”接着,他几步冲出帐篷,对着野茫茫的天空大喊,“梁山贼徒,你们听着,俺刘敬祥不报此仇,誓不为人!”刘敬祥的儿子见状,冲到刘敬祥身边,抱住他的双腿流泪道:“爸爸,爸爸……”

刘敬祥弯腰抱起儿子,父子相拥痛哭。此时,赵文通离座来到刘敬祥身边,劝道:“刘老板,你顺变节哀吧。进帐篷吧,王爷正在那边等着我们商量正事哩!”

刘敬祥闻言,抱住儿子,随赵文通走进帐篷。他放下儿子,对王爷拱手道:“王爷,刚才我有些失态,请王爷见谅。”

王爷挥挥手道:“喜怒哀乐,人之常情。算了,谈谈你的打算吧。”

刘敬祥道:“俺没有其他打算,唯一的打算就是复仇,愈快愈好!”

王爷捋须道:“那你打算咋样复仇呢?”

刘敬祥道:“不瞒王爷您说,俺来时,从县里平罗营带来五十名骑手组成的快枪队,一旦掌握了杨大的住处,就要去消灭他们呢!”

王爷道:“那好,我也助你一臂之力,给你增添五十名骑兵,今晚就让我的信使带路,袭击他们的匪窝,把杨大这帮窜匪一网打尽!”

刘敬祥闻言,拱手道:“谢王爷!”陈万秋在一旁听了,大惊失色,不敢吭声。

王爷道:“既然刘老板同意,那就这样定吧! 你快派人调快枪队到这里集合,等到天黑,咱们的人马一起出击!”说罢,又喊道,“管家何在?”

管家立时来到王爷面前,打千道:“王爷,有何吩咐?”

王爷道:“你派人领了这些客人到客房休息。”

管家叩首道:“喳!”转身去了。

王爷转身对刘敬祥、王月萍和赵文通道:“你们也抓紧回帐篷休息吧,等到晚上还有正事要办!”

刘敬祥、赵文通一齐拱手道:“谢王爷!”说罢,他们二人与王月萍引着刘敬祥的儿子走出帐篷。王爷见众人退了,自己也退到帐后卧室休息去了。

帐篷里,只剩下陈万秋一人,陈万秋眉头紧皱,在帐篷内来回踱步。正在这时,管家从帐篷外面归来,见到陈万秋,诧异道:“王爷他们呢?”

陈万秋道:“散了,大家都回去休息去了。”

管家道:“你不是刚从匪窝里回来的陈镖师吗? 走,我领你找个帐篷休息去!”

陈万秋道:“不了,管家,俺正要找你商量件要事哩!”

管家道:“啥事? 你说说。”

陈万秋道:“王爷决定夜袭匪巢,俺眼下正在犯难。”

管家奇怪地道:“有啥难处?”

陈万秋道:“人生最讲个义字。俺和杨大原是同伙,交情很深。这次俺若不把信息传给杨大,俺就是失信背义之人。如果不能阻止这事,后果将不堪设想。再说了,王爷过去跟当地的黑白两道交情不错,如果不阻止他,王爷在黑白两道的信誉也将尽失。”

管家道:“依你说,那咋办呢?”

陈万秋道:“这事有些麻烦,既不能劝告王爷,也不能阻止刘老板复仇,还不能对朋友背信弃义,唯一的解决办法是,请您速派人通知杨大暂时躲避,才能三全其美。”

管家思索片刻,没有他法,便点头道:“陈镖师此法甚好,我立即派人将消息飞马通知杨大!”

陈万秋拱手道:“谢管家,那就最好不过了!”

8

当天下午,鄂托克前旗寺庙前的小路上,一骑马飞奔而至。杨大在寺庙里听到外面响起急骤的马蹄声,带着众梁山弟兄冲出庙门,只见那骑马的士兵滚鞍下马,从怀中掏出一封信递给杨大,道:“我是王府的侍卫,奉管家之命通知你们,刘敬祥带着平罗营的快枪队今晚要来袭击你们,快撤!”

杨大闻言大怒道:“刘敬祥个狗怂,咱们放了人他还不领情,反要恩将仇报,咱们跟他拼了!”

众梁山弟兄闻言,纷纷举起刀枪道:“对,咱们宰了这个狗日的!”

那士兵劝道:“王府管家让我转告你们,快枪队的火力很猛,你们肯定吃不消,好汉不吃眼前亏,还是暂避为好!”

杨大点头道:“好! 弟兄们,上马!”说着,他带领众梁山弟兄冲到寺院后马厩,从马厩牵出马,翻身上马,一抖缰绳,朝着后山方向急驰而去。众梁山弟兄纷纷上马,策马紧追杨大而去。草原上响起阵阵马蹄声……渐渐消失在暮霭中。

9

雪夜,刘敬祥、赵文通带着平罗营快枪队举着火把骑马出发。王爷府的五十名骑兵也紧随其后出发,草原上响起急骤的马蹄声。这支马队犹如一条火龙在草原深处延伸着,马蹄声响彻大地。马队奔驰了约四十里地终于来到寺庙,骑士们抽出战刀,提着火枪冲进寺院,只见寺庙里空空的,早已没有人影。

少时,平罗营王管带从寺庙里冲出来,对刘敬祥、赵文通报告道:“刘老板、赵主簿,梁山的土匪跑了! 只剩下一座空寺! 看马粪,这伙土匪刚走不久,咱们追吧!”

刘敬祥道:“夜已深,草原又大,咱们往哪儿追? 给俺撤!”

这时,一个王爷府的骑兵拿着一张纸条走过来,向刘敬祥敬礼道:“刘老板,这里有一张纸条!”

赵文通闻言,上前抓过纸条,念道:“刘怂原来是呆瓜,敬酒不吃偏要罚。祥光难照月萍里,死到临头做王八!”赵文通念完,对刘敬祥说道,“这是一首藏头诗,在咒你死哩!”

刘敬祥闻言,怒道:“这些个土匪统统都是日囊怂!”骂罢,他一把从赵文通手里抓过纸条撕成碎片,对士兵们命令道:“跟俺追!”一言未了,他又催马驰出寺院,他身后响起一百多匹战马的马蹄声,士兵们手中的火把宛如一条火龙向着寺庙前的大道滚动而去,草原的天空仍飘着漫天大雪……

10

1887 年元旦白昼,天津墙子河英租界葛秃子的原住宅,已改装成保军结婚的新房。客厅里,宾客满座,小院内,鞭炮齐鸣! 葛秃子着一身新西装,携了二夫人谢兰同往新房祝贺,两人手里都拎着一大包礼品。两人乐呵呵地来到客厅,保军瞧见,忙拉着新婚妻子紫翠上前迎接。

保军不好意思地拱手:“表姑父,表姑母,你们来啦,快请到屋里坐!”

葛秃子将手中礼包递与保军,道:“你今天当大人了,俺和谢兰特来贺喜! 不过,保军,各亲各叫,她们喊她们的,咱们还是兄弟相称吧!”

保军道:“那咋行呢? 该叫嘛还得叫嘛,亲戚哪能乱了辈分!”

这时,作为伴郎的何介石奔过来道:“葛老板,这恐怕不行呢! 新娘紫翠是老板娘的侄女,两辈人咋能称兄道弟呢?”

谢兰从怀里掏出一个红纸包递与新娘手中,道:“翠儿,这是你姑父和俺的一点心意,俺们祝你和保军婚姻美满,天长地久。”说罢,瞟了一眼葛秃子,拉住紫翠的手道,“咱们还是姑侄相称,不管他们咋称呼。”

紫翠依偎在谢兰怀里,道:“姑妈,俺从小没娘,你就是俺的亲娘! 以后,俺和保军会常去看望你们二老,有空,姑妈也常来俺家走走。”

谢兰笑眯眯地道:“傻丫头,俺正差一个女儿哩! 俺和你姑父的心思还真被你说中了,以后啊,叫保军侄婿好好跟着他姑父干,俗话说,上阵还得父子兵嘛!”

何介石瞅住空儿,一把夺过紫翠手中的红包,打开一看,惊讶道:“哇,一千两银票! 葛老板真是豪爽之人!”说着,将红包还给紫翠。

葛秃子对保军道:“一点小意思。”说着,转个话题道,“保军,你新婚燕尔,等过了年,再与俺一道回石嘴山吧。”

保军道:“我跟紫翠商量好了,过两天一块儿回,她想回石嘴山过年哩!”

谢兰道:“是你哄她石嘴山好玩吧?”

保军笑了,不好意思地搔着脑袋。

葛秃子道:“也好,你就代表俺到县里和府里把年都拜了,等过完年,俺和你姑妈就回。”说着,他转身对何介石道,“介石,你也在天津过年吧?”

何介石笑道:“不了,我和保军商量好了,咱们结伴回石嘴山过年!”

葛秃子道:“介石,你在天津怕也闯荡了几回,该开了眼吧? 这世界太大了,你和保军都要学着做生意,以后跟着刘老板好好干吧,不愁没有财发!”

何介石拱手道:“谢葛老板教诲,在下谨记。”

11

过小年这天,石嘴山小揪面家。唢呐齐奏,鞭炮齐鸣。这天是陈万秋和小揪面成亲的日子,新郎官陈万秋和新娘衣着整齐鲜艳,在门口迎接客人。刘敬祥和王月萍拎着贺礼登门,刚迈进小院,陈万秋便迎了上去。

刘敬祥拱手道:“恭喜恭喜,陈镖师今日大婚,明年早抱贵子!”

陈万秋笑盈盈地拱手道:“多谢刘老板成人之美,没有刘老板当红媒,俺现在怕还要打光棍呢!”

小揪面向刘敬祥和王月萍欠身道个万福,上前抓住王月萍的手亲热地道:“月萍妹妹貌若天仙，和刘老板是天上一对，地上一双，啥时吃你们的喜糖？”王月萍羞怯地瞟了刘敬祥一眼，低头不语。四人正进到屋里，忽听院外有人高喊：“妈！妈！”小揪面扭头一看来人，笑嘻嘻地迎了上去。

小揪面拉住背着包裹的何介石的手道：“介石，是你回来了？”说着指着陈万秋道：“这是你陈叔！”

何介石闻言脸涨得通红，刘敬祥在一边道：“介石，今天是你娘和陈镖师结婚的喜庆日子，此后，陈镖师就是你爹！”

何介石这才回过神来，对陈镖师道：“陈叔！”

陈万秋不以为意，道：“好了，介石，从今后咱们是一家人了。刘老板对咱们一家恩重如山，以后哇，咱爷俩跟着刘老板好好干，刘老板发财俺们发财！这叫癞痢跟着月亮走——沾光！”

何介石拉过两张凳，道：“刘老板、王姨请坐！”说着，主动上前给两人沏茶。

刘敬祥坐下品一口茶道：“介石，俺问你，你这趟去天津碰见了葛老板吧？他的生意咋样？”

何介石道：“保军结婚那天，我在保军家碰见了葛老板，他现在发了，赚了几十万两银子，新买了一套别墅洋房，他把原来的住房给了保军，手头阔气得很呢！”

陈万秋道：“便宜了保军这个狗怂！”

何介石道：“刘老板，我离开石嘴山几个月，家里都还好吧？”

刘敬祥气愤道：“好，好个屁！自你走后，你月英婶娘去世了，你月萍婶娘回天津娘家遭了匪劫，白白花了俺二十万两银子！”

小揪面瞅了一眼脸露愁容的王月萍，抢过话说道：“介石，你这是哪壶不开提哪壶，你到外面招呼客人去，没见过你这个傻怂！”

何介石摸头不知脑，悻悻地站起道：“刘老板、王姨，慢坐，我到院里招呼客人去！”说着走出屋。

12

翌日上午，石嘴山段黄河大堤。刘敬祥昨晚喝了几杯喜酒，难释愁怀，一个人来到黄河大堤上散步。夕阳下，只见河套平原平畴千里，草枯土黄，西边的贺兰山闪着铜铁一般的色泽。黄河河面已经封冻，泛出银色的光，近处，有几个娃娃踩着木板溜冰，不远处，一列驼队从河东面走来了，领头的驼夫在唱着西北民歌小调《花花儿》。

这时，赵文通急匆匆从堤下走来，老远喊道：“喂，敬祥，喂，敬祥！”刘敬祥仍屹立不动。

一会儿，赵文通跑上堤，对刘敬祥道：“哎，你像个拴驴的桩子似的站着，喝风倒沫呢？”

刘敬祥长叹一口气道：“赵兄，你看这山河壮丽，牛羊成群，为什么咱们不能发财呢？”

赵文通道:“我还以为你在这儿做啥呢,原来是发骚情!你身为洋行大老板,一年几十万两银子赚着,还要如何发财?”

刘敬祥道:“些微小财,何足道哉!”

赵文通道:“些微小财?要知道我一年的俸禄才几十两银子。”

刘敬祥道:“那你知道葛秃子今年赚了多少银子吗?”

赵文通道:“我咋知道?他又不纳税。大概有几十万两吧?”

刘敬祥摆摆手道:“九牛一毛!”

赵文通猜道:“一百万两?”

刘敬祥叹口气道:“算了,给你个胆子你也不会去想。他今年足足挣了三百万两,这还不算他分给洋行大买办的红利。”

赵文通大吃一惊道:“光倒腾羊毛就赚这么多银子?”

刘敬祥道:“俺难道骗你不成?”

赵文通道:“那你也赚了百十万吧?”

刘敬祥恼怒道:“要不是葛秃子捣蛋,俺何止挣一百万,光兰州、青海那一次,俺就收毛近百万斤,结果全让他夺走了!这个仇,俺一定要报!”

赵文通道:“那一次任有道要是关在牢里出不来,你发了财,我也可分不少红利呢!”

刘敬祥道:“那葛秃子这次走时,给谁分红利了么?”

赵文通支吾道:“这个……么,给了一些。”

刘敬祥大声道:“葛秃子是个他妈的奸货,老子要是像他那样发了财,最少也得给你五十万!”

赵文通道:“你别他妈尽说大话不交税了,这次咱们上县城,去鄂托克前旗,我跟你鞍前马后,劲没少费,汗没少出,可回来你刘老板只给了俺五千两银子,只占任有道的一成哩!”

刘敬祥有些内疚地说:“好了,这事甭提了。说说,你这次找俺有啥事吧?”

赵文通道:“光瞎扯磨了,几乎把正事忘了。是这样,有人说上次绑票的土匪与葛秃子有联系!”

刘敬祥听罢精神一振,道:“此话当真?”

赵文通道:“千真万确!”

刘敬祥一拍大腿,道:“天助俺也!俺他妈要告他姓葛的通匪,叫他龟孙子喝一壶!”

赵文通道:“你告他,你有证据吗?”

刘敬祥道:“不是你说的么?”

赵文通连忙摆手道:“是我说的,可我不能给你做证。”

刘敬祥道:“你为啥不做证?咱们可是老朋友,再说,俺也付你钱了!”

赵文通有点不高兴地道:“你这说的是怂话?我好心告诉你,可不是让你去跟葛秃子打官司去!我跟你是朋友,可我跟葛秃子也是朋友。你那几两银子,我还看不上哩！你赶紧派人取走。”

刘敬祥道:“好了好了,不做证就不做证吧,急个球干吗?”

赵文通道:“是你先急的!”

刘敬祥笑了,搂住赵文通的胳膊,道:“好了,算俺的不是,俺给你赔礼。走,喝一杯去。”他们刚刚走下大堤,迎面碰上跑过来的黄河蜜。

黄河蜜见了他们,扬手喊道:“不得了啦,出人命啦!”

赵文通拉住她,问道:“出了啥事?”

黄河蜜一惊一乍地道:“不得了啦,介石把小桃红给杀啦!”

赵文通大惊道:“他为啥要杀小桃红?”

黄河蜜道:“介石昨晚喝多了,就在院里闹了一夜,点名非要小桃红不可。小桃红是主簿您的人,眼看就要办婚事了,自然不肯相从。今儿早上,介石又去缠她,结果两人闹翻,介石就用被子把她捂死了。”

赵文通一听,吼道:“狗日的何介石,老子要找他算账!”

刘敬祥忙一边拦住赵文通,一边问黄河蜜道:“那介石现在哪里?”

黄河蜜道:“他自知闯了大祸,已窜得不知去向,老娘正到处找他哩!”

赵文通一拍大腿道:“你们这些狗怂,介石杀了人,你们怎能把凶手放跑了呢?”

黄河蜜辩解道:“当时乱得很,谁也没留神他呀。”

赵文通道:“那你咋还不去找呢?”

黄河蜜闻言,不再言语,屁股一扭一扭地跑开了。

13

上午,石嘴山怡红院,妓女们哭声一片。刘敬祥和赵文通赶到怡红院里,进了小桃红接客的房间,只见小桃红已香消玉殒,静静地躺在床上,身上盖着一床白床单。赵文通挤到床前站着,悲愤交集,眼里淌出几滴眼泪。

一会儿,赵文通道:“何介石这畜生太可恶了,杀人潜逃,老子要回署发海捕文告,将他捉拿归案,治他的死罪!”说着抽身要走。

刘敬祥忙拦住他道:“且慢！赵主簿,人死如灯灭,岂能复生？何况小桃红是个婊子。介石他妈与你和俺都是老朋友,他本人又是洋行职员。按南京条约,洋行的职员即便杀了人,也不归大清官员审案。依俺看,把小桃红厚葬也就算了。给她的家人一点银子,算是抚恤吧。这笔钱俺来出。”

赵文通无可奈何道:“唉,小桃红是个遭孽的女人,没有跟我享一天清福,就这样走了,这是割我的心哪!”说着扑在小桃红尸身上大哭,“桃红妹妹,是我对不住你,害了你呀,桃红妹妹……”

黄河蜜和几个妓女站在一旁流泪,刘敬祥眼里盈出泪花,一把扶起赵文通道:“老赵,走,咱们给小桃红买棺材去!”一边说,一边将赵文通拖出房外……

几天后,石嘴山野坟里又添了一座新坟。夕阳下,几只老鸦站在坟头上哇哇地叫了数声，又飞走了……

14

时光飞逝，转眼立夏。仲夏的一天清早，张家川县新泰兴洋行外庄15岁的徒工庄德五背着背斗和秤走在丘陵起伏的乡间小道上，晨风吹拂着他青春勃发的面庞，他欢快地哼着乡村的小调。

（插入一位老汉的画外音：“孩子，你今年十五了，该娶亲了，订婚的日子就要到了，买衣料和彩礼的钱还不够哩！”）

（插入小老板画外音：“看把你日能的，我们洋行还从来没有这样的规矩。你上个月定额没完成，不辞退你就是给面子了，哪有再借钱给你娶媳妇的道理！给，这是收毛的银子，你带上！”）

庄德五一气赶了十几里路，有时过水沟，有时爬黄土丘陵，累得直喘气。一路上，他紧紧护着系在腰间装着收毛银子的褡裢。

太阳升起一竿子高，庄得五实在走累了，他来到山包前的一片青草地上，解下身上的背斗和秤，把它们放到一边，选了块平坦的草地躺了下来。他伸开腿，想美美地伸个懒腰，不料腿抽筋，他赶紧曲蜷了腿，用手在腿肚子上使劲地搓揉起来，嘴里不住发出啧啧的呻吟声。

他的身边长着牛蒡草、虎尾草、野西瓜藤蔓、苦豆子、野苜蓿、苦苦菜，绿得晃眼。远处的土坡上长着云杉、山杨、蔷薇、绣线菊、木贼、麻黄等野生植物，郁郁葱葱，气势拔云。间或有一两只兔子、艾虎、赤狐跑过，天空，是大西北特有的蓝天白云，纯净得像水洗过一样。这时，一只山斑鸠展翅飞到庄德五身边，叽叽鸣叫，庄德五屏声静气伸手去抓，山斑鸡仿佛不知道，仍在吃一只虫子，等庄德五伸手去捉时，它却展翅飞走了。

庄德五觉得肚子有点饿了，他揉揉肚子，碰着了系在腰上的褡裢，他拉开褡裢，从里面掏出一锭银子，仔细地端详着，欣赏着，不断地变换着欣赏的姿式，朦胧中，他透过银子看到自己身着新郎装，胸佩大红花，与新娘子双双拜堂成亲入洞房……不知什么时候，突然一阵由远而近的马蹄声把他惊醒，他揉了揉眼睛，只见几个骑马的汉子站在眼前。他赶紧将银子装进腰间的褡裢，迅速拉上裢子。

为首的一个骑黑马的黑面汉子在马上哈哈大笑道：“哈哈哈哈，娃娃，做啥子去呢？”

庄德五定了定神，道：“我是新泰兴洋行的学徒，去马鹿收羊毛。”

黑衣人听了，道：“你既然是洋行的走狗二毛子，身上必定带着银子喽！”

庄德五点点头。

黑衣人在马上道：“那你就把银子拿出来吧，我们替你保管。”

庄德五一听，赶紧护住褡裢，慌了道：“你们是谁？凭啥要我的银子？”

黑衣人催马上前，掏出一支火枪对准庄德五的脑袋，道：“老子是中国人，专杀清妖和洋人！念你是个娃娃，毛还没长全呢，就饶了你。”

这时,另外几个人跳下马,夺过他肩上的褡裢,不由分说,就把几十两银子全部搜出装进腰包,再把褡裢扔到了远处。黑衣人将手指放在口里,吹起一声唿哨,几个汉子便翻身上马,急驰而去。

庄德五愣了,他爬起来去追,那几匹马已经越跑越远,一会儿便翻过山包没有了踪影。庄德五回头拾起地上的褡裢,使劲地抖了抖,褡裢空空的。庄得五使劲地将褡裢扔到地上,蹲下身子,放声大哭起来……哭了许久,从山包后面走来一位戴着白帽、穿着白板羊皮袄和一条大裤裆毡裤的老汉。老汉皮袄的前襟敞着,露出瘦骨嶙峋的胸膛,背上背着一捆柴火。

老汉走到庄德五跟前问道:"娃娃,你这是哭啥么?"

庄德五哭道:"我是洋行徒工,被土匪抢了购毛的银子,回不去了……"

老汉道:"娃娃,你的胆也忒大哩,年龄这么小,敢带着银子一个人走道?这一带最近可慌着哩,有一伙子人劫道,你没听说么?"庄德五摇摇头。

老汉问道:"那你现在咋办呢?"

庄德五答道:"老姨爹,我也不知道哩。"说着又哭了起来。

老汉道:"你莫哭嘛,想想主意嘛,哭顶啥事嘛!"

庄德五揉着眼睛道:"我啥都没哩,不敢回洋行哩!"

老汉道:"那你回家跟你大说么。"

庄德五道:"我大正和我要钱哩!"

老汉道:"要不,你就先到我家缓着再说吧。"

庄德五点点头,只好随着老汉回家。路上,庄德五主动帮老汉背柴,边走边问道:"老姨爹,您老人家叫啥名,家里有些啥人?"

老汉咳嗽道:"我姓苏,叫苏达腊,家里有六口人:三子一女和我的老伴。"

庄德五关切地问道:"老姨爹,你家养羊吗?"

苏达腊道:"养,不仅养了六十只羊,还养了一头牛,平时由我女儿苏美在附近放牧。"

两人走了一会儿,翻过一座山包,庄德五发现山坳里有一座堡子,堡前流淌着一条小河。草场上,二十几只牛羊正在悠闲地吃草。老汉带着庄德五来到堡子——老汉的家。

老汉一进帐篷,就对自己的婆姨介绍道:"娃他娘,我在路上拾了个娃子,你快去烧火做饭。"婆姨应了声"哎",看了庄德五一眼,就下去烧火做饭去了。

老汉又对庄德五道:"娃子,你快放下柴火,就随老汉看草场去。"

一会儿,老汉和庄德五回到帐篷,苏达腊的婆姨把拌汤罐子端上来,庄德五一连喝了三大碗拌汤,就着腌的酸菜,吃得满头大汗。

苏达腊老汉看着庄德五吃,笑道:"娃子,你能成事呢。被人抢了,哭一场就能吃饭,能成事。"庄德五不好意思地笑了。

这时,一个背后拖着独辫子的美丽姑娘从帐篷外走进来,手里拿着一条牧羊鞭。她走进门,看了陌生的庄德五一眼。

苏达腊老汉对庄德五介绍道:“这是我的姑娘苏美。”

庄德五放下碗,站起鞠躬道:“我叫庄德五,是洋行收毛的。”

苏美道:“你吃饭吧,不要客气。”说着,放下牧羊鞭帮她娘做事去了。

当晚,苏达腊在帐篷内铺了一张木板床,让庄德五借宿了一夜。半夜时分,庄德五突然被一阵慌乱的响声惊醒,他赶忙爬起一听,原来响声来自羊圈。他悄悄起身出了堡门,进羊圈一看,只见苏达腊和几个男人正在给母羊接生。母羊痛苦地睁着双眼,嘴里发出哞哞的叫声,下身垫的麦草已被羊水浸湿。苏老汉挽着袖子,右手掐住羔羊的两条腿,硬把羔羊从母羊肚里拖了出来。苏老汉拍打着羔羊的屁股,见羔羊一动不动,因在母羊肚中闷得太久,羔羊已经死了。这时,有人喊道:“还有一只,还有一只!”庄德五细看,只见母羊的下身又露出一只羊羔的头来。苏老汉赶紧放下手中死羊羔,又用手把另一只羊羔拽出来,发现这只羊羔也死了。母羊的眼里流出了泪水,产后流血不止,躺在地上发抖。

苏老汉嘴里喃喃自语道:“还差一个月,咋就生了?这下完了,两只羊羔全没哩!”说着,又对身边的婆姨道,“娃他妈,快去熬盆汤面来,给母羊喝了,它在发抖呢!”婆姨闻言,一声不吭进屋去熬汤面去了。庄德五看到这里,又悄悄回到帐篷里床上睡觉。

第二天清早,庄德五起床,只见墙上挂着两张血淋淋的羔羊皮,问苏老汉道:“老姨爹,这羊皮还有用吗?”

苏达腊伤心地道:“可惜哩,羔羊连太阳都还没见过哩,皮质太嫩,啥用也没有。”

庄德五道:“那咋还绷在墙上呢?”

苏达腊道:“大小是张皮哩,扔了又舍不得,晒干了垫个啥么。”

庄德五忽然想到什么又问道:“老姨爹,咱们堡子里这样的羔皮多吗?”

苏达腊道:“多哩,每年总有几十上百只羊羔早产哩。”

庄德五道:“老姨爹,我想跟你商量个事。”

苏达腊道:“讲么。”

庄德五道:“你看我,现在洋行不敢回,家也不敢回,跑又不敢跑,我是走投无路哩。你老人家能不能把这两张羔皮送给我,我拿回洋行去,兴许能有点用。”

苏老汉道:“你要这羊皮,能顶用么?”

庄德五带着哭腔道:“我也不知道,我没钱收好羊毛和皮子。”

苏老汉道:“看你也怪可怜的,就送给你吧。我再帮你到别人家里看看,尽可能多弄几张,这两张也不顶个事么。”说着,穿上衣服站起身来,准备出门。

庄德五拱手道:“那敢情更好,多谢老姨爹呢!”

苏老汉道:“娃娃,不用谢,我去去就来。”说着大步走出帐篷。

过了一个时辰,苏老汉带着几个牧民回来了,手里都拎着羊羔皮。苏老汉把羔皮集中,数了数,共有五六十张,羔皮颜色不一。苏老汉从怀里掏出二百文钱分别递给那几个牧民,牧民接了钱走了。

苏老汉转过身对庄德五道:“花点钱买了好,不要欠别人的情。这些羔皮你都拿走吧,也许能顶点事。”

庄德五闻言,赶紧趴下给老汉磕头道:“老姨爹,你是我的恩人,我要是能混好了,一定要报答你。”

苏老汉把脸拉下来,道:“你看你这个娃娃,说的个啥么?我帮你,不是让你报答我。”

庄德五站起来,拱手道:“老姨爹,谢谢您,我要回洋行去了,改日再来看你。”

苏老汉道:“娃娃,慢走,我给你把羔皮捆了,好让你背着走。”正说着,苏美已拿来几根草绳,将羔皮收拢用绳子捆了,又将捆好的羔皮抱起来递到庄德五手上。庄德五向苏美和苏老汉投去感激的目光,将捆好的羔皮朝背后一背,说了声“我走了”,便大步走出帐篷。苏老汉和女儿苏美将他送到帐篷外,久久地望着庄德五远去的背影……

15

当日下午,张家川县城新泰兴商行外庄。外庄小老板正在房间里拨弄算盘算账,庄德五满头大汗地背着一捆羔皮走进屋来,把羔皮放到地上。

小老板见状,忙起身道:“老五,你回来了,咋这么早?”说着忙近前蹲在地上翻那捆毛皮,看了半晌,奇怪地道:“老五,这是他妈什么东西?说毛只有皮,说皮又有点毛。”

庄德五拍拍手,不好意思地道:“我在路上遇见土匪,钱都被抢跑了哩。”

小老板站起来睁大眼睛道:“你说啥?钱让土匪抢走啦?你咋没让土匪抢走呢?怪不得你临走时要借钱,噢,闹了半天,你要的是这把戏!快说,你是不是自己把银子花了,又胡编个球土匪出来?”

庄德五慌了神,道:“我没说假话。”

小老板道:“你没说假话,那就是我说假话喽?”

庄德五道:“我没说你说假话。”

小老板咬牙道:“你还敢说我说假话?你敢犟嘴,我们到刘老板那里去说理!”

16

阴雨绵绵的一天,石嘴山的新泰兴商行。商行经理办公室里,张家川县外庄小老板对刘敬祥说道:“刘老板,庄德伍私吞收购羊毛银子的事就是这样,他还犟嘴说牧户苏达腊老汉可以做证。”

刘敬祥道:“庄德五这个小杂种胆大包天,竟敢诓骗俺私吞俺收购皮毛的银子,俺要将他送到县衙法办!连同那个敢做伪证的老日囊怂!”

小老板道:“刘老板英明果断,不处置那个臭小子他就反了天!”

17

白昼，张家川县庄德五家。庄德五的父亲、母亲和兄弟姐妹正在屋里吃饭，一群县衙捕快手执刀枪闯了进来，不由分说，将庄德五及其全家用绳索绑了，押出家门。

18

夜，苏达腊老汉家。五名县衙捕快闯进帐篷，将正在羊圈里做活的苏达腊老汉绑出帐篷，苏达腊的婆姨和女儿苏美闻讯追出帐篷外与衙役扭打，被捕快推倒在地上……

19

夜，张家川县监狱。一盏油灯下，带着木枷的庄德五跪在奄奄一息的苏达腊老汉面前哭泣。苏达腊老汉被严刑拷打，浑身血迹斑斑，躺在地上呻吟着："孩子，我死后你要照料好我的女儿苏……美……"说到这里，老人突然头一偏，溘然长逝。庄德五扑上去，大声哭喊道："老姨爹，老姨爹……你不能死啊……"撕心裂肺的哭声震荡在监狱外的夜空……

20

中午，石嘴山葛秃子住宅。葛秃子正同家人在桌边吃饭，张学文和背着一捆羔羊皮的高林商行张家川外庄牛经理急匆匆走进屋来。

葛秃子放下饭碗，起身相迎道："学文，你咋来了？快坐下一块吃饭。"

张学文道："不了，我已吃过了。我是赶来向您报告一件怪事。"

葛秃子奇怪地道："啥怪事？"

张学文道："最近，新泰兴的刘老板把张家川外庄的一个徒工开除了，并将这个徒工送进县衙关起来了，县衙行刑逼供，把一个牧民苏老汉活活打死了！"

葛秃子震惊道："有这样的事？刘敬祥到底为啥这样做？"

牛经理道："他说徒工庄得五私吞了他几十两收毛的银子，拿几张烂羔皮日哄他！"

葛秃子道："那羔皮是咋回事？"

牛经理道："据庄德五向官府讲，是老牧民苏达腊同情庄德五遭了匪劫，向附近牧民收购后施舍给庄德五的。"

葛秃子道："苏老汉承认了这件事吗？"

牛经理道："承认了，但官府硬说苏达腊老汉为庄德五欺骗主人辩护，将他屈打致死。"

张学文在一边道："这世上竟有如此不分青红皂白的昏官！"

葛秃子道："那庄德五被土匪抢劫一事是否属实？"

张学文道："庄德五只是个十五岁的穷人孩子，他不会说谎话。"

葛秃子点点头，对牛经理道："牛经理，你身上背的啥？"

牛经理放下羔皮，道："张家川新泰兴商行外庄经理瞧不起庄德五收的羔羊皮，把它们扔了，被我捡回了，觉得丢了可惜了。我这次特意将这些羔皮背到石嘴山让您看看，看到底有无用、值不值钱。"

葛秃子闻言，立即蹲下身子，用手将羔皮摸了摸，觉得这些羔皮柔软，手感很好，满意地道："俺刚才摸了摸，这些羔皮柔软，手感很好，只是皮张小了点，不知能不能派上好用场。这样吧，俺明天派龙占海骑快马将这些羔皮带到天津，让外国人鉴定一下这些皮张，看看有啥用途。"

张学文、牛经理齐声道："行！"翌日早晨，石嘴山的高林商行大院。龙占海骑在马上，向前来送行的葛秃子拱手作别。

葛秃子看了一眼绑在马鞍后的羔皮，用手摸了摸，道："占海，此去天津，一路风顺，速去速回！"

龙占海拱手道："遵命！"说罢，他双腿一夹马肚，策马扬鞭，奔上黄河大堤，朝着东方驰去……

第十五季:云板的竞争

1

1887年秋天的一日上午,葛秃子正与张学文在高林商行大院内督促工人拣毛、装袋,他的身上、眉毛上都沾着毛绒,忽然,保军跑了过来,来到葛秃子面前。

保军报告道:"老哥,天津来电报了!"

葛秃子接过电报仔细地看了一遍,看完,他高兴地举起双手欢呼起来:"云板!俺们成功了!"

张学文奇怪地问道:"葛老板,啥叫云板?"

葛秃子把手一招,道:"大家都过来,听着,俺给大家讲一个好消息!"众工人闻言,立即聚到葛秃子周围。

葛秃子将手中的电报高高举起,道:"伙计们,这是镖师龙占海刚从天津发回的电报,告诉俺们一个特大好消息:咱们送到天津的羔皮经过怡和洋行专家检验,在柔软度、手感和韧性方面都比正常生育的羔羊皮要好,用这些羔皮制成的披肩、围脖、大衣远销英国,受到上层社会贵妇人的欢迎,目前已风靡欧美市场,成了抢手货!每张这样的羔皮从一文不值卖到五十到八十两银子,价格是普通羔羊皮的十倍!怡和洋行已正式将这种羔皮定名为云板!云板,你们知道吗?这是咱们高林商行打入欧美市场的第一个国际品牌!电报上说,亨利先生要求我们大量收购这种云板羔羊皮,咱们高林商行出头的日子已经来了!"讲到这里,欢喜的泪水盈出眼眶……

保军扒开众人挤到葛秃子面前,激动地道:"老哥,这下该咱们高林商行发财了,你说咱们现在该咋办吧!"

张学文道:"葛老板,我建议,发现云板的消息暂时不要声张,咱们马上派人到各地收购这种云板羔皮,越快越好!另外我考虑,这种云板羔皮很少,能辨认这种羔羊皮的人更少,庄德五是个识别云板的合适人才,要想法把他拉到咱们旗下就好了!"

保军道:"不行,他现在还被关在牢里哩!"

葛秃子看了一眼众人道:"别说了,这里人多口杂,保军、学文,走,到俺屋里去,咱们得好好合计合计这事。"说着,他伸开双臂,左手搂着保军,右手搂着张学文朝后院自家的房屋走去。众员工看着他们的背影,露出神秘的眼神。

2

白昼,葛秃子家。葛秃子领着保军和张学文来到屋里,对二人说道:“坐!咱们继续讨论庄德五的问题。”保军和张学文与葛秃子围着一张方桌坐下了。

张学文道:“要把庄德五拉到咱们高林商行的旗下,首要的问题是要把庄德五从牢里救出来!”

保军道:“废话,这还用你说吗?你说吧,咱们怎么个救法?”

葛秃子道:“保军兄弟,你咋像吃了炸药似的,说话能不能缓着点,你好好听听,让学文继续说完。”

张学文笑道:“没啥,保军是那个脾气,我不见怪。”说到这里,他从桌上端起茶壶给三人各倒了一杯茶,喝了一口茶,继续道,“其实,我有一个主意,说来也挺简单,就是请葛老板出马,十个庄德五也能救出来!”

葛秃子笑道:“学文,你个狗怂啥时学会吹牛了?俺有那能耐还办这个高林商行,整天收毛运皮的忙得屁滚尿流?不行,你尽瞎说!”

张学文一脸严肃地道:“葛老板,我没瞎说!不是兄弟抬你的桩,难道你忘了上次你托洋人救任有道、恢复咱兰州分行和各地外庄这码子事?洋行的伙计们都称你是高人,佩服得五体投地呢!保军,你做证,我是不是胡说,我要是胡说,就让我的个球烂球!”

张学文的一席话,把葛秃子和保军都说笑了,保军正在喝茶,笑得连茶水都喷了出来。

保军道:“学文,你个狗怂要说嘛话就好好说,别他妈尽逗乐子好不好?”又转为严肃地对葛秃子道,“老哥,学文说的可是实情呢!上次府城、兰州之行我没去成,可我知道你老哥使出霹雳手段,硬是通过洋人逼着朝廷下旨放了任有道,恢复了咱高林商行在甘肃各地的收毛机构和业务,狠狠地揍了刘敬祥一拳!呃,老哥,这次你能不能重演故伎,再通过洋人逼朝廷下旨救出庄德五呢?”

张学文道:“从牢里救出庄德五,事关咱们高林事业的兴旺和发展,比起救任有道不是一档子事!葛老板,你就再回天津求求洋人吧!庄德五是个死囚犯,这事可耽误不得啊!”

葛秃子听到这里,猛地挥拳击桌道:“张学文说得对,这回张学文随俺赴兰州一趟去找甘肃巡抚家麟,先把庄德五从牢里救出来再说!”说着,又对保军嘱咐道,“时间紧迫,俺怕下不成天津了,你马上起草电文给亨利先生发电,让他给朝廷施加压力,就说庄德五是俺们高林商行的人,被奸人所害打入死牢,是无罪无辜的,逼朝廷下旨到兰州放人!咱们双管齐下,一定要把庄德五从牢里救出来!”

保军和张学文站起道:“是!”

3

三天后夜,兰州。甘肃巡抚衙门。巡抚家麟正在书房里磨墨,良久,他兴致勃勃地在桌上铺下一纸条幅，右手拈起一支羊毫在砚盘里蘸了蘸，提神运气，用二王书法在条幅上写下一行李鸿章的名言：师夷长技以制夷。写完，他端起条幅仔细端详，唤来管家道："管家，你瞧瞧，俺写的这条幅咋样？"

管家接过条幅仔细看了看，恭维道："恭喜抚台大人，贺喜抚台大人，您写的这条幅文好字更好，怕是当今李中堂鸿章大人也望尘莫及！"

家麟道："饭桶，俺写的这条幅上的文字，正是李中堂大人治国安邦的至理名言，俺岂可与李中堂相比？真是个马屁精，扫了俺的兴！"

管家以手掴脸道："是，是，小人该死，小人该死！"

家麟道："下去吧！"管家打千道："喳！"说完，他将条幅搁在桌案上，退出书房。

家麟待管家走后，连连摇头，又踱到桌案边，认真欣赏起自己的书法来。正在这时，一年轻衙役进书房来报："启禀抚台大人，高林商行老板葛大人求见！"

家麟闻言，赶紧收起条幅，道："请他进来！"

少时，葛秃子和张学文身着西装走进书房，刚进门，家麟便迎上前拱手道："葛大人，家某失迎，请坐！"说完，又对站在一旁的丫环道，"看茶！"

两个丫环弯腰道了个万福："是！"便忙着替葛秃子和张学文沏茶。

待葛、张二人坐定后，家麟又坐回到自己的太师椅上，品了一口茶，热情地道："葛大人，你今日来造访本府，不是无事不登三宝殿吧？"

葛秃子抱拳道："正是！"

家麟道："痛快！葛大人是英国洋人的买办红人，连当今万岁爷都怕洋人三分，今天，该不是又拿洋人来吓唬俺吧？"

葛秃子道："巡抚大人，您是朝廷二品大员、封疆大吏，今日葛某初到贵府，一来恭贺大人复职之喜，二来嘛，也确实有事请抚台大人帮忙。"

家麟单刀直入道："葛大人，贺喜就不用了，说说家某到底能帮你做啥事！"

葛秃子道："抚台大人，你可知张家川县新泰兴外庄有个徒工庄德五被判了死罪之事么？"

家麟惶恐地道："知道这事。这个徒工私吞老板收毛银子，谎称自己被土匪抢了，犯了欺主罔上之罪。我已判了他死刑，如今关在死牢里，待朝廷旨意下来，就要行刑处决！"

葛秃子道："大人可知道庄德五是无辜之人么？"

家麟惊道："这个，本官不知。"

葛秃子道："据俺的下属调查，庄德五是个只有十五岁的穷孩子，一向本分老实，那天他确实遭了土匪抢劫，弄得有家不能归，幸亏牧民苏达腊老汉相救，花了一百二十文制钱买下邻居牧民六十张羊羔皮送给庄德五，这些牧民可以为证。张家川县新泰兴外庄小老板凭啥说庄德五私吞了刘老板购毛银子？证据何在？张家川知县知法犯法，竟对庄德五、苏达腊严刑逼供，使此二人屈打成招。抚台大人，这不是不白之冤又是什么？此外，俺不是拿洋人来压你，天津怡和洋行老板亨利先生已将这事行文通知皇帝陛下，俺想，待皇诏下达，抚台大人恐怕难逃干系吧？"

家麟闻言惶恐道:“这……这……这件事本官确实不知,只是听信新泰兴刘老板的话处置了庄苏二人,葛大人如今又这样说,叫俺信谁?如何是好?”

葛秃子道:“抚台大人,你是听英商亨利先生的,还是听买办刘敬祥的,俺不干涉,你自己拿主意。俺奉劝你,趁皇诏下达之前,别赴前甘肃总督降官贬职的后尘!”

家麟吓出一身冷汗道:“那……那你叫俺咋办?”

葛秃子斩钉截铁道:“放人!”

家麟闻言,慌忙提笔草手谕,道:“来人!”话音未落,家麟的管家便急步步入书房,打千道:“老爷,您有何吩咐?”

家麟将手谕扔给管家,道:“你速着人拿俺的手谕到张家川找知县,让他立即放了庄德五和牧民苏达腊!”

管家叩首道:“喳!”说着,躬身而退。

4

六天后的夜晚,石嘴山葛秃子住宅。保军和张学文带着四名伙计用木板床抬着遍体鳞伤的庄德五来到葛秃子的住宅。四名伙计进了屋,将担架放下。正在灯下伏案审查收购报表的葛秃子见状,忙起身相迎。

保军道:“老哥,庄德五被官府释放了,他不肯回新泰兴,硬要到咱高林来,我和学文便带着人把他接回来了!”

葛秃子点点头,走到担架旁,亲切地拉着庄德五的手道:“德五,俺叫葛行健,欢迎你到咱高林商行来!”

庄德五从担架上撑起身,激动地道:“谢谢你,葛老板,谢谢你帮我洗清不白之冤。我坚决不回新泰兴,愿意投身高林,请您收下我吧!”

葛秃子道:“小庄,你是个穷孩子,你的愿望正是俺的希望。希望你先好好养伤,等你的伤好了,咱哥们一起干,收购更多的云板羔皮!”

庄德五惊奇道:“啥叫云板羔皮?”

保军道:“小庄兄弟,你上次收购的羔羊皮如今已风靡欧美,赢得了外国贵夫人的青睐,她们称这种羊皮为云板,你是云板羔皮的发明者!”

庄德五从担架上爬起来,高兴地叫道:“真的?”

张学文道:“是真的,云板羔皮一张卖到五十至八十两银子哩!”

葛秃子道:“小庄兄弟,经怡和洋行专家鉴定,你上次收购的羔皮皮质柔软,手感和毛的韧性都很好,价格一路看涨。你来到俺的商行后,俺让你主要负责到各地收购云板羔皮,你要给俺严格把关,如混进一张假云板羔皮,俺唯你是问!”

庄德五拱手道:“谢谢葛老板栽培,请您放心,我会严格把关,不然,我是个傻逼!”庄德五的一席话,逗得众人笑了。

5

半月后的白天，张家川县苏达腊老汉家。家门前搭起了白布盖起的丧棚。随着一阵唢呐声，八个牧民汉子抬着苏达腊的棺木走出帐篷，前面开路的是葛秃子、保军、张学文、庄德五、苏美，庄德五和苏美身穿孝服，苏美端着灵牌，人人脸上露出哀戚。后面跟着高林商行的一群伙计，有人一路行走，一路放着鞭炮，撒着纸钱，护丧队伍朝着山上的墓地走去。

6

事隔三日，苏达腊老汉家。帐篷内，热闹非凡，正在举行婚宴。新郎庄德五和新娘苏美向坐在上席的葛秃子敬酒。

满面红光的葛秃子举杯道："常言说得好，有情人终成眷属。俺祝愿你们夫妻幸福美满，地久天长！"说罢，一饮而尽。

庄德五和苏美满脸通红，敬酒道："祝葛老板的事业如日东升！"

7

一个秋日，张家川高林商行外庄。已是外庄老板的庄德五和伙计正在忙着给毛户称羊毛，数皮张，新泰兴商行张家川外庄小老板带着两个伙计悄悄走到屋里，将庄德五拉在一边道："小五子，听说你升为外庄老板啦，我特来恭喜！"

庄德五道："小老板，你咋来了？该不是黄鼠狼给鸡拜年吧？"

小老板道："哪里话！我是来求你，给我帮个忙的。"

庄德五道："你这人是个日囊怂，我差点被你害死了！你还有脸找我帮忙？滚球吧！"

小老板嬉皮笑脸道："庄德五，老话说得好，伸手不打笑脸人。过去的事算我错了还不行？我如今遇到麻烦找你帮忙，好歹是看在老乡的面上，你就这样不给脸？我知道，人一阔，脸就变，好，我走，再也不找你庄德五！"说罢，抽身欲走。

庄德五见状，眼珠一转便拉住他道："小老板，你说，你有啥为难事？"

小老板愁眉苦脸道："听说高林商行发现了云板羔皮，外国市场很抢手，新泰兴刘老板给我下命令，要我收购一千张云板羔皮。还说，要是完不成任务，要辞退我呢！我哪里认识云板羔皮，眼看交货的日子到了，我走投无路，就只好找你来帮忙了。"

庄德五道："帮啥忙？你说。"

小老板嬉皮笑脸道："听说你们外庄购了不少云板羔皮，我想……"

庄德五道："想啥？"

小老板道："我想以高价买你的云板羔皮，你腾出一千张云板羔皮给我，我给你个好价钱。"

庄德五故意道："多少银子一张？"

小老板道："我听说你们收购云板每张皮子三两银子，我给四两，咋样？"

庄德五道："不行！你走吧！"

小老板为难地道："那，每张云板我给你五两银子，算球！"

庄德五昂着头道："那还差不多！"

小老板欢喜道："那咱们一言为定？！"

庄德五道："君子一言，驷马难追，不过我可告诉你，咱得一手交钱一手交货！"

小老板哈哈大笑道："哈哈哈哈，庄德五，你这狗怂是瞧不起我！"

庄德五伸出手道："拿来！"

小老板笑声更大了："小五子，不就是五千两银票么？你拿着！"说着，从怀里掏出五张一千两的银票，啪地拍在庄德五手上。

庄德五接过银票看了看，揣在怀里，对手下伙计道："李腊狗，把咱仓库从马鹿收购的一千张云板羔皮拿出来，交给这位老板，他等着急用！"说话时，庄德五对他使了个眼色，扯了他一下衣襟。

李腊狗道："庄老板，我这就去！"说着走了。

少时，李腊狗带着五六个伙计背着一千张羔皮放到小老板跟前。

庄德五道："小老板，你看清楚了，这是一千张云板羔皮，你点个数！"

小老板对手下两个伙计道："愣着干啥，还不快点？！"两个伙计闻言，便弯下腰一张一张地数起皮子来。

8

三日后的傍晚，石嘴山高林商行葛秃子家。葛秃子正与保军、张学文、庄德五围坐方桌旁议事，哈哈大笑。

保军道："想不到，小五子还挺能耐，把普通羔皮当云板，一下子让姓刘的狗怂亏了五千两银子，真他妈痛快！"

张学文道："听说天津新泰兴洋行退了货，刘敬祥发觉上了当，当场把小老板的外庄经理职务撤了！这叫作善有善报，恶有恶报，时机一到，一切都报！"

庄德五道："不是我坑他，是他先坑我嘛！"

葛秃子拍着庄德五的肩道："小庄，你这小伙子脑袋灵活，有股辣劲，好样的。这回你为咱们高林商行立了功，出了一口气！俺提升你为兰州分行经理，明天你就上任去吧！"

庄德五道："葛老板，谢谢你的栽培，不过，我怕不能胜任哩！"

葛秃子道："俺从小就在外面东南西北闯荡，不也才十五六岁么？你大胆干，俺相信你一定能胜任！"

保军道："小五子，这是刘老板对你信任哩，你还虾子过河，假谦虚个啥！我看，你是块料！"

庄德五道："那好，那我就试试看！"

葛秃子站起拍拍保军和张学文的肩道："你们两个是俺的左右手，俺常到外面出差,保军兄弟,你任俺的总务室主任,就留在家里给俺坐镇,俺人在外面也放心。”接着又对张学文道,“学文老弟这两年跟俺吃了不少苦,上次下甘南收毛也立了功!眼下,宁夏那边正缺人手,新泰兴的人马在兰州和宁夏与咱们高林较劲,没有一员大将在那里顶着不行。俺再三考虑,学文兄弟就去宁夏分行当经理吧!你在那里可得给俺顶着。小庄、学文,你们两个要记住俺的话:市场竞争,水火无情,就是你死我活,没有人情可讲,有进无退,退一步就是死路!因此,俺们高林要与其他洋行在收毛皮上展开价格战,每百斤羊毛的收购价人家出一两银子,咱就出二两,人家出三两,咱就出四两,总之,咱们要抬高价格吸引牧民,一步步扩大咱们的毛户地盘,要逼得其他洋行无路可走,最终退出西北,退出竞争!”

庄德五问道:“葛老板,如果我们分行收购毛皮的本金不够,咋办?”

葛秃子笑道:“各分行本金不够,随时到总行来支取,凡是用于收购毛皮的旅差费、招待费、送礼费,一律到俺这里来报销!”

9

半月后,白昼,高林商行兰州分行。庄德五带着几个伙计正在收购云板羔皮。牧民们排着长队,背着一张张羔皮静候着商行伙计结账付钱。庄德五坐在桌前亲自接待牧民。一个老牧民背着几十张羔皮来到庄德五面前,将毛皮取下肩来,放于桌上,道:“庄老板,点数吧,我这羔皮是真正的云板。”

庄德五取过毛皮,用手一摸,再拿起羔皮放在鼻子下嗅一嗅,将合格的云板羔皮放在桌子左边,将假云板羔皮放在桌子右边。然后,将桌子左边的云板羔皮点数付银票。

庄德五道:“老姨爹,你交来的羔皮有二十张是真云板,其他是假云板。每张云板五两银子,拿着,这是一百两银票。”说着,他又接待下一个毛户……

老牧民傻眼道:“这……”

10

黄昏,青海牧场。新泰兴商行西宁分行经理何介石陪着总行老板刘敬祥骑在马上,带着一群伙计来到一片草场。

刘敬祥在马上道:“介石啊,上次张家川外庄经理收了一千张普通羔皮,按云板的价格付给高林商行外庄,害俺亏了五千两银子,俺心里被人挖了一刀子,后悔莫及啊!这回,俺让你当上西宁分行经理,你得卖点力气多收云板羔皮,把俺的损失夺回来!”

何介石道:“刘老板,理是这么个理,可收起皮子来,难啦!现在,西北的各家洋行都在抢购云板羔皮,再多的母羊生羔子也赶不上趟啊!但,越是赶不上趟,各洋行越要抢购,所以,云板羔皮越来越少,收购价格越涨越高,现在一张云板羔皮已经涨到二十两银子,比原来的价格涨了四五倍,就是这么高的价,云板羔皮还是收不着哇!”

刘敬祥道:“葛秃子的高林商行可不是这么回事,自从庄德五那小子倒戈以后,高林商行凭着技术和高价四处出击,收购的云板羔皮堆成了山,仅这一项就他妈赚了几百万两银子,一点残羹也没给咱留下,逼得咱们喝西北风!眼下,咱们要是再不想出办法,就只有死路一条了!”

何介石在马上长叹道:“唉,如今,咱们新泰兴非但不兴旺,就要走穷途末路了。”说到这里,他忽然想起什么似的,说道,“刘老板,天无绝人之路!我想起一个办法可以增收云板羔皮,也许这一招可以使咱们新泰兴重新走上兴旺之路呢!”

刘敬祥道:“说,是哪一招?”

何介石在马上摇头晃脑道:“古人云:杀鸡取卵。我这一招,乃杀羊取羔也!你想,一张云板羔皮卖出去可得二十多两白花花的银子,可买数十只大羊。牧民多是贫贱之人,只要我们动员他们,说明杀羊取羔的好处,牧民哪有不愿意的?要说不愿意,便是日囊怂!”

刘敬祥在马上击掌道:“好!介石,你这个狗怂,真不愧是俺的军师,谋略赛过西汉的张良、陈平!就这么着,你通知西宁各地外庄,动员牧民杀母羊取云板羔羊皮,瞅住机会,咱们好好赚他一笔,让葛秃子扫兴去吧!”

11

晚,青海草原一牧民包。牧民包旁的羊圈里,一个老牧民和他的儿子正在宰一头母羊,老牧民的儿子手里拿着刀,母羊已倒在血泊里,眼里流着泪。老牧民拿着刀给母羊剖肚,从羊肚里掏出一只小羊羔,老牧民的婆姨、女儿站在一旁,担心地看着杀羊取羔,何介石将一张银票塞到老牧民婆姨的手上,快乐地笑着……

12

八月的一天早晨,石嘴山高林商行会议室。葛秃子与保军、张学文、庄德五、呼延遇春围坐在椭圆形的会议桌旁,正举行行务会议。

葛秃子道:“现在已经是八月了。今天,俺把大家召集起来开一次行务会议。会议的内容嘛,主要是碰碰头,小结上半年商行的工作,研究制定近期对付新泰兴商行的对策。学文和德五两位分行经理工作很忙,打老远跑来参加会议,希望大家抓紧时间议一议。保军,你已是行办主任了,你先说吧。”

保军搔搔头皮,道:“那我就先说吧。今年,我们的毛收得不太好,进入七月份也才收了不到一百五十万斤羊毛、二十万张皮子。这一方面是由于去年闹旱灾造成草料不足、羊只减少所致,更主要的还是洋行之间竞争激烈,互相拆台所造成。今年,我们高林商行在各地放贷的利率是百抽二点五,本来比新泰兴商行的利率低零点五,谁知刘敬祥暗中却将放贷利率调到百抽一点五,比我们整整低了一个百分点,一下子从我们手中抢过近十万户牧民,形势吃紧啊!”

庄德五插言道:“新泰兴商行处处与我们作对,我们兰州分行也感到吃紧。就说一件事吧,去年青毛的价格是每百斤三两八钱银子,今年,行里为了多收宁毛,将收购价调高到每百斤四两五，哪想到刘敬祥又与其他几家洋行老板合谋，以每百斤五两银子的价格敞开收购，使得我们的不少合约户纷纷撕毁合约，把羊毛卖给了新泰兴。”

张学文接着道：“我们宁夏分行形势也不妙，由于新泰兴商行暗中操作，宁毛也提了价，百斤卖到四两了。另外有一件事特别值得我们警惕，刘敬祥处处与我们作对，我们的外庄设到哪里，他的外庄就跟到哪里，成心与我们过不去！”

葛秃子点名道：“呼延老哥，你是护镖队长，你的手下镖师给各地分行护镖，情况肯定知道不少，你老哥也说说吧。”

呼延遇春点点头，道：“刘老板，俺说说镖师发现的一个新情况：最近，俺们高林商行发现了云板羔皮，售价一路上涨，每张云板羔皮卖到五十多两。刘敬祥很是嫉妒，据镖师们讲，眼下新泰兴在各地的分行正拼命收购云板羔皮，为了收购到大量云板羔皮，他们采取杀羊取羔的办法，动员牧民宰杀母羊，牧民们为了多挣钱，也乐意宰杀母羊。现在各地宰杀母羊成风，依俺看，牧民们这样做，将会对我们收购云板羔皮造成不良影响，我们应快想对策。”

葛秃子扫视了众人一眼，道：“刚才嘛听了各位的发言，俺也说几句。从总的情势看，俺们高林商行上半年收毛的皮张不多，下半年形势不容乐观。主要原因是在西北的各家洋行竞争激烈，打价格仗。仗既然打起来了，俺们商行不能后退。兵法云，狭路相逢勇者胜嘛！战场上打仗，要凭实力、凭智慧，除了斗智，还要斗勇、斗狠，这一点嘛不能含糊。眼下，收毛皮旺季马上要到了，俺考虑再三，为了维护俺们高林商行的利益，俺决定实行超高价收购。超高价咋弄？宁毛每百斤价格从三两五提高到八两，青毛每百斤价格从四两五钱提高到十两！特等羊皮由每张五两涨到十两，二等羊皮由每张四两涨到八两，一般皮子由每张二两五涨到五两，有多少收多少，实行敞购！如果发现哪家洋行敢于跟进收购，无论毛和皮张，俺们就再提高二两，一定要压住他们！如果各分行、外庄一旦发现其他洋行嫌等级不够或者不愿收的毛皮，俺们要不惜代价，一律吃进！各位，你们看这样做咋样？”

张学文道：“葛老板，这种高价收购策略好是好，可以压住对方，但我担心这样做的后果，一旦毛皮价格涨起来，就要增加我们的成本，大大减少收毛皮的利润，这样做有点不划算呢！”

葛秃子霍地站起斩钉截铁地道：“嘛不划算？这一步非走不可！不要说还有钱赚，就是不赚钱，甚至于赔上一百万，也要干！俺们高林一定要把新泰兴的气焰压下去，让其他洋行唯俺们的马首是瞻！”说到这里，他望了一眼呼延遇春道，“至于呼延老哥刚才提到新泰兴动员牧民杀羊取羔的事，这招不咎是新泰兴与俺行竞争的一种策略，俺的办法是跟进，他动员牧民杀羊取羔，咱也在牧区动员牧民杀羊取羔，不仅如此，咱还要提高收购云板羔皮的价格，从每张二十两涨到三十两，看谁玩得过谁！”讲到这里，葛秃子又对众人道，“事情就这么定。学文、德五，你们回去布置各外庄，立即实行高价收购，把其他洋行的收购强势给俺打下来，收购本金不足的，立即找保主任从账房预支；保军和呼延兄，你们立即从本部抽调人马到青海、甘南,增援那里的分行、外庄,一定要抓紧时间把那里的毛皮给俺收回来。俺今天不留你们吃饭了,事不宜迟,你们立即出发吧!"

众人站起,拱手齐声道:"是!"

13

白昼,石嘴山新泰兴商行大院。刘敬祥坐在办公室里,正与青海分行经理何介石谈话。

刘敬祥道:"介石,最近,你们青海分行收毛皮咋样?"

何介石眉飞色舞道:"回刘老板的话,我刚从青海那边回来,那边收毛情势看好,我们现已收了五十万斤羊毛和六万张皮子,马上要运回石嘴山。"

刘敬祥竖起拇指道:"很好!说说,你个怂是咋弄的?"

何介石道:"咋弄?按您的指示提高收购价格!对了,最近,我们把高林商行狠狠整了他一家伙!"

刘敬祥道:"快说说,你是咋整的?"

何介石道:"我要各地外庄对葛秃子的外庄跟踪追击,他们的人到哪里收毛,我们的人就到哪里收毛,还要出高于他们的收购价格,高林每百斤羊毛价从三两八钱涨到四两五,咱们就从每百斤四两涨到五两!好家伙,这一招真灵,高林的毛户为了多挣银子,纷纷把毛皮卖给咱们,不少牧户还把与高林签的合约撕了,气坏了高林那帮二货!一句话,眼前的收毛形势是,高林看跌,我们看涨!"

刘敬祥道:"嗯,不错。俺来问你,最近你们那边收云板羔皮咋样?"

何介石道:"有喜有忧。喜的是不少牧民采取杀羊取羔的办法,使我们收购人员收购了不少云板羔皮,今年定能卖出好价钱,忧的是不少牧民宰杀母羊掌握不住时机火候,不是宰得过早,就是宰得过晚,剥的羔皮都不是云板羔皮,白白地增加损耗,卖不出银子,因此不少牧民情绪低落。这样下去,对我们收购云板羔皮不利。因此,有不少牧区的牧民与我们的收购人员发生争吵,要我们提供技术,提高收购价格!"

刘敬祥笑道:"那是嘛白日做梦,管它个球!"

何介石道:"刘老板,我今天就汇报到这里,还要返回青海,您忙吧,我走了。"说罢,不等刘敬祥答话,转身走出办公室。

何介石走后,刘敬祥端起烟锅,点上火,抽了一会儿烟,便放下烟锅,信步走出办公室,正要走出大院到黄河大堤上去散步,迎面碰上葛秃子。

葛秃子气冲冲走到刘敬祥面前,道:"敬祥,俺正要进院去找你!"

刘敬祥奇怪地道:"找俺?四狗子,有啥事?"

葛秃子冷冰冰地道:"敬祥老弟,生意不能这么做吧?你这样撬行市,连点规矩也不懂吗?"

刘敬祥冷笑道:"规矩?规矩是他妈嘛东西?你还有脸跟俺讲规矩?"

葛秃子反问道:"敬祥,你这个狗怂,你给俺说清楚,俺咋没有脸,咋不讲规矩?”

刘敬祥逼近一步,道:“你以为俺不知道,你在天津跟吴老板说俺的坏话,弄得他现在都不理我啦!俺这次回去,拜访他几次,他都不见俺,你却和他成了邻居。就算你在天津成了人物了,也他妈总不该挤对俺吧?”

葛秃子哭笑不得,道:“人家吴老板不理你,你他妈不反省自己,倒埋怨起俺来。俺他妈犯得着说你的坏话吗?”

刘敬祥道:“不是你说的那是谁说的?吴老板为啥跟你合作在石嘴山建厂?要合作建厂也轮不到你,他原来最他妈烦你!”

葛秃子道:“路遥知马力,日久见人心。俺是个啥人,吴老板早晚会知道。他又不是傻子,让你老蒙他。咱们到底谁说谁的坏话,各人心里清楚。”

刘敬祥道:“那好,你收你的,俺收俺的,咱们井水不犯河水!”

葛秃子道:“好,一言为定,咱们就比试比试!”说罢扬长而去。

14

一个月后,早晨,石嘴山高林商行大院。葛秃子和宝岱、清莲两个孩子正在花坛边给花浇水。葛秃子提了个大水壶,聚精会神地浇着水,宝岱和清莲各提一只小水壶,一边浇花,一边打水仗。正在这时,保军高兴地拿着一张请柬走过来。

保军道:“葛老哥,你真有闲心,一大早给花浇水呀!”

葛秃子停住浇水,抬起头道:“保军,你这早跑来,找俺有事?”

保军高兴地道:“有!自从咱们采取了高价跟进的收毛策略后,各地外庄纷纷传来捷报:羊毛全让咱们高林收啦!其他洋行由于价格低,几乎收不到毛皮了!一个月下来,刘敬祥顶不住了!他没有多少本钱,听说咱们高林商行准备投资一百万两银子收购毛皮,他吓坏了,只得俯首称臣。瞧,这是他给您下的帖子,请你息兵罢战,约您到赵文通新开张的望河大酒楼赴宴哩!”

葛秃子接过请帖看了看,道:“刘敬祥这个狗怂,他是不见棺材不落泪!”

保军道:“老哥,那你到底去不去呢?”

葛秃子道:“人家举了白旗,要求息兵罢战,重定行规,彼此和平共处,也不为过。这样吧,咱们见好就收,俺就去走一趟吧!”

15

当天中午,石嘴山望河大酒楼。酒楼二楼雅间,刘敬祥和赵文通坐在一张圆桌旁,圆桌已摆好酒菜,两人正在议论。

赵文通道:“刘老板,不承想你这么快举了白旗,还不知人家葛老板来不来赴宴呢!”

刘敬祥道:“俺这是万不得已而为之啊!俗话说钱大压钱二,俺再有能耐,也挡不住人家财大气粗啊!再不息兵罢战,恐怕今年的羊毛全让葛秃子收光球!到那时,俺到哪里去喝西北风?”

赵文通道:“说的也是。如今,葛秃子有亨利先生撑腰,你们几家洋行合起来也抵不过他,连老佛爷见了亨利也怕三分哩!葛秃子摊上这个好主,也是他的造化,谁叫你人缘不济呢?今天,你叫我来当中间人,葛秃子还记恨我,怕是这个中间人也不好当哩!”

正说着,何介石跑上楼对刘敬祥、赵文通道:“来了来了,葛老板带着保主任来了!”

赵文通道:“哪个保主任?”

何介石道:“就是保军哪,最近,葛老板信任他,提拔他当了行办主任!”

赵文通道:“哼,人要走运,连门板也挡不住!谁不知道这保军是个赶车的马夫?如今,葛秃子相信这个后腿子,真乃鸡犬升天也!”

刚说到这里,葛秃子带着保军大步进房来。

葛秃子抱拳道:“文通兄,敬祥老弟,让你们久等了!”

刘敬祥站起抱拳道:“葛老哥,今天当兄弟的怕你,摇了白旗,特地请你来喝酒,多谢赏脸!”说罢,手一摊,请葛秃子、保军坐下。刘敬祥做东,坐了主位,葛秃子是主客,就在他对面坐下了。赵文通和何介石在刘敬祥的右侧坐下,保军则在葛秃子的右手座位坐定。

刘敬祥对店小二喊道:“上酒!”霎时,一酒保端着小酒壶走过来,给各人面前的酒杯斟满酒。

刘敬祥道:“葛老哥,保军兄弟,今天,俺专门请你们二位来赴宴,目的嘛是两家洋行和好,罢兵息战,其他免谈,请二位尽兴。”说罢,站起身举杯道,“行健兄,《易经》曰:天行健。行健兄果然是天之骄子,上应天命,下应易经,如今,高林商行兵强马壮,财源滚滚,这一点令兄弟俺不得不服。今日设宴请二位,意在罢兵休战讲和。请行健兄看在俺们同是安徽老乡的分上,把收毛价格降下来,再拉兄弟一把,兄弟俺当永世铭记兄台再造之恩!来,俺先敬兄台一杯!”说罢,仰脖一饮而尽。

赵文通站起身端杯道:“今日赵某应邀作陪。依我看,葛老板、刘老板都是当今英雄好汉。古时有曹操与刘备煮酒论英雄的佳话,今日二位老板称雄大西北,这是大家所共知之事,二位老板与当年曹孟德和刘玄德一样,难分伯仲。古人云,刀兵相见,必有一伤,两虎相斗,岂有完皮?不若二位英雄息兵罢战,携手共荣。还是和为贵,和为贵!这杯酒,权当是我这个中间人的劝和之酒!”说罢,仰脖一饮而尽。

葛秃子道:“好!二位兄弟既然说得如此明白,俺行健也绝非是不讲情义之人!俺同意与刘老弟息兵罢战,从此,高林商行与新泰兴商行应视同兄弟商行,有福同享,有难同当。不然,如刘老弟再背信弃义,俺葛行健就不讲客气了!不知二位以为然否?”

刘敬祥道:“同意咋样?不同意又咋样?”

葛秃子道:“同意,咱们就连喝三杯,以示同心;不同意,俺就拂袖而去,立即走人!”

赵文通见葛秃子说话如此不留后路,忙以眼光示刘敬祥道:“敬祥老弟,葛老板快人快语,就看你的了!”

刘敬祥会意,站起身拿过酒壶,在自己和葛秃子面前均斟满三杯酒,道:“行,喝他娘的! 葛老哥,俺全依你的!”说罢,连喝三杯。

葛秃子见状,端起酒杯,道:“既然老弟这么爽快,俺答应高林商行把收毛皮价格降下来! 来,俺回敬你三杯!”说罢,他连喝三杯下肚,发出一串爽朗的笑声……

16

九月间的一天下午,石嘴山高林商行葛秃子办公室。葛秃子正找保军谈话。

葛秃子道:“保主任,俺叫你找的工匠来了没有?”

保军抱歉道:“老哥,前些天忙收毛皮对付刘敬祥,我把这事忘了,对不起。”

葛秃子发火道:“啥? 你咋把这事忘了呢? 俺早跟你说过,怡和洋行老板亨利一家人就要来咱石嘴山考察了。亨利先生是个不轻易出远门的人,这次来,俺们一定要把他侍候好,让他一家人吃得好,玩得好,住得好。因此,俺才决定建一栋贵宾楼。再说了,以后咱们高林商行发展了、壮大了,少不了贵客临门,这贵宾楼迟建不如早建。你咋把这么重要的事忘了呢? 亨利一家人来了,往哪儿住? 啊,让他们住一般客栈? 真是个混球!”

保军赔礼道:“对不起,老哥,都是小弟我的错,我该死,我该死!”说着,自己打自己的嘴巴。

葛秃子伸手拦住他道:“这一次算了,若再犯,俺把你这行办主任撸了! 记住,你明天就把工匠请来,先选址,再备料。你跟他合计合计,盖三层贵宾楼需要多少造价、多少木料、多少砖瓦、多少灰石、多少颜料,共需多少人工? 然后再派人去采购砖瓦灰石木料等,等建筑材料采购齐了,你再去招泥工、瓦工、木匠,房子盖好后再去雇几个油漆工,限你一月之内建好贵宾楼。另外,俺让呼延遇春配合你,人手不够,从镖师里挑! 明白吗?”

保军道:“兄弟明白。”

葛秃子道:“都记住了?”

保军应道:“都记住了。”

葛秃子道:“都记住了就好。去办你的事吧,不过,俺提醒你,以后办事得长点心眼,提着点精神,别给俺丢三落四,出了啥事,俺唯你是问!”

保军拱手道:“是! 老哥,我走了。”

葛秃子把手一挥,道:“你走吧!”

17

保军走后,葛秃子接着出了办公室,下了楼,走到前后院之间的月亮门旁边,问一位坐着值勤的镖师道:“张镖师,呼延遇春队长上哪儿去了?”

张镖师道："老板，呼延镖师到梳毛厂监督梳毛、打包去了。您有事？"

葛秃子道："俺找他商量点事。你忙吧，俺自己到梳毛厂去找他。"说着转身朝大院门走去。刚走出商行大门，迎面碰上身穿法国呢西洋装、领口系了黑领结、脚蹬白色牛皮鞋、嘴叼"雪茄"烟卷的刘敬祥和身着白色旗袍、风姿绰约的新婚夫人王月萍。葛秃子准备从旁边绕过去，刘敬祥喊住了他。

刘敬祥笑道："行健，看你的气色不大好哇，是不是操劳过度？子曰：君子坦荡荡，小人常戚戚，咱们都快是不惑之年的人了，用老话说缓着点。"

葛秃子回敬道："子亦曰：智者不惑，仁者不忧，勇者不惧。看你的精神头，是三者具备，老少咸宜了？"

刘敬祥笑骂道："你这个小舅子，狗嘴里吐不出象牙来！你这是干吗去？"

葛秃子反问道："你这是干吗去？"

刘敬祥诧异道："咋？你不知道？"

葛秃子道："你整天鬼鬼祟祟，俺如何知道你的行踪？"

刘敬祥道："你他妈不要总是贬损俺，俺怕你还不成吗？你是真不知道还是装孙子？"

葛秃子耸了耸肩，道："真不知道。"

刘敬祥又问道："你不打算去了？"

葛秃子道："去哪儿？去干吗？"

刘敬祥道："甘肃巡抚家麟要过生日，你不去？"

葛秃子恍然大悟道："俺知道，不是还有二十多天吗？"

刘敬祥道："俺和赵主簿、任知县约好了，大家一块儿走，沿途再玩一玩山水，人多了热闹。你不一块儿走吗？"

葛秃子道："俺行里还有些事，得过几天再走。"

刘敬祥道："啥鸡巴事，不就是收嘛羊毛吗？你他妈要挣多少钱才算完？该乐就得乐，该花就得花，光挣不花，阎王爷也不愿意收你。走吧，一块儿走！"

葛秃子推脱道："俺真的有事，马上要发运一批毛皮哩。再说，俺连行李都没准备。"

这时，赵文通、黄河蜜乘着马车过来了。

赵文通道："刘老板，你在这儿站着是咋回事？"

刘敬祥道："俺在劝葛老板和俺们一道走哩，他说他有事，行李也未准备好！"

赵文通对葛秃子道："葛老板，走走走，一块儿走！你这大老板，怕我们沾你的光咋的？瞧不起人么？"

葛秃子道："俺的行李还没准备呢！"

刘敬祥道："准备个球！叫弟妹带件换洗衣服不就结了？谁不知道你在兰州还有公馆？"

葛秃子无奈地道："那好吧，你们耐心等着，俺回去收拾就来。"说着朝高林商行大院走去。

一会儿,葛秃子进了大院,来到后院自己家门,对谢兰道:“你快去收拾衣物随俺到兰州,给家麟巡抚拜寿,把孩子托付给你大姐带,过几天,咱们就回。”

谢兰应了声:“哎!”说着,抱着孩子进了里间卧室,将孩子宝岱交给赵氏,道,“大姐,老葛让我随他到兰州去一趟,麻烦你带一下岱儿。”

赵氏道:“兰妹,你放心去吧,这孩子俺挺喜欢的。”

谢兰抚摸着宝岱的头道:“好好在家,凡事听大妈的!乖!”宝岱睁着眼,点点头。谢兰见状,转身进了自己的卧室,打开柜门,挑了几件男人和自己的换洗衣服,迅速地打好包,与葛秃子一道出了屋门。葛秃子领着谢兰走在院子里,正好碰上保军。葛秃子对一个镖师道:“备马车!”镖师应了一声去了。

葛秃子对保军道:“保军老弟,俺和你嫂子到兰州去给巡抚大人拜寿,去去就回,你在家里留神点,有一批毛皮要装船运往天津,你给俺看着点,别要出了啥事!”

保军道:“老哥,你只管去吧!家里有我哩,你上车吧!”

这时,马车夫赶着一辆三匹马拉的带篷的马车过来了。葛秃子扶着谢兰上了马车,自己再跳上马车。

葛秃子向马车夫挥挥手道:“走吧,上县城!”马车夫闻言,“啪”的甩了一鞭,三匹马拉着马车奔出大院门,驶上去县城的官道。这时,刘敬祥早已备好马车,他将头伸出车窗外,对赵文通的马车夫喊道:“走!”话未落音,他脚下的马车启动了,三套马车沿着去县城的官道奔驰起来……两个小时后,三套马车驰进了平罗县城。

第十六季:觅宝贺兰山

1

季秋日白昼,平罗县任有道府第。三辆马车在县衙大院后院停下来,众人陆续下了马车。赵文通、葛秃子和刘敬祥带着自己的女人来到任有道知县府第。赵文通上前跟门前的侍卫说了几句,侍卫便跑进府去了。不一会儿,任有道身着官服与夫人侯水英亲自迎出来。

任有道拱手道:“欢迎各位兄弟、夫人光临,请!”

众人拱手齐声道:“知县大人,请!”

众人随着任有道夫妇进入客厅,叙礼毕,一齐落座。少时,侍女们奉上茶来。

赵文通拱手道:“大哥,此次你去兰州贺寿,给家麟巡抚带的啥礼品?”

任有道道:“俺准备得可齐全啦,吃的穿的用的玩的啥都有。”

葛秃子道:“千斋兄,说给俺们听听,都有啥?”

任有道道:“那好,俺把礼单给你们念一下,你们给俺当当参谋。”说着,向站在一旁的曹英说道,“你去把俺的礼单拿来,快去!”曹英一声不吭回房间去了,少时,她取来礼单,默默呈给任有道,站立一旁。

葛秃子看了曹英一眼,对赵文通道:“这个女人怪可怜的。”

赵文通对任有道道:“大哥,这女人到底做过知县夫人,你咋拿他当仆人使唤呢?”

任有道道:“咋啦,你们心疼啦?谁要是心疼就把她娶了,俺奉送嫁妆。”赵文通不言语了。

葛秃子道:“千斋兄,你自己也是官场中人,岂不闻兔死狐悲、惺惺相惜之言吗?倘若你出了事,水英遭此遭遇,你又该咋样呢?”

任有道大怒道:“你们要是来商量事情,就是朋友,要是兴师问罪,谴责俺,就请滚蛋!俺老任从来都是好汉做事好汉当,用不着哪个来赐教!”

葛秃子赶紧圆场道:“算了算了,开个嘛玩笑,你何必当真呢?反正那个女人也不是嘛好东西,你哪怕把她睡了,也没人会说啥嘛。”

任有道跳起来道:“你说啥?你说啥?俺睡她,你有啥证据?”

葛秃子不温不火道:“俺是说哪怕把她睡了,又没说你已经把她睡了。好了好了,咱们看礼单吧。”

任有道坐下来,嘴里道:“俺把你们当亲兄弟看待,你们都这样看俺,难道俺是见利忘义、卖友求荣的小人么?俺举报娄玉书,那是为国家社稷,为大清江山,为黎民百姓的前途着想,非是为俺姓任的一己之私利!人做了一点利国利民的好事,难道就这样难吗?”赵文通坐着鄙夷地看着他,一言不发。少时,曹英进屋。

葛秃子从曹英手上抓过礼单,念道:“赤金十两;银元宝一对;玉如意一柄;玉鼻烟壶一个;玉马一匹;银碗一对;银茶匙一对;银漱口盂一对;宋砚一方;端砚一方;贺兰九龙砚一方;苏绸两匹;杭锦两匹;白狐皮八张;白貂皮八张;玄貂皮八张;平罗特产提糖月饼一百斤;腌白糖蒜六百斤,回民哈王贵家的油香十笆斗;平罗汝箕沟所产干炭一万斤;平罗通伏的产囤子、圈芭子各十条;渠口的筐篮、水斗子各一百个;黄米千石。”念到这里,葛秃子对任有道道,“你这哪是送礼!简直是赈灾嘛,把吃的喝的烧的全贡上,连水斗子也作为生日贺礼,在大清国算独一份儿!”

任有道得意地道:“送礼也是一门学问,上司喜欢啥,不喜欢啥,一定要摸清底细。倘若送了上司不喜欢的东西,你就是价值连城,也得坏事。相反,你要是送了上司喜欢的东西,哪怕就是鸿毛,它也对你大有好处。”

葛秃子讥笑道:“子曰,攻乎异端,斯害也已。俺未见有清以来喜爱鸿毛甚于金银珠宝的官员。”

任有道道:“光送鸿毛,当然不可。但如果主要送金银珠宝,外带一两根鸿毛呢?那也许就胜过光送珠宝者矣。因为,长官可以忽略珠宝不说,而只提谁谁给俺送了一根鸿毛,就像有人就喜欢临离职时,把臭靴子留下挂在城门洞口一样,沽名钓誉而已。”

葛秃子讽刺道:“千斋兄,可谓钻营有道也,你还能升官。不过,你的礼品之中,还少了一件玩艺儿。现在大清的官员,哪个不喜欢洋货?”

任有道摇头道:“这个却难,俺一时无处去弄!”

葛秃子站起来,道:“千斋兄,无须多虑,俺已给你准备好了。”说罢,他对外喊道,“来人,把俺的盒子抬过来!”少时,只见两个随从抬来一个漂亮的纸盒子。

一个随从从纸盒面上取过一纸礼单,念道:“大自鸣钟一座;小自鸣钟两座;桌钟十座;时辰表十个;大红英国板呢五板;法国呢五板;人头牌斜织布一匹;德国缎一匹;荷兰白糖十罐;英国瑞练公司铁筒炼乳十筒;法国香水十瓶;怀表十只;洋夷子十块;五十支装炮台烟十筒;英属东印度公司出品的烟土香肠十根。”念罢,将礼单呈送给任有道过目。

任有道站起接过礼单,上前打开纸盒看了看琳琅满目的外国礼品,转身拍了拍葛秃子的肩笑着道:“行健,让你破费了,俺,俺受之有愧呀!”

葛秃子笑道:“说嘛呢?咱们谁跟谁呀!你见样留一半,那一半送给家麟巡抚,就够他乐的了。这样,他就更会夸你的圈芭子和水斗子了。说不定,他还会拿到生日宴席上去展览哩!”一席话,引得在座的人哈哈大笑。刘敬祥尴尬地坐在椅上不吱声。

任有道道:“好了,万事俱备,咱们立即出发。水英,你把行健带来的礼物留一半下来,放在俺家橱柜里。这一次你就留在家里,照管好经纬、凤儿!”说着,他拉过曹英,道,“你去换个穿戴,打扮整齐些,随俺到兰州去拜寿!”曹英闻言,欢喜地回房换装去了。

侯水英大步走过来,指着任有道的鼻梁道:“人家行健是洋行的大买办,有的是钱,可人家还讲个情分,不忘旧情,娶了谢兰。你倒好,身为朝廷命官,竟然把自己的结发之妻放在家里,带个死官的婆姨去给上司贺寿! 哼!”说罢一扭腰身去收拾葛秃子带来的洋货。她按照任有道的嘱咐,每样礼品拿了一半,也用个纸盒包着,抱到房间里去了。任有道不理她,带着众人走出客厅,和曹英上了同一辆骡车。葛秃子、刘敬祥、赵文通各自带了自己的女人上了自己的马车,三辆马车和一辆骡车先后驰出了县衙大院。

2

秋日白昼,兰州天客隆大旅店。大旅店大院里停满了各地送礼的马车,拜寿送礼的官员进进出出。两个知府的马车驰进大院,他们各自从马车里跳出来,让随从提了礼品箱子跟在后面。两个知府进了旅店大厅,店老板立即迎了上来,两个知府立即递过名帖,店老板接过名帖看了看,客气地道:“两位知府大人,近几天,全城旅店旅客爆满,老儿这里正好也只剩四间上等房了,请稍等,我给你们办单去。”

两位知府闻言,找了个座位坐下等待。正在这时,葛秃子、任有道、刘敬祥、赵文通的马车、骡车接踵驰进旅店大院。葛秃子身着西装,脖系黑布蝴蝶领结,头戴英国高顶短檐的呢帽,跳下车,带着谢兰大步走进旅店大厅。刚办完手续的旅店老板正要向两位知府走去,见一位身材高大的洋人走进来,忙上前迎接道:“客官,你可要住房?”

葛秃子头一扬,说了句英语道:“也是。”旅店老板莫名其妙地望着葛秃子,眼睛直眨。葛秃子会意,从怀里掏出自己的护照,上面盖有总理各国事务衙门的公章,店老板为难地道:“客官,你们来了几人? 要几间啥样的房?”

葛秃子道:“俺们共八人,要四间宽敞一点的上等房。”

店老板为难地道:“楼上只有四间上等房了,先生迟来一步,有两间上等房已被两位知府大人订了。”

葛秃子道:“俺们是英商洋买办,难道你没有看清俺的护照吗? 朝廷是怎样规定的,你胆敢糊弄咱洋买办? 这四间上等房给俺们留下,至于那两个知府大人嘛,你看着办!”

店老板为难道:“这……这个使得么?”

葛秃子上前一步道:“咋,你敢藐视违抗朝廷礼遇洋人的规定?”

店主人道:“小人不敢。”

葛秃子道:“那不就结了,领俺们上楼吧。”

店主人无可奈何道:“是,请随我来。”

葛秃子携着谢兰对任有道、刘敬祥、赵文通道:“走,都上楼吧!”众人跟随店老板上了楼。

一会儿,店老板下了楼,两位知府上前拦住他道:“店老板,我们已经等候多时了,我们的房单呢?”

店老板拱手作礼:“没了,让刚才的几个人住进去了,实在抱歉得很!”

一知府道:“刚才那几对男女不是比咱们晚到么?你怎能不讲规矩乱来呢?真是胡球搞!”

店老板抱歉道:“二位大人,不是我这人疵毛,你们也不是日囊怂,我夯使你们,你们也不睁开眼睛看清楚,人家是办洋务的,你们没见那位爷穿的是个啥么?”

另一个知府道:“球,你这个日囊怂,见了洋人你他妈腿都吓软了!当心老爷明天派人锁了你!走,咱不住了!”说着,拉着另一个知府走出旅店大厅。

店老板在他们背后骂道:“啊呸!你敢!有胆量你们当着洋人的面说说去!哼,真是两个日囊怂!”

3

白昼,兰州甘肃巡抚衙门门厅内,两排座椅上坐满了前来贺寿的官员,任有道夹坐其间,等候巡抚大人传见。

忽然,一个差官从内厅出来,喊道:“有请宁夏府平罗县任有道大人!”任有道闻言,忙躬身而起,整袍端带,随差官进到内厅,转至家麟的书房。任有道进到书房内,见巡抚家麟端坐太师椅之上,两旁各站两名侍女,赶紧伏地叩头请安,道:“下官平罗县知县任有道拜见抚台老大人,祝老大人福如东海,寿比南山!”

家麟捋须笑道:“任大人平身,请坐下叙话。”任有道站起,一位侍女已端来一把靠椅放置在家麟左侧,任有道走过去坐下,随之从怀中掏出拜寿礼单呈给家麟,谦躬道:“抚台大人,今日寿诞,下官无以为敬,带来些须寒微之物,以此拜寿,万望大人收下。”说罢,对门外喊道,“来人,把礼物抬上来!”少时,只见一队侍从抬着几大口箱子进书房,将箱子放下,侍从便退下。

家麟接过礼单看了看,又走过去翻看了几口大箱子,重又坐下,道:“千斋,老夫贱辰,何劳玉趾。来就来吧,还带着些点心,让我受之有愧也。”

任有道道:“些微之物,何劳老大人挂齿,只是聊表下官心意而已。”

家麟捋须道:“千斋,听说你那平罗县石嘴山洋行的买卖红火得很呀,那你这个县太爷日子就好过喽。一年光税收,怕就抵得上全宁夏府吧?”

任有道拱手道:“老大人所言极是,如果能收上税捐,大可如是,但是,洋行是不纳税的呀!”

家麟惊奇道:“怎么,洋行怎么不纳税?”

任有道陈述道:“回禀大人,自鸦片战争以来,洋人与我国贸易的进出口关税,就由百抽二十五降到百抽二点五,而且实行的是落地报关。就是这样,也不能完全施行。”

家麟进一步问道:“那现在如何?”

任有道道:“拿俺地的石嘴山洋行来说吧,现在通用的是三联单,三联单是天津英商直接向海关要来,发给各地分行,分行再发给外庄,起运皮毛时填写此单。

然后,洋行派人将此三联单送至关卡,只要五百文润笔费,关卡便收讫盖章,一联存当地税卡部门,一联报省,一联由洋行随货送至海关。税务人员见此三联单,不敢将洋人货物留难,只得放行。”

家麟道:“不是说洋人还须交百抽二点五的关税么?洋人是怎么缴纳的?”

任有道道:“百抽二点五,是洋人进口货物的税率。出口货物,由洋行把货运到口岸后再照章纳税,不出口则不纳税,所以,石嘴山虽然每年运走3000万斤羊毛和百万张皮子,俺们厘金局连一分银子的税也收不到。”

家麟拍案而起,道:“这还像话吗?我大清的羊毛皮子就这样贱?任由洋人廉价收走?我要实行新制,要收他们的税。”

任有道道:“大人所言极是,只是这洋人不好惹呀,他们与我国是有条约的。”

家麟道:“条约只说进口关税百抽二点五,并没有说出口货物起运地收税。我甘肃全省苦于税收之少久矣。老夫主意已定,你明天不要走,与省厘金税务和户房官员商量一下,草拟一个方案送我核准,然后颁布全省,一体遵照实行!”

任有道激动不已,跪下叩头道:“蒙老大人不弃,俺任有道虽肝脑涂地,亦万死不辞!”

家麟站起,上前扶起任有道道:“千斋,当今之际,国家多有难处,正是急用人才之时。你与洋行打了多年交道,是个明白人。因此,老夫倚重你,你好自为之吧。”

任有道拱手:“蒙老大人厚爱,下官有一不情之请,不知当讲不当讲?”

家麟道:“只管讲来。”

任有道道:“下官今晚在天客隆旅店备下一桌薄酌,想请老大人光临,不知可否?”

家麟沉吟一会儿道:“明日即是老夫寿辰,大家都会一聚,就免了吧。”

任有道恳切道:“下官此次来,为了给老大人助兴,特地带来了几个女子,歌舞色艺俱佳,下官不想在公开场合做得太过,所以,才有如此不情之请,无有他意,只是博老大人一乐而已。”

家麟闻言,脸露笑容道:“那就不扫千斋兄的雅兴了,只是一定要注意保密,不要让人知道方好。”

任有道拱手道:“请老大人放心,这个一定。在下告辞了。”说着,抽身而退,家麟将他送至书房门口,目送他远去。

4

当日下午,兰州天客隆大旅店任有道房间,任有道召集葛秃子、谢兰、赵文通、黄河蜜、曹英、刘敬祥、王月萍开会。会议气氛热烈。任有道坐在椅上抽烟,其他人或坐在椅上,或坐在炕上。

任有道:“俺今天把你们召集起来,是要告诉你们一件大事,今晚,俺在天客隆大旅店设宴,省里巡抚家麟大人破例答应参加俺们的宴会,与俺们共度一个欢乐的夜晚。各位女眷要抓紧回房化妆,打扮得妖娆一点,别他妈土里土气,晚上好好陪伴巡抚大人。"他的话说完,大家正要散去。

葛秃子放下烟锅道:"等等,千斋,咱们请巡抚,与女人有何干系? 你不知道男女授受不亲么?"

任有道把手一挥,道:"俗,迂腐之见! 男子汉大丈夫,要会权时顺变。巡抚大人亲临旅店,与俺们共度良宵,这是何等的荣耀! 全省这么多道县官员,大人吃谁的请了? 这说明啥? 这说明俺的面子! 俺的分量! 俺的地位! 俺的……算了,不说球那么多了。行健,反正俺已答应了,你们陪不陪,就请便吧!"

黄河蜜与赵文通耳语了几句,发言道:"任知县说得对,巡抚大人是省里的大官,别说我们女人,平时怕连知县大人也难得一见。他又不是老虎,怕啥,陪! 我同意陪!"

刘敬祥道:"刚才俺与月萍商量了,她起初不愿陪,但为了借此机会与家麟巡抚搞好关系,也给任大人脸上增光,她点了头,同意陪。"说着,对王月萍道,"月萍,你说是吧?"王月萍羞涩地点点头。

葛秃子气愤地道:"尿壶,你这个孬熊,屙不了好屎! 你光叫人家女人陪,咋不叫你老婆侯水英陪巡抚呢……"话提到侯水英,他不骂了,呈现一脸痛苦,继而大哭,搡自己的嘴巴,直骂自己无能。

坐在他身旁的谢兰问道:"行健,你别打了,打在你的脸上,疼在俺的心里。我陪。"

葛秃子马上住手不哭了,道:"真的,你愿意陪?"

谢兰羞涩地道:"为了你,俺啥都愿意。"

葛秃子侧身搂住谢兰就亲,道:"爱蕊鼓凸,鼓凸。密斯谢兰,我欠你的太多了,我不是人,偶开。"

谢兰崇拜地看着这个会说洋文的葛秃子,羞怯地道:"别说了,咱回房去,快洗脸准备吧,看你那傻样,精神点。"

葛秃子站起来,道:"其实,也就是陪着喝酒,唱个小曲,也没嘛大不了的。"说着,搂着谢兰回房去了。大家陆续散去。

5

当天晚上,兰州天客隆大旅店。甘肃巡抚家麟乘坐四人抬的轿子来到天客隆大旅店大院。轿夫停下轿,家麟身着二品朝服下轿,旅店老板带着四名女侍前来迎接,扶持他上了楼,走进宴会厅。

6

宴会厅。任有道、葛秃子、赵文通、刘敬祥与曹英、谢兰、黄河蜜、王月萍轮番陪着家麟巡抚敬酒。家麟已喝得满脸通红。

家麟醉醺醺地喊道:"美人……美……人,我……没……醉,来……来……

你……们……四……个……一……起……来……”说着，他伏在桌上，打起酣来。

任有道见状，忙起身拉了葛秃子一把，两人一左一右将家麟架起，来到自己和曹英的房间，将家麟抬到自己的床上，便又拉着葛秃子出房去了。任有道回到宴会厅，对曹英耳语了几句，曹英脸涨得通红。

赵文通道：“大哥，别逼曹夫人了，要陪巡抚大人，让黄河蜜去陪算球！”葛秃子站在一旁不吭声。

任有道道：“去他娘的，俺破了这顶戴不要，也不能让弟妹做这等事情！”说罢，他便拉着曹英回到自己房间，将曹英往房间里一推，反手将房门带上。

宴会厅里，赵文通愁眉紧锁。黄河蜜见状，心疼道：“文通，我反正是烂杆的人，也不怕谁失笑。我去，难道尼姑还怕和尚不成？”她边说着话边起身，径直到任有道房间去了。黄河蜜推开门，只见家麟搂着曹英躺在床上正在打酣，便笑出声来，三步并作两步，回到宴会厅。

刘敬祥道：“黄河蜜，你咋这快就回来了？”

黄河蜜抿嘴笑道：“这会儿，巡抚大人正打着酣，在周公那里耍着呢！”

7

季秋日白昼，塞北草原。亨利和帕特里克骑着马，并驾齐驱在草原上。他们身后是两驾载着家眷的马车和几个骑马的保镖。

亨利道：“亲爱的帕蒂，我们两家都来自西方大不列颠文明古国。来到中国这个东方文明古国，你有什么感受？”

帕特里克道：“这里的风光虽然优美，但比不上我的家乡萨色兰郡牧场风景优美。我承认，中国是个历史悠久的大国，但并非文明古国。它始终披着落后、愚昧的面纱，令人讨厌，我对它的云岗石窟感兴趣，想把它的石刻雕像搬回苏格兰。”

亨利道：“不能这么说，帕蒂，你的观点有些偏激。我并不这么认为。”

帕特里克道：“亨利，文明是怎样形成的，你了解吗？”

亨利在马上耸耸肩道：“我认为是不可复制的，尤其是文物，离开了它们的原生地，就失去了文物的存在意义。我反对把别国的文物搬到自己的国家里。”

帕特里克道：“孬，我和你的看法正相反，文物的价值在于它说明一定时期的文明。倘若一个国家没有保护自己国家文物的能力，那就应该由更有能力的国家来保护。这是对文明更好的尊重。”

亨利道：“你是说，用枪炮逼迫别人拿出来的，就是自己的吗？这与强盗逻辑有何区别？”

帕特里克道：“何谓强盗呢？你以为你派人到石嘴山收羊毛不是强盗行为吗？这在英国是可能的吗？得了，亨利，别自欺欺人了。做蒙面的强盗，不是比做露脸的强盗更卑鄙吗？”

他们正在议论，前方突然出现一群骑马挎枪的蒙面强人，马蹄声和枪声愈响愈近。

亨利喝道:“有土匪!”随即掏出腰间八响连发左轮手枪,向着迎面扑来的蒙面土匪打了几枪,帕特里克和后面的护镖队员也都拔出来福枪向着土匪开枪,只听一排枪声震响,冲在前面的几个蒙面土匪翻身落马。有几个蒙面土匪骑马持刀朝两驾载着家眷的马车冲来,阿格尼丝和凯瑟林吓得捂住耳朵乱叫,亨利掉转枪口对着冲过来的马匪连连射击,三个马匪栽倒在马车旁,头上、胸脯流着血,其他几个马匪见状,拨转马头朝后奔跑,一边跑,一边打着呼哨。后面的土匪见状,立即拨转马头向后撤退。护镖队的又一排枪声响了,几个土匪从马上栽下来,有一个马匪双脚倒挂在马蹬上,被惊马拖出了老远,路面上洒下一串鲜血。

迈克从马车车篷下探出头来,发出一阵欢呼:“伯伯,打得好!打得好!”

8

中午,五原旅店。亨利和帕特里克两家人正围着餐桌吃饭。一位蓄着长指甲、手上满是污垢的厨师端着一盘菜递上饭桌,帕特里克抬起头对厨师道:“有奶酪吗?”

厨师应道:“有,到了五原,有的是牛奶和奶酪。”

帕特里克站起身来走进厨房,摆弄了半天,从厨房里端出一大盆“弗瑞克”(一种状如蚕豆瓣的油炸面食),然后从橱柜里拿出一些碗,把弗端克放进去,又逐碗倒了牛奶分给众人,自己拿出从天津带来的面包和黄油,将面包蘸上黄油,津津有味地大口吃起来,一边吃,一边对厨师说道:“这是我们家乡最好吃的食品。”接着对亨利道,“我以为他是侍者,事实上我成了侍者而他是客人。”

亨利大笑起来:“你这样认真,出门旅行是要吃苦头的!”

阿格尼丝抬起头来对帕特里克道:“我觉得中国菜很好吃。”

这时,迈克不知从哪里拿来了一块油饼走来,满腮帮子都是油。帕特里克见了,惊道:“哎呀,你们看看迈克,他吃的是什么?”众人一见迈克,都乐得笑了。

9

黄昏,石嘴山对岸的黄河渡口。亨利和帕特里克带着家眷来到渡口,他们骑在马上,观看渡口风景,太阳的余晖把西边的贺兰山染成了五彩云霞,黄河里,上下游的木船、皮筏、小艇穿梭往来。码头上人声嘈杂,卸货和装货的人流交叉在长长的跳板上。河对岸,洋行的小楼和低矮的民居白墙,在夕阳里反射出一种金色的光芒。亨利和帕特里克在马上很激动。

帕特里克勒住马,道:“亨利,你的手下很有眼光,建洋行,竟然造在这么好的一块地方!”

亨利笑了,道:“你的手下也一样!”

亨利说着下了马,对身后的马车夫说道:“请夫人们和孩子们下车,石嘴山到了,我们上船!”随着他的喊声,帕特里克和众镖师也翻身下马,两个夫人和孩子们陆续走下马车来。

亨利和帕特里克牵着马步下河坡,走上码头,走过跳板上船。镖师们扶着夫人、孩子们走过跳板上了渡船。不一会儿,渡船开了,徐徐离开码头,向河对岸的石嘴山码头驶去,约过了十来分钟,渡船靠岸了。亨利带着众人沿着码头石级走上岸,镖师们则负责牵马和赶马车。

河岸上,保军、张学文、呼延遇春、庄德五和新泰兴商行副经理李旺带着众商行伙计前来迎接。

保军和呼延遇春认识亨利,急步上前与亨利、帕特里克握手。葛秃子和保军的婆姨则去迎接女眷。

保军拉着亨利和帕特里克的手道:“亲爱的密斯特亨利、密斯特帕蒂,我们终于把你们盼来了!”

帕特里克奇怪地问道:“谢谢,你们的葛经理呢?”

呼延遇春抱歉道:“对不起,不赶巧,他有急事到兰州去了,让我们代表他来迎接你们!”

亨利笑着道:“亲爱的密斯特保,有劳你们来迎接,我们此行,主要是来看看你们,看看你们的厂房和车间。”

保军道:“两位老板,你们千里迢迢来到石嘴山,辛苦了。走,快上岸到咱们行里歇歇去!”亨利满意地点点头,便和帕特里克并肩向商行走去。

10

黄昏,石嘴山高林商行。保军和呼延遇春领着亨利、帕特里克一行走进高林商行大院,走进两层楼的办公楼,参观了葛秃子的经理室、会议厅、总务部、财务部、收购部、运输部、销售部和质检室、外庄部。每个办公室里,职员们都在认真地工作着。

11

保军和呼延遇春等人领着亨利和帕特里克一行步出办公楼,参观了捡毛作坊。捡毛作坊里,工人们操纵着梳毛机、洗毛机,将梳好的毛和洗好的毛分类装袋。不少小伙子、年轻姑娘头上、身上都沾满了毛绒,对参观的外国客人露出欢欣的笑容。接着,一行人又参观了毛库和皮库。毛库里,堆满了一摞摞毛袋,按宁毛、青毛、蒙毛分成了三垛,排列有序,堆积如山。皮库里,排列着一排排木柜货架,每排木柜货架亦按普通羊皮、云板羔皮进行了分类,存放着各种大小不一规格的毛皮。皮库两面墙上开有透风的窗口,用以通风和防止潮湿、皮子腐烂。这时,教堂的钟声响了。保军和呼延遇春又带着亨利和帕特里克一行从高林商行大院奔往教堂,康妮、苏珊和迈克兴致勃勃跳着走在前面,拉着大人的手首先进入教堂。几个孩子虔诚地做完礼拜后,又一起用英语唱了退场赞美诗,吸引了当地教民的惊异眼光。做完礼拜,保军领着亨利和帕特里克一行人从教堂出来,回高林商行客舍。

亨利道:“亲爱的密斯特保,现在我们上哪里去?”

保军道:“亲爱的密斯特亨利,我们现在一起回行吃饭,我们的贵宾馆没有完工,今晚,你们就住行里的客舍里。”

亨利闻言点点头,道:“很好!”接着侧身向帕特里克道,“帕蒂,你打算明天怎样安排?”

帕特里克道:“亨利,明天上午,我们一起参观我们新泰兴分行,然后我们一起去参观文物,好吗?”

亨利道:“很好。我们两家一起去!”帕特里克闻言笑了。

12

翌日上午,石嘴山新泰兴商行。新泰兴商行副经理李旺领着帕特里克夫妇一家人、亨利夫妇一家人从新泰兴商行办公楼出来,众人议论纷纷。

帕特里克边走边道:“亲爱的密斯特李,刘敬祥什么时候才能从兰州回来?”

李旺道:“回总经理的话,刘经理只说和夫人到兰州去给抚台大人拜寿,什么时候回来他可没有交代。”

帕特里克道:“等他回来你告诉他,昨天和今天,我和亨利看了高林和新泰兴商行,你们的管理和葛秃子的管理相距太远,让他好好学学人家葛秃子是怎么管理的。还有,今后不要轻易离开商行,就是有事要办,也要有个交代,速去速回,要把时间和精力都用在收购毛皮的业务上,再不要松松垮垮!明白吗?”

李旺应道:“小的明白。”

帕特里克止住脚步道:“明白就好。现在,我们想去看文物,你们这里有懂文物的吗?”

李旺道:“回总经理的话,有,他叫伍子牛,曾经当过谦益元商号的二掌柜,谦益元商号破产后,他曾鼓捣过一家文物商店。”

亨利道:“哦,这人懂哪方面的文物?”

李旺道:“字画。说起来还有一段趣事哩!”

帕特里克道:“李,什么趣事,讲给我们听听!”

李旺道:“有一回,他将文物运到北京琉璃厂,卖掉后到宝鼎阁转悠。宝鼎阁老板听说他是从大西北来的,故意拿了一幅仇十洲的《史湘云春睡图》给他看,想考考他。伍子牛只管看画,不言语。老板欺他土,不懂画,就故意请来两位书画鉴赏高手来给他讲解,出他的洋相。两位鉴赏行家看了画,一个说,这幅画的确是真迹,用笔完全是仇英的风格,题字和图章也精妙绝伦,而且所用的纸也不是近百年前的缣纸。另一个说,你看这幅画的用墨、设色,与仇十洲的《美人思春图》如出一辙。谁想伍子牛这时开了口,他对二位书画鉴赏行家问道:‘在下学疏才浅,想请教二位大贤,明朝人画本朝小说中的人物故事,不知有何解法?’当时,那两个鉴赏专家立即闭了嘴。老板一见,立即将伍子牛请到里面敬烟献茶,奉为上宾。”

亨利道:“好!这个故事讲得好!这个中国人,我佩服!”

帕特里克笑道:“很好,这个人现在行里做什么,快把他叫来!”

李旺道:“回总经理的话,伍子牛现任本行银掌柜,昨天晚上刚从府城考察回来，我已经派人叫他去了。”

正说着，伍子牛大步走进院子里。

李旺道：“喂，伍掌柜，快过来拜见两位总经理大人！”伍子牛走上前。

李旺指着帕特里克和亨利道：“这位是新泰兴总行的帕特里克总经理大人。那位是怡和洋行总经理亨利先生。”

伍子牛对二人抱拳道：“久仰，久仰。”

帕特里克道：“亲爱的密斯特伍，你是回教徒吗？”

伍子牛应道：“回老板话，我不是回教徒。”

帕特里克道：“那你是什么教徒呢？”

伍子牛道：“我啥教徒都不是。不过，我有时也到庙里给菩萨烧个香。”

帕特里克疑问道：“菩萨？菩萨是什么教？”

李旺道：“就是佛教。”

凯瑟林道：“那就是印度教了。”

李旺道：“是的，夫人。”

帕特里克道：“伍，这一带有文物吗？”

伍子牛愣了一下，道：“文物？有，有一些。”

帕特里克充满兴趣地道：“你能带我们去看一看吗？”

伍子牛道：“可以，但是路很远。”

帕特里克道：“不怕，远了不怕。”

伍子牛道：“在山里哩，要骑马去，来回要几天哩！”

帕特里克道：“不怕，现在就去！”

伍子牛道：“那好吧，去几个人？我去准备。”

凯瑟琳道：“帕迪，我和孩子就不去了，你和亨利去吧！”

帕特里克道：“为什么不去？都去！去山里好好玩一玩！”

亨利在一旁赞成道：“凯瑟林，咱们两家一起去吧，让孩子们也到中国山里开开眼界！”

这时，迈克、康妮和苏珊一齐扯住各自父母的腿道：“我要去，我要去！”

凯瑟林笑道：“好，都去，孩子们！”孩子们顿时发出一阵欢呼：“哦……”

保军和李旺见状，立即商量了一下，各自嘱咐自己的人备马和骆驼。少时，两家洋行的七八个镖师牵着二十几匹马和三峰骆驼过来，骆驼驮着十几床毛毯和被子以及几大皮囊水，后面还跟着一帮年轻学徒。

亨利对帕特里克道：“帕迪，我们上马吧！”

帕特里克望了伍子牛一眼，对众人道：“上马，出发！”说着，他和亨利已翻身上马，凯瑟林、阿格尼丝和孩子们在镖师的帮助下也上了马。迈克坐在亨利的怀里，苏珊坐在帕特里克的怀里，康妮坐在保军的怀里。亨利把手一扬：“伍掌柜，你带头引路，出发！”

伍子牛在马上听到命令，猛地一夹马肚，马便冲出了新泰兴商行大院的大门，亨利、帕特里克、保军、李旺相继催马冲出大门，凯瑟林和阿格尼丝骑马居中，镖师和学徒骑马殿后，众人相继冲出大院门，向着贺兰山进发……

13

当天上午，红日高照。一行三十余人骑马浩浩荡荡出了石嘴山，沿贺兰山山根行进，远远地，明代筑就的红果子长城历历在目，亨利和帕特里克高兴地点点头。伍子牛让马放慢步伐，指着远处对身边的两位外国老板介绍道："这是平罗县内最早的历史遗址——红果子长城，相传建于秦始皇年代，距今两千多年，用于防止外夷侵略。"接着，马队奔驰到达镇远城遗址。伍子牛和帕特里克、亨利翻身下马，后面的人马赶到，也翻身下马。帕特里克充满兴趣地道："亲爱的密斯特伍，这里有什么文物？"

伍子牛牵着马，边走边道："这里是镇远城。相传，这里是建于唐代用于防止外获侵略的一座古老边城遗址。"

帕特里克充满兴趣地道："伍，唐代是中国最鼎盛的朝代，那时，唐朝的军队就打到了这里？"

伍子牛走到长满青苔的古城墙下，弯腰拎起地上的一块土砖，递给帕特里克，道："没错，这块土砖可以做证！"

亨利牵着马走过来，看了看那块土砖，信服地道："中国，真是个古老帝国，太伟大了！"

帕特里克道："它距今天有多少年？"

伍子牛道："约有一千年。"说着，他反问帕特里克道，"请向亲爱的密斯特帕迪，你们的国家有这么古老吗？"

帕特里克正在把土砖放进挎包里，闻言语塞道："这个……NO，NO，我们大英帝国只有几百年历史。所以，我国的文物很少。"

伍子牛道："帕特里克老板，难道就是这个原因使你对中国古迹感兴趣吗？"

帕特里克不作声了。

亨利道："亲爱的密斯特伍，让我告诉你，我的朋友帕迪是个文物狂，他对所有文物感兴趣。"

这时，迈克和苏珊、康妮三个孩子牵着他们的母亲走到镇远古城下，迈克从地上拾起一块布满花纹的瓦片大声喊道："爸爸，爸爸，这里有个花东西！"他一边喊，一边朝亨利跑过来，将手上的瓦片递给亨利看。

亨利接过瓦片看了看，摇摇头，对伍子牛道："伍，这是什么东西？"帕特里克忙围过来。

伍子牛接过瓦片看了看，对两位老板道："回老板的话，这是一块绳纹陶片，因为陶片上的纹路是绳状，所以，有这个称呼。"

帕特里克闻言，一把从伍子牛手中抓过陶片，对亨利道："亨利，你能把它送给我吗？"

亨利点头道:“帕迪,你若高兴,就拿去吧!”

帕特里克闻言,拍了拍亨利的肩膀,道:“亨利,你真够朋友!”说着,赶紧把那块绳陶片装进肩上的挎包里,又对伍子牛道,“伍,你还要引我们看什么文物?”

伍子牛道:“壁画!”

帕特里克惊异道:“壁画,你是说像敦煌那样的壁画?太妙了,它在哪里?”

伍子牛道:“在贺兰山中,老板。”

帕特里克迫不及待地道:“伍,我们抓紧时间去看壁画,快走!”

伍子牛道:“好吧,请上马吧!”转身对正在看镇远城的孩子们、夫人们和镖师们喊道,“上马!”说着,他飞步来到系马的树边,解开缰绳,翻身上马。亨利和帕特里克夫人和孩子们也陆续上了马。”

伍子牛见状,把手一挥:“跟我走!”说着催马朝大煨口跑去。亨利、帕特里克赶紧拍马跟上。一行马队在山道上奔驰起来,扬起片片灰尘,经过寨岗、下庙、镇北堡,进入了贺兰山的小口子森林。

14

山外,骄阳似火,热流扑人,小口子森林里,寒气袭人。伍子牛引着亨利、帕特里克骑马顺着蜿蜒的山道往里走,只见四面悬崖峭壁,山顶云雾缭绕,如入仙境。孩子们从未到过贺兰山,到了山里,一个个惊奇得大呼小叫起来。他们互相喊着对方的名字,山谷里激荡孩子们的回声。

伍子牛把两个老板带到一道山谷里下了马,,往里走,只见两边峭壁上有一些图形。帕特里克攀上一幅岩画壁前,见那幅岩画刻的是两个人在跳舞,依稀可看出是一男一女,男的线条粗犷,女的姿态柔美,舞姿相似,非常协调。他伸手去抠,石壁有些松动,一块石板掉了下来,他又用匕首去撬,想把那块岩画石片撬下来。

伍子牛爬上来,制止道:“老板,你不能这么撬!”

帕特里克住了手,问道:“为什么?”

伍子牛道:“这是先人留下来的,是中国人的东西,你不能撬!”

帕特里克生气道:“中国人的东西?中国人的东西我拿走的多啦。这些破石画放在这深山没人知道,我把它撬下来带回英国,放进博物馆里,让很多人看,有什么不好呢?”

伍子牛语气坚定地道:“你可以看,但你不能带走!”

帕特里克恼火道:“伍,你是在跟谁说话?我是你的老板,你没有权利制止我!”

伍子牛道:“你是老板,不过那是在洋行里,在生意上。咱们现在是在说岩画,岩画不是我的,也不是你的,你不能这样做。”

帕特里克骂道:“你这个留尾巴的猪,我听到李副经理说你很能干,才对你客气。你竟然敢顶撞我。我命令你给我把这幅画撬下来!”

伍子牛顶撞道:“帕先生,请你不要骂人。我是你的雇员,可不是你的奴隶!”

帕特里克闻言大怒,顺手把匕首扔了过去,伍子牛一闪,匕首擦肩而过,直刺到山石上,冒出一簇火花,当啷一声掉在地上。亨利和几个镖师闻声赶来。

亨利攀到岩画前,问帕特里克道:“帕迪,怎么回事?”

帕特里克指着伍子牛道:“伍,你很坏很坏,我宣布,新泰兴洋行解雇你了!滚!永远不要让我再见你!”伍子牛闻言,满面通红,眼里噙着泪花,转身要走。

亨利喊住他道:“密斯特伍,到底发生了什么事?”

伍子牛道:“帕先生要撬岩画,我不同意,他羞辱了我,还解雇了我。”

亨利转身对帕特里克道:“帕迪,伍是对的,岩画是中国人的文物,你没有权利撬下它。”

帕特里克道:“亨利,你竟然说他是对的?中国人的皇帝都不敢阻拦大英帝国的公民在中国的活动,他一个小小的洋行雇员,竟然敢对他的老板说不,而你还向着他!”

亨利道:“那不一样。帕迪,你认为的并不能说明问题。”

帕特里克走下几步,弯身捡起匕首,又重新攀到岩画面前狠狠地撬着岩画,道:“我就要撬掉它,看谁敢拦我!”

伍子牛走上前,把帕特里克的手腕攥住,吼道:“你可以把我杀了,但你不能撬它!”

帕特里克一把揪住伍子牛的辫子,把匕首举起来,与伍子牛对视了半天,松了手,喊道:“不玩了,回石嘴山!”说着,他把匕首扔到山下。

15

这日早晨,兰州天客隆大旅店。家麟从床上醒来,发现身边一个浑身喷香、浓妆艳抹的女人四仰八叉睡在身边,打着呼噜,吓了一跳,赶紧坐起穿衣,惊醒了曹英。

家麟道:“你是何人,怎么跑到这里与我睡在一起?”

曹英装出一副少女的羞怯模样,道:“贱妾乃平罗知县任大人家中仆妇,昨晚抚台大人酒后命小女子侍寝,故小女子睡在这里,打扰大人了,小女子实在有罪。”

家麟道:“你叫什么名字,可有夫君么?”

曹英低首道:“回大人话,小女子姓曹名英,山东人氏,夫君已经亡故。”

家麟执着曹英的手道:“可惜了,想你曹英这么一个美人,竟然沦为任有道家仆妇,真是岂有此理。老夫要为你做主,伸张正义。”

曹英在床上跪倒,叩头道:“多谢老大人,倘能使小女子终生服侍老爷,不啻是小女子拔云雾而见青天!老大人可愿纳妾否?”由于叩头急,曹英身上的锦被滑落下来,露出雪白的胸脯。

家麟见状,血往上涌,一把拉过曹英抱在怀里,道:“曹英,我的美人儿,你快救我!”说着,将大嘴压在曹英粉红的唇上,拼命地亲起来,两人滚作一团。

恰在这时,门外传来巡抚衙门书办的“咚咚”敲门声。

书办在门外喊道:“老爷,老爷!”

家麟在房间内不耐烦地应道:“有甚事,快说!”

书办在门外道:“老爷,各府县官员已齐集府上,等着给老爷拜寿呢!”

家麟闻言慌忙下床,口中责备道:“老夫刚得一时清闲,你们就催命鬼一样叫起!给我在门外等着!”说着,他来到梳妆台前坐下,对着镜子理妆。曹英已穿戴毕,走过来替家麟按摩头部、肩部,又替他脸上擦了一层膏脂,搓揉起来。

家麟顿时感到浑身舒畅,对着镜子看了一下自己光洁的额头和脸,打趣道:“我的心肝美人,你不但床上功夫了得,手上的功夫也不弱呢,怕是我朝大内总管李莲英也不及于你呢!”

曹英道:“老爷过奖,承蒙老爷施雨露之恩,俺一个弱女子,怎能与老佛爷的总管相比呢?”

家麟抓住她的手亲了一口,道:“你不用自弃,老夫自有安排。”说罢,起身整衣冠出门,只见衙门书办站在门口,任有道和赵文通紧跟他身后。

任有道抢步上前道:“抚台大人,咋晚睡得可好么?”

家麟将脸一沉。道:“千斋兄,你可是办了一件大大的错事呀!”

任有道慌忙跪倒,叩头如捣蒜一般道:“下官不知所办何事不妥,还望老大人教诲。”

家麟指了指随后出来的曹英道:“这样一个贤德美貌的女子,你竟然当作仆妇使用,还不是天大的错事吗?”

任有道长出一口气,抹了一把头上的汗,道:“老大人一句笑言,差点没把下官吓死!”

家麟正色道:“老夫并非开玩笑,此妇精明利索,我府中正缺如此人才料理琐事。千斋兄既然不能用她,那么就请割爱,将她予老夫好了。”

任有道站起身来,拱手道:“老大人,别说要一个妇人,就是要下官本人,下官也在所不辞,愿效犬马之劳。”

家麟道:“此言差矣。你是朝廷命官,一县之尊,岂能为人家奴?老夫只求此夫人替我管理府中琐事,于愿足矣!”

任有道忙问道:“请问老大人,您看何时把曹英送到府上去呢?”

家麟略一沉思,捋须道:“这个嘛,今日是老夫寿辰,人多事杂,到府上多有不便。这样吧,你与我的管家相商,把她送到府右街的外宅吧。”说罢,抽身回府。

16

任有道和赵文通把家麟送出天客隆大旅店,回过身来与家麟的管家商量了几句,便告辞回到自己的房间,对曹英道:“本来想叫巡抚大人闻个包子味,哪里料到连包子皮也送到他嘴里去了。你到底使了啥功夫,让巡抚大人如此痴迷?”

曹英反唇相讥道:“是你心怀鬼胎,干了如此丧心病狂的丑事,不知自责,反而怪人家,真是好没道理。”

任有道酸溜溜地道:“你这下子可是草鸡变凤凰,以后呀,俺恐怕再见你要叩头请安,口称夫人了。”

曹英咬牙道:“你原来难道不是如此称呼么?你害死了俺的丈夫,霸占了俺的身子,令人着实可恨!如今苍天有眼,叫俺又遇见巡抚老爷。倘若有一天俺能执掌府权,任大人,俺还要好好酬谢你这个大媒人呢!”

任有道忍痛赔笑道:“曹英,不,夫人,你大人不记小人过,纵然俺有害人之心,但俺对你,可是情有独钟啊!”

曹英凄然道:“箭射劳燕分飞,棒打鸳鸯两散。以他人之鲜血,染一己之顶戴,这就是你任有道的情?你这个情,我会今生不忘,来世永记的。”

正在这时,家麟府上的管家走进房间,对任有道拱手道:“任大人,我已将马车备好,停在院子里,你看,是不是让曹夫人这就跟我走?”

任有道闻言,心里百感交集,对曹英道:“曹英,是俺老任对不住你,过去的事甭说了,抚台大人遣管家接你过去,说实话,俺也舍不得你。但为了你好,你现在就过去吧,记住,别再恨俺……”说着,眼里竟淌下几滴泪来。

曹英见状,心中不忍道:“任大人,曹英一生,道路坎坷,俺的不幸和有幸,多是拜你所赐!俺走了,你……你好自为之吧!”说着,红着眼圈随巡抚管家走出房门。任有道待他们走后,猛地捶胸顿足,抱头痛哭道:“老天,这究竟是咋回事啊……呜……呜……”

任有道哭了一会儿,葛秃子和刘敬祥、赵文通三人一起走进房间。

赵文通上前道:“大哥,曹英人都走了,你还哭个球!巡抚大人要摆寿宴了,你还不去?耽搁了拜寿可不是好玩的!”

任有道止住哭,道:“兄弟们,俺这回惨了,人走楼空,这还不说,曹英嫁到家麟府上,少不得俺要给她办些嫁妆。俺身上没带银子,刘老板,你能不能暂时借五千两银票给俺,待俺回县再还给你。”

刘敬祥为难地道:“任大人,不瞒您说,俺已把所有带来的银子给家麟大人作贺寿礼了,这会儿一时拿不出,请大人体谅。”

任有道把脸转向赵文通,赵文通低着头,一言不发。

葛秃子见状,主动上前道:“尿壶,不是俺说你,你这是聪明反被聪明误,赔了夫人又折兵啊!谁叫俺和你是老乡、同年呢?这样吧!给曹英办嫁妆的五千两银子,俺包了,也不要你还,兴许能使你买得曹英的欢心,将来放你一马!”说着从怀里掏出一张五千两的银票递给任有道。

任有道接银票在手,当胸擂了葛秃子一拳,破啼为笑道:“四狗子,过去,俺也有对不住你的地方,请你多加包涵。今后,你老哥不会忘记你!”

葛秃子哈哈大笑道:“去球,俺几时指望你老哥报答?走,咱们鸡巴话少说,给抚台大人拜寿去!”

赵文通马上迎和道:“行健说得对,再不去拜寿,恐怕迟了!走,咱哥们一起拜寿喝寿酒去!”四人哈哈大笑,离开了天客隆大酒店。

第十七季:督抚起烽烟

1

秋日白昼,兰州甘肃巡抚府。宴会大厅内,几十张桌子分五排一字排开,上面摆满了山珍海味、美酒佳肴,生日宴会即将开始。家麟巡抚身穿寿服坐在寿星主位的虎皮太师椅上,身边不断有府县官员前来拜寿送礼。家麟满面笑容,不断嘱咐手下将客人迎来送往。

任有道匆匆上前禀道:"抚台老大人,下官有一件重要事情禀报。"

家麟道:"酒席就要开始,有啥事明日再说。"

任有道道:"明日再说就要迟了。"

家麟道:"啥事这么重要?快说吧!"

任有道:"就是那个曹英,老大人怪罪下官不早早进献,你可知那妇人是啥人吗?"

家麟关注道:"是啥人?"

任有道道:"她就是罪官娄玉书的妻子。"

家麟惊讶得张大嘴巴,道:"你说此话可当真?"

任有道道:"下官有天大的胆子,也不敢对老抚台大人您说假话呀!"

家麟沉吟一会儿,道:"那个妇人一宿之欢,已让老夫终生难舍。千斋,无论如何,这个女人我是要定了。"

任有道失望地道:"老抚台要她,下官自然尽力。只是她因丈夫娄玉书之死对下官仇恨颇深,难免会对老抚台说些不利于下官的话来,还望老抚台为下官做主。"

家麟笑道:"你原来用意在此,是不是怕那妇人将来吹枕头风,不利于你?"

任有道点头道:"下官所虑,正是在此。"

家麟道:"如果是这样,你大可不必多虑。要知道,送娄玉书之命的不是你一个人呀。好了,你且喝酒去吧,不要担心,一切有老夫做主。"说罢,他回头对司仪官说道,"宴会开始吧!"

司仪官弯腰打千道:"是!"说罢,他清了清嗓门,大声宣布道,"各位大人、来宾,今日是抚台家麟大人五十大寿,抚台家麟大人有令:为感谢各位省、府、县官员和各地来宾祝寿,特备薄酒,请各位畅饮。下面,祝寿开始,请大家各就各位,给老大人磕头拜寿。"说着,他用威严的目光扫视了一下众人,众官员和宾客回到按事先安排好的顺序位置,伏在地毯上,头朝寿星佬。

司仪官道："下面，各位客官向寿星佬行三拜九叩大礼，祝家麟老大人寿比南山，福如东海！一拜，二拜，三拜……一叩首，二叩首，三叩首，四叩首，五叩首，六叩首，七叩首，八叩首，九叩首。"众客官随着司仪官的喧呼，一次次行跪拜大礼。

司仪官待众人九叩完毕，宣布道："礼毕，请各位客官按排好顺序入席，宴会正式开始！"言罢，跪在地毯上的各级官员和各地来宾纷纷起身，整冠端带，寻找自己的席位。数十名男侍者穿行在人流中，给客官带路，安排席位。混乱了一阵，各席上便敬起酒来。开始，各桌客官尚文质彬彬，浅饮酒，慢说话，待酒过三巡，菜上五味，为巡抚拜寿的礼节一完，各席客官便原形毕露，捋袖划拳，吆五喝六，整个大厅一片混乱。任有道与葛秃子、刘敬祥、赵文通及其他六位地方官员坐在一席，也一样吆五喝六地猜起拳来。众人正在闹嚷，忽听传事官一声大喝："肃静！"接着传事官大声宣布，"抚台大人有令，让大家看几样东西。"话音刚落，几名侍卫把任有道送的圈芭子、水斗子、油香和腌糖蒜端上来，整齐地站成一排。接着，身穿夏布长衫、手持写有太后老佛爷亲笔"福"字黑漆折扇的家麟抚台一摇一摆地走到侍卫们跟前，转身对众宾客道："今日乃老夫贱辰，蒙各位兄弟抬爱，前来贺喜，老夫甚是欣慰。老夫所收贺礼不少，但大多不是老夫所爱。唯有平罗县任有道任大人所送这几样贺礼，使老夫大为感慨，非常之激动。"说着，他指着侍卫们手中之物道，"这几样东西，都是民生之根本呀！任知县是借老夫寿诞之际提醒老夫，身为朝廷命官，封疆大吏，何为贵，何为重？去年我省秋季遭遇蝗灾，今年春夏又无滴雨。全省州县，饥荒已现。我等身为民之父母，就当勤劳于事，替朝廷分忧。任知县拳拳爱民之心，上感皇天，下动黎庶。老夫决定奏请圣上和太后老佛爷，将其调来兰州，任兰州府同知，并将上表朝廷，奏其忠心一片，以示奖赏。老夫期许各位，都能够以任知县为楷模，关心天下黎民疾苦，做一个好官。"

家麟一言既出，满座皆惊，众多客官纷纷将眼光投向任有道。任有道则激动得浑身发抖，差点哭出声来。家麟逐桌敬酒，首先敬到任有道坐的这一桌。

家麟对大家道："今日是私下联欢，家某谨备一点薄酌，大家不必拘礼，尽可放怀畅饮！"又对任有道道，"千斋，我刚才说了，你到任兰州府同知之后，可要再接再励，好自为之！"说罢，仰脖将杯中酒一饮而尽。

任有道站起，热泪盈眶道："抚台大人，您刚才的话，下官永生牢记，虽肝脑涂地，亦在所不辞！"说罢，亦仰脖将杯中酒一饮而尽。接着，葛秃子、刘敬祥和坐在该桌的其他六位官员亦端起酒杯，齐道："祝抚台大人寿比南山！"均仰脖一饮而尽。

家麟正要往其他桌敬酒，忽然巡抚府管家急急跑进厅来，寻到家麟面前，低声禀告道："禀告抚台大人，倭什布大人已到驿馆，咋办？"

家麟生气道："这个老匹夫，明知今日是老夫生辰，不来拜寿便罢了，偏要跑到驿馆里，莫非还要老夫前去看他不成？他以为他还是总督哪？呸！你去告诉他，就说老夫今日不得清闲，待明日他离开时再去送他。"

管家道："老大人，这……怕不便吧？"

家麟道:“什么不便,就这样说!”说着,他举杯继续逐桌敬酒。任有道坐的那一桌上,宁夏中卫县庄知县和县丞、训导悄悄地溜出去了。他们刚走,一名府官急急赶到家麟身边,禀告道:“启禀大人,中卫县的庄知县和县丞、训导溜出去了,不知啥事?”

家麟道:“他们一定是找借口溜倭什布的沟子去了,去,快去把他们找回来!”

府官道:“是!”说着抽身奔出宴会大厅。

2

一个时辰后。甘肃巡抚寿宴大厅。府官领着庄知县、县丞、训导三人急急回到宴会大厅。大厅内,众人正给家麟敬酒,家麟一眼瞥见庄知县三人回到大厅,便大声嚷道:“庄知县,你们三个过来!”庄知县、县丞、训导闻言,立即奔到家麟身边,等候训斥。

家麟道:“你们就是不想喝酒,咋样?见到倭什布了吗?”

庄知县道:“出城三里就遇到倭大人,我们下轿作揖,但倭大人只是在轿内拱手而已。”

家麟讥讽道:“我还以为倭什布要请你们喝一场酒呢,只怕老倭现在连喝酒的钱都没有了哩!”酒席上众人闻言,发出一阵哄笑。

家麟道:“菜都凉了,你们三人都回去喝酒吧,记住,今后干事别他妈让我扫兴!”

庄知县、县丞和训导三人连声说:“是、是!”说罢,各自回到自己的席位上去了。隔桌席上的官员见庄知县等三人已走,便见缝插针,纷纷端着酒杯来到家麟面前敬酒。家麟兴奋异常,频频与众官员举杯,足足闹了一个时辰。此时,宴会厅内,不少官员已醉倒了,家麟甚至打起酣来。

忽然,一府官急急奔进宴会大厅,径往家麟走来,推醒家麟道:“抚台大人,朝廷来了紧急邸报,德馨调任浙闽总督,遗缺由倭什布补授!”家麟闻言,顿时酒也吓醒了,忙命手下道:“快撤席,我去拜见倭总督大人!”

3

下午,兰州陕甘总督署议事厅。新任陕甘总督倭什布坐在厅上首的一张虎皮椅上,桌案上放着一方陕甘总督大印。

倭什布一脸严肃地对站立两旁的书办、师爷道:“本官奉皇上之命到这里复任陕甘总督之职,等会儿少不得本省官佐来晋见,记住了,没有我的命令,谁都不能放进来!”

书办和师爷闻言,齐道:“是,没有老爷的命令,谁也不能放进来。”

话刚说完,一名督府侍卫匆匆进议事厅禀告道:“禀告总督大人,甘肃布政使王大人、按察使张大人到!”

倭什布道:“开中门迎接,快请进!”

府官打千道:“喳!”转身出去了。

少时,甘肃布政使和甘肃按察使一并走进议事厅,打千道:“卑职参见倭总督大人!”

倭什布道:“王大人、张大人平身,看坐。”

甘肃布政使与按察使齐声道:“谢总督大人!”说罢,便分坐倭什布案前左右椅上。

甘肃布政使王大人拱手道:“我们刚刚接到朝廷加急邸报,心中甚是高兴,便赶紧前来恭贺倭大人复任陕甘总督!”

甘肃按察使张大人拱手道:“这说明我朝圣上和老佛爷天目聪慧,明断是非,老大人复任陕甘总督之职,我陕甘两省官民人等皆莫大欢喜矣!”

倭什布道:“老夫只是一名清官,只知秉公办事,不会阿谀奉承。本官上次因《鸳鸯诗话》一案被参,皇上和老佛爷已查明这是小人所为,在处理这一反诗案中,本官只是行动稍缓,略有迟疑而已,并非如奸人所云无视朝纲,渎职自守。幸蒙当今皇上和老佛爷开恩,俺倭什布才有重见光明之今日啊!”

甘肃布政使王大人拱手道:“此乃我朝皇上、太后的英明,若听任一帮奸官混淆视听,难以有今日矣!”

甘肃按察使张大人拱手道:“我以为,倭大人平生所为,一身正气,岂是那种鼠辈小人和阿谀奉承之辈所能撼倒的。倭大人复职一事足以证明,邪不压正!”

倭什布听罢,哈哈大笑道:“哈哈哈哈,两位大人如此抬爱本督,本督愧不如也。今日甚谢王大人、张大人在本督刚刚接任之际前来造访,足见我等平日交情之深矣! 今后,本督身负治理陕甘两省大责,任重而道远,还望两位大人鼎力相助!今日,便请两位大人权留府中,吃顿便饭,如何?”

王大人站起拱手道:“不必了,总督大人刚刚到任,政务必多,下官告辞了!”

张大人亦站起拱手道:“大人留步,下官也告辞了!”说罢,王、张二位官员退出议事厅。

王、张二位官员走后,总督府侍卫又连走带跑来到议事厅,弯腰打千道:“禀告倭大人,中卫县庄知县、县丞、训导三位大人求见!”

倭什布喜道:“快请他们三位大人进来!”

少时,庄知县、县丞、训导随侍卫进了议事厅。

庄知县整带撩袍,左脚上前弯腰打千道:“恭喜倭大人,贺喜倭大人,下官中卫县知县、县丞、训导闻倭大人复任陕甘总督,特来拜贺!”

中卫县县丞和训导也整带撩袍,左脚上前弯腰打千道:“下官恭喜倭大人!”

倭什布笑道:“哈哈哈哈,本官刚才在去总督府路上撞见三位,料定你们要来,看坐!”

随着他的一声令下,站立一旁的总督府书办又搬出一张椅子放置在倭什布桌案右侧,三人依次坐定。

倭什布捋须问道:“庄知县,我来问你,你们三人为何知晓本督来到兰州啊?”

庄知县道："回大人话，当时我们三人正在家麟巡抚大人府上吃寿酒，故此知晓。"

倭什布拱手道："那你们三位为何又私自跑出宴会厅来见本官呢？"

县丞拱手道："回大人话，只因当时一府官禀告巡抚大人，说倭大人已临驿馆，家麟巡抚借故不见，我们三人气愤不过，便结伴来看望倭大人。"

倭什布正色又问道："本官是前年被朝廷贬谪之官，你们三人结伴来见本官，不怕朝廷有人加罪于你们么？"

县训导拱手道："回大人话，倭老大人在陕甘总督任上，精心治理两省军民，忠于朝廷，百姓有口皆碑，至于老大人前时被贬一事，官场、民间早有议论，倭大人定是被奸人向朝廷谗言所害，卑职三人亦为倭老大人愤愤不平。今日闻倭大人到兰州，卑职三人只想看望老大人一面，不曾存有任何意念。若是有人要借故加害于我等，试问他有甚凭据么？"

庄知县和县丞一起拱手道："训导之言，正是我意，请老大人明察！"

倭什布脸上露出笑容，点头道："哦，原来如此，甚好，本督还以为你们三人是阿谀奉承之辈呢！"说到这里，他又转为严厉地道，"本督初到任上，诸事纷杂。这样吧，庄知县暂留总督衙门，帮本督草拟奏折，处理一些政务琐事。县丞和训导两位大人立即回本县，县丞暂署知县之职，请训导协助他处理一下中卫县政务，有事就派人来督府禀告，无事就抓紧理治本县，不要来兰州了。"

庄知县和县丞、训导弯腰打千道："遵命！"说罢，中卫县丞和训导抽身而退。他们刚退下，又有一侍卫匆忙进议事厅，跪下禀告道："启禀总督大人，甘肃巡抚家麟大人求见！"

倭什布闻言变色道："不见！你就说本督要给皇上起草奏折，现在正请中卫县庄知县代笔，没有时间谈话，叫他改日再来吧！"

侍卫打千道："喳！"抽身退出议事厅。

庄知县上前道："倭老大人，你为何不见家麟巡抚大人？恐怕于礼不周吧？"

倭什布怒道："什么家麟巡抚，一个纯粹捧上欺下的小人！本督此次来兰州，早有朝廷的密令，微服拜访家麟巡抚，只是试试他的为人而已。不想他竟欺我官小职微，不肯来见我。他何曾把我倭什布放在眼里？对于这种无耻小人，我只有以牙还牙，以其人之道，还治其人之身！"

庄知县竖起拇指道："倭老大人果然是耿直性情中人，令下官实在佩服。"

倭什布道："小庄啊，你初涉官场，尚未遇到一些险恶之人。切记，慎交友，少说话，多办事，严提防。这是本督为官四十年之教训，今日送于你这十二字真言，你好自为之！"

庄知县立即跪倒在地，连连叩首道："下官谨记总督大人十二字真言，此生唯老大人马首是瞻！"

倭什布捋须道："当真么？"

庄知县昂首道："当真！"倭什布扶起庄知县，两人四目对视，仰天大笑："哈哈哈哈……"

4

字幕:倭什布上任第五日。

白天,陕甘总督府书房,中卫县庄知县正给倭总督念代草的奏折:

"家麟身为甘肃巡抚,当此甘肃全省大旱之时,置赤地千里,饿孚遍野,闾里萧条于不顾,反而趁此为自己办生日,借机敛财,且私纳犯官之妻,藏之外室,目无朝廷法度,真是到了丧心病狂的地步。"

倭什布道:"慢,嗯,这一段写得好,抓住了家麟的要害。我看,就这么着吧,今天,你再把这奏折抄写一遍,立即赶紧派人送到北京军机处,看看朝廷怎么处置家麟。"

庄知县拱手道:"下官知道了。"说着,把奏折收起来。

正在这时,总督府书办走进来,拱手道:"倭大人,甘肃巡抚家麟又来了,这是第五次了,老爷看见是不见,不见,我就回绝去。"说着要转身。

倭什布沉吟片刻,道:"慢,念他第五次拜访,叫他进来吧!"

书办道:"是,大人。"说罢,抽身退出书房。少时,甘肃巡抚家麟随书办走进书房。

家麟一见倭什布端坐书案上首,端带甩袖撩袍,双膝扑通跪了下去,口中呼道:"禀告总督老大人,罪官甘肃巡抚家麟特来请罪!"

倭什布呵呵笑道:"家麟巡抚大人,本督初来乍到,你何罪之有啊?"

家麟叩首道:"罪官家麟前几天办寿诞,闻知老大人莅临兰州驿馆,不及前去探望,罪该万死!"

倭什布道:"家麟,我来问你,前日老兄华诞,本官特地前来祝贺,见你府中宾客甚多,兄弟是贬了官的人,官职卑微,不敢自讨没趣,所以没有亲自登堂祝贺。你是否因此怪罪本官而不来见本官?今日本官蒙朝廷重用,复任陕甘总督,你便一连来了五次要见本官,本官实因公务繁忙没有见你。今日,你既来了,我们两下都说清楚了,你不欠我的,我也不欠你的,你下去吧。你身为朝廷大员,回去好好反省吧!"说完,他对手下书办道,"送客!"

家麟伏地叩首道:"下官该死,下官该死!"说罢站起身来,灰溜溜地走出总督书房。

恰在这时,一侍卫大步进了书房,打千道:"启禀总督大人,平罗县石嘴山高林商行葛经理求见!"

倭什布问庄知县道:"高林商行闻名陕甘,本督尚未去过石嘴山,不知此人是何等样人?"

庄知县道:"回老大人话,据卑职所闻,高林商行是天津英商怡和洋行在宁夏府的分支,经理葛行健外号葛秃子,是洋人的买办,此人不仅头脑精明,而且背靠洋人亨利,神通广大,前年朝廷曾专门下旨,要西北各省保护高林商行经商、免税等专项利益，因此不可小看。”

倭什布点头道：“哦，原来如此。”随即对跪着的侍卫道，“传我的话，开中门迎接葛买办！”

侍卫道：“喳！”说罢，抽身而去。

少时，头戴英国高顶短檐呢帽、身着西装革履的葛秃子在侍卫引导下进了书房，见了倭什布，他也不下跪，从容自若地双手抱拳道：“参见督台大人，石嘴山高林商行葛行健，欣闻大人复任陕甘总督，特来拜贺！”

倭什布道：“葛老板，你是中国人还是外国人，为啥见了本督不行跪拜之礼？”

葛秃子拱手从容道：“回禀老大人，在下籍贯安徽，是中国人，但也是洋人的买办、生意场中之人。因此，在下无论往何地见官或做生意，一律按洋人的礼节，所以未向老大人行跪拜之礼，还请老大人体谅。”

倭什布点头笑道：“既然如此，本官体谅你就是，洋买办嘛，还是应区别对待的。看座！”待葛秃子坐下，倭什布又道，“葛老板，你此次来见本督可有事要告诉本督么？”

葛秃子拱手道：“回禀督台大人，在下有三件事要禀告大人。”

倭什布奇怪道：“有三件事？哪三件？”

葛秃子道：“第一，恭贺倭大人复任陕甘总督，在下特以个人名义奉送贺仪银五千两；第二，去年甘肃省发生蝗灾，在下代表高林商行捐赈灾银一万两。”说到这里，他从怀中掏出一张五千两的银票和一张一万两的银票递给站在一旁的书办，书办看了银票，十分高兴地将两张银票转呈给倭什布总督。

倭什布接过两张银票看了一眼，道：“难得葛经理一片乐善好施之心，本督代表本人和陕甘两省百姓领情了，多谢！这第三件事呢？”

葛秃子为难地道：“这第三件事么，俺不说也罢。”

倭什布道：“哎，有什么为难之事，但说无妨。”

葛秃子道：“这事事关甘肃巡抚家麟。两年前，俺们高林商行在兰州和甘南等地设立分行和外庄，家麟要本行送礼给他，俺一时忙于收毛运毛，不及向他送礼，他竟下令各地官府强行扣留俺们高林商行收购的羊毛和皮张。此事已引起总行的震怒，现已通过英国公使与朝廷交涉，倘若不处置家麟巡抚，因此事引起两国争端，恐怕督台老大人的位置也坐不稳。”

倭什布喝道：“甘肃还有这等事？家麟呀家麟，你竟做下损害两国关系的如此勾当，不怪老夫弹劾你了！来人！”

一校尉闪身而上：“卑职在！”

倭什布发令道：“你速带五百绿营军马前往甘肃巡抚府，将家麟给我锁了！打入大牢！”

庄知县闻言，闪身而出道：“且慢！”说着双手拱拳道，“启禀督台老大人，刚才高林商行买办葛大人所举之事，实已触犯朝廷律令。依卑职看，不若督台大人再上一折，将家麟贪图贿赂欺诈洋商之事禀明皇上、老佛爷，由朝廷颁旨将他处置，岂不更好,何劳老大人亲自动手,岂不两便?”

倭什布听了连连点头,道:“庄知县言之有理,这草拟奏折之事,还是由你去办吧。”说着对站在面前的庄知县和校尉道,“你们且退下。”

庄知县和校尉一齐道:“遵命!”说罢,退出书房。

倭什布接着离了座椅,步于葛秃子跟前道:“葛老板,你今天帮了我几个大忙。本督上任之始正欲整顿朝纲,赈灾济民,说起来,本督要真心感谢你的诤言和赠款呢!这样吧,本督明天就下令,今后高林商行在陕甘两省境内享受独家经营和免税优厚待遇,若再遇到什么为难事,你只管来找本督,本督为你做主!”

葛秃子拱手道:“谢督台大人恩典!”

5

次日白昼,兰州陕甘总督府议事厅。陕甘总督倭什布正与新泰兴商行老板刘敬祥对话。

刘敬祥拱手道:“参见倭大人,在下石嘴山新泰兴商行经理刘敬祥,祝贺老大人荣升总督,姗姗来迟,不胜羞愧。今日特携贺仪一万两银票,聊表卑职崇敬之心!”说着,双手捧着一万两银票欲献总督。

倭什布道:“本督素闻新泰兴商行富甲一方,今日观足下出手如此大方,方知不是虚情。老夫食朝廷俸禄足矣,用不着这些银两,来人,收下刘大人的贺仪一万两,权作赈灾之用!”说罢,对刘敬祥拱手道,“多谢刘大人赞助本督。”说话间,总督府书办走上前来,接过刘敬祥手中的银票,呈于总督。

刘敬祥道:“些许银两,不成敬意。老大人公而忘私,倒叫在下敬佩不已。今日得见倭大人行事风采,乃知老大人果然是朝廷栋梁!”

倭什布捋须笑道:“哈哈哈哈,刘买办言过其实,言过其实。本督乃朝廷命官,秉公办事,为民造福,乃职责所系也,不知刘买办以为然否?”

刘敬祥道:“俺是个商人,不懂政治,只知收毛运毛,与洋人打交道。说到这里,俺倒记起一件事,不知可否借助老大人一臂之力?”

倭什布道:“但讲无妨。”

刘敬祥道:“启禀老大人,你可知石嘴山有个高林商行?”

倭什布捋须道:“本督略知一二。”

刘敬祥道:“前不久,高林商行与俺的新泰兴商行在甘肃永靖县争夺毛皮市场,采取恶劣手段鼓动牧民宰杀母羊取云板羔皮,引起该县官府震怒,没收了高林商行所购云板羔皮,老大人可知此事否?”

倭什布惊道:“哦,竟有这等事?以足下之见,老夫该如何处置?”

刘敬祥道:“老大人听俺一言,若依在下愚见,高林商行这种宰羊取羔的做法乃与杀鸡取卵无异,若任其下去,则草原牧民所养羊群将不复存矣。卑职以为,对高林商行应该严惩!”

倭什布捋须道:“说说,如何严惩之法?”

刘敬祥道："老大人，恕卑职斗胆进言，据在下所知，高林商行经理葛秃子乃一无赖之徒，无赖之徒行无赖之事，天理不容，老大人应饬知永靖县知县，将高林商行永靖外庄人员全数逐出永靖，严惩肇事之人！"

倭什布反问道："那永靖县境内尚有哪几家洋行？"

刘敬祥道："禀告大人，如果这般了结，永靖县境内就只剩卑职的新泰兴商行了。"

倭什布闻言，虚应道："如此，好倒是好，只是本督要与永靖知县商量。"接着，他大声下令道，"来人，将罪臣永靖县知县带上堂来！"

少时，摘去顶戴、双手被铐的永靖县郭知县被两个公人带上议事厅。

倭什布怒道："郭知县，你可知罪？"

郭知县道："下官委实不知。"

倭什布道："胆大贼子，你还敢藐视本督么？本督自上任伊始，早已发牒文明令各地官员，要你们保护高林商行收购羊毛，免征税赋，你倒好，竟敢藐视本督抗令不遵，强行扣押没收了高林商行所收毛皮。去年，朝廷早有旨下，要维护高林商行在陕甘乃至整个西北的利益，兹事体悠关重大，涉及中英两国缔结的条约，你藐视本官便是藐视朝廷！藐视朝廷法度，本督岂能容你！来人，给我将逆贼拖下去，重打三十大板，押进监牢！"随着他一声令下，两名侍卫走进议事厅，将犯官郭知县架了出去，少时便听到外面行刑打板的声音："一、二、三、四……"

刘敬祥站在一旁，脸上吓得发白。

倭什布道："刘买办，本督对洋行一向奉行和平保护政策，绝不偏袒任何一方。你们洋行之间若是犯啥冲突，彼此之间调解好了，不要随意拉拢各地官员。本督治理陕甘，向来法度森严，今日看在你来本府恭贺的分 上，本督不驱逐于你，不过，下不为例。"

刘敬祥早已吓得魂飞魄散，忙拱手道："在下谨记大人教诲，老大人公务繁忙，在下就此告辞！"说完，灰溜溜地退出议事厅。

6

这日白昼，贺兰山山谷。伍子牛挨了帕特里克骂之后，转身朝山下走。到了一条小路边，他上前解开系在一棵树上的马的缰绳，牵着马，正要扶鞍上马，帕特里克从背后追来，大声嚷道："你这只中国猪，不准你骑马，快滚！"

伍子牛回身看了帕特里克一眼，平静地扔下手中的缰绳，步行下山。这时，亨利见状，忙追过来拦住帕特里克，劝道："帕迪，你何必这样呢？伍是你的洋行买办，为你赚了不少钱。你怎么能说不要他就不要他了呢？"

帕特里克愤怒道："猪，他这只中国猪，竟敢阻止我！"

亨利婉言道："他为什么不可以阻止你？你是在做不应该做的事情。"

帕特里克道："我是他的老板，他要像一头猪一样听从我，而不是相反！"

亨利不以为然道："帕迪，我一直觉得，你不像一个纯粹的商人，你身上有太多的殖民主义思想,我感到这样认识问题是有麻烦的。你难道没有发现,中国是一个有点特别的国家么?”

帕特里克顺着一条小溪气冲冲往前走,不小心把脚崴进了石头缝隙,顿时痛得他龇牙咧嘴蹲在那里大声喊叫起来。亨利和大家一齐奔过来,围在他身边。

帕特里克对凯瑟林发火道:“你赶快帮我把脚弄出来,站在那儿看什么哪?”

凯瑟林道:“帕迪,你的火气太大了,你看,我们本来是来玩耍的,你为什么要让大家扫兴呢?”

帕特里克咧着嘴,一边在凯瑟林和学徒们的帮助下往外拔脚,一边对凯瑟林咆哮道:“你这个婊子,把嘴闭上!你为什么总是帮别人说话?”

高林商行的人站在一边,抱着肩膀,并不说话。过一会儿,一个学徒问保军道:“保主任,那个女人是洋老板的童养媳吗?”

保军道:“什么童养媳,她是原配夫人!”

那学徒一伸舌头,道:“那女子长得忒让人心疼,皮肤白白的,搂着亲都亲不过来呢,洋老板咋舍得骂她?”

旁边另一学徒道:“你以为洋老板那么像你?那么烂杆寒碜,一辈子连一个老婆也讨不起?人家洋老板有的是钱,家里有三五房姨太太,骂婆姨算个球事!”这时,帕特里克在众人帮助下把脚拔了出来,脚痛得他龇牙咧嘴。

凯瑟林扶住他对亨利道:“亨利,快帮帕迪找个医生来!”

亨利环顾四周,无奈地道:“这里哪有医生呢?”

新泰兴洋行李副经理道:“得赶紧下山,到府城去,那儿有看跌打损伤的。”

帕特里克闻言,喊道:“快走,快下山!”于是,众人七手八脚地把他抬到沟口,抬上了一辆骡车,然后纷纷上马,一齐护骡车往山下走。走不多远,便追上了往山下走的伍子牛。

新泰兴的几个学徒下了马,一个学徒上前道:“伍老板,你还是骑马回吧。这荒山野岭的,你一个人,万一碰上土匪啥的,咋闹?”

伍子牛道:“多谢各位,我没有事,赤手空拳,遇上土匪也没啥好怕的。你们走吧!”

亨利跳下骡车,对伍子牛道:“密斯特伍,你不要生气,帕迪的脾气大了一点儿,但他为人还是很好的,你还是与我们一道走吧!”

伍子牛道:“多谢,帕老板已经把话说了,我不能不听。瞧,现在,我已经自由了,我已经不是新泰兴的雇员了。”

帕特里克正在车子里卧着哼哼,听见伍子牛说话,咬牙把身子撑起来,将头伸出车外,大声道:“都是你这个中国猪,害得我脚痛,快滚,我再也不想见到你!”伍子牛闻言,气得脸上发紫,两眼冒火,转身朝山下大步走去。

亨利喊道:“喂,伍,快回来!”伍子牛回了一下头,便扭头朝山下跑去。亨利见状,对身旁一个骑马的镖师耳语了几句,那镖师勒转马头,朝伍子牛奔去的方向追过去……

7

黄昏,晚霞辉映的古老府城。这座塞北名城里,玉皇阁、鼓楼、承天寺塔和几条狭窄破烂的小街沐浴在一层金辉里。亨利和帕特里克及其家人或坐骡车、或骑马,在几十名保镖和学徒的簇拥下进了城。城内的一条主要街道上,行人并不多,街道两旁稀稀落落地并列着七八家商行。

保军带着众人来到高林商行府城外庄——一座小楼前下了马,他将缰绳交给身边一个镖师,领着亨利、帕特里克和凯瑟林、阿格尼丝走进小楼的一个房间。房间里,外庄小老板正在吃饭,见保军带着亨利、凯瑟林扶着帕特里克进来,忙放下碗筷起身迎接。

小老板道:“保主任,你们咋来了?”

保军道:“小老板,这府城可有治跌打损伤的中医?”

小老板头摇得像货郎鼓一样,道:“没有。”

亨利问道:“这儿有教堂吗?有没有医生,外国人?”

小老板道:“教堂?有,有。外国医生俺们没见过。”

帕特里克道:“你快把牧师找来。”小老板闻言,忙奔出屋,去找医生。

凯瑟林道:“帕迪,你要忏悔吗?”

帕特里克吼道:“你闭嘴,我不要忏悔!我要牧师帮我找医生。”

少时,城内天主教堂一位四十多岁的温得利教士来了,一进门,见到众人便用中国话说道:“能在这小镇上见到这么漂亮的女士,我太高兴了,感谢万能的主的恩赐。”

帕特里克道:“尊敬的牧师,您能帮我找一个医生吗?我的脚崴了。”

温得利在胸前划个十字,道:“主啊,请您施展您仁慈的法力,帮助苦难的人们吧。帕特里克先生,我不懂医术,教堂里唯一一个懂点医术的牧师到凉州办事去了,对不起,我实在无能为力。”

凯瑟林道:“牧师先生,请您不要介意。帕迪疼痛难忍,他现在急需你的帮助。”

温得利道:“上帝保佑,亲爱的夫人,我看只有让中国医生来看看。”

帕特里克道:“什么?找中国人看病?孬,我宁可死掉!”

亨利道:“帕迪,你现在急需治疗。中国医生也可以看病。”

帕特里克道:“孬!孬!孬!我不会让中国人看病的,他们像非洲的巫师,只会给猪看病!”

温得利道:“啊,先生,多么可怕的偏见!”

亨利再一次劝道:“帕特里克,你应该试试。听说中国医生治病有独特的方法。”

帕特里克把手一摆,道:“不要再说了,我不会让中国人看病的!”

阿格尼丝道:“亨利,就让他这样好了。凯瑟林,你最好能帮他热敷一下,会减轻他的疼痛的。"

小老板请示亨利道:"老板,我已到兴庆客栈定了房间,是不是先请你们到客栈缓着,然后再吃饭?"

亨利点头道:"好的,我们先到客栈休息。"说着,一群人又拥着崴了脚的帕特里克前往兴庆客栈。

8

晚,府城兴庆客栈。客栈里的住房,进门一律是迎门大炕,桌椅是白木做的,白木本色。康妮和迈克一进门就跳到炕上翻跟头,忽然,康妮的脚被什么咬了一口,立即起了一个包。不一会儿,康妮和迈克的脸上、胳臂上都起了小疙瘩,又红又痒。两个娃娃又抓又挠,乱喊乱叫。

阿格尼丝见状,忙上前问道:"你们怎么啦?"这时阿格尼丝看到一些活动的小黑点在炕上蹦跳不已,忙喊道:"亨利,你快来看,这是什么呀?"

亨利近炕前一看,道:"这是跳蚤,快下来!"等阿格尼丝和孩子们从炕上下来,亨利发现炕周围的墙壁上血迹斑斑,到处都是跳蚤的尸体。他又揭开炕席,只见下面蠕动着一层密密麻麻的肥胖小动物。

亨利惊叫道:"虱子,虱子,太可怕了! 太可怕了!"

这时,隔壁住的帕特里克的房间,大人小孩也发出同样的恐惧的惊叫声。保军闻讯走进亨利的房间,问道:"亨利先生,你们遇到什么了? 为啥叫?"

亨利道:"你看,虱子,跳蚤,太可怕了!"

保军听罢松了一口气道:"回老板的话,跳蚤、虱子,我们屋里也有。"

亨利奇怪地道:"那我怎么没有听到你们喊叫呢?"

保军道:"虱子,我们这地方哪儿都有,没啥稀罕的,喊啥呢!"

这时,帕特里克被凯瑟林从屋里扶出来,嚷道:"该死的,换房子,马上换房子!该死的虱子,该死的府城,该死的中国!"

高林商行府城外庄小老板见状,不满地对保军道:"新泰兴的老板,凭啥让我们接待呀,还毛气不好,歪得很哩!"

保军道:"帕先生是咱们亨利老板的好朋友,你就忍着点吧,接待的费用,分行会给你报销的。你这个小气鬼,那点鬼心眼还当我不知道?"于是,小老板对帕特里克笑嘻嘻地道:"天这么晚了,一时找不到再合适的旅店了,将就着吧,再说,这家旅店是全城最好的旅店。"

亨利也劝道:"帕迪,今天先住下吧,明天再想办法。"帕特里克无奈地点头。

9

翌日,府城兴庆客栈帕特里克住房。中国医生文天士左手端着帕特里克受伤的脚,右手轻轻一捏受伤的部位,帕特里克立时痛得大叫。

文天士对亨利道:"脚骨未伤,只是扭了筋,导致气血不通,形成淤积,需要理气活血,舒筋通脉。”

亨利信任地道:“文大夫,你只管大胆看病。”

文天士闻言,立时从带来的包里取出一只盒子,打开盒盖,从中取出一根近尺长的银针,帕特里克一见,吓得大喊起来:“啊,我不要!”

文天士和亨利把帕特里克的伤脚按住,文天士在帕特里克足部、腿上几处穴位下了针,行了一会儿针,帕特里克原来痛苦、惊恐的脸立时轻松起来,也不叫了。文天士给他扎完针灸,又给他敷上膏药,扶他起来,对帕特里克道:“帕特里克先生,您试着走一走吧?”

帕特里克将脚穿上鞋,试着抬脚走了几步,虽然有点踮脚,但觉得不那么痛了,高兴地伸出拇指夸道:“密斯特文,你的医术很高明,我从来没有见过中国这种医术!”

凯瑟林掏出二十两银票递给文天士道:“文医生,谢谢你给我丈夫治疗,这二十两银票是我的一点小意思。”文天士坚持不要银票。

亨利道:“帕迪,中国医生怎么样?”

帕特里克翘起拇指道:“亨利,中国医术大大的好!中国医生大大的好!”

10

白昼,中卫县县衙大院,庄知县和县丞李春玉、训导邓晓如正在大院内凉亭围着石桌坐着品茶议事。

李县丞道:“庄大人,从兰州回来怕有几天了吧,快给咱说说省里的见闻。”

邓训导附和道:“是啊,自倭大人上任以来,整肃吏治,赈灾救民,调解洋人纠纷,深得民心啊!只不知现在家麟巡抚的事闹到北京,究竟圣上意下如何?”

庄知县打着扇子道:“前些日子,我在兰州帮倭督大人办差,深感倭大人正直果毅,明察秋毫,本官在督府办差一月,受益匪浅啊!至于甘肃巡抚家麟,身为省府大员,贪婪成性,且好女色,真他妈不是个玩艺儿。据本官揣摸,不出半月,朝廷应该有旨下来了。”

三人正在说着,忽然一个衙役来报:“启禀知县大人,甘肃布政使王大人带着一伙宫廷太监已进县衙,马上就到。”说话间,王布政使和宫中太监已经走到庄知县、李县丞和邓训导三人面前。

一太监走进凉亭,高声呼道:“中卫县庄知县、县丞、训导接旨!”

庄知县、李县丞和邓训导闻声,立时跪倒在地,口中齐呼道:“微臣接旨!”

太监展开圣旨念道:“奉天承运,皇帝诏曰:据陕甘总督倭什布奏报,甘肃中卫县庄知县、李县丞和邓训导为官耿直,勤于职守,品绩兼优,可堪重用。特擢庄知县为宁夏府知府,所遗空缺由县丞递补,实授邓训导为中卫县兰山书院主持。钦此!”

庄知县、李县丞和邓训导齐声呼道:“微臣谢龙恩,吾皇万岁万万岁!”三人三呼万岁已毕,站起身来。

甘肃布政使王大人对三人道:“本官奉倭大人之命前来陪朝中钦差宣旨,倭大人有令,你们三人即日赴任,不得延误!”三人复跪下行礼:“下官谨遵总督大人之命。”

11

白昼,兰州陕甘总督衙门议事大厅。倭什布端坐大厅上首虎皮椅之上,面前摆着一张大案桌。两旁站着陕、甘两省巡抚、布政使、按察使、道台、知县等一大群文武官员。倭什布道:“本督自上任以来,数次到陕、甘两省视察。去年,各地旱情、蝗灾严重,闹得民不聊生。可是,本督亦发现,有的省府官员不以赈灾为重,却在家里大摆酒宴庆贺生日,借机敛财,且私纳犯官之妻,简直丧心病狂!本督已将此事禀告皇上,近日,皇上已颁圣旨。本督今日召集两省知县以上官员会议,其意就在于传达圣旨,严明朝纲法度!”说到这里,他向内室高声道,“请旨!”说罢,他急速离座,步于众官之前伏地跪下。随着他的喊声,两名太监持节从屏风内走出。一名太监高呼:“圣旨到!”随着太监的喊声,议事厅里几十名官员扑通一声跪倒在地。

太监捧旨宣道:“奉天承运,皇帝诏曰:近查甘肃遭遇旱灾、蝗灾,圣心极为挂念。巡抚家麟不以赈灾国事为重,置百姓生死于度外,借机敛财,大办寿诞宴会,且私纳犯官之妻,藏之外室,干扰我大清法度,着陕甘总督倭什布摘去家麟顶戴花翎,将其押解进京交刑部审讯,将犯官娄玉书之妻发卖为官奴。钦此!”太监读罢圣旨,倭什布伏地叩首:“微臣领旨,吾皇万岁万万岁!”呼毕,倭什布站起身来,喝道,“来人,摘下甘肃巡抚家麟的顶戴花翎,给我拿下!”随着他的喊声,两名侍卫步入甘肃省官员队列,摘去浑身发抖的家麟头上的顶戴花翎,将他五花大绑押出议事厅。议事厅内,两省官员无不震慑。

12

晚,兰州天客隆大酒店。任有道坐在房间里与葛秃子两人紧急商议营救曹英的对策。

葛秃子惊慌道:“千斋兄,据俺的兰州分行经理庄德五禀报,朝廷已经下旨将家麟巡抚革职查办,查抄了他的家产,连同曹英也遭殃了,被关在兰州监狱,即将发卖为官奴!”

任有道以拳击额道:“行健老弟,俺是官场中人,兰州知府早已派人将此消息通告于俺,俺正为这事犯愁呢!俺老任一心巴结家麟巡抚,指望日后吃个好馍馍,可谁知老家麟他娘的倒霉倒得日快,他自己被倭大人拿了不说,还他娘的连累了曹英!俺寻思了,一是俺老任对曹英放心不下,二是曹英若被官府发卖为奴,她尚有一子一女在俺家里,叫俺如何处置?唉,俺每想到此,就头痛得裂开了,正不知该咋办呢?四狗子,你的点子多,给俺拿个办法救救俺。”

葛秃子道:“千斋,你是个嘛男子,咋一遇点事就尿壶?说说吧,你让俺咋救你?”

任有道道:"就说第一桩吧,俺想过了,要想救曹英,只有一条路,花银子把她从官府赎回来。可俺眼下为替家麟祝寿把银子都花光了,身无分文。行健,你若是成心帮老哥就借给老哥一千两银子,老哥日后还你。"

葛秃子当即从怀里掏出一张一千两银票,道:"千斋,这一千两银票你拿去赎回曹英,算俺送给老哥的,不用你还。再说第二桩。"

任有道接过银票转忧为喜道:"这第二桩么,曹英的儿子宝鉴长大了,常年在俺家与俺女儿任凤在一起,多有不便。俺寻思着给他寻一户老实人家作为义子,想来想去,觉得你老弟不仅家财殷富,而且为人豪爽,给宝鉴当干爹,那是这孩子的造化!不知老弟愿不愿意?"

葛秃子听到此,沉吟半晌,一拍胸脯道:"这事俺答应!俺琢磨着,俺膝下尚有一子一女,赵氏膝下无子,多收个义子养在家里,将来等俺家业大了,也好有人继承!听你老哥这么一说,倒说到俺的心坎上。不知宝鉴这孩子人品咋样?"

任有道道:"这孩子俺看着他长大,平日稍顽皮些。男孩子嘛,难道让他变成女孩子的样儿么?只要老弟好好调教于他,俺看他准能成材!"

葛秃子道:"老哥这话实在,俺听得进去。这样吧,俺立即叫兰州分行经理庄德五骑快马回平罗,将宝鉴这孩子接回石嘴山,让龙占海每日教宝鉴、宝岱两兄弟练武。你老哥拿了票就赶快明日去赎曹英吧!这事就这么定!"说罢起身告辞。

任有道站起相送,拱手道:"行健,你他妈讲义气,你老哥记着你的情分!慢走,不远送了!"

葛秃子拱手道:"老哥,请留步!"说罢回房。

13

白昼,兰州至平罗的官道。任有道与赎回的曹英同乘一辆马车回平罗。马车在路上颠簸着,车厢里任有道欲抱曹英,曹英东躲西闪,还是被任有道抱住了。

任有道在曹英脸上亲了一口,道:"曹英,恶女人,你给俺听着:俺这回带你上兰州,差点让你坏了事。你她妈巴结上家麟,指望借家麟之手办俺,没想到又落到俺手上吧!俺告诉你,你注定要在俺的手心里,就别他妈想逃出去!"

曹英把头一偏,道:"反正你也知道俺的心思了,你就把俺杀了好了!"

任有道抱着她又亲一口,道:"俺这一次上兰州为你花了六千两银子,杀了你不就啥都没有啦?俺要留着你,慢慢享用。"说着,又往曹英脸上亲,曹英将头扭来扭去,任有道发出嘻嘻的笑声。

马车在官道上发疯般奔驰……

14

白昼,平罗至石嘴山的官道。庄德五怀里抱着宝鉴骑着一匹快马在官道上飞奔。

宝鉴在马上道:"叔叔,咱们往哪儿去?"

庄德五应道:“叔叔带你回石嘴山,到你干爹那儿去!”

宝鉴道:“俺干爹是谁呀?”

庄德五道:“是百万富翁葛老板!”

宝鉴道:“啊,那太好了!”两人在路上说着话,快马马不停蹄,朝石嘴山飞奔……

15

晚,兰州天客隆大旅店。葛秃子匆匆敲着刘敬祥的门。房间里点着一盏马灯,刘敬祥正与王月萍在房间里搂搂抱抱,听到敲门声,忙推开王月萍去开门。

刘敬祥打开门,惊诧道:“行健,是你?这么晚了,咋还不困觉?”

葛秃子道:“俺有件事告诉你,就不进房去了。”

刘敬祥眨眨眼道:“啥事?这球急?”

葛秃子道:“刚才,俺正琢磨着到青海去巡视外庄咋收羊毛的,石嘴山那边来了个伙计,他告诉俺,天津怡和洋行老板亨利和新泰兴洋行老板帕特里克带着两家人到石嘴山来了,眼下他们到贺兰山游玩,已回了府城,让咱们赶快回去迎接!”

刘敬祥道:“这可是大事!两家洋行老板都是第一次来西北实地考察,俺看,明天一早,咱们骑马到府城去!咱们要好好接待他们!”

葛秃子点头道:“你歇着吧,俺回去早做准备!”说罢告辞。

葛秃子走后,刘敬祥关上门回到房里,霎时,房里的马灯灭了,传来刘敬祥和王月萍的淫荡笑声……

16

翌日早晨,葛秃子和刘敬祥骑马往府城急驰……

第十八季:遭劫黄河道

1

次日当晚,府城兴庆客栈。房间里,帕特里克、亨利正与前来看望的葛秃子和刘敬祥攀谈。

帕特里克对刘敬祥道:“谢谢你们来看我,你那个伍子牛简直是头犟牛,我让他撬岩画他不撬,被我开除了!”

刘敬祥道:“不就是一块石板吗?嘛好东西,值得你生那么大的气?一切都交给俺来办,您一定会满意的。”

葛秃子道:“岩画?贺兰山中岩画?这个俺却不知。”

刘敬祥道:“不知道算球,明天,俺带人上山,让人带上錾子、凿子和锤子,实在不行就带些火药,把石头崩下来,不就结了?”

帕特里克闻言欢欣地竖起拇指道:“很好!密斯特刘,明天,你就带人上山把岩画给我撬下来,我要把这些宝物运回英国老家去!”

2

翌日上午,贺兰山。刘敬祥带着新泰兴商行的几个镖师和学徒骑马穿过贺兰山小口子原始森林,来到岩画原址,他指挥众人跳下马,从麻袋中取出锤子、凿子、錾子沿山坡攀上了峭壁,只花了半天时间便拓了几十张各种岩画的拓片,还撬下十几块岩画石片,命镖师和学徒将这些拓片和石片抬下山去,用马车运回府城。

3

当日下午,宁夏府城兴庆客栈。在亨利住的房间里,葛秃子刚向亨利汇报完刘敬祥在兰州向陕甘总督散布流言蜚语、破坏高林商行声誉的情况。亨利道:“亲爱的密斯特葛,你对我们怡和洋行的忠诚,我很欣赏。但是,我和帕特里克是多年的好朋友,这件事已经解决了就算啦,以后多注意防范就行。我信任你,你会处理好这些事情的。”

葛秃子无可奈何地道:“刘敬祥这样做太不仁义,俺本想与他彻底决裂。看在你的面子和你与帕特里克的私人交情上,这一次我暂且饶过他。”

亨利拍着葛秃子的肩膀道:“你们中国有位叫曹植的写过一首诗:煮豆燃豆萁,豆在釜中泣,本是同根生,相煎何太急!你是个文化人,不要跟刘敬祥一般见识!”

葛秃子道:“但愿如此。”

两人正在房间说着话,忽然听到客栈大院内人欢马叫。他们走到窗台前一看,只听刘敬祥对着二楼大叫:“帕老板,快下来看,你要的岩画运回来了!”过一会儿,只见帕特里克一瘸一拐地下了楼。

亨利对葛秃子道:“走,我们也看看去!”说罢,他不由分说,将葛秃子拉下了楼。两人来到客栈大院里,只见刘敬祥正从麻袋中取出一块岩画拓片指给帕特里克看。

帕特里克边看边手舞足蹈:“太好啦,这些岩画将成为我们大英帝国博物馆的一部分!你这样听话、能干,我要重重奖赏你,密斯特刘。”

刘敬祥闻言,也笑道:“这是卑职应该做的,何足挂齿,何足挂齿!”说到这里,他抬头看见葛秃子正陪着亨利向他走来,得意地道,“四狗子,快来看看俺拓的岩画拓片!”

葛秃子慢步向前,愤怒地谴责道:“子曰:巧言、令色、足恭,左丘明耻之,丘亦耻之;匿怨而友其人,左丘明耻之,丘亦耻之。你也曾经读过圣贤之书,难道连这一点脸皮也不顾了么?这次兰州之行,你行为卑劣,趋利而忘义,哪里还有一点中国人做人的气息呢?你到底算嘛玩艺儿?!”

刘敬祥闻言,不愠不火,反而笑道:“子又曰:知之者不如好之者,好之者不如乐之者。如果说趋利而忘义,那是你做的事。想当初,你走投无路,是谁指点你的?你能到西北来发羊毛财,又是谁引的路?”

葛秃子道:“刘敬祥,你这个卑鄙无耻的小人,这些话应该由我来问你,想当初,你是咋样蹲在俺门前哭着要俺救你的?你无人无银子,是咋样要求俺引你到西北的?你可要记住,当初老子要到西北,你千方百计阻拦俺,说要给俺收尸的正是你!”

刘敬祥道:“是的,那些都是俺使的激将法,那时,俺不哭着求你救俺,你能救俺么?那时俺无人无银子,俺不求你帮助俺到西北来,你能帮俺么?那时俺不说给你收尸,你能那么决绝地到西北发羊财么?可是当你赚了钱以后呢?你做了嘛事?”

葛秃子道:“俺做了嘛事?俺做了堂堂正正挣钱的事,咋,你眼红?你不瞧瞧你他妈做了嘛事,你把咱中国的珍贵文物撬给洋人算啥子呢?这只有卖国奸贼才他妈干得出!”

刘敬祥笑道:“哈哈哈哈,秃子,你这是抬举俺,卖国?那是太后老佛爷和皇上、大臣们干的事情,还轮不到俺呢?嘛珍贵文物?俺问你,嘛叫珍贵文物?噢,就这几块破石板,风吹雨打,几千年无人问津,被俺这么一撬,倒成了文物啦?你去球吧!俺怎么觉得你越来越伪善,你吃的是洋人的,喝的是洋人的,可你老还觉得自己是治国平天下的良才。拉倒吧!大清朝没人把你当碟子菜,还是好好做你的洋买办吧!”

这时,亨利走过来劝葛秃子道:“亲爱的密斯特葛,不要吵了,我们回屋去,明天回石嘴山,不要让人看我们两家洋行的笑话!"

帕特里克也过来劝刘敬祥道:"亲爱的密斯特刘,你为我立下了汗马功劳,我知道。但你和葛行健毕竟还是老乡,洋行同人,吵什么呢?好了,快让人把这些岩画收拾好,听亨利的,我们明天一早一道回石嘴山!"

4

第二天早晨,高林商行和新泰兴商行的大队人马风驰电掣地驰出了府城城门,向着石嘴山奔驰而去。

黄昏,石嘴山洋行的小楼里。刘敬祥和手下一个伙计提着一桶热水上楼。小楼的一间房里放着一个洗澡用的大木桶,两人将手提的小木桶热水提起来往大木桶里倒。刘敬祥倒罢热水,浑身汗淋淋的,他顾不得擦汗,把手伸进大木桶里试水温,试罢水温,他又对那个伙计道:"去,再提一桶热水来,快一点!"那伙计闻言不声不响下楼去了。一会儿,那伙计又提上来一桶热水,往大木桶中倒。这时,长途奔波,浑身汗水浸着灰尘的新泰兴洋行老板帕特里克大步走上楼来。他旁若无人地脱下衣裳,扯下领带,脱下裤子,赤条条地跳入大木桶中,泡在热水里。刘敬祥慌忙拿过浴巾,给他擦背、冲澡。帕特里克舒服极了,大口大口地喘着粗气,然后从刘敬祥手中接过浴巾,洗着头、上身和下身。一会儿,他从大木桶里爬出来,穿上宽松的睡衣,在腰身上打了个结,便信步走到一面临河的平台上,往竹椅上一靠,一个伙计赶忙给他递上一支雪茄,给他点上火后,又奉上一碗八宝盖碗茶。帕特里克嘴里叼着雪茄,不时品一口盖碗茶,两眼望着黄河上来往的船只和白帆,听着纤夫们苍凉的号子声,心情舒畅极了。他闭上眼睛,脑海里浮现出家乡的河流和风光绮丽的牧场,耳边响起牧羊姑娘的歌……

5

黄昏,帕特里克在美好的回忆中睡着了。

这时,小楼下,一个小姑娘——七岁的康妮姗姗走来,后面跟着九岁的宝鉴和八岁的宝岱。康妮高声喊道:"苏珊!迈克,你们快出来!"

一会儿,七岁的苏珊和六岁迈克打开楼门,悄悄来到康妮背后。

苏姗道:"康妮姐姐,我在这儿呢!"

康妮转过身,高兴地道:"苏珊、迈克,走,我们一起到黄河边上去玩!"

苏珊噘嘴道:"不,我们不能去玩,我们怕爸爸、妈妈知道了,他们要打我和弟弟。"

康妮道:"不要怕,苏珊妹妹,迈克弟弟,我们和他们一块儿去坐皮筏子玩,宝岱哥哥说,皮筏子可好玩呢!"

迈克欢喜道:"皮筏子是什么东西?我怕掉到河里去了!"

康妮道:"不要怕,有宝鉴、宝岱两个哥哥带着我们去坐皮筏子玩,还怕什么?他们可是两个可爱的小男子汉!快走吧,等会儿,你爸爸醒来了,我们就玩不成了。”

宝岱也过来说道：“苏珊妹妹，康妮说的一点没错。俺和宝鉴哥哥会游泳，保证让你们玩得痛快，呛不了水！”说着他做了个蛙泳的动作，“你看，俺的动作咋样？”

苏珊道：“棒极了！好吧，既然你和宝鉴哥哥邀请我和弟弟迈克去坐皮筏子玩，那我和迈克就跟你们去玩吧！只是，别让我的爸爸妈妈知道了。”

宝岱道：“不会的，亲爱的苏珊妹妹，快随俺们走吧！大家到码头去集合，俺先去找管家要皮筏子，把皮筏撑到码头来。”说着，他一扭身先走了。

于是，宝鉴和康妮、苏珊、迈克四个小孩笑着、跳着、说着话，从新泰兴小楼下坡，来到石嘴山段黄河码头。一会儿，只见宝岱撑了一只由二十五只皮囊扎成的小筏子从黄河上游驶过来。宝鉴、康妮和苏珊、迈克四人上了皮筏子，宝鉴学着宝岱，也拿了一支桨划皮筏子，两人将皮筏子撑离了岸，出了码头水口，驶入黄河主河道，向下游放去。

秋日的黄河，风大水急，皮筏子随波逐流，放得很快。五个孩子坐在皮筏上，看着黄河两岸美丽的风景，高兴得有说有笑。日头偏西时，孩子们乘着皮筏漂到三盛公的地界，离石嘴山已经很远了。

宝岱一边划桨一边急道：“筏子过三盛公了，宝鉴哥，我们回去吧！”

宝鉴道：“你个日囊怂，怕什么，咱们玩得正痛快呢，再往前划！”

康妮和苏珊不会划桨，在筏子上坐着，小迈克却哭了起来，一个劲叫道：“宝岱哥哥，我要回去，我饿！”

宝鉴凶狠地道：“哭，哭个球，没看见咱们在使劲划嘛？”

苏珊道：“宝鉴哥，迈克还是个孩子，你干吗那么凶？”

宝鉴道：“俺也是小孩呃，谁让他来的？你这个黄毛丫头，烦了俺把你扔水里去！”

宝岱道：“二哥，你咋能这么说话呢？他们都是老板的娃娃！”

宝鉴骂道：“老板算个球！娃娃咋啦？今天要是回不去就把他们全扔了！”

宝岱气愤道：“你胡说啥呢？”说完，他再也不说话了，拼命划桨。太阳落山时，几个孩子终于将筏子划到海勃湾上的胡杨岛。孩子们又累又饿，再也没有力气划了。

康妮首先发现了那座黄河上的小岛，高兴地道：“小岛，小岛，你们看！”

宝岱道：“宝鉴哥，俺没力气了，划不动了，上岛吧！”

宝鉴也没力气了，应道：“好，咱们上岛上玩去！”

两人拼命划桨，终于将皮筏子划到了胡杨岛，靠了岸。五个孩子跳下了皮筏子。到了岛上，宝岱在前面开路，康妮和苏珊拉着小迈克居中，宝鉴走在最后，五人沿着胡杨岛上的一条小径往前走，穿过沙枣林，不时闻到一阵阵沙枣花香。

宝鉴一边走，一边骂道：“都是康妮害的，要不是她要划船玩，哪会来到这个鬼不拉屎的地方！”迈克走不动了，掉在队伍后面，宝岱赶过去把他背到背上，一边走,一边道:“二哥,你就别骂了,明天回去,就说是我让你们来的,让爹爹打俺好了。”

正说着,康妮忽然说道:“看,那边有人!”

这时,夕阳的余晖把小岛照得通红,岛上满是胡杨树和沙枣树的阴影和鸟的叫声,显得格外宁静。树丛中的小径上,蜥蜴和蚂蚁在沙土上爬着。宝鉴吓得蹲在地上,东张西望,低声道:“人在哪里? 人在哪里?”半天没人吱声。

宝鉴见没人,就站起来对康妮发火道:“你这个傻妮,人在哪里,啊,有个球毛!”

康妮怯怯地道:“我是听到有人说话的声音嘛!”

宝岱气愤地道:“二哥,你再这样,我就不理你了! 康妮是客人,师傅咋教你的?”

忽然,前面树林里响起一阵类似大鸟的笑声:“哈哈哈哈,娃娃,我早就在此等候着你们哩!”只见驼背杨大带着十几个梁山汉子举着刀枪朝他们扑来……

6

晚,石嘴山新泰兴商行小楼。帕特里克从黄河码头寻苏珊、迈克回到小楼,他站在小楼前高声喊:“苏珊……苏珊……迈克……迈克……”他的喊声惊动了小楼里的人,刘敬祥和凯瑟林以及几个伙计匆匆从小楼里冲出来。

凯瑟林急切问道:“艾迪,孩子们没有找到吗?”

帕特里克大声吼道:“刘敬祥,你可知孩子们都到哪里去了?”

刘敬祥低声下气地道:“我正在行里忙收毛,不知道他们上哪儿去了。”

帕特里克咆哮道:“那你愣在这里干什么? 还不赶快派人四处寻找? 你给我记住,要是找不回苏珊和迈克,我要送你进监狱!”

刘敬祥唯唯诺诺道:“是,老板。”说着,他转身对何介石吼道,“还愣着干什么,还不赶快派所有的人满镇子去寻找? 找不回两个孩子,你们就别来上工! 滚!”何介石不敢吭气,带着人去寻找苏珊、迈克去了。帕特里克见状没有好脸色,对刘敬祥道:“走,去找葛秃子算账!”刘敬祥愣了一会儿,被帕特里克拉着,气冲冲地找葛秃子去了。凯瑟林也跟在后面。

7

晚,高林商行葛秃子家。这天下午,葛秃子陪亨利刚参观完梳毛厂和自己建的小煤矿、榨油厂回来,正在家中与赵氏、谢兰一块吃晚饭。忽然,刘敬祥领着帕特里克夫妇怒气冲冲进屋里。

刘敬祥没好气地道:“葛秃子,你个狗怂把帕老板的孩子们弄到哪儿去了? 快说!”

葛秃子闻言,放下饭碗站起身来喝道:“刘敬祥,你个狗怂是不是吃青草长大的? 咋见面就咬人?”

刘敬祥提高调门道:“你儿子把苏珊拐跑了,帕老板气疯了,你他妈还没事似的待在家吃饭!”

葛秃子吃一惊道:“是宝岱还是宝鉴?”

刘敬祥道:“都不是好熊,两个人一起拐的!”

葛秃子道:“别说得那么难听,他俩才多大?就知道拐丫头了?一定是一起耍去了。”

刘敬祥指着门外夜空道:“有他妈玩一天还不回家的吗?你看现在是啥时辰啦?”

正在这时,新泰兴商行的何介石匆匆跑进屋,对刘敬祥道:“刘老板,我刚才寻到码头,管皮筏的老头说,几个娃娃晌午饭后划一只皮筏子到下游去了!”

刘敬祥一听,连声道:“这下完了完了,水这么大,孩子们肯定没命了!”凯瑟林闻言晕过去了,被赵氏扶住。

谢兰听到刘敬祥这句话,“乒”的一声倒在炕上。赵氏又赶忙过去给她按摩。站在一旁一直没有吭声的帕特里克闻言,霍地拔出枪来。

帕特里克将枪口对准刘敬祥的胸口道:“你说什么?我的孩子苏珊、迈克害在你手上,老子毙了你这个狗娘养的!”说着就要去抓刘敬祥,葛秃子与何介石见状,慌忙拦腰将帕特里克抱住。正在这时,亨利和阿格尼丝赶来了。

亨利见状,喝道:“艾迪,住手!”说着,他大步走近帕特里克,对他说道,“艾迪,我和葛行健刚刚参观回来,才得知我的女儿康妮和你的女儿苏珊、儿子迈克失踪的消息。我也很着急。处理这事不能这样草率,莽撞,这事还没有调查清楚,你怎么能这样对待刘先生呢?快把枪放下!”

阿格尼丝也在一旁劝道:“帕迪,亨利是你最好的朋友,他的话是对的,你不要干傻事,快把枪放下!”听了亨利夫妇的劝告,帕特里克收起了枪,但仍恨恨地道:“刘敬祥,我这次饶了你,如果我的孩子们真的出了事,我不会放过你!”说罢,拉着妻子凯瑟林怒气冲冲夺门而出。一会儿刘敬祥也跟了出去。

帕特里克走后,葛秃子立即对屋外喊道:“来人!”随着他的喊声,一个伙计走进屋来。

葛秃子对手下伙计道:“你去通知呼延遇春,叫他立即集合全体镖师和伙计,打起火把沿河上下寻找几个娃娃!要想尽一切办法,把孩子们找到!”

那伙计拱手道:“是,老板!”说罢退出屋。

8

夜,石嘴山黄河段。星空下,几十只木船和皮筏子散布在河面上,高林商行的镖师和伙计们举着火把照亮河面。“康妮、苏珊、迈克,你们在哪里?”“宝岱、宝鉴,你们在哪儿?”一声声呐喊声声震长空。寻人的队伍在石嘴山到内蒙的乌达之间近百里河面上搜索了一夜,人们嗓子都喊哑了,仍一无所获。

石嘴山码头黄河岸边的沙地上,亨利和帕特里克筋疲力尽地坐在那儿,垂头丧气,似乎一夜之间老了许多,身上的衣服都湿透了。刘敬祥不愿跟葛秃子坐在一起,他与葛秃子隔得老远,穿着西服仰面朝天躺在沙地上。葛秃子坐在那儿抱着头,不时叹着气。他们四人就这样静静地坐着,躺着,一直到天明。

天明,太阳升起来了,霞光洒到黄河之上,也洒到他们四人的脸上、身上。

忽然,一个伙计高声喊道:"快看,那不是少爷吗?"

帕特里克闻声忽地从沙地上站起,朝黄河远处望去,只见下游果然划来一只皮筏子,几个娃娃正在拼命地摇桨。亨利听见迈克稚气的声音,兴奋地冲下河坡,跳上一只皮筏子朝孩子们划去。帕特里克、葛秃子和刘敬祥也纷纷奔下河坡,各自跳上一只皮筏子朝孩子们划去。前面的那只皮筏子上,宝岱和康妮各摇一只桨奋力划着水,宝鉴睡在皮筏子上,仰望天空。迈克首先发现亨利,激动地大叫:"亨利叔叔,亨利叔叔!"

亨利划着皮筏子靠近孩子们的皮筏子,他纵身一跃,跳到孩子们的皮筏子上,一把搂住迈克,使劲亲了亲,大声道:"迈克,你们跑到哪儿去了?"

迈克兴奋地道:"叔叔,我们去那边,岛上!"

亨利又问:"什么岛?"

康妮回过头来,答道:"爸爸,是胡杨岛。"

这时,帕特里克、葛秃子、刘敬祥的皮筏子也赶到了,将孩子们的皮筏子围在中间。

帕特里克站在皮筏上扫了几个孩子一眼,急问宝岱道:"宝岱,苏珊呢?苏珊到哪儿去了?"

宝岱应道:"苏珊被他们留在岛上了!"

刘敬祥跳上孩子们的皮筏子,一把揪住宝岱的衣领道:"说,你这个狗日的,你把苏珊小姐藏到哪儿去了?"

葛秃子跳上孩子们的皮筏子,一把扯开刘敬祥的手骂道:"你他妈住手!你想干吗?他还是个孩子!"

刘敬祥气急败坏地道:"孩子?孩子就知道干他妈的坏事了?"

葛秃子反问道:"你咋知道他干了坏事?"

刘敬祥道:"没干坏事,他把苏珊小姐弄哪去啦?"

亨利过来劝阻道:"你们不要吵了,让孩子们慢慢说。"

宝岱道:"昨天,俺们划皮筏子上了胡杨岛,碰见一群大汉,其中有个驼背汉子。他问清了俺们的身份,很客气地留俺们吃了晚饭,还让咱们在岛上住了一宿。早上,那伙汉子把俺们放回来,却把苏珊妹妹留下了。"

帕特里克闻言怒道:"你这个小猪猡,他们为什么单单留下我的女儿?"

刘敬祥也瞪着眼睛:"你要不把苏珊小姐找回来,看俺不剥了你的皮!"

葛秃子道:"姓刘的,你他妈客气点,你是在跟谁说话?"

这时,宝鉴站起来,突然说道:"别吵啦,这儿有封信,是给刘大爷的。"说着从怀里掏出一封信。刘敬祥一把夺过去,撕开封皮,看着看着,他的脸色变了,手也抖起来。

帕特里克问道:“刘,信上说了什么?我的女儿呢?”

刘敬祥额上沁出冷汗,说不出话来。帕特里克把信扯过来,交给葛秃子,道:“葛,你看写的什么?”葛秃子匆匆看罢信,两眼望着刘敬祥,却不吭声。

帕特里克骂道:“葛,你他妈看完信,为什么不说话?”

葛秃子被逼无奈,方说道:“这封信是刘敬祥的姐夫胆真小写的,他说刘敬祥是个丧尽天良的人,拆散了他们夫妻,他现在已当了土匪,发誓报仇。他在信中要求刘敬祥亲自送五万两银子到胡杨岛,他保证苏珊平安回家。倘若他要滑头,就会叫他死无葬身之地。”

帕特里克闻言,怒不可遏地对刘敬祥咆哮道:“刘敬祥,都是你惹的祸!我的女儿要是少一根毛发,我就亲自扒了你的皮!”

刘敬祥血口喷人,道:“帕老板,你根本不知实情。这股土匪是葛行健的朋友,他一定事先知道,所以,才让他儿子把小姐引上胡杨岛!”

葛秃子跳起来,道:“你他妈放狗屁!你自己把大姨子霸占了,逼得连襟当土匪,现在你竟敢反咬一口,你他妈真不是个东西!”

刘敬祥向帕特里克保证道:“帕老板,您息怒,俺就向县里和府里禀报,请他们派兵剿匪,救出小姐。”

帕特里克不等他说完,伸手扇了刘敬祥一耳光,骂道:“你这头猪,你想害死苏珊吗?赶快拿银子去赎人,马上去!”

刘敬祥哭丧着脸道:“我现在手头凑不够五万两呀!”

帕特里克道:“那我不管,你马上就去赎人!”

亨利道:“葛,你可以借点钱给他吗?”

葛秃子道:“俺送给他三万两吧,反正他也不会还俺。”说着,当即从怀里掏出三万两银票给了刘敬祥。

亨利道:“艾迪,我们先把孩子们送回家,其他的事等以后办理。”帕特里克点点头。

葛秃子道:“现在各回各的筏子,俺留在孩子的筏子上替他们划桨!走,回石嘴山!”

霎时,人们回到各自的皮筏上,开始往回划,葛秃子接过康妮的桨,与儿子宝岱一起荡起双桨,向石嘴山码头划去……

9

当天晚上,石嘴山新泰兴商行小楼。刘敬祥领着苏珊回到小楼,刚走进帕特里克房间,只见亨利夫妇一家人都在那儿坐着。帕特里克和凯瑟林见女儿苏珊回来了,高兴地奔上前,帕特里克口里不住喊道:“苏珊,孩子,你可回来啦!”苏珊一下子扑到帕特里克的怀里,高声叫道:“爸爸!”帕特里克眼里淌出泪花,他张口亲了亲苏珊的脸,才将苏珊交到妻子凯瑟林的手上。

凯瑟林泪流满面道:“孩子,我的心肝,你出走两天,快把你爸爸妈妈急死了!你一切都好吗?”

苏珊道:“妈妈,我都好,胡杨岛上真好玩,我还碰上刘叔叔的女儿海津姐姐!”

凯瑟林转身对刘敬祥道:“刘先生,你的女儿为什么不跟你一道回来?”

刘敬祥不语。

苏珊道:“海津姐姐见了刘叔叔,要拿刀杀刘叔叔,她不愿跟刘叔叔回石嘴山!”

亨利吃惊道:“刘先生,有这回事吗?”刘敬祥点头不语,眼角淌出两行泪来。

帕特里克道:“亨利,这儿土匪横行,太糟了。我想,我们两家得赶快离开这里,回天津!”

亨利点头道:“行,今晚我们收拾一下,明天启程回天津!”

10

翌日上午,石嘴山高林商行大院。亨利和帕特里克两家人分别上了两驾马车。葛秃子、刘敬祥分别带了家人在大院门口送行。宝岱手持一束野玫瑰花急匆匆赶来,直奔亨利一家坐的马车,对车上喊道:“康妮!康妮!”康妮闻声从车厢里出来,跳下马车。

宝岱上前拉住康妮的手道:“康妮,你和你的父亲、母亲就要回天津了,没想到你们走得这么快。俺没有什么东西送给你,就送给你一束石嘴山的野玫瑰花吧。希望你回去后经常给我写信!”说着,将手上的一束野玫瑰花递到她的手上。

康妮接过野玫瑰花,高兴地道:“谢谢!谢谢你宝岱。这次我和父母到石嘴山来玩,最高兴的是见到了你和你的父母,我永远不会忘记这里的一山一水、一草一木,它们将留在我美好的记忆里。宝岱,我为有你这样的一位好朋友而高兴。”说到这里,她脸上绯红地低声道:“我会给你来信的,再见!”说着,她一撩长裙跳上了马车,走进车厢。

亨利见女儿上了车,命令车夫道:“启程吧!”马车启动了,两辆马车徐徐驰出高林商行大院。

葛秃子和刘敬祥、保军、呼延遇春等人拱手相送,目送两驾马车上了黄河大提,愈驰愈远……

11

字幕:五年后。

时光如梭,1893 年 5 月的一天上午,天津直隶总督李鸿章官邸。总督府门前,蹲着两只大石狮,张牙舞爪,两列带刀侍卫分列大门两旁。英国汇丰银行大买办吴调卿身穿候补道员官服急匆匆下了一辆专用豪华轿车,直奔总督府大门。因他是李鸿章的大红人、常客,不用通报,只是跟侍卫们点个头便直接跨进大门,直奔李鸿章的签押房。签押房里,李鸿章正同两位官员谈话。

李鸿章对其中一官员道："就这么办，京张铁路要抓紧修筑，要逐步打通京城与各地的铁路通道，这是西洋各国早已有之的先例。洋务洋务，要以仿效洋人典范为要务。证调筑路民夫问题，你们自己去想法解决，至于筑路钱款嘛，俺正在通过各洋行借贷。"说到这里，他转向另一官员道，"你们北洋水师近几年已从国外购置了一批军舰，要抓紧水师的训练。至于购置所需枪炮一事，朝廷一时拿不出那么多银子来。这样吧，俺替你们再想想办法，看可否从洋行再借贷一点银两，帮你们解决购置枪炮的费用。今天，俺已约了人商谈这个问题，你们先回去吧！"

两位官员躬身打千道："喳，谢中堂大人！"转身走出书房，与刚要进书房的吴调卿擦肩而过。李鸿章送客至书房门口，见吴调卿到来，高兴地点头。

吴调卿慌忙整带撩袍，躬身打千道："卑职参见中堂大人！"

李鸿章道："免礼，坐！"说着，他引吴调卿走进内室，回到书案前坐定，吴调卿自己找了张椅子坐下。

李鸿章道："来人，给吴大人看茶！"随着他的喊声，一女侍端来茶盘，将一只茶杯奉于吴调卿身旁的案几上。

李鸿章道："调卿，现时你已是关内外铁路总办、北洋水师银钱所总办了。俺来问你，那两件事办得如何？"

吴调卿拱手道："回禀中堂大人，关于修筑京张铁路所需银两一事，卑职已与天津的各家洋行打了招呼，要他们各家洋行拿出些银子，算作本国借款，各家洋行均已应承。"

李鸿章欢喜道："哦，外国洋行如此爽快，你给他们多少利息？"

吴调卿拱手道："回大人，按照以往借贷通例，给利息一分五厘。"

李鸿章捋须道："利息不多，倒也使得。俺再问你，给北洋水师筹措购置枪炮款一事进展如何？"

吴调卿拱手道："回禀中堂大人，卑职筹办此事确乎有些为难。"

李鸿章皱眉道："说说，有啥难处？"

吴调卿道："要说难么，有三。一者，俺为筹措修筑京张铁路所需银两一事，已向在天津的各洋行开了口，再向他们开口借银子确乎有些为难。"

李鸿章道："那第二呢？"

吴调卿道："第二么，有鉴如此，卑职只有利用担任汇丰银行买办职务之便，向汇丰银行借贷。可是，今年汇丰银行的执行董事换了怡和洋行的老板亨利，而怡和洋行的买办梁彦青是广东人，素来与俺们安徽人不和，因此，办理向汇丰银行借贷一事的难度，可想而知。"

李鸿章听到此，眉头拧得更紧了，接着又问道："广东人与俺们安徽人素来不和，这个俺早已知晓，要想办法融洽两省关系。你再说说第三。"

吴调卿道："这第三么，就是汇率问题。中国的银子与英镑的汇率，近些年来一直飘浮不定，英国汇丰银行给俺们贷的是英镑，折合咱们银子的汇率少了，他们不愿干；折合多了，俺们也不愿干。这事确乎让卑职为难。"

李鸿章听罢,连连点头,道:“调卿此话,言之有理。”说到这里,他略一沉思,道,“今年,日本在朝鲜发动东学党政变,扰乱中朝关系。所以,今年朝廷加强军备,筹建北洋水师。此乃当务之急。就这么着吧,关于中国白银对英镑的汇率,你给俺制定个方案,具体的事,你与怡和洋行老板协商。总而言之,汇率要适度,款要贷,北洋水师的枪炮要买,这事疏忽不得。俺就给你定这么几条原则,你抓紧去办吧!”

吴调卿站起,躬身打千道:“喳,俺这就去办。”

李鸿章也站起,挥手道:“调卿,这两件事,本督就全权拜托给你了,恕不远送。”

吴调卿拱手道:“卑职告辞。”他刚刚走到签押房门口,就又被李鸿章叫住了。

李鸿章喊道:“慢,调卿,请随俺来。”吴调卿不知所以,随李鸿章走回室内。李鸿章回到办公桌旁,从抽屉里抽出一张十万两的银票递到吴调卿手上,说道,“调卿,还是按老规矩,这十万两银票放在你那儿,别让俺的儿子知道了。”

吴调卿接过银票放入西服口袋,一笑道:“中堂大人尽管放心,您的银子存俺这儿,比存在银行还保险!”说罢,双手一拱,告辞而去。

12

晚,天津紫竹林英租界吴调卿公馆。公馆会客厅内,数只红烛高烧,汽灯耀目,室内布置豪华。沙发上,吴调卿正与英商怡和洋行老板、汇丰银行执行董事亨利和一名会计随员谈话。

吴调卿道:“尊敬的密斯特亨利,今天,俺请您来,主要是俺奉直隶总督李鸿章中堂大人之命,与你商量制定中国白银与英镑汇率,再行办理借贷手续的问题。”

亨利惊讶地道:“由我们制定汇率?孬孬,密斯特吴,这件事不可思议,难道汇率不是由贵国政府制定的吗?为什么贵国政府主动放弃这个左右国家金融政策的杠杆,让我们私下来制定?这简直是儿戏!”

吴调卿道:“亨利先生,你觉得这样做有啥不妥吗?”

亨利道:“密斯特吴,我真的不明白,一个国家的金融政策,为什么交给一个银行买办来制定呢?”

吴调卿笑道:“尊敬的亨利先生,你大概忘记了,俺不光是银行买办,还是三品京堂候补道员并赏给头品顶戴的洋务官员,俺对于金融业务的熟悉,超过大清任何一位王爷和大臣,因此,李中堂全权委托俺来与你商量定汇率,没有啥值得大惊小怪的。您是汇丰天津银行的执行董事,俺请你来,就是要与你商量一下汇率的制定。另外,俺们国家的北洋水师急需一批快枪和火炮,俺也想请您代为采购。”

亨利闻言,不好再说什么,说道:“好吧,密斯特吴,我们先说汇率,后谈枪炮。”

13

字幕:公元1893年,日本挑起朝鲜东学党政变。清政府派步兵平定叛乱,引起中日交恶。1893 年夏,日军舰突然封锁了黄海及天津出海口,引起中英海上贸易混乱。

黄海海面,一艘艘日舰正巡逻,搜查中国远洋船只。

14

白天,天津怡和洋行经理办公室。亨利正在听取买办梁彦青汇报。

梁彦青手里拿着一张《天津时报》报告道:“报告总经理,日本操纵的朝鲜东学党政变被朝廷派兵平定后,日军军舰近日突然封锁了黄海海面和天津一带港口,我们开往伦敦的所有运毛船不能出海了!”

亨利立时惊讶道:“哦,有这种事?你快通知石嘴山高林商行的葛行健先生,让他立即停止发货,运毛船暂时不要来天津了!”

梁彦青道:“是,总经理先生!”说罢,转身走出经理办公室。

15

这日白昼,石嘴山高林商行经理办公室。张学文和保军正在向葛秃子汇报。

张学文道:“葛老板,最近,山西帮的商人纷纷找我联络,要求归顺我们,在山西开分号和外庄,咋办?”

葛秃子道:“山西帮商人素来狡猾,日鬼得很。他们见俺的高林商行有洋人作靠山,上至朝廷,下到陕甘总督和地方官员都支持,便来投靠俺们,乃形势所迫罢了。对于他们这帮奸货,俺们既不能全收,也不能不收。这样吧,你负责挑几个心诚一点、实力雄厚一点的山西客商,顶多七八个,在山西各中心城市设立俺们的分行或外庄,规定他们每年向俺的高林商行交十万两银子,作为向俺们商行的回报,否则,强令他们一律不得打俺的‘高林商行’旗号,明白了吗?”

张学文道:“在下明白!”

葛秃子道:“明白就好。你今后注意与山西帮商号的联络,发展俺们在山西的势力和经营范围。去吧!”

张学文道:“是,兄弟一定谨记您的教诲!”说着,拱手与葛秃子告辞。

张学文走后,葛秃子转身对保军道:“保主任,俺的小洋楼和十艘五桅船建好了没有?”

保军答道:“回老哥的话,都已建好。”

葛秃子道:“咱们与梁彦青合资建的打包厂、硝皮厂、小煤窑呢?”

保军道:“打包厂、小煤窑已建好。硝皮厂正在筹建中。”

葛秃子道:“好,打包厂和小煤窑既已建好,要立即招募工人,抓紧开工,先把投资的银子赚回来。”说到这里,他停了一下,道,“咱们仓库里现有多少皮毛?”

保军道:“从过年到现在,各分行、外庄送来的羊毛约有 80 万斤,皮子约有 30 万张。”

葛秃子道:“现在已临雨季,这些皮毛不能久放,否则霉烂,得赶快运到天津。

天津那边,亨利已多次派人来催货,俺想,这两天就把货用船运走。走,咱们先到码头看看咱造的新船去!”说着,他拉着保军走出办公室,出了洋行大院,向码头走去。他俩来到码头,只见十艘五桅大船停泊在码头边,仿佛是一队威武的战舰。每艘大船的桅杆上飘扬着“高林商行”的旗帜。

葛秃子叉手在腰上,笑道:“保军,你看这些大木船,像不像当年曹孟德下江南的水师战船?”

保军挠耳道:“老板,我没见过曹孟德的战舰,咋比呢?”

葛秃子道:“俺说你是个日囊怂便是日囊怂!难道你没看过曹孟德的战船?也没看过《三国演义》么?”

保军道:“经你老哥一提醒,我明白了。”

葛秃子道:“你明白啥?”

保军道:“我小时候看过《火烧赤壁》的小人书。”

葛秃子道:“像不像?”

保军道:“嗯,有点像。不过,你老哥打这比方不吉利哩!”

葛秃子道:“嘛不吉利?”

保军道:“曹孟德的水师战船被诸葛亮、周瑜用连环计烧了,咱们的这些木船可烧不得呀!”

葛秃子哈哈大笑道:“谁说让它烧了?俺可不是粗心大意的曹孟德!”

保军道:“老哥,算了,不谈曹孟德了。你说,这回派谁去押运这趟运毛船吧?”

葛秃子道:“嗯,这还是个事。俺准备近期到青海走一趟,看一看那里的收毛情况。你就替俺走一趟吧!呼延遇春、陈万秋来押运这趟船,再没有人可派了。”

保军道:“老哥,还有两个人你没算呢!”

葛秃子道:“哪两人?”

保军道:“宝鉴和宝岱呀!这两小兄弟近些时跟随呼延遇春师傅练武,武功不错哩!若让他兄弟二人上船帮助呼延老哥,这趟运毛船的押运就有保障了!”

葛秃子听罢,把手往腿上一拍,道:“保军兄弟,若不是你提醒俺,俺差点把这两个龟儿子忘了!”

保军道:“那我还是日囊怂不?”

葛秃子道:“去球!俺骂你还有错?走,咱们去找宝鉴、宝岱去!”

16

白昼,黄河岸边河滩上。呼延遇春正坐在岸边看宝鉴和宝岱练武。十四岁的宝鉴手持两柄钢钩与右手握着宝剑的十三岁弟弟宝岱对阵。宝鉴闪转腾挪,将两柄钢钩舞得密不透风,时而防御,时而凶猛劈刺进击,宝岱手持长剑,剑起处划起道道彩虹,剑落处惊起阵阵旋风,招式奇特,时而声东击西,时而指上挑下,把宝鉴惊得浑身冷汗直冒。忽然,宝鉴一声怒吼,左手将钢钩格住宝岱的剑,纵身一跳,右手举着钢钩朝宝岱击来。谁知他的身形未落,宝岱右手持剑悄悄一滑,便将剑收起,就地使了个“蹲虎望月”，复将剑向上一挑，只见剑锋直指宝鉴的胸膛。宝鉴身形落了一半，吓得丢了右手钢钩，扑通一声摔倒在地。这时，葛秃子与保军恰恰赶到，看到了这惊险的一幕比武，葛秃子吓得大惊失色，保军却在一旁大声叫好！

葛秃子大步上前扶起宝鉴，道：“鉴儿，你没受伤吧？”

宝鉴爬起道：“不用你管，甭来假惺惺的一套，滚！”

呼延遇春大步奔过来，喝道：“宝鉴，你对谁说话呢，葛老板可是你的干爹！”

宝鉴眼一横道：“谁认他这个干爹，他只会认自己的儿子！宝岱，这一局不算，咱哥俩重新来过，你敢吗？”

宝岱道：“有什么不敢？说，是比枪还是比刀？”

宝鉴道：“不比冷兵器，咱就来个空手搏斗：比拳！”

宝岱道：“比拳就比拳，哥，若你再输了，不准赖账！”

宝鉴道：“谁个赖账？赖账就是狗怂！”

宝岱听罢，将剑当啷一声掷于地上，就地使了个骑马裆架式，一抱双拳，道：“请！”

宝鉴闻言，也把两把钢钩扔在地上，唰地脱了衣服，露出赤膊，一步步向宝岱逼来。宝鉴比宝岱年龄稍长，身子高大，他“哇”了一声，使出一套长拳套路，使到中途变了太极拳招式，使得煞是好看。

保军在一旁对葛秃子道：“老哥，别看宝鉴这一套拳路数好看，可都是些花拳绣腿功夫。你瞧瞧宝岱咋变招吧！”葛秃子不太懂得拳路，听了保军的话，朝宝岱看去。宝鉴迅猛向前，拳到身到，呼呼有声，宝岱只用左拳略略一挡，忽然腾身飞起，右拳临空而下，如泰山压顶，宝鉴慌忙举起双拳来接，宝岱右拳忽然改变路线，猛地向下一沉，来了个猛虎掏心，宝鉴收拳抵挡不及，只觉胸口一阵疼痛，跌倒在地。

保军在一旁鼓掌笑道：“好，好！宝鉴、宝岱，你们不要再比试了，你们的爹来了，找你们说话哩。”少时，宝鉴和宝岱拾起地上的兵器，一起来到葛秃子面前。

宝岱道：“爹，你有事找俺？”

葛秃子点头道：“嗯，是有一件急事。”

宝鉴道：“啥急事？快点说，俺还有事。”

葛秃子道：“俺过两天就要到青海去了，后天，咱们高林商行要向天津发运八十万斤羊毛、三十万张皮子，数目不少。俺考虑再三，行里押运人手不够，俺决定你们哥俩这次辛苦一趟，帮助你保军叔、呼延师傅押运这十艘运毛船和几十只皮筏子，将这批毛皮运到绥远，再雇骆驼将毛皮运到天津。这一路上土匪经常出没，风险很大。俺刚才看了你们哥俩的比武，你们两人身手都不错。你们先回家去准备吧，后天上午准时出发！”

宝岱道：“爹，您放心吧，俺和哥哥不会让您老人家失望的。”

葛秃子转身对呼延遇春道：“呼延兄，这次押运毛皮去天津，就拜托你了。你和陈万秋镖师一道去，顺便带着俺的两个儿子，路上好有个照应。”

呼延遇春道："葛贤弟，您放心吧，有保军掌舵，陈万秋和我的两个徒弟保镖，运毛船不会有问题。"

17

翌日晚，高林商行镖师房。宝鉴从街上回来，路过月亮门，他吹着口哨正准备回家吃饭，忽然，陈万秋从镖师房奔出来。宝鉴停住脚步，回头见是镖师陈万秋，赔笑道："陈叔，啥事？"

陈万秋上前亲热地挽住宝鉴的手道："宝鉴，今天，你婶在家包了饺子，走，上俺家吃饺子去！"

宝鉴高兴道："真的？那俺可不客气了！"

陈万秋笑道："你小子还讲啥客气，走，咱们到家去！"说着，不由分说，他一手搭着宝鉴的肩，两人出了高林商行大院。少时，两人走进陈万秋家。见刘敬祥坐在炕上，旁边还坐着何介石和小揪面。

刘敬祥见宝鉴进屋来，忙道："宝鉴，你来啦！"说着溜下炕给他沏茶。

宝鉴道："刘叔，你是长辈，俺自己来倒茶。"

刘敬祥道："唉，想当年，俺可跟你爹娄玉书知县是老交情，要是没有他的支持，俺的个新泰兴商行啊，可开不成哩。当年，你们家多风光啊！只是千想万想没想到，你爹死得那么惨，你妈和你姐宝蓉现在当了任有道的奴仆，你自己呢，也成了葛秃子的干儿子。唉，这都是过去的事 ，不提心里难受，提起它，心里更难受。"

宝鉴听到这里，眼圈红了。

刘敬祥道："宝鉴，俺问你，你今年快十四五岁了吧？给人家当儿子，连祖宗的姓也卖了，不是你叔说你，你不孝啊！"

宝鉴低头不语。

刘敬祥又道："男子汉大丈夫，要做顶天立地的英雄，岂能当别人家的异姓家奴？自古给别人做义子的，有几个落了嘛好下场？三国的吕布，你知道吗？"宝鉴点点头。

刘敬祥接着道："吕布一世英雄，却嘛屡次给人做干儿子，结果殒命白门楼，可悲可叹啊！你小小年纪，学了一身的武艺，不思为父报仇，为母申冤，甘愿做葛秃子的家奴，真是没有志气，囊怂一个！你指望将来葛秃子的万贯家产能分给你一点么？"

陈万秋在一旁打边鼓道："葛秃子现在又生了一女，加上宝岱，你们就兄弟俩了。他年轻力壮，又有两个婆姨，还不知将来要养几个儿呢。他死了，家产不会有你的份。你在那儿永远都是个外撇子。"

见宝鉴不吭声，刘敬祥又劝道："要想报仇雪恨，先得自立。只要手上有了银子，才能成家立业，不受制于人，做嘛伟丈夫！"

宝鉴抬起头道："俺是个小孩子，到哪里去弄银子发财？"

刘敬祥诡诈地道："路子多得很，就看你走不走。"

宝鉴道:“叔,你说,有啥路子?”

刘敬祥道:“眼前就有嘛一个机会,你只要答应,俺保准你得五千两银子。”

宝鉴瞪大了眼睛道:“妈呀,五千两?”

刘敬祥点点头道:“没错,五千两!这还只是开始。你要愿意跟俺干,俺让你不出三年一准发财!”

宝鉴动心地道:“叔,那你让俺做啥呢?”

刘敬祥想一想,道:“很简单,你只要到时听从你陈师叔的吩咐,就嘛没你的事了。”

陈万秋从炕柜里取出一个纸包递给宝鉴,道:“等运毛船到五原附近停泊时,你找机会把它撒到饭锅里就完事了。”

宝鉴打开纸包一看,是一包灰黄的药粉,惊道:“你们要俺毒死师傅他们,俺不干,俺不干!”说着,他就要下炕。

刘敬祥拦住他道:“等等,你听俺说完。首先,这不是毒药,只是迷魂散;其次,并没人杀你师傅;这第三嘛,你可以立即发财。你好好思谋一下,看合算不合算。”

宝鉴站在那里低头想了一阵子,咬牙道:“俺干!”

刘敬祥道:“还有一件事,你今晚就和你师叔、你何大哥到一个地方去,你只须陪着,不用做啥,回来俺就再付给你一百两银子,咋样?”宝鉴点头。

18

当晚,石嘴山通往三盛公的官道。陈万秋带领何介石、宝鉴三人骑马向东北方向的三盛公奔去。半夜时分,三人三骑拐上一条岔道,穿过一片胡杨树林和沙漠,驰到了离三盛公不远地方的一个村落。陈万秋翻身下马,打了一声呼哨,从一片林子里闪出两个黑影。

一个黑影来到陈万秋跟前,躬身施礼道:“二掌柜的,你来啦!”

陈万秋道:“吃饱蹲,你们的掌柜在吗?”

那黑影道:“大掌柜不在,二掌柜在哩!”

陈万秋道:“带俺去见他!”

吃饱蹲向另一个黑影道:“渴不死,你在这儿蹲着,我一会就回来。”

渴不死道:“你别一去钻白老胖的被窝里了。”

吃饱蹲骂道:“我他妈像你那么骚情,整天就想着女人的沟子!”说着,领着陈万秋、何介石、宝鉴三人悄悄摸进庄子。吃饱蹲来到一座院子跟前,敲了三声门,院门开了。陈万秋领头迈步进去,直奔上房。何介石、宝鉴紧跟他后面。吃饱蹲没有进院,转身钻进旁边一所院子里去了。

陈万秋进了上房,只见三间上房一铺大炕占了两间屋子,炕上一拉溜睡了二十几个汉子,鼾声扑面而来。炕头上坐着一个满脸胡子的汉子,发出女人般的文绉绉的声音道:“二掌柜星夜来此,不知有何贵干?”

陈万秋道:“酸秀才,杨大呢?”

大胡子道："他和胆真小到绥远去了，你有啥事就跟我说吧！"

陈万秋道："那他们多会回来？"

大胡子道："说不准，也许明儿个，也许一个月之后。"

陈万秋道："他们去干啥？"

大胡子道："干啥？做买卖呗！这一阵子赚了那个叫刘敬祥的二毛子几十万两银子，不能叫它闲着生娃娃吧？"

陈万秋眼睛一转道："大掌柜也没分点给你们？"

大胡子不耐烦地道："分了，一个人几十两，大掌柜的他妈太不够朋友了，弟兄们出生入死地干，好不容易才发一次财，都让他拿去做啥买卖了！"

陈万秋道："那个胆真小咋样？他不是刘敬祥的连襟么？"

大胡子满腹牢骚道："就是那个囊怂，婆姨都让姓刘的日了，他却跑到这里来充胆大的。大掌柜的原来啥都听我的，现在倒好，胆真小成了他的诸葛亮了。"

陈万秋道："酸秀才，你出来一下，俺跟你说个事。"

大胡子疑惑地披衣下炕，趿拉上鞋子，边走边问："啥事不能在这儿说呢？"两人走出上房，在外面嘀咕了一阵子就回来了。回来时，大胡子一脸兴奋，眼睛里闪耀着贪婪的光芒。

陈万秋抱拳道："俺们走了，酸秀才，到时就看你的了！"

大胡子道："好我的老哥，你就心妥妥地放在肚子里吧，保险没嘛达！"

陈万秋领着何介石、宝鉴出了院门，临上马又对大胡子道："噢，我忘了引见了，这位是刘敬祥洋行兰州分行的老板何介石，也是俺的那个，俺和他妈是公母俩了。"他又一指宝鉴道，"这位是娄宝鉴，原是平罗县知县的公子，现在是高林商行葛老板的义子，对刘敬祥恨之入骨啊！"

大胡子对两人一拱手："幸会。"两个人点点头，人已在马上，不及还礼。

陈万秋腾身上马，道："三日后见！"说罢一抖缰绳，马就蹿出去了。何介石、宝鉴策马紧追其后。

19

这天，黄河石嘴山港口，十余艘运毛船和几十只羊皮筏子启航了。码头上，葛秃子一家人与龙占海等人拱手相送。保军、呼延遇春和宝岱、宝鉴站在一艘木船船头，不住地向葛秃子招手致意。运毛船队驶离码头，进入黄河主航道，向东疾驶而去。皮筏子上传来船工呼喊的号子声……

两天后的黄昏，过三盛公不远的黄河码头，运毛船队停泊了。呼延遇春和保军、宝岱同乘一条船。船刚靠岸，呼延遇春对保军道："保主任，你在这儿负责看守船只，另叫人上堤埋锅造饭，让弟兄们吃罢饭上船休息，俺和宝岱到各船查船去。"

保军道："也好。你们去吧，我在这里守着，让人上岸埋锅造饭，等会儿，你们早些回来，免得饭菜凉了。"说完话，呼延遇春和宝岱腰挎宝剑上岸，到各船巡视去了。

在紧挨呼延遇春乘坐的船上，陈万秋和宝鉴在船舱里窃窃私语了一阵子，他们各人往怀里揣了两包迷魂散，踏着跳板上了岸，朝堤上烧饭的地方走去。天黑了下来，船上和皮筏子上的灯火依次点燃，几里长的河道上，满天星斗和灯火交相辉映。陈万秋来到临时搭起锅灶的地方，见只有一个烧饭的师傅蹲在那儿，一边默默抽烟，一边往三口灶里添柴。

陈万秋上前道："师傅，今晚你给咱爷们弄啥好吃的呢？"

厨师道："没啥好吃的，俺给你们下了三锅揪面！陈镖爷，你咋不歇着？"

陈万秋道："天黑了，俺的肚子也饿了，所以俺来看看你的饭弄好没有？"

厨师道："船上人多，俺煮了三锅揪面，烧了不少柴火，面差不多快熟了。唉，我一人在这儿烧饭，够忙活的，连拉屎的空闲都没有。"

陈万秋道："不就是烧柴吗？师傅，你去拉屎，俺和这位宝鉴兄弟给你往灶里添柴！"

厨师站起喜道："那敢情好，我去拉屎去，揪面差不多快熟了，添两把柴就行了，别煮煳了啊！我走了，麻烦你们了！"说着，提着裤子奔下堤去。

陈万秋见状，忙对宝鉴道："快！把药下到锅里！"说着话，他与宝鉴赶紧从怀里掏出两包迷魂散，撕开纸包，揭开锅盖，将迷魂散全倒进三口锅里，再用勺子往锅里搅了搅，觉不出异样，便又蹲下身来拾起纸包往灶里扔去，又给每口灶里加了几把柴火。

少时，厨师回来了，脸上一副畅快的样子，对陈万秋道："不拉不放，作鼓作胀，一拉一放，舒舒畅畅！哎哟，陈镖爷，这回你可算救了我一命了！多谢，多谢！"

陈万秋道："师傅，俺们按你刚才的嘱咐，给每口灶里添了两把柴火，你揭开锅盖，看揪面熟了没有？"

厨师揭开锅盖，看了看面条的成色，道："好了，好了，叫船工们来吃饭！"说着，他端起一只铜脸盆，当当当地敲了起来，边敲边嚷，"开饭啰！开饭啰！"霎时，木船和筏子上的船工端着盆子、缸子、碗呼拉拉地拥上堤来，排起了长队。厨师拿起长勺和长筷，不断地给船工们盛面，盛完面的船工端着自己吃饭的用具陆续下堤回到自己的船中。这时，巡查回来的呼延遇春和宝岱与保军一人端着一只大碗来排队，又端着盛着揪面的碗回到船上吃起来。呼延遇春一边低头吃着揪面一边往船上走，他走进船舱，见一个个镖师和船工倒在甲板上，顿觉大事不好，刚要把碗扔掉，只觉一阵头晕目眩，脚底下发软。他强支撑身体没有倒下，挣扎着回头，见保军也已倒下，躺在他身旁。此时，陈万秋从地上抓起一把柴火放在灶膛里点燃，他举着火把在河堤上使劲地晃了晃，只见黑暗中拥出许多蒙面黑衣人，手持利刃，见人就砍。此时，宝岱因为帮助一个船夫系铁链，吃得晚一点，也被麻醉了。他努力想去拨剑，被冲上来的一个蒙面人砍了一刀，刚好，呼延遇春赶到，拨剑将蒙面人刺倒，救了宝岱。呼延遇春将剑尖朝黑衣人脸上的黑巾一挑，不禁大吃一惊：原来此人是护镖队的一个镖师。这时，几个黑衣人持刀围了过来，呼延遇春趁势将宝岱踢下船，持剑迎敌。几个回合下来，呼延遇春脚底发软，手中无力，明知药性发作，他奋起神威,一剑刺中为首的蒙面人,自己却也身被重创,倒了下来。呼延遇春拼着最后的力气揭开被他刺中要害的蒙面人头上的黑巾,大惊:那人就是他的师弟陈万秋。

陈万秋已经奄奄一息,他睁着眼睛对站在一旁发愣的蒙面人道:“宝鉴,杀了他!他已经认出你了!”宝鉴愣了一愣,飞镖向呼延遇春击去,一镖击中咽喉,呼延遇春顿时殒命。

一个时辰后,所有的船夫和镖师被杀。河堤上下都是尸体。

大胡子找到宝鉴道:“陈掌柜呢?”

宝鉴麻木地指着下面道:“在那儿,被俺师傅杀了!”

大胡子一惊,道:“你的师傅是谁?”宝鉴来不及回答,只听吃饱蹲在船上大呼道:“二当家,快来看,这不是大掌柜吗?”大胡子一惊,赶紧带人奔到船上,用火把一照,见躺在地上的人果然是大掌柜呼延遇春,脖子中镖,人已死但眼睛还睁着。他身旁躺着陈万秋。大胡子蹲下身子用手把呼延遇春的眼皮合上,拔下镖,回转身一把揪住宝鉴的衣领,厉声道:“这支镖到底是谁的?”

宝鉴被勒得喘不过气,挣扎道:“是俺……爹爹的,高林商行的。”

大胡子气得怪叫一声:“啊……”接着骂道,“他妈的陈万秋骗了我们!你既然是葛老板的义子,为何吃里扒外,行此大逆不道之事?我就送你去见外母吧!”说着,举刀就劈。宝鉴见状,反手用钩,使了一个大火冲天式把大胡子的刀崩飞了,紧跟着一个拐步,要取大胡子的性命。众土匪见状,摆动手中兵刃,一齐朝宝鉴扑来。一场恶战,宝鉴挥钩连连钩倒了几个蒙面人,但寡不敌众,渐渐只有招架之功。他卖了一个破绽,让一个蒙面人扑了进来,一钩将他击倒,乘虚冲出蒙面人的包围圈,滚下河堤,砍断土匪拴着的马缰,跃上一匹马背,斜刺里落荒而逃。

众蒙面人待要追赶,大胡子喝道:“慢,让他去吧!小的们,赶快打扫战场,将尸体统统系上铁链沉入河中,销尸灭迹,然后将船开走!”

随着大胡子一声令下,众蒙面土匪开始打扫战场,将尸体用铁链捆着沉入河底。一会儿,众土匪拥上船,将船朝下游摇去,消失在茫茫黑夜中……

第十九季:血染顶戴红

1

夜,黄河滔滔。负伤的宝岱顺流漂荡在河面上,大喊:"救命啊! 救命啊……"便昏了过去。

过了许多时候,宝岱醒来,发现自己躺在一张破炕上,一个老汉正在炉旁烧开水。宝岱挣扎着要起来,被老汉发觉,赶忙扶住。宝岱往身下一看,发现自己的腹部被一条撕破的粗布条裹着。

宝岱忍住痛,问道:"姨爹,这是在哪儿?"

老汉道:"孩子,这是在俺家哩。昨晚上我到河边下网,看到你漂在河面上,便把你救了起来。孩子,你的肚子被人砍了一刀,刀口很深,连肠子都看得见。天明得赶快找郎中,不然化了脓,可就有性命危险呢!"

宝岱急道:"姨爹,难道你就没有听到厮杀声吗?"

老汉道:"没听见。"

宝岱道:"老姨爹,麻烦你到堤上去看看,那些大船还在不?"

老汉道:"早过去哩,我救起你不大会儿就过去了呢!"

宝岱道:"姨爹,实话对你说,俺是石嘴山高林商行的,这一批羊毛是英国人订的货,要是丢了,不得了哩! 你能不能帮俺雇匹快马,俺要回石嘴山报信。"

老汉道:"娃娃,你受这么重的伤,咋能骑马嘛?"

宝岱哀求道:"姨爹,不管咋样,俺都得回石嘴山。请你无论如何想法送俺回去,俺会付给你银子的。"

老汉有点生气道:"你这个娃娃,我难道是为了银子才救你的?"说着,换了口气道,"好吧,我出去想想办法,你在屋里躺着,不要动。"说着,他站起身出门去了。

过了好大一会儿,宝岱听到屋门口响起了马的喷鼻声和拉车的声音。老汉领着一个小伙子走进屋来。

老汉道:"娃娃,我帮你弄来一架爬犁,这一片人穷,没有车,你就将就吧。"说着,他和那个小伙子过来将宝岱抬出屋门,将他放到木爬犁方框里铺了粗毛毡的一块木板上平卧着,又给他盖上一床薄被子。

老汉道:"娃娃,就让这个小伙子送你回石嘴山吧! 一路上颠簸,你忍着点痛。"接着对赶驾木爬犁的小伙子道,"上路吧,路上小心,快去快回!"

小伙子答道:"大伯,你放心吧,我保证把他拉到石嘴山!"说着,他举鞭喝道:"驾!"那马便迈动四蹄,沿着村里的小道奔跑起来……

2

运毛船发走的第三天,石嘴山高林商行。一匹快马从黄河大堤东头奔驰而至,冲进高林商行大院,葛秃子正从办公楼下来,慌忙上前拦住马首,勒住马的缰绳,生气道:"你这个洋逼,怎么进院不下马,还住里冲?!"

马上人道:"对不起,俺是天津怡和洋行派来的信使,有一封梁大人的紧急信要亲自送给高林商行葛老板!"

葛秃子余气未消道:"俺就是葛行健,有嘛信就交给俺吧!"

那人闻言,慌忙从怀里掏出一封信交给葛秃子,道:"葛大人,俺的信已送到,告辞了!"说着勒转马头冲出大院门,朝来时方向打马而去。葛秃子也不送,赶紧拆开信,急急地看了一遍,口中喃喃道:"糟了!"

这时,镖师龙占海走过来,道:"葛老板,咋回事?"

葛秃子一脸丧气地道:"梁大人来急信,说清军平定朝鲜政变后,中日交恶,日本人近日封锁了天津港口和黄海海面,怡和洋行的远洋轮不能到伦敦了,让俺们高林商行最近不要送羊毛和皮张来,可俺的八十万斤羊毛和三十万张皮子已于前天运走了,这可让俺咋办,岂不是糟糕透顶么?"

龙占海道:"葛老板且宽心,咱们的运毛船只走了三天,估计尚未到达绥远。这样吧,我骑快马赶到绥远将运毛船截住,让保军他们把货先寄存到绥远客栈,等待局势好了再说。"

葛秃子道:"好,眼下只能这样办。你把行里的事情交代一下,赶快上路吧!"

龙占海道:"是,葛老板,我没有啥事可交代的,这就走!"说着,他一个箭步冲向马厩,从马厩中挑了一匹快马牵出来,翻身上马,一抖马缰,马便冲出高林商行大门向东驰去。

3

白昼,临河通往石嘴山的官道。两匹快马正相向急驰,宝鉴头裹黑布巾,浑身血迹,正骑着一匹快马向石嘴山狂奔。龙占海一身镖师行装,正策马扬鞭朝临河县进发。两匹快马相向而驰,龙占海与宝鉴擦肩而过。

4

晚,石嘴山高林商行大院。宝鉴伏在马上驰进高林商行大院,翻身下马,踉踉跄跄地通过月亮门,一奔入家中便放声大哭。

葛秃子正在家吃晚饭,见宝鉴浑身是血跑回来,心里一阵战栗。他放下碗筷奔上前道:"宝鉴,你是咋啦?怎么一个人回来?"

宝鉴哭道:"爹,俺们的船……被……被土匪劫……劫了……呜……"

谢兰道:"那你呼延师傅和宝岱呢?"

宝鉴哭道:"他……他们都被杀……死了。"

葛秃子闻言惊呆了，接着厉声问道：“船上上百口子人都被土匪杀死，为什么只有你一个人活着回来？”

宝鉴怔了一下，道：“俺那天中午吃多了，闹肚子，土匪杀过来时，俺正在远处拉屎。”

葛秃子还待要追问，见谢兰已晕倒在地，忙上前扶住她道：“谢兰，谢兰，娃他妈，你醒醒……”赵氏和葛清莲闻声赶过来，见状不禁大放悲声，娘俩大哭起来。

葛秃子吼道：“哭，哭个屁，都给俺住口！”他俯身抱起谢兰，将她平放到炕上，然后端起一碗茶水往谢兰嘴里灌……一会儿，谢兰身子抽动了几下，睁眼醒来，一把揪住葛秃子，哭道：“葛行健，你还俺的儿……”她骂着骂着，又失声痛哭起来……

葛秃子一家正悲痛之际，赵文通和刘敬祥走了进来。刘敬祥进门就说道：“宝岱这孩子仁义，懂事，孝顺，老天咋偏偏就不睁眼嘛！宝鉴个熊羔子从来都不听话，调皮捣蛋，却能活着回来，这世道真他妈没公理可讲！”

赵文通道：“行健，你说说，这毛皮刚运走两天就发生这样的惨剧，这究竟是咋回事呢？这土匪真他妈丧尽天良……”说到这里，他转口道，“这是个重大的血案，涉及中英两国邦交，必须把此案情尽快呈报县、府和省里，依我看，咱们事不宜迟，马上到出事现场看看去……”

一时急糊涂了的葛秃子听了赵文通的话，立即对外喊道：“来人，备马车！”说罢，他从炕上抓起一件西服就冲出门去，赵文通一见，喊道：“行健，等等我！”葛秃子来到院子里，马车已备好。葛秃子和赵文通跳上马车，马车夫扬鞭喊道：“驾！”马车便启动了，三匹骏马扬开四蹄拉车出了院门直奔三盛公，一会儿便消失在黑夜中……

5

白天，石嘴山通往三盛公的官道。葛秃子和赵文通乘着马车向三盛公急驶，忽然，官道上迎面驰来一架马拉木爬犁。那架马拉木爬犁渐渐驰近了葛秃子乘的马车，葛秃子觉得奇怪，便打开马车车厢的边门，扶在门边瞧那架马拉木爬犁，只见那架马拉木爬犁框架木板上躺着一个用布裹着肚子的伤员，忙命令车夫道：“停下！”马车夫喊了声“吁”，三匹马便停下了脚步。葛秃子立即跳下马车，拦住那架马拉木爬犁，道：“停下！’不等那架木爬犁停稳，他急步向后跑去，只见木爬犁架上有人大声喊道：“爸爸！”

葛秃子近前一看，躺在木爬犁后架木板上的伤员正是他的儿子宝岱。他大叫一声：“宝岱，俺的儿子！”上前紧紧抱住宝岱的头，父子俩劫后重逢，大放悲声。这时，赵文通和那个赶木爬犁的小伙子赶来。

赵文通上前看了看宝岱的伤势，道：“行健，快把宝岱扶到咱们的马车上运回石嘴山抢救，还哭个啥？”

葛秃子闻言止住哭声，对小伙子道：“谢谢你，小伙子，请你再帮个忙，帮俺一起把俺儿子抬到前面那驾马车上!"小伙子点点头。

接着,葛秃子与赵文通、小伙子一道,将宝岱连同木板托起抬到马车上。葛秃子将十两银票塞到小伙子手上,说了声"谢谢",便命令马车夫将马车调转头驰回石嘴山。一路上,葛秃子把儿子宝岱紧紧搂在怀里,任凭马车颠簸……

6

翌日白昼,石嘴山野坟地上空,细雨纷飞。野坟地里,多了一片新垒的衣冠冢。被土匪杀害的船夫、镖师的家属拖儿带女,披麻戴孝,跪在自己丈夫的衣冠冢前失声痛哭。招魂幡在坟头高高飘扬,女人和孩子们从篾篮里不住地抓起黄色纸钱往天空挥洒。坟地的胡杨树上,"哇哇"乱叫的乌鸦发出悲鸣声,抖动翅膀向天空飞去。

保军的衣冠冢前站满了人。保军的妻子紫翠跪在写有"保军夫君之墓"的墓碑前失声痛哭,葛秃子带着赵氏、谢兰静静地肃立在坟前。葛秃子因谢兰与紫翠是远房堂姑侄关系,也穿了黑色孝服,脱了礼帽在坟前默哀。他站了一会儿,又蹲下身来给保军磕头,两眼流泪道:"保军,俺的好兄弟,没想到你这一去竟成永诀,你那天在黄河码头说的话竟应验了!俺对不住你呀,俺的好兄弟,是你在俺危难时拉了俺一把,你的情分永远烙在俺心里,好兄弟……"他一边说,一边烧着纸钱,伏地磕头,长跪不起。

任有道、赵文通、苟有田也来了。他们静静地站在保军的衣冠冢前默默地流泪,每人在保军坟前磕了三个响头。

任有道扶起葛秃子道:"行健,保军老弟人已逝去,黄鹤已杳,节哀吧!"

葛秃子跪着不肯起来,红着眼圈道:"千斋兄,保军老弟惨死,俺心里难过,让俺再给保老弟烧锅烟土吧,啊!"说着,招手让随行的伙计从竹篮里拿出一杆烟枪和一包烟土,他取过烟枪,将烟土装在烟锅里,划根火柴点着了烟,再将烟杆放进嘴里吸起来,待烧好了烟泡,葛秃子口里喃喃道:"保军,俺的好兄弟,你一生清贫,就好个烟泡,想跟俺发嘛财也嘛未发成,今日,哥再给你烧个好烟泡让你尝尝,你可要尝尝的啊,俺的好老弟……"说着,他双手将烟枪捧起,举过头顶,然后慢慢地、轻轻地将烟枪放置在坟头,突然身子一歪,晕过去了。

任有道、赵文通、苟有田立时赶过来,任有道赶紧蹲下身,一边口里喊:"行健,行健,你醒醒。"一边唤道,"来人,把葛经理抬回去!"随着他的喊声,几个衙役冲上来,分开众人,将葛秃子抬到停在野坟地边的马车上,赵氏和谢兰赶紧随着上了马车朝家奔去。任有道、赵文通、苟有田在马车后面紧跟着,直奔高林商行葛秃子的家中。

7

白昼,高林商行葛秃子家。葛秃子静静躺在床上,一个江湖郎中正给他掐人中。一会儿,葛秃子醒了,见床边围满了人,想挣扎起床,被任有道上前按住了。

任有道道："行健，运毛船出了大事，保军亡故，侄儿宝岱身负重伤，这么多的灾难，你嘛是个铁人也承担不起。你就好好躺着，歇一会儿吧！"

苟有田道："行健，你高林商行出了这事，俺昨天才知道。俺要亲自带兵抓捕这伙土匪，替你出这口气！你就好好歇着吧。"

葛秃子将身子斜靠在床上，谢兰赶紧过来替他拉上被子。葛秃子道："谢谢众位老哥看俺，俺现在什么话也甭想说了，只想说两个字：报仇！"

赵文通道："行健，你想报仇，我们也想报仇！运毛船遭匪劫一案，你知道咱石嘴山死了多少船夫吗？整整六十！可是，仇人在哪里，仇往哪儿报？这案子一天不破，咱们只能当睁眼瞎啊！?

任有道道："运毛船遭匪劫一案不是他妈一般抢劫血案，而是涉及英商怡和洋行商贸利益的国际公案，要坚决查办，绝不含糊。行健，等你病好了，立即写个详细呈文给俺，俺负责向朝廷禀报，一定要查出这股土匪，明正典刑，替你出这口窝囊气！"

葛秃子叹口气道："唉，要是那样，俺就替死难的弟兄们给你磕三个头！"说罢，他趴在炕上，连连向任有道磕了三个响头。

8

宝岱回家的第三天，黄河石嘴山码头。葛秃子又组织了由五艘木船和十余只羊皮筏组成的船队，带着仓库仅有的三十万斤羊毛和五千张皮子从石嘴山码头起航了。船舱里，葛秃子、赵氏、谢兰和女儿葛清莲守候在宝岱的床边。甲板上，龙占海腰佩宝剑，带着八个佩刀持枪的镖师来回走动，警惕地注视着黄河前方水面和两岸的动静。

龙占海一招手，八个镖师立即围过来。

龙占海道："注意，前面就到三盛公了。这一趟水路葛老爷带着家人送少爷到天津治伤，大家伙给我把眼睛睁开点儿！"众镖师拱手道："是！"

9

八月，白昼，天津教会福音医院。穿着蓝条布衫、动了手术的宝岱腹部缠着绷带，静静地躺在白布单床上看康妮带来的英文画报。康妮低着头，右手拿着水果刀给宝岱削苹果。她削完一个苹果，转身命令道："宝岱哥哥，把嘴张开！"宝岱刚侧过身扭过头，康妮笑嘻嘻地将苹果塞进宝岱的嘴里，宝岱顿时含着苹果惊住了。

康妮见他怪怪的样子，扑哧一笑，娇嗔道："亲爱的密斯特葛，你快把我削的苹果吃下，不准你再看画报了！"说着，她上前温柔地亲了一下宝岱的前额，"听话。"宝岱乖乖地交出手中的书，大口大口地吃起苹果来。

康妮看着宝岱吃苹果，脸上露出欢欣的笑容。她放下书本，随手从一只篮子里又拿起一个苹果低头削起来，削着削着，忽然康妮尖叫了一声，宝岱赶忙抓住她的左手一看，刀把左手拇指划破了，鲜血从手指上滴落下来。宝岱来不及细想，忽然用手将康妮的左手大拇指创口紧紧按住,愈按愈紧,顿时,康妮的左手大拇指止住了血,一会儿,宝岱又将康妮的左手大拇指放入自己的口中,用舌头舔干她指上的血迹,康妮脸上顿时羞得彤红。

康妮羞怯地扭过头道:“宝岱,看你……真是羞死人……”

宝岱道:“俺刚才使劲捏你的手指,是给你止血,现在,俺……”说到这里,他把她的左手拇指抬起来递到她眼前道,“你看看,手上还有血吗?”

康妮红着脸看自己的左手拇指,已没有了血污,依然白嫩,举起双拳捶宝岱的头道:“你,你狡辩……”说着,一头扎进宝岱的怀里。

10

白天,天津怡和洋行买办梁彦青府第。梁彦青正与前来拜访的葛秃子坐在客厅沙发上攀谈。

梁彦青叼着一支雪茄烟吸了一口,道:“葛老弟,此次你若是早收到我给你们的信,也不至于将一百多万斤毛和三十万张皮装船运往绥远,也不至于你的船队在三盛公遇到劫匪了!唉,损失了那么多毛皮、银子不说,一百多个船夫、镖师惨遭土匪杀害,更令人震惊啊!这都怪我的人因事在途中耽搁了三天,致使你的高林商行伤了元气啊!梁某今日见你,心中有愧呀!”

葛秃子道:“梁大人何出此言,俺今日送儿子宝岱到天津疗伤,特地赶到贵府拜访,是来向您表示谢意的。正如梁大人所言,这次俺的运毛船半路遭到匪劫,几乎伤了俺的元气,但梁大人接到俺的告急电报后立即给俺电汇了几十万两银票,使俺得以重振旗鼓。俺掐指算了算,这次匪劫至少使俺损失了八十万两银子,要不是梁大人在紧急关头给俺伸出援助之手,俺这一次怕不能再运三十万斤羊毛和五千张皮子到天津了。梁大人的再造之恩,葛某今世也报答不完哪!”

梁彦青关切地道:“葛老弟,运毛船遭遇匪劫,已经过了三个月了。两个月前,我已将此事报告了亨利先生,亨利先生认为这是中国内地发生的侵犯怡和洋行利益的最恶劣事件,通过英国领事馆已向清朝皇帝和太后发出照会,要求他们严厉惩办杀人凶手。据说,清朝皇帝和太后已同意了这个要求。现在,这个案子破了没有?”

葛秃子两手一摊,苦笑道:“一点头绪都没有。”

梁彦青道:“行健,要想尽快破案,我有一个办法。”

葛秃子感兴趣地道:“哦?大人请讲。”

梁彦青道:“悬赏缉拿。古人云,重赏之下,必有勇夫。这条古训,还可以拿它用一用。”

葛秃子想了想,道:“嗯,这是个好办法!俺咋没想到呢?不过,请问梁大人,悬赏多少为宜呢?”

梁彦青道:“少了没有刺激,多了又不可信。我看五万两银子就行。”

葛秃子想了想道:“这么多银子都赔了,也不在乎多出点银子,就定十万两吧!

一般来说，知情人应该满意这个数。”梁彦青道：“也好！”

葛秃子道：“这悬赏缉拿一事须由朝廷出面，为保万无一失，俺再派人进京一趟，与刑部衙门说好，一旦破案，由俺拿出十万两银子奖励有功人员。”

梁彦青道：“好！这叫板上钉钉——牢靠！”

11

这年秋，白天，平罗县城一家手抓羊肉馆。一个包间里，刘敬祥、何介石与平罗游击参将苟有田一边吃手抓羊肉，一边谈话。桌上，已堆着高高一摞空盘子。

刘敬祥道：“苟参将，俺和介石跑断了腿到处找你，才在这里把你逮着。”

苟有田道：“屁话！你两个狗怂发了羊财，还记得俺这个老兵？去球，尽吹牛！”

刘敬祥正色道：“不是吹牛，是找你有正事。不信，你问问介石。”何介石见问，忙嬉笑着点头。

苟有田道：“你他妈是个歪货，犯得着有啥正事找俺？别他妈瞎谝球了！”

何介石忙道：“苟参将大人，刘老板真有正事找您哩！”

苟有田道：“那就有话快说，有屁快放！慢着，俺去拉泡尿再来。”说着，他站起身去寻茅厕去了。一会儿，苟有田回到桌边重又坐下，道，“刘老板，说吧，有啥正事，俺听着。”

刘敬祥附耳道：“有一件天大的功劳，你老哥愿不愿意干？”

苟有田不屑一顾地道：“要有天大的功劳，你刘老板早就抢跑了，还轮得到俺？”

刘敬祥道：“俺只管挣钱，才不管嘛功劳哩！你老哥就不一样了，若立了大功，立马顶戴上的珠子就得换哪！”

苟有田道：“别他妈绕圈子了，有屁快放吧！”

刘敬祥对何介石道：“介石，你对他说吧！”

何介石放下手中的煮羊头，在衣襟上顺手抹了一下，道：“我要说的，是高林商行的案子。”

苟有田一听，跳起来道：“你知道详情？”

何介石点点头道：“我不但知道，还参与了。”

苟有田瞪大眼睛道：“你说啥？那案子是他妈你干的？”

何介石道：“好我的老叔也，你都做了参将了，还不爱动脑子。我要是做了那事，还敢来找你么？”

苟有田道：“那你参与了？”

何介石道：“参与了，不一定做了。我给你说吧，这事是陈万秋干的！”

苟有田惊得张大了嘴巴：“陈万秋，他不是高林商行的镖师吗？他不是已经死了吗？”

何介石道：“他死了，还有活着的呀。那么多人，他总不至于一个人全杀了吧？”

苟有田道：“还有谁？”

何介石道：“这是机密，你附耳过来，我给你说。”

苟有田顺从地将耳朵贴过去，何介石低声对他耳语了数句。

苟有田听完激动地站起来，两手搓着，在屋里转圈子，边转边说：“上次在五原，让他们跑了，这次，俺要将他们一网打尽……”

刘敬祥道：“苟老哥，这件事情极其秘密。俺们连任知县也没告诉，就是想让你立个大功。”

苟有田突然疑惑地问道：“俺听说那个杨大手下有你的连襟和女儿，你为啥还要举报呢？”

刘敬祥气愤地道：“他们已经成为土匪，俺这是大义灭亲！”

苟有田劝道：“刘老弟，咋说他们也是你的亲骨肉，你可要三思而行呀！要知道，他们一旦被官军捕获，那可就玉石俱焚了！”

刘敬祥咬牙道：“这事，你只管去做吧。不过，俺只有一个要求，要把那个大胡子就地正法，不能留活口！”说着，他从怀里掏出一张银票递到苟有田手上，“俺今天启程到天津办点事，这是五万两，是俺个人的一点小意思。将来破了案，朝廷和洋人对您的奖赏恐怕比这要多得多。时候不早，俺告辞了。”说罢，他朝苟有田拱拱手，拉着何介石拨腿向店门外走去，刚走到门口，他又折回来对苟有田道，“苟老哥，何时动手听俺的安排。”说罢，他拉着何介石走出手抓羊肉馆，跳上马车，离开了平罗县城，前往天津。

12

两月后，白昼，天津。刘敬祥乘着马车驶到新泰兴洋行门前停下，他跳下马车直奔经理办公室，见经理帕特里克正与买办宁星谱坐在沙发上谈着什么。宁星谱见刘敬祥风风火火进门，立即热情迎上去。

宁星谱热情地道：“刘先生，你好，这回回天津，你给咱们新泰兴运回多少万斤毛皮？”

刘敬祥进前几步与宁星谱握过手，说道：“你好，宁大人，俺这回回天津是一个人回的，没带毛皮来。”说着，又与站起来相迎的帕特里克热情拥抱，道，“亲爱的密斯特艾迪，您好，上次从石嘴山运回的岩画运回英国去了吗？”

帕特里克见刘敬祥来本来有点不高兴，听到刘敬祥说起岩画的事，立即兴奋地道：“亲爱的密斯特刘，感谢你上次的合作，石嘴山的岩画已经陈列在我的老家约伯克郡的博物馆里。请坐吧，我的尊贵的客人。”说着，他指了指身边的沙发。

刘敬祥坐下，道：“亲爱的密斯特帕迪，俺这次回天津，一是探望许久未见的岳父岳母大人，二是想通过大人拜会直隶总督李鸿章中堂大人。”

帕特里克道：“刘，你不是认识吴调卿大人吗？何不通过吴大人给你引去见李中堂？”

刘敬祥为难地道："帕老板，实话对你说吧，不知啥缘故，最近吴大人有些烦俺，不愿见俺，所以，俺只好求大人引荐一下。"说着从怀里掏出一万两银票递给帕特里克，"这是俺的一点小意思。"

帕特里克接过银票笑着道："密斯特刘，我们是好朋友。这样吧，我给你写封引荐信你自己去见中堂大人。好吗？"说着，不等刘敬祥回答，他起身踱回办公桌旁坐下，掏出钢笔，迅疾地给李鸿章写了一封引荐信，然后将信装入信封，在信封上写了直隶总督李鸿章大人亲启的字样，将信封交给刘敬祥。

刘敬祥站起道："谢谢你，密斯特帕迪，在下告辞了。"说罢，他躬身向帕特里克和宁星谱分别鞠了一个躬，走出门。

13

当日晚，天津直隶总督府李鸿章书房，灯火闪亮，李鸿章正在审阅各府道呈文。忽然，一个侍卫走进书房。

侍卫向李鸿章打个千道："启禀督台大人，府外有新泰兴商行买办刘大人求见，刘大人带了帕大人的引荐信。"

李鸿章道："拿过来看看。"侍卫闻言赶忙递过帕特里克的引荐信。

李鸿章接过信看了看道："让他进来见俺吧。"

侍卫打千道："喳"，转身走出书房。不一会儿，侍卫带着刘敬祥走进书房。

刘敬祥上前拱手道："卑职石嘴山新泰兴商行买办刘敬祥，参见总督老大人！"

李鸿章端坐桌案前，打量他道："刘买办，听声音你是俺安徽人？"

刘敬祥应道："在下正是。"

李鸿章亲切地道："家住哪个县？"

刘敬祥毕恭毕敬地道："颖州。"

李鸿章闻言客气道："你我是安徽老乡，不必拘礼，刘买办，请坐。"刘敬祥十分拘束地坐在侍卫端来的一张凳上。

李鸿章道："小老乡，你今年怕四十出头了吧？"

刘敬祥道："回大人话，小人四十有三。"

李鸿章道："小老乡，你这么年轻就当洋买办，可是年轻有为啊！"

刘敬祥道："在下在外闯荡多年，功不成，名不就，还望李大人多多提携。"说罢，他从怀中取出一张银票呈给李鸿章，"这五十万两银票，是俺孝敬老大人的一份薄礼，还望老大人笑纳。"

李鸿章接过银票高兴地道："足下是搞洋务的，怕已有多年了吧？眼下的局面，年轻人想做一番事业，非搞洋务不可。这次甲午海战，更说明了这一点。那些贼娘养的，借这次北洋水师战败肆意攻击，胡说什么洋务无用，你相信吗？"

刘敬祥赶紧应道："打死俺也不信！"

李鸿章点点头，用赞赏的眼光盯着刘敬祥，道："你取过功名吗？"

刘敬祥嗫嚅道："回中堂大人，在下因家境贫寒，无钱读书，只念过几年私塾。"

李鸿章叹口气道:“咱们同乡之中,搞洋务的不少,多是无有功名啊,你可以捐个功名嘛。”

刘敬祥赶紧伏地叩头:“多谢中堂大人提携。”

李鸿章道:“等有了机会,俺替你留心着,你回去把银子备好。”

刘敬祥道:“俺回去就送来。督台大人,在下多有打扰,告辞了。”说罢,他跪地叩了三个头,起身走出书房。

14

十月白昼。绥远城赌场。土匪吃饱蹲和渴不死两人怀揣劫羊毛船分得的赃款正红着眼睛和一群赌棍围在赌桌边豪赌:掷骰子。

吃饱蹲喝道:“看大!”说着,拿出一千两银票往桌上一压。

大胡子庄家把盖碗使劲地上下翻动了几下,“乒”地放到桌上,揭开碗,见碗底的骰子是两个三点。大胡子庄家道:“双猴子,看小!”说着,用一只小竹棍将吃饱蹲的一千两银票扒到钱屉里。

渴不死急道:“他娘的,再押两千两银子!”说着,从怀中掏出两千两银票“叭”地拍到桌上,“俺就不信邪,再来,看大!”

大胡子庄家重新把两只碗盖上,单手举过头顶,上下翻动,吃饱蹲和渴不死的眼睛随着盖碗上下翻动,忽然,大胡子庄家将手中盖碗猛地放到桌上,盖碗里仍然响着骰子转动的清脆响声。大胡子庄家两臂交叉,静静地站在一旁盯着盖碗,等盖碗里没有撞击声了,才高声喊道:“揭宝!”说话间,他将盖在上面的碗轻轻揭开,那碗里仍躺在两个三点骰子。大胡子庄家轻蔑地扫视了众赌徒一眼,道:“还是双猴子,看小!”说着,右手又捡起那小竹棍将渴不死放在桌上的两千两银票扫到钱屉里。

渴不死见状,眼翻了翻要晕倒,吃饱蹲赶紧把他扶住,道:“兄弟,再看俺的,老子押五千两,给咱翻本!”说着从怀里掏出五张一千两银票猛地往桌上一拍,道,“大胡子,你有胆,敢再来?”

大胡子庄家轻蔑一笑,拱手道:“兄弟,你有多少银子只管押,俺奉陪。这一回,你老弟是看大还是看小?”

吃饱蹲道:“这回,老子不上你的当,看……小!”

大胡子庄家又将盖碗拿起,左手单手举起盖碗,上下翻动,一会儿,他将耳朵贴在碗边细听,叫声:“好!”将碗放下,叉手交臂,站着不动。

渴不死道:“你他娘的快揭宝呀!”

大胡子庄家不紧不慢道:“这回,你们又输了。”

吃饱蹲道:“咋?你咋知道俺们输了?俺就不信!”

大胡子庄家道:“不信,你他妈就揭开看看!”

渴不死生气地道:“揭就揭,老子就不信你这个日囊怂!”话未落音,他伸手揭开盖碗,眼睛便瞪直了:那碗里的骰子是两个六点。

大胡子庄家不紧不慢地道："双六十二点，看大！"说着又伸手拿起那只竹棍子要将桌上五千两银票尽数扫到钱屉里。

吃饱蹲忽然吼道："慢！"猛地伸手抓住大胡子庄家手中的小棍子，"你他妈尽使假把戏赚俺的银子，不算！"说着抓起银票要往兜里装。这时，几个长满横肉的打手上来揪住他的衣领，一个打手猛地抽了吃饱蹲脸上一拳："放你娘的屁，你敢要赖老子宰了你！"吃饱蹲被打得鼻青脸肿，渴不死见状冲上去护住吃饱蹲，吼道："他娘的，你们人多势众欺负咱哥们，有种的就等着！"吼罢，他拉起吃饱蹲就往赌场外跑，几个打手赶上，双方展开混战。正在这时，杨大和胆真小带领几个弟兄闯进来，见状加入混战，未久，赌场的打手越来越多，杨大吹一声呼哨，众梁山弟兄纷纷撤出赌场，杨大和胆真小掩护众弟兄撤退，最后也跑出赌场，消失在街上人群中。

15

白天，三盛公附近的小庄子。梁山三掌柜大胡子和吃饱蹲、渴不死三人分别被绑在三棵胡杨树上，杨大正握着皮鞭猛抽大胡子，一连抽了十皮鞭，大胡子被打得皮开肉绽。杨大转身对站在一旁的众土匪喝道："你们这是往棺材里跑呀，劫洋行，杀掌门，不但欺天还灭祖！你们他妈还在花天酒地，逛窑子，掷骰子，做美梦呢！官军不出十天，就会来血洗咱这小庄子！"

吃饱蹲哀求道："大掌柜，俺们知道错了，你饶了俺们吧！俺们以后不瞎搞球了！"

渴不死道："大掌柜，俺们再不敢了。以后，您说咋办就咋办吧，俺们听您的！"

杨大对众匪徒道："事到如今，要马上换场子！弟兄们，上马！"说着转身对大胡子、渴不死和吃饱蹲道，"这次俺暂且饶了你们这几个狗怂。"说着令人解开他们身上的绳子。几个土匪给他们牵来四匹马，杨大和大胡子、吃饱蹲、渴不死翻身上马，杨大双腿一夹马肚，策马冲出胡杨林，几十名匪徒纷纷纵马跟上，朝绥远城方向驰去。

16

黄昏，三盛公小庄子附近的胡杨树林，苟有田带着一队清军骑兵潜伏在树林中。少时，只见吃饱蹲单人独骑由远而近驰进小庄子，进了一座院子。苟有田把手一挥，道："给我上，抓活的！"说着跃上马背，带领众骑兵挥刀朝小庄子扑去。众人在那座院子前下了马，一哄进入庄院拥进屋，将正搂着女人睡觉的吃饱蹲抓住绑了，走出庄院。

17

白天，平罗营苟有田参将帐房。苟有田正在帐房里升堂审讯吃饱蹲。两个士兵将吃饱蹲按在地上，抡起大板死命地打他的屁股，吃饱蹲被打得皮开肉绽，痛得他大声呻吟……

葛有田喝道:“吃饱蹲,杨大和胆真小现在哪里?本官问你,你到底招是不招?”吃饱蹲呻吟着不说话。

苟有田喝道:“来人,再给俺打他四十大板!”

吃饱蹲哀求道:“苟大人,俺招,俺招……”

苟有田道:“说,杨大现在哪里?”

吃饱蹲道:“在绥远悦来客线。”

苟有田道:“好!杨大在绥远,那他娘的就跑不脱俺的巴掌心!王管带何在?”

王管带出列拱手道:“下官在。”

苟有田道:“本参将命你带一百兵士随俺速去绥远悦来客栈抓杨大。注意,要秘密隐蔽!”

王管带道:“下官得令!”说着仗剑步出帐篷外,从马厩里牵出两匹马,苟有田和王管带翻身上马,苟有田将手一招,带着一百名骑兵风驰电掣驰出军营,向绥远城驰去……

18

夜,绥远城悦来客栈。苟有田和王管带带着一队清军挥刀持枪拥进胆真小和侄女刘海津的房间,将胆真小和刘海津捕获,五花大绑。清兵们又拥进后院厨房,将大胡子和几个做伙计的小土匪抓获,绑出悦来客栈。

19

白昼,兰州陕甘总督衙门。倭什布正挺身坐在大堂上,两旁站立众侍卫。

倭什布道:“来人,宣平罗营参将苟有田进见!”

站在一旁的中军官高声吆喝道:“平罗营参将苟大人上堂进见!”随之,室外传来同样的吆喝声。

少许,苟有田一身戎装、喜气洋洋走上大堂,近前向倭什布躬身打千道:“下官平罗营参将奉命拜见总督老大人。”

倭什布道:“赐座。”

苟有田拱手道:“回老大人,下官不敢,站着便是。”

倭什布道:“苟大人但坐无妨,请坐下说话。”

苟有田道:“下官遵命。”说着,便在侍卫拿来的一张凳上坐下。

倭什布道:“苟大人,你知道本督今日召你来有何事吗?”

苟有田道:“下官近日忙于办案,委实不知。”

倭什布捋须点头道:“苟大人,本督此前已将你侦破杨大股匪一案表奏皇上,皇上和老佛爷称你是办案有功之臣,特传旨褒奖于你。本督今日唤你前来,正是要传旨于你。”说罢,他对内呼道,“来人,请旨!”随着他的话声,两名太监捧着圣旨由屏风内走上大堂。一太监高声唱喏道:“平罗营参将苟有田接旨!”

苟有田闻言,慌忙离开座椅,伏地道:“微臣苟有田接旨。”

一太监捧旨宣读道:“奉天承运,皇帝诏曰:闻甘肃宁夏府平罗营参将苟有田勤于王事,近期破获杨大股匪抢劫高林商行运毛船一案,捕匪甚多,朕心大悦。苟卿以国事为重,解朕忧患于西夷,平息洋务争端于水火,功莫大焉。经廷议,着平罗营参将苟有田升任宁夏府总兵,赏银三千两!着陕甘总督倭什布即将捕获之股匪尽数斩决!钦此!”

倭什布与苟有田就地再拜道:“臣领旨,吾皇万岁万万岁!”说罢,两人起身接旨。

倭什布道:“恭喜苟大人,你如今升任宁夏府总兵,择日赴任吧!”

苟有田道:“倭大人,下官拜谢督帅大人提携之恩,请受下官一拜。”说着跪地向他连叩三个响头。

倭什布扶起道:“苟大人,这功劳是你一人干的,不必拘礼。”

苟有田道:“启禀督帅大人,眼下杨大股匪均已打进死牢,不知何日问斩?”

倭什布道:“遵圣旨,就在后天吧!”

20

翌日白天,平罗县望河酒楼。任有道为即将赴任的苟有田总兵置酒饯行。同桌的还有赵文通、刘敬祥和刚从天津回来的葛秃子,女眷有侯水英、曹英、苟夫人、赵夫人、谢兰。

任有道站起,指着满桌山珍海味道:“苟总兵,今日咱们哥几个置酒替你接风,以示恭贺。来,先吃菜,今日俺们弟兄喝他个一醉方休!”

苟有田道:“多蒙各位弟兄抬爱,俺虽升了官,只是葛贤弟出十万两赏银捉拿凶犯,朝廷只肯给俺三千两赏银,真他妈太少球了,把俺当个傻怂!”

任有道举杯安慰道:“算球,俺说老三,你已经升了官,小小地发点财就算了。福兮祸所伏,好事不能贪得太多。再说了,为破此案俺也费了不少心血,才得一百两赏银哩!来,咱哥们干!”说着将酒杯举到苟有田眼前。

苟有田举杯道:“大哥,你这样说俺才少了点气。只是葛老弟的十万两赏银平白地让人弄走了,俺心实有不甘。唉,算球,来,俺与大哥同干此杯!”说着,两人一饮而尽。

葛秃子抓过酒瓶替苟有田斟满酒,道:“苟总兵,您已是一镇总兵大人,兄弟与你同饮三杯。一是庆贺老哥高升,二是谢你帮俺破了案出了气,三是嘛,日后俺的高林商行在宁夏收毛还得请您手下留情,多多关照,俺先干为敬!”说着举杯连喝三杯酒。苟有田无奈,只好也奉陪葛秃子喝了三杯酒。

赵文通道:“老大,老三,听说明日就要将那一群土匪处斩,可有此事?”

任有道点头道:“丝毫不差。”

赵文通道:“听说那劫匪里有个女娃娃,长得十分漂亮,还说是刘老板的女儿,要是被砍了头,那实在可惜了。”

葛秃子道:“敬祥的女娃绝不会干抢劫的事情,咋把她也判了斩刑?敬祥,你说是不？”刘敬祥低着头，默然不语。

任有道道：“俺也这样想呢，可是人证物证俱在，老苟拿人时，她确实在匪窝里，还给土匪在绥远当眼线哩！苟总兵，你说是不？”

苟有田点头道：“是这样，俺拿人时，谁他妈知道那女孩是刘老板的女儿？要是知道，俺兴许放了她。唉，说这话也晚了！刘老板，俺对你不住！来，俺自罚一杯！”说着，苟有田果然自罚了一杯酒。

葛秃子道：“说那女孩是土匪，那也是土匪逼的，让她入了伙。唉，这女孩冤枉！千斋兄、有田兄，你们两位老哥可要设法救救她！”

任有道两手一张，道：“四狗子，你说笑话哩！老佛爷亲自下了懿旨，谁他妈敢刀下留人？你有几颗脑袋？”

葛秃子道：“两位老哥想办法，俺愿出一万两银子！”

苟有田道：“晚了，你要不是悬赏十万两银子捉拿，那女孩的头兴许不会掉呢！就是想救她，在法场上，谁他妈还有啥办法？”

刘敬祥站起身拱手道：“各位兄弟，明日小女要受斩刑，俺心里难过，不能奉陪了。告辞！”说罢，与王月萍挥袖扬长而去。

葛秃子也站起拱手道：“列位兄长，这酒，俺也喝不下去了。在下告辞，少陪！”说罢，拉着谢兰也抑郁而去。

任有道望着他们的背影，对苟有田、赵文通道：“算球，让他们走好了。咱们哥仨继续喝，今日有酒今朝醉，喝他个一醉方休！”说罢，他举起酒杯与苟有田、赵文通敬酒。

21

第三日上午，府城法场，人山人海。审判台上，坐着前来监斩的陕甘总督倭什布。任有道和苟有田一左一右依傍倭什布而坐。审判台两旁布列着两队荷枪持刀的清军士兵。

任有道一拍醒堂木道：“将死囚犯带上法场！”一传令官高声吆喝道：“将死囚犯带上法场！”少时，一队行刑刽子手押着插着斩标的胆真小、刘海津、大胡子三掌柜及五个小土匪行至台前，将犯人推倒跪下。葛秃子和刘敬祥分别挤在围观的人群中，看着跪在地上的胆真小和刘海津，心潮难平。此时，王月萍提着一个装着酒壶和碗筷的小竹篮从人群中挤出，慢慢来到跪在地上的胆真小面前，揭开竹篮盖，取出酒瓶和碗，将酒倒在两只碗里。她端起一碗酒来到胆真小面前，声泪俱下道：“夫君，是俺害了你，今日俺给你赔罪来了，夫君，请饮下这碗酒上路吧……”话未说完，胆真小昂起头来喝道：“小贱人，没有你这淫妇，哪有俺的今天！”说罢，猛一挥手将酒碗打飞！王月萍哭着掩面而去。她走到竹篮前，又端起一只酒碗，缓缓走到侄女刘海津面前，哀婉地说道：“海津侄女，大姨对不住你母女两个，俺今天特来谢罪，你喝了这碗酒上路吧……”刘海津抬起头，两眼里射出仇恨的怒火，道：“你不配做俺的大姨，也不是俺娘的姐姐，俺死了变成鬼也不饶你！”说着，她伸手端起酒碗猛咕了一大口酒,突然将酒喷出,酒水喷在王月萍的脸上,刘海津高声喊道,“荡妇,快滚!”

围观的人群中,葛秃子两眼喷火,刘敬祥两眼泪流……

高台上,任有道看了看快要烧完的香头,喝道:“午时三刻,时辰到:斩!”说罢将一支写着“斩”字的令箭往台下一扔,刽子手们举起屠刀,朝各自面前的犯人脖颈猛地一挥,只见一排血柱冲天而起,化成一阵血雨降落审判台前,一排人头不翼而飞。

22

翌日黄昏,石嘴山野坟地里王月英墓旁又添了两座新坟。刘敬祥和王月萍跪在坟前痛哭。王月萍边哭边撒着纸钱……

第二十季:伪善的罗斯

1

字幕:一年后的夏天,甘肃发生特大旱灾。

河套草原,草木枯黄,到处是携儿带女的逃难人群。逃难的人群从船上涌上黄河码头,拥进石嘴山镇。镇上,一些光屁股的小孩和瘦骨嶙峋的年轻女子插着草标自卖。

2

夏日白天,下营子教堂。罗斯正给灾民布道传经。

罗斯道:“我们照着耶和华——我们的神吩咐,从何烈山起,经过你们所看见的那大而可怕的旷野,往亚摩利人的山地去,到了加低斯巴厄亚。万能的主啊,宽恕这些有罪的人们吧。是你们对主的不忠,惹了神怒。现在,神的惩罚已经显现,但神是仁慈的,他给你们指了一条路。前套平原有水利之便,年种年收,得天独厚,那儿就是你们的加低斯巴厄亚。你们去吧,去吧,那儿有流淌的奶和蜜,有食物和衣服,有草地和牛羊。你们中国的亚圣孟子也说,天将降大任于斯人,必先饿其体肤,苦其心志。现在,我以圣父圣母的名义,保佑你们都能逃过这一劫,阿门。”

教堂里,灾民们在祈祷:“圣父圣母,保佑我们都能逃过这一劫,阿门。”

一阵浑浊的声音飞出教堂。

3

白天,石嘴山梨香院,一片忙碌。鸨母黄河蜜身着盛装坐在院里,正从一百多个逃荒的身着破衣烂衫的女子中挑选面貌姣好者。一个个少女从她面前扭着腰肢经过,黄河蜜照着名单点名:“张香、玉兰、李巧英、孙小娥……”合意者,她便指示丫头们领到客房换衣,给少女的父母一锭银子,卖女儿的父母千恩万谢而去。

少时,院中便集合了经过挑选换了鲜丽衣裳的年轻女郎。被淘汰的妇女陆续走光了。

黄河蜜对新买来的这群年轻姑娘道:“都给老娘记住了,这里是梨香院,是靠卖身养活自己的地方。从今儿个起,这里便是你们的家。我就是你们的妈妈。丫头们,只要你们听老娘的话,老娘便有好吃的好穿的给你们,谁要是胆敢坏了老娘的规矩,不接客或逃跑,”说到这里,她指了指站在两旁的护院家丁,“我就叫他们伺侯你们,不打死也得剥层皮!听到了没有?”

众年轻女子道:“听到了!”

黄河蜜故意道:“听到了啥?”

一年轻女子上前道:“听到了刚才妈妈说的话。”

黄河蜜笑道:“对,这丫头说得好,今后你们都得叫我妈妈。每天要学琴棋书画,要学会伺侯男人。天下男人都是馋猫,但也是咱们娘们的饭碗。谁得罪了我的客人——男人,谁就是砸自己的饭碗,老娘就要动用家法严惩哪个狗怂!好了,老娘今天就讲到这里,你们下去练习吧。”

众年轻女子答道:“是,妈妈。”说着四散离去,各自回房。

4

白昼,石嘴山龙王庙。庙前,一个披头散发、满面灰尘的年轻姑娘跪着,伸出骨瘦如柴的双手向过路的人们乞讨,口里发出游丝般的声音:“大叔,大娘,行行好,救救我吧……”龙占海带着宝岱从龙王庙前经过,龙占海看到那个年轻女子,听到她的求救声,从兜里掏出几个制钱递给那个姑娘,叹了口气,转身要走。

那跪着的女子拉住他的衣裳道:“大叔,你发个善心,把我带走吧。”

龙占海闻言站住了。

那女子抬头对龙占海央求道:“我会干活,会做饭,会洗衣服,我啥都能做。”

龙占海道:“我是单身一人,没有啥活要做的,咋留你呢?”

宝岱在一旁道:“就是留,也得留个女的。”

龙占海瞪了宝岱一眼道:“岱儿,不许胡说!”

不料那人道:“大叔,我就是个女的呢,我啥都能做,你就收下我吧。你不收我,我就要饿死了,那样就等于是你害了我。”

龙占海哭笑不得,道:“你这话就于理不通了。噢,我给了你制钱,你反而说是我害了你。”

那人道:“是呀,你不给我钱,我就不知道你是个好心人,我只当你是个坏人。坏人见死不救是应该的,好人要是见死不救,就是害人。”

龙占海道:“这样说,你还真有理了。可我是单身一人,怎么救你呢?”

那女子道:“你要是有家室,也许要添许多麻烦呢。一个人,你自己说了算,把我领回去不就完了?大叔,你放心,我只要有口饭吃,有个地方睡觉就够了。我不会向你要工钱的。”

龙占海苦笑道:“我是个男的,咋与你共处一室?”

那人道:“你只要不怕我,我不会怕你的。”

宝岱在一旁劝道:“师傅,你就先把她领回去吧,万一她饿死了,你的罪就大了。你不是常说,救人一命,胜造七级浮屠么?”

龙占海无奈地道:“那好,我就先收留你,但有一条,一旦你有了力气,身体复原,就得离开。”那人拼命地点头。

龙占海把那女子扶起,边走边问道:“我还忘了问,你叫啥名字?”

那年轻女子道:“我娘家姓廉,我小名叫个玉儿,女娃娃么,哪有个大号?”

龙占海道:“那你婆家姓啥呢?”

玉儿羞涩一笑,道:“我还没有婆家哩!”

龙占海奇怪地道:“你还没有婆家?那你说娘家姓廉作甚?”

玉儿又笑一声,低声道:“女孩子将来总要嫁人么。”

龙占海边走边回头道:“你家里还有什么人?”

玉儿道:“爹娘都已饿死了,两个哥哥和嫂嫂也不知下落。我还有一个妹妹,在过黄河时失散了。”快到高林商行时,龙占海又回头问道:“玉儿,你看我真有那么老吗?”

玉儿无力地笑道:“你没有呢,我喊你大叔,是想要点钱啊。我要叫你侄儿子,你还会给我钱吗?”三人都笑了。

5

白天,石嘴山高林商行护镖队。三人来到护镖队龙占海的房间,龙占海拿钥匙开了房门,引玉儿和宝岱进屋。这是两间房屋,一间是卧室,一间是客厅。

宝岱道:“师傅,你和玉儿坐着,俺去去就来。”说着,他出门来到镖师队厨房对厨师道,“马胖子,你赶紧给俺们做一锅羊肉揪面,俺师傅肚子饿了。你先和面,俺来烧火。”

厨师道:“好,我立即和面,你师傅最喜欢吃我做的羊肉揪面了。”说着,他拿起一只木盆,从面粉袋里舀了三大碗面粉倒进木盆里,又用木瓢在缸里舀了一瓢水倒进木盆里,使劲地和起面来。宝岱三下两下将锅洗净了,将炉子生了炭火,又用大木瓢从缸里舀了几十瓢水倒进锅里,再盖上锅盖。过了一会儿,锅里水烧热了。他又拿来一只桶,用木瓢将锅里的热水舀进水桶里,足足盛了大半桶热水。他右手提了热水桶,左手拾了个洗澡用的大木盆,出了橱房直奔龙占海卧房里。他将大木盆平放地上,将桶里的热水倒进木盆里,又将师傅的一条新毛巾扔在木盆里,回身对玉儿道:“你先好好洗洗身子,俺让厨师做了羊肉揪面,等会儿吃羊肉揪面。”说罢,他走出卧室,拉住龙占海的手走出屋。宝岱道:“龙师傅,屋里玉姐在洗澡,您就在门口守着,俺回家给玉姐拿几件换洗的女人衣服来。”说罢飞跑回家。

一会儿,宝岱跑回家,对谢兰道:“妈,你可有衣服,拿一身出来,快点。”

谢兰见宝岱满头大汗,道:“岱儿,嘛事?”

宝岱道:“俺师傅刚从街上领了个讨饭的青年女子回来,那女子叫玉儿,挺让师傅心疼的,你甭问了,快去拿几件女人衣服来吧。”

谢兰一听,二话不说,忙进房去拿了一套女人的内衣内裤和外衣、罩裙,用布包包了,交给宝岱道:“你回去告诉你师傅,这些衣服先让玉儿穿着,看看合身不。完了把她带进家来,让俺看看,改天俺让裁缝给她再做两身。”

这时,谢兰与葛秃子生的五岁女儿紫菱从外面跑进来,见宝岱急着往外走,嚷道:“俺也跟哥哥去。”

谢兰道:“你哥哥有事呢,你跟着去干吗?”

宝岱央求道:“妈,就让她去吧,正好给玉儿做个伴呢。”

谢兰点头道:“菱儿,那就跟哥去吧,去后可不准跟玉姐姐要调皮!”

紫菱快乐地道:“知道了!”说着拉着宝岱的手出了门。宝岱嫌她走得慢,一下子把紫菱扛到肩上,左手挽着包袱,三步并作两步来到龙占海的屋里。此时,玉儿已经洗完,正裹着龙占海的被子坐在炕上。宝岱把包袱往紫菱手上一递,道:“菱妹,你快把这包袱送到房间给玉姐姐换,哥和师傅在门外等着。”紫菱答应一声,抱着包袱进了龙占海的卧室。不一会儿,房门打开,龙占海和宝岱进门一看,惊住了:玉儿穿着裙子,面容姣好,身材婀娜,如画中美女。

龙占海木讷地笑了,玉儿也羞得满脸通红:“我都快饿死了,你还笑?”

龙占海道:“岱儿,你去厨房看看羊肉揪面烧好了没有,烧好了就快些端来!”宝岱“哎”的应了一声,朝厨房跑去。一会儿,宝岱端回一大碗羊肉揪面交给玉儿,道:“你快吃吧,趁热吃!”

玉儿接过大碗羊肉揪面快速扒了几口。龙占海道:“慢点,玉儿,只准你先吃一小碗。”

玉儿奇怪地问道:“为啥?”

龙占海道:“最近镇公署和下营子教堂施粥,有喝多了撑死的。你先吃一点,等缓过劲来了,再好好地吃。”

紫菱见玉儿长得漂亮,偎在她身边,道:“俺有英国饼干呢,俺去拿给你吃。”

玉儿正低头猛吃,闻言后道:“小妹妹长得真让人心疼,我问你,啥叫个饼干么?”

紫菱昂头道:“俺爹爹给俺买的,英国的。”

龙占海道:“不就是个面饼饼么,洋人做出来好吃一些,哄娃娃的。”

玉儿叹口气道:“怪不得洋人老打胜仗,连个面饼饼都做得好吃。”

龙占海不以为然地道:“要说做饭,还是咱中国人做的好吃,洋人做的,只是哄娃娃高兴。”

玉儿道:“洋人到底精明么,娃娃喜欢了,大人也会喜欢。大人还不是小娃娃长大的?娃娃长成大人,还会喜欢小时候吃的东西。三代五代传下去,咱中国娃娃还不变成洋娃娃?到那时,只怕中国饭都没有人吃了。”

龙占海道:“好了,洋人的东西才有多少?你还是先吃面吧。”

玉儿吃着面对紫菱说:“你哥哥的师傅不愿意让我住在这儿,我咋办呢?”

紫菱两手一叉,道:“你到我家,我和你一起住呢!”

等玉儿吃完了饭,龙占海为难地道:“玉儿,不是我不留你,你看看,我就这一铺炕,你咋住呢?”

玉儿低下头道:“大哥,你要是不嫌弃,我就跟了你吧。给你缝补浆洗,为你生儿育女,我能行呢!”

龙占海一听,慌乱地道:“我,一个习武的人,又没有钱,咋好娶你?”

玉儿道:“有炕住,有饭吃,不就很好么?”

龙占海摇摇头,道:“婚姻是人生大事,哪能如此草率?你还不了解我哩!”

玉儿道:“你刚才所做的一切,我已经清楚你的为人了。你不会是嫌我吧?”

龙占海急忙道:“不会,你千万别误会,这事,我,我得跟我师兄商量。”

玉儿道:“你师兄在哪里?”

龙占海道:“在平罗城里。”

宝岱插嘴道:“师傅,这样吧,先让师娘去俺家吧,让俺妈看看。”

龙占海一瞪眼道:“你胡说呢,什么师娘?”

宝岱不服气地道:“玉儿长得这么让人心疼,你不让她给俺当师娘,不是嫌她吗?”

龙占海道:“你小娃娃家,知道个啥?”

宝岱道:“俺都十四岁了。”

紫菱道:“俺哥哥也要娶婆姨呢,俺妈说的。”

宝岱的脸唰地红了,扬手作势道:“多嘴,俺打你呢!”说着,回过头对龙占海道,“要不,咱们一起先到俺家,听听俺妈的意思?”

龙占海沉思一会儿道:“也好。玉儿,咱们一起到宝岱家去。”

玉儿快乐地应了一声“哎”,就下了床。紫菱更加快乐,她紧紧拉着玉儿的手道:“大姐姐,俺们走,到俺家去吃俺的英国饼干!”

紫菱活蹦乱跳地在前面带路,不一会儿,四人一起走进宝岱的家。

谢兰一见长得漂亮出奇的玉儿,欢喜地拉她挨着自己坐在炕上,对龙占海道:“占海,玉儿跟你倒是天生的一对呢!”

龙占海道:“我啥都没有,咋成家呢?”

谢兰道:“这个家俺替你做主了。等老爷回来,俺叫他给你们操持婚事。”

正在这时,葛秃子挟着一个皮包下班回来了。谢兰见葛秃子回来,上前指着玉儿道:“老爷,你猜是谁来了?”玉儿见葛秃子进来羞涩地站起。

葛秃子问宝岱道:“她是谁?是你的朋友么?”

宝岱道:“不是,是龙师傅要娶的婆姨玉儿。”

紫菱道:“爹爹,这个大姐姐可好哩!刚才妈妈说了,等您回来要跟您说件事。”

葛秃子转过身问谢兰道:“啥事?”

谢兰道:“我看玉儿年轻漂亮,与占海倒是天生的一对。占海年纪也老大不小了,该给他成个家了。俺的意思是等老爷回来,请老爷给他们做主,改天把他们的婚事办了。”

葛秃子道:“玉儿姑娘,你坐,甭着急,有啥事好商量。”说着放下皮包,对龙占海道,“俺最近正为后套平原过来的人太多烦恼呢。因为饥荒而导致盗匪横行,陆路运输几乎中断,河运也不时遭抢。俺已和任知县商量,叫他与后套官府和教堂交涉,他们不能这么再往石嘴山这边放人,弄得平罗县压力太大,治安急剧恶化。俺寻思,眼下运毛运不了,趁闲暇,由俺主持把你们的婚事办了,也冲冲秽气!”

宝岱拍手道:“师傅,咋样,该让玉儿当俺的师娘了吧?”

龙占海无言地点点头,望了玉儿一眼。玉儿依偎在谢兰的怀里,脸都羞红了。

6

白天,平罗知县任有道家。十六岁的宝蓉挺着大肚子躺在床上呻吟,临产前,她的下身开始流羊水,钻心的疼痛得她在床上翻滚,哇哇乱叫:“哎哟,痛死俺了,妈妈,快来救俺……”一侍女闻声进屋,见状后吓得退了出去,一会儿,侍女领着曹英和侯水英匆匆进屋。曹英见女儿头发蓬乱,面目可怖,忙一把将她的头搂在怀里,一边替她拭泪,一边道:“孩子,你这是自造孽呀,俺叫你把肚里的孽种打掉,你咋不听妈的话呢,你叫妈咋样有脸见人……”说着也号啕大哭起来。

站在一旁的侯水英见她母女俩实在可怜,同情地道:“宝蓉她妈,这事不能怪宝蓉这孩子,只怪俺那不通人性的老畜牲,是他糟塌了这女娃呀……再说,宝蓉没少吃打胎药,可打不下来呀!唉,到了这时节,你们娘俩就认命吧。”

宝蓉闻言,猛地从曹英怀里挣扎出来,一边狠命捶着肚子,一边大哭道:“妈,你不要怪俺,让俺和这孩子一块儿去死吧,死了干净……”

侯水英忙上前拉住宝蓉的手,道:“住手,苦命的孩子,你可别乱来,你肚里的娃子,好歹是你身上的一块肉啊……”

曹英也上前紧紧抱住宝蓉的双臂道:“丫头,你别胡来往死路上撞,你大妈说得对,咱娘俩就认命吧,啊!”说着,泪水如珍珠般从脸上滴落下来。她和侯水英强行将宝蓉按倒在床上,一边察看宝蓉的下身,一边叮嘱:“孩子,你得挺住,用劲……”

宝蓉神志混乱,她拼命地号叫着,一口咬住曹英的胳膊,血从曹英的胳膊上汩汩流出,顺着臂弯流下来。这时,只听得一声响亮的婴儿啼哭,一个男婴出世了。侯水英接生下婴儿,拿一把剪刀剪断脐带,赶紧用包布将哭着的婴儿包起。她抱起婴儿一看,是个男婴,但少了一只耳朵,两手只有四个手指头。她吓坏了,将婴儿往曹英怀里一扔,道:“宝蓉她妈,见鬼了,见鬼了,这孩子是怪胎!”说着扭身跑出去了。

曹英接过婴儿,看着孩子百感交集,她哄着婴儿在房间里转着,有时腾出手来帮宝蓉盖好被子。正在这时,任有道随一侍女进到屋里。他一进屋就一把夺过曹英手里的婴儿,喊道:“怪物,还留着他作甚!”说着,转身就要奔出屋。曹英拿起把剪刀愤怒地扑过去,拦住任有道,喝道:“老爷,你到哪里去?”

任有道道:“俺到河边去,把这怪物扔到河里溺死算了!”

曹英吼道:“放屁!你这个狗怂害了咱娘俩不说,还要害俺的外孙,他好歹是俺闺女的亲骨肉呀!你要害死这孩子,就拿刀先杀了俺!”

任有道抱着啼哭不止的孩子,喝道:“贱人,住口!你满口的仁义道德,俺问你,你为啥不替这孩子想想,这孩子是个残废怪物,长大后你叫他将来如何自立?

你为啥不替俺想想,俺身为朝廷命官,以后当着众人,又叫他如何称呼于俺?"

曹英道:"亏你还有脸说这话,这一切还不都是你造的孽吗?这个娃娃俺留下,只当是俺生养的好了。以后,你做你的县太爷,他当他的看家奴才,与你两不相干!"

任有道闻言连连跺脚道:"你……哼!难怪孔夫子云,唯女子与小人最难养也!俺收留你们母女,管吃管穿管住,你不知报恩倒还罢了,你还千方百计要丢俺的人,真是良心让狗吃了!"

曹英指着任有道大骂道:"你,你,你,你这个披着人皮的禽兽,会说人话的两脚动物!是你,丧尽天良,心地坏完;是你,贪赃枉法,卖友求荣;是你,欺男霸女,笑里藏奸;是你,媚上卖身,瞒下行骗。你干脆把俺母女杀了,省得俺天天见你怒火冲天,恨不得吃你的肉,喝你的血,扒你的皮,摘下你的心肝,祭奠娄玉书的亡灵!"说罢,曹英的脸色铁青。

任有道见状笑道:"哈哈哈哈,骂得好!"忽然,他绷紧脸说,"算啦,你要恨就恨吧,俺不怕你恨!"说着,他把手中的婴儿交到曹英手上,"但,你给俺记住,啥时你再想反抗,俺就把宝蓉送到怡春院去正式接客!你信不信?俺还能把宝鉴送到黑龙江为国效力!哼!"说着,他把手一挥,大步走出门去。望着任有道远去的背影,曹英搂紧怀里的孩子,泪流满面。她转身走到宝蓉面前,把婴儿送到宝蓉怀里。宝蓉急忙解开胸衣,给婴儿喂奶。

曹英泪流满面,伤心地道:"蓉儿,这孩子是你身上的一块肉,你既然生了他,就好好把他养大成人吧。唉,都怪你娘命不好,连累了你……"说着,对站在一旁的侍女道,"你去冲碗糖水来吧,小姐身子虚……"

侍女应声道:"哎!"说着去倒了一杯热茶,将勺子舀了几勺糖放在杯子里一搅,转身便将糖水递到宝蓉面前。

宝蓉接过糖水杯递与曹英手中,道:"娘,你与姓任的狗怂吵累了,你喝下它吧。"

曹英复将糖水杯推过去,道:"蓉儿,好歹你已是大人了,俺年轻时常听老人说,好死不如赖活!姓任的巴不得俺们娘俩早死,俺娘俩偏不如他的意。记住,好好活着,把孩子养大,将来让他给咱娘俩报仇!"

宝蓉听到这里,泪流满面,使劲地点头,仰脖将糖水喝下……

7

晚,平罗城任有道家。曹英正一人坐在炕上面向油灯哭泣,任有道身穿知县官服悄悄走了进来。他一进房就脱掉袍服往曹英的被窝里钻,一把抱住曹英道:"俺的心肝,你咋还恨俺,哭个啥呢?"

曹英将身子一扭,背对着他不搭话。

任有道嬉皮笑脸道:"俗话说一日夫妻百日恩,俺们俩虽无夫妻之名,但有夫妻之实。俺对你到底咋样?你心里应该明白。只要你顺着俺,俺会对你好一辈子。

俺饱读诗书,道理比你明白得多。"

曹英转过身来,道:"千斋,你既然这样说了,俺也就豁出这副不值钱的皮囊陪你度此残生。可是,俺有一个请求,蓉儿还小,你不能这样害她一辈子。俺求你给她找个好婆家,俺们母女当牛作马,感你一辈子的大恩。"

任有道听罢,脸上的笑容凝固了,道:"不中,不中,你咋老爱在这些鸡毛蒜皮的事儿上打转转呢?如果俺是皇上,你还叫宝蓉离开俺吗?男人,尤其是中国的男人,要干大事,没有女人咋行呢?有史以来,都说女人是祸水,俺就不同意!坚决不同意!查查,看都是谁说的?是那些没有女人,弄不到女人,弄不到好女人、美女人的穷酸无聊,落魂潦倒的文人瞎编的。女人,有名的女人,漂亮的女人,都跟啥男人?都是有名的,不是干大事的英雄,就是好汉,跟的坏蛋也是有名的坏蛋。要宝蓉嫁人,俺咋能舍得?哪个男人有俺疼她?她可是俺看着长大的。"

曹英坚决地道:"你要是真疼她,就让她嫁人!你要找三宫六院俺不管,也管不着,可是俺不能母女俩都陪你一辈子。宝蓉为你生下了娃娃,你也该放手了。你要是真不愿意,俺也跟你撂个真心话,俺不死就要上京城去告状!你别忘了,娄玉书当年做知县,与京里的大官是有因缘的。上次你诬告得逞,人家还记着你呢!"

任有道听罢浑身一颤,沉思一会儿,道:"好吧,俺答应你。你说给丫头找个啥样的男人呢?"

曹英不相信地道:"你真答应了?"

任有道道:"这是啥话?大丈夫一言既出如白染皂。莫非俺还骗你不成?"

曹英道:"你看着办吧,找个老实厚道的人家饿不着就成。"

任有道道:"老实算啥子?要有能耐,还要门当户对!宝蓉她爹毕竟做过知府,咋能啥臭鱼烂虾都扯来招亲?"

正在这时,窗外衙役喊道:"老爷,宁夏总兵苟老爷到!"任有道闻言赶紧穿衣下炕,趿拉着鞋子,披散着头发就要出门迎接。

曹英在他身后道:"老爷,你衣冠不整就出去见客,也太不礼貌了。"

任有道回头道:"老苟是俺兄弟,他如今爬得快,俺得巴结巴结他,有好处。再说,宝蓉的婚事,也在他身上呢!"

8

晚,平罗县城任有道府中客厅。任有道正与从宁夏府城来访的总兵苟有田交谈。

任有道拱手:"老三,你如今是总兵了,跑这么远来看俺,失迎失迎。"

苟有田拱手还礼:"千斋兄,府城到平罗,不过快马一鞭而已,俺此次来看你,是想跟你谈件正经事。"

任有道礼让道:"请坐,看茶!"于是两人隔着一张桌案相对坐下。少时,一侍女捧来两杯热茶放在两人面前。任有道道:"老三,啥事?你说说。"

苟有田一挽袖口,道:"千斋兄,你膝下不是有个丫头宝蓉么?今年十七了吧?

俺此次是来为儿子小豆提亲的。"

任有道正色道:"苟总兵,咱哥俩交情深。你来提亲咋说也是为了咱们两家亲上加亲,这是好事。可是,俺咋琢磨这事有些不妥。"

苟有田道:"有啥不妥?"

任有道道:"你想想,宝蓉的父亲是谁?娄玉书!别说他是朝廷问斩的犯官,就是咱们的顶戴也涂满娄玉书的鲜血呀?这事传开去,你不觉得丢人?"

苟有田摸摸脑袋道:"俺操,俺一门心思只想宝蓉这丫头人品不错,挺标致可爱,便想纳她为儿媳,可没料到这一层,是有些欠妥,欠妥。可俺已跟小豆说了,该咋办呢?"

任有道反问道:"老三,看来你还听老哥的话,不是个榆木脑袋。不过,俺有一事不明,你今天来俺府上提亲,你家小豆与赵文通的闺女晋娥的事咋办呢?你不是与赵文通定了儿女亲家么?"

苟有田道:"去球,那是老黄历了。而今,赵二哥还是个小镇主簿,俺已是朝廷五品武官,门不当,户不对,别再提它了!"

任有道道:"既然如此,俺很感激你与俺做亲家,确有一番诚意。依兄长俺的主意,俺膝下尚有一女任凤,今年已是十六了,比宝蓉小一岁,待嫁闺女么,与令郎小豆倒也相配。俺让任凤嫁过去,也把宝蓉作为陪嫁丫头一并送于你家,这样,不就两全其美,逐了你的心意么!"

苟有田闻言,喜道:"不错,两全其美,这倒也使得。俺看,就这样定!俺改日派人来贵府送聘礼,再商定让孩子们择日完婚之事。"

任有道道:"一言为定?"

苟有田道:"一言为定!"

任有道道:"再不改悔?"

苟有田道:"改悔是个狗怂!"说罢,两人三击掌。

苟有田见大事已定,站起拱手道:"老哥,俺还有事回府,告辞!"说罢抬脚出了客厅来到县衙大院,翻身上马,带着几个骑马的军兵向宁夏府城急驰而去。苟有田走后,曹英从卧室整装来到客厅。

曹英问道:"老爷,宝蓉的事谈妥了?"

任有道一愣,急中生智道:"谈妥了,谈妥了。"

曹英道:"老苟咋谈的?"

任有道道:"老苟看中了咱们家任凤和宝蓉两个丫头,说要娶就一块儿娶,不娶就一个也不娶。"曹英道:"结果呢?"

任有道道:"俺同意将两个姑娘都嫁过去!他改日派人来送聘礼。"

曹英急问道:"既然将两个姑娘都嫁过去,那哪个丫头为大?"

任有道欺哄道:"当然是宝蓉为大了,她比任凤长一岁哩!"曹英放心地点点头。

9

白昼,石嘴山高林商行镖师龙占海房间。大门外,宝岱带着几个伙计正在帮助龙占海粉刷新房墙面贴婚联。房间里,龙占海和玉儿坐在炕上商量举办婚礼的事。

龙占海道:“玉儿,咱俩明天就要举行婚礼了。葛老板说,不用太铺张,就让咱们在这屋子里请两桌客举行婚礼。”

玉儿道:“我们那儿的人都入了教了。主说,婚丧嫁娶,都要经他的安排才能降福。我们的婚礼就在教堂办吧。”

龙占海道:“啥主保佑,你都快饿死了,主也没来看看你。咱是中国人,要信也只能信玉皇大帝老天爷,咋能信啥洋主呢?”

玉儿忙把他的嘴捂住,道:“可不能胡说,主就在我们心里。你念叨主,主就与你同在。你排斥主,主就降祸于你。”

龙占海笑道:“哈哈,原来你那个主是个爱听阿谀奉承、溜须拍马听好话的人,那不跟贪官、昏官、混蛋一样么?”

玉儿侧过身抹眼泪道:“你自个儿不信也就罢了,为何还要糟塌别人的主呢?你要是再这样,咱们还是别结婚算了,省得将来闹气!”

龙占海道:“我是不信,可我不拦挡你信啊!”

玉儿撒娇道:“我不,我要你也信。等我们有了儿子,要儿子也信,子子孙孙都要信,信主好啊。你没见人家谢姨母也信洋教,主才保佑她过上了好日子?你看人家的娃娃,才几岁就知道英国的饼干。咱们都几十岁了都吃过啥呀?更别说用洋胰子洗脸,用洋香水抹身子了。”

龙占海像不认识似的看了玉儿一眼,道:“玉儿,我咋觉得洋人的玩艺儿没啥好的。他们闹来闹去,还不是变着法子骗咱中国人的钱么?”

玉儿一撇嘴道:“怪不得人家都说你傻乎乎的,土里土气。你说人家洋人变法儿骗你的钱,可我说是中国人自愿的。为啥中国女人都喜欢洋布、洋呢子、洋胰子、洋香水?人家东西好啊!你们男人,不也喜欢人家洋人的洋烟卷、洋火、洋钉么?”她说着从龙占海的兜里掏出一盒火柴道,“你打明儿起还是使火镰吧,人家洋人的东西不好么?”

龙占海搔头笑道:“我就是气不过洋人啥都比咱的好,咱们老是受洋人的气!”

玉儿道:“平民百姓么,不受气又能做啥?老百姓生来就是受气、受罪的。洋人才有几个,能给你多少气受?你受官府、土匪恶霸的气几十年了,也没有见你吱声。还是主说得好,你心里没气,你就不气。”

龙占海沉思一会儿道:“在教堂办喜事,也行。不过,咱石嘴山的男人还从来没有在教堂办喜事,咱得去跟葛老板说说。”

玉儿道:“要是在教堂办喜事,你也得入教。”

龙占海道:“我不入!”

玉儿撒娇道:“我要你入呢?”

龙占海冷冷地道:“你教我入我也不入。”

玉儿生气道:“你要是不入,就是不想娶我。”

龙占海哄她道:“玉儿,你别难为我好吗?”

玉儿扑到龙占海怀里,亲着他道:“我就难为你,我就难为你!”

龙占海无可奈何地道:“好吧,我入!”

这时,门外响起一片笑声:“我入,我入!”

门开了,洋行的几个伙计还有护镖队的几个青年镖师拿了一大堆东西走进房来送贺礼。镖师王续续送给龙占海一顶手工绣的虎头帽。

龙占海拿起虎头帽:“老弟,你送给我娃娃帽做啥?莫非我的头那么小?”

王续续道:“老哥,谁送给你呀,是送给你的娃娃的。”

玉儿脸红道:“大哥真会开玩笑,我们连喜事都还未办,哪来个娃娃?”

王续续笑道:“春种秋收哩,只要有好地,还愁不出苗?占海哥可有的是好种子哩!”大家哄堂大笑。

龙占海道:“续续,你家婆姨不是快生娃子了么?你还是拿回去给你娃娃戴吧。”

王续续道:“不用,不瞒老哥你说,这虎头帽,我早就预备下了。”

大家伙闻言,又是一阵哄笑,笑罢,众人放下礼物,拱手告辞。

10

上午,石嘴山葛秃子家。镖师们走后,龙占海带着玉儿来到葛秃子家商量到下营子教堂举办婚礼的事。刚进门,谢兰带女儿紫菱就迎上来。

谢兰道:“占海,玉儿,你们举办婚礼的事都准备好了吧?你行健叔和俺备了一份厚礼,正准备给你们送过去哩!来,快到屋里坐。”

葛秃子从厨房洗手走出来,道:“占海,你找俺有事?”

龙占海坐下道:“葛老板,谢姨母,我和玉儿来你们家,是想与你们商量一件事。”

谢兰道:“啥事这么急?”

龙占海道:“玉儿是教徒,想到下营子教堂去举行婚礼,可是,我不熟悉那里的牧师。”

谢兰道:“这事倒新鲜,咱们石嘴山男女还没有听说到教堂成亲的呢?”

葛秃子沉思一会儿,道:“这事也不难办,俺跟老罗和玛丽打个招呼,不就结了?”

玉儿高兴地道:“葛老板,这是真的?”

葛秃子叹口气道:“唉,是真的,只是……”

玉儿道:“只是啥……”

葛秃子道:“只是俺不太想去见那个骡子。”

玉儿不解地道:“那为啥?”

葛秃子叹口气道："唉，甭提这事了，提起这事，俺心里憋得慌……"

画入：几年前的一天，侯水英披头散发来到高林商行葛秃子家，一见门，就扑到赵氏怀里一个劲地抽泣。

赵氏惊问道："任大嫂，你是咋啦？"

侯水英羞羞答答地道："罗斯不是个东西！"

葛秃子道："他咋啦？"

侯水英满面羞惭地一字一句地道："他……那个畜生，他……他把俺奸了！"说着又大声痛哭起来。

葛秃子一听，大声道："大英子，你别胡扯，罗斯是个文明传教士，他的老婆玛丽那么漂亮，他咋奸你呢？"

侯水英哭着道："难道俺说瞎话，他把俺引到忏悔室那间小黑屋奸了，不光奸了俺，听人说，他还把石嘴山找他看病的好几个女子和丫头都奸了呢！"

葛秃子闻言大怒，他冲进厨房拿了一把尖刀就要冲出门去："罗斯这个畜生，俺去把他宰了！"

赵氏和侯水英见状，忙冲过去抱住他的腿和腰。

赵氏道："行健，教堂里人多，你一人去找死？"

侯水英上前夺下他手中的刀，道："俺不准你去！"

葛秃子发誓道："你让俺去为你报仇！"

侯水英哭道："你咋报仇？"

葛秃子吼道："俺去把那头骡子宰了，把玛丽日了！"

侯水英吓了一跳，道："你疯啦？罗斯糟蹋咱娘们和丫头都没事，你要是把洋人的娘们日了，那还不得掉脑袋？快别提了，以后，我再去教堂小心点不就结了？"

葛秃子闻言，猛地弯下身蹲在地上，以拳击地道："罗斯狗怂，从此俺与你誓不两立！"……

画出：谢兰担心地问道："行健，你咋不吭声？咋啦？"

龙占海道："葛老板，你不会犯病不舒服吧？要不，今天下午，我和玉儿一块去下营子教堂，您在家休息得了。"

正在这时，任有道和包天容进到屋里，见葛秃子板着脸，诧异道："四狗子，你是咋啦？"

谢兰客气地道："占海和玉儿要到下营子教堂去举行婚礼，行健正为这事犯愁哩。"

任有道道："犯啥愁呢？不就是占海和玉儿到教堂去结婚吗，四狗子，这点小事还能难着你？走，老哥陪你们同到下营子教堂跟罗斯夫妇说说，这事罗斯肯定会帮忙。"

葛秃子见任有道、包天容二人来访，忙起身对仆人道："备马！"

11

夏日白天,骄阳似火。葛秃子、任有道、包天容、宝岱、玉儿五人骑着马沿着石嘴山通往下营子的崎岖小路奔驰,小路上,鸟儿惊飞,灰尘飞扬。一会儿,下营子教堂跃入眼帘:一座西洋风格的尖顶小洋楼在阳光下闪光,用贺兰山根的红黏土垒起的红土院墙足有两米高,院墙外耸立两排高大的白杨树。五人五骑跨过院墙外的一条清溪,穿过羊群正吃草的青草地,驰入教堂大门,翻身下马。罗斯迎下台阶,与任有道等人热情拥抱。

罗斯拍着身穿官服的任有道的肩道:"亲爱的密斯特任,你们亲临小堂,不知有可见教?"

任有道离开他的怀抱,拱手道:"喜事,喜事,老罗,进屋去慢慢说。老天爷,可热死俺了。"说完,他举袖擦身上的汗。

罗斯笑着对众人道:"请。"说着引众人来到教堂会客厅入坐。少时,教堂管家桂大祥用盘子端出酸梅汤和冰激凌。

任有道接过盛着酸梅汤的杯子喝了一口,环顾一眼四周,问道:"老罗,咋不见玛老师?"

罗斯道:"她到乡下看病人去了。"

任有道啧啧称赞道:"哎呀,玛老师真不简单,这大热的天还下乡为老百姓治病,你们若是为官,那是黎民之福啊!"

罗斯道:"任知县,你不也冒酷暑来到这里吗?不知有何喜事?"

任有道用手一指坐在身旁的龙占海和玉儿道:"他们两个要结婚,这姑娘是你们洋教的信徒,龙兄弟爱恋于她,也要入教,而且打算在你的教堂办喜事,不知罗老师意下如何?"

罗斯拍手赞道:"这样的好事,哪有不行的道理?"接着对玉儿道,"请问小姐在哪座教堂受洗的?"

玉儿道:"我是后套临河人,在三盛公总堂受过洗礼。"

罗斯在胸前划着十字,微笑道:"上帝保佑你,我的孩子,愿主赐福于你。"接着侧身对任有道道,"自从我在贵县传教以来,还没有人在这里举行过婚礼。这位漂亮小姐愿到这里举行婚礼,我很高兴,十分乐意效劳。现在,就请她随我去忏悔室忏悔。"

葛秃子在一旁道:"老罗,举行婚礼嘛要忏悔?免了吧!"

任有道道:"行健,这洋人的事你就不懂了。这是洋人的一种礼节仪式,举行婚礼少不了,你可别瞎乱说。"接着又对玉儿道,"玉儿,你别听葛老板的,赶紧随老罗去忏悔吧。"

玉儿望了龙占海一眼,龙占海脸上露出一副不屑的神情,他慢慢站起来要随罗斯去忏悔室,葛秃子赶紧站起欲拦,被任有道拦住了。

任有道道:"四狗子,洋教堂有洋教堂的规矩,可不许你胡来。玉儿今天去忏悔,才能明天举行婚礼！走,他们去忏悔,俺们和桂管家到教堂后面的葡萄园去看看葡萄熟了没有?”说着,一手拉着葛秃子,一手拉着桂大祥向教堂后面走去。

此时,宝岱对玉儿道:“你自己去忏悔吧,我不去了,就和师傅在客厅里等你。”

玉儿道:“你可要等我啊,我做完祈祷,很快就回来。”说着,随罗斯向祈祷室走去。包天容望着罗斯和玉儿的背影,露出忧郁难看的神色。

龙占海道:“师兄,你是不是身体不适?”

包天容勉强一笑道:“没事,我挺好的。”

龙占海小声道:“师兄,你放心,我入教只是为了安慰玉儿,并无其他想法。”

包天容点点头道:“但愿你不要忘了师训就好。我和你嫂子,只是担心你忘了根本。”

罗斯带着玉儿走进一间暗室——忏悔室,两人相对坐下。罗斯道:“亲爱的密斯玉,你是迷途的羔羊。主说,脱下衣服,坦诚地面对上帝忏悔吧,那样,你婚后的生活才能得到幸福。”

玉儿乖乖地脱去衣服,一会儿便赤裸了身子。忽然,早已脱光了衣服的罗斯猛地扑了过来,将玉儿扑倒在地上……

12

任有道、葛秃子和桂大祥三人出了房子,来到教堂后面的葡萄园里,只见一串一嘟噜的葡萄嫣红姹紫,挂满了架。任有道环顾四周,周围青翠欲滴,远处贺兰山叠峰层峦卧雪,在骄阳下煞是好看。

桂大祥道:“任大人,葛老板,如此良辰美景,你们不想吟咏几句吗?”

葛秃子道:“中国的官人向来爱做八景诗,没有也要凑。任知县写了平罗新八景,今天让他为你们的教堂题诗一首。”

桂大祥道:“一时不及准备笔墨,请任大人口占一首吧。”

任有道道:“那就口占一首《佛寺香泉》吧。”说着,他随口吟咏起来:

“爽气西腾佛屋前,慈云宝月迎诸天。暗弹杨柳枝头露,滴作山僧煮茗泉。井满山庄不可尝,此中清冽有余香。挚瓶余欲连朝取,调水画符向梵王。”

桂大祥鼓掌道:“好诗好诗。”

葛秃子道:“好个屁！你这儿是洋教堂,他吟的是佛寺,牛头不对马嘴。千斋,你咋官当得越久,就越傻球了?你平日的才气,都喂了嘛了?”

任有道生气地道:“你说俺的不好,你做一首俺看看嘛!”

葛秃子道:“做就做,俺怕个球！俺就吟一首《贺兰夏雪》吧。”他面朝远处的贺兰山,大声朗诵道:

“玉龙终岁卧云端,冬日山光夏日看。白帝西方原做主,赤炎六月也生寒。一唱西山白雪歌,年年迟夏暮寒多。我今欲吟梁园赋,到此须将冻笔呵。”

桂大祥又鼓掌道:“好一个呵字,这一个‘呵’字用得绝妙!”

任有道一摆手道:“算球算球,你别再夸他了。哎,两位仁兄,你们可知这葡萄园的妙处么?”

桂大祥拱手道:“小人才疏学浅,还望大人不吝赐教。”

任有道扭头问道:“仁兄,《金瓶梅》一书,你可曾读过?”

桂大祥道:“回大人话,小人还是当年到太原应考,在书肆偷了一本,可惜此书残缺不全,未能尽阅。”

葛秃子道:“桂总管,等俺们办完龙侄的婚事,叫任大人送你几套。任大人专门让人抄了几十本《金瓶梅》,就是准备着送给上司和好友的,一本小书,算个嘛事。”

桂大祥道:“二位仁兄,朝廷不是说此等淫书要严令禁绝么?”

葛秃子道:“大祥,你给洋人干了这么多年,还不明白事理么?朝廷禁绝的是平头老百姓不能看的。自从盘古开天地,三皇五帝到如今,嘛坏事不是皇帝和当官的做的?他们做完了,乐坏了,然后下一道禁令,禁绝!理由是怕老百姓学坏了。老百姓无钱无权又无势,学了又到哪里变坏?他们想娶嘛三妻四妾,想嫖凤浪荡,他们娶得起,嫖得起吗?”

任有道道:“哎哎哎,你有完没完?咋说《金瓶梅》,你又骂起朝廷来了?看起来,朝廷没录取你个进士,是真伤了你啦!俺要不是看你与俺有同年之谊,俺就办你个大不敬罪!”

葛秃子道:“尿壶,你想办俺,俺他妈先检举你!”两人说到此,相视笑了起来。

桂大祥追问道:“任大人,《金瓶梅》咋着了?”

任有道不理他,抓住一束葡萄藤荡了几下,脸上充满淫秽表情,方道:“那上面有一章叫作‘潘金莲大闹葡萄架’,表述的是潘金莲与西门庆在葡萄架下饮酒作乐。那一段文字,端的不俗,读来就让人血脉喷张,心驰而神往之。俺若能仿效西门与金莲一般的可人儿酣畅淋漓一夜,就是死在女人的肚皮上又有何憾?!”

桂大祥道:“大人所言,果然妙矣,但据小人来看,寻一与金莲一般的可人儿,又有何难?”

任有道道:“桂兄所说不难,恐怕是指弄一中国女人耳。但方才俺听行健所言,忽有一想法,如能实行,乃人间一佳话也。”

葛秃子道:“快说出来听听。”

任有道故作沉吟,搔了搔头道:“如果能弄一洋女人,在此葡萄架下颠鸾倒凤,那该是一桩何等的美景!”

葛秃子振奋,竖起拇指道:“千斋,绝思妙想,绝对的绝思妙想!你真是嘛事不中,唯有这事精通!”

桂大祥道:“主意是好,可这偏僻小镇,到哪里去寻洋女人呢?”

任有道狡猾地一笑道:“踏破铁鞋无觅处,得来全不费功夫。这事,只要二位仁兄愿意相助,俺看易如反掌。”桂大祥不解地看着任有道发愣。

葛秃子道:“千斋,你这个主意也忒恶毒了。俗话说,朋友妻,不可欺。俺与罗斯是朋友,此事断然不可行。”

任有道扯断一根葡萄藤扔在地下,道:"俺说啥啦?俺可没说闹你的朋友,是你自己想的。"

桂大祥恍然大悟道:"噢,我明白了,你们说的是玛丽吧?"

葛秃子怒火交织:"桂总管,只可惜玛丽是你的主人,又是俺的朋友,咋能亵渎?"

任有道道:"只要你愿意演练西门大官人的故事,俺们怕个球!"

桂大祥点头附和道:"也是,也是。"

葛秃子怒道:"俺可警告你们,这事一旦做下,万一闹将起来,那就是洋务外交纠纷啊!弄嘛不好,洋人又要大动干戈,查实了,就是掉头的买卖。这话哪说哪了,只有天知地知你知俺知,再多泄一人,那就嘛事全玩完了。"

桂祥从口袋里掏出一把小刀,道:"咱们歃血为盟,谁若泄露,天诛地灭!"说着,他用小刀在中指上划开一道口子,血珠滴出,把血抹在嘴唇上,说,"一时之间,也无处去寻牲口血,就用自己的血代替了吧!"

任有道和葛秃子依次从桂大祥手中接过小刀划破手指,把血往自己唇上抹了,三人共同发誓道:"谁若泄密,天诛地灭!"三人说完,走出葡萄园,回到凉房客厅。三人刚走进客厅,只见玉儿红着脸从祈祷室出来,后面跟着罗斯。

任有道向罗斯拱手道:"亲爱的密斯特罗,我们走了,明天再来参加婚礼,告辞!"说着朝包天容、龙占海一挥手,道,"两位兄弟,玉儿的事办完了,咱们回!"

一行人走到教堂门口,任有道问罗斯道:"罗老师,用教堂办婚事,要收多少钱呢?"

罗斯一愣道:"收钱?孬。万能的主为他的孩子赐福,怎么能收钱呢?"

任有道道:"那就好,那就好。"

罗斯接着道:"不过,为了表示对主的尊敬,你们可以捐给教堂一笔钱。"

葛秃子问道:"捐多少?"

罗斯道:"一千两吧。你们都是上流社会的人物,捐少了,人们会瞧不起,对不对?"

葛秃子骂道:"对个球!老罗,你他妈真不够朋友!供个地方就要一千两银子,早知道就不来了。"

任有道尴尬地道:"好商量,好商量。"

桂大祥打圆场道:"如果这位回回兄弟手头紧,就拿五百两吧。罗先生,你看如何?"

罗斯点头道:"那就五百两,请于明天举行婚礼前交了吧。"

葛秃子道:"算球,五百两就五百两,明天交!咱们上马,告辞!"说着,与众人走向教堂大院里的几棵树,解下马缰,翻身上马,驰出教堂大院。

这时,龙占海与玉儿骑马落在后面。龙占海问玉儿道:"玉儿,你去忏悔,那个神甫说了些啥呢?"

玉儿脸一红道:"教堂的规矩,这事不能说呢。"

龙占海道:“我是你的丈夫,都不能说,那神甫是外人,咋就能听?”

玉儿道:“那不一样,我是说给主听哩,主是万能的。”

龙占海叹口气道:“好吧,就算主是万能的,你都说了些啥呢?”

玉儿把马一催,道:“羞人呢,不对你说。”说罢,一抖马缰,策马向葛秃子、任有道、包天容的马追过去。龙占海见状,也策马追了上去。

13

翌日白天,下营子教堂。罗斯正在主持龙占海和玉儿的婚礼。任有道、侯水英、包天容、时翠莲、葛秃子、谢兰、赵氏、赵文通、赵夫人、宝岱都穿着节日盛装坐在教堂里观看婚礼。

龙占海穿着崭新的西装与披着婚纱的美丽新娘玉儿并肩恭敬地站在罗斯面前。

身着黑色教服的罗斯在胸前划着十字,祷告道:“尊敬的主啊,请保佑你面前的这对新人吧,赐给他们终生幸福,赐给她们儿女,免除他们的罪孽和苦难吧!阿门!”

龙占海和玉儿也在胸前划着十字,齐声祷告道:“尊敬的主,请赐给我们终生幸福,阿门!”

罗斯走上前,询问龙占海道:“密斯特龙,我以上帝的名义问你,你愿意娶玉儿姑娘为妻,终生与她相伴,永不后悔吗?”

龙占海道:“我愿意。”

罗斯又询问玉儿道:“密斯玉,我以上帝的名义问你,你愿意嫁给龙占海为妻,为他生儿育女,永远与他相守,白头偕老,永不后悔吗?”

玉儿含羞地答道:“我愿意。”

罗斯面向众人宣布道:“亲爱的教民们,我以上帝的名义宣布,龙先生和玉儿小姐是一对诚实的教徒,从今天起,他们结成伴侣夫妻,上帝将施恩于他们!阿门!”

他的话音刚落,唱诗班的歌声响起。随着激昂的歌声,教堂里响起一阵阵掌声。

14

七月上旬的一个白昼,阳光洒满的石嘴山码头。一队运毛船和羊皮筏徐徐驶离码头,护镖队长龙占海和庄得五站在船头,向站在岸上挥手的葛秃子、张学文和伙计们频频招手。送走了运毛船队,葛秃子和张学文转身走上黄河大堤。

张学文道:“葛老板,这一次是咱们高林商行今年上半年向天津那边运的最后一趟夏毛,上半年,咱们共运往天津二百万斤羊毛和二十万张皮子,不到年计划的一半啊!今年闹旱灾,各牧区外庄收毛吃紧,看来,秋毛收购也靠不住啊。”

葛秃子道:“是啊,亨利先生对俺们高林商行寄予厚望,要俺们一年完成五百万斤羊毛和五十万张羊皮的收购任务,俺这几天晚上睡不着觉啊!”

张学文道:“到了七八月,咱们的各分行、外庄就要开始收秋毛了。可是秋毛产量少,一只羊身上只能剪二三斤羊毛,不仅毛绒较夏毛短,而且质量也差。加上一些毛户不按时交毛皮,给咱洋行带来许多烂账。我看,收秋毛这一仗不能含糊,您得赶快从石嘴山给各分行、外庄增调人手才行。”

葛秃子道:“俺考虑过了,不仅要增派人手到各牧区收秋毛,还要抓住重点以点带面收毛。俺想,过两天,你和宝岱到鄂托克前旗王爷那里去一趟,一是抓紧催收那儿的秋毛,二是催回款。鄂托克王爷近几年还差咱们十几万两银子哩,不能让他再拖欠下去了,这一次,他要没有银子还贷,就让他用碱湖做抵押。”

张学文道:“鄂托克王爷这只老狐狸是地方一霸,他肯拿碱湖抵押吗?我看未必。”

葛秃子道:“记住,鄂托克王爷也是个爱面子的人。自古以来,欠债还钱,无钱抵物,这是通理。何况,他欠的是咱洋行的银子,他真想抵赖,不怕朝廷和洋人扒他的皮?哈哈,俺看,他是个外强中干的日囊怂,你们去了给他来硬的,他敢不低头?俺看,他还没有那个胆量!”

张学文道:“葛老板,您这是杀猴给鸡看哩,妙!制服了鄂托克王爷,其他牧区的大毛户就会乖乖地按咱的意思办!好,明天,我和宝岱就上路!”

葛秃子叮嘱道:“鄂托克王爷有好多大碱湖,俺摸过底,记住,咱就要他的隆淖儿、哈马太、大那林三个碱湖做抵押,实在不行,至少要其中两个。而且让他与你们签订牛皮文书,要他不得半途反悔!现在,新泰兴商行已在其他地方买了几座碱湖做碱生意,俺打算派伍子牛去经营那几座碱湖。伍子牛做生意精明,是从新泰兴投奔咱高林的降将,这样的人才用好了,可以一箭双雕,一可扩大咱高林商行的经营范围,二可动摇新泰兴的军心!”

张学文点头道:“葛老板,我真是服了您了。您这哪里是在做羊毛生意,简直是运筹帷幄,调兵遣将打仗,难怪伙计们都夸你是赛诸葛呢!”

葛秃子道:“学文你个狗怂别跟俺尽说好听的奉承话!做生意咋了?做生意就得竞争,就得打仗,就得讲究排兵布阵,调兵遣将!当年若是诸葛亮不错用马谡,就不会有后出师表,蜀军兵败五丈原,三国归晋的历史就得重写!算球,俺不跟你讲这些老黄历了,反正讲了你嘛也不懂。明天,你和宝岱到鄂托克王爷那里多带些银票去,那里的牧民眼下闹灾荒有困难,咱给王爷多贷些款,趁机会把他套牢,免得刘敬祥这个狗怂钻空子,让王爷死心塌地跟俺们走!”张学文闻言,使劲点头。两人走上黄河大堤,迎面碰上主簿赵文通。

赵文通笑嘻嘻地上前道:“葛老板,我本打算来送运毛船,因公署有事来迟一步。”

葛秃子笑道:“赵大人,你咋老跟俺放马后炮呢?!算球,你也别客套了,说吧,找俺有啥事?”

赵文通望了张学文一眼,葛秃子一见,便对张学文道:“学文,你有事忙你的去吧，俺跟赵主簿商量个事。”张学文会意，向赵文通招了招手，告辞了。

张学文走后，赵文通道：“老葛，你家宝岱今年怕有十四岁了吧？听说，你想娶千斋兄的闺女凤儿为媳？可有这回事？”

葛秃子叹口气道：“有这事，可是这老黄历翻不得了！”

赵文通道：“咋样翻不得？任有道是一县知县，他把千金小姐下嫁你家，难道你不愿意？”

葛秃子恼道：“老赵，你是真不知还是假不知？昨天，千斋这个狗怂跟俺把这桩婚姻推球了，人家攀上了朝廷五品大员的公子！”

赵文通惊诧道：“谁？”

葛秃子道：“宁夏总兵苟有田的公子小豆，听说，苟有田要给小豆捐个武举人功名，任有道便想将女儿任凤嫁到他家为媳，他想攀龙附凤哩！”

赵文通生气道：“有道兄不跟你是同乡同年吗？再说了，你也是堂堂洋行大老板，他的女儿嫁给你的儿子也不亏呀！他咋这么无情?！真是人心隔肚皮呀！”

葛秃子道：“别提这个狗怂，算球！人各有志，俺与他不一般见识。”

赵文通试探道：“葛老板，你儿子宝岱娶婆姨的事，你打算咋办呢？”

葛秃子道：“儿孙自有儿孙福，俺还能咋办？总不能求着有道把女儿嫁给宝岱吧？”

赵文通点头：“那也是。”

葛秃子道：“老赵，你找俺就为这事？这事没啥谈球，俺还有事，先走了，告辞。”

赵文通见状拦住他，涨红脸道：“葛老板，我还真有事找你，慢走。”

葛秃子道：“啥事？你说吧。”

赵文通道：“这几天，我饭也吃不香，觉也睡不着，为女儿的事正犯愁哩！只是提起这事难以启齿。”

葛秃子道：“咱俩是哥们，有啥难以启齿的？说！”

赵文通道：“这两天，俺也正恨苟有田这个狗怂呢！他原来答应他的儿子苟小豆娶我的女儿晋娥为媳，现在他反悔了，要娶任凤，全不顾咱结拜兄弟的情意呢！晋娥她娘得知这事，气得在家睡了几天！我琢磨着，我们两家也是门当户对，晋娥这丫头也老大不小了，该给她寻个好婆家。若是葛老板不嫌弃，我就把女儿晋娥把与你家做儿媳，永结秦晋之好。你在石嘴山生意上的事，我今后多照顾。咱们联手共同发财，咋样？”

葛秃子犹豫了一下，道：“赵主簿，你家晋娥丫头今年多大了？”

赵文通道：“也是十四。”

葛秃子点头道：“论门楣倒也相对，论年龄也正相配。好，这桩婚事俺答应，不过俺给你说清楚，俺们葛家可是二洋人、二毛子，除了钱嘛也没有。宝岱这孩子就喜欢习武，不爱读书，俺也不强迫他，更不会学老苟为儿子捐个一官半职，俺老葛家的门风就是不做那个挨人骂的嘛贪官。你先想好了，省得到时你升了官再反悔。

你若同意,改日俺派人到你家送聘礼。"

赵文通道:"行健,我要是反悔,就嘴歪眼斜而死,死了扔到黄河里喂鲤鱼。只要你答应,咱们今后就是儿女亲家了!你的事,就是我的事,有啥难事只管吭一声,我立马就办!"

葛秃子道:"这事就这么定了,俺还得回家跟宝岱他娘说一声。告辞!"说罢,两人分手。

15

白天,鄂托克前旗草原上,宝岱和张学文骑马奔驰,马蹄的"嘚嘚"声如战鼓声在草原上激荡。不一会儿,两人在王爷府——一座大帐篷前下马,与侍卫打个招呼,直奔府中。

两人走进帐篷,见王爷正高坐毡席上与手下官员议事,便停住脚步。

宝岱上前抱拳道:"高林商行宝岱,奉家父之命前来拜访王爷。"

王爷道:"哈哈,我说早上树上喜雀为啥喳喳叫,原来是高林商行葛大人的公子来了,请坐,看茶!"

宝岱和张学文在毡上席地卷腿坐了,少时,侍女给他们奉上奶油茶。

王爷道:"宝岱,几年不见你又长高了。这次是来收毛催款的吧?"

宝岱品口茶,点头道:"这正是家父之命。"

王爷道:"这些年承蒙你父亲相帮,多次给我们鄂托克前旗贷款,才使本王免陷困境。我心里对你父亲感激莫名。只是你们的利息太高,可否看在本王的面子上适当降一点?"

张学文插言道:"回王爷的话,本行给您的贷款利息百抽五厘吧,您知道天津怡和洋行给老佛爷贷款利息是多少?百抽十五厘,整整是咱们商行给您贷款的利息的三倍!老佛爷也只好认了,没敢吭声。你想想,宝岱他父亲葛老板到底待你如何?"

王爷闻言,极为尴尬,不吭声了。

宝岱道:"王爷,刚才,张经理把话都说白了,利息多少,咱们两家都已白纸黑字写在合同上,您老该不会不认吧?"

王爷道:"既是如此,我也没有啥话好说了。只是眼下收毛困难,牧民遭受灾荒,急等钱用,不肯再赊购,我手头本金不足,可否请公子代为转达你父亲,稍缓时日,本王定当连本带利归还高林商行的贷款。如何?"

宝岱道:"自古以来,欠债还钱,这是公理。我想,王爷不至于没有还贷的办法吧?"

王爷道:"公子,眼下我手头确实拮据得很,有啥还贷办法?"

宝岱道:"没有银子,以碱湖相抵,总可以吧?"

王爷道:"公子,这可是你父亲的意思?"

宝岱道:"正是。父亲最近想拓展营业范围,经营碱生意,想置下几座碱湖,要是王爷肯相帮,以几座碱湖做贷款抵押,俺父亲愿意再给您贷银一万两! 咋样?”

王爷由忧转喜:“如果我愿意以碱湖做抵押,你父亲给我再贷一万两银子?”

张学文在一旁道:“是的。王爷,你原来欠咱们高林商行十四万两银子,本行本不该再给你贷款,这次可是破例!”

王爷道:“葛大人打算要几座碱湖?”

张学文道:“三座:隆淖儿、哈马太、大那林!”

王爷道:“公子,这可是本王爷领地鄂托克前旗仅有的三大碱湖啊,这样,我给你隆淖儿碱湖,另加几个小碱湖做抵押,咋样?”

张学文道:“不行! 这事我们不能擅自做主,贷不贷银子,请王爷三思。”

王爷寻思一会儿,道:“好了,我拿出隆淖儿、哈马太两大碱湖做贷款抵押,这样总可以了吧!”

宝岱点头道:“两座就两座吧! 不过,要办这两座碱湖的过户手续,咱们双方要签订牛皮文书,不得反悔才行。”

王爷点头道:“就这样办吧,咱们一手交银票,一手签文书。”说罢,他高声命令道,“来人,备下牛皮文书!”少时,立即上来几个王府侍卫,摆好了桌案和椅子,将牛皮文书置于桌案上。王爷和宝岱、张学文起身走到桌案旁,相对而坐。

宝岱拿起毛笔在牛皮文书内页上写道:“兹有鄂托克前旗王爷至今尚欠高林商行贷款十四万两白银,愿以隆淖儿、哈马太两座碱湖做抵押,抵押期为二十年。抵押期间,高林商行拥有以上两湖的使用权。抵押期满,鄂托克前旗王爷不偿还贷款和利息,以上两碱湖则为高林商行所拥有。”

宝岱将以上文书一式两份写完,签上自己的名字,盖上章,交给王爷签字盖章。王爷签名盖章后自己拿了一份,交给宝岱一份。宝岱从怀里掏出一张一万两银票交给王爷,道:“这是俺的父亲让俺带来的一万两银票,作为这次收毛皮的贷款。俺回去后五天之内派专人前来接收这两大碱湖。请王爷交代下人届时办理移交手续。告辞!”

16

白天,石嘴山高林商行经理办公室。葛秃子正与伍子牛谈话。

葛秃子道:“老伍,今天俺找你来,有一件重要差事交给你,你敢应承吗?”

伍子牛道:“自从离开新泰兴投奔到您的旗下,无论是下乡收毛皮还是运货到天津,我都心里畅快。只要是葛老板交代的差事,我都敢应承!”

葛秃子道:“好样的! 俺就知道你是条汉子。最近,咱们高林商行从鄂托克王爷处新收了两座碱湖,急需派能人去管理。据宝岱讲,这两座碱湖由于管理不善,年产量只有十五万斤冰碱,目前冰碱的价格是五十两银子一万斤,一年只能收入七百五十两银子,太少了一点。现在,俺决定派你去当这两座碱湖的总管,你一定要想办法拓展西北冰碱市场,把其他洋行从西北冰碱市场给俺挤出去! 你有信心吗?”

伍子牛点头道:“成事在天,谋事在人。我就不信挤不走那些狗怂!”

葛秃子站起,拍着伍子牛的肩道:“俺相信你一定有办法。你明天就上任,大胆干吧!人和资金的问题,俺立马给你调拨,俺等待你的捷报!”

17

晚,石嘴山葛秃子卧室。葛秃子正与夫人谢兰在一块谈论宝岱的婚事。赵氏收拾碗筷,到厨房去了。

葛秃子躺在炕上道:“夫人,俺与你商量一件事。”

谢兰道:“啥事,这么鬼鬼祟祟的?”

葛秃子道:“俺说了你别发怒,前几天赵主簿给俺说要把他女儿晋娥嫁给宝岱做婆姨,俺气任有道那个狗怂毁约不把任凤给俺宝岱,就答应了。”

谢兰呼地坐起,生气道:“你胆子也太大了,这么大的事也不给我说一声就敢答应,儿子又不是你一人的。再说,晋娥那丫头也太胖了,满身膘油,将来生娃娃都是难事。”

葛秃子道:“胖点好,胖点好,俺就喜欢胖的。”

谢兰气得抽了葛秃子一耳光,道:“你这是给儿子娶媳妇呢?还是给你自己娶婆姨?你到底打的嘛主意?”葛秃子不理,嘴里发出鼾声。谢兰见状无奈,气得自己扯过被子侧身睡了。

18

秋日上午,石嘴山高林商行。宝岱正要走出大院,宝鉴从后面大步迎了上来。

宝鉴道:“老三,给,你的外国来信和一件礼品盒。又是那个洋妞写来的吧?她还缠上你了,小心她的狐狸味把你骚情得晕了!”

宝岱不满地道:“二哥,你胡说啥呢?康妮哪儿得罪你了?那次从胡杨岛回来也是俺挨的鼻逗!”

宝鉴道:“哎哟喂,知道心疼了?人家还没嫁给你呢!俺老实告诉你,听爹娘说,他们要把赵主簿的女儿晋娥说给你做婆姨哩!”

宝岱哼了一声,没理睬宝鉴,接过信和小礼品盒直奔黄河大堤,选了堤下一块平坦的沙滩半卧下,展开信读起来——

(康妮画外音):亲爱的宝岱,你好吗?我很想你。我回英国已经一年多了,但一直没有顾上给你和其他朋友写信,主要是因为我准备考大学。我是在中国长大的,对这儿的一切都不太适应。尤其是伦敦,雾太大,很少见到蓝天。这就更让我想念天津,更想念石嘴山的蓝天、白云,还有黄河上的帆船和皮筏子,还有贺兰山里的岩羊和蓝马鸡。一幅幅画面,总是进入我的梦境。还有你,一个可爱的小男孩。我永远忘不了我们一起在黄河胡杨岛上度过的惊险日子,你是多么善良、勇敢啊,为了我们的安全,你一路背着小迈克。回家后,你把全部责任扛到自己肩上,挨了你父亲一顿打,你的鼻子都被打出血,我当时好为你心痛。我现在已在读大学二年级了，爸爸让我读完大学，接着读硕士和博士，可我不想再读下去，我只想读到大学毕业就回中国。我非常非常想见到你，马上见到你。我一点也不喜欢见到那个叫宝鉴的大男孩，他太自私了。我把你的事对好多同学讲了，他们都很羡慕我。希望将来能来中国石嘴山看贺兰山上的蓝天白云和黄河上漂流的皮筏子。但我不喜欢他们的殖民主义态度。我，我的爸爸妈妈，我的爷爷都不赞成他们的态度。对了，我爷爷写过一本反对殖民主义的书，其中有对中国的看法。等我回中国时一并给你带去。好了，不写了，马上就要熄灯了。代我问候你的爸爸妈妈，他们很疼爱你，我为你高兴。

对了，我差一点忘了，我给你送一件小礼物，希望你能喜欢。

再见！

你永远的朋友康妮，吻你。

宝岱念到这里，脸变成了红布。他三下两下把礼物盒打开，只见里面是一对洋娃娃，手拉着手正亲嘴。那个洋女娃娃穿着花点裙子，那个男娃娃蓝眼睛黑头发。他仔细端详了一会儿，他的手一动，那个女洋娃娃眼珠就转，他偷偷地亲了一下那个女娃娃，然后小心翼翼地将两个洋娃娃放进盒子里，盖上盖子。他顺着河岸躺下来，这时，恰有一队纤夫从他身边拉纤经过，嘴里喊着号子。他闭上眼睛，听着这纤夫号子声，脑海里浮现一幕幕往事：

画入(1)：宝岱和康妮等几个小伙伴误入胡杨岛，被一群土匪五花大绑。杨大端起宝岱的下巴，道："小贼，你叫啥？"

宝岱昂起头："俺叫葛宝岱！"

杨大弯下身问："你父亲是谁？"

宝岱把头一偏，道："俺父亲是高林商行经理葛行健！"

杨大露出笑："哦，原来是葛经理的公子，弄错了，弄错了。"他一边说一边替他解开绑绳，指着其他几个娃娃道，"想必他们都是你的好伙伴吧？"

宝岱点头。

杨大对身边土匪道："来人，给这几个孩子松绑！"几个土匪闻言，连忙笑嘻嘻地给孩子们松绑。

画入(2)：晚上，胡杨岛上，点燃一堆堆篝火，孩子们围在篝火旁吃烤羊肉，不时发出笑声……

画入(3)：葛秃子家里，葛秃子一把抓住宝岱追问道："是谁叫你们去划皮筏子的？"

宝岱挺胸道："是俺让他们一起去的！"

葛秃子闻言，抽了宝岱一耳光。

这时，宝鉴挑唆道："爸爸，俺不让他们走这么远，可是弟弟不听！"

康妮呵斥宝鉴道："你没说！"

宝鉴头一扬，道："俺说啦！"

康妮大声道："你明明没说！"

宝鉴手指康妮道："俺就说啦！"

苏珊道："宝鉴，你真卑鄙！"

亨利道："密斯特葛，不要再打了。孩子们回来就好啦！"

葛秃子将宝岱一推，道："看在亨利伯伯和康妮小姐的面上，这回俺饶了你！"

康妮上前一把扶住宝岱，道："宝岱哥哥，我们不理他（手指宝鉴），一块儿去玩！"此时，苏珊和迈克一齐拉住宝岱的手，齐声道："岱哥哥，我们去玩！"说着四个小伙伴活蹦乱跳地出了家门。

画出：宝岱正躺在沙滩上胡思乱想，猛地睁开眼，只见奶妈和妹妹紫菱站在他面前。

紫菱道："哥，你聋啦？喊你也不言喘！"

宝岱连忙坐起，揉揉眼睛道："出了啥事？"

奶妈道："少爷，老爷和夫人到处找你呢！"

宝岱问："为啥事？"

奶妈道："我不知道哩。"

宝岱站起身要走，紫菱问道："哥，那盒盒里是啥呢？"

宝岱笑道："没啥，是俺逮的癞蛤蟆，你看不看？"

紫菱吓得一退，道："俺不要，俺不要。"三人一边说着，一边上了黄河大堤。

19

白天，石嘴山高林商行葛秃子家。宝岱随奶妈和紫菱下了河堤，回到高林商行自己的家。一进门，葛秃子就招呼宝岱坐下。

葛秃子道："你赶快带人动身，到鄂旗王爷那儿把今年的秋毛和皮子抓紧收上来。听张学文说，甘肃和青海那边，刘敬祥那个狗日的又想点子和俺们抢毛皮。这边，左旗和鄂旗是咱们的保证。你此次带人去鄂旗和左旗，要留心在意，抓紧收毛，不可贪玩。据可靠信息，其他洋行也想提高毛价和咱们竞争，如果这样，我们就会遇到麻烦。"

宝岱请示道："要是其他洋行真的提价，咋办？"

葛秃子道："对签了合同的，尽量按合同价办理。实在不行，每百斤价格最多不能超过十五两银子。对于那些没有签合同的毛户，就随行就市吧。但对其他行的毛户，要悄悄地用高价收毛，每百斤可出到二十两，顶垮他们！你到了两旗，自己不要出面去收，要通过王爷去办。这样，刘敬祥他们就是知道嘛了，也咋不着王爷的个球！"

宝岱点头道："孩儿明白。"说着站起身要出门叫人牵马。

葛秃子拦住他道："慢！"说着从腰间抽出一把镶着白金的左轮手枪递给宝岱，叮嘱道，"这是法国最新样式的手枪，很好使，你带上吧。一路上，一定要多加小心，多长个心眼。"

宝岱接过枪，应道："多谢父亲。"这时，谢兰和赵氏从里屋出来。

谢兰道:“岱儿,你出这趟差回来,咱们就把你的婚事办了。”宝岱闻言一惊。

葛秃子见状,道:“孩子,婚事的事暂放一放。你集中精力到鄂旗和左旗去吧!注意,多带几个助手、伙计!”

赵氏走过来将一个装着换洗衣服的包袱递到宝岱手上,叮嘱道:“孩子,路上注意安全,快去快回。大妈等着喝你的喜酒哩!”

宝岱接过包袱往身上一背,拱手道:“爹,妈,俺走了!你们放心吧!”说着大步跨出门直奔马厩。这时,几个镖师和伙计也飞快奔进马厩,各人牵出一匹马。众人上马。宝岱勒住马对葛秃子道:“爹,你放心,多保重,俺去去就回!”说罢,两腿一夹马肚,那马撒开四蹄冲出高林商行大院门,几匹马随即跟上,驰上官道,飞奔而去。

第二十一季:愤怒与仇恨

1

秋日黄昏,辽阔的鄂尔多斯草原。十四岁的宝岱带着几个镖师和伙计骑马奔驰在草原上。草原上,绿草肥美,兔窜鹰飞,鲜花竞放,铺天盖地的赤橙黄绿青蓝紫令宝岱眼醉心迷。远处,黄河如带,青山似练,沙漠若海,更使他陶醉。宝岱策马在前,扬鞭对身后众人喊道:“前面就是查布了,俺们到那里住下!”

众人随宝岱飞马赶了一程,驰进升起袅袅炊烟的查布小镇。查布小镇只有几十家蒙古包帐篷和一个驿站。宝岱带着众人驰进有三间干打垒房屋和两个马棚的驿站,翻身下马。站长查布和婆姨在屋里听见外面人喊马嘶,赶忙出门迎接。查布亲热地道:“原来是少爷到了,快请到屋里歇着。”说着,上前接过宝岱和众人手中的马缰,牵马进马棚将马拴了。

宝岱道:“查布站长,你不用管了,让他们喂马,你们赶快准备喂人吧!”

查布应声道:“哎!”就走到羊圈里,一边拽出一只肥羊,一边唤婆姨烧水。宝岱走进屋里,见屋里放满了杂货和毛皮,对面是一个大炕,便脱了靴子上炕坐了,众人忙着喂马饮水,有的帮查布宰羊烧饭。

查布的婆姨把炕桌支在炕上,倒了奶茶,端上了奶疙瘩,道:“少爷,您先暖着,饭马上就好。”少时,羊肉已经煮好。查布将羊肉剁成大块,用铜碗盛了端到桌上,又把马奶子酒一一倒满铜碗,先敬宝岱。宝岱依蒙古人的习俗喝了酒,吃了第一刀子肉,大家便放开喝起马奶子酒来。

宝岱对查布道:“查布,秋毛收的咋样了?”

查布道:“前天来了几个人,听说是新泰兴商行的,要收毛,一百斤出十五两银子哩!”

宝岱放下酒碗,道:“新泰兴商行的?他们走了么?”

查布道:“没有,都在对面一碗香面馆子住着哩。听说要把一碗香当作他们洋行的外庄呢!”

宝岱挥拳把炕桌一擂道:“岂有此理,这个点是俺开辟的,他们见有利可图,就来捣乱!”

众人闻言立即都把酒碗放下,有一人道:“要不,把他们做了,扔到草甸子上喂狼去!”

宝岱挥手拦阻道:“此事不能蛮干。查布,有人到他们那里交毛吗?”

查布道:“白天还没有发现,晚上倒有人悄悄地去。”

有个伙计道:“这些怂,明明是咱们商行的合同户,见新泰兴出高价收毛,就坏良心。”

宝岱道:“查布,从明天起,咱们要挨家把咱们的产毛户访一遍,根据合同上的定额,把产毛量估准了。”

查布道:“今年天旱,草长得不好,很多毛户都亏了,羊也死了不少。如今新泰兴商行高价收毛,就怕牧户虚报羊毛产量,暗地里偷偷把毛卖给他们。”

宝岱沉思一会儿,道:“你看见晚上去卖毛的是咱们的合同户吗?”

查布道:“是,那家男人叫云布雨,来这里有四五年了,听说是归化人,可口音好像是河西平罗一带的。还听说这老汉死了婆姨,就带一个女娃娃过活。”

宝岱道:“他们的帐篷在哪儿?”

查布道:“他们每年夏季转来,都不在这儿扎帐篷,他的帐篷,离这里有几十里远哩。”

宝岱道:“查布,把碗里酒喝干,你和俺出去一趟。”

查布道:“这么晚了,还到哪儿去?”

宝岱道:“咱们连夜去找云布雨,看他到底为啥不遵守合同。”

众人纷纷道:“少爷,我们都随你去。”

宝岱道:“不用,你们辛苦一天了,早点歇了吧。”

查布饮完酒下炕出门,先摘了马刀和弓箭袋,又到马棚里牵出自己和宝岱的马,备鞍系蹬。宝岱结束停当走出门来,两人飞身上马,披着月光奔驰而去。

2

夜,皓月当空,凉风送爽。宝岱和查布策马在草原上奔驰了几十里,过了一道小河,见前面灯火闪烁。

查布在马上用鞭一指道:“那儿就是云布雨家。”宝岱闻言在马屁股上挥了一鞭,策马朝灯火闪耀处奔去。他们策马来到一座帐篷前,一只牧羊犬扑了上来,一声低沉的犬叫声唬得两匹马四蹄腾空,咴咴长嘶。随着狗叫声,帐篷门掀开了,一个老者端着火枪出现在灯影里,喝道:“什么人?”

查布翻身下马,答道:“大叔,是我,查布。”

云布雨收下枪,道:“是查布呀,这么晚了,你咋来了呢?”

查布道:“有点小事,想跟大叔说说。”这时,宝岱也跳下马。

云布雨道:“那就进帐篷说吧。”宝岱和查布闻言,把马拴在帐篷前的木桩上,随云布雨进了帐篷。只见帐篷不大,却收拾得很齐整。云布雨的十七岁女儿乌妮尔正坐在吊着的油灯下为云布雨补衣裳,见查布来了,笑了笑。

查布道:“乌妮尔,卖羊毛发了财,还不买件新衣裳穿呀?”

乌妮尔道:“今年天旱,加上羊生了瘟病,死了一半,连还洋行的利息也不够,还发财哩。”

云布雨道:“辛苦一年,还落一沟子债,这日子简直没法过。”说着,招呼二人坐下。乌妮尔起身为宝岱和查布沏了奶茶,看了宝岱一眼。宝岱觉得乌妮尔似曾相识。

查布道:“新泰兴商行前天不是来人收毛吗?说是百斤十五两银子比高林商行多三两银子哩!”

云布雨道:“我前年贷了高林商行五十两银子,买了二十几只羊,原指望卖毛再带卖羔羊,两年能还清。谁料两年没还清,还欠了一沟子债,今年已欠了八十多两了。就是把羊全卖了,这债也还不清哪。”

乌妮尔道:“洋行老板的心也太黑了,羊毛还没剪出来,就给你估好了产量和下多少羊羔,又估得过高,你还能还清债?”

宝岱插嘴道:“按理说,养羊是不应该赔本的呀!每百斤毛从原来的二两八都涨到了十二两,一张皮子也涨到了二十两银子。羔羊皮更贵了,一只母羊下一只羔就是十五六两银子,你喂十只母羊,光羊羔卖钱就可以还清账哩!”

云布雨道:“娃娃,站着说话腰不疼哩。账算得精,可实际又是一回事呢!我今年喂的母羊,八只就只下了三只羊羔,还死了十几只大羊。”

宝岱问道:“为啥?”

云布雨道:“为啥?天灾加上人祸!天旱不说了,草原上的大王们哪一股来了,你不得进贡?少的一两只,多的五六只。你不给能行?还有,今年天旱,草不长了,小花棘豆却长疯了,一片草场能有一半是它,羊吃了,还有个好?”

宝岱问道:“啥叫小花棘豆?”

查布解释道:“就是醉马草,又叫马板肠。牧畜吃了,双眼瞎,四腿瘫,母羊流产,骚胡坏肝,走不了,动不了,末了只有活活瘦死!”

宝岱问道:“那就没有办法治吗?”

云布雨叹口气道:“娃娃,看样子你不是这儿的人吧?”

查布介绍道:“他就是高林商行葛老板的公子宝岱少爷。”

云布雨和乌妮尔像听到了一声炸雷,手中的东西都掉在地上,呆住了。

宝岱道:“老姨爹,你不要害怕。俺来就是要闹清楚今年羊毛到底是啥原因减产,俺听你这一说,就明白了。”

云布雨闻言扑通跪倒在地,老泪纵横道:“少爷在上,请受老奴一拜。”乌妮尔也在父亲身后跪下了。

宝岱慌忙起身把云布雨扶起道:“老人家快快请起,您这不是咒俺吗?您偌大年纪咋能当奴才呢?”

查布也惊住了,道:“大叔,少爷是个大好人,心肠软,你偷卖羊毛的事他都知道了,不过,你不用害怕,他会饶了你们。”

云布雨道:“我给少爷磕头,并非害怕,我已是黄土埋了半截的人了,也不用再担惊受怕。只是小女年幼,我放心不下,才隐姓埋名,苟且偷生。今日事已至此,我也不用隐瞒,都对少爷说了吧。”宝岱与查布对视了一眼,一时莫名其妙。

云布雨让乌妮尔把烟袋拿过来,装了一锅烟,凑到油灯前对着了火,吸了一口烟道:“不知道公子还对平罗知县那场《鸳鸯诗话》大案有印象吗?”

宝岱颤声道:“你,你是何人?”

乌妮尔闻言哭出声来,她极力忍住,仍抽泣不止。

云布雨道:“我是汉人,就住在平罗县姚福镇。我就是俞大通,乌妮尔就是小女文娟啊!”

宝岱闻言悲喜交集,双膝跪倒,道:“岳丈在上,请受小婿一拜。”

查布一见,惊呆了。云布雨伸手把宝岱扶起,说道:“少爷请起,不必如此。你父亲虽说与我有不错的交情,也为你与小女定有婚约,但时过境迁,物是人非了。你如今是洋行大老板的公子,而文娟仍是流放囚犯的女儿,云泥之别,再谈论婚嫁,岂不可笑也?”

宝岱哭着道:“家父所定婚姻,宝岱岂敢昧心不认?只要岳父与文娟妹不嫌弃于俺,俺回去就与父亲和母亲说知,指日前来迎娶。”

云布雨道:“此言差矣。葛先生仗义救得老朽残生,弥天大恩,老朽瞑目难忘呀!”说到这里,他喘息了一阵又道,“那年我被朝廷发配黑龙江,千山万水,苦楚难尽。文娟的母亲因惊吓劳累,不久到极乐世界享福去了。我当时近乎疯癫,全靠女儿日夜照料,方才逃得一命。后来,我也曾学做农活,谁知天道酬勤,身体居然强健起来。军台见我颇通文墨,让我帮他处理公文事务,几年下来,颇得他的欢心,于是,军台与我报了死亡,我便从此获得自由。四年前,我告别军台欲回平罗故里,可叹我有家不能归,只好在这里放牧为生。这两年,我常到石嘴山去交羊毛,就是为了看一眼我的救命恩人葛老板,看一眼家乡的土地啊!”说到这里,他老泪纵横。查布听了,在一旁呆若木鸡。

宝岱拭泪道:“岳丈大人,不管咋样,俺不能看着你们在这儿受苦不管。俺明天就回去,将此事告诉父母。”

云布雨道:“娃娃,你听我说,我不答应你,正是为了不想再连累你们。现在,任有道和苟有田都身居高官,此事万一被他们知道了,不仅我有欺君之罪,就是你父亲恐怕也要受牵连。所以,你听老人一言,就当什么事也未发生,也莫再提你与文娟的婚姻之事。”

宝岱坚定地道:“岳丈大人,你可不与文娟回石嘴山,我可与文娟在草原成婚,搬来与你们住在一起。”

云布雨叹口气道:“你真是个娃娃,事情哪有如此简单?你父亲就你这么一个儿子,商行的重担,他恐怕要靠你来挑起,怎么会容你来草原呢?再说,天长日久,没有不透风的墙,这事万一让任有道知晓,岂不是害了你们一家么?此事万万不可行,你就再莫要提起。”

查布道:“大叔,你莫要伤了少爷的心,再让我们一起好好想想,看有啥办法两全其美。”

云布雨叮嘱道:“查布,今日之事干系重大,你休再言。否则,泄露了风声,可要招来杀身之祸啊!”

查布拍着胸脯道:“大叔,你还不相信我查布?”

云布雨道:“非是信不过,还是提防为好!”

查布道:“头可断,血可流,我查布还从未做过出卖人的事!”

宝贷拍着查布的肩道:“查布老哥,你的忠义俺都知道,此事以后再说。”说着对云布雨道,“岳丈,俺有一事要请教于你,你为何把羊毛卖给新泰兴商行呢?”

乌妮尔道:“也没有卖给新泰兴,这一带牧民很信任爹爹,所以那些人盯住爹爹不放。爹爹是看他们来了几趟,抹不开面子,也不想得罪他们,就带了一百多斤毛敷衍了一下。”

宝岱道:“原来如此,那就请岳丈明天对牧民们都说说,俺决定提价,每百斤毛按二十两银子收购!”

查布道:“少爷,这么高的价格,老爷会同意吗?”

云布雨也吃惊道:“娃娃,查布说得有理,你办事可得谨慎些。”

宝岱道:“这个你们就不用管了,一切有俺安排。不过,提价的事要与牧民讲清楚,这次羊毛提价是针对今年天灾的临时调整。明年是什么毛价,到时再定。叫他们不要泄密,谁要是走露了风声,除追回羊毛款外,还要送他到官府,办他个偷窃洋行商业机密罪!”说着,又对云布雨道,“岳丈,你从明天起就搬到查布的驿站帮助收羊毛吧,俺到鄂托克王爷那儿办完事回石嘴山之后,就带工匠来帮您把房子盖上,您老人家就不要再放牧了。”

云布雨道:“娃娃,这事万万不可行!你这样一闹,还有不走漏风声的?以后,你也千万不要喊岳丈了。”

宝岱道:“难道你要悔婚么?”说着瞪了乌妮尔一眼,乌妮尔也正目不转睛看着他,四目相对,乌妮尔赶紧低下头。

云布雨长叹一声,道:“唉,孩子,不是我自食前言,委实是事非得已呀!今生今世,你与文娟不能成为夫妻,来世再让她给你当牛做马吧!”

宝岱大声道:“不!今生今世,俺与文娟为什么不能做夫妻?俺们俩有父母之命,只是因为冤狱牵连就被活活拆散。俺发誓,此生不能娶文娟为妻,俺就披上袈裟,到少林寺做和尚去!”乌妮尔听了,满心欢欣,羞红了脸。

云布雨闻言,急得连声道:“使不得,使不得。宝岱,老夫求你了,千万不要做傻事!”

宝岱眼含热泪道:“以前,俺不知你们的下落,也就罢了。现在,俺既然知道了,你叫俺咋样能抛舍?倘若俺图富欺贫而不能践父亲之言,父亲又岂能饶恕于俺?”

查布在一旁感动地道:“少爷是仁义的人,有这样的心,大叔,你也该知足了。乌妮尔是鄂尔多斯草原最美丽的马莲花,草原上有谁能配得上她呢?只有满怀仁爱的少爷才能配呀!你就忍心眼睁睁将他们再一次拆散?”

云布雨垂泪道:“我是担心连累了恩人哪!”

查布道:“大叔,你现在是蒙古人,乌妮尔小时候就离开了平罗,难道少爷娶了她,石嘴山的人会认出来?"

宝岱道:"查布老哥说得对,岳丈不必多虑。俺回石嘴山之后,定当将此事向父亲禀报,总会想出一个万全之策。"

云布雨道:"既然这样,也只好如此了。天不早了,你们回去休息吧。"

宝岱站起身来,道:"明天,俺就叫人来帮你们搬家!"

乌妮尔道:"夜已深,草原上不安静,你们还是在这儿歇下算了。帐篷虽小,倒也睡得下。"

正说着,忽听帐篷外人喊马嘶。他们赶紧走出帐篷,只见一片火把明亮,转眼来到面前。宝岱定睛一看,原来是勒布的婆姨带着自己商行的伙计、镖师骑马来到。他们在云布雨的帐篷前滚鞍下马。

宝岱道:"你们都来了,查布房里的货物谁看守呢?"

外柜道:"少爷放心,我已经留了四人看守。"

云布雨道:"大家都到帐篷里再喝点酒吧,夜里凉呢。"

宝岱道:"人多,帐篷也坐不下,俺们回了。"说着,他解下马缰,腾身上马,对云布雨道,"改天见!"

勒布翻身上马,对云布雨和乌妮尔道:"大叔,乌妮尔,改天见!"说罢与宝岱策马奔驰而去,众伙计和镖师将马勒转头,尾随他们策马奔驰而去,消失在茫茫夜色中。

3

秋日白昼,鄂托克前旗隆淖儿碱湖。

伍子牛和鄂托克前旗王爷府总管并马前行,巡视浩瀚的隆淖儿碱湖,他们的身后跟着几个骑马的王府侍卫。隆淖儿碱湖约有七百亩水面,碧波荡漾,湖上空飞翔着白鹭、野鸭和一群群野天鹅。

伍子牛在马上道:"总管大人,我奉命接管隆淖儿和哈马太碱湖,实在对碱湖的情况知之甚少。今日来到隆淖儿湖,很感谢你的陪同,不知这里情形如何?"

总管道:"伍老板太客气了,我给你介绍一下这里的情况。隆淖尔湖是王爷辖区三座大碱湖中最大的碱湖,有七百五十亩水面,这里盛产冰碱。有一个五十多人的冰碱制作作坊,每年可产十万斤冰碱,主要销往陕甘、内蒙。"

伍子牛点头:"这冰碱如何制作?生意可好?"

总管道:"制冰碱一般在冬天进行,要经过挑担取水、大锅熬碱和包装程序,是个极苦极累的活呢!陕甘、内蒙一带百姓喜欢吃面食,多用蓬灰水中和剂发面,很少用冰碱,故冰碱的生意一直不太好!一年下来,隆淖儿制碱作坊的冰碱最多时只能卖五百两银子,每个制碱工年薪不足十两,入不敷出,生活清苦得很哩!"

伍子牛道:"这就奇怪了。既然销量有限,工人们入不敷出,为啥各洋行老板纷纷出重金购置碱湖呢?如果无利可图,他们这样做岂不是日囊怂?"

总管道:"伍老板,这你就只知其一不知其二了。近年来,冰碱的发酵作用强于蓬灰,正在被越来越多百姓所认识,而且它能够清除污垢,强于日常用的皂角水。老百姓对冰碱逐渐看好,需求量日益增大。各洋行正是看中这两点,所以花巨款购置碱湖,并不是胡搞,只是介入冰碱生意的洋行越来越多,少不得竞争激烈。王爷之所以愿将两座碱湖拱手让给贵行做抵押,其意也在于冰碱生意不好做,退出这场竞争。伍老板,将来这里就靠你啰!”

说话间,一行人骑马来到冰碱制作作坊。只见数十间砖屋排成三排,每排房子上都耸立着烟囱。这些房屋都紧靠碱湖边,湖边上,有五六十个赤膊汉子正忙着从湖边挑水,来往穿梭,好不热闹。伍子牛与总管及众侍卫翻身下马,将马缰系于湖边树干上,然后背着手往屋里走,王爷府总管在前面带路。他们走进前面一排制碱作坊,只见每间屋子都排满盛碱湖水的大缸,一排大灶架着一排大铁锅,每孔大灶前都有一个工人烧柴生火,灶肚里烈焰腾腾,火苗不时从灶孔里蹿出,热不可当。这时,作坊老板——一个五十岁左右的汉子闻讯赶来,向王爷府总管拱手道:“总管大人,小的不知您来视察,来晚了一步,请多海涵。”

王爷府总管指着伍子牛道:“这位是高林商行派来的伍老板,从今天起,隆淖尔和哈马太碱湖就由伍老板接管。王爷吩咐,今后这两座碱湖制碱作坊统交伍老板管理,不得有误!”

作坊老板闻言,向伍子牛拱手道:“俺们不知伍老板驾到,失迎失迎。今后俺们听你的,你咋说俺们就咋干!”

伍子牛拱手还礼道:“伍某初来乍到,人地两生,今后,少不得和兄弟们打交道。俗话说,一个泥巴三个桩,一条好汉三个帮。此后,我有事少不得各位兄弟帮衬。”

作坊老板道:“好说好说,走,俺引你们到后面几间作坊看看。”说着,引着众人向后面作坊走去。

4

这年年九月的一天白昼,石嘴山新泰兴商行刘敬祥新居。新盖的大院里唢呐高奏,鞭炮炸响。客厅里,挤满宾客,刘敬祥身着新郎官盛装正与新娶的四姨太举行婚礼。四姨太宁静花年轻美貌,伴着刘敬祥随着司仪的口令一拜天地,二拜高堂,三对拜。刘敬祥神采飞扬,在众人的簇拥下搀着四姨太步入洞房……

5

数日后的一天黄昏,石嘴山小揪面家。刘敬祥在街上溜达,走进小揪面家的院子,迎头碰见宝鉴。

宝鉴一愣,笑着道:“大爷,你来了?”说着,慌慌张张从刘敬祥身边溜走。刘敬祥奇怪地望了一眼宝鉴的背影,随之迈动脚步走进小揪面的屋。小揪面正对着镜子梳理云鬓,见刘敬祥进屋来,满硷笑容道:“敬祥,你来了,真是稀客,快请坐。”

刘敬祥冷冰冰地道:“你老也老了,还想吃个嫩草?”

小揪面道:“你胡说啥呢?我这一身老皮肉,也就是你稀罕。”

刘敬祥道:“那小熊羔子来弄啥?”

小揪面不满地道:“弄啥,还不是为了你。”

刘敬祥惊问道:“为了俺?”

小揪面道:“谁说不是呢?他呀,想做你的女婿哩!”

刘敬祥一听,跳起来道:“他想得美!”

小揪面不慌不忙地道:“别管他是咋样想的,你那个二丫头可已经是他的人了。”

刘敬祥惊问道:“你是咋知道的?”

小揪面指着刘敬祥的鼻子说道:“宝鉴对我说的。要论起来,这个事还不是你让他做的。当初,你为了买通宝鉴捣他义父的鬼,让二丫头跟宝鉴睡了。这下可好,年轻人偷一次嘴,哪个还能管住自己?”刘敬祥颓丧地坐下,不说话了。

小揪面给他倒上一碗茶递给他,慢声道:“我觉得这事合适。你想想,宝鉴过去的爹是知县,现在的爹是洋行大老板,娶了二丫头也不辱没你老刘家。况且,你这么些年跟葛秃子斗来斗去也没个输赢,反倒成了仇人,如果能结成亲家岂不是好?”

刘敬祥道:“跟葛秃子做亲家也不是不可,就是宝鉴那个驴日的俺看不上眼,二丫头跟了他会受气的。”

小揪面道:“你以为二丫头是个省油的灯?整天疯疯癫癫的像个野小子,也不知你这当爹的是咋管的。”

刘敬祥无奈地道:“俺哪有工夫管?外边那么多事,家里那么多孩子。”

小揪面道:“那谁叫你娶那么多婆姨?像我只有石头一个,再不会烦心。”

刘敬祥忽然道:“其实,俺原来是想把二丫头给介石的,那样,咱们就亲上加亲。”

小揪面一撇嘴道:“快别说臊毛的话哩,你还嫌人丢的不够咋的?”

刘敬祥道:“俺就是随口说说。”

小揪面趴在刘敬祥的肩膀上,摸着他的辫子,柔声道:“你有这份心,我也就没有白侍候你。”

刘敬祥把她的手掰开:“今儿个就算了吧,四姨太正患病呢,俺得回家看看。等几天俺就去找葛秃子把二丫头的事说了。”说罢,他起身出门。

6

1894年冬,白昼,宁夏府城。宁夏总兵府门前张灯结彩。府内,总兵苟有田坐在太师椅上,正与管家议事。

管家道:“启禀老爷,少爷的婚事在即,府内准备庆典诸事已停当,请老爷训示。”

苟有田道:“最近几天,本府和各县官员送来多少礼银?”

管家道:“连同刚才新泰兴商行刘老板送来的五千两银票,总共收到贺仪银一万余两!”

苟有田道:“才这么点啊!去年知府的丫头出嫁,还收了一万五千两银子呢。他才弄个六品顶戴,俺可是五品武官啊!”

管家道:“大人级别虽高,但实权却小。知府就不同了,吃喝拉撒,升降沉浮,谁不仰仗于他?”

苟有田叹口气道:“唉,别提球了!要是现在有仗打,只怕这些狗怂就不敢低看俺了!”

管家点头道:“老爷,前两天中卫县知县和守备派人送信来,说是听说少爷近日完婚,准备送一千斤鸽子鱼,并派一营军队来府城维持治安。”

苟有田闻言,惊喜道:“好啊!听说这鸽子鱼是当今皇上和老佛爷享用的贡品呢!他们能一次送一千斤鸽子鱼来,实在他娘的难得!”

管家道:“可不是?俺们宁夏当地人说,天上的鹅肉山里的鸡,水里最贵鸽子鱼。据说这鸽子鱼别处不产,只咱中卫县南长滩河湾里有。此鱼鳞甲不多,肉质细腻,骨刺少而味道鲜美,因其鱼头状似鸽子头,故称鸽子鱼。家麟任知府那阵子,用水篓子带了几斤鸽子鱼觐见皇上,还领了赏赐呢!”

苟有田喜道:“好!若中卫县派人送鸽子鱼到来,你给他们重重赏赐!”

管家道:“是!”

7

1894年腊月底的一天黄昏,中卫县南长滩河湾,河已封冻结冰。中卫县守备带着一百余名军兵和渔民正在河面上凿冰窟猎鱼。众兵士用铁锹凿冰孔扩宽水面,渔民撑着五只小船在冰河上打鱼。

守备按剑站在河岸上观看,下令道:“快点,快点,天都快黑了,给俺抓紧捞鸽子鱼,不捞足一千斤,不准上岸!”

这时,一只船上渔夫撒了一网,打起几十斤鸽子鱼来。一个兵士手拎着鸽子鱼向守备大声报告道:“守备大人,鸽子鱼捞到了!捞到了!”说着,命船夫将船靠岸,将鸽子鱼装进一只竹篓里,提篓上岸。中卫县守备赶过来观看篓子里活蹦乱跳的鸽子鱼,欢喜地对站在身旁的两名军官道:“传俺的命令,明天送鱼到府城给总兵苟大人贺喜!火枪营随俺到府城为总兵拱卫!”

两名军官打千道:“喳!”

8

腊月二十八日的清晨,中卫县通往府城的河道,县守备带着装满一千斤鸽子鱼的渔船向府城进发。守备满面笑容站在船头,艄公掌舵,士兵们拼命划桨……

9

当日上午清晨,中卫县通往府城的官道,两名军官骑在马上,带着一营约八百名荷着火枪的军兵跑步前进……

10

中午,宁夏府总兵府。这天,是苟有田的儿子、武举人苟小豆的婚庆之日。府前张灯结彩,锣鼓齐鸣,唢呐高奏,车马不断。苟有田身着五品武将总兵官服,带着身着武举人服的儿子苟小豆站在府前迎接客人。

少时,中卫县守备骑着高头大马,带着一队军兵来到总兵府。中卫县守备翻身下马,急步向前向苟有田禀告道:“总兵大人,在下中卫县守备参见老大人,特向老大人恭贺公子婚庆大喜!”

苟有田捋须道:“守备大人免礼,你的八百军兵和一千斤鸽子鱼带来了没有?”

守备道:“回大人话,在下均已如数带来,八百军兵驻守府外,随时拱卫大人全家安全!一千斤鸽子鱼么……”说到这里,他向后高声道,“来人,把鸽子鱼抬上来!”少时,只见一队军兵抬着十余只装满鸽子鱼的鱼筐来到苟有田面前。

苟有田捋须大笑道:“好!弟兄们,给俺把鸽子鱼抬入府中,到总管那里去领赏银!今日,你们全留在俺的府中喝喜酒,热闹热闹!”说着,又对身后苟小豆说道,“小豆,你先陪中卫县守备大人和众兄弟进府喝茶,俺应酬一会儿客人再来。”

苟小豆拱手道:“守备大人请!”

守备拱手道:“少爷请!”于是,两人携手进府,一队军兵抬着鸽子鱼也跟着进府。一会儿,一辆四匹马拉的四轮带篷马车驰入总兵府大院门,刘敬祥携着小揪面步下车来。

苟有田上前迎道:“刘老板,又让你破费了,真是不好意思。快请进!”

刘敬祥拱手道:“总兵大人,刘某闻令郎今日新婚大喜,特意赶来相贺,五千两银子只是一个小红包,何足挂齿!”说着,携着小揪面随苟有田进府来到苟有田的书房坐下。

苟有田道:“来呀,给客人看茶!”少时,女侍奉上茶水。

苟有田道:“老哥,你从石嘴山来,见到葛秃子么?”

刘敬祥品一口茶道:“俺没见着,只是听说他接到你的请帖,就撕了!”

苟有田满脸通红,道:“好,他不认俺这个朋友,俺也不认这个狗怂!”

两人正在说,忽听外屋响起一阵排子枪声,吃了一惊。

苟有田对书房外愤怒地喊道:“来人,到院外看看是咋回事?看谁这个时候敢放枪?”

一侍卫进门打千道:“喳!”说着转身走出书房。少时,又跑回来拱手道,“回禀老爷,新娘的花轿到了,刚才是火器营的士兵代替鞭炮手在放枪呢!”

苟有田闻言喜道:“哦,新娘的花轿到了?这枪他娘的放得好!敬祥,走,咱哥们快到大厅去!"说着拉着刘敬祥的手大步朝婚礼大厅走去。

11

此时,众士兵抬着两乘花轿来到总兵府大院。轿刚落地,四个丫环便上前掀开轿帘,扶着新娘子任凤和陪嫁丫头宝蓉出轿。搭着红盖头的任凤和宝蓉在侍女的搀扶下迈着莲花碎步走上总兵府台阶步入大门来到婚礼大厅。苟小豆见任凤到来,忙上前牵着新娘的衣袖来到公公婆婆面前站立。任凤悄悄扯开盖头的前摆,透过缝隙看到总兵苟有田一脸正经地坐在大厅上首,紧挨着的婆婆苟夫人头上戴着破草帽,脖子上挂着的两只鞋,一串辣椒吊在胸前,不禁悄悄一乐。

这时,只听得司仪大声呼道:"宁夏府总兵苟大人之子武举人苟小豆与平罗知县任大人之女任凤大婚庆典开始!"

大厅上,人们开始安静下来。司仪接着又高声道:"一拜天地!"

任凤与苟小豆向着天地鞠躬施礼。

司仪接着喊道:"二拜高堂!"

苟小豆与任凤向着父母鞠躬施礼。

司仪又高声道:"夫妻对拜!"

苟小豆与任凤互相作揖。

司仪又高声道:"新郎新娘入洞房!"他的话音刚落,一群侍女簇拥着新郎苟小豆和新娘任凤朝洞房走去。

12

深夜,总兵府宴会厅。客人们仍在兴致勃勃地喝酒猜拳,苟小豆从桌边晃悠悠站起,举着酒杯道:"来,今天是俺的婚庆大喜日子,各位官长、兄弟,咱们不醉不归!"说着仰脖将酒饮下,扒通一声扑倒在桌上睡着了。丫环们忙将他扶回洞房,把他抬到炕上,苟小豆像死人一般人事不省。

首席上,苟有田正陪着手下几个参将和中卫县的守备、文官喝酒,禁不住手下人劝酒喝得醉醺醺。散席后,他独自一人跌跌撞撞上楼,直奔宝蓉的房间,黑暗中,他撩开纱帐,见宝蓉和衣而卧,蜷缩在炕头,苟有田鞋也不脱便扑上去搂住宝蓉,宝蓉毫无反应。苟有田急忙将宝蓉解衣脱裤……等苟有田宣泄毕,下床重新点燃油灯,再回到帐里仔细一看,床上躺着的女人竟不是宝蓉而是任凤,苟有田手脚发抖,语不成调道:"怎么是你?"

这时,只见屋梁上一条黑影闪过,霎时恢复了平静……

13

转眼到了1895年夏天。白昼,夏日炎炎。石嘴山通往平罗的官道上,一辆英国制的带包厢的四轮马车在飞奔。包厢里,坐着英国女传教士玛丽和葛秃子,他们要到平罗县城去看望生病的侯水英。玛丽穿着薄薄的一件黑纱教服,挺着高高的乳房，下身着一袭黑裙，显得娇媚动人。

葛秃子道："玛丽，你和侯水英是朋友吗？"

玛丽道："是的，侯水英生病了，我要到县城去看望她。"

葛秃子点点头，转个话题道："玛丽，你们的叶老师比俺们的佛祖聪明。"

玛丽道："密斯特葛，为什么？"

葛秃子道："你想，佛教规定，和尚不但不能吃荤，还不能娶妻生子。这对男人来说，是嘛够受的。可你们的叶老师不同，他不但不戒荤，还允许和尚娶媳妇。"

玛丽纠正道："No，密斯特葛，你错了。耶稣是上帝的使者，不是老师。而且，基督教牧师是不准结婚的。"

葛秃子反驳道："耶稣不是教你的学问吗？"

玛丽道："是呀！"

葛秃子道："那就结了，教学问的就是老师，你说基督不让娶媳妇，那为啥老罗娶了你？"

玛丽想了一下，道："你们中国有尼、尼姑，对吗？"

葛秃子道："对。"

玛丽道："我就是尼姑。"

葛秃子闻言，大笑："哈哈哈哈……"这突然的大笑声把骡子惊了，两匹骡子加快了步伐跑了起来，车子在黄土大道上颠簸起来，车身一歪，玛丽没提防，一下倒在葛秃子的怀里。

玛丽赶紧坐直身子，连声道："骚蕊，骚蕊。"

葛秃子微笑道："你骚蕊，俺骚蕊，咱们都骚蕊。哈哈哈，真有意思。"

14

这日中午，太阳火辣辣的，骡车到了黄渠桥。这天，是黄渠桥赶集日，黄渠桥镇集市未散，满街摆满摊点。

葛秃子道："密斯玛丽，黄渠桥的羊羔肉是最有名的，咱们就在这儿吃午饭吧！"

玛丽道："吃饭耽误时间，晚上到不了平罗了。"

葛秃子道："孬，亲爱的玛丽，中国有句老话叫磨刀不误砍柴工。吃饭了，人嘛，有劲！牲口嘛，跑得快！你听俺的，嘛事也误不了！"说罢，他命令车夫道，"把车子赶到周干臣的德顺居总号停下，吃了中饭再走！"

车夫应了一声："好勒！"说着，他猛地扬鞭，两匹骡子飞跑起来，不一会骡车到了德顺居总号，车夫喊了一声："吁！"两头骡子忽然停住脚步。骡车停下，葛秃子与玛丽下了车。车夫将骡车赶到后院，给骡马饮水喂草料。

老板周干臣迎出门来，打躬作揖道："哎哟喂，哪阵风把葛老板刮到俺这里来，快快请进。"

葛秃子拱手还礼道："干臣，上次俺让你选的羔羊肉，准备得咋样啦？"

周干臣点头道:“您吩咐的事,俺是急办快办抓紧办,都备齐了,正说这两天给您送去哩!”说罢,他领着葛秃子、玛丽进店,在一个包间坐下,让下人奉上盖碗八宝茶。不一会儿,伙计将一大盘爆炒羔羊肉端上来,足有七八斤。

葛秃子抄起筷子对玛丽道:“密斯玛丽,请。”说着,自己先夹了一筷子羔羊肉送到嘴里嚼起来。肉很烫,他张嘴吞舌,强咽下去。

玛丽先在胸前划了一个十字,祈祷道:“感谢仁慈的主,万能的主,您赐给我们如此美好的食物,我们要永记主恩,阿门!”说罢,她用筷子夹起一小块羔肉放进嘴里嚼起来,一边嚼一边道:“骚蕊古得,好吃。”

葛秃子顾不上答话,埋着头吃得大汗淋漓。一会儿,盘子光了,葛秃子放下筷子,道:“贼娘养的,俺老葛吃遍嘛南北大菜,还是黄渠桥的羊羔肉过瘾。”

玛丽道:“感谢上帝。”

葛秃子道:“亲爱的玛丽,你们为什么总要在吃饭前念叨主?这黄渠桥的羊羔是黄渠桥的牧民养大的,与主有嘛关系呢?”

玛丽脸色变了,在胸前连划十字,用英语道:“主啊,仁慈的主,请你宽恕无知的人吧!”

葛秃子用指甲剔着牙缝里的肉,道:“亲爱的玛丽,你知道这羊羔肉咋这样香吗?这是刚生下不到两月的羊羔,就宰了。这时的羔羊,还吃着奶呢,所以肉质细嫩,鲜美无比。羔羊皮更珍贵,仅次于云板,它的毛有道弯,是上等的好皮啊!”

玛丽闭目道:“啊,上帝,多么残忍!多么可怕!愿主宽恕他们。”

葛秃子道:“玛丽,你吃饱没有?吃饱了咱们就走。”说着,唤过店小二,掏出银票结完账,与玛丽走出德顺居店门。周干臣送到门外,与葛秃子拱手作别。这时,马夫、镖师已上了骡车,葛秃子与玛丽登上马车进到包厢里。葛秃子一扬手,骡车便启动了,向着平罗城驶去。

15

下午,烈日当空,原野燥热,马车行驶在黄泥路上,颠簸地前进着。马车的车厢里,玛丽热得热汗直淌。

玛丽道:“密斯特葛,天太热了,我口渴。”

葛秃子道:“密斯玛丽,前面有瓜地,忍一会儿,等到了瓜地,我们下车吃瓜去,那玩艺儿挺解渴!”玛丽点点头。

一会儿,骡车驰过一片玉米青纱帐,只见一片几十亩的瓜园呈现在眼前。葛秃子撩开车窗帘,对玛丽道:“密斯玛丽,瓜地到了,咱们下车!”说着对前面的车夫命令道,“车夫,停车!”

马车夫勒住缰绳,喊声道:“吁!”马车便停下了。葛秃子和玛丽、保镖下了骡车,走向瓜棚,只见一个赤膊老汉正在瓜棚里睡觉,打着鼾声。

镖师喝道:“老汉,买瓜哩!”

老汉应声而起,伸伸懒腰,道:“要买瓜,自己摘去!”

镖师道:“多少钱一斤?”

老汉道:“一个铜板一个,不论斤。”

镖师道:“你拿把刀杀人算了,有这么贵的西瓜吗?”

老汉看了玛丽一眼,又躺下了,口里道:“一分钱一分货,爱买就买。”

保镖见状气得用脚踢飞一个西瓜,西瓜在半空中炸裂,鲜红瓜汁四溅。

葛秃子喝道:“不得无礼!”

话音刚落,老汉跳起身来,打了一声呼哨,刹时从玉米地里钻出十几条青布包头的大汉,手持钢刀,向葛秃子、玛丽、镖师逼过来。

为首一个大汉走到镖师跟前,用刀逼住镖师道:“小子,你跑到这儿来耍杂技,毛气挺大,好吧? 我做主了,你们每人吃十个西瓜,瓜钱一个子儿不要。如果吃不下,一个瓜一百两银子。”

葛秃子慌忙抱拳道:“诸位英雄好汉,误会误会。”说着,他踢了保镖一脚,骂道,“滚一边去!”又回头对大汉道,“俺们路过贵地,口渴难耐,想买个瓜解解暑气,绝无他意。”

大汉道:“看你还像个明白人,你是闹啥的?”

葛秃子道:“俺是石嘴山高林商行的老板,贱姓葛,葛行健就是鄙人。”

大汉抱拳道:“原来是洋行葛老板,大名鼎鼎,如雷贯耳。这样吧,这里简陋,请葛老板到敝庄小坐,吃瓜饮茶,歇脚乘凉,待太阳西落,再赶路不迟。”

葛秃子与玛丽商量道:“密斯玛丽,俺们去不去?”

玛丽道:“这伙罗宾汉,是好人吗?”

葛秃子道:“俺也不知道,看他们模样,不去是不行。得罪了他们,后果难以预料。”

玛丽道:“是这样吗? 如果是这样,那就去吧。”于是,这伙大汉引着葛秃子、玛丽一行向一处庄园走去。一路林木参天,渠水淙淙。走进庄门,只见庄门两边搭起葡萄架,不见阳光。走到葡萄架下,葛秃子感叹道:“亲爱的玛丽! 你知道吗? 在一千多年前的三国时代,中国就有葡萄了。”

玛丽道:“是吗,太伟大了。”

葛秃子道:“魏文帝曹丕在《与吴监书》书中专门写到此事。”接着,他竟背诵起来:

“中国珍果甚多,且复为说葡萄。当其炎夏涉秋,尚有余暑,醉酒宿醒,掩露而食,甘而不餶,脆而不酸,冷而不寒,味长汁多,除烦解倦。又酿以为酒,甘于曲药,善醉而易醒。道之用以流涎咽嗌,况亲食之邪?”

他摇头晃脑背诵着,引玛丽来到一座棚屋前。棚屋里,早已摆了几张方桌,上面摆着切开的西瓜和葡萄、苹果。大汉把他们让到桌前坐下,有人用铜盆端来清水,让葛秃子和玛丽净了手。葛秃子从桌上拿起一片西瓜,咬了一口道:“密斯玛丽,这西瓜真甜,请吃西瓜吧!”

那大汉对玛丽自我介绍道:“我叫吴有信,也是在教的,与你同信一个基督教。”

玛丽高兴地道：“是吗？密斯特吴，你也信仰上帝？”

吴有信点头道：“是的，我是上帝真诚的信徒。”正说着，有人端出两碗酸梅汤来，摆放在玛丽面前。

玛丽道：“这是什么？”

吴有信道：“这是我亲手做的酸梅汤，又津甜，又解渴，玛丽老师，请你尝尝味道。”

玛丽惊喜道：“酸梅汤？你们这里也有酸梅汤？太好了，太感谢你了，密斯特吴。”说着，她迫不及待地捧起盛着酸梅汤的碗，一气把酸梅汤喝得干干净净。她喝完酸梅汤，突然觉得头晕，身子一侧，手中的碗掉落在地上摔得粉碎。

吴有信与葛秃子对视了一眼，笑道：“倒也！”话音未落，玛丽晕倒在棚屋里。这时，任有道与桂大洋从棚屋后面走出，四人互相挤挤眼睛，哈哈大笑。

任有道道：“桂兄，妙计妙计。行健先来，轻车熟路，快赶得上秦腔名角小白鞋了。”

葛秃子道：“任大人，你我都是名流中人，做下此事，丢人不说，万一闹将出去，后果不堪设想。”

桂大祥道：“这个葛兄放心，此事已完，明日这庄园已是一片平地，仅剩下一道水渠，几行杨树，还有一架葡萄藤。吴有信先生也将查无此人。”

大家此时看玛丽，只见她醉脸乍酡，星目微闭，倒在地上，裙摆上翻，露出两条白腿。

桂大祥上前将玛丽扶起，顺手在玛丽的胸前抓了一把，道：“这洋女人的东西就是大，胳膊上的汗毛咋这么长哩，还是金黄的哩！”

任有道道：“快架进去，按计划办！”桂大祥闻言，将玛丽抱起走到棚屋后面一间临时搭起的草棚，将玛丽抱了进去。任有道紧跟着钻进草棚。

16

傍晚，晚霞似火。玛丽醒来，发现自己赤身裸体躺在草棚中揉乱的毡垫上，旁边的葛秃子双手双脚被缚，嘴里还塞着她的红裤衩，满脸是血，已经昏迷过去。她惊骇地爬出棚子，四下张望，见周围是一片田野，了无人迹。她浑身颤抖，挣扎着起来穿上衣服，大哭起来。一会儿，她镇定下来，从葛秃子嘴里把裤衩拽出来，替他松了绑，使劲地拍葛秃子的脸，喊道：“密斯特葛，密斯特葛，你醒醒，上帝呀，这到底是怎么回事？”

葛秃子毫无反应，像死猪一样。玛丽害怕起来，她使劲地摇晃着葛秃子，哭道：“上帝，到底是咋回事？”这时，葛秃子长出了一口气，睁开双眼，一见玛丽，就抱住她大哭，道：“玛丽，玛丽，亲爱的玛丽，他们没对你非礼吧？俺见他们要非礼你，就与他们搏斗，俺宁肯死，也不能让他们非礼你！”

玛丽闻言，抱住葛秃子哭了，道：“亲爱的葛，啊拉窝油。你是一个好人，他们强奸了我,你没有事吧?"说着,亲了葛秃子额头一下。

此时,葛秃子激动得眼泪掉下来,有气无力地道:"俺不会放过他们这些贼娘养的!知县任大人是俺的朋友,俺要到平罗去报官,他会替你做主的!"说着,在玛丽的搀扶下勉强站起来走出草棚,只见棚屋已被拆毁了大半,地上堆满木棍和麦草。骡车还在,只剩下一匹骡子。车夫和保镖被捆着倒在地上,正在挣扎,见他们出来,两个人一起呜呜哭起来。

葛秃子上前对镖师跺脚骂道:"你真是吃屎的料!叫你保镖,差点让人把俺害了,等回石嘴山,俺再找你算账!"说着,他蹲下身子帮车夫和镖师松了绑。镖师揉着被踢的屁股,不敢吭声,垂头站立。

玛丽道:"快走吧,天要黑了,别再遇上土匪。"车夫上前扶着葛秃子和玛丽坐上车,因为只剩一匹骡子,他和镖师只好在车旁跟着走。骡车朝着平罗县城的方向走得很慢,渐渐消失在暮霭中。

17

夏日晚,平罗城任有道府,灯火通明。任有道满心欢喜地哼着京剧回到府中,进到屋里,见侯水英躺在炕上,两眼红肿,吓了一跳。

侯水英一见任有道回来,一骨碌从炕上爬起来,冲着他破口大骂道:"你这个瞎眼狗找的个好亲家,苟有田这个驴日的,俺把他千刀万剐也不解恨!你明天就把凤儿给俺接回来!"

任有道一听,放下心来道:"出了啥事?你为何如此大发雷霆做河东狮吼?这是县衙,你这样胡闹,成何体统?"

侯水英骂道:"俺管你啥县衙府衙,你个驴日的自己做主,把俺闺女害了。"

任有道大吼道:"好了,你他娘的给俺闭嘴!到底出了啥事?"

侯水英道:"你去问曹英去,都是你这个驴日的造的孽呀!"她说着又伏炕大哭,不理任有道了。

任有道浑身冒火,他走到墙角靠在墙上使劲蹭了几下,朝曹英房里走去。进到曹英房里,只见曹英正在一边嗑瓜子,一边捧了一本《肉蒲团》在看。他上前一把将书抓过来几下撕了,骂道:"你这个婊子,还没骚情够吗?看这种淫秽不堪之书。"

曹英一翻白眼道:"淫书也是你弄来的。噢,只许你一个人骚情,不许俺找男人?"

任有道道:"俺不跟你废话!俺问你,侯水英到底咋啦?把苟有田骂球一顿!"

曹英把瓜子扔下,说道:"你坐定了,别让俺说出来吓着你,去年那天凤儿和蓉儿出嫁,宝鉴去送的亲。当晚,苟有田就把蓉儿的房安排在他的卧室旁边。宝鉴恨老苟害了他的爹爹,如今又想霸占他的姐姐,就留了心。晚上,苟有田喝了酒,上楼就奔蓉儿的房间,把蓉儿给糟蹋了。"

任有道笑着道:"蓉儿本来是随凤儿做丫头陪嫁的,让老子睡和儿子睡有何差别呢？反正是肥水不流外人田。”

曹英怒吼道：“你这头牲口，怪不得古语说善有善报，恶有恶报。你作恶太多，就会有报应。苟有田完了事，一看，原来不是蓉儿。”

任有道愣住，道：“是谁？”

曹英道：“谁？就是你的心肝宝贝闺女任凤！”

任有道闻言腾地冲起呵斥道：“你胡说！”

曹英道：“俺胡说？宝鉴在房顶上亲眼所见！不是说善有善报恶有恶报吗？那天凤儿临上轿前就一天没吃东西，身上又见了红，才到府城，虚弱得不行，在车中就与蓉儿商量，由蓉儿代她先陪小豆睡上一晚。反正你在蓉儿陪嫁时就打的这主意，两个娃娃当时都戴着红盖头，谁也分辨不出。凤儿因为虚弱，到了蓉儿房中就早早地睡着了。苟有田这贼日的劲多大呀，当时就把凤儿揉搓得死去活来，凤儿还以为是小豆呢，也就没有吱声，由他癫狂。老苟发泄完了，见是小凤，也吓了一跳，就对小凤说事已至此，也只能将计就计了。宝蓉给小豆当媳妇，你就侍候俺吧。俺是将军，今年才五十多一点，还能升呢，不会叫你受罪。只是对外人，你仍要装出是小豆的媳妇，尤其是不能让你爹知道，俺和他是多年的弟兄，现在，他成了俺的老丈人，他知道了，还不把大肠都气出来？小豆那儿俺会去说的。”

任有道听完气得抓起一个茶碗摔在地上，大骂道：“俺日他苟有田的亲娘！他竟敢行此禽兽之举，俺只要还有一口气在，定与那狗日的没完！”

曹英劝说道：“你发那么大虚火有啥用呢？人家老苟可不承认做了你的女婿，你总不能每天晚上看着他睡觉吧？”

任有道道：“那你说咋办？”

曹英道：“你听俺说完呀！苟小豆听说凤儿被她爹睡了，两天没吃饭，差点跟他爹拼命，可最后还是服了，他还得靠他爹升官哩。凤儿自杀被救，现在还躺在炕上没起床哩。这些都是宝鉴亲眼所见，亲耳所闻。你要不信，凤儿为啥到这时还未回门呢？”

任有道一听顿时昏了过去。曹英赶紧给他掐人中，少时，任有道慢慢睁开眼睛，爬起来冲出厅要到府城去找苟有田算账，被曹英一把拦腰抱住。

曹英道：“老爷，你要到哪里去？”

任有道吼道：“老子要到府城去找那驴日的算账?!”

曹英道：“老爷，你是知县，人家是总兵，咋算账？”

任有道闻言泄了气，顿脚道：“狗日的苟有田，老子跟你没完！”说着，被曹英扶回坐椅坐下，长吁短叹……

正在这时，门子进来报：“启禀老爷，高林商行葛老板求见！”

任有道不耐烦地挥挥手道：“叫他到隆昌客栈先住下吧，就说俺已睡下，有啥事等明天再说。”

门子正拨脚要走，侯水英进到屋里，道：“慢！行健不是外人，他来了或许能出出主意。”

任有道瞪了她一眼道:“家丑不可外扬,此事绝不能让他知道。”正说着,葛秃子和玛丽走进屋来。

葛秃子进屋,先对任有道使了眼色,道:“任知县,俺们在半路上遇见了土匪,玛丽老师被非礼了。这是涉洋案件,你一定要替她做主,务必缉拿贼犯!”

任有道正心烦,见了玛丽,平淡地道:“今天已晚,你们先到隆昌客栈住下,明日再说,如何?”

葛秃子闻言,无可奈何地拱手道:“也好,既然如此,咱们明日再谈,告辞。”说罢,领着玛丽出门到隆昌客栈去了。

18

三日后,白昼,宁夏府城。这天,任有道带了几个随从骑马来到府城,进了城门,直奔宁夏总兵府,在府前下马。任有道将马缰交给随从,大步走到总兵府大院门,对守卫兵士大声道:“俺是平罗来的,你去禀报你家总兵大人,就说平罗知县任有道有要事求见!”

侍卫客气道:“俺马上禀告,请知县大人少待。”

不一会儿,苟有田头戴五品武官顶戴、身着一身戎装走出总兵府大门,老远就哈哈大笑道:“哈哈!大哥,哪阵风把你刮来啦?恕小弟戎装在身,不能为礼。”

任有道带气地道:“老苟,你是朝廷的大将,俺是小小的七品芝麻官,怎敢受你的礼?”

苟有田笑道:“大哥,你这是怪小弟呢。俺知道,凤儿过门多日,按规矩早该和小豆回门。不巧的是,一来小豆要赴京参加武举考试,咱们不能耽误孩子的前程,对吧?二来呢,小弟俺接到圣旨——”他说着跪下朝东磕了一个头,起来接着说,“近来直隶和山东闹起了义和团,京畿震动。朝廷特调小弟入京护卫。个人的事再大,也是小事,国家的事再小,也是大事么?因此,孩子们不能尽孝于你,还请老哥莫怪罪。”

任有道道:“实话对你说吧,俺这次本来是登门问罪的,但没想到你临危受命,能受到朝廷的如此重用,哥哥俺替你高兴呢。你这一去,得以亲侍皇上和老佛爷,是你祖坟上冒了青烟了。但愿你能立功国家,报效朝廷,俺和凤儿她娘,也跟着沾点香气。”

苟有田上前挽住任有道的手,动情地道:“大哥,小弟乃一介武夫,在石嘴山,蒙你教诲多年,礼义仁智信的道理,明白了不少。如今咱们又是亲家,亲上加亲,俺苟有田是受人滴水之恩当涌泉相报之人。你放心,俺一定好好待凤儿,像亲生女儿一样。倘若有幸得见皇上和老佛爷,俺一定找机会为大哥你说几句话。”

两人边说边走,从大门来到后院,进了苟有田的书房。两人刚刚坐下,苟小豆与任凤、宝蓉出来拜见。

苟小豆脸色苍白,上前拱手道:“小婿参见岳父大人。”

任凤上前跪地磕头道:“孩儿参见爹爹。”说着眼泪掉落下来。

苟有田笑着道:“大哥,你看,孩子才离开你几天,就想你想得不行了。”

任凤闻言,失声痛哭起来,哽咽不能成声。

任有道道:“三弟,俺与凤儿有几句体己的话儿要说,能让俺父女俩单独一谈吗?”

苟有田沉吟一会儿,道:“你们是父女,见了面说说私房话,亦是人之常情。你们说吧,俺到外面督促家人准备行装。”说着,与苟小豆走出去。待他们刚走,任凤起身扑到任有道怀里放声大哭起来。

任有道见状,眼圈红了,忍了又忍,才把眼泪压住,他抚摸着女儿的头发柔声道:“凤儿,你受苦了,爹爹对不住你。”

任凤闻言,更加哭得伤心欲绝。

任有道道:“你的事,爹爹都已听说。你告诉爹爹,这一切,都是真的吗?”

任凤抬起泪眼,抹去眼泪,点了点头。

任有道骂道:“这个狗日的畜生!”

任凤道:“爹,女儿无脸再活下去,只是想到你和母亲养了俺许多年,未能受女儿一天的孝顺。现在见了爹爹,女儿只有一个请求,您把女儿接回去,女儿再也不愿意嫁人,就让女儿在你和母亲面前尽孝到死吧!”

任有道禁不住老泪纵横,道:“儿呀,使不得,使不得。你爹爹和你公爹都是宁夏府的知名人物,你公爹又蒙朝廷重用,说不定从此平步青云,飞黄腾达。任苟两家联姻,世人皆知。如今你要反悔,这个人爹爹丢不起呀!”

任凤擦干眼泪,站起来道:“爹爹,女儿一向尊重于您。虽然您做的一些事,女儿有不能苟同之处。俺问爹爹,苟有田他还是俺的公爹吗?女儿的名声和痛苦难道就没有你们的名声重要吗?俺和小豆自幼青梅竹马,相慕已久,所以你一提与苟家联姻,女儿万分高兴,自以为从此终生有靠,不料失身于老贼之手!这一辈子,女儿就毁在这老贼身上了!”

任有道半晌无言,良久乃道:“不是爹爹不解你的苦楚,实在是心有余而力不足啊!苟有田不是当年在石嘴山当把总的时候了,他如今是宁夏总兵,朝廷五品大员,爹爹仅是一个小小七品县官,莫奈他何哩!”

任凤杏眼圆睁道:“子曰,三军可夺帅,匹夫不可夺志!又有语云:士可杀,不可辱也。你身为一县之令,眼见自己的女儿受辱,难道就畏怯权势,苟且偷生吗?”

任有道道:“凤儿,你说啥呢?你爹爹何曾是贪生畏死之人?你只知其一,不知其二。子夏曰:大德不逾闲,小德出入可也。苟有田为国为民,是有功劳的。如今,他又临危受命,勤王京师,似这样的国家干城,小节上有些毛病又算得了什么呢?况且,此等之事,自古有之。春秋战国之时,晋文公重婚怀嬴,卫宣王筑台纳媳,唐太宗降爱于武则天,李隆基施恩于杨玉环,同样都是纳儿媳为妻,不还留得‘在天愿为比翼鸟,在地愿为连理枝’的美名么?”

任凤闻言,气得浑身发抖,用颤抖的手指着任有道道:“爹,你饱读圣贤之书,难道就是这样看待历史的么?就是这样看待男人和女人的么?秦穆公还算明君,且有蹇叔、百里溪贤臣辅佐，却做出把女儿先嫁其侄，再婚其叔的荒谬之事，卫宣王为人淫纵不敛，构新台于淇河之岸，纳儿媳于丽宫之床，人伦丧尽，天理何存？至于脏唐臭汉，宫闱秽乱，提起羞耳，说来口玷。唐太宗千古一帝，亦做下如此卑鄙之事，让人不齿；李隆基老臭皮囊，宣淫于儿妇之身，有何美可言？什么天上比翼，地下连理，他最多只不过是一个多情的嫖客罢了，而杨贵妃抛却丈夫，投身公爹，十足是一个下贱的婊子！历代而下，无聊文人心怀鬼胎，淫欲暗藏，恨不得也学唐皇，更做卫宣，把他们的老母儿媳尽数淫了，却又穷酸潦倒，无力做到，就把无聊作有趣，视肉麻为高尚。伤风败俗，硬说爱情，畸恋怪胎，歌颂不已。就这一篇《长恨歌》，俺就把白居易看扁了！他同那些臭文人一样，哪里是歌颂什么爱情，纯粹是唱了一曲扒灰歌。这歌是太符合中国男人的阴暗心理了，所以让人流传不已，所以让人羡慕不止，所以还会有人不断地写。俺恨透他们了！爹爹，你竟然也说出与此辈相同的话来，令孩儿太失望了！"

任有道大失所望，嘴巴张了张，喃喃地道："女子无才便是德，古人说得何其好啊！凤儿，你太出格了！"

任凤道："俺何尝不想做一个贤德的女子，可俺还能够吗？俺日夜被淫秽包裹，却还要装出贞妇烈女的模样来。爹爹，你不觉得这太虚伪了吗？太残忍了吗？"

任有道道："做人子女，以孝为先。你今既已嫁为人妇，就不要再胡思乱想，要孝敬公婆，体贴丈夫，礼待下人。"

任凤冷笑道："孝敬公婆，谁是俺的公婆？体贴丈夫，谁是俺的丈夫？爹爹呀，你真是糊涂至极！俺的公公即是俺的丈夫，俺白日里口里称公公，到夜晚却荐身枕席，与荡妇无异！你难道就这样看着女儿一辈子就这样度过？俺求求你，把俺带走吧，俺要回家！"

任有道道："凤儿，不是爹爹不愤恨，也不是爹爹不体谅你的苦楚，爹爹委实是有难言之苦啊！苟有田目前炙手可热，俺对他是无可奈何。这样吧，你再忍耐一时，容爹爹与你公爹商量一下，看这次能否把你接回家中，过上一段时日，再从长计议。"

任凤道："爹爹，女儿回房中等候。"说着，向任有道弯腰施了一礼，款款步出书房。

19

任凤走后不久，苟有田走进书房。

苟有田道："大哥，你和俺的儿媳凤儿谈完了？"

任有道道："谈完了。三弟，自从凤儿嫁过门来还未回门，你嫂子日思夜想，整日巴望凤儿回门。现在，你与豆儿赴京在即，俺想把凤儿接回家去过一段时日，以解你嫂子倚门之望。待你与豆儿凯旋，俺再把凤儿送归，如何？"

苟有田道："大哥说得极是。可这一次豆儿进京，俺已安排凤儿随同照料。再说，豆儿此次如得实缺之选，就要京中直接赴任，凤儿不可不从。此外，俺进京之后，也需要凤儿和蓉儿尽尽孝道呢。你弟妹笨手笨脚，俺不打算带她去了。其实，如果来得及，让凤儿和蓉儿回家过几天也是可以的。可是小弟俺明天就要启程，误了圣旨规定之期，可不是闹着玩儿的。"

任有道闻言，强装笑脸道："三弟，那俺就提前为你们送行了。俺来时匆忙，也不知你要赴京。没有准备，就带了这五百两银票，你也别嫌少，就做点川资吧，俺回去，衙门里还有公事，需要处理哩！"

苟有田接过银票，道："那也好，俺正忙着，顾不上招待你。你回去跟嫂子好好说说，叫她放心，凤儿俺会照顾好的。另外，你给葛兄和二哥都代问个好吧。因为俺家娶了凤儿，二哥对俺生气哩。兄弟一场，俺不能跟他们一般见识。"说罢，他转身对书房外道，"来人，叫少爷、少奶奶都来，给亲家送行！"

一家丁进门，闻言打千道："喳！"说着转身去了。

少时，苟小豆、任凤和宝蓉相继来到书房。任凤这次来没有哭，她平静地对任有道道："爹爹，这一个布包请爹爹带回去交给俺娘。就说女儿想念她老人家，让俺娘保重身体，不要记挂俺。"说着低头而去。

苟小豆拱手道："岳父大人，你慢走，小婿明日赴京，恕不远送。"

任有道道："豆儿，好好进京赴考，俺等着你的捷报！"

蓉儿上前弯腰施礼道："老爷，俺也要随公子进京，请回去代问俺娘好，蓉儿不远送了。"说罢转身离去。

待苟小豆、任凤、宝蓉走后，任有道对苟有田抱拳道："三弟，时候不早，俺告辞了，祝你明日晋京，一路顺风，早日凯旋！"

苟有田抱拳道："大哥慢走，小弟不远送了。"

20

白昼，宁夏府城北门。任有道带着随从骑马离开总兵府顺西大街往东，过鼓楼和玉皇阁，走单向街向北，奔出北门。几骑马刚驰出北门不久，任有道忽听身后有人喊叫。他扭过头来，只见几骑人马直奔他而来。任有道猛地勒住马，对手下人命道："停下！"

任有道话音未落，只见一总兵府侍卫在他面前翻身下马。

侍卫道："大人请留步，我家老爷请你急回。"任有道心中一颤，道："出了啥事?"

侍卫拱手道："大人回总兵府就知道了。"任有道闻言，向手下人将手一挥道，"跟俺回总兵府。"说罢，他勒转马头，两腿一夹马肚，口里喊声"驾"！那马唰地又冲向北城门，随从纵马紧跟他身后。

任有道纵马来到总兵府大门，只见苟有田早迎候在门前。苟有田见任有道下马，翻身跪倒在地，哭道："大哥，俺，俺对不住你呀！"

任有道上前急问道："到底出了啥事，起来说话。"

苟有田伏地不起，颤声道："凤儿她，她自尽了！"

任有道闻言，顿觉脑袋一阵晕眩，几乎站立不住。苟有田忙起身将他扶住，道："大哥，大哥，你没事吧？"

任有道缓口气道："凤儿因何而死？现人在哪里？"

苟有田道："凤儿吞了砒霜，抢救不及，人已放在后院。"

任有道不再说话，急步步入总兵府大门，向后院走去。苟有田紧紧跟在他身后，一句话也不敢说。任有道来到后院房子里，一眼看见任凤睡在门板上，再也忍不住，踉跄地扑上前去抱住女儿大放悲声，边哭边道："凤儿呀，是爹害了你呀！爹该把你带回家的呀！爹不是人呀，爹对不住你呀！"他一边哭，一边打自己的嘴巴。周围的人见了，也陪着流泪。

任有道哭了一阵，苟有田在一旁劝道："大哥，你节哀吧。人死不能复生呀！"你要是再把身体哭坏了俺咋办呢？"任有道停住哭，盯住苟有田看了一阵，一言不发，像不认识他似的。

苟有田被看得心里发毛，道："大哥，你没事吧？"

任有道咬牙切齿道："你把其他人都赶出去！"

苟有田把手一挥道："其他人都出去吧！"众人闻言，纷纷离去，屋里只剩苟有田和任有道两人。

任有道道："老三，俺与你患难弟兄多年，你告诉俺实话，凤儿到底为啥自尽？你放心，不管你做了什么，俺都会原谅你，俺只要你跟俺说实话！"

苟有田闻言，扑通一声跪倒在任有道面前，啪地打起自己的耳光，一边打，一边道："大哥，俺不是人，俺是畜生！俺把凤儿糟蹋了，可俺不是故意的，那是阴差阳错啊！"苟有田把自己的腮帮子揍肿了，鼻涕眼泪弄了一脸。

任有道平静地道："好了，你起来吧，别弄得让人恶心。你起来说话。"

苟有田跪在地上不起，哭道："俺看上了宝蓉，可没想到糟蹋了自己的儿媳凤儿！俺没脸见你和嫂子呀！俺原想既然生米已做成熟饭，等将来再慢慢地对你说明白。俺是看凤儿长大的，俺心疼她呀！俺心里已做好打算，这次把她带到京城，倘若万一老佛爷能召见俺，俺就求老佛爷给凤儿封个名号，这样也可以堵住众人的嘴，不会让大哥你难堪了，谁想凤儿性情如此之烈。大哥，你就揍俺吧！你怎么揍俺俺都不怨你！呜呜呜……"

任有道长叹一声，将苟有田扶起来道："唉，凤儿的脾气你明明知道，却一错再错。她与豆儿从小青梅竹马，两小无猜，其实他俩早就私订了终身，只是俺与你是聋子瞎子，视而不见罢了。本来，他们是美满姻缘，硬是让你给拆散了。你一错之后，不该再错。你怎么动起邪念，欲将凤儿长霸于己呢？你要知道，你这样做，不但害了凤儿，也害了豆儿！"

这时，屋外跑来一家丁，惊慌地禀报道："老爷，不好了！"

苟有田斥责道："大胆，不通报竟敢进来！"

家丁道："老爷恕罪，事情紧急，少爷上吊了！"

苟有田一听,腾地站起身,急问道:“在哪里,现在咋样了?”

家丁道:“幸亏发现得早,众人已将少爷救了下来,只是少爷现在身体虚弱,尚不能说话。”任有道与苟有田闻言,立即前往苟小豆的新房。走到屋里,只见苟小豆静静地躺在床上,两眼瞪得老大,像不认识苟有田和任有道似的。

任有道上前握住豆儿的手道:“豆儿,你可不该做这样的傻事伤俺和你爹的心,凤儿去了,俺知道你心里难过,无处诉说。可你是你爹的一根独苗啊!孩子,凤儿去了,人死不能复生,可凤儿希望你能好好活着。你这样做,是伤九泉之下凤儿的心呀!俺和凤儿她妈都老了,你爹和你娘也老了,俺们还指望你养老送终啊!孩子,你今后可不敢再这样犯傻了……”

苟小豆听了任有道的一席话,直愣愣的眼里流出两行热泪来……

任有道见状,转身对苟有田道:“三弟,俺和你都是领朝廷俸禄之人,应当明大理。你圣旨在身,刻不容缓,明天你照常出发,不能因私废公。你方才所说,请老佛爷给凤儿封个名号,倒也是好心,只是她无福消受,这样吧,俺把凤儿带回平罗安葬,你只管走你的。”

苟有田闻言,又一次跪倒磕头:“大哥,你的大恩大德,俺苟有田终生难忘。你放心,俺一定会报答于你。”说罢,他起身喊道,“管家何在?”

总兵府管家慌忙站出,躬身施礼道:“小人在。”

苟有田道:“你取一千两银票来交付任大人!”

管家道:“喳!”说着从怀中抽出一千两银票给任有道,“大人,请收好。”

任有道欲拒。苟有田从怀里掏出先前任有道给他的五百两银票递到任有道手上,道:“大哥,俺遵照你的教诲,明天上路赴京勤王。这一千两银子你拿去安葬凤儿,这五百两银票原是你的,俺身上有银子花,用不着,你拿回去一并作安葬费用,务必将凤儿厚葬!这是俺的一点心意。”

任有道勃勃大怒,将银票摔在地上,吼道:“你如此待俺,真叫俺无言,俺是把凤儿卖给你了么?”

苟有田道:“大哥,你听俺说。”

任有道道:“不用再说了,你快令人把凤儿装上车,俺要把她带走!”当日晚,宁夏府城城内一阵排子枪响,一辆敞篷马车从城内总兵府向北城门急驶而来。马车上,任有道满怀悲伤地抱着女儿尸体,马车两旁是骑马护卫的五十名总兵府士兵,护着马车急速地向平罗县城驰去……

第二十二季:侠肝裹义胆

1

1895年秋,白昼,鄂尔多斯草原勒布镇。草原上,从鄂托克前旗归来的宝岱骑着骏马和手下镖师、伙计们押运着十几辆满载羊毛袋、皮张的马车驰往勒布镇。当车队快接近只有二十余个蒙古包帐篷和少量房屋的勒布镇时,宝岱单人独骑扬鞭跃马如箭一般驰往勒布驿站。驿站里,勒布和婆姨正在给马棚里的马添加草料和饮水,宝岱跃马来到跟前。

宝岱在马上道:"勒布大哥,云布雨大叔在家吗?"

勒布抬起头见是宝岱,欢喜道:"是少爷来了,快到屋里坐。"

宝岱又问道:"大哥,你看见乌妮尔了吗?"

勒布道:"宝岱兄弟,实不相瞒,你到鄂托克前旗的第二天,云大叔就带着乌妮尔搬家走了,父女俩根本未到驿站来。"

宝岱着急道:"俺走前不是与岳丈说好了,让他和乌妮尔搬到你这儿来住吗?岳丈为啥要变卦?"

勒布道:"据牧民们说,云大叔怕连累你,所以搬走了。"

宝岱道:"大哥,你知道大叔和乌妮尔搬到哪儿去了吗?"

勒布道:"不知道。只知道乌妮尔哭着不肯搬家,但还是犟不过她爹,终于跟她爹搬走了。"

宝岱长叹一声,拱手道:"唉,都怪俺,俺来晚了!勒布大哥,请你留心打探乌妮尔和她爹的消息,俺急着运货回石嘴山,不打搅你们了,告辞!"说罢,他向身后赶来的运毛车队一挥手,"继续赶路,回石嘴山!"

2

这年大雪纷飞的冬天,隆淖儿碱湖制碱作坊。葛秃子带领龙占海等几个镖师骑马来到制碱作坊前翻身下马。伍子牛穿着一件夹袄跑出作坊迎接。

伍子牛道:"葛老板,这么冷的天您咋来了?快到屋里坐。"

葛秃子道:"冬闲得空到你们这里来看看,咱们的制碱作坊生产咋样了?"说着,领着众人进了第一排制碱作坊。他走进作坊,只见里面炉火熊熊,几架大铁锅呼哧呼哧冒着热气,工人们正挥汗如雨辛勤劳作。作坊里,堆满了四四方方的碱锭,每一方碱锭都贴着高林商行的商标。

葛秃子弯腰看了看那些商标,高兴地对伍子牛道:"老伍,你咋弄了这么多碱锭和商标,跟外国人的差球不多,这样做不是增加了成本吗?”

伍子牛哈哈一笑道:“葛老板,我这是跟洋人学的。如今盐碱市场竞争激烈,许多洋行卖出的碱都是散装货,既不便于运输,也没啥准头,经营起来不方便。我来后,改造了加工方法,将散碱统统制成规格的碱锭,统一重量,统一包装,再给每个碱锭贴上咱们高林商行的商标,既便于运输、经销,又美观大方,能为咱们高林商行赢得信誉。这样做的结果,虽然表面上增加了一点成本,但却赢得了市场和利润。”

葛秃子好奇地问道:“现在,俺们的碱产品行情咋样?”

伍子牛道:“现在,经过几个月经营,咱们高林赏行两座碱湖作坊生产的碱锭初步打开了西安、兰州、北京和天津的市场,碱的月产量和月销售量比原来翻了十倍,今年可望赚十万两银子!”

葛秃子道:“好!干得漂亮!老伍,俺没看错你这个将才!说说,你在营销上使出了哪些绝招?”

伍子牛道:“老板,承蒙您夸奖,我实在没有绝招,只不过使出了我平时的看家本领:一是增加销售人员,采取重奖方法,拓宽陕甘宁及北方数省经营渠道;二是销售中采取买一奖一的营销策略,用户买一锭碱就奖一锭碱,用户觉得产品信得过,划得来,便纷纷抢购我们的碱锭,对其他洋行的碱就置之不顾了;三是采取渗透的方法。如我的老家山西,过去用我们高林商行的碱的用户不多,我就派人携带碱锭进山西,将这些碱锭作为礼品送给当地官府和广大用户,久而久之,我们高林商行的碱的知名度就提高了,山西市场便逐步被俺们占领。”

葛秃子听了伍子牛的汇报,高兴极了,关心地问道:“在西北一带,新泰兴的碱是否与俺们旗鼓相当?”

伍子牛道:“回老板话,过去是,现在不是。听说咱们的碱锭一上市,新泰兴的碱就没人要了,他们好几个碱厂已被迫关闭!”

龙占海道:“老伍,这一切功劳都归功于你呀!”

伍子牛道:“龙师爷,你说这话就差了。我子牛何许人也,倘若葛老板不聘请我,我最多只能坐在家里生闷气!”

葛秃子道:“是啊,启用老伍这件事提醒了俺,经营上的竞争,归根结底是人才的竞争。老伍原是新泰兴的,刘敬祥这个狗怂不会用人,才使他在与俺的争锋中处于下风。这一点,才是俺此次巡视碱湖的收获啊!关于用人,我国早有史鉴:韩信善于用兵,自称多多益善。刘邦善于用将,故他有了几百年的汉室基业!俺观古今中外,这是成大事者的一条铁律啊!诸位以为然否?”

众人齐声应道:“正是!葛老板高见!”

3

大雪纷飞的早晨,刘敬祥来到石嘴山镇黄麻子剃头铺。他走进剃头铺里,只见里面有很多人,屋子中间架着一座大铁炉,几节铁皮烟囱伸到门外。炉膛里,炭火正旺,炉盖上坐着一把大洋铁壶,壶嘴正冒着热气。刘敬祥一来,大家都不吱声了。黄麻子赶紧过来给他倒水。

刘敬祥道:“不用麻烦,俺刚用过早点。哎,你们扯嘛磨呢?继续扯,让俺也听听。”

黄麻子道:“他们瞎球谝哩。您是大老板,他们不敢说话。”

刘敬祥道:“大老板也一样梳头刮脸,你们谝嘛呢?让俺也听听。”说着,他坐上剃头椅,向黄麻子指指头道,“梳头,刮脸,这两天老觉着这头不舒坦哩。”

黄麻子顺手扯过一条白披肩替刘敬祥围在脖子上,抄起一把木梳替他梳起大辫子来。

这时,坐在一旁的梳毛厂一个毛头青年道:“刘老板,刚才我们正说教堂的女牧师被奸的事哩。”

另一个人插嘴道:“洋人就是不一样,要是咱这里的婆姨被奸了,悄悄地罢言喘就算了,说出去还咋见人呢?”

毛头儿道:“吴有信那个狗怂,寒碜烂杆的,裤子都穿不上嘛,精着个沟子,还想开个洋荤?我是不信。”

又有人道:“听说玛丽也说不是他,可玛丽说就是有个叫吴有信的人把她先灌了酸梅汤麻醉了,尔后才奸的。说是把那个地方的肉都被咬掉了一块哩!”

屋子里的人都笑起来。

毛头儿道:“酸梅汤,吴有信知道球叫个酸梅汤!我和他一块儿拉尿和泥长大的,还不知道他?他见别人打槌就尿裤子,还敢奸个洋女人?”

又有人道:“要不说是色胆包天哩!”

黄麻子操起刀在刘敬祥脸上轻轻地刮着,刮得刘敬祥脸上痒酥酥的,刘敬祥在人们的议论声中睡着了……

4

这年冬月,一天白昼,平罗县衙任有道书房。任有道大病初愈,精神不振地坐在桌案前。桌案上放着甘肃省和宁夏府要求提拿强奸犯归案的紧急公文。任有道坐卧不宁,拿起公文重新看了一遍,又放下,眉头紧皱。这时,葛秃子和桂大祥相继走进书房,在任有道面前坐下。

任有道道:“两位兄弟来得正好,俺叫你们来是要商量一件要紧事:下营子那个狗怂牧师已将玛丽被奸之事向省、府告发了,省府近日下了紧急公文,要求俺克日破案,不日,省府两处的捕快就要到了,说是要协助平罗县破案。这下俺们如何是好?”

葛秃子道:“千斋兄,这事着急也没球用。依俺看,要不,等省府两地的捕快来了,花点银子打点,叫他们拖着不办?”

任有道连连摇手道:“不行不行,此事已经惊动洋人和朝廷,如果俺们久拖不破案,那时势必京中来人,岂不更糟?”

桂大祥半天不语，这时说道：“躲是下策。我有一计，管保诸位平安无事。”

葛秃子道：“有屁你就快放吧，急死个人了！”

桂大祥瞪了他一眼道：“事到如今，咱只有给它来个釜底抽薪，才能彻底了结。”

任有道忙问：“如何抽法？”

桂大祥道：“朝廷谕令上不是说，叫将罪犯就地正法再上奏吗？那咱就来个先斩后奏！”

葛秃子道：“你倒说得轻巧，俺问你，斩谁呢？”

桂大祥道：“当然要斩那个吴有信。眼下要赶快找个吴有信，把案子审了，口供录了，今夜就斩。等过几天省里的捕快到了，就把口供拿给他看，然后上报省里，这案子就算完了。”

任有道道：“妙计，妙计。桂兄不愧人称小诸葛呀，足智多谋。”

葛秃子疑问道：“那到哪里去找吴有信呢？”

桂大祥道：“说来也巧，那天我跟吴有财闲扯呢，他说他们庄子里真有一个叫吴有信的，还是跟吴有财一块儿耍大的。这个吴有信家里过的烂杆得很，连个婆姨也说不妥。不过，他还有一个老妈，八十多岁了，他要是死了，就没人养她了。”

任有道道：“他要是不死，你就得掉脑袋。到啥时候了，还行妇人之仁？马上把他捕来。”

葛秃子道：“他的老娘，俺可以出点银子给她。”

任有道道：“不妥。你与他无亲无故，如何付银与他？这不是不打自招吗？俺是县令，有抚孤恤老的责任，你把银子给俺，由俺转交便了。”

葛秃子道：“这大好的人情又叫你落了。只是嘛银子都要俺出。”

桂大祥道：“任大人，事不宜迟，你即刻派人把吴有信捕获归案，审完就马上正法。”

任有道闻言，立即站起身来，精神大振，道：“两位兄弟在书房少坐，俺这就升堂，派人抓获人犯！”说罢，袖子一甩，大步走出书房，向县衙公堂走去。

5

白昼，平罗县衙公堂。任有道高坐公堂案桌一旁，将惊堂木一拍，喝道：“升堂！”

公堂下面，两班衙役手执水火棍，齐声道：“呜威……”

任有道厉声道：“刑房、兵房与快班捕头何在？”

随着他的吆喝声，刑房、兵房师爷和快班捕头数人走上公堂，跪地道：“小的在！”

任有道厉声问道：“下营子教堂玛丽女牧师被强徒奸淫一案已发案数月了，你们可抓住奸淫案犯吴有信？”

快班捕头道：“回老爷，你不是说慢慢地、消停地……再说吗？”

任有道把惊堂木一拍,道:"胡说!老爷俺身受国恩,吃的是皇粮俸禄,忠心为国,赤胆为民,怎么可能如此糊涂把皇帝的圣旨当作儿戏,叫尔等慢慢查访呢?哎呀,俺明白了,尔等八成是受了凶犯的贿赂,拿了贼人的好处,因此才敷衍塞责,愚弄本老爷。俗话说,吃了人家的嘴软,拿了人家的手软,睡了人家的腿软。老爷俺看你们全身都软,莫非啥都做了?来人哪,与俺把这几个吃里扒外、徇私枉法、交通贼寇、鱼肉百姓的奴才拉下去,打腚三十大板!"

几个人连忙伏地磕头如捣蒜,连呼冤枉。

任有道道:"既然尔等喊冤,就把真凶给俺拿来。俺已经探听好了,那个吴有信就在黄渠桥北边的大庄子,平时游手好闲,家中只有一个老娘。俺限你们三个时辰之内把吴有信缉拿归案。如有差池,就把尔等以通匪论处!"

几个人伏地叩头道:"是,谢大人!"说着,站起奔出府衙。

6

冬日黄昏,平罗县黄渠桥北边的吴家庄。十余骑快马载着平罗县刑房、兵房师爷和一班快班捕头出了城门,直奔黄渠桥北的大庄子吴家庄。刚进庄,只见一群小孩在村头玩耍。

快班捕头跳下马抓住一个小孩问道:"小鬼头,你们庄吴有信住哪儿?"

那小孩答道:"吴有信刚从地里回来,我引你去他家!"说着,领着快班捕头朝庄子里走去。小孩子领着捕快走到一棵大树下,指着一间破屋道,"他就住这儿!"快班捕头向后把手一招,跟在后面的几个骑马人跳下马一起朝那间破屋走去。这时,破屋里门开了,一个身穿破棉袄的青年农民露出头,察看屋外动静。

捕头奔上去抓住那青年农民,喝道:"你叫吴有信吗?"

那青年农民点头回答:"小的正是。"

捕头上前将他反缚双手,道:"大胆贼寇 尔的事发了。"说话间又上来几名捕快,不由分说,用麻绳将吴有信绑了。

吴有信挣扎道:"我是吴有信,可我没犯法,你们为啥抓我?"这时,一个八十岁的老太婆闻声赶出门来,见状大声哭道:"造孽啊,你们为啥抓我的孩子……"老人哭倒在地。

捕头命令道:"将他带回衙门!"几个捕快不由分说将吴有信用绳子拴在马鞍上,众人翻身上马,带他走出吴家庄。吴有信双手被绑住拖在马后,一步一个踉跄地向县城走去……

7

这日黄昏,平罗县衙。任有道稳坐公堂之上,高声道:"升堂!"下面衙吏传呼道:"升堂……"紧接着几声鼓响,两班衙役手持水火棍跑步出来,分别两旁,齐声高呼:"呜威……"

任有道高声喝道:"带人犯上堂!"

衙吏传呼道:“老爷有令,带人犯上堂……”

少时,两名捕快夹着被反绑的吴有信走上公堂,将吴有信按在地上跪下。

看着破衣烂衫的吴有信,任有道捂鼻道:“大胆吴有信,你竟敢在光天化日之下强奸洋人妇女玛丽,现在人赃俱获,还不招认么?”

吴有信跪在地上,结结巴巴地道:“老……老爷,我……我没奸……女人。我没……见过女……人的……精沟……子。”

任有道喝道:“大胆刁民,还敢抵赖!来人哪,大刑伺候!”这时,从后堂走来一个衙役递给任有道一张纸条和一张纸。任有道打开纸条一看,见上面写着“事不宜迟,速按手印问斩。纸上已写好口供,只等吴有信画押”。

任有道看罢纸条,喝道:“吴有信,你愿意受刑还是愿意画押?”

吴有信胆已吓破,哆嗦着回答:“画押。”

任有道把口供纸丢给衙役,道:“让他画押。”衙役拿了口供纸和印泥走到吴有道跟前,飞快地把吴有信的手抓住,把他的指头在印泥盒里使劲地蘸了一下,用力按在纸上。因用力过猛,把纸戳了个窟窿。衙役拿了盖有指印的口供放在任有道面前。

任有道拿过口供一看,心头暗喜,喝问道:“吴有信,这口供上所说都属实么?”

吴有信答:“属实。”

任有道道:“再不反悔么?”吴有信迟疑地抬头看了一眼,堂下众衙役喝起了堂威,吴有信赶紧低下头,道:“不反悔。”

任有道道:“吴有信听判!”说着,他站直身子,拿起一张纸,大声念道,“查:宁夏府平罗县黄渠桥吴家庄农民吴有信者,一向游寇乡里,贼害邻居。偷草鸡而摸黄狗,窃辣椒而拔蒜苗。家中无食,常窃官仓之黍以为己粮,身畔少妻,每半道劫色而做鱼水。继而胆愈大,色愈浓,竟而放弃土味,转觅洋女。石嘴山教堂老师罗斯之妻玛氏名丽者,因公莅平,途遇吴逆,被其巧语以花言,解渴于瓜田。进而灌以迷药,强暴摧残。观我大清文明古国,儒家教义,泽被妇孺。奈何吴逆,行为顽劣。如彼下贱卑劣之大奸,不施大刑,何以正国法?不动重典,无以教民向善!本县奉朝廷之命,判吴逆有信斩立决!”念到这儿,任有道喝道,“来人,将罪犯拉出去,验明正身,即刻斩首!”

任有道话音未落,只见两名刽子手闪出,头裹红布,手挽鬼头刀,两人上前一把抓住吴有信,将他押出公堂,架到门口停着的囚车之上。

囚车载着昏昏沉沉的吴有信游街过市,到了鼓楼十字街头闹市中的一座高台前停下。两名刽子手将囚车门打开,把吴有信从囚车里扯下来,挟着他坐上高台,又将他按在台上跪着。吴有信睁开眼,见台下挤满了观看的人群,台下两名刽子手持刀站立,吓得魂飞魄散。这时,高台上一声锣响,一名刽子手举起了鬼头刀,对准吴有信的脖子,正要砍下,吴有信忽然站起,高声叫道:“我冤枉,我连女人的毛也没见过,我没奸洋女人!”

事发突然,刽子手和监斩的典史都吓坏了。

台下,桂大祥挤在人群中大喊:“还不行刑?!”刽子手明白过来,手一扬,只见一道白光闪过,吴有信的人头已滚到台下,尸身兀自站立不倒。霎时,一股血雨冲天而起,飘然而下,台下桂大祥见状吓得面无人色。

8

1895 年冬,白昼,石嘴山剃头铺。刘敬祥被黄麻子一巴掌拍醒,睁眼一看,屋里人都走光了。他急忙站起付了钱,刚走出店门,迎面碰上赵文通。

刘敬祥拱手道:“赵主簿,恭喜你闺女晋娥腊月初八与宝岱完婚,一个是龙,一个是凤,龙凤呈祥啊!”

赵文通跺着门前的积雪道:“恭喜个屁,吹了!”

刘敬祥不解地道:“咋?吹了?你们两家不是订婚了吗?”

赵文通恼火道:“婚是订了,可……可你的手下何介石让俺的女儿怀了孩子,宝岱把俺闺女推球了!唉,这介石狗日的,真不是他妈个东西!这事全怪你!”

刘敬祥眨眨眼道:“怪俺?你这话可是猪八戒的耙子——乱打,俺与你闺女的事何干,你咋又怪俺呢?”

赵文通口吐泡沫道:“呸,你还说你与何介石何干?你可是何介石的干爹!要不是你把介石个怂提拔到洋行里当分行经理,谅他也不敢闻俺闺女晋娥的毛气!”

刘敬祥听罢一愣,道:“赵主簿,你且消消气。走,到俺新家喝两盅去,咱哥们好好聊聊。”说着,不由分说硬拉着赵文通朝自己家里走去。两人进了门,只见小揪面正坐在屋里嗑瓜子。

刘敬祥道:“干儿他娘,赵主簿来了,你到厨房里去备几样下酒的菜,俺和赵老哥喝两盅。”小揪面闻声站起,朝赵文通笑着点点头,到厨房烧菜去了。

刘敬祥道:“老哥,请坐,先喝口茶。”说着,让侍女给赵文通端上一杯热茶。赵文通接茶杯在手,刚坐下,刘敬祥坐在桌子对面道,“赵老哥,给你说句实话吧,晋娥的事俺听说了,俺也很生气。但是,介石毕竟不是俺的儿子。所以,等会儿你坐下与介石他妈商量咋办。俺呢,也正为二丫头的事烦心呢,就不陪你啦。俺的想法,晋娥和介石生米已做成熟饭,就让介石把晋娥娶了算啦!介石是宁夏第一书法家,又是商行的嘛经理,也不辱没了你老赵。”

赵文通气呼呼地道:“你说得轻巧,你咋不把闺女嫁给介石呢?”

刘敬祥道:“这你可就冤枉俺了。等会儿你问问介石的妈,俺是不是打算把二丫头嫁给介石的?”

这时,小揪面端着酒菜进厅来,将酒菜放到炕桌上,道:“可不是,二丫头嫁给宝鉴后可遭了罪呢,昨天还打架哩,把胎气都闹动了,她爹这不正要去那院看看吗?”

刘敬祥道:“俺没骗你吧?家家都有本难念的经,俺还得赶快去找宝鉴那个小怂呢。”说着,刘敬祥出门上车,带着从人走了。

赵文通见刘敬祥走了,他抬眼望了一眼窗外,窗外静悄悄的。

赵文通道:“刘老板走了,我还是走吧。”说着要站起身。

小揪面一把将他按住,道:“赵主簿,他走了,还有我呢。你不是来说介石与你家晋娥的事么?”

赵文通道:“还是等刘老板回来再说吧。”

小揪面眉眼一抛,道:“他又不是介石的爹,他管个球!我是介石的妈,你是晋娥的爸,咱们一商量,天大的事也觉得不算个啥事。你说呢,俺的个老哥哥!再说,要是等那个没良心的回来,晋娥的娃娃都该叫你爷爷哩!”说着,她嫌屋里火生得太热,把外套脱了,只穿一件中衣,显得骚劲不减当年。她挨挨挤挤地坐到赵文通身边,亲手把盏,替赵文通斟酒。赵文通闻言,气消了大半,伸手去接酒杯,小揪面故意将酒杯一抖,酒全洒在赵文通的裤子上。

小揪面道:“来,我来给你擦擦。”说着放下酒杯,拿了一块白绸巾往赵文通的大腿根部擦去,擦着擦着,擦得赵文通满脸通红。

小揪面道:“老哥哥,没想到你年纪不小,气性还大得很哩!”说着,她伸手就在赵文通的大腿根部揪了一把,揪得赵文通“哎哟”大叫了一声,赵文通趁势抓住了小揪面的两个奶子,抓得小揪面呻吟了一声。两个人推推搡搡,滚到床上。

9

冬日白昼,平罗城头悬挂着吴有信的人头。任有道陪着罗斯夫妇站在城门口看那人头。

玛丽左看右看看了半晌,道:“亲爱的密斯特任,我觉得这城上的人头咋不像吴有信的脸呢?”

任有道道:“此人确是吴有信无疑,现有他本人的口供为证。数月前人被砍头,脸已变形,与原来的是有差别的。”

罗斯道:“贼人已死,此仇已报,还要多谢任知县破案神速。”

任有道道:“此乃卑职职责所在,何劳夸奖?”说罢,罗斯与任有道哈哈大笑。

10

时光飞逝。1896年春月的一天白昼,平罗县衙任有道书房。任有道正会见甘肃省刑房师爷戴公波。戴公波拱手道:“任大人,我奉省巡抚大人之命前来贵县办理公案,不知贵县办得怎么样了?”

任有道拱手还礼道:“此案已经了结。这是强奸洋女玛丽的贼人口供,请上差过目。”说着,将案桌上的吴有信口供拿起递给戴公波。

戴公波接过吴有信的口供扫了一眼,随即放在案桌上,道:“任大人,卑职此次奉命前来非为办理此案,另有机密要案要查。”

任有道迷惑不解地道:“这就奇怪了,皇上圣旨不是说要严查此案吗?难道有比奸洋女人更重要的案子?”

戴公波点头道:“洋女被奸,并非什么大事,巡抚催办,不过是掩洋人之口而已。小人此次奉命要查处的案子,才是事关国家命运的大事。”

任有道闻言惊道:“请讲。”

戴公波四下巡视一眼,道:“贵县隆昌客栈的包天容与其师弟龙占海系山东义和团匪首朱红灯的师弟。朱匪已被山东巡抚袁大人处死。据查,其子女现在就隐藏在包天容之家。小人奉巡抚大人之命,特地前来缉拿包、龙二匪及其子女,请你全力协助,务必将以上人等缉拿归案。”

任有道闻言,惊得目瞪口呆。

戴公波道:“任大人,你怎么了?有什么难言之隐么?”

任有道赶紧连连摇头道:“不,不!俺没有!俺咋能与拳匪交通呢?俺是想,这包天容在平罗县已十几年了,一直给俺的印象是个老实人。”

戴公波道:“大奸若忠,大凶似善,古来有之。这种人才可怕呀!”

任有道闻言,头冒冷汗,挥袖不停擦拭。

戴公波又问道:“任大人,你看如何拿法呢?”

任有道道:“俺?俺不是公人,于缉拿一道殊为生涩,还请上差指教。”

戴公波道:“我带了几个人,都是省里刑房的好身手。为稳妥起见,还想请县里捕头和平罗营派兵协助。”

任有道沉吟半晌,道:“如此甚好,不过,俺倒有一计,不须惊动一兵一卒,可将罪犯一鼓而擒之。”

戴公波好奇地道:“请问任大人,是何妙计?”

任有道踌躇一会儿,昂首说道:“包天容对俺是信任的。由俺出面,请他来议事,他必不生疑。你们伏于大门之内,待他来到,起而擒之,定无闪失!”

戴公波脸露笑容,正色道:“我来之前,巡抚大人已经交代,任大人与包天容不是一般交情,命小人见机行事。倘若任大人有意推诿,包庇纵容,就连同大人您一同缉拿。听刚才任大人所言,任大人果然是朝廷忠臣,国家栋梁,为国舍友,大义灭亲,令卑职钦佩。”说罢,戴公波转而言道,“任大人,在下还有一事请教,不知当说不当说?”

任有道道:“上差但讲无妨。”

戴公波道:“十年前,我到平罗追捕一个逃犯,晚上在妓院睡了一个叫月月红的,不料被一群人暴打了一顿,其中有一人好像与您口音相似,不知何故?”

任有道闻言,脸顿时红了,一会儿哈哈大笑起来。

戴公波问道:“大人为何发笑?”

任有道爽朗地道:“实话告诉上差,那个人就是俺呀!不过,今晚俺请你去宵夜,保证你不受骚扰!”

戴公波道:“今晚不行,我还要去石嘴山拿龙占海哩!等回来再说吧。哎,那个月月红还在吗?”

任有道长叹一声道:“月月红本名谢兰,你要是去石嘴山就可见到她。不过,她如今是高林商行老板葛秃子的夫人了。”

戴公波顿时脸色尴尬,道:“算了,此事休再提起。咱们还是先办公事,请任大人派人把包天容请来。”

任有道道:“上差说得有理,咱们办完公事再说。”说到这里,他朝门外喊道,“来人,拿俺的名帖去隆昌客栈请包天容老板来俺书房议事。”

一个衙役早进书房门来,拱手道:“是!”说罢,接过任有道的名帖,转身奔出书房。

11

少时,包天容欣然随衙役来到县衙,刚进大门,戴公波带着几个捕快一拥而上将包天容绑了,随即将他戴上铁镣,押到大堂上。

包天容走上大堂,昂首见任有道正端坐大堂之上,脸上流露出惭愧之色。包天容道:“任大人,你不用愧疚,我自己的事情我自己承担。”

任有道稍稍欠身:“公事在身不能行礼,还请贤弟多多原谅。”一会儿,朱红灯的子女、时翠莲及两个儿子都被捕来,时翠莲对任有道怒目而视。

任有道面呈愧色,与戴公波耳语数句,戴公波点头。

时翠莲骂道:“任有道,你这个龟儿子,你以为我是曹英,包天容是娄玉书吗?你这个人面兽心、肮脏透顶的东西,你安的什么心,老娘看一眼便知,你要真有良心,念当年包天容救你的情分,就把几个孩子救下!”

几个孩子同声道:“不!我们跟爹娘生死在一起!”

任有道道:“翠莲,你误解俺了!”说到这里,他抱拳向天道,“苍天在上,俺任有道不负皇恩,来人,给俺把这伙叛贼押进大牢!”话音未毕,十几个捕快押着包天容、时翠莲和几个孩子推搡着出了大堂。

12

次日白昼,平罗县通往石嘴山的官道上,十余匹马正在飞奔。奔在前面的第一匹马上的骑者是平罗城隆昌客栈的青年伙计马跃川,相距两百米左右,跟在后面的十余个骑手是甘肃省和平罗县里的捕快。马跃川扬鞭策马,不住地挥鞭抽打马屁股,两眼回望跟在后面的捕快,口里不住地连声喊:“驾!”很快,马跃川骑马冲进石嘴山高林商行大院,在办公楼前翻身下马,跌跌撞撞冲进洋行经理室,见龙占海正向葛秃子汇报,上前一把扯住龙占海哭道:“师叔,我师傅他……他被抓了!”

龙占海一惊道:“你说清楚,师傅到底被何人所抓?”

马跃川道:“被任知县和省里来的人抓了!现在他们要抓你呢!快要到了!”

龙占海道:“我知道了!小马,你快躲一躲!”说着从怀里掏出几两银子递给青年伙计。

葛秃子道:“慢!有嘛事要胆大,无嘛事要胆小。不要先忙着跑,弄清楚是嘛事再说。他们为嘛抓你师傅?”

马跃川道:“我不知道。”

葛秃子问龙占海道："你知道吗？"

龙占海摇头道："我也不知道！"

葛秃子对龙占海道："这样吧，你先带玉儿和孩子们到俺家里待着，等俺弄清楚是为了嘛事再说。"接着唤过一个商行伙计，指着青年伙计道，"你带这个小兄弟到打包厂当工头，去吧！"

龙占海与隆昌客栈青年伙计刚离开不久，戴公波就带着十几个捕快骑马进了高林商行大院，翻身下马。

戴公波带着几名捕快来到二楼经理办公室，见办公室是西洋风格摆设，葛秃子坐在大班桌后面正在看文件，房间里摆着几张单人软皮沙发和明亮的红木茶几，一排铁柜靠墙而立，戴公波心里顿时丧失了傲气。

葛秃子抬起头道："你们是干啥的，找俺有事吗？"

戴公波上前抱拳客气地道："在下甘肃刑房戴公波，拜见葛大人，我等从兰州来，是来抓义和拳拳匪龙占海的，还望大人支持。"说着坐到葛秃子对面的沙发上。

葛秃子坐在靠椅上不动，慢慢戴上西洋镜，点燃一支大雪茄，身子往后一仰，道："你说龙占海是义和拳拳匪，有嘛凭证哪？"

戴公波离座回答："有山东袁大人的公谕。"

葛秃子道："袁大人是干啥子吃的，做嘛买卖？"

戴公波毕恭毕敬道："袁大人是山东巡抚。"

葛秃子把桌子一拍骂道："他一个山东巡抚管俺石嘴山球事？俺们大英吉利洋行连满清政府也管球不着，他一个鸡巴山东巡抚，倒要来俺石嘴山抓人？"

戴公波婉言道："葛大人请息怒，下差也是受甘肃巡抚大人的差遣，履行公务而已。"

葛秃子道："甘肃巡抚？俺跟陕甘倭总督乃多年好友，咋就没见他通电于俺？难道巡抚敢越过总督擅自行事么？"

戴公波畏缩道："这个，小人却不知道。"

葛秃子道："不知道就敢抓人？俺看你当差有年头了吧，咋还嘛这么大的冲劲？"

戴公波道："吃的朝廷皇粮，拿的朝廷俸禄，不敢不尽心竭力。"

葛秃子道："那你倒真是大清的一条好狗呢！俺实话告诉你吧，这人你是别想带走。你要是愿意，俺管你一顿饭吃。你要是不愿意么……"他说到这儿，朝门外一招手，立时蹿进十几条大汉，人人手持毛瑟枪，对准了戴公波他们。

葛秃子道："根据中英《南京条约》，在洋行的地面上有敢滋事者，打死勿论。听说你们都是甘肃的名捕，身手不凡，那么，有这个矫健么？"他说着掏出手枪，朝戴公波的耳边开了一枪。只见一阵青烟飘过，戴公波身后的镜子被打碎了。一个捕快吓得从凳子上滑下，瘫坐地上。戴公波顿觉耳边嗡嗡作响，半天听不见声音，他的脸急剧地变为青色。

戴公波站起身来，抱拳笑道："葛老板，你说得对，我的确嫩了点。我的公事已完，龙占海查无此人。”说着，他走到葛秃子身边，低声说道，“不过，我有一句话提醒你，义和团的旗号是保清灭洋，专抢教民，烧教堂，杀洋人。袁世凯大人就是根据法国公使的抗议处死朱红灯的。”

葛秃子一愣，道：“此话当真？”

戴公波道：“绝无虚言。”

葛秃子一挥手，道：“那好吧，俺也成全你。走，俺请你吃饭。”

13

白昼，天空下着小雨，两辆分别载着包天容和朱红灯子女的囚车缓缓驶出平罗城南门，上了去兰州的大道，后面跟着两百名荷枪实弹的营兵。囚车旁走着与包天容送行的葛秃子、宝鉴、宝岱父子三人。三人淋着小雨，面带愁容。

包天容在囚车里对葛秃子道：“葛兄，多谢，请回吧。”

葛秃子不理，继续跟着囚车默默朝前走。

宝岱道：“爹爹，您先回吧。俺和二哥负责把师伯送到兰州。”

葛秃子掏出一千两银票给宝岱，这才道：“鉴儿、岱儿，这一千两银票你们带着路上开销，可要一路加倍小心，俺回去处理一下行里的事务，随后也到兰州。到兰州后，你们可先去找庄德五。”宝鉴和宝岱点头。

宝岱道：“爹，你请回吧，你的话，俺们记住了。”

葛秃子闻言停住脚步，目送宝岱、宝鉴和囚车一道走了好远好远，招了招手，才转身回城。

14

数日后白昼，平罗城任有道府。侯水英因女儿任凤一年前亡故，病倒炕上，不住长吁短叹地呻吟。这时，任有道穿着官服从衙门回到家里，一边抹着头上的冷汗和雨水，一边道：“好险好险！”

侯水英转过身，问道：“屋漏偏逢连夜雨，又有啥事啦？”

任有道道：“省里来人要抓包天容，差点连累到俺头上，俺略施小计把包天容抓了！真他妈险球！”

侯水英骂道：“你刚害死女儿，又做出卖友求荣的事来，俺跟你这么多年，真是瞎了眼！”

任有道辩道：“俺也是为了这个家呀，身为知县，俺不抓人，俺就要坐大牢！”

侯水英道：“为了这个家？为了你的个屌！人家葛行健咋不怕？你就不是个男人？”

任有道道：“你看他好，你跟他过算啦！”

侯水英道：“跟就跟，你以为老娘不敢么？”

正在这时，葛秃子踏进门来，道：“敢干吗？”

任有道道：“行健，水英她正嫌俺不是个男人，要跟你走哩！”

葛秃子道:“这是怂话?你的老婆,俺带走算嘛事?你早三十年前咋不把水英让给俺?”

任有道道:“她要去石嘴山散心也好,你就让她去吧。”

葛秃子道:“那你就放心?”

任有道道:“老都老了,俺有啥不放心的?她要是愿意,你就收了她吧。”

侯水英坐起来骂道:“放你娘的老歪屁!俺这一走,可称了你的心,好与曹英那个骚婊子日夜滚在一堆吧?”说着,她起身就去收拾行李。

葛秃子见状,两手一摊,道:“千斋兄,你看,你看,这咋收拾?”

任有道把脚一跺,赌气道:“大英子,你只管到石嘴山住上一年半载,好生歇着,可别指望俺去接你!”

侯水英收拾了几件换洗衣服,打了个包裹,冲出卧室,回身拉着葛秃子对任有道吼道:“你以为老娘不敢?行健,咱们走!”说着拉葛秃子出了门。

15

一月后,白昼,平罗县衙议事厅。任有道正召集县里文武官员议事,忽然闯进两名太监。

一名太监手捧圣旨,高声呼道:“圣旨到,平罗知县任有道接旨!”任有道闻言慌忙走下座位,紧走几步来到太监面前伏地跪倒,其他文武官员亦跪倒在他的两旁。

太监宣读圣旨道:“奉天承运,皇帝诏曰:近悉甘肃平罗县知县任有道上任以来,抚恤百姓,镇压顽逆,勤于政务,克己奉公,乃我朝干城也。朕允甘肃巡抚奏议,特擢授任有道为宁夏府知府,以示嘉勉。钦此!”

任有道闻言,伏地三叩首,口中连呼:“微臣任有道领旨,吾皇万岁万万岁!”

16

白昼,府城通往兰州的官道。两百名平罗营士兵在骑马的参将带领下押送包天容和朱红灯子女的囚车缓缓前进。龙占海骑着快马从后面追上来,约隔五百米远,见了这么多人马,忙勒住马缰,缓缓地跟在这支队伍后面行走。他几次拔出战刀,欲催马冲上去与官兵厮杀,救出师兄包天容,但几次都忍住了。无可奈何,龙占海勒转马头,拍马回石嘴山。

17

这年秋日黄昏,夕阳如画挂在石嘴山码头上空。码头候船室大门上,张贴着甘肃巡抚和宁夏知府任有道签发的驱逐洋人出境的告示。黄河大堤上,罗斯夫妇和送行的葛秃子慢步走向河堤,玛丽挽着一个包袱,罗斯和葛秃子各拎一只皮箱。

葛秃子道:“老罗,没想到你们这么快就要离开石嘴山。”

罗斯苦笑道:“密斯特葛,我们离开石嘴山完全出于无奈。你们的中国官员,就连我们的朋友任知府也下令赶我们走,真是太令人遗憾了。"

葛秃子问玛丽道:"玛老师,你们打算走哪条线路回天津?"

玛丽也苦笑道:"坐船从下游走,北方的路线行不通,听说北方义和团很多,很麻烦。我们打算坐船,绕道平凉、西安再往南到汉口,那样回去比较安全。"

葛秃子点点头,道:"也是。"接着说道,"老罗,俺想不到中国造成驱洋之乱,真是令人遗憾。"

罗斯道:"密斯特葛,难道连你也弄不清造成驱洋之乱的祸根吗?祸根就在西方各国列强对中国的不平等政策。例如,你们洋行只顾收毛取皮,牧民连年付息过重,几乎破产。怨恨的种子早已播下,何时出芽只是时间问题。我们走后,你们也要好自为之。"

葛秃子气愤地道:"那你们传教就都是好的?包揽词讼,占人田产,奸淫教徒,搜罗情报,你以为俺不知道你们干的嘛事吗?"

罗斯摇摇手道:"孬,密斯特葛,你说的都是谣言。"

葛秃子质问道:"是谣言你干吗要走呢?"

罗斯拍拍他的肩膀,道:"葛,你是好人,我知道。我们是朋友,不应该彼此伤害,你说对吗?"

葛秃子拎着皮箱拥抱了罗斯,道:"也是。"

少时,他们三人来到停泊在岸边的一只木船前,罗斯从葛秃子手里接过皮箱同他拥抱,玛丽也扑上来与葛秃子拥抱,两人回身踏上跳板走向木船船仓。一会儿,木船升帆启锚了,葛秃子站在岸上向站在船头的罗斯夫妇挥手。木船去远了,葛秃子朝黄河里吐了一口唾液,骂道:"老罗你个驴日的,给俺滚得越远越好!"

18

夜幕降临,石嘴山葛秃子家。葛秃子刚从码头回到家里,喝了一口茶,只见桂大祥慌忙火急奔进屋里来。

桂大祥道:"葛老板,洋教士们都走球了,我一个人在教堂待不下去,也不敢回家,特来投奔你!"

谢兰道:"这咋办呢?俺们这里也不安全,到处都在仇恨洋人!听伙计们说,新泰兴的毛皮刚运到山西就被义和团截住,全烧了,连骆驼也杀了吃肉了。"

葛秃子为难地道:"是啊,咱们高林商行也停止了收毛,俺关闭了梳毛厂和打包厂,俺将工人都放了假。"

桂大祥几乎带着哭声道:"葛老板,咱们可是患难弟兄,你可不能见死不救啊!"

葛秃子闻言脸色骤变,在屋子里徘徊了两圈,转身对桂大祥道:"好吧,你落难,俺行健身为男子汉不能不救你。这样吧,这段时间,你就留在咱们高林商行帮忙做点杂活,躲过这阵风再说。你现在就去找副经理,让他安排一下,就说是俺说的。"

桂大祥作揖到地道:“谢葛老板!”躬身出门找副经理去了。

桂大祥走后,谢兰对葛秃子道:“老葛,你干吗留下桂大祥?现在义和团最恨的就是三种人,一是教士,二是教民,三是帮洋人办事的人。这个桂大祥作恶多端,你让他进来,万一义和团来了,恐怕会有麻烦哩。”

葛秃子道:“他虽然有劣迹,但咱们都是为洋人办事的,惺惺相惜吧,俺不能在危难之时放弃朋友。”说着,他转个话题道,“这样吧,老婆,你准备一下,俺过两天回天津看一下,听说天津义和团闹得挺凶,俺不放心你大姐和俺家的家产。”

谢兰道:“老爷,那边的义和团闹得这样凶,你咋能去?”

葛秃子道:“不去不行啊,那边可是咱们的归宿啊!即使是刀山,俺也要趟过去!怕个球!”

谢兰闻言,激动得含泪点点头。

19

白天,高林商行经理办公室。葛秃子正在办公,伍子牛从鄂托克前旗赶回来,风风火火地对葛秃子道:“葛老板,现在义和团打洋人,各洋行都停止收毛,很多毛户的毛卖不出去,急于脱手,这可是个好时机呀!我建议,不用现银收购,用商号的米、面、布、茶、糖和杂货换毛,既不开销资金,又能盘活库存,咋样?”

葛秃子笑着拍拍伍子牛的肩道:“很好,你的意见很有见地。咱们就来个逆水行舟,来个破例,盘出库存,敞开收毛!一斤面换十斤毛,一尺布换一百斤毛,一盒火柴换两张羊皮,这样做,咱们下手虽然狠了些,但毛户急于脱手,明知吃亏,但也不愿货到地头死!不赚白不赚,咱就这样干吧!”

翌日,高林商行贴出了收毛告示,众多毛户用驴、车运毛到高林商行大院,把大院挤得水泄不通。

第二十三季:邪火与怒火

1

1896年秋天,秋风萧瑟的鄂尔多斯草原,牛羊成群,鲜花竞放。十六岁的宝岱带着几个青年伙计骑着快马奔驰在草原上,他面向草原,面向蓝天,面向远远近近的蒙古包歇斯底里喊道:“乌妮尔,你在哪里?云布雨大叔,你在哪里?”他的喊声随风飘荡,却没有回音。他沉重地低下了头。

这时,从东南西北四个方向驰出数队人马,向着宝岱急驰前来。

最先赶到宝岱身边的是宁夏分行经理张学文,他在马上向宝岱拱手道:“启禀少爷,我派人找遍了甘南、左旗草原,不见云布雨大叔和乌妮尔姑娘的踪影。”

一会儿,一个骑马的年轻伙计赶到宝岱跟前大声道:“回少爷,俺跑遍了河套草原,没寻着乌妮尔和云布雨大叔!”宝岱听了两人的报告,眼睛发愣。

正在这时,兰州分行经理庄德五纵马赶到宝岱跟前,翻身下马,双拳一抱道:“宝岱少爷,我的人把青海牧场找遍了,牧民们说,他们从没见过云布雨大叔和乌妮尔姑娘!”宝岱听到最后一句,双眼一黑,突然栽倒在马下。

张学文、庄德五和几个镖师赶快上前扶住宝岱,只见他额角流血,双眼紧闭,口里喃喃道:“学文、德五,赶快……再去……找乌……妮……尔”说着头一低昏了过去。

庄德五道:“来人,快把少爷扶上我的马,咱们回石嘴山!”众人闻言,一齐将宝岱扶上庄德五的马鞍上坐了,庄德五飞身上马,两腿一夹马肚,怀抱着昏迷的宝岱纵马向平罗石嘴山奔去。他的身后,十余个伙计、镖师一齐翻身上马,紧跟着庄德五催马飞奔石嘴山……

2

两天后,晚上,石嘴山高林商行葛秃子家。宝岱头缠绷带睡在床上,双眼盯着天花板不言不语。葛秃子和谢兰守候在宝岱床前,两眼红肿。

谢兰道:“老爷,宝岱回来两天,你两天两夜未合眼,别熬坏了身体。来,俺陪你回房休息。”

葛秃子道:“娃他娘,你自己回去休息吧!俺再守一会儿。兴许,宝岱开了口,俺爷俩还能唠一会儿家常哩!”

谢兰道:“娃他爸,岱儿的病不是一天两天能好,俺叫你回去躺一会儿,你咋不听话呢?”说着,不由分说上前架起葛秃子回到自己的卧室。

葛秃子和谢兰回到房间,两人脱了外衣,上床扯过被子并头躺下了,两人又拉起家常来。

葛秃子道:"岱儿这孩子到底大了,整天想的嘛事俺们也不清楚,总好像跟俺们隔着一层。"

谢兰道:"你咋乱猜想个啥?儿子大了,他是在害相思病哩!"

葛秃子以拳击额道:"糊涂,俺真是糊涂。俺咋就没想到这一层呢?"

谢兰嘴一撇,道:"你只顾自己找女人,哪里想得到儿子也是个需要女子的男人呢?"

葛秃子亲了一口谢兰道:"俺老了,哪里还想女人,就你一个俺就满足了。哎,不对吧?去年为宝岱和晋娥成婚的事,他不是跑了么?若不是晋娥闹了那档子丑事,丢人的可就是咱老葛家哩!"

谢兰道:"他心里早有了人。你硬要他娶晋娥,他能乐意吗,不跑才怪哩!"

葛秃子道:"谁,是谁家的女娃,咱给他娶过来不就结了?"

谢兰道:"这个女娃,只怕你娶不来哩!"

葛秃子道:"噫,难道这女娃是皇帝的格格?王爷的金枝玉叶?宝岱也不认识呀,就是皇帝的格格,咱只要想娶,也不是娶不上,嘛好东西?!"

谢兰道:"你吹牛吧?岱儿相思的,是亨利的女娃康妮。"葛秃子一惊,半天说不出话来。

谢兰笑道:"难住了吧!"

葛秃子道:"这个熊羔子,俺真没想到他咋就看上嘛康妮了呢?"

谢兰道:"那年亨利一行来到石嘴山,几个孩子在胡扬岛待了一夜,你忘了吗?就是那次,康妮和宝岱种下了情根。"

葛秃子奇怪地问:"有这等嘛事?"

谢兰道:"你整天只顾自己忙来忙去,全然不管孩子的事情。他都十六岁了,从发生晋娥那件事后,俺替他说了多少亲事,岱儿都死活不愿意。你就不问问为个嘛么?"

葛秃子道:"为嘛?"

谢兰不满地道:"你是装傻还是充愣?为嘛,为心上人呗!"

葛秃子正要说话,忽然屋外传来一阵急乱的脚步声,接着有人大喊:"失火了!失火了!快救火!"

葛秃子闻声,激灵得打了个冷战,跳下床。

这时,房门响起咚咚的敲门声,管家惊慌地喊道:"老爷,老爷,打包厂失火了!"

葛秃子一边胡乱穿衣,一边道:"俺就来了!"他大步冲出房门。葛秃子冲出屋门,只见打包厂火光冲天。他急步跑到街上,满大街人来人往,混乱一片,迎面碰上张学文赤着身子拎了两只大水斗子向前跑。

葛秃子喊道:"学文,站住!"

张学文一愣，见是葛秃子，立即报告道："老板，打包厂失火了，我已经把所有的人都叫到火场救火。火是从里面烧出来的，空气中还有洋油味，估计有人放火！"说完，他拎起水斗子跑了。

葛秃子来到火场，热浪逼人。只见人们站在围墙外用水斗子泼水。夜里风大，火借风势越烧越旺。

葛秃子对张学文喊道："水龙呢？快把水龙架起来！"

已调回任打包厂厂长的庄德五哭着道："水龙放在仓库里，与羊毛堆在一起。"

葛秃子大怒道："蠢货！谁让你把水龙和羊毛放在一起的？"

庄德五解释道："多少年都没球事，谁知道这会儿失火呢？"

张学文劝道："算了吧，来不及哩！全镇就两口井根本就来不及提水。黄河水离得又远，也不行。"

葛秃子跺脚道："那就赶紧调人提水救火！你们还愣着干啥？！"张学文、庄德五闻言，拎着水斗子又跑去提水去了。

葛秃子待庄德五、张学文走后，看着打包厂越烧越旺的火焰，两眼急出泪来，对天悲怆地呼喊道："老天爷呀老天爷，你这是在惩罚俺灭俺啊……呜呜……"他哭着蹲在了地上。这时，刘敬祥和各洋行的老板纷纷带着伙计赶来，有的提着水斗子，有的端着脸盆，有的拎着水桶，但火势渐渐小了，高林商行打包厂的毛已经被烧完，只见浓烟滚滚，焦味呛人。

3

翌日早晨，石嘴山高林商行。葛秃子赶到打包厂失火现场，见工厂一片狼藉，惨不忍睹。他悲痛地回到商行，只见伍子牛带着几十人正用碱块擦洗被熏黑的办公楼，便一声不吭回了家。回到家里，谢兰已将饭菜端在桌上。

谢兰安慰道："老爷，打包厂烧了，救也救不回来，快吃饭吧，别弄坏了身子。"

葛秃子两眼红红的，发火道："吃饭，吃个球饭！这一场大火，烧了俺几十万斤羊毛和几万张皮子！俺吃得下去吗？不吃了！睡觉！"说着，他把筷子一扔，径自回到屋里，脱去衣服上了炕，将被子一扯，蒙头大睡。谢兰赶到葛秃子的卧室，见状，眼里淌出一串泪花。

这时，十岁的女儿葛紫菱拿着一双筷子走到房间，见到谢兰流泪，便扯着她的衣襟道："娘，你哭啥呢？俺肚子饿，你快叫爸爸起来吃饭吧！"

谢兰一把将女儿紫菱揽到怀里，道："孩子，打包厂失火了，烧了咱们家几十万斤羊毛和几万张皮子，你爹心里正难受哩，你过去喊你爹吃饭，兴许他听你女娃子的话哩。"

紫菱闻言，冲谢兰笑了笑，蹑手蹑脚走到葛秃子身边，悄悄扒开被子，拿筷子拨弄葛秃子的胡须，命令道："爹爹，俺的肚子饿了，快起床吃饭！"

葛秃子猛地坐起，一把夺过筷子扔在地上，吼道："你饿你自己去吃，俺要睡觉！"

经葛秃子一吼,葛紫菱吓得哇哇大哭起来。谢兰上前抱起女儿道:“菱儿,算了,别惹你爹,啊,乖,咱们吃饭去。”说着,抱着女儿紫菱来到餐厅,两人闷声不响地吃起饭来……

4

当日半夜,葛秃子在炕上唉声叹气,翻来覆去睡不着。他翻身坐起,划根火柴点燃炕桌柜上的油灯,推醒睡在身边的谢兰,道:“娃他娘,失火那天晚上是谁在打包厂值班?”

谢兰坐起,揉揉眼,道:“俺记得那天晚上是宝鉴值班。”

葛秃子闻言,气恼道:“这个狗崽子坏了俺的大事,俺找他去!”说着一骨碌滑下炕,穿上衣服出了门。葛秃子走出大门不远,见一个人蜷缩在墙角落里。

葛秃子喊道:“是谁?”没人应声。葛秃子走到那人身边,划根火柴扒开他看了看,原来睡在墙角落的人正是他要找的宝鉴。只见宝鉴满脸乌黑,衣不遮体,头上的辫子被烧焦了。葛秃子以为他死了,摇晃着他大声道:“鉴儿,鉴儿!”

十七岁的宝鉴睁开眼睛,见摇晃他的人是葛秃子,便翻身跪倒,放声痛哭,道:“爹爹,俺,俺有错,俺没看住羊毛……”

葛秃子问道:“你看见火到底是咋烧起来的?”

宝鉴道:“那天,俺吃过晚饭就来值班,当时,一切都是好好的,也没见啥人。俺见仓库门也锁得好好的,就到院门外的小屋坐着。等俺闻到焦煳味,大火都烧起来了。”

葛秃子见宝鉴的脸上乌黑,就道:“你先回家去洗洗,睡一觉,等会儿俺回头再去找你。”

宝鉴点点头,从地上爬起来回到家中。这时,谢兰也起了床,正忙着划火柴点油灯,一见宝鉴满脸乌黑,慌忙道:“鉴儿,你没事吧?”

宝鉴道:“妈,俺没事。就是厂里羊毛和皮子都烧完了,俺没尽到心,是俺害了爹爹。”说着就哭了起来。

谢兰安慰道:“你快去洗洗,吃点东西。宝岱生病了,你要帮你爹把事办好。”

宝鉴来到卧房,将热水瓶里的水倒进一只铜盆里,拿了条毛巾匆匆洗了脸,走回客厅对谢兰道:“妈,爹爹叫俺睡一会儿,俺回去睡了。”

谢兰嘱咐道:“你回去就睡觉,别再跟二丫头吵了。”

宝鉴答应一声就出了家门。他走过月亮门径直出了洋行大门,回头看看见身后无人,便顺新大街拐了个弯钻进一条巷子奔梨香院找黄河蜜去了。

5

夜,梨香院。宝鉴和黄河蜜赤身裸体并排躺在被窝里。黄河蜜由于疲累,早已打起鼾声。宝鉴却恐怖地睁着眼,脑海里浮现一幕幕可怕的往事:

画入(1):夜,梨香院。醉醺醺的宝鉴在一妓女房里匆匆穿衣服,正准备夺门而出，被刚穿上衣服的年轻妓女扯住胳膊道："宝鉴少爷，你完事了就他妈走人，你的钱呢？"

宝鉴道："对不起，今儿个银子忘了带，明日俺还你。"

那青年妓女挖苦道："没钱便没钱，还要编谎言骗人，没有钱你就别走，天下没有嫖婊子不给钱的哩！"

正在宝鉴面红耳赤，进退两难之时，黄河蜜上楼来了。她见状对青年妓女喝道："小翠，你深更半夜与客人嚷嚷啥呢？也不怕丢人？"

青年妓女道："宝鉴这个日囊怂来咱院里不是一回两回了，他玩了咱姐妹就空手走人，妈妈，你来给评评理，真是气人！"

宝鉴向黄河蜜作揖道："黄妈妈，俺今天确实没带钱，你让她放了俺，俺这就回去拿银子！"

黄河蜜笑道："不给钱也可以，宝鉴少爷，我就是老母牛爱吃嫩草，只要你陪妈妈睡一宵，俺不但免去你的嫖资，还倒贴你钱。"说着，拉着宝鉴来到自己房里。

宝鉴来到房里，心里不愿，正在迟疑。黄河蜜拍着他的脑袋道："我的心肝宝贝，你是嫌我老了吧？我可告诉你，吃羊要小的，找娘们要老的，你要不信，就来试巴试巴。"说着脱去衣服，半裸着上半身，不管三七二十一强拉宝鉴上了床，一口气将油灯吹灭了。

画入(2)：白天，平罗城赌博馆。已是平罗营哨长的宝鉴带十几个兵士闯进赌馆，坐上麻将桌正在赌博，平罗营参将易庆安带着人巡查至此，见状喝道："宝鉴，你不带兵巡逻，在这儿干啥呢？"

宝鉴见是参将易庆安，忙赔笑道："总爷，街上平安无事，俺哥们几个就来这儿搓几圈，反正无事么？"

易庆安斥道："宝鉴，你身为哨长不执行巡逻公务，带头赌博，难道你敢藐视军规么！来人，给我把这几个军中痞子绑了，带回营去！"随着一声喝令，从街上涌进几十个兵士来，将宝鉴及他所带的十几个赌博的士兵用绳子绑了，押解回营。一行人回到平罗营游击参将营帐中，易庆安当即升帐，喝令道："把那个孬种宝鉴带进来！"一会儿宝鉴被五花大绑推进营帐。易庆安正要审问，只见宁夏总兵苟有田骑马来到营帐外，翻身下马，闯进易庆安的营帐。易庆安忙起身站起让座，自己站在下边，拱手道："总兵大人，今天您咋亲自来了？"

苟有田道："俺到各县巡查，今日来到平罗。俺来问你，这宝鉴是俺推荐的哨长，你咋不顾俺的颜面把他绑起来了？"

易庆安拱手道："请大人息怒，容在下禀告。这宝鉴身为哨长，平日里偷鸡摸狗抽大烟嫖妓，俺都未理，今日他带弟兄们上街巡逻，却不遵职守，跑到赌场去赌博，被俺带着兵士抓个正着。俺正要处罚他，总兵大人恰好来了，那就请总兵大人按军规发落吧！"

苟有田闻言，气恼道："宝鉴，你个驴日的，可有此事？！"宝鉴被绑站在下面，无言以对。

苟有田紧绷脸道："俺看在你义父葛老板情面上，将你荐到平罗营当哨长，你可把俺的脸面丢尽了！你胆敢藐视军规，玩忽职守，干尽流氓地痞之事，俺岂能容你！来人，给俺将宝鉴重抽二十鞭子，赶出军营！"霎时，几个士兵举着鞭子上来，将宝鉴按在地上，轮流挥鞭抽打宝鉴的屁股、身子，打得宝鉴呼爹唤娘的惨叫……

画入(3)：白昼，宁夏府城知府签押房。任有道正准备走出签押房升堂审案，喝得醉醺醺的宝鉴跨进签押房，伸手道："爹，俺没钱用了，你给俺银子花。"

任有道道："你先到后面去跟你妈说说话，俺退了堂再说。"

宝鉴道："俺管你升堂不升堂，俺是来找你拿钱的！"

任有道道："俺又不是你爹，你都这么大了，自己还养不活自己？"

宝鉴骂道："你个老不死的，要你一点钱，看把你心疼的。你说不是俺爹，可你咋把俺娘日烂啦？你自己做的事你知俺知，大家心里都清楚，快拿钱来！"

任有道道："这样吧，俺给你找个差事，你每月可以有一个进项，岂不是好？在官府当差，将来老了，也好有个养老退休金。"

宝鉴大笑道："去你个球吧！你爹才十七岁，离你那么老还早着呢。再说了，等爹们老了，谁知道哪个孙子当皇帝呢？不过，看你一片孝心，就当个差吧。咱可说清楚啰，要不是油水大、能赚钱的肥差，俺可不干。别拿你爹哄着玩，闹个烂杆差使日哄俺。"

任有道骂道："你这个驴日的熊羔子，你给谁当爹呢？俺日你娘都十几年了，你却成了俺爹？"

这时，宝鉴烟瘾犯了，嘴巴张得老大，眼泪鼻涕一齐流下，妥协道："你是俺爹好不好？求求你，快给俺拿几个烟泡来。"

任有道道："你亲爹在平罗县时就曾禁过烟，没想到你倒成了大烟鬼，真是他娘的报应！"

宝鉴越来越难受，大声叫道："你扯个球！爹，你给不给你爹拿烟泡？再不拿来，俺把你这鳖窝一把火烧他个驴日的！"

这时曹英闻声赶到签押房，见状喝道："宝鉴，你这个不争气的孽障，还不快到后院去，在这公堂之上咆哮什么？"

宝鉴双眼迷离，道："你，你是闹啥的？"

曹英一阵心酸，骂道："你个驴日的，你咋就成了这样的囊怂？老娄家活该绝户了！"

宝鉴又睁开双眼，凑到曹英面前端详了一阵，笑起来："哈哈，闹了半天是你个怂？你这个老婊子，叫那个老骚胡日了多少年，你咋没死呢？俺早晚要叫你们都死球！俺要把你和那个老骚胡的头割掉，挂在城门上，给俺的爹报仇！爹，快拿烟泡！俺操你祖宗八辈，咋还不给你爹拿烟泡来？"

任有道脸气白了，喝道："来人，把这狗崽子拉出去，给俺砍了！"话音未落，几个士兵冲上来将宝鉴抓住就要将他拉出去。

曹英道："慢！"几个士兵闻言站住。

曹英走到任有道面前跪下道:"老爷,俺求你看在俺的脸面上放了宝鉴吧,他一时犯糊涂冲撞了你,你就饶了他这一次吧,俺愿意一生给你当牛做马。"

任有道看着脚下可怜的曹英,向士兵挥手道:"放了他,你们走吧!"几个士兵闻言,便放了宝鉴,一起离开签押房。任有道走过去一把拉住宝鉴到后面房里,亲自拿了几个烟泡,又亲自点火烧好,将烧好的烟泡递给宝鉴。宝鉴接过烟泡一连吸了三个,过足了瘾,酒也醒了,来了精神,他四下看了一遍,见任有道还在为他烧烟泡,慌忙跪下磕了一个头,道:"大爷,您老咋给俺烧起烟泡来了?这不是要折俺的阳寿吗?"

任有道一边吸着曹英为他烧好的烟泡,一边道:"俺又成了你的大爷啦?你不是给俺当爹吗?你不是还要把俺和你娘的头挂到城门上去吗?"

宝鉴的脸唰地变了,道:"俺说了啥话?俺喝多了,俺不记得了。要是说了啥,也是酒壮怂人胆,您二老全当俺是放屁!"

任有道道:"本来,俺是想给你安排个差事,将来也好图个进步。现在,俺的主意变了,俺宁愿给你一百两银子,俺也不想叫你到府里当差。就凭你的烟瘾,不要一年,俺的家就得叫你给吸破产。"说罢,他从怀里掏出一百两银票递给宝鉴,挥手道,"你还是回石嘴山跟你义父过吧,让他给你闹个差事。"

宝鉴接过银票,跪下给任有道、曹英磕了个头,站起身走了。

画入(4):白天,石嘴山葛秃子家。葛秃子、谢兰相对而坐,正与刚回来的叫花子似的宝鉴说话。

葛秃子生气道:"宝鉴,你在平罗营当哨长,好端端的一个差事,你咋弄丢了呢?你说说,除了抽大烟,逛窑子、赌博,你还能干啥?"

宝鉴道:"任知府叫俺回来找你谋个差事,俺也没啥能耐,不像宝岱弟弟,您看着办吧,俺求爹好歹给俺一个饭碗。"

谢兰道:"娃他爹,宝鉴这孩子也怪可怜的,以前他有不是,俺们当父母的也有责任。唉,谁让俺们是这孩子的义父母呢?老爷,俺看打包厂还差人护厂,你就让他当个护厂队员吧,自己的干儿子护厂,俺们也放心。"

葛秃子不耐烦地道:"好吧,就这样办。宝鉴,俺再给你这次机会,去打包厂当个护厂队员,你去找庄德五厂长报到去吧!就说是俺说的。"

宝鉴伏地磕头道:"谢谢爹妈。"说罢,起身去了。他走出高林商行大门,折身来到梨香院去见黄河蜜,半路上碰到何介石。

何介石道:"哟,宝鉴,你咋从平罗回来了呢?你上哪儿去?"

宝鉴道:"俺义父刚给俺个差事,去打包厂当护厂队员,这会儿得空,俺到梨香院去一趟。"

何介石道:"宝鉴,你个日囊怂还差我们刘老板五千两银子哩,你打算啥时还?还到梨香院去嫖风?"

宝鉴嘿嘿一笑道:"介石兄,俺是差你们洋行刘老板五千两银子,难道俺赖账不成?今儿个俺有事没带银子,改日再还你吧,告辞。"说着没搭理何介石,独自一人向后山梨香院走去。

望着宝鉴远去的背影,何介石无可奈何地摇摇头。

第二天上午,宝鉴从黄河蜜的梨香院出来,又碰上何介石。

何介石道:“宝鉴,我在门口等你半天了,走,俺请你到益顺居酒店喝酒!”

宝鉴道:“有这好的事?走,到益顺居!”两人边走边说,沿着大街来到益顺居酒店,找个桌子坐下。

何介石招呼店小二:“小二哥,你给咱哥俩炒几样下酒菜来一瓶烧酒!”

店小二过来道:“哎,两位少爷慢待。”说着去了。不一会儿,店小二端来三样下酒菜和一瓶烧酒,何介石拿过酒瓶斟了两杯酒,给一杯宝鉴,自己端起酒杯,道:“宝鉴兄弟,来,咱哥们开喝!”说着,与宝鉴碰杯,两人一饮而尽。

宝鉴道:“介石兄,你咋邀请俺来喝酒,是要俺归还刘老板的五千两银子吧?实话告诉你,俺的银子花光了,要银子没有,要人,有一个!”

何介石道:“刘老板让我来请你喝酒,是想跟你商量一件事,问你愿不愿干?”

宝鉴道:“啥事?”

何介石神秘地道:“只要你把这件事办成了,刘老板不但免去你那五千两银子的还贷款,另外再给你五千两银子!”说着掏出五张一千两的银票,放到桌上。

宝鉴喜道:“有这等好事?你说吧,究竟是啥事?”

何介石故意激将道:“只怕你不愿干,说了也没球用!”

宝鉴道:“杀人俺也敢干,怕个球,你说!”

何介石站起来凑到宝鉴耳边,说了几句悄悄话。

宝鉴的脸由红变白,粗声道:“啥,刘老板要俺放火烧了俺爹的打包厂?”

何介石忙用手捂住宝鉴的嘴,做了个手势,道:“嗯,是这件事,你到底愿不愿干?不愿干的话,这五千两银票我就拿回去了。”说着伸手要去拿桌上的五张银票。

宝鉴脸上的表情急剧地变化着,一会儿红,一会儿白,见何介石伸手抓银票,他伸出右手按住何介石的手,咬咬牙道:“介石兄,俺愿意干!”说着一把抓过银票装入自己的口袋中。

画入(5):晚上,石嘴山高林商行打包厂。正在值班的宝鉴四下瞅瞅没人,掏出钥匙打开皮毛仓库的铁锁,提着早已准备好的一桶煤油悄悄溜进仓库,将一桶煤油浇到羊皮袋和皮张上。接着,他从荷包里掏出一盒火柴,将火柴擦着了火往羊毛袋上一扔,瞬时,羊毛袋上蹿起火苗,不一会儿,皮毛仓库燃起了大火,宝鉴转身冒着大火跑向仓库大门,头上辫子被烧掉了半截,脸也熏黑了,他匆匆跑出大门,高喊道:“失火啊,仓库失火了!”不一会儿,救火的人们从四面八方奔来,宝鉴望着大火号啕大哭……

6

翌日黎明,石嘴山梨香院老鸨黄河蜜的房间。黄河蜜被哭声惊醒,爬起来赶快穿上衣服，推醒宝鉴道："鉴儿，你哭个啥呢，吵死人了，快醒醒！"

宝鉴大声道："老娘们，你知道个啥？俺醒个球，一夜根本没睡着！"

黄河蜜不解地道："你既没睡着，哭个啥呢？"

宝鉴道："哭个啥，俺心里难受！"说着从炕上坐起，扯过衣服胡乱穿了，便下了炕，欲出门。

黄河蜜道："鉴儿，你上哪儿去？"

宝鉴道："俺找何介石算账去！"说着，头也不回走出黄河蜜的梨香院……

7

这年秋，白昼，山东省静海独流镇。这里是义和团总部所在地，数十面义和团团旗迎风飘扬，一队骑着战马，腰挎战刀，头扎黄巾的义和团巡逻队正在独流镇街上巡逻。总部大院前，两排义和团士兵持矛而立。大院墙上，赫然写着"扶清灭洋"的标语。总部议事厅内，义和团大师兄张德成高坐厅首，正与将领们议事。已是二师兄的龙占海头扎黄巾，腰挎宝剑，昂然立于左班之首。

张德成道："各位兄弟，我义和团自起事以来，高举灭洋的旗帜，深得民心，现已扫荡山东全境，直逼天津城下，洋鬼子望风而逃。现在，我们打着扶清灭洋的旗帜，各路清军已不再与我们为敌。因此，我军宜乘势占领天津。天津，乃洋鬼子的老巢，洋行甚多，不知哪位兄弟熟悉天津地形，能替我打头阵？"他说着，望了下面将领们一眼。

龙占海出班拱手道："启禀大师兄，兄弟龙占海不才，蒙大师兄重用，尚未建寸功，愿做攻天津前锋。"

张德成道："龙二师兄初来乍到，自请为先锋，义勇可嘉，吾心甚慰。想必你对天津熟悉吧？"

龙占海道："回大师兄话，龙某原随已故大师兄朱红灯往来于天津、山东之间，对天津情形了如指掌。"

张德成道："好！既然如此，俺就命你为攻天津前锋，带一万人马先行，大队随后就到！"龙占海拱手道："谨遵大师兄之命！"

8

秋夜，北京紫禁城慈宁宫。慈禧太后正与荣禄商议对付洋人和义和团之事。

慈禧太后从桌上拿起一个折子细看，对荣禄道："荣大人，山东巡抚袁世凯最近给朝廷上了一道折子，你看过吗？"

荣禄道："回老佛爷的话，微臣见过这个折子。袁宫保提出派山东义和团进京勤王，微臣以为是防止祸起肘腋的良策。"

慈禧太后道："看来，袁世凯对孤家是一片忠心。荣大人，最近各地义和团打起扶清灭洋的旗帜，你以为何如？"

荣禄沉吟片刻，道："回老佛爷，此前，义和拳被我朝视为拳匪，其原因在于他们聚众滋事,打着反清灭洋的旗帜。现在,各地义和拳改为义和团,打出扶清灭洋的旗帜,微臣浅见,似可利用之。现在洋人太可恨了,不仅在我国设洋行,传洋教,还在各地寻衅滋事,微臣以为利用义和团驱赶洋人,不失为良策。为此,可命各地驻军善待义和团,携手共驱外夷。"

慈禧太后点头道:"荣爱卿之见甚合哀家之意。义和团扶我大清,其志可嘉。外夷侵扰我朝,其焰当灭!你速传懿旨予军机处,并饬知各地,对义和团灭洋一事,要善待之。"

荣禄拱手道:"微臣谨遵懿旨!"

慈禧太后道:"最近洋人在直隶横行滋事,李鸿章身为直隶总督,难逃干系。哀家也接到举报,有人称李鸿章有私通外国与康党之嫌,这怎么得了?直隶乃拱卫京畿重地,哀家已颁下懿旨,着李鸿章调任湖广总督,荣爱卿,这直隶总督之职就由袁世凯接任吧。"

荣禄大喜过望,伏身跪地道:"微臣领旨。"

慈禧太后道:"好了,就这样办,你跪安吧!"

荣禄叩首道:"微臣敬祝老佛爷千岁千千岁!"说罢起身步出慈宁宫。

9

这年秋日白昼,天津招商局码头。一艘客轮停泊在码头边。吴调卿、刘敬祥和天津海关道台励宣怀等一批官员为调任两广总督的李鸿章送行。

吴调卿道:"李大人,此次赴任两广总督,路遥千里,祝您一路保重。"

李鸿章拉过吴调卿到一旁道:"调卿,此次赴任,俺手头紧,你给俺马上弄一百万两银子来。"

吴调卿闻言皱眉道:"中堂大人,官款是不敢动的,大人您又没早说,一时来不及呀!"

李鸿章不满地道:"怎么,你连俺的话也不听了吗?"

刘敬祥忙上前道:"中堂大人,您别急,不就是一百万两银子吗?俺这儿有,大人拿去只管用,算俺孝敬您老的。"说着从怀里掏出一百万两银票递给李鸿章。

李鸿章接过银票装入口袋中,拍着刘敬祥的肩道:"敬祥,还是你这个老乡管用。生意上的事,俺到了广州自会关照于你。"说着,在一伙官员的陪同下上了船。吴调卿站在那儿,面呈尴尬之色。

10

一个秋日白天,天津英租界墙子河葛秃子原住宅。怡和洋行老板亨利带着夫人及女儿康妮提着行李包匆匆走进葛秃子的家。葛秃子与大夫人赵氏、二夫人谢兰、女儿葛清莲慌忙上前迎接。

葛秃子上前接过亨利夫妇手中的行李箱放在客厅,忙招呼他们在沙发上坐下。葛秃子道:"亲爱的密斯特亨利,你来得正好,俺正要去接你呢。眼下,义和团进攻天津，天津很乱，他们专杀洋人，俺这里偏僻安全，你们一家就住俺这儿吧，俺保你们无事！”

亨利道：“密斯特葛，我代表全家十分感谢你的厚意。现在天津兵荒马乱，我打算带全家在你这里住一阵子。我的朋友帕特里克不听我的劝告，他不愿带家人来你这里暂避。我担心他会出事！”

葛秃子道：“哎呀，这可就麻烦了。亨利先生，请问帕特里克先生现在哪里？”

亨利道：“帕特里克哪里也没去，仍在自己家里。他说要与义和团较量，给手下职员都发了枪。”

葛秃子闻言，连声道：“坏了，坏了！”急得在屋子里来回踱步。

亨利夫人道：“亲爱的密斯特葛，你不用着急。帕特里克脾气古怪，他不听我们的劝告，咎由自取。”

11

白天，天津北路英国领事馆。一辆黑色轿车从天津北路急驶而来，在英国领事馆门前猛然刹车。车门打开，吴调卿挟着公文包跳下车，匆匆跑进领事馆，直奔领事拜伦·布尼安的办公室。办公室里，拜伦刚打完电话，见吴调卿进门，忙放下电话筒上前迎接，与他拥抱。

拜伦·布尼安道：“亲爱的密斯特吴，十分欢迎你的到来。请坐。”

吴调卿上气不接下气道：“领事先生，俺不坐了。俺刚从直隶新总督袁世凯那里得知一个重要消息，于是赶紧跑来关照你。”

拜伦·布尼安道：“什么重要消息？是义和团即将进攻天津的事吗？这个，我早知道了。”

吴调卿道：“非也。俺告诉你，清政府已答应与义和团联手，共同打击你们外国人。”

拜伦·布尼安惊讶道：“怎么会这样？你们清政府不是镇压义和团吗？”

吴调卿接着道：“过去是，现在不是。老佛爷已下懿旨，命令各地清军协助义和团攻打你们！现在，据确凿消息，驻天津清军今日黄昏就要炮击你们怡和洋行的打包厂！请赶快通知怡和洋行职员火速转移！”

拜伦·布尼安闻言，道：“密斯特吴，你是我们英国人的真正朋友，谢谢您的关照。”说着，他对门外喊道，“来人，快去通知怡和洋行亨利先生，让他的职员立即转移！”一个领事馆武官进门行军礼道：“是，领事大人！”说着跑了出去。

12

当日黄昏，天津怡和洋行打包厂对面的小山上，一队清军正在集结，十几门大炮瞄准了打包厂的车间和职员住宅。一清军统领手执指挥刀，高声命令道：“目标，正前方洋人打包厂，开炮！”随着他的一声令下，十几门大炮齐射，炮弹直飞打包厂，霎时，打包厂腾起一股股火焰和浓烟……这时，义和团大队人马高举大刀、长矛如潮水般涌过来,直奔怡和洋行打包厂,喊杀声铺天盖地……

黄昏,天津达文波路。龙占海骑马带领一支义和团队伍冲杀过来,一支英国巡捕队伍凭着房屋、街垒顽强阻击,掩护一批英国职员家属撤退。帕特里克左手牵着夫人凯瑟林,右手牵着女儿苏珊和儿子贝克在逃难的英国职员队伍中没命奔逃,忽然,凯瑟林背部中弹倒在地上,帕特里克忙伏下身子欲扶凯瑟林,凯瑟林趴在地上,声音时断时续地对帕特里克道:"我……不……行……了,你……快……带……儿女……逃……吧……"说着,口里涌出一股鲜血,头猛地扎在地上。帕特里克见状,慌忙拉住正在哭泣的女儿苏珊和儿子贝克的手,道:"咱们快跑!"他拉着苏珊没命地跑,拐过一个街角,后面赶来一个骑马的义和团首领——龙占海,龙占海向他举起了战刀。

帕特里克吓得跪地哀求道:"义士饶命!"

龙占海听声音很熟,再一看是帕特里克,慌忙下马,对帕特里克道:"帕特里克先生,你不用慌,快起来随我走!"

苏珊认出是龙占海,惊喜地喊道:"龙,是你吗,快救救我们!"

龙占海道:"你们不要吭声,听我的吩咐。"接着大声道,"起来,跟我走!"说着,押着帕特里克和苏珊、贝克朝追过来的义和团战士们走去。义和团战士们见龙二师兄把洋人抓住了,纷纷围上来。

龙占海在马上道:"弟兄们,你们快去追其他洋人,这几个洋人由我处理。"义和团众士兵闻言,发一声喊又向前冲去。

13

龙占海押着帕特里克和苏珊来到墙子河英租界下了马,一起来到葛秃子的家。他敲开门,见到葛秃子一家和亨利一家都在这儿,回身道:"帕特里克先生,亨利先生也在这里!"

帕特里克牵着苏珊、贝克走进屋里,与葛秃子紧紧拥抱,又与亨利和夫人拥抱。康妮见了苏珊,高兴得跳了起来,两个小姐妹相拥而哭。

康妮问道:"苏珊、贝克,你们的妈妈呢?她为什么没来?"

苏珊哭道:"我妈妈她死了,她死得好惨……"

亨利道:"孩子,不要哭了,你和你父亲逃出来就是万幸。唉,只怪当初你父亲不听我的话……"

帕特里克眼圈有些发红,道:"亨利,凯瑟林的死全怪我,我现在后悔也来不及了!孩子他妈,我对不住你呀!"说着,他使劲地打自己的嘴巴,被葛秃子拦住。

葛秃子道:"帕特里克先生,你要节哀,不要太难过。今天要不是龙占海救了你们,真是后果难以设想。"

帕特里克转身对龙占海道:"谢谢你的救命之恩,龙占海兄弟!"

正在这时,刘敬祥进到屋里,一见帕特里克就嚷道:"帕特里克先生,俺到处找你,原来你在这里,快随俺到俺家去!"

龙占海道:“现在外面正乱着,满大街都在搜捕洋人,你们这时候出去,不是送死吗?”

刘敬祥闻言,仔细端详了龙占海一眼,道:“龙占海,半年前省里捕快就要抓你,说你与义和团有联系,果然不假。你真的就是义和团?”

龙占海道:“是又怎样,不是又怎样?”

刘敬祥道:“俺没有别的意思,你不要误会。”

龙占海冷冷地道:“那你是啥意思?”

刘敬祥道:“俺是想让你能不能帮俺也弄一身义和团的服装?”

龙占海诧异地道:“你要义和团服装干吗?”

刘敬祥笑道:“现在义和团吃香呀,连老佛爷和皇上也高看一眼。俺想弄一身义和团衣服,要是有谁到俺的商号骚扰,俺就穿上。你想想,都是一个阵营的弟兄了,他们还会骚扰俺吗?”

龙占海道:“你想得倒美,你以为义和团弟兄都是傻子吗?”

帕特里克笑道:“密斯特刘,你很会出主意,要是我们也穿上义和团衣服,走出去就不会有事吧?”亨利和夫人闻言,笑了。

14

当年八月底的一天白昼,天津紫竹林。英日联军的炮队向着据守在紫竹林的义和团阵地猛轰,义和团战士们坚守阵地,拿着长矛、大刀与冲上来的英日联军士兵肉搏,一批批战士被英法联军的火枪击倒,鲜血染红了战旗……

15

字幕:时光飞逝,三年后,1900 年八国联军趁势进攻北京。

九月底黄昏,北京街头,马福祥骑在马上统领着甘肃步骑兵朝郊外仓皇撤退。八国联军的马队、洋枪队、炮队潮水船朝着甘军追击,清军和义和团溃不成军。八国联军的士兵举着火把点燃民房,一时,火光冲天。一伙洋人士兵在追击义和团战士时遇见几个年轻中国妇女,便围上去将她们拖进民房,企图实施强奸,一姑娘拼命反抗,被一个洋人军官拔刀刺穿姑娘腹部,姑娘倒在血泊中……

16

黄昏,北京西直门。慈禧太后和光绪皇帝分乘两驾马车急速驰出西直门向西逃窜,前有骑兵开道,左右有骑兵护卫,后面跟着皇后、文武百官及宫廷太监、侍女的庞大车队和殿后的步兵。如血的夕阳中,一面面大清龙旗被西风吹得呼啦啦响,扛旗的清军士兵艰难地追随着车轮跑步前进。

慈禧太后掀开马车上的帘幔,苍白的脸上露出惊恐,她望着渐渐远去的紫禁城,脸上滚下几滴清泪……

字幕(画外音):1900 年这一年,八国联军打到北京,慈禧太后和光绪皇帝逃到西安。不久,由奕劻、李鸿章代表中国清朝政府与外国列强签订了丧权辱国的《辛丑条约》。根据这个条约,清政府赔偿外国列强白银四亿五千万两,允许外国人来中国传教、经商,义和团重新遭到清政府镇压。也是在这一年,俺爷爷的爷爷、奶奶和他们的仇敌、英国传教士罗斯都回到石嘴山……

17

这年冬月的一天早晨,石嘴山高林商行葛秃子家。葛秃子与谢兰、宝岱、紫菱吃罢早饭,葛秃子放下饭碗对谢兰道:“听说罗斯已回到下营子教堂,俺和宝岱去看望一下罗斯夫妇。”说罢站起身向屋外走去。宝岱当即放下饭碗,出门来到马厩牵了两匹马出来,一个镖师赶来给马配上鞍,父子二人跨上快马,策马奔出洋行大门,向下营子教堂驰去。不到十五分钟,葛秃子和宝岱骑马来到下营子教堂,刚驰进教堂大院门,就见罗斯和桂大祥带着几个护院迎出教堂门来。葛秃子和宝岱下马,葛秃子上前道:“密斯特罗,你好,你是啥时回嘴山的?你的夫人好吗?”

罗斯苦笑道:“孬,孬,密斯特葛,我刚回来不久,一点也不好!那年我和玛丽从龙驹寨到老河口遇上了水寇,我的夫人被水寇抢去了,至今没有音信。”

葛秃子惊道:“咦,咋会发生这样的事?老罗,以后你没有去找过她吗?”

罗斯痛苦地道:“找过,可那地方是崇山峻岭,到哪里去找啊?完了,一切都完了!”

桂大祥叹息道:“是啊,玛丽夫人,一个多好的女人,现在给弄丢了,实在太可惜了。”

葛秃子安慰罗斯道:“这事难以挽回,只有听天由命,说不定哪天玛丽会回来。”说着,对桂大祥道,“桂兄弟,你们要到哪儿去?”

桂大祥道:“到张家湾收账去!近几年,张家湾的教民租种教堂的地,欠了教堂不少粮食和银子!”

葛秃子道:“老罗,俺和宝岱是专程来拜访的,既然你们忙,俺们就告辞了!俺也才从天津回来,商行的事儿多,就不打扰了!”说罢与宝岱翻身上马,驰回石嘴山。

18

这日白昼,石嘴山附近张家湾。罗斯、桂大祥带着几个护院打手来到高林商行宁夏分行经理张学文的叔父张元家。张元正在家里坐在凳上教孩子们读古文《三字经》。

桂大祥进门道:“张秀才,你倒清闲自在的呀!”

张元站起道:“桂总管,你找我有啥事?”

桂大祥指着门外的罗斯及护院道:“今日,我陪罗神甫上你家不是做客,是催交租粮银子来了!少啰嗦,快把欠教堂的租粮银子交出来!”

张元道:“桂总管,你咋说话不近情理,三年前你们走后,县里已将教堂的土地卖给了我们农户,我家不欠教堂的租粮银子!”

桂大祥拿出账簿看了看道:“这儿明明写着你张元租种教堂的五亩田地,欠粮十五担,折合银子二十两,你敢抵赖!”

张元道:“桂总管,你那个账簿是老黄历了,我家里有购置田产的田契哩!你要不信,你等着,我拿给你看看!”说着转身进屋拿来一张购田文契交给桂大祥。

桂大祥接过田契看也不看就将田契撕了,怒道:“张元,我正告你这个穷酸秀才,你种的田地是洋人教堂的田地,没有教堂的允许,任何人也不能擅自买卖教堂的田地!我跟你讲明了,现在连皇帝、老佛爷都怕洋人,你一个穷秀才胆敢拒不交租子?呸!我限你三天内向教堂交出租子,不然,我带人拆掉你家的房子!不信,你等着瞧!”

张元道:“好你个桂狗怂,你竟敢无视王法,将县里的卖田文契撕毁,我到县衙告你去!”

罗斯冷笑道:“张秀才,你爱告到哪儿就告到哪儿,我提醒你,教堂是神圣不可侵犯的,你告到哪儿也没用!”说着对桂大祥道,“老桂,我们走!”说着,带着几个护院和桂大祥离开了张元家。

19

翌日白昼,平罗县衙大堂。新任知县赵文通听到县衙有人击鼓,立即升堂,堂下,两班衙役手执水火棍跑进大堂站列两旁。

赵文通喊道:“来人,将那击鼓鸣冤之人带上堂来!”

堂下衙吏呼道:“带击鼓人上堂!”话音刚落,身穿青布衫的张元快步来到大堂跪下。

赵文通道:“原来击鼓的是你呀张秀才,你今日来到大堂之上,可有什么诉状?”

张元伏地叩道:“回赵大人,在下有诉状在身,状告下营子教堂总管桂大祥无视朝廷法度,擅自将县里给我的卖田文契撕毁,请大人明断,惩治这个狗怂!”说着上前递上诉状。

赵文通接过状子看了看,道:“张秀才,我来问你,今年九月皇上西巡之后就发出谕旨,要各地官府对教堂的房屋、土地以及财物予以保护,你可知否?你身为大清秀才,应该知书识礼,却胆敢违抗圣旨,实属大逆不道。今日,本老爷公断,你所霸占的教堂庙产,无条件归还给教堂,不得违抗!”

张元气愤地道:“县台大人,我那份地契,分明是盖有平罗县大印的,你怎能出尔反尔?”

赵文通装出不解的神情道:“我从来对教堂的财产都是用心保护的,怎么能给你盖大印呢?你如果真有地契,就将它呈上来给本老爷瞧瞧。”

张元道:“地契已被二毛子撕毁,我到哪里去给你闹来?”

赵文通将惊堂木一拍,喝道:“大胆张元,你既无地契,分明就是乘义和团匪徒闹事之机强占教堂的财物,却要诬蔑于我!来人啦,将他的蓝衫剥去,给我狠狠打四十大板!"话音未落,几个衙役冲上去揪住张元,脱去他的衣服,将他按在地上重打四十大板,打得张元遍体鳞伤。

20

冬日白昼,宁夏府城知府衙门任有道书房。任有道正与赵文通、桂大祥商量如何处理张元告状之事。

任有道道:"二位老弟,今天俺叫你们来,是因为张元不服,又写状子弄到俺这里来。你们说咋办吧?"

桂大祥道:"任兄,这个张元是个无赖秀才,一贯爱包揽诉讼,横行乡里。几年前玛丽被奸那个案子,听说他当时就放风,要是他来审案,就会拿到真凶哩!"

任有道闻言,脸露尴尬之色,道:"这个你们放心,凶犯已被斩首,莫信张元一派胡言!就眼下张元告状之事,你们也不必担忧。对大清官员来说,神甫的意旨就是洋旨。圣旨可以缓办,洋旨却要急办。这个张元,俺会处理得让你们满意的。桂老弟,你回去代俺给罗老师问个好,愿玛老师早日归来,发大财。"

21

次日晚,宁夏府城任有道府第。任有道正在书房看书,一个府吏匆匆进门,禀报道:"老爷,高林商行葛老板求见,他说是老爷叫他来的。"

任有道道:"嗯,是俺叫他来的,让他进来。"

府吏道:"是!"转身走出书房。少时,葛秃子随府吏来到任有道书房。

任有道满面笑容迎上来道:"行健老弟,你从天津回石嘴山,也不来看看你老哥,是不是发财了忘了老哥了?"

葛秃子道:"千斋兄,这几年一言难尽。说啥发财,打包厂让人烧了,白白损失了俺几十万两银子不说,至今连个嫌疑犯也未抓到。天津闹义和团,俺成天胆战心惊的,哪有时间发财?昨日老哥派人叫俺来,俺放下洋行的事不管,马不停蹄就赶来了。老哥,你找俺来有啥事?"

任有道拉他坐在凳上,自己也拿过一张凳子在他对面坐了,唤人给葛秃子倒了茶水,道:"俺派人找你来不为别的,就为张元告状一事。"

葛秃子喝了一口茶,道:"张元,哪个张元,俺可不认识。"

任有道道:"张元是平罗有名的穷秀才,你不认识他,他可认识你哩!"

葛秃子奇怪地道:"他咋认识俺呢?"

任有道道:"张元乃石嘴山张家湾人氏,他的侄儿张学文可是你们高林商行的分行经理哩!"

葛秃子恍然大悟道:"哦,说来说去,张元原是张学文的叔父!"

任有道道:"行健老弟,不瞒你说,眼下张元酸气大发,为教堂租地一事将状子告到县里、府里,他这是犯糊涂!你想,如今洋人在咱中国势力有多大?连皇帝、老佛爷都害怕。这张元偏偏不识这个局面，硬要伸长脖子状告下营子教堂的牧师老罗！这状岂是可以胡乱告的，再告下去，洋人若发怒，他会没命的！所以今日俺把你找来，是要你跟张学文打个招呼，让他跟张元说明利害早日把诉状撤了，不然，嘛事可就弄大球了。到时，吃亏的还不是他张元！唉，行健，俺为这事没少费琢磨，你可懂俺的苦心？张元和俺，还有你，咱们不都是中国人么？中国人的胳膊还能往外拐？”

葛秃子闻言，点点头，道：“千斋兄，弄了半天，是这个球事！你的好心俺明白，这样吧，俺明天回石嘴山就找张学文说说，让他给他叔父讲明这个理：眼下胳膊扭不过大腿，早点撤了诉状算球！”任有道笑道：“对，对，俺就是这个意思！”

22

第三日白昼，石嘴山高林商行经理办公室。办公室里，葛秃子正与张学文坐在沙发上谈话。

葛秃子道：“学文，你知道俺今天找你来是为嘛事吗？”

张学文笑道：“为啥事，还不是为收购毛皮的事，除了这还有啥事？”

葛秃子道：“你们宁夏分行最近毛皮收得不错，俺就不说了。俺今天可要批评你，你近来咋犯糊涂？”

张学文摸着脑袋，道：“葛老板，你说我最近干啥错事了？”

葛秃子道：“干啥错事，难道你自己不明白？你的亲叔张元最近状告罗斯，状子都递到县里、府里，你咋不拦一拦呢？”

张学文道：“这事我略知一二。我叔是花银子在县里买的地，也有地契，那罗斯神甫咋还要收他的粮租银子呢？还把我叔的地契撕了，为这事，乡亲们气可大呢！在下以为，我叔为这事状告罗斯这头老骡子，没错！”

葛秃子大声道：“张学文，你这个狗怂，你给俺好好听着：现在是啥时候？明白吗？现在是洋人当道，连他妈皇帝、老佛爷都害怕洋人。别说教堂神甫要收回你叔的土地，就是他们要你的土地、牛羊和女人，你都得乖乖地送！你叔还要告人家？你给俺马上回去告诉你叔，让他赶快撤了状子！你马上去把这事办好，办不好你就不要回来了！干吗呢？好好的大路不走，偏要往泥坑里跳！”

张学文站起告辞道：“这是他妈的什么世道！好吧，葛老板，我听你的，这就到我叔家去。告辞！”

23

当日晚，石嘴山附近的张家湾张元家。张学文带着一帮亲戚来到张元家里，张元和他的婆姨忙着张罗大伙坐下，倒茶。

张学文道：“叔，婶，这几天洋行事忙。今天，我特意找了几个本家伯伯、叔叔和兄弟们来你家坐坐。”

张元道：“学文，咱是亲叔侄。有事你就直说吧，不要转弯抹角。”

张学文道:“大大,听说你到县里、府里去告状,有这事不?”

张元道:“有。咋的?”

张学文道:“不是侄儿说你,你这回做了件蠢事!你也不看看天,都到了啥时候了,你还以为自己是头蒜,你日能得很么?还要告县太爷?我看你是不闹个满门抄斩就不罢休啊!”

张元道:“啥?照你这么说,我告状告错了?那教堂的狗怂撕了我的地契强索地租还有理?如果是这样,天不就黑了么?”

张学文道:“大大,你听我给你说。你是有理,可眼下理大还是权大?你老人家的细胳膊能扭得过洋神甫的粗腿么?八国联军打进北京,洋人有理么?可皇帝、老佛爷还得给洋人赔礼,派人与洋人签啥子条约,光赔银子就赔了四亿五千万两!皇帝、老佛爷咋着?我实话告诉你,现在天早已黑了,塌了,你还要讲啥子公道、公理?简直是掉书袋子哩!连我们洋行的葛老板都跟我说了,让我回家劝劝你,赶快把那啥子状子撤了,不然,事可闹大了呢!”

一老者道:“张元兄弟,你是个明事理的人,不是咱们怕事,这洋人咱们实在惹不起哩!你买的那五亩土地,就让教堂神甫拿走算球!如果你缺地种,我们每家匀一亩地给你。你看行不?不要再打官司了!”

众人道:“这个办法好,我们都给你一亩地!”

张元闻言苦笑,站起拱手道:“感谢各位兄弟、侄儿,算球,我明天就去县府,把诉状撤球了!”

众人闻言点头,莫可奈何。

第二十四季:洋教民之难

1

冬日白昼,石嘴山渡口码头,寒风刺骨。渡口候船室门外,分别张贴着三盛公教堂、下营子教堂和宁夏府、平罗县要教民回乡的告示。人们纷纷围着观看。

一青年农妇哭着道:"娃子他爹,府、县下令,让俺回老家去哩！这咋办呢?"

一青年农民道:"哭个球！咱俩结婚十年,娃子都有三个了,你咋回去？你要是回乡归教,这不是活活拆散咱家么?!"

一老汉道:"这洋人的告示比官府的告示催得还急,啥还乡归教？这叫草菅人命,把咱百姓不当人呢!"

一老妪道:"小声！老头子,你可不许在外乱说,要是让官府的人听去了,你还想活老命吗?"

2

白天,平罗县城,隆昌客栈青年伙计马跃川骑着一匹骏马进城,正在大街上行走,忽然遇到刚从县衙出来的下营子教堂牧师罗斯和总管桂大祥。罗斯见马跃川的坐骑雄健,便向桂大祥使了个眼色。

桂大祥会意,随即上前拦住马跃川的马头,,叫道:"哎,兄弟,这匹马卖多少钱,我买了。"

马跃川勒住马,道:"我是一个养马的,要马的,不是卖马的,让开!"

桂大祥冷笑道:"你可要想清楚了,我桂某想办的事,还从来没有落空过!"

马跃川斥道:"你试试看!"

桂大祥扯住马笼头道:"我买马,你不卖马,天下哪有这样的事？走,咱们到县衙说理去!"说着,不由分说,拉住马笼头就往县衙门走,罗斯紧紧跟在后面。

三人进了县衙,桂大祥来到县衙大堂外操起一对鼓槌击鼓,只听鼓声咚咚敲响起来。

赵文通知县慌忙升堂,喝道:"何人击鼓喊冤,将击鼓人带上堂来!"

少时,桂大祥与马跃川被衙役带上大堂跪下。

赵文通道:"击鼓者是谁,快快报上名来!"

桂大祥道:"回禀老爷,击鼓者是我,姓桂,名大祥,在下是下营子教堂总管。"

赵文通闻言,客气地道:"既然是桂总管,请说说为何事击鼓?"

桂大祥道:"回大人话,这卖马者收了我们定银,却抵赖不肯交马!"

马跃川辩解道:“老爷,他胡说哩!”

赵文通道:“你是何人?”

马跃川道:“在下姓马,名跃川,俺是耍马的,不是卖马的!”

赵文通道:“既能耍马,也能卖马。马跃川,本官奉劝于你,教堂里的人惹不得,你把马卖给他算了。再说,你已经收了人家定银,咋能出尔反尔呢?”

马跃川还要分辩,道:“老爷,俺并未收……”

赵文通不耐烦道:“好了好了,老爷我一天有多少大事要忙,哪里管得了你这些鸡毛蒜皮的事呢?就这样吧,老爷我做主了,二两银子把马卖了!”

马跃川站起道:“这二两银子我不要,我不卖马!”

赵文通喝道:“你小子敬酒不吃吃罚酒,来人,马跃川既不愿要钱,将他的马牵予这位桂总管,将马跃川给我轰了出去!”话音未落,堂上立即奔出四个衙役,他们操起水火棍,将马跃川乱棍打了出去……

3

白昼,石嘴山葛秃子家。包天容被抓去兰州后,其妻时翠莲就带着包龙、包虎两个孩子住在葛秃子家里。这一日,时翠莲一个人端坐房里,无处排遣忧愁,拿起一本《漱玉词》仔细观看。一会儿,她站起身在房间徘徊,边徘徊边吟诵李清照的《武陵春》词:“风住尘香花已尽,日晚倦梳头。物是人非事事休,欲语泪先流。闻说双溪春尚好,也拟泛轻舟。只恐双溪舴艋舟,载不动,许多愁。”

时翠莲正在吟咏,谢兰忽然推门进来,听到时翠莲动情的吟咏之声,再看看床头摆着的《漱玉词》和《断肠集》,禁不住抚掌:“好个嫂嫂,原来嫂嫂也懂诗词格律,这些诗词经你吟咏,真是雅致得很!妙,真乃妙也!”

时翠莲转身见是谢兰,含羞道:“妹妹休要夸奖,你嫂嫂闲来无事背诵两句,不过略知诗词格律而已,哪比得妹妹琴棋书画,样样都会。”

谢兰道:“嫂嫂休要谦虚。俺原以为,嫂嫂与包兄在平罗开个隆昌客栈,不过商人妇而已。而今观来,俺倒是大错特错了。你看,你这桌上抄写的《断肠集》中《春半》一词,不仅字迹娟秀,还颇通颜体章法呢!这不是明证么?”说着,谢兰学着时翠莲在房间里漫步,信口背诵起来,“春已半,触目此情无限。十二阑干闲倚遍,愁来天不管。好是风和日暖,输与莺莺燕燕。满院落花帘不卷,断肠芳草远。”

时翠莲道:“好,好,好,妙,妙,妙!朱淑真的这首词,让你吟咏得如此幽怨,词意绵绵,怕是朱淑真本人吟咏这词也不过如此。原来,妹妹不仅精通音律,也是一个词家高手!”

谢兰道:“翠莲嫂子,俺们都是女人家,喜好啥词也好,曲也罢,只不过是读读念念唱唱而已,排遣胸中郁闷便了。如你刚才所咏李易安的《武陵春》,依妹子推想,怕是你一时思念包兄所致吧?”

时翠莲点头道:“妹子之言甚合我意。唉,自从我嫁予包郎,我与他相濡以沫,恩爱非常,哪里想得到夫妻半路生死离别,劳燕分飞?每思至此,难免胸中有许多排遣不完的惆怅。”说到这里，时翠莲眼圈红了，掏出手帕擦擦眼角的泪水。

谢兰说道：“所以，嫂嫂思念包兄，只恐双溪舴艋舟，载不动，许多愁。”

时翠莲含泪点头。

谢兰道：“嫂嫂，不是俺劝你，古人说得好，人生一世，草木一秋。包兄既已去世，你膝下尚有两个孩儿，包龙和包虎，这两个小子长得怪可爱的，嫂子要好好将息身体，抚养这两个孩儿长大成人，却也能了却包兄的一桩遗愿，岂不是好？”

时翠莲道：“妹子说得倒也是。我的命没有你的命好，丈夫葛行健是个顶天立地的男儿，又开有洋行，每日日进斗金，包你一生也享用不尽。你膝下有一男一女，宝岱和紫菱这两个孩子倒也接你和老葛的代，灵气得很，兰妹，你也该知足了。”谢兰点点头，道：“翠莲姐，你可知俺的苦难身世？”

时翠莲道：“过去的事是心灵上的疮疤，别再揭了，揭了会流血哩！兰妹，过去的让它过去，别再想它了。你是个好女人，嫂子巴望着你早点接媳妇，喝你岱儿的喜酒呢！”

谢兰道：“岱儿若是成婚，俺少不得要接你嫂子来家里坐，喝杯喜酒。包龙、包虎两个侄儿也一样，待到他们成婚那天，俺也要上门去贺喜哩！”

时翠莲道：“包龙、包虎年龄都还小，我还不知等不等得到那一天哩！”说着，两眼溢出伤感的泪水，忙掏出手绢擦拭。

谢兰宽慰道：“苍天不负苦心人，嫂子，你就好生等着吧，总会有那一天到来！”说着起身道，“嫂子，俺要告辞了，还得给他爷们烧饭。你这桌上抄写的《菩萨蛮》能否借俺观赏一月呢？俺拿回去当字帖临摹，也模仿你练练书法哩！”

时翠莲道：“若是兰妹喜欢，只管拿去便是。”

谢兰弯腰道个万福道：“那就谢谢嫂嫂。”说罢，从桌上拿起时翠莲抄写的诗词，欢欣而去。

4

晚，石嘴山葛秃子与谢兰的卧室，红烛高烧，满室烛光。谢兰正将时翠莲所抄写的《菩萨蛮·春半》递给葛秃子观看。

葛秃子赞道：“好书法，有颜体风骨。想不到，这时翠莲还是个不让须眉的巾帼！”

谢兰嗔道：“何止如此！依妾管见，包夫人不仅容貌好，书法好，才学也挺了得呢！今日下午，俺偶尔来到她房间，听她背咏一首李清照的《武陵春》，不仅字正腔圆，而且抑扬顿挫，饱含愁绪，蛮是一回事呢！俺看，这时翠莲是个才情卓越的女子，是个性情中人。”

葛秃子道：“依俺看，你们两人倒是一对好姐妹，一个会诗词歌赋，一个善琴棋书画，倒挺般配的。”说到这里，他将时翠莲抄写的词稿反复瞅了半天，爱不释手。

谢兰道：“行健，俺有一个主意，等到春日天暖，黄河开冻，咱们为她开一次黄河诗会，遍请诗友，热闹热闹，也好排解她失夫的忧伤。”

葛秃子道："好啊，你开诗会，俺掏银子。自前几年老任在时搞了一次黄河诗会，就再没有过如此风雅韵事！"

谢兰看着葛秃子看词稿不忍释手的样子，讥讽道："一首朱淑真的词稿，你又看出啥新意来了？"

葛秃子叹道："自古红颜多薄命。你看这翠莲，人也好，貌也好，学问也好，可就是与丈夫半道分手，落的个'空闺薄衾，相思无人疼'，真嘛是我犹怜哪！"

谢兰道："俺知道你肚子里那点花花肠子打的什么主意。俺可警告你，翠莲是俺的好朋友，她又是个寡妇，你可不要坏了她的名声啊！"

葛秃子正色道："什么话，朋友妻，不可欺。俺岂是那登徒子一类人物？"

谢兰手点他的鼻梁道："但愿你心似你口。"

5

白昼，高林商行经理办公室。葛秃子独自一人在办公室里徘徊，他一会儿看看时翠莲写的词稿，一会儿端起烟斗坐在沙发上抽大烟。终于，他踱到办公桌前坐下，铺开梅花素笺，提笔在手，写下一首《寄怀》。诗云："寒夜有怀情漏长，客窗灯尽暗神伤。半空风急鸿声苦，遍地月明梅影凉。天上牛郎阻河汉，人间涕泪沾衣裳。相思不见欲寻梦，梦入云山更渺茫。"

葛秃子写完诗，注上一行字："冬尽春来，冰河解冻而心躁日增。永夜不眠，思念天容兄，音容笑貌，犹来眼底。特作七律一首纪念之，与翠莲共思耳。"

葛秃子写完最后一个字，将梅花素笺折叠装入信封，唤过一小厮，道："来人！将这封信送到后院交给包夫人时翠莲。记住，这事不要让俺的夫人知道。"

小厮拱手道："是，老爷！"说着接过葛秃子递来的信封，转身离开经理办公室。

6

翌日，高林商行经理办公室。葛秃子正在办公室里细观时翠莲抄写的词稿，一小厮进来。

小厮道："启禀老爷，包夫人来信！"

葛秃子高兴地接过信，挥挥手，小厮立即退出办公室。葛秃子待小厮走后，关上办公室的门，拆开信封，见里面是一张信笺，他取过一看，见信笺上用小楷写了一首律诗。葛秃子脱口念道："寂寞幽窗梦不成，思量身世坐三更。千林月暗秋无影，万树风狂夜有声。投钗未容挥壮志，读书终觉是浮名。须眉荆钗分已定，白户清泉寄此生。"

葛秃子读到这里，心中怅然不已，知翠莲心不可动，他打开窗，望着满天乌云，连连摇头叹息："唉……"

7

白昼，石嘴山葛秃子家。葛秃子与谢兰、宝岱、紫菱正在家吃中饭，龙占海带着妻子玉儿进屋拜访。

宝岱放下碗道："师傅、师娘，你们吃午饭没有，俺家饭刚端上桌，一块儿吃吧？"

玉儿道："宝岱，我与你师傅在家吃过了，我们这次来是想找你爸……"

龙占海接口道："葛老板，三盛公堂口又来信了，叫玉儿回临河返教呢！我和玉儿结婚都快四五年了，我离不开玉儿，玉儿与离不开我！昨天晚上，玉儿哭了一夜，你瞧，她的眼都红肿着哩！这咋办呢？急死我了！葛老板，我在石嘴山人生地不熟，您快替我们夫妻想想办法。"

谢兰道："占海、玉儿，你们先不着急，快坐下，让你叔叔想想办法。"

紫菱道："玉姐姐，你不是临河人吗？三盛公堂口咋来信催你呢？真是鸭子老板，代管闲事！总之，俺不让你走！"说着，她放下饭碗，紧紧搂住玉儿的腰不放。

葛秃子放下饭碗，端起烟斗抽了一口，道："临河教民归三盛公堂口管辖。唉，看这情势，你不回临河怕是不行啊！不过，俺想来想去，只有唯一办法：俺再跟罗斯神甫说说去，看能否把玉儿的教籍转到下营子堂口来。"

谢兰边拾碗筷边向龙占海和玉儿道："龙儿、玉儿，你们看，你叔这条主意行不？"

玉儿一听脸霎时红了，没有吭声，龙占海见玉儿不吱声，搔着脑袋道："唉，眼下还有啥法？就劳葛叔到下营子辛苦一趟了。"

8

翌日，石嘴山，高林商行龙占海家。葛秃子骑马从下营子归来，驰进高林商行大院，在龙占海家门下了马。他将马缰往房前树干上一系，便来到龙占海家敲门。"乒乒乒"，随着一阵敲门声，龙占海打开门，见是葛秃子，慌忙将他让到屋里。屋子里，玉儿正眼泪汪汪地哭着。

葛秃子一见，问道："玉儿，咋啦，身上不舒服？"玉儿点点头。

龙占海道："葛叔，您到下营子去了？情况咋样？"

葛秃子点头："刚才俺去了一趟下营子教堂，把玉儿的事跟罗斯说了。罗老师说，玉儿转教可以，但要本人去一趟，他要当面问玉儿几个问题。"

玉儿听了，浑身发抖，连声道："我……我不去下营子教堂，我不愿见那个神甫！"

龙占海火道："玉儿，你不去下营子教堂，是不是想回临河呢？你都在教这么多年了，神甫有啥可害怕的，他又不是老虎可以吃人！"

葛秃子劝道："玉儿，你若不去下营子教堂就得回临河。你回到临河占海咋办呢？这不是把你们夫妻活活拆散吗？俺和宝岱他娘不希望你们做牛郎织女，孩子，去一趟下营子教堂就啥事解决了，你就听俺和占海一回吧。"

玉儿用衣袖拭了拭眼泪，深情地望了龙占海一眼，苦笑着点点头……

9

第三天上午，葛秃子陪着龙占海、玉儿骑马来到下营子教堂。教堂的围墙重新垒起，大院里，主楼正在重建，主楼前的草地恢复了，只是树和藤萝没有了。三人下了马，罗斯和总管桂大祥、新来的助手彭寿年正站在教堂台阶上迎接。三人随罗斯和桂大祥、彭寿年走上台阶，步入客厅。

罗斯笑着道："密斯特葛、龙，玉儿转教，按我们教堂规矩，她必须忏悔，当面回答我们几个问题。桂总管先陪你们在这儿喝茶，玉儿随我们到忏悔室去忏悔，等会儿再见！"说着，他让彭寿年扶着玉儿向忏悔室走去，随后，罗斯迈着方步走向忏悔室。忏悔室设在主楼后边的一间平房里，室内昏暗、狭窄，摆着一条长凳和几个小凳子。彭寿年带玉儿走进忏悔室不久，罗斯便进来了，他回身关上了忏悔室的门。

彭寿年让玉儿坐上长凳，自己在她对面的一张小凳上坐下。

彭寿年道："主啊，请宽恕你面前的罪人吧，你的女儿玉儿现有魔鬼缠身，主啊，请你为她洗去身上的罪孽吧！"说着，上前就要脱玉儿的衣服。

玉儿挣扎着嚷道："我不脱衣服，我不愿脱衣服！"

罗斯走上来，狰狞地道："你如果不接受主的洗礼，就要被遣送回后套去！"说着，一把搂住她，彭寿年手脚麻利地把玉儿的上衣、下衣脱了下来。

罗斯搂着玉儿的裸体，道："主的意旨不可违抗，现在，我就是主的仆人，遵照主的意旨来为你消除罪孽。"说着，他把自己的衣服也扒光了，将玉儿压倒在长凳上。玉儿发出一声惨叫，她从身上摸出一把剪刀来，对准罗斯的下身剪去，只听罗斯发出一声惨叫，哀号不止，翻倒在地。彭寿年见状，慌忙去察看罗斯的下身，只见罗斯捂住下身，满手是血。彭寿年脸色顿时吓得苍白，他打开忏悔室的门，一口气跑到教堂客厅，大声喊道："主啊，请宽恕这个人吧！"

葛秃子见状，忙起身问道："彭老师，出了嘛事？"

彭寿年说不出话来，用手指着后面，一个劲地划着十字。葛秃子和龙占海"噌"地向后面跑去，桂大祥紧跟其后。龙占海冲进忏悔室，见屋里昏暗，点着一盏小油灯，便连声喊道："玉儿，玉儿！"葛秃子走到灯前将灯捻子拧大，屋里顿时亮起来。他看见玉儿倚在墙角，身上的衣服已经被撕破，露出乳房和下身，罗斯两手捂住下身，血从他的手指缝里流出。

这时，桂大祥赶进来，对罗斯道："神甫，出了啥事？"玉儿放声哭了起来。

龙占海握起拳头，大喊一声："你个洋驴日的，你把玉儿干吗啦？！"冲上去就要揍罗斯。

桂大祥伸手拦住龙占海道："慢着，这女子竟敢伤了神甫，胆子也太大了，你还要她看着行凶么？"

龙占海脱下自己的长衫把玉儿包了，一把将她抱起冲出门去，来到院里骑上马，一溜烟回石嘴山去了。葛秃子气愤不已，也冲出院子，对桂大祥吼道："桂大祥你这个狗怂，你们那个罗驴日的尽糟蹋石嘴山的女人，你们都不得好死！"说着，从树上解下马缰，跨上马，追随龙占海而去。桂大祥站在教堂台阶上，愣愣地站了许久……

10

下午，石嘴山高林商行龙占海家。昏暗的卧室里，一盏油灯，忽明忽暗，床上躺着的玉儿正一个劲号啕，龙占海蹲在床前，搂着两个年幼的儿子，两眼喷火望着玉儿，道："你快说，罗斯那个驴日的，他把你咋样了？"

玉儿哭哭啼啼道："孩子他爹，我……我对不住你，那……那个驴日的……把……把我……强……强奸了！"她哭着，断断续续地吐着每一个字。龙占海听到这儿，霍地站起，从墙上摘下宝剑，就要冲出去找罗斯算账，两个小孩吓得哇哇大哭起来。

龙占海正要冲出大门，被赶来探视的葛秃子夫妇拦住。

葛秃子一把抱住龙占海道："占海，你要到哪里去？"

龙占海如狮吼一般道："我要找罗斯这个驴日的算账！"

葛秃子将龙占海推到屋里，道："占海，你听俺跟你说，俺听桂大祥说，罗斯他们把下营子和平罗县稍有姿色的女教徒都睡遍了，也没有人敢去找他们算账。你去拼命，你嘛不想活球了？你死了不要紧，你们两个娃娃咋办？玉儿咋办？还不照样叫人糟蹋？"

龙占海狂吼道："我不管别人，谁敢欺负我的玉儿，我他妈就把他剐了！"

谢兰道："龙儿，玉儿，你们两人都是俺们的亲人，俺不许你这样胡来。有啥事，咱们慢慢商量，想出一个报仇的万全之策。可怜的孩子，你们都没有了爹妈，可要听俺和你葛叔的话，啊！"

龙占海听罢，扑通一声跪倒在葛秃子和谢兰面前，哭道："大哥，大嫂，玉儿出了啥事儿，我也无法活了！此仇不报，我龙占海枉为人一场！"说着，他站起又要往门外奔去。这时，宝鉴、宝岱、紫菱和一群镖师早已赶来，堵住大门。葛秃子见状，喝令道："你们还愣着干啥？还不帮俺把占海绑起来？！"他的话音未落，早冲进来几个镖师拦腰将龙占海抱住，一个镖师拿来绳子，将龙占海绑了。

谢兰走进房间，见玉儿披头散发缩在床头哭泣，回头对葛秃子道："都是你出的馊主意，说跟嘛罗神甫有交情。这就是你的交情？"

葛秃子跳脚道："我他妈咋知道那驴日的是个老色鬼？要是早知道他是那样的传教士，不就嘛也没有了？"

时翠莲走到被捆绑的龙占海面前，婉言劝解道："算了，你大哥也是一片好心，还是想想咋对付吧。玉儿伤了那个洋人，他们是不会甘休的。"

一个年龄大一点的镖师道："眼下别无他法，占海兄弟和玉儿最好躲起来，等躲过这阵风再说。"

葛秃子点头道："也没嘛好主意，就这样办吧，等躲过了这阵子，占海和玉儿都跟你们大嫂回天津去。宝岱娶亲用的房子，你们先住着，到了天津就没嘛事了。"

说着对宝岱道,“宝岱,帮你师傅把绳子解开。”宝岱闻言,闷声不响地上前,帮龙占海解开绑绳。

龙占海见松了绑绳,活动活动手臂,怀恨地对葛秃子道:“葛老板,我们走了,洋行的护毛队咋办?还有我翠莲嫂,她咋办呢?”

葛秃子道:“护毛队由宝岱领着足够了。至于翠莲,俺打算叫她帮俺管理柜上的业务,你大嫂不回天津不行,你和玉儿到那里人生地不熟的。”

谢兰道:“还是说眼前吧,眼下让玉儿躲到哪里去好呢?”

宝岱道:“娘,俺有一个好地方,保证安全稳妥。”

葛秃子问道:“啥地方?”

宝岱道:“就是鄂尔多斯草原查布家。”

葛秃子点头:“嗯,那地方遥远、偏僻,无人知晓,是个好地方。占海,就这样定,明天,你就带玉儿和孩子们到查布家去。”龙占海闻言,默默地点头。宝鉴站在一旁默默无语。

11

冬日黄昏,石嘴山大雪飘飘。宝鉴从洋行出来,盲目地踩着地上的积雪走上黄河大堤。他心里犹豫着到不到梨香院去找黄河蜜。他走到码头,只见黄河白茫茫一片,已经封冻,早没了过河的船只和往日的热闹。他呆呆地注视着河面一会儿,北风刮得脸生疼,雪花落了一脖子,于是,他抖抖大衣衣领,回身钻进了候船室避风雪。候船室里空荡荡的,只有几只从破窗里飞进的麻雀在地上觅食。他追赶着麻雀,麻雀唰地展翅飞出候船室窗外。宝鉴百无聊赖,一屁股坐在候船室的长靠椅上,将大衣领拉起,打起瞌睡来,眼前闪现几天前他与黄河蜜的一幕往事:

画入:梨香院黄河蜜的卧室,宝鉴坐在生病的黄河蜜床前。

黄河蜜躺在被子里,身子斜靠在床上,对宝鉴温情脉脉地道:“妈的个小乖瓜,宝贝,妈是迷你长得心疼,迷得转不回头了。妈知道你的心事,嫌我老了,臭了,妈啥都知道呢,就是转不回来呀。你是我前世的冤家,今生非要妈还你的债。妈都给你想好了,妈无儿无女,这一辈子攒下的金银珠宝,还有这一个院子,都留给谁呢?还不是留给我的小乖瓜吗?妈把自己的后事都安排好了,在贺兰山上已打造好了墓室。妈哪天一闭眼,只要你乖,把妈送到贺兰山上埋了,一切都会是你的。”

宝鉴闻言愣住,忽然,他激动地把头埋在黄河蜜怀里放声大哭起来,哭得真心实意,哀哀切切。

黄河蜜抱住宝鉴的头道:“我的小乖乖,别哭别哭,你哭得妈伤心哩。”

宝鉴抹眼泪道:“妈,你就是俺的亲妈,俺定会为你披麻戴孝,摔老盆,把你送到贺兰山上。”

黄河蜜扳起宝鉴的头道:“我的个小乖瓜,妈现在还没死哩!趁妈没死,你再让妈高兴一回。来呀,我的个小乖瓜!”

宝鉴闻言,伸手一把抱住黄河蜜的头,狠狠地亲了黄河蜜的嘴一口,说道:

“妈,你把衣服脱了,俺就来!”说着,他麻利地脱去了自己的衣服,钻进了黄河蜜的被子,紧紧地搂住黄河蜜,把她压在身下。

黄河蜜气喘喘地道:“妈的个……小乖瓜,妈知道,你的劲……从哪里来的。你这样卖力气,是想让妈早死哩。可妈高兴呢,妈宁愿……死在你怀里,不愿……死在……空炕头上。来,小乖瓜,你再……使劲闹啊!”

宝鉴此时已经似摊烂泥,早累晕了。

画出:宝鉴想到这里,心里猛地一惊,他不由站起身来,走出候船室,朝后山梨香院走去。一会儿,他进了梨香院,来到黄河蜜的房间里。

黄河蜜躺在床上,见宝鉴进来,道:“小乖瓜,快过来让妈弄掉你身上的雪。”宝鉴闻言,走过去亲了黄河蜜额上一口。黄河蜜解开棉丝袄,将宝鉴的手放在怀里捂了,又替他扫扫大衣领上的雪,道:“小乖瓜,你咋脸色不好?是跟谁赌气来?”

宝鉴道:“妈,你说气人不气人,爹在天津有一栋老房子,偏不给俺,倒要给龙占海夫妇住!”

黄河蜜道:“龙占海夫妇为啥要住那套房子?”

宝鉴道:“今日上午,玉儿在下营子教堂被洋教士罗斯奸了,可玉儿也把罗斯的丸用剪刀剪了一个丸,俺爹安排他们夫妻到天津避难呢!可他啥时候想过把那房子给俺?再说了,俺那婆姨二妹子也在天津,这房子要俺们夫妻住,那有多好!”

黄河蜜道:“小乖瓜,妈不是说你,你也二十多岁了,咋还不长个心眼呢?给人家当干儿哪有好下场的?你看三国时的吕布,多英雄的一个人,除了操了貂蝉,又落个啥么?你还跟那个秃子来往啥呢?”

宝鉴苦笑道:“他把俺养了那么多年,我不能没有一点情意吧?”

黄河蜜道:“啥叫情意?他能给你个貂蝉么?他还整天想日你妈呢!你还傻着哩!赶快去找刘敬祥和主簿、哨长,向他们报告,你一生的荣华富贵,就在今晚。”

宝鉴仍犹豫不决。黄河蜜生气道:“不听老娘言,吃亏在眼前。教堂神甫受了这一伤能如此罢休?早晚查出来你就是个同谋,洋人还不把你凌迟处死,祸连九族?老娘与你明铺暗盖,还不得开棺验尸?我再不想受此连累。你要是不去出首,以后就再不要来了。我以前说过的话,算抹了。”说着,黄河蜜气愤地抓起宝鉴捂在她怀里的手一推,宝鉴向后倒退了一个趔趄。

宝鉴望了黄河蜜一眼,扭头大步跨出门去。

12

雪夜,石嘴山新泰兴商行刘敬祥家。刘敬祥躺在被窝里正准备吹灭油灯睡觉,忽然传来敲门声。刘敬祥披衣下炕去开大门,见站在门前雪地里的是冻得发抖的宝鉴,忙将他拉进屋来,关上门。他点亮客厅里的油灯,指着沙发说:“坐,宝鉴,你这么晚来找俺,有啥急事?”

宝鉴犹豫了一阵,道:“今日,龙占海的婆姨把洋神甫罗斯刺伤了,明天一早,俺爹让龙占海带着玉儿躲到鄂尔多斯草原勒布镇去。”

刘敬祥闻言精神一振，道：“有这等事？干这种刺杀洋人的事是要杀头的。你可不准对俺撒谎！”

宝鉴道：“要是对你撒谎，俺是日囊怂！”

刘敬祥道：“好了，此事不可张扬。尤其是你，老葛不仅救了你和你妈、你姐，还把你抚养成人。万一让人知道是你告密，你还如何做人？俺也不能出头。俺与老葛是老乡又是亲家，情同手足。可是，这事牵涉到洋人，洋人断不会就此罢休！大义灭亲，古已有之。为了石嘴山的社会安定、商业繁荣，俺们不能因为一个逃亡的女人让一颗驴屎蛋坏了一锅汤吧？老葛聪明一世，糊涂一时，一失足成千古恨呀！对吧？但你已参与此事，不举报就有杀身之祸。所以，为公，为私，你都得出首。走，俺陪你去找主簿大人。”说着，拉着宝鉴站起要出门。

小揪面从炕上起来在一旁道：“你们也别太缺德了，教堂神甫也不是啥好人。听说他把下营子一带的女子都糟蹋了呢！”

刘敬祥回头道：“妇人之见！母马被公马日，女人被男人操，这是嘛天经地义的，哪来啥糟蹋之说？你被人操得还少吗？难道也叫糟蹋？”说着，刘敬祥拉着宝鉴出了门。

半小时后，从石嘴山镇主簿公署里驰出了几匹快马，出了镇子西门，分成两路，一路向安乐桥南去，直奔平罗县城，一路自西河桥方向往下营子飞奔而去。

13

翌日清晨，石嘴山。宝岱和龙占海驾着骡车带着玉儿和两个孩子悄悄出了商行来到黄河大堤。车夫赶着骡车驰下黄河大堤，下了码头驰入冰封的黄河。两头骡子在冰河上欢快地跑着，不一会儿，骡车上了对岸朝卓子山奔去。快到卓子山时，宝岱和龙占海看见了山脚下几家饭馆子和小旅店的干打垒平房。

宝岱道：“师傅，过了这山包，就没有事了。”

话音未落，挂着腰刀的平罗县刑房书办带着一队兵勇闪出平房，拦住骡车的去路。

县刑房书办走上前朝宝岱一抱拳，道：“宝少爷，卑职奉知县大人之命，在此恭候多时了！”

宝岱和龙占海见状，拔刀就想厮杀，但见几个捕快纵到玉儿身边，把玉儿用枪刀逼住，不敢贸然动手。刑房书办道：“龙镖头，宝少爷，廉玉儿本是教民，不但违抗教堂命令，迟迟不肯归籍，反而手持利刃图谋刺杀神甫，罪不可恕。你们要是聪明，就别作非分之想！”

龙占海要拼命，但见兵勇众多，他抱着两个吓得大哭的娃娃，无法下手，眼睁睁看着玉儿被两个捕快捆走。宝岱伸手拔枪，但被众多兵勇用枪逼住，无法施展，急得泪流满面。少时，捕快们将玉儿押上一辆马车，县刑房书办一挥手，众捕快和兵勇纷纷上马，押着玉儿朝下营子教堂奔驰而去，马队扬起一片雪花。

宝岱见状，只好命令车夫勒住马头，驾着骡车返回石嘴山。

14

上午，高林商行。葛秃子吃罢早饭，提着水桶给花圃浇完水，放下水桶，哼着宁夏民歌《花花儿》走进办公楼，刚来到办公室坐下，只见龙占海和宝岱一人抱着一个孩子气喘喘跑进办公室。

宝岱一见父亲葛秃子，就放下孩子哭起来。

葛秃子惊问道："岱儿，你哭嘛？哭嘛？出了嘛事？"

宝岱抬着泪眼道："俺师娘被……被抓走了！"

葛秃子大吃一惊，道："被何人所抓？"

宝岱道："被平罗县捕快抓走了！"

葛秃子道："俺们昨日商议之事，平罗县衙咋知道呢？定是有人泄密！"他想了一下，又道，"宝岱，你快去把宝鉴找来！"宝岱闻言，二话不说就奔出经理办公室，到梨香院去找宝鉴。

宝岱走后，葛秃子抱起一个哭着的孩子哄了一会儿，问满脸愁容的龙占海道："占海，咋天俺们走后，你和玉儿没有上哪里去吧？"

龙占海道："没有哇！"

葛秃子道："有没有嘛人到你们家来呢？"

龙占海摇摇头，道："也没有。"

葛秃子脸上现出迷惑的神色，抱着孩子在办公室里来回踱步，一边哄着哭闹的孩子，一边陷入沉思……正在这时，宝岱领着宝鉴来到办公室。葛秃子将孩子交到宝岱手上，回身在办公桌前坐下，厉声道："宝鉴，你咋晚离开龙占海家后，到哪里去了？"

宝鉴装作无知，低声道："俺……俺到梨香院去了。"

葛秃子逼问道："你真的未到别处去？"

宝鉴委屈地道："这么冷的天，俺到哪儿去？俺在那儿一觉睡到天亮。三弟去叫俺，俺才起来呢！"

葛秃子故作轻松地道："你知道你师娘被逮走了吗？"

宝鉴惊讶道："啥？师娘被逮走了？谁干的？俺找他驴日的去拼命！"

葛秃子将手一摆，道："你不知道就罢了。你今后少到梨香院去，年纪轻轻，不学上进，成天和婊子泡在一块，又抽又赌又嫖，再这样下去，俺就不认你这个干儿子！"

宝鉴唯唯诺诺道："孩儿记下了。"说着退出办公室，刚走到大门口，他呸地朝地上吐了一口唾沫，恨恨地道，"谁他妈认你这个老怂！"

办公室里，龙占海和宝岱抱着的两个孩子不停地哭，弄得葛秃子心里很乱。正在这时，时翠莲和谢兰进到办公室来。时翠莲上前从龙占海和宝岱手中接过孩子，一手抱一个，对葛秃子道："老爷，先不要急，救人要紧。"

葛秃子拍桌:“俺再去趟下营子,舍出俺这张老脸去求罗斯这个狗怂!”

龙占海道:“葛老板,我随你一同去!”

谢兰道:“占海,你性子急别坏了事,还是不要去,叫岱儿与他爹去。”

时翠莲也劝道:“占海兄弟,这事你听谢嫂的话,啊!”龙占海无可奈何地点点头。

15

上午,石嘴山通往下营子教堂的路上。葛秃子和宝岱骑着马向下营子教堂急驰,宝岱心如火燎,打马飞奔冲在前面,不住地喊着“驾驾!”……

16

上午,下营子教堂。葛秃子和宝岱骑马来到下营子教堂大院门前,被教堂总管桂大祥和彭寿年伸手拦住。葛秃子和宝岱翻身下马。

葛秃子上前拱手道:“大祥兄弟,俺要见罗斯神甫,麻烦你通告一声。”

桂大祥佯装笑容,道:“葛老板,你我兄弟一场,平日有啥话不好说?今日不同。不是兄弟我拦你,是罗斯神甫早已交代,不愿见你。而且,这事没有回旋余地。罗斯神甫说,玉儿坏了教堂的规矩,就是他肯饶恕玉儿,三盛公堂口的主教也不会放过她!还是请回吧!”

宝岱生气嚷道:“罗斯为啥不愿见俺父子?莫非他心里有鬼?桂总管,你叫他出来!”

彭寿年喝道:“毛头小子,你口气挺大啊!我实话告诉你,罗斯神甫不是任何人想见都能见到的!你们父子放聪明一点,还是回去,免得添乱子!”

葛秃子道:“岱儿,既然罗斯神甫不愿见,咱就不求他个狗怂!走,回去,上马!”说着翻身上马,急急离开下营子教堂。宝岱横了桂大祥和彭寿年一眼,吼道:“你两个洋人的狗怂不要狐假虎威,装脸作势,惹怒了小爷,爷把你们办了!”说着翻身上马,紧追其父而去……

17

晚,石嘴山葛秃子家。葛秃子正与谢兰、时翠莲、龙占海、宝岱、紫菱围坐一起,商量营救玉儿之事,大家一筹莫展。

葛秃子抽着大烟,道:“实在不行,这两天俺赶紧把商行的事处理了,就赶到兰州找省里托关系,无论如何,咱得把玉儿救回来!”

众人听了点头。正在这时,马跃川来到葛秃子家,见了龙占海,道:“师叔,你让我好找!听说师娘被官府抓去了?”

宝岱上前拱手道:“跃川兄弟,俺们的师娘现在关在下营子教堂里哩!”

马跃川一把抓住龙占海的肩,道:“狗日的洋秃驴,欺负人叫人无路可走了。师叔,咱活着也是个死,死了也是个死,叫我看,跟他们拼了算!”

龙占海道:“要依我的,早就把这些狗怂杀了。可是,家里还有两个娃娃,咋办?”

马跃川拍胸道:“师叔,我认识几个弟兄,都是行侠仗义的好汉,武功也了得。他们也早对洋人和二毛子恨之入骨。明晚,我约他们到这里来!”

龙占海道:“那好,我今晚就去打探玉儿的消息。”

马跃川道:“我连夜回去叫人,咱们明晚动手,一定!”

18

雪夜,石嘴山通往下营子教堂的山路。已换了夜行衣的龙占海骑马朝下营子飞奔。不一会儿,他来到教堂附近翻身下马,将马拴在教堂院墙外一个小树林里,便纵身飞过院墙,落于地上。他躲在一棵大树后向教堂望去,只见教堂正门前有十几个士兵荷枪来回走动,教堂内外戒备森严,无法接近,只好纵身飞出院墙外潜入小树林,解开马缰,跨上马奔回石嘴山……

19

雪夜,下营子教堂一间秘密审讯室里,罗斯、彭寿年、桂大祥和吴进财四人正围着缩在墙角、衣不遮体的玉儿发出淫笑。罗斯和其他三人已奸淫了玉儿,还不解恨,他一歪嘴,彭寿年和吴进财将玉儿架起绑在长凳上,罗斯“嘿嘿”地冷笑了几声,走到炉水熊熊的炉子旁,戴上皮套,伸手抓住一根烧红的铁棍,又走到玉儿身边,朝她的下身猛地捅去,只听玉儿发出一声撕心裂肺的惨叫,便晕死过去。玉儿的下身冒着青烟,罗斯仰天哈哈大笑,三人见状,亦仰天哈哈大笑……

20

第二天黄昏,石嘴山高林商行龙占海家。彭寿年带着下营子教堂四名护院用担架抬着用白布蒙着的玉儿的尸体走进了高林商行,来到龙占海家。正在屋里商量营救玉儿的龙占海、葛秃子、宝岱慌忙迎出门来。

彭寿年道:“龙占海,你的妻子廉玉儿在教堂自尽了。我们奉罗斯的命令将她的尸体奉还。”说着,他掏出五十两银票对龙占海道,“这五十两银票是罗斯可怜你,特意让我送来的丧仪。”

龙占海闻言大步上前揭开担架上的白布,见担架上躺着的果然是玉儿。玉儿面容极度痛苦,嘴角流着血。他怒火燃胸,回身将彭寿年的银票撕个粉碎,怒喝道:“你们这群秃驴害死了我的玉儿,滚!”

彭寿年闻言,吓得倒退了数步,慌忙带着手下四个护院溜之大吉。龙占海返身扑到玉儿身上大声痛哭。葛秃子、谢兰、时翠莲、宝岱站立一旁,无不落泪。

葛秃子上前,哽咽着道:“占海,玉儿……走了,你……你可要节……节哀呀!”说着招呼宝岱,父子两人将龙占海挟进屋里坐下,谢兰对镖师们道:“你们把玉儿抬进屋里安放吧。”她话未说完,几个镖师便自动上前抬起担架,将玉儿的尸体存放在屋里。屋子里，两个年幼的孩子扑上来，一起跪在玉儿面前，不断地哭喊："妈妈，妈妈，你醒醒，妈妈，妈妈，你醒醒，看看我们呀……"孩子们的哭声，揪着众人的心，镖师们也感动得泪流满面。

看着遍体鳞伤的玉儿躺在屋里，龙占海快要疯狂了，他死命地要往屋外冲，口里大喊："罗斯个驴日的，老子不宰了你誓不为人！"宝岱和洋行护毛队的七八个人死命将他拉住。正在这时，马跃川和好友姚大奇带着八个和尚提着刀赶到龙占海家，见玉儿的尸体已经躺在屋里，群情激愤。

马跃川拔刀在手，招呼手下弟兄道："弟兄们，洋教士不让俺们活了，咱们上下营子教堂杀了这些驴日的！"他带来的八个兄弟纷纷拔刀在手，高喊道："走，替玉儿报仇！"

众人一哄而出龙占海家，直奔下营子教堂。

第二十五季:异兄弟反目

1

翌日早晨,龙占海家。葛秃子、谢兰、时翠莲、宝岱、紫菱来到龙占海家与龙占海商量办玉儿的丧事。这天夜里,龙占海安排两个孩儿早早睡了,自己在玉儿的尸体旁坐着守灵,伴着蜡烛守了一夜,听到敲门声,眼睛红肿的龙占海忙打开门,众人进屋坐下。

葛秃子走进屋道:"占海,你嘛守了一夜,眼睛都闹肿了,俺和你大嫂也嘛一夜没睡着,今儿个,咱哥们商量玉儿的丧事咋整?"

龙占海翻脸道:"葛秃子,你这个衣冠禽兽,你把玉儿害死了还有脸来找我?要不是你这狗怂带玉儿去下营子教堂,我的玉儿就不会死!还商量个球!"

葛秃子闻言顿时愣住了,他望着时翠莲道:"他疯了,真嘛疯了,俺好心来与他商量办玉儿的后事,倒他妈成了驴肝肺!"时翠莲闻言不吱声。

谢兰道:"占海,你咋这样骂你大哥呢?玉儿到下营子教堂是你求大哥把你们带去的,要不是为了你和玉儿的事,他能去?你不要昧着良心说话,咋骂你大哥呢?"

龙占海跳起来冲到院里骂道:"姓谢的婆姨,你他妈也不是啥好东西!你倒帮这秃驴说话!"说着冲到大院里,对前来吊唁的镖师们骂道,"伙计们,你们评评理,葛秃子个狗怂把俺的女人带到下营子害死了,现在他倒要装好人,这算啥球事?"

众人闻言愣住了,有几个镖师出面相劝。

龙占海猛挥手推开众人道:"你们莫来劝我,我今天跟葛秃子这个假善人没完!"他一边说着一边冲到街上,见前来吊唁的新泰兴商行老板刘敬祥和副经理迎面走来,便故意对着高林商行办公大楼破口大骂道,"葛秃子,你这个狗怂,你害死了我的玉儿,我他妈跟你没完!"他的怒骂声引来一群石嘴山百姓,人们纷纷奔过来看热闹。

这时,葛秃子冲出高林商行大院,脸色铁青对着众人宣布道:"大家伙听着,龙占海这个狗怂诬蔑俺不识好歹,大家不要听他的胡言!俺宣布,将龙占海这个狗怂开除出高林商行,永不录用!"他的话一出口,人群顿时哗然,议论纷纷。

2

白昼,新泰兴商行经理办公室。刘敬祥和李副经理从高林商行吊唁回来,两人正对话。

李副经理道："好，今天，俺们看了一场好戏《二桃杀三士》！"

刘敬祥道："不，这出戏应叫《一女伤四人》！"

李副经理不解地道："刘老板，此话怎讲？"

刘敬祥拍拍李副经理的肩阴森地道："老弟，你咋还闹不明白？你想，玉儿一死，龙占海与葛秃子一决裂，宝岱肯定要与他师傅为敌。而宝鉴向咱们告密，必然要与葛秃子离心。这不成了《一女伤四人》么？你再想，宝鉴一离心，那秃子还相信谁呢？葛秃子呀葛秃子，你与俺拼斗了几十年，这一回就看咱们鹿死谁手了！"

李副经理听罢不寒而栗，表面上仍笑着点头。

3

数日后的一天白昼，石嘴山至红果子沟的山道。龙占海埋葬了玉儿，驾着一辆骡车将时翠莲、包龙、包虎和自己的两个孩子带着离开了石嘴山，到了红果子沟。时翠莲坐在骡车上，道："师弟，你的苦心，大嫂清楚。你既然怕连累葛老板一家，做出如此不义的绝情之事，打算把咱们娘几个送到哪里安身呢？"

龙占海闻言，一边握鞭赶着骡车，一边流着泪道："嫂子，本来我师兄不在了，我有责任把你和龙儿、虎儿都照顾好。可是玉儿死得太惨了，我不能独活天地之间。小弟行如此不义之事，还望大嫂和大哥在天之灵原谅。这次，我要把你们送到海勃湾，把你们托付给我的一个莫逆之交的好友，他会照顾你们娘儿几个的。"

时翠莲闻言，叹息着点点头。一会儿，骡车转向西南，龙占海赶着马车望着不远处的下营子教堂，两眼冒着怒火。数天后的黄昏，龙占海赶着骡车来到海勃湾的一个偏僻小村庄里一座瓦屋前，云布雨和女儿乌妮尔迎上前来，父女两人将时翠莲一家迎进屋。一会儿，云布雨从屋里出来，对正在给两匹骡子解套的龙占海道："龙兄弟，正在忙啥呢，进屋坐吧。"

龙占海伏地叩首道："云老哥，我就把嫂嫂和两个孩子托付给您了。我有血仇大恨未报，告辞了！"说着站起身，佩好宝剑，跨上一匹骡子，双腿一夹骡肚，向着平罗城驰去。

4

当日夜，下营子教堂。罗斯和彭寿年正在教堂里做晚课祈祷，三个教徒奔进罗斯讲晚课的礼拜堂。

教徒甲道："报告罗老师，我们几个刚从石嘴山驮炭回来，听说这几天有人来闹教堂哩！"

罗斯笑道："龙占海早吓跑了，现在谁敢闹教堂？这是谣言，你们回吧！"

三个教徒齐应道："是"，说着走出教堂。三个教徒刚打开教堂大院的门，迎面碰上龙占海带着八九个兄弟持刀冲进来，未来得及吭声，便被闯入者挥刀斩为两段。龙占海和马跃川均未蒙面，带着众人直奔罗斯的礼拜堂。龙占海一脚将礼拜堂的门踢开，罗斯回头看见，急向墙上取枪，回手一枪，子弹从龙占海耳旁飞过，击中了墙上挂的自鸣钟。彭寿年从墙上取下宝剑,拔出宝剑朝冲他来的马跃川扑去。这时,不等罗斯再开枪,龙占海早已跨步冲上前,挥剑剁倒了罗斯,便一剑结果了他。马跃川和冲上来的小和尚双刀齐下,把彭寿年砍倒在地。众人急寻桂大祥和吴进财,许久不见人影。

龙占海右手一挥,道:“弟兄们,不用再找桂大祥和吴进财这两个狗怂了,撤!”说着,他与马跃川带着众人持刀冲出教堂来到大院处解缰上马。马跃川吹了一声呼哨,众人扬鞭策马飘然而去,消失在茫茫黑夜之中。

5

翌日早晨,下营子教堂。桂大祥和吴进财两人骑马乐哈哈地回到下营子教堂,在大院里下了马,在教堂前的马厩里系了马缰,径直走进教堂礼拜堂,只见罗斯和彭寿年直挺挺地躺在地上,浑身是血,两人大吃一惊,桂大祥用手摸了摸罗斯流血的胸口,罗斯的心脏早已停止了跳动。吴进财将扑倒在地的彭寿年翻了个身,只见彭寿年尚未断气。彭寿年见到吴进财和桂大祥,口里喃喃道:“是……龙……占……海……带……着……人来杀……”说到这里,彭寿年两眼一瞪,一命呜呼了。

吴进财听到这里慌忙对桂大祥道:“桂总管,是龙占海带人杀了罗斯神甫和彭寿年,这可了不得,咱们快到县里报案!”

桂大祥听罢点头,拉着吴进财便走,道:“走,咱们到县里去向赵知县禀告!”两人飞步冲出祈祷室来到大院马厩里牵出马,飞身上马,向着平罗城驰去。

6

白昼,宁夏府城知府衙门。知府任有道与总兵苟有田正在商议如何处理洋教与当地中国教民的冲突,赵文通带着桂大祥和吴进财匆匆来到任有道的书房。

赵文通拱手道:“知府、总兵二位大人,不得了,下营子教堂的罗斯被人杀了!”

任有道心中一震,道:“谁有这么大胆子敢杀罗斯?”

桂大祥和吴进财齐声道:“回知府大人话,是龙占海这个狗怂杀的!”

任有道道:“当真,有这胆大妄为之事?龙占海不是葛行健手下的镖师吗?听说他娶了个年轻美人叫啥玉儿?”

桂大祥点头道:“正是!”

苟有田道:“大哥,这可是涉外大案!俺马上派兵去下营子,你赶紧向省里和朝廷报告!”

任有道点头道:“三弟说的是,俺这就办!”说着,他从案桌里拿出一道折子铺开,提笔在手,命师爷道,“赶紧替俺磨墨!”师爷一声不响,便卷袖磨起墨来。少时,任有道将羊毫在大砚盘里蘸了蘸,略一沉思,挥笔写就一篇紧急呈文,接着将折子塞进一个信封,用火漆封了口,递与师爷道:“速命驿站派人以六百里加急送往兰州陕甘总督府。”

师爷接过信封,拱手道:“遵命!”说罢,连忙退出书房。

任有道大声道:“来人!”

书房外一衙吏闪身进来,拱手道:“小的在,老爷有何吩咐?”

任有道道:“速传俺的命令,命刑房和捕快班头带领全体捕快在衙前集合,随俺到平罗县下营子教堂!”

衙吏拱手道:“是,大人!”说罢转身奔出书房。

苟有田道:“大哥,俺马上回府点兵,与你一道同去!”说罢拱手告辞。

7

白昼,府城通往平罗下营子教堂的官道上,任有道带着宁夏府数十名捕快骑着快马,随赵文通等人急速奔驰。紧接其后,苟有田骑在马上带着八百余军兵向着平罗县下营子教堂急速奔驰。苟有田骑在马上,一边策马奔驰,一边大声命令道:“快,快!抓住杀人凶手,重重有赏!”

8

冬日黄昏,平罗县下营子教堂,众兵丁和衙役将教堂团团围住。任有道、苟有田和赵文通带着一队兵丁、捕快下了马,大步走进教堂,来到礼拜堂便惊住了:只见英国传教士罗斯脖子上结着血块,现出一道深深的刀痕;比利时传教士彭寿年两眼未合,肚腹上穿了一个洞,身下是一摊淤血。任有道上前弯腰用手抚合上彭寿年的双眼,大声对衙役命令道:“给四处俺搜!”

众兵丁、衙役齐声道:“是!”说着一起奔出礼拜堂厅堂。

过一会儿,众兵丁、衙役纷纷回到礼拜堂。

兵丁甲拱手道:“回任大人,二楼搜了个遍,未发现可疑痕迹!”

衙役甲拱手道:“启禀大人,俺们搜遍一楼各房,未发现可疑痕迹。”

衙役乙拱手道:“启禀任大人,大院里除了几堆马粪,未发现可疑痕迹。”

苟有田气愤道:“滚,一群没用的东西!”说着对任有道道,“大哥,没有啥可搜的,看来,这伙杀人犯都他娘的跑了!”

任有道道:“三弟说得对。不过,依俺来看,杀人凶犯短期内可能还藏在平罗城乡,不会跑远。二弟,你赶快命人四处张贴告示,悬赏捉拿凶手!走,咱们先回县城再说!”说罢,他带着众人走出礼拜堂,来到大院翻身上马,带着大队人马赶回平罗县城。

9

半月后的白天,平罗县衙议事厅。任有道正与苟有田和赵文通商量侦破刺杀罗斯神甫悬案,忽然,一名衙役匆匆奔进来,躬身打千道:“启禀三位大人,皇上派人来了!”话未毕,只见他身后跟着一群人进到议事厅。为首的一名太监手捧圣旨,大声宣道:“宁夏府知府、总兵、平罗县知县听旨:近闻甘肃宁夏府平罗县下营子教堂发生谋杀外国神甫惨案,朕不胜震怒!想吾泱泱大清国,尊师重教,古今一体。外国神甫到本国传教,我大清国民理应尊重,然而,宁夏知府任有道、总兵苟有田、平罗知县赵文通竟治民无方,玩忽职守,致使英国牧师罗斯惨遭歹徒杀害。着即革去以上三人官秩品级,留职听用。望三人戴罪立功,协助甘肃盐务总办林阿德、张美珩道台共破此案,钦此!"

任有道、苟有田、赵文通三人伏地齐叩首道:"微臣谢主龙恩,吾皇万岁万岁万万岁!"说着起身向林阿德和张美珩拱手道:"罪官参见林大人、张大人!"林阿德与张美珩置之不理,径直走向议事厅上首桌案旁坐下。

林阿德操一口夹生的中国话,喝道:"密斯特任、葛、吴,朝廷这次派我和张大人前来,命你等三人七日之内破案!你们三人玩忽职守,本官先要重重责罚你们!来人,先将他们各打三十大板!"随着林阿德一声令下,立即奔上来六个衙役,将三人按翻在地,抡起大板打起三人的屁股,直打得三人皮开肉绽,血肉模糊,哀号不止。少时,六名衙役给三人打完三十大板。

衙役甲上前对林阿德拱手道:"回禀林大人,俺们的三十大板已打完。"

林阿德道:"退到一旁。"接着对任有道、苟有田、赵文通道,"今天,我给你们三人敲个警钟,七日之内,如果你们抓不到凶犯,皇帝说了,你们三人将永不叙用!今日退堂!"

任有道、苟有田、赵文通三人跪在地上叩首:"谢林大人不杀之恩!"

10

当晚,新泰兴商行老板刘敬祥骑着马来到府城知府大院下了马,便牵着马走进县衙大院,在院内一棵树下系了马缰,便大步来到任有道家。他走进任有道的客厅,侯水英便迎了上来。

侯水英道:"刘老板,您咋来了呢?您稀客,快请坐。"

刘敬祥道:"俺是来看任知府病的。听说林大人将任知府、苟总兵和赵知县三人各打了三十大板,怕是屁股都打得烂了,俺心疼,特意来看看。"

侯水英道:"啥林大人,听说他是个比利时人,咋打起人来比咱中国人还心狠呢?!信,你随俺去看看老任去!"说着,领着刘敬祥来到任有道的卧室。

此时,任有道正扑在炕上端着碗喝药,旁边站着曹英。刘敬祥看了看任有道被打得稀烂的屁股,心疼地道:"任大人,教堂一案,连累您了!眼下春播在即,百姓人心惶惶,再耽搁下去,牧区夏毛剪不来,洋行就收不了毛。到时,老百姓吃嘛,喝嘛?为了大人头上的顶戴,也为了老百姓的生存,俺今日来就是想对你说:俺要大义灭亲!"

任有道忍住痛,骂道:"哎哟哟,你来看俺,俺感谢你。可你他妈尽兜圈子,有屁快放吧!你没看见俺的沟子都快烂完了吗?"

刘敬祥端把椅子坐在任有道身边道:"任大人,你听俺慢慢说。那天,龙占海在街上大骂葛秃子,俺还真以为他恨老葛害了他婆姨才丧心病狂的呢!等到他杀了神甫,俺才恍然大悟,原来他是在使苦肉计,是在演戏给大家看哩!龙占海和葛秃子同穿一条裤子,都他妈不是嘛好人!”

任有道让曹英扶着,指着刘敬祥道:“你别他妈卖关子啦,赶快说吧!”

刘敬祥笑道:“大人,性急喝不了热粥。这说明,龙占海和葛秃子演的是双簧,他们早就策划好要杀罗斯。他们使出这一招,是想让咱们深信此案与葛秃子无关。不过,龙占海这一计只可瞒那些个傻怂,想瞒俺刘敬祥,哼哼,没那么容易呢!”

任有道一拍大腿,道:“俺日他老葛的个亲嫂子! 俺一向待他不薄,他竟敢如此害俺?”说着,他“哎哟”了一声,那一掌震到他屁股上的伤痛,歪倒在炕上,曹英赶忙过来替他揉屁股。

刘敬祥站起,走到任有道跟前,神秘地道:“任大人,俺还告诉你一个秘密,你可知龙占海是嘛人么?”

任有道睁圆眼睛,道:“啥人? 反正不是个好怂!”

刘敬祥脸色阴沉地道:“他是义和拳拳匪!”

任有道复又搀扶着曹英的手臂坐起道:“啊? 真有此事?!”

刘敬祥点头,咬牙切齿道:“俺在天津亲眼所见!”

任有道面色铁青,道:“那就天诛地灭,俺老任更容不得他了!”转而喃喃自语道,“四狗子呀四狗子,你怪不得老哥了!”

刘敬祥附和道:“是啊,俺也担心呢!”

任有道道:“你担的啥心?”

刘敬祥道:“俺和葛行健是多年老友,又都是嘛洋人的买办,俺把他们的机密大事告诉给你,你可千万不要泄露出去呀!”任有道听罢点头。

11

翌日上午,平罗县衙议事厅。林阿德、张美珩听了任有道、刘敬祥的报告,正在商议派兵抓葛秃子的事。

任有道道:“情况就是这样,葛秃子是杀人凶犯龙占海的同谋和幕后主使,请二位大人做主,俺速带人马到石嘴山去抓罪犯!”

张美珩为难地道:“葛秃子是英商怡和洋行的买办,不经洋行同意就去抓人,恐怕会遭英国人的非议吧? 此事尚待斟酌。”

林阿德拍板道:“葛行健只是一个买办,又不是英国人,有何害怕的? 这样吧,咱们一面电告英国驻天津领事馆,一面准备晚上去石嘴山抓人,如果葛秃子胆敢反抗,就地正法,格杀勿论! 就这样定了!”

任有道拱手道:“俺立即去准备,告辞!”说完,两腿一跛一拐地走出议事厅。

12

白昼,天津紫竹林亨利的家。一辆黑色轿车沿着大街急驰而来,在亨利的住宅楼门前停下。英国驻天津领事馆领事拜伦·布尼安夹着公文包从轿车里钻出来,匆匆上楼。一会儿,他敲响亨利的房门。亨利开门,高兴地道:“亲爱的密斯特拜伦,你好,快请进!”说着,与他拥抱。拜伦随亨利走进客厅。

拜伦·布尼安道:“亲爱的密斯特亨利,告诉你一个不幸的消息,你的朋友罗斯不幸遇难了!”

阿格尼丝道:“拜伦,怎么会这样?”

拜伦·布尼安道:“甘肃那边来电报说,罗斯被一个中国暴徒龙占海杀死了。龙占海已逃,现在中国官方正准备抓你们洋行的买办葛行健!”

亨利吃惊地道:“是龙占海和葛行健?这,不可能,开玩笑!龙占海是个好人,他不会无缘无故地伤害我的朋友罗斯,至于葛行健,我太了解他了,更不可能,他是一个只会做生意的精明商人,为什么要抓他呢?”

拜伦·布尼安道:“亨利,我们是很要好的朋友,不过,这次我警告你,罗斯之死直接关系到大英帝国在华的利益,你的立场要转到我们英国立场上来,而不要义气用事。我实话告诉你,葛行健是杀人犯龙占海的同谋和后台,当地中国政府正准备抓捕他!瞧,这是我刚收到的来自甘肃平罗的电报!”说着,他从黑皮包里掏出一纸电报交给亨利。

亨利接过电报看了看,一屁股坐在沙发上,双手抱住头,道:“这,不可能,这,不可能……”

阿格尼丝走向前,友好地道:“亲爱的密斯特拜伦,我的好朋友,刚才我的丈夫所说的是对的,葛是个好人,他帮我们做了许多事情,我们一定要想法救救他。”

拜伦·布尼安坚定地摇摇头,道:“如果这样,我将向女王陛下报告,让你们全家回国。”

十九岁的康妮在一旁闻言,走到阿格尼丝身边,道:“妈咪,我很担心宝岱和他的妹妹,我想到石嘴山去,和他们在一起。”

迈克也走过来,对康妮道:“姐姐,我跟你一同去!”

亨利抬起头道:“康妮,我的好女儿,我问你,你是不是爱上宝岱了?”

康妮郑重地点点头,道:“是的,爸爸,就是因为他,我才从英国大学毕业回到中国的。”

阿格尼丝道:“康妮,你和宝岱交朋友,我们非常赞同,但如果是相爱,你可要考虑清楚,他是一个中国人呀!”

康妮反问道:“难道青年人相爱还要考虑他是哪国人吗?”

阿格尼丝抚摸着康妮的头道:“当然,是要慎重考虑的。”

康妮挣脱母亲的手道:“我不这样认为。”

亨利站起来,面向爱女康妮道:“康妮,你是我们唯一的心爱女儿。诚然,爱一个人,是你的权利,但爸爸现在考虑的是结局会怎样?如果宝岱的父亲一旦被抓住,根据大清的律法,那就要满门抄斩,株连九族。到时候,你和宝岱怎样相爱呢?”

康妮抓住亨利的手,流泪恳求道:“爸爸,我要你救宝岱,还要救他的家人,你一定要救他们!”

亨利苦笑道:“孩子,爸爸是想救他们,可爸爸无能为力啊！刚才,拜伦伯伯不是要让我们一家回国么?”

康妮闻言,奔过去抱住拜伦,道:“伯伯,你为什么要赶我们家回国,不救救宝岱一家呢？我求求你,救救宝岱,救救他的全家!”说着回过头来,走到亨利面前,道,“爸爸,你要是不把宝岱他们救出来,我就死给你看！我活是葛家的人,死是葛家的鬼!”

拜伦·布尼安闻言,惊讶道:“康妮,我的侄女,你都说了些什么?”

阿格尼丝也埋怨道:“亲爱的康妮,你读中国的书读得太多了!”康妮不答复他们的话,转身赌气上楼。亨利和拜伦·布尼安见状,苦笑着摊了摊手。

13

当日当天黄昏,天津亨利的家。帕特里克匆匆跑进亨利的家,进门就嚷道:“亨利,我女儿苏珊和儿子迈克在你这儿吗?”

亨利迎出来道:“怎么,你的苏珊也不见了？我正托人四处打听康妮的下落呢！也正准备上你家去找!”

阿格尼丝出房,走到他们面前:“唉,不用找了,我知道他们上哪儿去了。”

亨利、帕特里克齐声问道:“上哪儿去了?”

阿格尼丝道:“上午,拜伦到我们家,康妮就说要到石嘴山去。我猜想,他们三个孩子可能这会儿出天津到平罗去了。”

亨利恍然大悟,抱住头。帕特里克一听急了,道:“亨利,他们可都是孩子啊！从天津到石嘴山,路途远且充满风险！不行,我去追他们去!”

亨利拦住他道:“现在天快黑了,他们肯定已出了天津,你往哪儿追？我昨天已发电报给葛行健,让他先躲起来,可那边没有回音！这样吧,帕蒂,你速给刘敬祥发一封电报,请他转告葛行健,让他先躲起来,我们再想想办法了解一下,看龙占海到底是为了什么杀了罗斯！另外,你再给归化的洋行发一封电报,让他们帮忙把康妮、苏珊截住,把她们送回天津。”

帕特里克无可奈何道:“好吧,谁叫你是我的好朋友呢？再说,龙占海救过我一次,我就回报他一次,但这是最后的一次。”说着,他走出亨利的家门,回家发电报去了。

14

黄昏,石嘴山新泰兴商行刘敬祥住宅。刘敬祥正一个人在家里喝酒,忽然,李副经理进门,手里拿着一封电报,禀报道:“老爷,天津帕特里克老板来电,要你转告高林商行的葛秃子,说县里要派人来抓他,让他先躲一下。”

刘敬祥一把抓过电报,粗略看了一眼,就把它放在炉子里烧了,边烧边冷笑道:“秃子,去年你还嫌安装电报机器没啥大用,又嫌费钱,现在,你就明白啥子是最费钱的了。哈哈……”说着,他喝了一口酒,仰天大笑……

15

当日晚，宁夏府城任有道住宅。任有道在府衙里与苟有田、赵文通商量召集人马去石嘴山捕葛秃子的事完毕，从府衙回到家里，对侯水英道："快，婆姨，你先拿棉被把俺的腚包起来。再给俺准备点吃的，俺吃完了马上要到石嘴山捕人。"

侯水英拿着棉被一边给任有道包扎屁股，一边问道："咋？龙占海抓住啦？"

任有道道："抓个球，是抓葛秃子，这一回他跑不了啦！"

侯水英一听，忙问道："龙占海杀人，关行健啥事？"

任有道得意地道："关他啥事？他麻烦大啦！林阿德下了命令，缉拿老葛！他要敢拒捕，当场打死，连他的老板亨利也保不住他了。亨利都要被勒令回国啦，俺看他这回咋牛逼哄哄的？"

正在这时，苟有田一跛一拐地进屋来对任有道道："大哥，俺的三百多名兵勇马队已准备好了，只等天黑出发，明晨可到石嘴山！"

任有道笑道："那会儿，葛秃子正搂着谢兰睡觉呢！肯定不会防备！哈哈，这回葛秃子死定球！"

一会儿，侯水英弄好了饭菜，端上炕桌，趁他们二人喝酒的工夫，悄悄溜出房去。

16

冬夜，宁夏府城，曹英房间，侯水英悄悄摸进曹英房间，见曹英逗着乖外孙，忙把她拉到一边道："曹家妹妹，你家宝鉴就要没命了！"

曹英猛吃一惊道："侯大姐，娃子出啥事了？"

侯水英道："出啥事了？那个姓林的洋人已经查出葛行健与龙占海一案有关连，今夜就派经纬他爹和苟有田去抓人。你家宝鉴是葛秃子养大的，要是行健被杀头，株连九族，你儿宝鉴还会有命？"

曹英吓傻了，道："那咋办？那咋办？"

侯水英把牙一咬，道："事到如今，俺也不瞒你，俺与葛行健，小时候是娃娃亲，后来被任有道使花招讨得俺父亲的信任，让俺嫁给了任有道。老天爷有眼，又在石嘴山把行健还给了俺。俺不能看着他死，俺要去救他！"

曹英道："你一个小脚女人，连路也走不动，咋去救人？再说，老苟他们已经走了。"

侯水英道："老苟说了，到天黑才走哩！还来得及，你要是想救你儿子，就跟俺一起去！"

曹英道："俺就宝鉴一个儿子，拼了老命不要也得救他！可咱们咋去呢？"

侯水英想了想，道："骑马！"

曹英道："老天爷，俺连驴都不会骑，还会骑马？"

侯水英急道："快把衣服换了，跟俺走！"说着，她们各自换了紧身棉袄，外套一件翻毛羊毛大氅,用羊毛披巾裹了头,戴上皮帽子,穿上皮靴,迅速走出屋来到衙门后院马厩,从马厩里牵出一匹白马。侯水英牵马来到一块上马石前,跳上上马石将曹英抱上马,自己随后费了好大劲翻上马背,对曹英道:“妹妹,你搂紧俺的腰,不管马咋跑,你可不要放手啊!”说着双腿一夹马肚,马便驰出了府衙门,拐进背街小巷,绕道来到南城门。

守门士兵拦住马头,喝道:“上头有令,只许进,不许出!”

侯水英拿出盖有任有道知府大印的通行令喝道:“俺是知府夫人,出城有事,你们谁敢阻拦?”

守城士兵闻言,看了看通行令,将通行令交还侯水英道:“既是任夫人,就请走吧!”侯水英闻言喊了声“驾!”,就策马出了城门,沿着通往石嘴山的官道向前奔去……

17

夜,宁夏府城定远门,任有道、苟有田骑着马,带领三百名骑兵驰出南城门,披着月光向石嘴山驰去。马蹄声和军兵催马的吆喝声响成一片……

任有道对奔驰在身旁的苟有田道:“那两个娘们肯定到石嘴山给葛秃子报信去了,快,三弟,快追!”

苟有田手提宝剑,高高举起,呼道:“弟兄们,追上那两个婆姨,活捉葛秃子,官升三级,赏银一千两!快追啊……”随着喊声,后边的马队冲了上来,士兵们扬鞭策马,呼啸向前……

18

月夜,天高风疾,离石嘴山约十里处。侯水英和曹英骑在马上策马狂奔,白马打着响鼻,两个女人累得喘不过气,额上汗水浸出……侯水英挥鞭,高声大叫:“驾!驾驾!!”那座下白马如一条白龙影影绰绰地向石嘴山奔去,两旁树木在她们跟前一闪而过……

19

月夜,长城古北口下的官道,三匹马正朝前奔驰。康妮、苏珊和小弟弟迈克每人骑着一匹快马向绥远城奔去。三个孩子都穿着棉袄,戴着皮帽子,康妮在前,迈克年幼居中,苏珊在后,三人打马向前狂奔。

迈克骑在马上,对前方呼喊道:“康妮姐姐,等着我!”他边喊边朝马屁股上挥了一鞭,那马在月光下如箭一般向前飞去……

20

月夜,寂静的石嘴山。高林商行的人们正在梦乡之中。侯水英和曹英骑着马驰入石嘴山镇,跃上黄河大堤,直奔高林商行大院前,两人好不容易下马。侯水英大步上前,把大院门擂得山响。

一会儿,一门卫开门,探出头道:“什么人?”

侯水英道:“俺是任知府夫人,有紧急事,快开门!”

门卫闻言,认得侯水英,立即打开院门。

侯水英搀扶着大腿酸麻的曹英进门,将白马交给门卫,两人一跛一拐地穿过月亮门,来到葛秃子门前。侯水英一边拍门,一边喊道:“谢兰,谢兰,快起来,大事不好了!”

屋子里,躺在床上的葛秃子最先被惊醒,他推了一把谢兰,道:“快起来,俺听到侯水英在喊你!”

谢兰睡意正浓,翻过身道:“真不要脸,做梦还想着侯水英!”一会儿,敲门声又响起来:“谢兰,谢兰,快开门!”

这时,宝岱被喊声惊醒,忙趿着鞋子出来开门。刚打开门,侯水英就喊道:“宝岱,快,快叫你爹逃命!”

曹英进了屋,四下里张望,问宝岱道:“宝岱,宝鉴呢?宝鉴呢?”

这时,葛秃子披衣下了楼,对曹英没好气地道:“你问宝鉴,宝鉴此时在黄河蜜怀里吃奶哩!他又找了个娘,你还惦记着他干吗?”说着,他望了望穿着男人皮大氅和靴子、上气不接下气的侯水英,知道发生了大事。

曹英松了一口气,道:“哎呀,俺得去告诉他,叫他快跑!”

侯水英嚷道:“曹英,你把沟子夹紧,坐定了,洋人要抓的是行健,你老想你那个不争气的儿!他认你这个老婊子是个娘吗?你没跟行健有过肌肤之亲,就如此绝情?”

曹英怒道:“水英你个怂,你胡说啥呢?”

侯水英道:“俺胡说,到啥时候了,还脱裤子盖脸弄啥呢?”说着,转身对葛秃子道,“行健,你和岱儿赶紧逃命吧,经纬他爹、苟有田带人马上就到了!”

葛秃子闻言,当即对宝岱道:“岱儿,快把护毛队都集合起来,把商行院子守住,老任和老苟和俺是有多年交情的,俺不信他们会无情无义!”

宝岱闻言,一边扣衣服,一边冲出门去。这时,谢兰也穿衣走下楼来,她看了看侯水英眉眼挂霜,一身男人打扮,又说出关心葛秃子的话,心里十分感动,道:“行健,你带着岱儿和菱儿快走吧,俺是女人,谅他老任和老苟也咋不着俺。”

这时,宝岱已经把护毛队集合完毕,沿商行院墙布置好,护毛队队员都把火枪子弹推上了膛。宝岱进屋对葛秃子道:“爹,护毛队都布置好了!”

侯水英劝道:“行健,你还是走吧。俺听经纬他爹说,这次捕你是洋人下的令,说你要是拒捕,就当场打死你呢!”在场的闻言都浑身一振,商行里的气氛突然紧张起来。此时,葛秃子仍想着自己和亨利、帕特里克是朋友,和任有道、苟有田有着交情,仍不为所动。

忽然,谢兰从葛秃子手里夺过手枪,对准自己的太阳穴,大声道:“行健,事已至此,你还执迷不悟吗?嘛友情,嘛信义?任有道、苟有田这两个狗怂,为了自己头上的红顶子,嘛事做不出来?任有道出卖娄玉书,奸淫曹英和宝蓉,苟有田更无人性,竟然把自己的儿媳奸了,还把宝蓉收为小妾,他与任有道可是儿女亲家呀?你要再不走,俺就死在你的面前!"

葛秃子措手不及,连忙想伸手夺枪,道:"谢兰,你不要做傻事!"

谢兰喊道:"行健,你不要过来!"

宝岱和紫菱见状,一起喊道:"妈!"

葛秃子道:"好,好,你快把枪放下,俺走,俺们一起走!"

侯水英道:"你们一家都走,俺和曹英留下。看他们两个不吃粮食的老狗能把俺们咋的!"

曹英感动地道:"你们都走,俺留下,等那两个驴日的!"

葛秃子镇定道:"岱儿,你把妹妹背上,咱们走!"说罢带领众人走出家门,刚走到院子里就听到大街上响起一阵马蹄声,接着就见院外燃起火把。

一会儿,有人敲门喊:"开门,快开门!"

葛秃子搬架梯子登上院墙,就看见苟有田和任有道两个人趴在马背上对外面喊:"不准放跑一个凶犯!谁要敢逃跑,一律打死勿论!"

葛秃子站在梯子上大声喊道:"任尿壶,老苟,你们辛苦了,当狗就是嘛不易,腚被揍烂了还得咬人!"

任有道在马背上抬头见院墙上趴着葛秃子,大声道:"很好,很好,你还没有跑掉!"说到这里停下,过了一会儿,他又道,"四狗子,你这个混账货,你千不该万不该让龙占海杀洋人呀!不就是为了一个女人嘛,值吗?"

苟有田骑在马上大声道:"就是,老葛,不是俺说你,你是聪明一世,糊涂一时,大江大海都过来了,咋就在阴沟里翻了船呢?你喜欢那个玉儿,俺和老任都知道,你闹的女人还少吗?为啥就放不下她?"

任有道大声附和道:"你也五十好几了,操的女人比龙占海戴的帽子都多。你咋能让他把你牵着鼻子走呢?这下好了,你都成了世界名人了,不但皇上严令追拿你,连各国列强也指名要你呢!识时务者为俊杰,你还是收拾收拾好换洗衣服,跟俺们走一趟吧!"

苟有田接着道:"你只要主动跟我们走,俺保证你的腚不会挨揍!"

葛秃子大喝一声,道:"都他妈给俺住嘴,把你俩的臭沟子闭紧了!你们两个小舅子,俺操你们的姐姐都不够,你们还算嘛中国人吗?你们助纣为虐,帮狗吃屎,好话说尽,坏事干绝!奸媳淫女,就差操你们自己的老娘了!老任、老苟,你们俩他妈真为中国人丢脸!"

苟有田吼道:"四狗子,你他妈搞清楚你是谁?不就是名落孙山的穷秀才吗?当洋人的狗腿子还要反过来指使人杀洋人,你他妈是个人?"

葛秃子愤怒地揭短道:"噢,老苟,俺记起来了,你他妈根本不姓苟,你姓石,叫石锦标,你与刺马的张纹祥是把兄弟,对吧?你出卖了他们,才有今天的红顶子戴!俺那年回老家,就专门查过你的老底,像你们这样的狗日的,还配叫个人么?来吧,有本事,你们就把老子抓走!”

任有道听到此,大怒,大声命令士兵道:“士兵们,快把大门撞开!抓住这个朝廷的钦犯,把他的舌头割下来!”随着他一声令下,几十个士兵忙上前撞门,怎么也撞不开。这时,刘敬祥跑过来对士兵们道:“俺那里有建房的松木,你们拿去先用着!”士兵们闻言,便跟着刘敬祥到了新泰兴商行。不一会儿,士兵们抬出一根一搂抱粗的松木过来,对准高林商行大院的大门,喊齐了号子:“一、二、三!”使劲将木头朝院门撞去,大门被震动了一下,却未被撞开,于是,士兵们一下又一下地抬着木头撞击。葛秃子见状,命令护毛队火枪手一齐开火,一阵排子枪响,硝烟过后,撞大门的清兵倒下一片。

苟有田见状跳下马,恼火地对蹲在地上的两排营兵下令道:“预备,瞄准,放!”营兵们瞄准、扣动扳机,只听一阵枪响,高林商行的院墙迸起一阵火花却安然无恙。

葛秃子下了木梯回到自家楼里,客厅里气氛紧张得要爆炸,只见曹英坐凳上,牙齿直打哆嗦。

侯水英喝道:“曹英个怂,你怕个球?老苟是你的女婿,老任又跟你女儿宝蓉生过娃娃,他们要杀人也轮不到你!”

葛秃子心情平静地道:“俺本来就是一个落魄之人,没想到混到今天这模样。俺如今不仅有了儿女,还有红颜知己,俺他妈值了!眼下,红袖添香夜读书是没了,可雪夜红粉伴枪眠亦是快事。走,小兰,水英,咱们到楼上去!”

谢兰急道:“行健,你别快胡说了,快与岱儿逃命吧!”

葛秃子笑道:“俺意已决,绝不逃命!俺与你们几个死也死在一起!”

这时,宝岱匆匆走进楼里,道:“爹,老苟把镇公署的土炮和新泰兴商行的机枪都闹来了,俺担心顶不住呢。你快和母亲带妹妹走,俺拼死带人把他们引开!”

葛秃子倔强地道:“俺不走!”

侯水英道:“这样吧,宝岱的提议俺看可以。他们的火枪换枪药费时,让宝岱装扮成行健的模样冲出去,他们必然追赶,俺们趁此机会冲出去!”

曹英附和道:“这个主意好!”

谢兰勉强同意,道:“只好这样了,眼下没别法。”

葛秃子道:“俺活了五十几岁,够了,不能让岱儿替俺冒险。”

宝岱急道:“爹,事已至此,你的命比俺的命值钱!母亲、妹妹和阿姨们都指靠你哩!”他说着,不由葛秃子分说就把葛秃子的衣服脱下来,自己穿了,又把自己的帽子与葛秃子的帽子换了,把两支法国造勃朗宁左轮手枪插在腰间,手持一支德国造十二响火连枪。宝岱披挂整齐走到院里,命人把黑马牵来,带着四个年轻护毛队员上马,他们均左手持火连枪,右手持马刀,勒住马紧贴在大门两侧。门卫正要开门,葛秃子抱着紫菱匆匆跑来,把紫菱抱上马,用绳子将她系在宝岱怀里,又递给宝岱一个皮包,道:“岱儿,包里是咱家所有的房地契和票号、银票,你一定要突围回天津去,我和你妈万一走不脱,你一定要把你妹妹抚养成人!”

此时,几个女人和家丁、护毛队的全体队员都已做好战斗准备。葛秃子突然亲了宝岱额头一下，就翻身上马，对身边几个镖师道，“你们几个，跟俺走！”说着，持枪跃马向后院冲去，一边冲，一边喊：“冲呀，杀呀——”葛秃子带着几个人骑马冲到后院墙边，命令手下几个镖师道：“开枪！打狗日的！”众镖师闻言，有的下马爬上院墙，持枪向墙外的清军开火，有的干脆站在马上，端枪向院墙外的清军射击。一时，后院枪声大作。院外，任有道在马车上急得大喊：“快到后面去，他们从后面跑了！”营兵们便潮水一般向高林商行后院拥去。

这时，宝岱见状，明白父亲掩护他突围的心意，心一横，咬牙切齿对门卫命令道：“打开大门！”门卫遵命迅速拨去门闩，猛地把大门打开一条缝隙，宝岱双腿一磕马肚，黑马如箭一样直射出去，迎面碰见正在撞门的清军营兵，营兵猝不及防，被马一冲，纷纷倒地，宝岱和随从的卫队手起刀落，营兵们死伤惨重，纷纷抱头鼠窜。

宝岱和卫队挥刀杀得性起，忘记了使枪，勇往直前，很快遭到营兵们的狙击。

任有道忍痛骑着战马，拔出战刀命令手下一群火枪手道：“快开火，别让他们跑了！”这群火枪手立即端枪瞄准，只听一阵排子枪响，冲在宝岱身后的两名护镖队员从马上栽倒下去。一颗子弹贴着宝岱的额前飞过，紫菱在宝岱怀里吓得尖叫一声，惊醒了宝岱，他拨转马头，朝东冲了出去。他身后的数名卫士朝营兵连砍了几刀，逼退了营兵，勒转马头跟着宝岱冲了出去。

任有道拍马赶来，下令道：“快追，那个骑黑马的就是葛秃子，别让他跑了！”众营兵和马快们闻令，纷纷纵马追了过去。

这时，高林商行后院里，葛秃子见宝岱把敌人引开了，急忙和几个女人翻身上马，打开后院门，在护毛队员们的护卫下朝外冲去。谁知慌忙中出错，葛秃子在前面冲错了方向，不是向西冲，而是向东沿着宝岱等人冲出的方向向前冲。

这时，苟有田骑马正追击宝岱，冲到半路忽然勒住马，对冲在身边的任有道喊道：“快停住，俺们中了葛秃子的调虎离山之计了！”

任有道勒住马，大声问道：“老苟，你咋知道？”

苟有田在马上大声应道：“老哥，葛秃子这个老怂能有如此身手吗？他啥时学会杀人？快回去！”说着，他对冲在身边的众营兵喝道，“停止追击，跟俺来！”说着，他抡着指挥刀带领一群营兵纵马向后驰去。这时，任有道刚掉转马头，就见葛秃子带领侯水英、曹英等一群女将慌乱地纵马冲过来。苟有田正喝令火枪手：“预备，瞄准！”任有道忙喊道：“不准放！”火枪手闻令停下了。

苟有田气急败坏地道：“老任，你咋不让放？你想弄啥？”

任有道道：“老苟，不要死的，要抓活的！”

苟有田立即命令众营兵道：“弟兄们，上，把这伙人围住！”霎时，近两百名清军骑兵将葛秃子等人包围起来，端枪向被包围的人瞄准。葛秃子一看，前面有任有道和苟有田带着人马拦住去路，后面和左右两边已被清军马队包围，突不出去，便勒住马。

苟有田骑在马上，对被包围的护毛队员喊道：“弟兄们，葛秃子是朝廷钦犯，你们家中都有父母妻子，不要无辜被牵连，快放下武器！”

任有道也在马上喊道:“水英,你还愣在那儿弄啥？还不快过来?!”这时,护毛队里有几个人把枪扔了,跑了过去。

苟有田下令道:“把他们给俺捆起来!”众营兵闻令,扑上去用绳索将投降的几个高林商行护毛队员捆起。

侯水英见状,在马上大声道:“任有道,你把人撤了,俺就跟你回来!”

任有道喝斥道:“你这个臭女人,葛秃子是朝廷命犯,你护着他干吗?”

这时,苟有田悄悄对身边一个骑兵叮嘱道:“快,把葛秃子——当中那个男的给俺打死!”那名骑兵遵命端起了火枪瞄准了葛秃子。这一动作被跟在葛秃子身后的侯水英发现了,千钧一发之际,侯水英飞马冲到葛秃子马前,刚说了声“不”,那名骑兵手中的火枪响了,枪口冒出一阵呛人的硝烟,侯水英像一片凋落的树叶从马上飘了下来。

任有道见状对苟有田大骂道:“俺操你娘,老苟,谁叫你狗日的放枪?”葛秃子扑下马来,大叫一声抱住了侯水英。谢兰和曹英也跟着跳下马,围住了葛秃子。

苟有田命令道:“快把他们拿下!”一群营兵拥上去,把葛秃子和谢兰、曹英按住捆了起来。任有道不顾屁股疼跳下马来,踉踉跄跄跑到侯水英跟前,一把抱住她,连声喊道:“水英,水英,你醒醒……”

侯水英胸衣被血浸透,她躺在任有道怀里睁开眼,道:“救救行健……”就闭上了眼。任有道愣了半晌,突然看见几个营兵正在捆谢兰和曹英,就扔下侯水英扑上去煽营兵的耳光。他一边扇,一边骂道:“狗日的,谁叫你们绑女人啦?”

几个营兵挨了揍,捂着腮帮子望着苟有田。

苟有田吼道:“回城！把葛秃子个驴日的给俺带走!”几个营兵听令,忙把葛秃子架起来抬到马背上,众营兵上马,举着长长的火把,缓缓地向平罗县城移动,移向远方……

第二十六季:不死的灵魂

1

这年冬夜,白雪覆盖的绥远城悦来客栈。康妮、苏珊、迈克骑着马来到悦来客栈大院翻身下马,扫了一下身上的雪,便一齐走进客栈。

客栈老板迎上来道:“客官要住店吗?本店规矩,住店须先付住店钱。”

康妮道:“没问题。我们只有一个要求,要一间单独干净的客房,房钱贵一点没关系。”

客栈老板笑道:“实在对不起,刚才剩一个单间被客人包了,剩下的都是大通炕。”

康妮道:“那间房住几个人?”

客栈老板道:“一个。”

康妮道:“能不能这样,我们是三个人,他是一个人,可不可以叫他转让给我们?”

客栈老板为难地道:“客官,这有点不好办,那位客人是个女的。”

康妮一听,高兴地道:“那就好办了,我们也是女的,可以合住的。”说着与苏珊一起脱下帽子,露出小辫。

客栈老板走到迈克跟前,道:“他也是女的吗?”

康妮道:“孬,他是我的弟弟,可以和我们一起住。”

客栈老板客气地道:“三位等着,我去说说看。”说着去找客人商量去了。康妮也跟了出去,走到院子西北角,听到一个女声道:“什么?你叫我跟洋人住一起?”接着是客栈老板的乞求声。

那女声忽然高亢起来,道:“你怕洋人,甘愿做走狗,姑奶奶可不怕他们!不行!”

康妮一撩门帘,推门走了进去,屋子里一男一女都住了嘴。

康妮把那眉清目秀的年轻姑娘打量了一眼,用一口天津话亲切地道:“请问,您贵姓?芳名如何称呼?”

那年轻姑娘道:“我姓啥叫啥都不打紧,但我要请问您贵姓芳名,为啥非要挤占我的房间?”

康妮大方地道:“我叫康妮,是天津怡和洋行老板亨利的女儿,因为有十万火急的事去石嘴山救人,才来到这里。我们有三人,不想住大通炕,就想问您能不能与我们合住一晚?”

那青年姑娘闻言,眼睛一亮,道:“你说是到石嘴山救人,救啥人?”

康妮不紧不慢地道:“石嘴山高林商行葛行健先生是我父亲的老朋友,他的儿子宝岱也是我的朋友,现在他们都有性命危险,我们要去救他们!”

那青年女子焦急问道:“他们有什么危险?到底出了啥事?”

康妮道:“小姐,这事说来话长。我问你,我们能和你住一宿吗?我的弟弟和妹妹都在外面冻着呢!”

青年女子道:“没嘛达,你快让他们进屋来吧!”

客栈老板道:“哎,小姐,你同意啦?”

青年女子道:“你少插嘴,快把他们的马都牵去喂了。听着,要多加些草料,喂饱了,明儿个我多付你银子便是。”客栈老板答应一声,莫名其妙地去了。

康妮随客栈老板出来,让苏珊和迈克把行李卸了,将马交给客栈老板牵到后槽去喂草料,三人回到青年女子的房间,未及说话,从外面闯进两个青年来。一个手持双锏,一个手持双刀,虎气逼人。两个青年进房来问青年女子道:“姐姐,出了啥事?”

青年女子笑道:“快把刀放下,包龙、包虎,来,我跟你们引见一下。”说着指着康妮等三人道,“这位是天津怡和洋行老板亨利先生的小姐康妮,另两位是她的弟妹。”说着,指着自己道,“我叫乌妮尔,那两位是我刚结识的兄弟包龙、包虎。半月前,包龙、包虎两位兄弟和他们的娘从石嘴山高林商行来到俺家避难,我们才相识。前几天,官军抓走了我爹和他们的娘,我们姐弟三人逃难至此,听说石嘴山宝岱家出了事,我们姐弟三人正商量返回石嘴山去救宝岱一家!”

康妮闻言,上前拉住乌妮尔的手,道:“原来是乌妮尔姐姐,我在天津听宝岱提起过你的芳名。这样吧,我们六人今晚就在这店里歇了,明天一早,我们结伴同到石嘴山救宝岱!”

乌妮尔、包龙、包虎和苏珊、迈克欣然点头。

2

白昼,甘肃平凉城十字街口。空地上,龙占海正在摆场子,耍把式卖艺。宝鉴头戴破毡帽,身穿粗布衣,脸上满是灰尘,挤在围观的人群中观看。他腋下夹着一根打狗棍,两手袖在袖筒里。龙占海见到宝鉴仍不动声色地继续练把式,练完最后一招“猛虎掏心”,面向观众双手抱拳道:“列位,有劳,有劳,多谢捧场,明儿个再会。”说罢,他向宝鉴使了个眼色,草草收拾了刀枪器械,与宝鉴一起向南街一个得胜小旅馆走去。两人进了小旅馆房间,龙占海返身将房门关上。

龙占海道:“宝鉴,你咋跑来了!”

宝鉴闻言,扑通跪下哭道:“师傅,自从你闹了教堂的案子后,平罗县的地都被翻了三尺,天天杀人,连任有道和苟有田都被革职了。十天之前,任有道奉皇上和洋人之命带兵包围了高林商行,俺的爹爹和母亲被捕,侯水英为救爹爹中弹而亡。”

龙占海闻言一惊,问道:“宝岱呢?”

宝鉴哭道:“弟弟带妹妹紫菱逃出,至今杳无音信。”

龙占海道:“那你这是咋回事?你咋知道我在此地?”

宝鉴道:“我因为爹爹和师傅的缘故,正被官府缉拿。出事那天晚上俺不在家,俺在,在梨香院里,啥也不知道。任有道知道俺恨他,派兵把俺抓起来打了一顿,后来还是俺妈和俺姐苦苦求情,才把俺放了。俺走投无路,俺妈就偷偷给了俺一点盘缠,让俺回山东老家。俺走到此地,钱又被小偷偷了,这两日俺在街头乞讨,不想今日遇见了师傅您。”说完,他解开衣服,露出伤痕累累的胸脯,又号啕大哭起来。

龙占海闻言,生气道:“我平时咋教你的?你就是不听,一个劲泡妓院、赌场、烟馆,你都成了啥了?你义父义母养你一场,如今遭此大难,你不思搭救,却自顾逃命,你还是个人吗?”

宝鉴跪在地上哭得更伤心,道:“徒儿俺也想报仇来着,可是孤掌难鸣。师傅,今天见到您,徒儿就有了依靠。俺和你返回平罗,杀了任有道和苟有田那两个狗怂,把俺爹和俺妈救出来!”

龙占海闻言,心稍宽慰,扶起宝鉴道:“起来吧,你先在我这儿住下,养几天伤,待我卖艺再拉几场,凑够了路费再说。”

3

翌日早晨,平凉城得胜小旅馆。龙占海和宝鉴在房间里吃罢早点,龙占海起身收拾刀枪器械,临出门对宝鉴说道:“宝鉴,我出去拉场子了,你在屋里不要出去。”

宝鉴站起身点头应道:“哎,师傅您慢走!”龙占海见宝鉴答应得如此爽快,扛着刀枪器械出了门。他走出旅馆,来到昨天拉场子的十字街口,将刀枪器械往地上立住,捡了一柄砍刀便在空地上舞弄起来,少时,他的周围渐渐聚集了一批观众。龙占海见状便收住势,左臂挽刀,双手一拱道:“各位老少爷们,在下姓龙,名占海,今日来到平凉,借贵城一方宝地献丑,还望各位老少爷们多多抬举,觑得好了,施舍在下一点银钱,权作在下衣食路费,觑得不好,还请各位老少爷们见谅!”说完,他便就地抱拳旋转一周,并向四方深深作了一揖,挥刀跳入场中,使起大砍刀来。只见他握刀在手,使了个“鲲鹏冲天”招式,又腾空跃起,向前连抢数步,猛回身使了个“浪子回头”招式,一柄砍刀便从空中劈将下来,唬得众人往后一退。接着,龙占海执刀在手,左劈右砍,辗转腾挪,身手矫健,时而如猛虎下山,时而如蛟龙出海,一柄刀在手中呼呼生风,但见刀光闪闪,整个人被裹在刀光之中。龙占海将刀舞得兴起,空地上围观的人越来越多,不断喝彩,不时有人将散碎银子和铜钱扔在地上。龙占海一边舞刀,一边偷眼觑四周观众,只见观众之中有几张新来的陌生面孔,贼眉鼠眼,正在交头接耳,指指点点,甚是可疑,当下心惊,但仍面不改色,继续在空地上耍把式。时近中午,龙占海收住刀势,抱拳对观众道:“列位老少爷们,有劳,有劳,多谢捧场!明儿个再会!”说着,从地上拾起散碎银子和铜钱装入包袱,拎起包袱拿起枪刀器具径自回小旅馆。

龙占海回到得胜小旅馆自己的房间,打开门,房间里早已没有宝鉴的踪影。他奇怪地自言自语道:“咦,宝鉴这小子上哪儿去了呢?”

4

夜,二更时分,平凉城得胜小旅馆。龙占海眼睁睁地和衣躺在炕上睡不着,伴着一盏油灯,正等候宝鉴归来。忽然,房门“吱呀”了一声,龙占海急忙跳下床,见宝鉴慌慌张张回来了。

龙占海厉声喝道:“宝鉴,你到哪里去了,为啥现在才归?”

宝鉴掩饰道:“俺嫌屋里太闷,就出外走走,不想却迷了路。”

龙占海冷冷一笑,道:“宝鉴,别装蒜了,我看你这次来平凉是有差事吧?你最好跟我说实话,我的脾气你是知道的,为了朋友,我的脑袋可以送人,但是谁骗了我,哼!”

宝鉴仍满脸堆笑道:“师傅,俺真的不骗你,俺遇见你特别高兴,就想出去走走。”话音未落,龙占海忽然听到屋顶上轻轻响了一声。

龙占海迅疾出手拿住宝鉴,掏出左轮手枪顶住宝鉴的脑门,喝道:“我太过于相信你,差点又上了当。说,你到底收了任有道多少银子?就如此认贼作父?”

宝鉴吓得浑身发抖,道:“师傅,你不知道,你惹下的乱子把天都戳了个大窟窿呀!为你而死的无辜百姓都有上百人啦,俺义父、俺义母都为你进了监狱,弟弟妹妹也有家难回。爹爹辛苦创下的高林商行一夜间全没啦!你只顾自己报仇,完了就跑了,全不顾他人的性命!你算啥英雄好汉?俺被逼无奈,才领了令状来寻你,如今既被你识破,你就杀了俺吧!房子周围都是官府的人,你能逃就逃吧,逃不了,你就乖乖投降,俺保你不死!”

龙占海一听,叹口气道:“没想到我杀了几个洋鬼子闹了这么大的动静。闹得百姓遭殃,朋友受累,我本为正义,不想今日成了不仁不义之辈。罢罢罢,我投案就是,你把你的人都召下来吧!”说完,放开宝鉴,收起了左轮手枪。

宝鉴闻言,便昂首对房上喊道:“都下来吧!”随着他的一声喊,房顶上立时蹦下十几个黑衣捕快来,人人手里端着火枪,瞄准了龙占海,几个黑衣捕快上前用绳索将龙占海绑了,接着将他推出房门来到大院,押着他上了囚车。一个捕快头目挥着手枪命令道:“弟兄们上马,回府城!”众捕快闻言,纷纷跃上马背,押着载着龙占海的囚车向宁夏府城驰去,宝鉴骑马走在最后,一行人渐渐消失在黑夜中……

5

白昼,平罗城任有道住所。宝鉴随捕快回到宁夏府城,便喜滋滋地来到任有道府上表功。他三步并成两步走进任有道家客厅,见任有道正与苟有田躺在炕上抽大烟说话。

宝鉴上前拱手道:“启禀二位老爷,龙占海这个怂被俺抓回来了!”

任有道起身坐在炕上捋须道："好，好！这事办得利索，算你大功一件！"

宝鉴道："今天俺来向二位大人报喜，另有一事相求。"

苟有田一边抽大烟，一边奇怪地道："说吧，有啥事？"

宝鉴道："俺的苦肉计算成了，正凶龙占海也抓获归案了，可宝岱尚逍遥法外，他要是知道是俺使的苦肉计，俺便死无葬身之地。因此，俺来求二位大人想法保护俺。"

任有道道："这有何难，俺们把你再绑起来，与龙占海一起押回平罗，不就结了？"

宝鉴道："如此甚好，只是俺得再受一回罪，赏银得再加五百两，还得给俺二百两广发隆出品的板烟土。"

苟有田闻言腾地从炕上坐起，愤怒地用烟袋锅敲着炕沿道："放屁！你这个孬种，俺们没把你问罪便便宜了你，你这狗怂还敢讨价还价？"

宝鉴歪着脖子，道："俺是孬种，反正你俩都是俺爹。不过，俺是叫你爹呢，还是叫你姐夫呢？"任有道闻言，在一旁窃笑。

苟有田闻言大怒道："你他妈满口狗屎，快给我滚！"

宝鉴害怕，转身朝门外走去，走到门口，回头道："俺差点忘了告诉你们，你们得先把龙占海的舌头割了，不然，他胡说八道，还不得毁了俺？"

苟有田下炕趿鞋追出来，喝道："这个不用你管球，快滚！"

宝鉴吓得倒退数步，两脚绊着门坎，摔了一跤，仰面朝天倒在门外，见苟有田追来，忙翻身爬起，灰溜溜地溜出府衙大院……

6

白昼，鄂尔多斯草原。乌妮尔、康妮、苏珊、包龙、包虎和迈克骑着快马奔驰在草原上，风驰电掣般驰过勒布镇，"驾驾"的吆喝声和"嘚嘚"的马蹄声由远而近，又由近而远，播向远方……

7

白昼，风景如画的贺兰山苏峪口，山高林密，峭壁飞泉。笔架山山腰一座大木屋旁的空地上，梁山大掌柜驼背杨大和刚从石嘴山逃出的宝岱正观看一群马贼练习劈刺，忽然，一个年轻哨探骑马来到杨大面前翻身下马。

年轻哨探左腿向前单跪，双手抱拳对杨大道："启禀大掌柜，小的刚才从平罗城内探知，石嘴山高林商行老板葛秃子已被官兵抓捕，现关在死牢，不日就要被处死！"

杨大惊问道："这消息可当真？"

年轻哨探道："小的不敢撒谎，千真万确！"

宝岱闻言，向杨大拱手道："大叔，在下告辞！"说着从腰间拔出手枪，大步朝山下走去。

驼背杨大眼快脚快，抢步上前拦住宝岱道："娃儿，老叔我多吃了几年面片子，比你经的事多一点。你这样下山是送死，不是救人。你给我谝谝，如何救法？"

宝岱脸涨得通红，哑口无言。

杨大上前拍拍宝岱的肩道："娃娃，与官府那些日囊怂斗法，得用脑子。老叔过去欠你爹一个人情，今天我要还了。走，到大木屋去！"说罢，转身对一个马贼小头目道，"通知各哨把子头，立即到大木屋开会议事！"

小头目双拳一抱，道："是！"说罢便朝山下大声喊叫起来，"大掌柜有令，各哨把子头开会！"他的喊声，在笔架山山谷回荡……

8

白昼，笔架山山腰大木屋。宝岱陪着驼背杨大坐在木屋上首的两把椅子上，他们面前的一排矮木长凳上坐满了各哨的把子头。马贼们有的在嬉笑逗乐，有的在默默抽着大烟。

驼背杨大开言道："许久未碰头了，今天把弟兄们请来，是要商量一件天大的事：到平罗县劫狱，救出高林商行的葛老板！弟兄们有啥好计，尽管都他娘的讲出来。不愿去的，我也不勉强！"说着，他向众人扫了一眼。

一个老马贼一边抽大烟，一边道："俺听说葛秃子这人行侠仗义，下营子教堂的罗斯日鬼得很，不知搞了咱平罗多少女人哩！俺的意见，罗斯该死！葛秃子该救！到平罗城去救葛秃子出狱，俺第一个赞成！"

一个年轻的马贼一边用手擦拭手中的刀锋，一边生气地道："宁夏知府任有道和总兵苟有田那两个日囊怂成天偷鸡摸狗，也不是啥好东西，他们为啥子抓葛秃子？还不是舔洋人的屁股！我听说葛秃子的高林商行为老百姓造福，在石嘴山深得民心，这样的人不该死，该救！"

驼背杨大道："弟兄们的话都说到我的心窝上。葛秃子这人行侠仗义，大家有目共睹。可是官府偏偏不饶过他！罗斯这个洋狗怂奸人妻霸人女，是他妈个奸蛋，这样的洋狗怂被杀一万个，咱才痛快！既然大家没有意见，这样吧，咱们一百多个弟兄分五批下山，黄昏前在平罗城南门外小庄子会合，中午，弟兄们饱餐一顿，下午上马出发！"

众马贼头目站起，拱手道："遵命！"

9

下午，笔架山。第一批约二十名马贼在老马贼的带领下骑马下山。他们人人都腰挎刀、斜背枪，顶着烈日，策马驰入树林，向平罗城悄悄进发。

约莫过了半个小时，第二批马贼约二十人在年轻哨把子的带领下，纵马驰下山，马贼们策马驰入树林，隐蔽地向平罗城开进。

又过了一个小时，驼背杨大和宝岱全副武装骑着马，正要带第三批人马下山，忽然，两个放暗哨的马贼押着骑着马的康妮、乌妮尔、苏珊、包龙、包虎和迈克上山来。

一个马贼暗哨纵马跑到杨大面前翻身下马,禀报道:"启禀大掌柜,这六个可疑的人上山被俺们抓住了,他们点名要见宝岱!"宝岱闻言,忙跳下马向山下走去,迎面碰上骑在马上的乌妮尔和康妮。康妮见到宝岱,跑上前来搂住宝岱就亲了他的脸一下,宝岱猝不及防,闹了个大红脸,围观的马贼一下子笑开了。一会儿,苏珊和迈克也骑马过来,跳下马,与宝岱紧紧拥抱。

宝岱对乌妮尔道:"乌妮尔,俺岳丈呢?你怎么和康妮他们在一起?"

乌妮尔闻言,眼圈红了。康妮道:"你一下问她这么多问题,让她怎样回答呀!"

乌妮尔接着回答道:"我爹在海勃湾被官兵抓走了,我和包龙、包虎逃到绥远城巧遇康妮他们,为了救你,便一起来了!我们一起经过千辛万苦,好不容易找到了石嘴山,找你不到,碰上了新泰兴商行的刘老板,刘老板说他已接到天津的电报,要康妮他们转回天津,并当着我们说了一大堆你和你父亲的坏话,我们没有听他的话,千方百计才找到贺兰山这里来。"

宝岱道:"你咋知道俺在这里呢?"

乌妮尔道:"高林商行一个姓伍的说,你可能在贺兰山里,我们就跑来了。"说着,用手指了指康妮和苏珊、迈克道,"他们从天津远道来,为了救你,已骑马在路上奔波了个把月了。"

宝岱闻言,悲喜交加,脸上露出感激的神情。

杨大坐在马上,听了宝岱与乌妮尔的对话感动不已,他跳下马来,抚摸着康妮的金黄头发感叹地道:"娃娃,我老汉活了六十多岁,今天算开了眼界,哪国都有好人啊!"说着,扭头对宝岱道,"前两拨人马已经走了两个时辰了,咱们也下山吧,这几个娃娃就留在山上。"

乌妮尔急忙问宝岱:"你们这是去哪儿?"

宝岱道:"去平罗城救爹爹他们!"

乌妮尔和包龙、包虎闻言,齐声嚷道:"我们也要去!"

康妮和苏姗、迈克齐声道:"宝岱哥哥,我们也去!"

杨大生气地道:"娃娃们,你们以为这是娃娃过家家呢?这是去厮杀!去打仗!要死人的!"

康妮坚定地道:"我们不怕!"

乌妮尔对宝岱道:"康妮他们就算了,我们非去不可,我和包龙、包虎都会武功,不会拖累你们的!"

包龙道:"我们要去救师叔,你们要是不让我们跟着,我们就自己去!"

宝岱想了一下,道:"这样吧,包龙、包虎跟着咱们去,乌妮尔、康妮、苏珊,你们几个在山上等着。"

迈克生气地上前道:"那我呢?我也学过拳击。"说着,他伸出拳头,"嗨嗨嗨"地打了一气。

宝岱神色严峻地道："你也老实在山里待着，好了，不要再争，就这么定了。咱们走！"说着，他翻身上马，招呼包龙、包虎也上了马，与杨大一道，带着第三拨人马下了山。

迈克见状，做了个鬼脸对康妮道："喂，康妮姐姐，宝岱嘛这么凶，你将来嫁了他，受得了吗？"

康妮未及回答，乌妮尔此时脸色已变，她回身跨上自己的枣红马，纵马下山，朝着宝岱、杨大带的队伍紧追而去。一会儿，康妮也骑着马下山，尾随乌妮尔的马追上了宝岱。宝岱听到背后响起马蹄声，回头一看，见是乌妮尔和康妮拍马而来，大声责备道："不是说好，让你们留在山上吗？咋又跑来了？"乌妮尔没有回话，对准枣红马屁股就是一鞭，枣红马一惊，撒开四蹄奔了下去。宝岱一见，迟疑地看了康妮一眼，也猛抽一鞭，黑马扬鬃长嘶一声，紧紧追赶枣红马，马蹄刨起一阵雪雾。康妮见状，也不示弱，她用脚踢了一下马肚，扬鞭策马，紧追宝岱而去……

10

黄昏，平罗城南门外城南庄。驼背杨大和宝岱带着第三批二十余人骑马经镇北堡、金山、姚福堡，一气奔驰一百二十里到达平罗城南门外的城南庄，与先期到达的前两批人马会合。约过一个小时，第四批、第五批人马也陆续到达城南庄。城南庄距平罗城南门只有两百米，接近城门处长着一片树林。杨大与宝岱将一百多人带到树林里，骑在马上向平罗城观望，只见夜幕低垂的城墙上挂满了灯笼，每隔几丈远就有一个营兵持枪警戒，城南门挂着两盏灯笼，南门紧闭着。

这时，一个老马贼纵马来到杨大身边，对杨大禀报道："大哥，守城门的都换上了咱们的人，咱们只管进城，放心！"

杨大满意地点点头，命令道："你带五十名弟兄留在树林里负责接应。"

老马贼在马上拱手道："是！"说着拨马去了。

杨大侧身对宝岱道："宝岱，我和你带五十名弟兄进城，去劫狱！走！"说着，向后一招手道，"第四拨、第五拨弟兄留下接应，第三拨弟兄留下一半，其余的弟兄把马拴好，带上武器，跟我来！"说着翻身下马，将马拴在树上，宝岱和乌妮尔、康妮、包龙、包虎也翻身下马，将马拴在树上，众人拿起枪刀跟随杨大走出树林，向南城门摸去。杨大和宝岱提枪持刀，借着夜幕掩护悄悄接近南城门，到了南城门，杨大打了一声呼哨，一会儿，就见城门打开了一道缝，有人探出头来，对杨大低声道："都是自家人，放心进城吧！"杨大向后一挥手，率领五十人悄悄从门缝里进了城。进城后，杨大在宝岱耳边耳语了几句，便带领大部分人来到门口处换上营兵的衣服，由暗线带领，分头走出门卫室，消失在巷子里。他们走后，宝岱带着康妮、乌妮尔和几个马贼走进门卫室，众人换了营兵的衣服，冒充巡逻的士兵，由暗线引领，经鼓楼向西来到监狱门前。监狱是两排干打垒平房，周围一道院墙围着，有一人多高，监狱门前站着几个带刀的狱卒。暗线上前递上通行证件，狱卒看过后挥挥手，道："进去吧！"众人进入监狱。宝岱带人在暗线带领下笔直走向第二排靠西头牢房。

一个年轻狱卒按刀喝道:“什么人?站住!”

宝岱答道:“换班的!”说着上前挥拳猛击卫兵的后颈,那名卫兵应声而倒。宝岱从卫兵身上掏出牢房钥匙,打开牢房门走进牢房,只见父亲和母亲正向壁而坐。宝岱扑向前颤声喊道:“爹爹,母亲,孩儿搭救你们来了!”这时,随着他的喊声,面壁而坐的两个人忽然转过身来,宝岱大吃一惊,原来这两人一个是任有道,一个是苟有田!

顶着一条妇人头巾的苟有田道:“宝岱,大爷俺在此等你已经很久了!”

宝岱闻言抽身欲退,只见房顶上跳下十几个兵丁持枪将他围住,一个兵丁用枪顶住宝岱的咽喉,喝道:“识相点,快把枪放下!”宝岱来不及反应,几个营兵冲上前将他和进来的几个马贼以及康妮、乌妮尔的枪刀下掉了,用绳索将他们捆绑起来。

任有道冷笑着喝道:“哈哈,果然不出俺所料,傻鱼儿自投罗网,带走!”随着他一声令下,十几个兵丁端着枪,将宝岱、康妮、乌妮尔和几个马贼推推搡搡带到监狱的院子里。这时,院子里已点起火把,把夜空照得通明,宝岱被押着走进院子里,只见比利时人林阿德坐在院子上首的椅子上,他的左边坐着得意洋洋的任有道,右边坐着苟有田,他们的后边站着县令赵文通。

任有道从座位上走下来,来到被五花大绑的宝岱面前,阴冷地说道:“宝岱,你是个孝顺的孩子,果然如约而来。俺早就知道你们要来的消息,专门与你苟大爷在此等你。你不是想见你爹妈吗?来人,把葛秃子、谢兰带上来!”

少时,只听大院里传来一阵呵斥声,一群荷枪实弹的营兵押着葛秃子、谢兰、龙占海、宝鉴、时翠莲、云布雨走进大院来,宝岱、康妮和乌妮尔惊住了。

任有道站在人群前面大笑:“哈哈哈哈,今晚真是个群英会,不但教堂的案犯全部在此,就连多年在逃的积案犯也凑到了一起。”说着,他走到五花大绑的葛秃子面前,阴沉地说道,“四狗子,此情此景,你有何感慨呢?”

葛秃子见一家人全部落网,只有紫菱不见,看了一眼身边的宝岱,宝岱没有说话,只是与他对视了一眼,葛秃子面向任有道冷笑道:“哼哼,尿壶,你别太他妈得意!你的诡计虽然得逞,但赢家却是俺!”

任有道歪着头笑道:“哈哈,你是赢家?真他妈荒唐!你说说,你咋是赢家呢?”

葛秃子挺胸正色道:“尿壶,你好生给俺记住:俺虽然为你所害,但俺夫妻同心,儿孝女贤。可你狗日的呢?你老婆为俺而死,女儿又被老苟奸了,你却同他同起同坐,不知廉耻,形同禽兽。你唯一的儿子读书读傻了,与废人无异。俺们全家死在一起,彼此也有个照应,只怕你将来不得好死,死后也是一个孤魂野鬼!”

任有道气得冲上前抽了葛秃子一个耳光,气急败坏地道:“你想全家都死?哼,没那么容易!俺要把谢兰,不,月月红留下,不但让她给俺天天开花,俺还要她服侍许多男人,让她月月红,红到老!让你个狗怂在阴曹地府还得气死一回!”

谢兰骂道:“尿壶,你无耻!”

任有道转身走到谢兰面前,笑着道:“月月红,你甭着急,俺回头就收拾你,会叫你好受的！俺只杀男人，不杀女人，女人全留下。俺是好男，不跟女斗！”

宝鉴在人群中闻言，突然喊道：“大爷，咱说好的，把宝岱逮住就没俺的事了，你不能说话不算话，快把俺放了！”

葛秃子闻言挤到宝鉴身边，向他瞪眼厉声道：“宝鉴，咱们一家果然是你出卖的?”

宝鉴不敢正视葛秃子的眼睛，偏过头道：“爹，你们要体谅俺的苦处啊！”

苟有田闻言，走到宝鉴面前哈哈大笑道：“宝鉴，你前天还叫俺把龙占海的舌头割去，怕他说出你呢！你他娘的自己就说出来了！”

宝岱闻言，怒目圆睁，踢了宝鉴两脚，还想继续踢，被冲上来的两个营兵强行按住了。

这时，林阿德离开椅子，走到众囚犯面前，大声宣布道：“奉朝廷和各国驻清大使的命令，把刺杀洋教士的主犯龙占海和葛行健、葛宝岱就地正法！来人，拉出去，给我将他们枪毙！”

龙占海大声喊道：“慢着！”

任有道道：“你把俺害苦了！顶戴差点就被你弄掉。你还有何话说?”

龙占海大声道：“杀洋人是我亲手所为，我的同谋也已经被你们杀掉，葛老板和宝岱实在啥也不知道，他们是冤枉的，好汉做事好汉当，快把他们放了！”

任有道感到突然，道：“这……”

苟有田大声道：“你胡说！你既然是个好汉，为何逃跑？今天遭擒，你又如此说法，已经晚了。”说着，他从身上掏出一张纸道，“这是天津洋行刚来的电报，葛秃子已被解聘，不再是洋行的买办了。来人呀，行刑！”

随着他的一声命令，立即冲上来十几个营兵，将葛秃子、龙占海、宝岱和云布雨架到院子西墙边靠墙站住，行刑队举起了枪。

苟有田喊道：“预备——”“放”字还未出口，枪声响了，谢兰顿时昏倒在时翠莲怀里。时翠莲赶紧抱住谢兰，定睛朝前一看，只见葛秃子、宝岱、龙占海、云布雨都还好好站着，苟有田捂住一只眼倒在了地上。

院子里顿时大乱，任有道急得大喊：“谁打的枪？谁打的枪?”话刚说完，又一颗子弹飞来，把任有道头上的顶戴打飞了，任有道赶紧趴在地上，疯狂地喊道：“快开枪，把他们统统打死！”

这时，林阿德早已被几个卫兵架着溜了。行刑队员们都吓得趴在地上，没人执行他的命令。只见杨大带领许多身穿营兵服装的马贼从牢房房顶和院子外边跳出来，见着院子里的营兵和狱卒就开火！霎时，院子里的营兵倒下一大片。乘着手下人朝营兵开火的工夫，杨大带着人急急赶到西院墙下，用刀割断葛秃子、龙占海、宝岱和云布雨身上的绳索，朝门外冲去，一群马贼乘营兵混乱的工夫，架起谢兰、时翠莲、乌妮尔、康妮也跟着杨大的队伍向门外边打边冲。

杨大冲到监狱门口，见众人均已救出，便大声喊道：“行健兄弟，你领着他们快逃吧，这里，我带弟兄们顶着！”说着，对追上来的营兵大声喝道，“弟兄们，跟我打，揍这些狗日的！”霎时，杨大手下的马贼纷纷端起枪向追上来的营兵开枪射击，一时，枪声响成一片，监狱内外火光闪闪……

监狱院子里，苟有田捂着流血的左眼从地上爬起来，被两个营兵架着往监狱里躲。任有道见状，对仍伏在地上吓得发抖的营兵用脚踢道：“快起来，把犯人追回来，跟老子冲！”伏在地上的营兵见马贼们已冲出监狱大门，纷纷站起，拿起枪向监狱外冲去！躲在监狱内的营兵被任有道赶了出来，列队集合，向监狱外冲去。冲在前面的营兵端着机枪和火枪朝据守监狱大门的马贼轮番开火，前面的人倒下了，后面的人又在任有道的督战下冲了上来。过了一会儿，据守监狱大门的马贼纷纷倒下，人越来越少了。驼背杨大仍带着数十个马贼举枪抗击追出大门的营兵。

这时，一个头上流血的马贼冲到驼背杨大身边，大声道：“大掌柜，快撤！”

杨大道：“兄弟，你撤吧，我掩护！”说着，又抡起手枪向追出门的营兵射击，他连发三枪，击中了扑到跟前的三个营兵。忽然，一个营兵端着上了刺刀的长枪冲过来，对准杨大的腹部猛刺，杨大措手不及，丢了手中枪，两手握住敌营兵的刺刀，倒在血泊中。那个头部负伤的马贼挥枪将刺杀杨大的营兵击倒，刚要举枪向潮水般冲过来的敌营兵射击，突然胸部中弹，倒在大街上……营兵们蜂拥而上，朝葛秃子、宝岱、龙占海等人冲出的方向追击，一会儿追上了跑在后面的葛秃子、龙占海、云布雨和谢兰、时翠莲。葛秃子和龙占海每人手提一支从营兵手里缴来的火枪，让过怀里抱着龙占海孩子的谢兰和时翠莲，向追上来的一群营兵开枪射击。激战中，葛秃子和龙占海拖着云布雨边打边撤，忽然，云布雨背心中弹，扑倒在地，龙占海举枪还击，一连击倒几个营兵，又有几个营兵挥着腰刀砍杀过来，龙占海开枪击倒一个冲在面前的营兵，跃上去拾起那营兵丢在地上的腰刀，与冲上来的几个营兵白刃格斗，一连砍翻几个营兵。这时，葛秃子见云布雨中弹倒地，忙回身弯腰欲扶他走，云布雨嘴角流血，低声对葛秃子道：“行健，葛老板，快逃……”说着，头一歪，倒在葛秃子怀里。葛秃子替云布雨合上愣直的双眼，回头看见龙占海陷入营兵包围，他放下云布雨，大吼一声，挥枪朝营兵扑去，连发数弹，将龙占海身边的几个营兵击倒，拉着龙占海向前奔逃，两人交替掩护、射击，众营兵跟在后面追击。一会儿，葛秃子和龙占海奔至鼓楼，忽见奔在前面不远的时翠莲中弹倒地，龙占海大喊一声：“翠莲嫂！”扑了过去，只见时翠莲背部中弹躺在地上，怀里还抱着龙占海的女儿。这时，冲在前面不远的谢兰抱着龙占海的孩子，见状往回跑到时翠莲的身边，弯身哭道：“翠莲嫂……”时翠莲睁开眼，已口不能言，对谢兰指了指怀中的孩子。谢兰赶紧从时翠莲手中接过龙占海的女儿，转身向前飞跑。葛秃子一人殿后，挥枪连连击倒几个营兵，又有几个营兵挥着刀冲上前，包围住葛秃子，举刀向葛秃子砍去。正在千钧一发之际，龙占海奋不顾身往回冲过来，连开数枪，击倒几个举刀欲砍葛秃子的营兵，忽然，龙占海胸部中弹，歪歪欲倒，葛秃子见状，不顾一切地冲上去欲抱住龙占海，清军营兵乘机向葛秃子连发数弹，击中葛秃子背部，血花飞溅，葛秃子与龙占海同时向后倒在地上，他们痛苦地向前爬着，试图接近对方。正在此时，一群营兵冲过来，向他们连开数枪，葛秃子和龙占海连中数弹，浑身是血，再也爬不动了。葛秃子两眼痛苦地盯着同样是痛苦的龙占海,两人咽下最后一口气……此时,拉着乌妮尔、康妮跑在前面的宝岱猛然回头,见师傅龙占海和父亲葛秃子中弹倒地,几个营兵追上抱着两个孩子跑不动的谢兰,将她抓住,他心如刀绞,猛地从一马贼手中夺过一把刀就要往回跑,被乌妮尔一把扯住。

乌妮尔急对宝岱道:"你快带康妮走,我来顶住他们!"说着,从地上拾起一把马贼丢下的火枪,举枪向追上来的营兵开火,一气打倒数个营兵。宝岱冲上去拾起营兵丢下的火枪,举枪连连向追上来的营兵开火,又打倒面前的几个敌营兵。乌妮尔和宝岱及几个马贼交替掩护着向南门撤退。他们撤到南城下时,只见南门被关死,城墙上的敌营兵高举火把大喊:"不要放走他们!"

这时,与宝岱一起撤退下来的一个马贼弟兄对宝岱激昂地吼道:"宝岱,你快带小姐和孩子走,我们跟驴日的拼了!"

宝岱挥枪道:"弟兄们,快把瓮城夺回来,咱们一起往外冲!"说着,他和乌妮尔、康妮及几个弟兄从两面接近瓮城,连发数枪,将把守正门的几个敌营兵击毙,夺回南门,将南门打开,宝岱带领大伙儿进入瓮城,凭借瓮城与正门之间的一道弯儿开枪堵住追击的营兵。因为有了这道弯儿,追上来的敌营兵不能持枪直射宝岱等人,且暴露在宝岱等人火力下,营兵们伏在地上躲避弹雨,不敢贸然前进。

这时,留在城外树林中的五十名马贼弟兄见城门打开了,就骑马冲进城来,并带了一群马前来接应。五十名马贼弟兄一边冲,一边开枪朝城内追兵射击,城内敌追兵不曾提防,经五十名马贼弟兄一冲,顿时溃散。一会儿,敌营兵冷静下来,组织火力与冲上来的马贼弟兄混战,乘此之机,宝岱和剩下的弟兄翻身上马,乌妮尔和康妮同骑一匹马冲出城外。刚冲出城门不远,城内一股营兵追出城来,举枪向乌妮尔、康妮射击。忽然,骑在康妮身后的乌妮尔背部中弹,发出"哎呀"一声,宝岱回头一看,乌妮尔伏在康妮身上不动了。宝岱急忙勒马跑回来,驰至康妮和乌妮尔身边,伸臂将乌妮尔抱过来夹在腋下,与康妮策马向前狂奔,几个马贼见状,返身冲过来向敌追兵射击,阻住了敌营兵。

宝岱带着乌妮尔和康妮并马冲到城南庄那片树林,甩脱了追兵,才停下来。宝岱与康妮翻身下马。宝岱看看怀中的乌妮尔,乌妮尔面色发白,摸了摸她的胸口,她已心脏不跳,身体渐渐冷了。

康妮见状哭道:"她是为了救我才这样的!"

宝岱吼道:"都是你们不听话惹的祸!"说着对跟上来的几个马贼弟兄道,"弟兄们,你们带康妮快走,俺跟狗日的们拼了!"说着要翻身上马,被众兄弟死死拦腰抱住。

一个弟兄道:"宝岱,杨大哥生死不明,你妹妹还在山里,你要冷静,不要莽撞!"

宝岱哭道:"咱们一个人也没救出来,还搭进去许多兄弟,乌妮尔也是因俺而死,叫俺如何冷静?他们都死了,俺一个人活着还有什么意思?"

一个年龄较大的哨把头劝道:"宝岱兄弟,人死不能复生,事已至此,我们应该回到山中，休整人马，商量好了，以后报仇也为时不晚。”

宝岱含泪点头道：“老哥说得有理，撤！咱们回山！”说着，将乌妮尔抱上马，众人亦翻身上马，跟着宝岱冒着三月塞北的寒风向贺兰山撤退……

11

数日后的一天黎明，平罗城下。宝岱带着几个马贼兄弟骑马来到城南庄那片林子里，向城头观望。这时，天也亮了，只见曙光初照的平罗城头上悬着一根长竿，长竿上挂满了人头。化了装的宝岱抬眼仔细望去，只见那竿子中间挂着葛秃子、龙占海、杨大的人头，时翠莲、包龙和云布雨的人头挂在竿子两边。宝岱一见，“哎呀”大叫一声，口喷鲜血，栽下马来。几个弟兄慌忙下马急救，将他重新扶上马背，一个弟兄抱着他骑马驰回贺兰山。

12

半个月后的一天，宁夏府城城门口。因破案有功升任甘肃按察使的任有道和宁夏府僚属骑马欢送已升任新疆伊犁将军的苟有田赴新疆伊犁上任。苟有田戴着银盔，用黑布蒙着一只眼，身着铠甲，骑在高头大马上喜气洋洋，他身后是四个亲兵抬着的蓝呢官轿，轿子里坐着曹蓉。蓝呢轿后面是一队唢呐吹鼓手，一路吹吹打打，好不热闹。走出城门不远，任有道策马赶上苟有田，两人并马而行。

苟有田在马上抱拳道：“按察使大人，老夫先行一步到伊犁上任去了，请留步吧。”

任有道身着三品官服，顶子上新添了蓝翎花羽，在马上抱拳道：“老苟，没想到你不当甘肃巡抚，偏要去啥新疆当伊犁将军。你这次牧马天山，新疆的丫头又要遭殃了！”

苟有田在马上大笑道：“哈哈哈哈，大哥戏言，大哥戏言，岂不闻良马、宝剑、美人，此人间三宝也，非大英雄而不能用。俺虽非大英雄，但俺是大将军。你是朝廷文官，个中滋味，老哥要好好体味哩！”

任有道稍觉此话刺耳，但仍再次抱拳道：“送君千里，终有一别，三弟带曹蓉慢行吧。”

苟有田亦在马上作揖道：“曹蓉随俺到伊犁上任，是老哥又一次成全老苟。多谢，小弟告辞！”说着，仰天哈哈大笑，朝马屁股上猛抽一鞭，打马向前奔去。四个亲兵抬着蓝呢官轿，在他身后拼命追赶。曹蓉掀开轿帘，似怨似恨地看了任有道一眼。任有道勒转马头，对身后僚属下令道：“回府！”

13

1901 年阳春三月，雪后初霁，贺兰山脉笔架山山腰。漫山坡上，野杏花盛开，盈盈如雪，蜜蜂嘤嘤围着花儿上下翻飞。紫菱伴着康妮、苏珊和迈克沿着山坡行走，四人嬉笑着摘着杏花和刺梅上的红果子。笔架山山腰一座木屋前，新垒了一座坟。身体已康复的宝岱提着盛着香蜡的竹篮从木屋里走出，来到新坟前吊祭。宝岱默默地划火柴点燃三支香和两支蜡烛，将它们插入写有“乌妮尔之墓”的墓碑前的土地上，双掌合十，弯腰三鞠躬，脸上带着忧郁的神情。这时，康妮拿着刚采摘的几串红果子和三枝野杏花悄悄走过来，将银色的杏花插在坟头，将几串红果子摆放在坟前香烛旁，又默默地回身走到宝岱身边，照着宝岱的样子双掌合十，向乌妮尔的坟墓深深地三鞠躬，接着与宝岱一起静静默哀，眼角中渗出晶莹的泪水。

宝岱扭头瞧见康妮眼中的泪水，抚着她的肩头动情地说道：“康妮，乌妮尔死了，她为拯救俺的父母而死，俺对不住她呀！”说着，他伏在康妮的肩头失声痛哭起来。

康妮转身抱住宝岱，用手绢擦干宝岱脸上的泪水，悄悄地安慰道：“宝岱哥哥，乌妮尔是个好姐姐，我会永远记住她的，你不要难过。”

宝岱道：“康妮，你是个好姑娘，俺没想到你为了救俺，瞒着你的父母千里迢迢跑到大西北来，俺很感激，你让俺说啥好呢？”

康妮道：“你爱乌妮尔吗？”

宝岱默默地点点头：“俺爱。”

康妮红着脸，大胆地道：“你爱我——康妮吗？”宝岱默默地点点头。

康妮闻言，抬起头欣喜地道：“真的吗，宝岱？”

宝岱微笑着点头。康妮见状，猛地伸手搂住宝岱的脖子，高兴地叫道：“啊，宝岱，我太幸福了！”说着踮起脚将嘴唇贴上宝岱的嘴唇亲吻起来。宝岱搂住康妮的腰肢，拼命地亲吻康妮。这时，葛紫菱牵着苏珊和迈克的手向大木屋走来，苏珊和迈克手里都握着一串红果子和几枝野杏花，看到宝岱和康妮亲吻的场面，忙躲到大木屋墙角偷偷地笑起来。笑声惊动了正在拥抱亲吻的宝岱和康妮，他们慌忙放开对方，追到大木屋边墙角，见笑的是妹妹紫菱和苏珊、迈克，两人脸上顿时羞得通红。

葛紫菱见状，大方地从墙角走到康妮身边，亲热地喊道：“康妮姐姐，俺可以喊你嫂子吗？”

宝岱生气地道：“女娃子，少管哥的闲事！”

紫菱娇气地道：“哥，这哪是闲事，这可是哥的终身大事，俺是你的亲妹妹，偏要管，管定了！”

这时，迈克也大模大样走到宝岱身边，仰着脖子对宝岱道：“宝岱哥，康妮姐姐可喜欢你呢！我听姐说，姐姐就是为了想你，才从伦敦回到中国。这次她带我和苏珊到石嘴山来，也是担心你，还瞒着爹爹和妈咪呢！宝岱哥哥，你愿意做我的姐夫吗？”

几乎是同时，康妮和宝岱一起点头，各自把紫菱和迈克抱到自己怀里，迈克和紫菱在他们怀里又蹦又跳，苏珊在一旁忘情地鼓掌。

这时，大木屋里突然也爆发出掌声。一会儿，青年哨把子头冯三和老哨把子头洪二麻子带着一群马贼头领大步走出屋来，向宝岱拱手行礼道：“宝岱兄弟，恭贺你当选为俺们的大掌柜!"

宝岱拱手还礼道:"二位兄弟,小弟何德何能,怎能当你们的大掌柜?"

洪二麻子道:"宝岱兄弟不必过谦,杨大掌柜已掉了脑袋,咱们梁山可不能群龙无首,这是大伙儿共推的!"说着,对身后的众头领道,"是不是啊,弟兄们?"

各头领一齐拱手道:"正是,咱们愿听宝大掌柜调遣!"

冯三补充道:"宝大掌柜,你武艺高强,深孚众望,如果你不答应,大伙儿要散伙呢!"

众头领齐声道:"对! 如果宝兄弟不当大掌柜,咱们散伙!"

宝岱犹豫片刻,拱手道:"好! 既然大家看得起俺,俺就试着干吧。不过有一条俺可要言明,咱梁山好汉只是劫富济贫,绝不干危害黎民百姓的事!"

众人齐声应诺道:"愿听尊命!"

就在这时,从山下跑上一匹马来,一个梁山弟兄纵马来到宝岱面前翻身下马,拱手道:"报,苟总兵已升任伊犁将军,今日上任去了。任有道在城中孤掌难鸣,葛夫人还活着,现关在任府中。"

宝岱闻言顿时精神焕发,走上前对那人道:"此消息可确实?"

那梁山弟兄道:"任府有我一个亲戚,这消息千真万确!"

宝岱沉吟片刻道:"你那亲戚可靠吗?"

那梁山弟兄道:"可靠! 你要不信,今晚我陪你下山!"

宝岱点头道:"好,就这样。"说着,他扭头对青年哨把子头冯三命令道,"冯三,你带十几个兄弟现在就随俺走,上马!"

冯三拱手道:"是!"说着转身点了十几个梁山弟兄奔往大木屋旁的马棚牵出十几匹马来,众人翻身上马。宝岱接过一匹马的缰绳翻身上马,在马上命令道:"洪二兄弟!"

洪二麻子站出来拱手道:"有! 葛大掌柜,你吩咐吧!"

宝岱命令道:"俺带人进城去救俺母亲,你带人留守笔架山! 注意,你把俺的这几个弟妹照料好,没有俺的命令,谁也不许下山!"

洪二麻子道:"是!"说着,他挥着手枪对众人喝道,"弟兄们,宝大掌柜有令,叫咱们守住山寨,各自回哨卡去!"众头领答应一声:"是!"纷纷散去。

洪二麻子对康妮客气地道:"康小姐,请小姐带弟妹们进屋去吧。"康妮望了马上的宝岱一眼,带着苏珊、紫菱和迈克向大木屋走去。

宝岱见康妮他们进了大木屋,掏出手枪道:"冯三,咱们出发!"说着一夹马肚,那马便如箭离弦冲下山去,冯三带着十几个梁山弟兄也催马跟着宝岱向山下驰去。宝岱带着十几个弟兄刚驰进树林,迎面碰见一个兄弟持枪押着一个用黑布蒙着眼睛的骑马人。

梁山弟兄道:"大掌柜,这个怂在山下转悠两天了,我怕是官府的探子,就把他抓来了。"

宝岱在马上喝道:"带上来!"那梁山弟兄闻令,将马上的蒙面汉子扯下马带到宝岱面前,解开他眼上的黑布。

宝岱惊异道:“张学文,是你? 你咋来了?”

张学文揉着手腕子,对扯他下马的梁山弟兄道:“你这个怂,把俺的手腕子都勒疼了,真是个二杆子!”说着回头对宝岱道,“少爷,天津总行的亨利先生来电,他说已经弄清楚了,龙占海曾在平凉交代说,杀洋人是他一人所为,与老爷没有关系,朝廷已下旨,赦老爷无罪。可洋行转发的朝廷谕电被刘敬祥压住了,没有转给任有道,才致老爷被害。”

宝岱一听,气得折断了身旁的一根树枝,咬牙道:“还有啥?”

张学文道:“亨利还说,他在事发前曾让帕特里克先生给刘敬祥发过一封电报叫老爷躲避,问少爷见过这封电报没有?”

宝岱听罢,怒眉倒竖:“还有这等事?”

张学文道:“亨利先生在电报中说,得悉老爷被害他很悲痛,让你接替老爷的职务,继续把高林商行办下去。”

宝岱闻言点头,又问:“就这些?”

张学文道:“朝廷已知道误杀了老爷,为了平息亨利先生的愤怒,已下旨革去任有道和苟有田的职务,并令甘肃巡抚赔偿洋行损失的五十万两白银。这些银子现已运到石嘴山。”

宝岱道:“俺知道了。你先在山上缓着,俺去办一件急事,回来再说吧。”说着,催马就要走。

张学文拦住马道:“少爷,还有一件事,刘敬祥最近接到帕特里克先生要他辞职的电报,这两天就要回天津,听伙计们说,他打算把最后一批羊毛和皮子运走。”

宝岱不耐烦地道:“还有啥,一块儿说完。”

张学文道:“没了,就这些。”

宝岱一夹马肚,一马当先冲下山去。十几匹马随后,如旋风般消失在野杏花林里。

14

当日夜,府城。宝岱带着十几个梁山弟兄骑马驰至府城西城下的一片树林,命令九名弟兄待在树林里准备接应,拴了马,带着冯三和先前送信的梁山弟兄出了树林,直奔城墙下。冯三从皮包中掏出百宝飞爪,看准敌楼垛口往上一撒,只听“哐当”一声,百宝飞爪抓住了城墙。他俯身四下倾听,见城上没有动静,便双手发力抓住飞爪的绳索飞身而上,来到敌楼上,接着,他抛下绳索,将宝岱和那个梁山弟兄拉上敌楼城墙。三人跃上城墙后,随即跃下城墙,由那个送信的梁山弟兄带路,拐过几道街巷来到任知府门前。宝岱定睛一看,只见任有道府前并无一个兵卒站岗,便带着手下两名弟兄纵身上房,越过一排耳房来到后院正房顶上,倾耳一听,四下仍寂静无声。宝岱心中疑惑,揭起一块瓦片朝院中扔去,瓦片落地,院里依然没有反应。宝岱朝冯三打了个手势,冯三领会,便低头抓住房檐木条,倒挂金钩,伸头朝厅堂中望去,倏地缩回头来,悄声对宝岱道:“厅堂中卧一死尸,好像有一个妇人坐在身边,灯暗,看不清楚。”

宝岱闻言,一个燕子掠水,翻身落地。冯三跟另一个弟兄见状,便也学着宝岱跃下房来。三人看去,见大门洞开,便隐身门侧窥视室内动静。宝岱认出那坐着的妇人是曹英,旁边坐着任经纬和宝蓉的残疾儿子。任经纬手里拿着一把刀,口里恨恨地道:“俺杀了你,俺杀了你!”

宝岱一个箭步冲上去,用枪逼住曹英,冯三也冲上去,将刀架在任经纬的脖子上。

宝岱向任经纬道:“你爹在何处? 你杀了谁?”

曹英抬头见是宝岱,并不惊慌,开口道:“他杀了他爹,就在你面前。”宝岱闻言吃了一惊,举烛察看,见躺在地上的死人果然是任有道,脸上身上被砍了几十道口子,浑身是血,脖子上一个刀口最深,头与身体只有一层皮相连。

宝岱向曹英道:“难道任经纬真的杀了任有道?”

曹英冷冷地道:“不是他是谁? 任经纬早就想杀他了!”

宝岱叹息一声,蹲下身子替任有道合上双眼,但怎么也合不上。

宝岱愤愤道:“任有道,你这个狗怂,难道你还有啥冤屈? 你一辈子害人太多,是怕到阴曹地府有人找你算账吧?”谁知话音刚落,任有道的双眼便闭上了。

宝岱站起身来问曹英道:“曹英,俺娘在哪儿?”

曹英道:“俺也不太清楚,你到各屋去找吧。”

梁山弟兄闻言,提刀过来问宝岱道:“杀了这对狗男女么?”

宝岱叹口气道:“算了,经纬已经疯了,老姨母也是无辜,走吧。”他起身走到门口,回头又对曹英道,“老姨母,你把经纬带到石嘴山找俺哥去吧。他出卖了师傅,俺本来是要杀他的,但现在,俺改变主意了。”

宝岱带着两名梁山弟兄出门,到各房搜索,均不见母亲谢兰。他来到前院角落的一间小房前,见房门上挂着一把铁锁,便拔出匕首撬锁,冯三一伸舌头,将宝岱推开,从兜里掏出一串铁钩,拣出一支插进锁里,轻轻左右转动了几下,门锁开了。宝岱大步进门,借着一盏昏暗的灯光,看见母亲谢兰抱着一个孩子正坐在角落里。

宝岱急忙上前跪地喊道:“娘!”

谢兰一见,喊了声“岱儿”,便昏死过去。宝岱顿时慌了手脚,上前扶住母亲连声呼唤,谢兰仍昏迷不醒,冯三上前用手掐住谢兰的人中,不一会儿,谢兰悠悠醒来。

谢兰睁开眼,泪流满面道:“岱儿,难道是为娘梦里与你相见么?”

宝岱哭道:“娘,孩儿前来搭救你,不是梦中!”

冯三在一旁道:“老姨母,是宝老哥专门从山上下来救您!”

谢兰闻言,一把搂住宝岱的头,娘俩失声痛哭。

冯三道:“宝老哥,此时不是哭泣之时,咱们得赶快离开!”

宝岱闻言擦干眼泪,扶起谢兰道:“娘,咱们快走!”

谢兰道:“岱儿,娘身体虚弱走不动,万一被任有道那贼知晓,连你也走不脱,你赶快带你师傅的孩子离开这儿!”

宝岱道:“娘,任有道已被杀死,他再不会害你了!”

谢兰惊问道:“岱儿,是你杀了他?”

宝岱摇头苦笑道:“不,是任经纬杀了他!”

冯三催促道:“快走吧,万一来人就走不脱了!”

宝岱蹲下身子背起谢兰,另一个梁山弟兄抱起孩子,冯三在前开道,走到大门旁打开门闩,三人顺西大街疾步向西城墙头奔去。到了西城门墙脚下,冯三向城外打了三声呼哨,城外也回应了三声呼哨,冯三见接应的人到了,便掏出百宝飞爪向城头抛去,等飞爪抓住了墙头便攀着绳索飞身跃上墙头,然后将绳索抛下来,连续三次将宝岱、谢兰及抱着的孩子的梁山弟兄拉上城墙,紧接着,冯三又将百宝飞爪移到城墙的另一边钩住城墙,抛下绳索,让宝岱背着他的母亲攀绳而下,城下早有人接应,等梁山弟兄抱着龙占海的孩子攀绳下到城墙脚,冯三便最后一个攀着绳索飞身跃到城墙下。宝岱急忙上前,从脖子上取下一块怀表送到冯三面前。

宝岱道:“冯三兄弟,今晚你救了俺娘,这块怀表送给你,留作纪念吧,请你拿着。”

冯三喜出望外道:“老哥,这表太贵重了,链子上都镶着珠宝呢,我不能要。”

宝岱道:“兄弟,你为救俺娘连命都舍得,俺连块表也不舍得?”

冯三喜滋滋地将怀表藏进怀里。

宝岱对众梁山弟兄一挥手道:“弟兄们,上马回山!”说着,将谢兰抱上马背,自己翻身上马,拥着母亲谢兰朝贺兰山奔驰而去。众梁山弟兄纷纷跃上马背,将马肚一夹,紧跟着宝岱跃马扬鞭而去。

15

数日后,黄昏,五原城附近的黄河河面,十几只大木船载着的新泰兴商行二百万斤羊毛和数十万张羊皮在燃烧,化作浓烟滚滚,火光映红了半边天。桅杆上,悬挂着的一面面写着“新泰兴商行”的旗帜在烈焰中被吞食,最后化为灰烬,飘落在黄河上。

第二十七季:良缘焕金碧

1

半个月后,贺兰山山脉笔架山大木屋前的空地上,十几个身披袈裟的高僧敲着木鱼正在为葛秃子、龙占海、云布雨、时翠莲、乌妮尔做法事。大木屋前,一字儿排开五具柏木棺材。谢兰、葛宝岱、葛紫菱、康妮、苏珊和迈克都身着孝服,跪在灵堂前失声痛哭……参加葬礼的有伍子牛、张学文、庄德五等高林商行员工,人人披麻戴孝,跪在宝岱身后,泣不成声……

画外音(字幕):清朝末年,俺爷爷的爷爷从事西部开发做洋毛生意,由一个洋行穷雇工变身为拥有千万资产的洋买办,完成了"凤凰涅槃"。后因卷进义和团反对洋人的斗争而被结拜兄弟构陷丧命,酿成千古奇冤。然而,这一悲剧并不是最后结局,它带来了后人的跨国金碧姻缘……

2

1901年2月的一天白昼,烟雨朦胧的嘉峪关。苟有田骑着马在官道上行走,四名亲兵抬着宝蓉乘坐的轿子正艰难地在官道上迈步,忽然,后边响起一串马蹄声,有人喊道:"苟将军,站住!"苟有田停下马来,回头一望,只见四名太监骑着马带着一队骑兵朝他奔驰而来。转眼,四名太监纵马超过苟有田的马,忽然勒转马头。骑兵们抽刀在手,将苟有田一行人马围住。

一名太监在马上大声道:"圣旨到,伊犁将军苟有田接旨!"

苟有田闻言,慌忙跳下马,两手伏地,叩首道:"微臣伊犁将军苟有田接旨。"

太监们并不下马,一太监展开圣旨宣读道:"奉天承运,皇帝诏曰:查原宁夏总兵苟有田,贪功邀赏,滥杀无辜,奸儿媳而坏人伦,毁洋行而乱朝纲,实属罪大恶极,着即革去原拟任伊犁将军职,就地安置,勿进关内。钦此!"

苟有田头叩地流血,哭道:"微臣领旨,谢皇上不杀之恩!吾皇万岁万岁万万岁!"

太监喝令道:"兵士们,给洒家摘下老苟的二品顶戴,押下去!"两名骑兵侍卫闻言,翻身下马,以手拄地打千道:"喳!"说着起身直奔苟有田,摘下他头上的二品顶戴,将他绑了。又有几名骑兵纵马到宝蓉乘坐的轿前,翻身下马,将宝蓉从轿里扯出,推推搡搡将她和苟有田拉下山去。

3

一月后,白昼,阳光照在四北嘉峪关山坡上。身穿牧民衣裳的苟有田和宝蓉正在山坡上牧放一群羊。羊羔欢叫着,苟有田瞎着一只眼,拿着牧羊鞭追赶几只小羊羔,嘴里发出“咩咩”的叫唤声……

4

1901年秋,白昼,晴空如洗,阳光灿烂洒满贺兰山。宝岱带着母亲谢兰、妹妹紫菱和康妮、苏珊、迈克骑马下山,由冯三带着梁山弟兄们骑马护送着奔下贺兰山脉的笔架山,刚穿过杏花林驰上官道,只见宝鉴身穿孝服骑在马上,押着一辆运灵棺的马车奔驰而来。宝鉴一边策马慢行,一边在马上痛哭:“妈呀,你死了叫俺咋办呀……妈呀……”

宝岱瞥见宝鉴,猛地勒住马,从腰间掏出手枪就要纵马上去,谢兰纵马上来,喝道:“岱儿,站住!”

宝岱道:“妈,就是宝鉴这个狗怂出卖了俺师傅,俺要找他算账!”

谢兰道:“孩儿,饶人一命,胜造七级浮屠。你师傅已死,鉴儿虽然罪不可赦,可他也是为娘的一块心头肉啊……岱儿,听娘的话,放过他,由他自生自灭吧……”说罢,泪水涟涟。

宝岱犹豫地将手枪插回腰间,咬牙切齿道:“孩儿听娘的,这回暂且饶了他,来日撞见,绝不轻饶!”说着,他向后猛地一挥手,“走,回石嘴山!”说罢,一抖缰绳,马便蹿了出去,众人催马跟进,与宝鉴押着的灵车擦身而过……

5

秋日白昼,贺兰山山腰的几块岩石中央新垒起一座石墓,石墓前竖着写有“黄河蜜老夫人之墓”的石碑。碑前供奉着香火、红烛、水果,宝鉴长跪碑前不起,失声痛哭:“妈呀,你怎么离开俺呀,俺舍不得你呀……”

站在一旁的桂大祥道:“好了,宝鉴,你已跪了三炷香了,下山吧,别他妈猫哭耗子!”说着强拉起宝鉴,扶着他上了马,桂大祥也爬上另一匹马的马背,令其他送葬的人上了马车,飞奔下山……

6

这日黄昏,石嘴山梨香院黄河蜜的居室。宝鉴和桂大祥正满头大汗地翻箱倒柜寻找黄河蜜留下的金银珠宝,但翻遍了所有的箱柜,除了几十件旧衣服、棉袄、罗裙外,只找到十串生锈的制钱,连个元宝和龙洋也没找着。宝鉴气极了,一屁股坐在地上以拳击地,大声嚷道:“黄河蜜这个老婊子,她骗了俺呀!”

桂大祥在一旁劝道:“话不能这么说,你也快活了不是?黄河蜜日鬼你不假,但你也没吃亏呀!她不还给你留下这一处院子和一院子的婊子吗?婊子就是金元宝，就是银锞子，你想想，像不像？"

宝鉴想了一下，突然哈哈大笑起来，接着又沮丧地道："这个老婊子还是害了俺，她没留下房契。"

桂大祥道："她没给你，可她也没给别人呀。没有人找你的麻烦，你就是梨香院的老板！这样，我给你入股，把股做大一点，咋样？将来万一谁来找麻烦，他也买不起咱的股份。"宝鉴点点头，同意了。

桂大祥从地上拉起宝鉴，替他拍拍身上的灰尘，道："宝鉴，黄河蜜已死，这梨香院的女子都是你的了，走，咱们玩玩去！"宝鉴一听脸上乐开了花，道："走！"

少时，梨香院的房间里便传来妓女们的奔跑声和喊叫声，以及宝鉴和桂大祥的放荡笑声："来呀，小妞，别跑……"

7

1902年春，白昼，石嘴山高林商行宝岱的家。宝岱正在客厅与伍子牛、张学文、庄德五商量收毛的事，忽然，石嘴山一个乞儿匆匆跑进门来，对宝岱叫道："二少爷，大事不好了，大少爷病得快不行了，他派我来叫你，说是有啥话说，你快去看看吧，晚了，怕他不行了……"宝岱闻言唰地站起身，对屋内喊道："康妮、苏珊、迈克！"

谢兰、康妮、苏珊、迈克闻声从屋内奔出。谢兰道："岱儿，出了啥事？"

宝岱道："二哥病危，俺和他们看看去！"

谢兰点头道："孩子，常言道：人之将死，其言也善，鸟之将亡，其鸣也哀。你带康妮他们快去吧！"

宝岱闻言，拉着康妮、苏珊和迈克夺门而出，向梨香院奔去。紫菱闻讯也跟了去。他们出了高林商行大门，上了街，拐向山后的梨香院，来到黄河蜜的原住室。宝岱推开门，只见宝鉴躺在床上，骨瘦如柴，面如死灰，已处于弥留状态。

宝岱走到床前，俯下身轻轻地唤道："大哥，大哥，你醒醒！"唤了数声后，宝鉴才睁开眼醒来。

宝鉴一见宝岱，眼角里便淌出泪水，他挣扎着要坐起，宝岱赶紧将他抱住。

宝鉴道："弟弟，俺该死。俺到地狱，最怕的，就是怕见到俺爹爹和师傅啊。"他停顿了一下，缓了口气，指着在一旁的衣衫破烂的乞儿说，"俺不如……他，还……还有……太阳晒……多好。小时候……俺带着你……常到黄河……滩上去……耍。爹爹……每次都揍……揍俺。弟弟……俺求你……一件事。俺死后……你把俺……埋了，别让野……野狗……吃了俺。你，能答……答应吗？"宝岱听到这里，眼泪唰唰地淌下来。

宝鉴见宝岱不说话，绝望地道："哥知……道，你恨……俺。算了，还是……让野……野狗……吃了……俺吧……"

宝岱跪下一条腿，抓住他的手道："哥，俺答应你。"

宝鉴笑了，嘴里、鼻里都往外流血，他使出最后一点力气，道："弟弟，哥……喜欢……你……”话没说完，就闭上了眼睛。

宝岱和康妮、苏珊、迈克、紫菱静静地站在那里，看着儿时小伙伴死去，眼里悲哀地流出泪水。

8

一个月后的一天上午，石嘴山黄河大堤上空，一碧如洗。宝岱和康妮扶着谢兰，带着拎着箱子的紫菱、苏珊、迈克走出高林商行，上了黄河大堤。宝岱站在大堤上停住了。

宝岱道：“妈，咱们全家都要回天津了，再看一眼石嘴山吧。”谢兰点头，转身回望石嘴山那白墙红楼的高林商行，不远处，一家家商铺、酒馆飘扬着招旗，街道上行人熙熙攘攘。这时，只见伍子牛、张学文、庄德五带着一帮高林商行的员工奔上大堤来。

伍子牛上前向谢兰、宝岱鞠了一个躬，深情地道：“夫人，少爷，你们回天津也不吭一声，让咱们送送行，这咋成呢？”

张学文道：“是呀，要知道夫人、少爷全家今日回天津，不论咋的，咱也要整几桌酒为你们送行。这可咋行呢？”

谢兰动情地道：“石嘴山的老少爷们，今天俺全家回天津没有告诉大家，是不想多打扰大家。你们能来给咱们送行，意思都到了，俺谢谢你们，真舍不得你们，舍不得石嘴山这块土地哟。”

宝岱也动情地拱手道：“谢谢各位，谢谢各位。俺父亲在石嘴山拼打了近二十年，这里每一寸土地都洒下了俺父亲辛勤的汗水。如今，高林商行发展了，壮大了，这是俺父亲的遗愿，也是石嘴山父老兄弟的期盼。就要离开石嘴山了，俺的心说啥也不能平静。俺要说的话很多，用一句话概括就是：希望石嘴山繁荣昌盛，谢谢大家伙对高林商行的奉献和支持！再一次谢谢大家！”他的话赢来一阵热烈的掌声。

这时，谢兰挥挥手道：“石嘴山的乡亲们，你们请回吧，俺们走了，明年春天再来看望你们！”说着，对宝岱道，“岱儿，咱们走吧，船要开了。”宝岱和康妮、紫菱、苏珊、迈克再一次向送行的群众招手，簇拥着谢兰向码头走去。

宝岱扶着谢兰正要踏上跳板上船，何介石匆匆从堤上跑过来，一边跑一边喊：“宝兄弟！宝兄弟！”

宝岱回过头来，对奔至跟前的何介石道：“介石，是你喊俺吗？”

何介石上气不接下气道：“是的，是的！”

宝岱道：“你不是随刘敬祥回天津了吗？”

何介石道：“羞死先人哩！前些日子，新泰兴的运毛船走到五原，被火烧球了。我刚回来，晋娥她爹赵文通被撤了职，回山西老家了，连晋娥也把我撇下，跟她爹走啦！”

宝岱道：“介石，你不是号称宁夏第一书法家么？咋老是离不开人家的口水吃饭呢？再说了，你父亲走了，不还有你后爹么。刘敬祥如今是天津商会总董事，赏你口揪面片还不是简单得很？你那一笔又松又散的书法，说不定到了天津就值了银子哩！”

何介石脸红道：“你见笑咱哩！我知道你还记恨我。老婊子没去天津，晋娥也跑球了。刘敬祥把失火责任都推到我身上。新泰兴商行没办我的罪就算万幸了，我还敢去找他？我那字是大家抬举我，还不是大家看我兼着洋行的差事么？”

宝岱打断他的话道：“好了，好了，这些事俺不感兴趣。说，你找俺到底有啥事吧？”

何介石嗫嗫嚅嚅道：“也没啥大事。你知道，晋娥这几年像个老母猪，下了一窝娃娃，都张着嘴讨吃，老婊子让刘敬祥甩了，还指望靠我养。你看能不能，能不能在你行里给我弄一个差事？”

宝岱摆手道：“对不起，俺已辞了职，今天要回天津了。”

何介石愕然道：“那商行现在谁在主事呢？”

宝岱道：“伍子牛和张学文，你去找他们吧！”说罢扭身上船。

何介石朝跳板上吐了一口痰，侧身道：“闹了半天，我白磨了个嘴皮子么。婊子摸摸就得给钱，我的嘴磨了半天，球也不值。去球！”说着，转身离开码头。

一会儿，宝岱扶谢兰上了船。船开了，谢兰和宝岱、康妮、紫菱、苏珊、迈克站在船头，向码头上欢送的人群频频招手，大木船拔锚启航，沿着黄河古航道向着东方驶去……

9

这年寒冬大雪飘飘的一天，天津紫竹林刘敬祥的豪宅。刚过五十岁的刘敬祥由于劳累和纵欲过度，躺在家里卧床不起，卧室里不时响起他的咳嗽声。夫人王月萍年岁已老，身体也发福了。她整日守在刘敬祥床边替他喂汤喂药。此时，王月萍正给刘敬祥喂药，忽然大门外传来敲门声。王月萍放下药碗去开门，见是一个邮差。邮差道：“请问，这儿是天津商会会董刘敬祥先生家吗？”

王月萍点点头，拿腔拿调地道：“说，你来俺家有啥事吧！”那邮差闻言从邮包里掏出一封鼓囊囊的信交给王月萍，一声也不吭就走了。王月萍拿起信封看了看，急忙走到卧室里，将信递给刘敬祥，道：“老头子，你的信。”

刘敬祥接过鼓囊囊的信，奇怪道：“这是啥球信？沉甸甸的！”说着他撕开信封，用手往里掏，一件东西从信封里滑落在地，发出“乒”的一声响。他掏出一张结婚请柬，上面除了写有结婚者宝岱和康妮的名字，并无其他字。他再往地上一瞧，只见一把匕首卧在地上，发出闪闪寒光。刘敬祥吓得大叫一声：“哎呀！”从床上翻落在地，口吐鲜血，昏迷不醒。

10

翌日上午，天津基督教教堂。教堂里宾客盈门，一个老牧师正为宝岱和康妮主持婚礼。宝岱和康妮身着鲜艳结婚礼服站在前排，由牧师给他们划十字做祈祷。

年老牧师道："啊，我的上帝，保佑你眼前的这对结为夫妇的年轻人吧，使他们终生幸福，多子多孙！阿门！"

站在第二排的亨利和夫人阿格尼丝以及谢兰、紫菱、苏珊、迈克也在胸前划着十字，为他们的亲人祝福祈祷，口里喃喃念道："原主保佑他们终生幸福，阿门！"

随着人们的祈祷声，音乐响起，唱诗班开始唱诗。

身着新郎、新娘礼服的宝岱和康妮在唱诗班的合唱声中热烈亲吻、拥抱。

11

当日上午，天津。宝岱和康妮同乘一辆婚礼彩车回到天津紫竹林豪华婚宅前，宝岱扶着身着婚妙的康妮下车，两人走进自己的新房，又热烈地拥抱接吻。忽然，门外奔进紫菱和苏珊。

紫菱惊慌地奔到宝岱面前，大声道："哥，不好了，朝廷来人了！"话犹未尽，大门外闯进两名太监和一群宫廷侍卫。

一名年老的太监手扬拂尘，高声道："圣旨到，葛宝岱接旨！"

宝岱慌忙放开康妮，上前两步跪地，伏首道："臣葛宝岱接旨！"

年老太监宣旨道："奉天承运，皇帝诏曰：近闻，英商怡和洋行买办葛宝岱与其父葛行健创高林商行，成绩卓著，颇受外商和本国人士好评。英吉利国乃我大清友邦，两国邦交，事关重大。着葛宝岱出任大清国驻英吉利国公使，赏黄马褂一件，赐二品顶戴，封一等男爵，赐其夫人康妮为诰命夫人，即日随夫赴英吉利国上任。钦此。"

宝岱闻言，顿时脸呈欢欣之色，伏地连连叩首："臣葛宝岱领旨，深谢皇恩浩荡，吾皇万岁万岁万万岁！"说毕站起。这时，亨利、阿格尼丝、谢兰已闻报进到新房里，听罢圣旨，群情振奋。康妮快乐地扑到宝岱怀里，激动得哭了……

12

当日下午，天津紫竹林刘敬祥的豪华住宅。刘敬祥躺在床上养病，咳嗽更加剧了。王月萍赶紧拿一块手绢替刘敬祥擦嘴巴，拿起手绢一看，只见手绢上面都是殷红血痕。刘敬祥喘息未定，对王月萍道："月萍，你那手绢上可还有血么？"

王月萍叹口气道："老爷，你与葛秃子作对几十年了，虽说葛秃子已死，可两家仇恨结得更深了。宝岱与康妮举行婚礼，寄把匕首作请帖。是要气你，怕你不死！你与他赌个啥子气呢？瞧，这手绢上还有血。老爷，你放宽心养病吧，若不然……"

王月萍刚讲到这里，一名男管家匆匆进卧室里，道："启禀老爷，大事不好，朝廷官差来了！"话未说完，两名太监在一群侍卫簇拥下已然进屋。

一名年轻太监高声道："天津商会会董刘敬祥接旨！"

刘敬祥在床上闻言，忙令管家和夫人王月萍扶他下床来到客厅跪地接旨。

年轻太监宣旨道："奉天承运，皇帝诏曰：近查，刘敬祥存心陷害英商怡和洋行买办葛行健,隐匿朝廷电报不发,致葛行健冤屈而死。英吉利乃我大清之友邦,得罪英商,则视同蔑视朝廷,与犯大不敬罪并论,拟凌迟处死。姑念其系洋行买办,寡人法外施恩,着将其发配三千里外,永不允回归关内。家财除留十万两银子发给葛宝岱用于补偿外,其余全部充归官库。府中男丁俱发往黑龙江军前效力,女眷发卖为奴。钦此!"

刘敬祥闻言,伏地叩首:"微臣谢……谢皇上……不杀……之恩。吾皇万……"万字未念完,一口鲜血冲口而出,接着连连吐血数升,倒地而亡。刘敬祥府上顿时乱了,一群侍卫上前,将王月萍和男管家及一帮佣人用绳索绑了,开始抄没家产。

王月萍对天哭道:"刘敬祥,你这个老色鬼,俺早知今日,何必当初呀……呜……"

13

1902年三月的一天上午,天津勃海湾,碧空如洗。大海上,一艘英国维多利亚号邮轮正乘风破浪向南行驶。天空,白云朵朵,海鸥翻飞翱翔。二十二岁、身着大清公使官服的宝岱和身着诰命夫人服装的康妮及紫菱簇拥着谢兰站在前甲板上,依着船舷,看着眼前的大海,回望天津港,心潮澎湃……

(全剧终)

后　记

认识胡德林和他妻子唐羽萱是十二年前的事。当时我从中共湖北省委宣传部调任长江文艺出版社副社长已五年。记得有一天社长交给我一封宁夏作者胡德林的来信和一本书稿《金羊毛》，让我处理。我花了较长时间仔细阅读了书稿，认为文笔不错，题材和故事很有吸引力，便征求了其他社领导的意见，力推该书在我社出版。出书之前，我约见了胡德林和他的妻子。当时从宁夏远道赶来武汉的两位作者很年轻，可谓男才女貌，给我留下深刻的印象。德林跟我谈起了他的丰富工作经历：出生安徽，年轻时去过徐州、广东、西藏工作，到过喜马拉雅山和印度，最后在银川安家。他是干记者的，谈吐中随处可见他对新鲜事物的敏感和广闻博见。他对我谈了他的书稿多次被退稿的遭遇，显得不安。我很佩服眼前这位青年作者的坦直和才学，正是他的见多识广造就了他的作品《金羊毛》的视野广阔，形成了西部文学的粗犷风格和强大吸引力、感染力。于是，我接他们夫妻共进午餐，其间谈吐甚欢。不久，由我担任责编的长篇小说《金羊毛》在我社出版了，初版五千册，翌年加印了第二版三千册，在全国长篇小说中，这样的业绩不算最好，但也相当令人满意。社里按合同约定即时给作者汇了两次稿费，自此，我和胡德林结下深厚的友谊。该书出版后，我对《金羊毛》十分喜爱，有意将该小说改编为电视剧，配合我国西部开发，将该小说传奇般的洋买办西部经商的故事搬上电视屏幕，传之后人。我将这个想法电告了新结识的朋友胡德林，德林慨然应允，给我寄来了委托书。我很感谢德林对我这新朋友的信任，于是我为了不辜负朋友的委托，抓紧时间对《金羊毛》进行了电视剧本改编并于2005年完成初稿。时光如水，一晃十年过去了。据闻，德林此后著作不断，一连又出版了好几部长篇小说，全是写洋买办经商的西部小说，显露了他的著作才华，被选为银川市作协副主席，我替他由衷地高兴，并借此机会祝福德林和他的妻子小唐幸福美满。而我现在已退休，闲来无事，便将当年根据《金羊毛》改编的电视剧文本《西部风流》进行了整理、修改，汇编进我的文集。十分感谢老友胡德林及其妻子唐羽萱对我的信任和支持，感谢长江文艺出版社刘学明社长对我的关照，使得我改编、创作十年的《西部风流》得以面世出版。也借此书出版的机会，感谢文学界同人对这部书稿的厚爱。

文以载道。出此书的目的，是为了配合当前我国正如火如荼进行的西部开发。俗话说，前车之鉴，后者之师。一百年前洋人进行的我国西部开发自然不能与今天我国的西部开发同日而语，充其量不过是对我国西部资源的抢掠，可算一种国耻。描写这种国耻，将这国耻展示给我们的后人，意在警示后人，鞭策后人不忘国耻，全身心地投入实现习主席提出的“一带一路”的中国复兴梦的奋斗中。我的目的无他，仅此而已。

但愿广大读者能喜爱这部影视文本《西部风流》，一如喜爱我的朋友胡德林、唐羽萱的小说《金羊毛》。

这部文本实则是描写清末洋行蓝领从事西部开发做羊毛生意、拓开中英海上丝绸之路的影视文本。但愿影视家、企业家中的有识之士能看中这部影视文本《西部风流》，乐于将其搬上影视屏幕，一展中国西部风情，与风靡全球的美国西部片一较高下。如是，则笔者所愿，善莫大耶！

笔者

2015 年 3 月于汉口